L'Héritage I

Christopher Paolini

L'Héritage I

Eragon

Traduit de l'anglais (États-Unis)
par Bertrand Ferrier

bayard jeunesse

L'éditeur tient à remercier Marie-Hélène Delval
pour ses précieux conseils.

Ouvrage publié originellement par
Random House Children's Books
département de Random House, Inc.
sous le titre *Eragon*
Texte © 2003, Christopher Paolini
Illustration de couverture © 2003, John Jude Palencar
Illustrations pages 4 et 5 © 2003, Christopher Paolini

© 2010, Bayard Éditions, pour la présente édition
© Bayard Éditions Jeunesse, 2004
pour la traduction française
18, rue Barbès – 92128 Montrouge Cedex
ISBN : 978-2-7470-2106-7
Dépôt légal : octobre 2006
Huitième édition

Ce livre est dédié à ma maman,
qui m'a fait découvrir la magie du monde ;
à mon papa, qui m'a montré l'homme derrière le rideau ;
et à ma sœur Angela, qui sait m'aider quand je broie du noir.

Prologue
L'OMBRE DE LA PEUR

Le vent hurlait dans la nuit, charriant une odeur qui allait changer le monde. Un Ombre de grande taille leva la tête et huma l'air.

Cet Ombre avait tout d'un humain. Ou presque : ses cheveux étaient cramoisis et ses yeux, pourpres.

Il battit des paupières, surpris. L'information était bonne. *Ils* approchaient. À moins que ce ne fût un piège...

Il hésita, puis ordonna d'une voix glaciale :

– Dispersez-vous ! Cachez-vous derrière les arbres et les bosquets. Arrêtez quiconque approchera ou périssez !

Autour de lui, douze Urgals s'avancèrent en traînant les pieds. Ils étaient armés de petites épées, et portaient des boucliers ronds en fer, couverts de signes noirs. Eux aussi ressemblaient à des humains, dotés de jambes courtaudes et arquées, et de bras puissants faits pour l'action ; mais une paire de cornes tordues poussait au-dessus de leurs petites oreilles.

Les monstres se précipitèrent vers les taillis pour s'y dissimuler en grognant. Bientôt, leur remue-ménage cessa, et le silence revint sur la forêt.

Tapi derrière un gros arbre, l'Ombre balaya les environs d'un regard attentif. Il scruta le chemin. Un humain n'aurait rien distingué dans cette obscurité ; mais, pour un Ombre, la pâle lueur de la lune était aussi lumineuse que des rayons de soleil passant à travers les ramures. Aucun détail ne lui échappait. À ses yeux, tout était clair et net.

Il demeurait calme – une attitude inhabituelle, chez lui. Il avait dégainé sa longue épée aux reflets blafards. Une éraflure presque imperceptible parcourait la rapière. L'arme était à la fois assez fine pour se faufiler entre deux côtes, et assez solide pour transpercer l'armure la plus dure.

Les Urgals n'avaient pas une aussi bonne vue que l'Ombre. Ils progressaient à tâtons, se servant de leur épée comme des aveugles se fussent servis de leur canne.

Le hululement strident d'une chouette s'éleva, brisant le silence. La tension monta d'un cran le temps que l'oiseau s'éloignât ; puis la nuit froide fit frissonner les monstres. L'un d'eux posa sa lourde botte sur une brindille. Furieux, l'Ombre siffla, et les Urgals s'immobilisèrent. L'Ombre réprima le dégoût qu'ils lui inspiraient – ils dégageaient des relents de viande pourrie – et se détourna. C'étaient des instruments. Rien de plus.

Des minutes passèrent, devenant des heures : l'odeur de *Ceux-qu'il-attendait* avait dû *les* précéder largement.

L'Ombre s'efforça de maîtriser son impatience. Il ne laissa pas les Urgals se reposer ou se réchauffer – et il ne s'accorda pas davantage ce luxe. Il resta derrière son arbre, ne quittant pas le sentier des yeux. Un nouveau coup de vent secoua la forêt. L'odeur était plus forte, cette fois. Très excité, il retroussa un peu sa lèvre supérieure et gronda.

– Tenez-vous prêts, murmura-t-il.

Son corps vibrait de la tête aux pieds. La pointe de son épée décrivait de petits cercles. Il lui avait fallu tant manigancer et tant souffrir pour en arriver là ! Ce n'était pas le moment de craquer.

Les yeux des Urgals brillèrent sous leurs épais sourcils. Ils serrèrent plus fort leurs armes. Non loin, l'Ombre entendit un tintement : quelque chose de dur avait heurté un gravillon. Des formes indistinctes apparurent dans l'obscurité et s'engagèrent sur le chemin.

Trois chevaux – et leurs cavaliers – galopaient vers l'embuscade, la tête haute et fière, leur robe scintillant sous la lune comme un lac d'argent.

Le premier cheval était monté par un elfe aux oreilles pointues et aux sourcils légèrement inclinés. Son corps était svelte mais solide comme un sabre. Dans son dos, un arc puissant. À son côté, une épée et des flèches parées de plumes de cygne.

Le cavalier qui fermait la marche avait le même visage régulier et anguleux que le premier. Il portait une longue lance à la main droite et une dague blanche à la ceinture. Un casque d'une perfection extraordinaire – un chef-d'œuvre serti d'ambre et d'or – couvrait sa tête.

9

Entre ces deux-là chevauchait une elfe aux cheveux noir de jais. Elle scrutait les alentours avec sang-froid. Dans ses yeux profonds, encadrés par deux longues mèches couleur d'encre, brillait une force impérieuse. Ses vêtements sans atours n'enlevaient rien à sa beauté. Comme le cavalier de tête, elle portait une épée, un grand arc et un carquois. Elle tenait contre elle un petit sac qu'elle regardait fréquemment, comme pour s'assurer qu'il était toujours là.

Le cavalier de tête parla à voix basse. L'Ombre ne réussit pas à entendre ce qu'il disait. La femme répondit d'un ton autoritaire ; ses gardes du corps changèrent de place. L'elfe au casque raffermit la prise sur sa lance et ouvrit la route. Les voyageurs passèrent sans méfiance devant l'endroit où se cachaient l'Ombre et les premiers Urgals.

L'Ombre savourait déjà sa victoire quand le vent tourna, apportant aux elfes les lourds effluves dégagés par les Urgals.

Inquiets, les chevaux renâclèrent. Ils relevèrent la tête. Leurs cavaliers se raidirent, regardant de tout côté. Soudain, ils firent virer leurs montures et s'enfuirent au triple galop.

Le cheval de la femme prit d'emblée une avance considérable sur ceux de ses compagnons. Les Urgals, quittant leur abri, se déployèrent et tirèrent une volée de flèches noires sur les deux autres. L'Ombre bondit hors de sa cachette sous l'arbre, leva la main droite et cria :

– Garjzla !

Un éclair rouge jaillit de sa paume, visant la femme elfe. Il enveloppa les arbres d'un halo sanguin et atteignit le coursier de l'elfe. L'animal perdit l'équilibre et lâcha un hennissement suraigu avant de s'écrouler sur le poitrail. Sa cavalière sauta à terre avec une vivacité inhumaine. Elle se reçut avec légèreté et jeta un regard derrière elle, cherchant ses gardes du corps.

Les flèches mortelles des Urgals rattrapèrent rapidement les deux elfes, qui tombèrent de leurs chevaux racés. Leur sang macula la poussière. Au moment où les Urgals se précipitaient sur leurs victimes, l'Ombre rugit :

– Occupez-vous d'elle ! Ceux-là ne m'intéressent pas !

Les monstres grognèrent et se ruèrent sur le sentier.

La femme poussa une exclamation en voyant ses compagnons morts, et s'avança d'un pas. Puis elle maudit ses ennemis et s'enfonça dans la forêt.

Tandis que les Urgals battaient les bois, l'Ombre grimpa sur un grand bloc de granit qui dominait la cime des arbres. De là, il pouvait voir toute la forêt. Il leva une main et lança :

– Böetq istalri !

Un pan entier de la forêt flamba d'un coup. Déterminé, l'Ombre continua de brûler un pan après l'autre. Les flammes formèrent un cercle d'une demi-lieue de diamètre autour de lui. On aurait dit une immense couronne en fusion, posée sur la forêt. L'Ombre était satisfait, mais il surveilla l'anneau de feu avec attention pour qu'il ne faiblît pas.

Et, au contraire, la langue de feu s'élargit. Elle atteignit la zone que les Urgals fouillaient. L'Ombre entendit des cris et des jurons. À travers les arbres, il vit trois de ses tueurs tomber, mortellement blessés. Il jeta un œil vers l'elfe, qui tentait toujours d'échapper à ses poursuivants.

Elle filait vers le bloc de granit à une vitesse hallucinante. L'Ombre regarda le sol, six mètres plus bas, sauta et atterrit en souplesse devant la fugitive. Aussitôt, celle-ci fit demi-tour et reprit le sentier à fond de train. Du sang noir d'Urgal gouttait le long de son épée, tachant la bourse qu'elle tenait à la main.

Les monstres à cornes émergèrent de la forêt pour l'encercler. Ils barraient la moindre issue. L'elfe avait beau tourner la tête en tout sens, cherchant un moyen de s'enfuir, elle était cernée. Elle s'arrêta, affichant un mépris souverain. L'Ombre s'approcha d'elle, une main levée. Un bref instant, il jouit de l'impuissance de sa proie, puis ordonna :

– Attrapez-la !

Les Urgals firent un pas vers la femme, qui ouvrit sa bourse, glissa la main dedans, en sortit un grand saphir où se reflétait la lumière furieuse de l'incendie, et le brandit au-dessus de sa tête. Ses lèvres s'agitaient frénétiquement.

Cédant à la panique, l'Ombre aboya :

– Garjzla !

Une boule de feu fusa en direction de l'elfe. Trop tard : un éclair de lumière vert émeraude avait illuminé la forêt, et la pierre avait déjà disparu quand la flamme de l'Ombre frappa la femme, qui s'effondra.

Dans un hurlement de rage, l'Ombre jeta son épée contre un arbre. La lame se planta dans le tronc et vibra un moment avant de s'immobiliser. Neuf boules d'énergie jaillirent alors de la paume de l'Ombre. Les Urgals périrent sur-le-champ.

L'Ombre arracha son épée et se dirigea à grands pas vers l'elfe en proférant des prophéties de revanche dans une langue que lui seul connaissait. Serrant les poings, il scruta le ciel. Les étoiles lui rendirent son regard, indifférentes, gardiennes d'un autre monde. Une grimace de dégoût tordit les lèvres de l'Ombre, qui se retourna vers l'elfe.

N'importe quel mortel serait tombé sous le charme de cette beauté. Pas lui. Il s'assura que la pierre n'était plus là, puis alla chercher son cheval dans les fourrés où il l'avait caché. Il attacha l'elfe sur sa selle, monta à son tour et reprit sa route à travers la forêt.

Il éteignit les flammes sur son chemin, laissant le reste des bois brûler.

La DÉCOUVERTE

Eragon mit un genou à terre. Il examina avec des yeux d'expert le lit de roseaux piétinés. Observant les traces laissées par l'animal, le garçon déduisit que sa proie était passée par là une demi-heure plus tôt, qu'elle était de petite taille et qu'elle boitait de la patte avant droite. Il ne devrait pas tarder à lui tomber dessus. Cependant, elle avait réussi à rester avec son troupeau jusque-là, ce qui témoignait d'une belle endurance : Eragon était stupéfait qu'elle n'ait pas encore été dévorée par un loup ou par un ours.

Il se relança à ses trousses. Le ciel était sombre, quoique dégagé. Une brise légère soufflait. Un nuage opalin couronnait les montagnes environnantes. Entre les pics filtrait la lueur rougeoyante qui nimbait la pleine lune. Des torrents coulaient le long des parois, fruits de la fonte des glaciers majestueux et des sommets enneigés qui scintillaient dans la pénombre. Un brouillard mélancolique s'étendait dans la vallée. Il était si épais qu'on ne voyait presque pas le sol.

Eragon était habitué à ces conditions climatiques. Il connaissait les aléas de la chasse sur le bout des doigts. Il avait quinze ans. Dans douze mois, il atteindrait l'âge d'homme. Des sourcils foncés surmontaient ses yeux marron au regard intense. Ses habits étaient usés par le travail. À sa ceinture pendait un couteau de chasse à poignée d'os. Une peau de daim protégeait de l'humidité un arc en bois d'if et un carquois ; un sac à armature de bois complétait son attirail.

La traque avait entraîné Eragon sur la Crête, une chaîne de montagnes sauvages qui bordait l'Alagaësia à l'ouest. On colportait d'étranges légendes sur ces contrées, d'où descendaient parfois des hommes bizarres, d'allure peu engageante. Pourtant, Eragon n'avait pas peur de s'aventurer sur la Crête. Il était le seul chasseur de la région de Carvahall à oser poursuivre le gibier jusque dans les recoins escarpés de ces montagnes.

Mais, cette fois-là, il en était à sa troisième nuit de chasse et avait déjà englouti la moitié de ses provisions. S'il ne rattrapait pas la biche, il devrait rentrer chez lui les mains vides. Or, à la maison, on avait besoin de viande, et vite : l'hiver approchait à grands pas, et il n'avait pas les moyens d'acheter au village de quoi subsister.

Debout dans la lueur cendrée de la lune, Eragon était confiant. Il se dirigea vers un vallon niché dans la forêt, convaincu que la biche et ses congénères s'y étaient réfugiés. Les cimes des arbres empêchaient de voir le ciel et projetaient sur le sol des ombres plumetées. Le garçon ne regardait plus que de temps en temps les traces laissées par sa proie : il savait où aller.

Une fois dans la cuvette, trois flèches dans la main droite et trois autres dans la main gauche, il banda son arc d'un geste sûr et encocha une flèche. Sous le halo lunaire se dessinaient une vingtaine de silhouettes en train de paître. La biche que convoitait Eragon s'était détachée du troupeau ; sa patte avant blessée était tendue dans une position curieuse.

Le chasseur s'approcha lentement, prêt à tirer. Il allait vivre l'aboutissement de trois jours de quête ! Il inspira une dernière fois à fond... et une explosion troua la nuit.

La harde déguerpit. Eragon bondit en avant dans l'herbe haute, tandis qu'un vent torride lui frôlait la joue. Il s'arrêta pour décocher sa flèche vers la biche en fuite. Celle-ci fit un brusque écart, et le trait manqua sa cible d'un doigt avant de se perdre dans la pénombre en sifflant.

Eragon jura. Pivota. Encocha d'instinct une autre flèche. Derrière lui, là où la biche s'était tenue un instant plus tôt, il y avait un vaste cercle carbonisé. La plupart des pins avaient perdu leurs aiguilles. Autour, l'herbe était aplatie. Des volutes de fumée s'élevaient dans l'air, exhalant une odeur de brûlé. Au centre du cercle était posée une pierre bleue polie. Une brume sinueuse flottait sur l'endroit ; des fumerolles paraissaient sortir de la pierre.

Eragon se figea un long moment, les sens en alerte. Mais, alentour, tout était immobile ; seule la brume se déplaçait pesamment. Le chasseur relâcha son arc et s'approcha avec précaution. Sous la lune, son ombre pâle s'arrêta devant la pierre. Prudent, il la toucha du bout de sa flèche et sauta en arrière, pour voir ce qui allait arriver. Il ne se passa rien. Alors, d'une main décidée, il s'en empara.

Aucune pierre n'était naturellement aussi bien polie que celle-ci. Sur la surface bleu foncé, sans défaut, de petites veinures blanches dessinaient comme une toile d'araignée. La pierre était froide et lisse sous les doigts du garçon, telle de la soie rigide. De forme ovale, elle devait mesurer une trentaine de centimètres et semblait curieusement légère pour un spécimen de cette dimension.

Eragon la trouvait à la fois magnifique et inquiétante. D'où venait-elle ? Comment était-elle arrivée ici ? Une pensée encore plus troublante l'effleura : la pierre s'était-elle retrouvée là par hasard... ou exprès, pour qu'il la découvrît ? Des histoires du temps jadis, il avait appris au moins une chose : il ne fallait jamais traiter la magie – ni ceux qui s'en servaient – à la légère... même si elle ne se manifestait que sous l'apparence d'une pierre !

Bref, qu'allait-il en faire ? Et pourquoi s'en encombrer ? Il n'était pas exclu qu'elle fût dangereuse ! Eragon songea à la laisser sur place. Cela vaudrait peut-être mieux. Et peut-être pas. Une vague d'hésitation le submergea. Il faillit jeter la gemme par terre ; au dernier moment, il haussa les épaules et choisit de la garder. Avec un peu de chance, elle lui permettrait d'acheter de quoi manger. Aussi se résolut-il à la glisser dans son sac.

Le vallon étant trop exposé, Eragon retourna dans la forêt pour y passer la nuit en sécurité. Il installa sa couche sous les racines d'un arbre mort, mangea du pain et du fromage, puis il s'enroula dans ses couvertures en tournant et retournant dans sa tête ce qui venait de lui arriver...

La vallée de Palancar

Le soleil se leva le lendemain, déclinant une magnifique palette de roses et de jaunes. L'air était pur et glacial. La glace emprisonnait les bords des torrents ; les petits étangs, eux, étaient gelés sur toute leur surface. Eragon avala un peu de porridge avant de redescendre dans le vallon où était apparue la pierre. Il examina le site avec attention ; mais le petit matin n'apporta pas d'éclairage nouveau sur la scène. Il décida de rentrer chez lui.

Le chemin était envahi par la végétation. À certains endroits, il disparaissait complètement. Comme il avait été dessiné par les allées et venues fortuites des animaux sauvages, Eragon tombait par moments sur ses propres traces et faisait de longs détours. Cependant, malgré ses zigzags, c'était la voie la plus directe pour sortir de cette partie réputée « infréquentable » des montagnes : la Crête.

La Crête était l'un des seuls lieux dont le roi Galbatorix ne pouvait pas prétendre être le maître et seigneur. Bien des décennies plus tard, on racontait encore comment la moitié de son armée avait disparu, le jour où elle s'était aventurée dans la vieille forêt. Une chape de malchance et de malédiction semblait peser sur les bois. A *priori*, rien d'extraordinaire, pourtant : les arbres dressaient leurs hautes silhouettes ; le ciel était radieux ; néanmoins, rares étaient ceux qui, ayant osé s'attarder sur ces massifs, en revenaient indemnes... quand ils en revenaient !

Eragon était de ceux-là. Il n'avait pas l'impression d'avoir un don particulier ; simplement, ses sens étaient toujours en alerte, et il avait d'excellents réflexes. Bien qu'il sillonnât la montagne depuis de longues années, sa méfiance demeurait intacte. Et pour cause : à peine pensait-il avoir percé tous les mystères de la nature qu'un événement inattendu se chargeait de lui prouver qu'il n'était pas au bout de ses surprises. Dernier exemple en date : l'apparition de la pierre.

Le garçon avança d'un bon pas, ce qui lui permit d'atteindre le bord du ravin à la nuit tombée. Les eaux de l'Anora rugissaient au fond du précipice, filant vers la vallée de Palancar [1]. Des centaines de petits torrents se jetaient dans le fleuve. Le cours d'eau crachait sa fureur contre les parois rocheuses qui bordaient son lit et les rocs émergés qui s'élevaient sur son passage.

De cette lutte perpétuelle montait un grondement sourd. Eragon s'installa dans un hallier. Il contempla le lever de lune, puis il alla se coucher.

Le lendemain, le temps avait encore fraîchi. Comme Eragon marchait vite, il ne vit guère d'animaux – ceux-ci devaient le repérer bien avant ! Vers la mi-journée, il entendit le bruit de tonnerre que faisaient des milliers de « ploufs » rageurs : les chutes d'Igualda n'étaient pas loin.

Le sentier que suivait Eragon longeait un promontoire humide où affleurait une terre d'ardoise. En bas, les eaux

---

1. La vallée de Palancar longe la rivière Anora.

tumultueuses du fleuve passaient en trombe. Des gerbes d'éclaboussures cristallines jaillissaient avant de retomber en pluie sur les berges moussues.

Au fond se lovait la vallée de Palancar. D'où il était, le garçon distinguait la plaine comme si quelqu'un en avait déroulé la carte sous ses yeux. Plus d'une demi-lieue au-dessous, le bassin où se jetaient les chutes d'Igualda marquait la limite nord de la vallée. On apercevait aussi des bâtiments bruns : c'était Carvahall. Avec Therinsford, Carvahall était le seul « vrai » village de la vallée. Des serpentins de fumée blanche s'élevaient des cheminées, comme un défi lancé par les hommes aux environs sauvages. De son point de vue, Eragon contemplait les fermes, qui ne paraissaient pas plus grandes qu'une phalange d'auriculaire ! Alentour, les champs avaient une couleur bistre ou sableuse ; des herbes mortes s'y balançaient sous le vent.

L'Anora bordait la vallée depuis les chutes d'Igualda jus-qu'au sud. Les rayons du soleil s'y reflétaient généreusement. Au fin fond du décor, le fleuve ourlait le village de Therinsford et le mont isolé d'Utgard. Au-delà, l'Anora se dirigeait vers le nord avant de plonger dans la mer ; mais Eragon n'en savait pas davantage sur son cours.

Il fit une pause, puis quitta le promontoire et entre-prit la descente en grimaçant. Lorsqu'il parvint au bas de l'à-pic, l'obscurité avait commencé de grignoter le paysage, brouillant les couleurs, estompant les contours. Les lumières de Carvahall brillaient, toutes proches, dans le noir. Les maisons projetaient de vastes ombres sur le sol. Le village, situé à l'écart des routes principales, était entouré par des contrées à la fois magnifiques et hostiles. Hormis quelques marchands et quelques trappeurs, les voyageurs étaient peu nombreux à s'aventurer dans cette région...

Les maisons de Carvahall étaient construites avec de gros rondins et surmontées de toits bas, couverts de chaume ou de bardeaux. La fumée qui sortait des cheminées exhalait une odeur de bois. Sous les grands porches qui prolongeaient les édifices, des gens étaient réunis pour parler affaires ou discuter de la pluie et du beau temps. Quelquefois, une fenêtre s'éclairait : quelqu'un avait allumé une lampe ou une bougie. Eragon entendait les hommes bavarder à voix haute dans le soir tombant, tandis que des femmes erraient à la recherche de leurs époux pour leur rappeler que, lorsque le dîner est prêt, l'heure, c'est l'heure !

Le garçon se dirigea vers la boucherie : c'était une échoppe de taille respectable, faite de solides madriers. Sa cheminée crachait un nuage noir.

Eragon ouvrit la porte. La pièce était spacieuse, chaude, illuminée par un feu qui craquait dans un âtre en pierre.

Devant le mur du fond, un comptoir ; par terre, un peu de paille éparpillée. L'ensemble donnait une impression de propreté impeccable, comme si le propriétaire avait passé tout son temps libre à inspecter jusqu'aux moindres fentes où auraient pu se glisser d'infimes grains de poussière.

Derrière le comptoir se tenait un homme de petite taille, vêtu d'une chemise de coton et d'un long tablier taché de sang : c'était Sloan, le boucher. Il portait une collection intimidante de couteaux à la ceinture. Le teint jaunâtre, la peau grêlée, les yeux méfiants, il fourbissait son comptoir avec un bout de torchon.

Il pinça les lèvres en voyant entrer Eragon :

– Tiens, tiens... Le chasseur légendaire daigne redescendre parmi les simples mortels ! Combien en as-tu pris, cette fois ?

– Zéro, lâcha Eragon d'un ton sec.

Il n'avait jamais aimé Sloan. Le boucher le traitait toujours avec mépris, comme si le garçon avait été une saleté qu'il convenait d'éliminer. Le commerçant était veuf et ne semblait s'intéresser qu'à une personne : sa fille, Katrina, qu'il avait richement dotée.

— Ça alors ! ironisa Sloan. Quelle surprise !

Il tourna le dos à Eragon pour gratter quelque chose sur le mur ; puis il reprit :

— Est-ce la raison de ta présence en ces lieux ?

— Oui, avoua Eragon, gêné.

— Alors, fais-moi voir ton argent.

Le garçon fixa ses souliers sans répondre. Sloan claqua des doigts :

— Allons ! Soit tu en as, soit tu n'en as pas. Je t'écoute.

— Je n'ai pas d'argent proprement dit ; en revanche, j'ai...

Le boucher l'interrompit :

— Tu n'as pas d'argent ? Et tu espères m'acheter de la viande *sans argent* proprement dit ? Tu connais beaucoup de commerçants qui te donneront à manger *gratuitement* ? Cours les voir, mon ami ! Tu t'imagines que, moi, je suis du genre à *offrir* mes marchandises ? De toute façon, il est tard. Reviens demain avec de l'argent. Sors d'ici, je ferme.

Eragon le fixa droit dans les yeux :

— Je ne peux pas attendre jusqu'à demain, Sloan. Mais tu ne perdras pas ton temps avec moi, crois-moi. J'ai trouvé quelque chose pour te payer.

D'un geste solennel, il sortit la pierre de son sac et la posa avec précaution sur le comptoir constellé de coups de hachoir. La lueur des flammes mouvantes de l'âtre se refléta sur la gemme.

— « Trouvé », « trouvé »..., grogna Sloan en se penchant, la mine intéressée. M'est avis que tu l'as plutôt volé.

Eragon décida d'ignorer la pique pour demander :

— Ça te convient ?

Le boucher s'empara de l'objet et le soupesa. Il fit courir ses mains sur la surface polie, inspectant minutieusement les veinules blanches.

– C'est pas mal ! Mais combien ça vaut ?

– Je ne sais pas, reconnut Eragon. Cela dit, personne ne se serait donné la peine de tailler cette pierre si elle n'avait pas été précieuse.

– Sans doute, mais combien ça vaut ? répéta Sloan. Puisque tu ne le sais pas, je te conseille de poser la question à un marchand... ou alors d'accepter mon offre : je te l'achète trois couronnes.

– Trois couronnes ? C'est du vol ! Ça en vaut au moins trente !

« Et, avec trois couronnes, je n'aurai même pas de quoi acheter de la viande pour une semaine ! » pensa Eragon.

Sloan haussa les épaules :

– Comme tu voudras. Je croyais que tu ne savais pas combien ça valait. Mais peu importe : reprends ta pierre. Tu n'auras qu'à la montrer aux négociants. Personnellement, j'en ai assez de cette conversation.

Les négociants dont parlait Sloan étaient un groupe de marchands et de baladins nomades, qui venaient à Carvahall au printemps et en hiver. Ils achetaient le surplus de tout ce que les habitants du village et les fermiers des environs avaient réussi à faire pousser ou à confectionner ; en contrepartie, ils leur vendaient ce qui leur était nécessaire pour l'année à venir : des semences, des animaux, des tissus et des provisions diverses, comme du sel et du sucre.

Eragon ne voulait pas les attendre. Impossible de savoir avec précision quand ils arriveraient ; et c'est maintenant qu'on avait besoin de viande, chez lui.

– Très bien, j'accepte ! lâcha-t-il.

– Parfait, je vais aller te chercher ta viande. À propos, ça n'a pas d'importance, mais où as-tu trouvé ta pierre ?

– Il y a deux nuits de cela, j'étais sur la Crête quand...

– Va-t'en ! s'écria Sloan en repoussant la pierre.

Il donna un violent coup de poing sur le comptoir et se mit à y gratter une vieille tache de sang avec un couteau.

– P... pourquoi ? souffla Eragon.

Il serra la pierre contre lui, comme pour la protéger de la colère de Sloan.

– Je ne troquerai rien contre ce que tu rapporteras de ces montagnes maudites ! Va au diable avec ta pierre ensorcelée !

La main du boucher dérapa. L'homme s'entailla un doigt sans paraître s'en apercevoir. Il continua de frotter, tout en laissant goutter son sang frais sur la lame.

– Vous... vous ne voulez plus me vendre votre viande ? insista Eragon.

– Non ! Tant que tu n'auras pas de la bonne monnaie sonnante et trébuchante à me proposer, pas question ! Et, maintenant, déguerpis avant que je ne te mette dehors !

La porte de la boutique s'ouvrit à la volée. Eragon se retourna, prêt à affronter de nouveaux adversaires. Horst, un homme à la carrure impressionnante, entra, suivi de Katrina, une grande fille de seize ans au visage décidé. Eragon était surpris de la voir là : d'ordinaire, elle évitait de se mêler aux disputes de son père. Sloan jeta aux visiteurs un regard furieux :

– Figurez-vous que ce gredin ne...

– Ça suffit ! lança Horst d'une voix de stentor en faisant craquer les articulations de ses doigts.

C'était le forgeron de Carvahall : on le devinait à son cou puissant et à son tablier de cuir fatigué. Les manches retroussées jusqu'au coude, l'homme portait une chemise assez ouverte pour laisser entrevoir son poitrail musclé et poilu. Sa barbe noire, mal entretenue, frémissait au rythme de ses mâchoires.

– Qu'est-ce que c'est encore que cette histoire, Sloan ? demanda-t-il.

– Rien ! cracha le boucher en foudroyant Eragon du regard. Ce... ce *gamin* est entré ici pour me harceler ! Je lui ai dit : « Pars », et il refuse de bouger. Je l'ai même menacé, et ça ne suffit pas, il ne veut pas comprendre !

– Est-ce vrai, Eragon ? s'enquit le forgeron.

– Non ! Je lui ai offert une pierre précieuse en échange de sa viande ; il a accepté le marché. Et, soudain, quand je lui ai annoncé que je l'avais trouvée sur la Crête, il a repris sa parole et n'a plus voulu de ma pierre ! Franchement, qu'est-ce que ça change, qu'elle vienne de la Crête ou d'ailleurs ?

Horst examina l'objet avec curiosité, puis reporta son attention sur le boucher :

– Où est le problème, Sloan ? Moi-même, je n'aime pas trop la Crête, mais, si la pierre avait de la valeur, je l'achèterais sans hésiter.

La question resta suspendue un moment. Puis le boucher s'humecta les lèvres et grogna :

– Ici, c'est *ma* boutique. Je fais ce que je veux.

Katrina s'avança, enveloppée dans un halo de cheveux auburn – on aurait dit une rivière de cuivre étincelant :

– Père, Eragon veut payer. Donne-lui la viande, et allons souper.

Sloan plissa les yeux... ce qui n'était jamais bon signe, chez lui :

– Rentre à la maison ! Cette histoire ne te regarde pas ! Allez, RENTRE !

Le visage de Katrina se durcit ; puis la jeune fille sortit de la pièce d'un pas raide. Eragon grimaça sans oser intervenir. Horst passa une main dans sa barbe, lança un regard désapprobateur à Sloan, et dit au garçon d'une voix qui résonnait dans la pièce :

– Très bien ! Moi, cette pierre m'intéresse. Qu'allais-tu acheter ?

– Tout ce que je pouvais.

Horst sortit une bourse de sa poche et compta ses pièces.

– Donne-lui tes plus beaux rôtis et tes meilleurs morceaux, ordonna-t-il au boucher. Remplis-en son sac.

Sloan hésita. Son regard allait et venait entre Horst et Eragon.

– Ne pas me vendre ta viande serait une très mauvaise idée, signala le forgeron d'une voix tranquille.

Le boucher tourna les talons, furieux. Aussitôt, on entendit dans l'arrière-boutique des coups frénétiques de couteaux et de hachoirs... ainsi qu'une bordée de grommellements injurieux. Quelques minutes plus tard, l'homme reparut avec un gros paquet de viande. Son visage était impassible quand il encaissa l'argent de Horst. Ensuite, il entreprit, sans mot dire, de nettoyer le couteau qu'il avait à la main comme s'il avait été seul dans la boutique.

Le forgeron attrapa la viande et s'en alla. Eragon courut après lui, avec ses affaires et sa pierre. L'air glacé de la nuit leur frappa le visage, rafraîchissant après l'atmosphère surchauffée de la boucherie.

– Merci, Horst. Oncle Garrow sera content.

Le forgeron eut un petit rire :

– Ne me remercie pas. Voilà longtemps que j'en rêvais. Sloan est un petit vicieux qui cherche les ennuis. Une saine humiliation lui fera le plus grand bien.

– Comment avez-vous su que...

– Katrina a entendu votre discussion, à tous les deux, et elle est allée me chercher. Il était temps que j'arrive : vous en seriez venus aux mains. Malheureusement, je pense qu'il refusera de vous servir, toi et les tiens, quand vous retournerez dans sa boutique... même avec des couronnes sonnantes et trébuchantes.

– Quelle mouche l'a piqué ? s'étonna Eragon en ouvrant son sac. Nous n'étions pas les meilleurs amis du monde, mais, jusqu'à ce jour, il avait toujours accepté notre argent. Et je ne l'avais jamais vu traiter Katrina de cette manière !

– Demande à ton oncle, suggéra Horst. Il en sait plus long que moi.

Le garçon fourra la viande dans son sac et conclut :

– Eh bien, voilà une raison de plus pour que je me dépêche de rentrer. Tenez, ceci est pour vous...

Il tendit la gemme au forgeron, qui refusa :

– Non, non, garde ta pierre bizarre. Je veux un autre paiement : Albriech va partir à Feinster au printemps prochain. Il veut devenir maître forgeron, et, moi, j'ai besoin de quelqu'un. Viens travailler pour payer ta dette, quand tu auras le temps.

Eragon s'inclina légèrement, ravi. Horst avait deux fils, Albriech et Baldor, qui l'aidaient dans sa forge. Offrir la place de l'un d'eux était une marque de confiance... et une proposition généreuse.

– Encore merci ! lança le garçon. J'ai hâte de travailler avec vous.

Il était heureux d'avoir un moyen de rembourser Horst. Son oncle n'aurait jamais accepté qu'on lui fît la charité.

Soudain, Eragon se rappela ce que son cousin lui avait dit juste avant son départ pour la chasse :

– Roran m'a demandé de transmettre un message à Katrina. Pourriez-vous vous en charger ?

– Bien sûr !

– Il l'informe qu'il sera en ville dès que les marchands arriveront, et qu'il en profitera pour passer la voir.

– C'est tout ?

Eragon, embarrassé, hésitait à compléter son message :

– Euh... non. Il dit aussi qu'elle est la plus belle fille qu'il ait jamais vue, et qu'il ne pense qu'à elle.

Un grand sourire éclaira le visage du forgeron, qui cligna de l'œil :

– Voilà qui devient sérieux, pas vrai ?

– Oui, monsieur..., reconnut Eragon en souriant à son tour. Ah, et tant que vous y êtes, pourrez-vous la remercier d'être allée vous chercher ? J'espère qu'elle ne sera pas punie à cause de moi. Roran ne me le pardonnerait jamais !

– Ne t'inquiète pas, Sloan ne sait pas qu'elle m'a appelé à la rescousse ; ça m'étonnerait qu'il s'en prenne à elle. Tu ne veux pas dîner avec nous, avant de repartir ?

– Non, désolé, je dois filer : Garrow m'attend.

Eragon referma son sac, le chargea sur son dos et reprit la route en adressant de la main un dernier au revoir au forgeron.

La viande pesait lourd dans le sac, ralentissant sa marche, mais la hâte de retrouver les siens donnait des ailes à Eragon.

Il sortit du village, laissant d'un coup derrière lui les chaudes lumières des maisons. La lune opaline dominait les montagnes, baignant le paysage d'une lueur fantomatique qui semblait être un pâle écho de la clarté du jour. Ce soir, le monde paraissait écrasé, évanescent, comme vidé de ses couleurs.

Eragon approchait du terme de son voyage. Il emprunta la route du sud, puis un simple sentier bordé d'herbes hautes qui lui arrivaient à la taille. Le chemin montait vers un tertre presque invisible sous l'ombre protectrice d'un bosquet d'ormes. Lorsque le garçon eut gravi la colline, une maison éclairée lui apparut : c'était la ferme de Garrow. Son foyer.

La demeure avait un toit de bardeaux et une cheminée en brique. Un avant-toit plongeait devant les murs blanchis à la chaux. À droite, il recouvrait des bûches de chauffage ; à gauche, il abritait des intempéries quelques outils de jardinage.

Quand ils y avaient emménagé, à la mort de Marian, la femme de Garrow, cela faisait un demi-siècle que l'édifice avait été abandonné. Les gens estimaient que la maison était dangereuse, ainsi placée à l'écart : ses habitants ne seraient pas défendus par les autres villageois en période de troubles. Mais l'oncle d'Eragon était têtu !

À trente mètres de la maison, dans une bâtisse grisâtre, vivaient deux chevaux, Birka et Brugh, des poules et une vache. Parfois, il y avait aussi un cochon ; pas cette année – ils n'avaient pu en acheter un. Entre les stalles était rangée une carriole. En bordure des champs, une haie d'arbres longeait l'Anora.

Le garçon vit une lumière bouger derrière la fenêtre au moment où il atteignait la porte.

– C'est moi, mon oncle, Eragon ! lança-t-il. Ouvrez !

Un petit bruit, une seconde d'attente, puis la porte s'ouvrit vers l'intérieur.

Garrow se dressait là, une main sur le battant. Des vêtements usés pendaient le long de son corps tels des haillons sur un épouvantail. Il avait un visage maigre, presque famélique, un regard intense et des cheveux grisonnants. On aurait dit qu'il avait été momifié en partie, avant qu'on se rendît compte qu'il était encore en vie.

– Roran dort, lâcha-t-il en réponse à la question muette d'Eragon.

Sur une table en bois, une lanterne était allumée. Le meuble était si vieux que les sillons qui s'y creusaient évoquaient les empreintes digitales d'un géant. Au-dessus d'un établi étaient alignés des ustensiles de cuisine, suspendus au mur avec des clous. Une autre porte donnait sur le reste de la maison. Le sol était lambrissé de lattes que des années de piétinement avaient rendues parfaitement lisses.

Eragon posa son sac et en sortit la viande.

– Qu'est-ce que c'est que ça ? grogna son oncle en découvrant le gros paquet. Tu as *acheté* de la viande ? Avec quel argent ?

Le garçon inspira un bon coup avant de répondre :

– En fait, c'est Horst qui l'a achetée.

– Tu l'as laissé payer notre viande ? s'emporta Garrow, le visage blême de colère. Je te l'ai déjà dit, je ne mendierai pas ma nourriture. Si nous sommes incapables de subsister, autant retourner à la ville ! Là-bas, avant que tu aies demandé quoi que ce soit, on te donne des vêtements d'occasion et on vient vérifier si tu n'as pas besoin de quelque chose pour passer l'hiver...

– Je n'ai pas demandé la charité, rétorqua Eragon. Horst m'a proposé de m'acquitter de ma dette ce printemps. Il veut que je vienne lui donner un coup de main. Albriech s'en va.

– Et où vas-tu trouver le temps de l'aider ? demanda Garrow en s'efforçant de ne pas crier. Tu as peut-être oublié tout ce qu'il y a à faire, ici ?

– Je ne sais pas comment je me débrouillerai, lâcha le garçon, agacé, en suspendant son arc et ses flèches à l'entrée. Mais je n'ai pas perdu mon temps à la chasse : j'ai déniché quelque chose qui pourrait nous rapporter de l'argent.

Il fouilla dans son sac, en tira la pierre et la mit sur la table.

Garrow se pencha sur elle. Son regard se troubla ; ses doigts furent parcourus d'étranges tremblements.

– Tu as trouvé ça sur la Crête ?

– Oui, dit Eragon.

Il raconta son expédition et conclut :

– Le pire, c'est que j'ai perdu ma meilleure flèche. Je vais bientôt devoir m'en tailler de nouvelles. Mon carquois se vide.

L'oncle et le neveu fixaient la gemme qui luisait dans la pénombre.

– Tu as eu beau temps ? demanda Garrow en saisissant le joyau.

Il serrait la pierre entre ses mains comme s'il avait eu peur qu'elle ne disparût.

– Il n'a pas neigé, mais il a gelé chaque nuit, répondit Eragon.

Garrow parut inquiet.

– Demain, tu aideras Roran à récolter l'orge, décida-t-il. Si nous avons en plus le temps de ramasser les légumes, nous aurons de quoi manger pendant un moment.

Il tendit la pierre à Eragon :

– Tiens, garde-la. Quand les marchands viendront, on verra ce qu'elle peut rapporter. La vendre est sûrement la seule chose à faire. Moins nous serons mêlés à la magie de la Crête, mieux cela vaudra. Mais, dis-moi, pourquoi Horst a-t-il payé la viande ?

Le garçon résuma son altercation avec le boucher.

– Je ne comprends pas ce qui l'a mis en colère à ce point…, conclut-il.

– Ismira, la femme de Sloan, s'est jetée dans les chutes d'Igualda un an avant ton arrivée. Depuis, il a toujours soigneusement évité d'avoir le moindre rapport avec la Crête. Mais ce n'est pas une raison pour refuser ton offre. Je pense qu'il te cherchait juste des crosses.

Eragon se balança d'une jambe sur l'autre à la manière d'un ours.

– C'est bon d'être de retour, grogna-t-il.

Le regard de Garrow s'adoucit. L'homme acquiesça.

Eragon gagna sa chambre, glissa la pierre sous son lit et s'effondra sur son matelas. Il était revenu chez lui… Pour la première fois depuis le début de sa chasse, il allait enfin pouvoir s'endormir sans crainte !

HISTOIRES DE DRAGON

À l'aube, les rayons du soleil traversèrent la fenêtre, réchauffant le visage d'Eragon. Le garçon se frotta les yeux et s'assit au bord de son lit. Les lattes du parquet en pin étaient froides sous ses pieds.

Il s'étira, se gratta le dos et bâilla. À côté du lit se dressaient des étagères couvertes d'objets qu'il avait ramassés çà et là : des branches aux formes tordues ; des fragments curieux de coquillages ; des pierres qui s'étaient brisées, révélant des entrailles brillantes ; des bouquets d'herbe sèche. Le reste de la pièce était vide, à l'exception d'un petit meuble et d'une table de nuit.

Eragon chaussa ses bottes et fixa le sol, perdu dans ses pensées. Ce jour-ci n'était pas un jour comme les autres. Cela faisait seize ans que Selena, sa mère, était rentrée à Carvahall, seule et enceinte. Elle était partie six ans auparavant vivre en ville. À son retour, elle portait des vêtements luxueux, et ses cheveux étaient retenus par un filet de perles. Elle avait retrouvé son frère, Garrow, et lui avait demandé de rester avec elle jusqu'à la naissance du bébé. Cinq mois plus tard, elle avait donné le jour à un fils. Elle avait choqué tout le monde lorsqu'elle avait supplié, en larmes, Garrow et

Marian d'élever son enfant à sa place. Quand ils avaient voulu savoir pourquoi, ses sanglots avaient redoublé. « Il le faut », avait-elle fini par lâcher.

Elle avait tant prié, tant insisté, qu'ils avaient cédé. Alors, Selena avait baptisé son fils « Eragon », et, le lendemain matin, elle s'en était allée, pour ne plus revenir.

Eragon se rappelait encore ce qu'il avait éprouvé le jour où Marian lui avait raconté cette histoire avant de mourir. Apprendre que Marian et Garrow n'étaient pas ses parents avait profondément bouleversé le garçon. Des vérités qu'il avait crues éternelles, inébranlables, s'étaient soudain effondrées. Plus rien n'était sûr. Il avait fini par accepter cette situation, mais il avait gardé en lui la certitude persistante qu'il n'avait pas été assez bien pour sa mère... Elle ne l'avait pas abandonné sans une bonne raison ; il aurait juste souhaité savoir laquelle.

Il se demandait aussi qui était son père. Selena n'avait révélé à personne son identité ; et, quel que fût cet inconnu, il n'était jamais venu réclamer son fils. Celui-ci aurait pourtant aimé le connaître ou, du moins, connaître son nom – savoir quel était son héritage, en somme.

Eragon soupira, se dirigea vers la bassine posée sur la table de nuit, et frissonna quand l'eau coula le long de son cou. Une fois rafraîchi, il prit la pierre, qu'il avait posée sous son lit pour la placer sur une étagère. La lumière du petit matin caressa la gemme, projetant une ombre chaleureuse sur le mur. Eragon toucha une dernière fois sa trouvaille avant de filer à la cuisine. Il était impatient de rejoindre les siens.

Garrow et Roran étaient déjà autour de la table, en train de dévorer un poulet. Lorsque Eragon les salua, Roran se leva, un grand sourire aux lèvres. Il avait deux ans de plus qu'Eragon. Musclé, puissant, robuste, il avait cependant des mouvements pleins de grâce. Eragon et lui n'auraient pas pu être plus proches l'un de l'autre quand bien même ils auraient été des frères de sang.

– Enfin, te revoilà ! s'exclama Roran. Comment s'est passée ton expédition ?

– Ça n'a pas été facile, répondit Eragon en attrapant une aile de poulet, qu'il attaqua avec voracité. Oncle Garrow t'a raconté ce qui m'est arrivé ?

Roran fit signe que non. Il ne fallut pas longtemps à Eragon pour narrer son histoire... puis pour aller chercher la pierre, devant l'insistance de son frère d'adoption. En apercevant la pierre, Roran poussa des cris d'admiration ; mais il ne tarda pas à passer à un autre sujet, qui l'intéressait davantage :

– Tu as pu parler à Katrina ?

– Non, après ma dispute avec Sloan, je n'ai pas eu l'occasion de la revoir. Tu la retrouveras sûrement quand les marchands seront là. J'ai donné le message à Horst pour qu'il le lui transmette.

– Tu... tu as donné le message à Horst ? bégaya Roran, incrédule. Mais c'était une affaire privée ! Si j'avais voulu que tout le monde fût au courant, j'aurais fait un feu de camp et j'aurais utilisé des signaux de fumée pour communiquer ! Si Sloan l'apprend, il ne me laissera plus jamais la voir...

– Horst sera discret, affirma Eragon. Il ne porte pas Sloan dans son cœur ; et il ne cherchera pas à le brouiller avec quiconque. Surtout pas avec toi.

Bien qu'il ne semblât pas convaincu, Roran ne protesta plus. Tous deux reprirent leur repas, à côté de Garrow, toujours silencieux.

Le dernier morceau avalé, ils se rendirent tous trois aux champs.

Dehors, le soleil était froid et pâle ; il réchauffait peu. Sous l'œil attentif de l'astre du jour, l'orge fut coupée et rentrée dans la grange. Ensuite, ce fut au tour des légumes – courges sauvages, rutabagas, betteraves, pois, navets et haricots – d'être ramassés et entassés à la cave. Après de longues heures de dur labeur, Eragon, Roran et Garrow étirèrent leurs muscles perclus de crampes, satisfaits que la récolte fût finie.

Les jours suivants, on écossa, on sala, on mit des légumes dans la saumure ou en conserve : il fallait préparer de la nourriture pour l'hiver.

Neuf jours après le retour d'Eragon, un blizzard vicieux descendit des montagnes et souffla sur la vallée. La neige tomba à gros flocons, recouvrant la contrée d'un manteau blanc. Eragon, Roran et Garrow ne quittaient la maison que pour aller chercher des bûches et nourrir les animaux : ils redoutaient de se perdre dans cette campagne balayée par

le vent hurlant, où la neige avait gommé tous les repères. Ils passaient leur temps autour de l'âtre, tandis que les rafales faisaient grincer les lourds volets. La tempête dura plusieurs jours. Quand elle s'éloigna, elle laissa derrière elle un paysage étrange, informe, immaculé.

– Je crains qu'on ne voie pas les marchands cette année, murmura Garrow d'une voix résignée. Le temps est trop mauvais. Ils sont déjà en retard. Toutefois, accordons-leur une chance : attendons un peu avant de nous rendre à Carvahall. S'ils ne viennent pas, nous serons bons pour acheter ce que les gens, là-bas, auront à nous vendre.

La tension monta dans la maisonnée, au fur et à mesure que le temps passait sans que les marchands donnassent signe de vie. Les paroles échangées étaient rares ; l'inquiétude et la déception rongeaient les trois hommes.

Un matin, Roran poussa jusqu'à la route principale ; au retour, il confirma que les marchands n'étaient pas arrivés.

– Pas encore, avait-il ajouté.

La journée fut consacrée à la préparation du voyage vers Carvahall, au cas où. Garrow faisait grise mine en inventoriant ce qu'ils pourraient y vendre.

Ce soir-là, trop désespéré pour rester enfermé, Eragon inspecta la route à son tour. Des roues avaient creusé la neige, et l'on voyait de nombreuses empreintes de sabots. Il rentra à la maison fou de joie, et les préparatifs repartirent avec plus d'entrain.

Le soleil n'était pas levé, le lendemain, lorsqu'ils chargèrent le chariot avec leurs surplus. Garrow prit son argent – fruit d'une année de travail – et le mit dans une bourse de cuir, qu'il attacha soigneusement à sa ceinture. Eragon enveloppa la pierre dans un tissu, pour la protéger, puis il la cala entre les sacs de grain. Ainsi, la gemme ne roulerait pas à terre au premier cahot.

Après un petit déjeuner expédié à la hâte, les hommes harnachèrent les chevaux et gagnèrent la route. Les carrioles des marchands avaient déjà brisé les congères, ce qui faisait gagner du temps aux voyageurs. À midi, Carvahall était en vue.

Baigné par la lumière du jour et résonnant de cris et de rires tonitruants, le petit village niché au pied des montagnes était bien différent de l'endroit obscur où Eragon était passé en rentrant de la Crête. Les marchands s'étaient installés dans un pré abandonné, à la lisière de Carvahall. Des chariots, des tentes, des feux de camp étaient disséminés sur le terrain vague, taches colorées se découpant sur la blancheur de la neige. Les quatre tentes des troubadours se remarquaient d'emblée : elles étaient décorées avec extravagance. Un cordon humain reliait le camp au village, glissant le long des étals.

Des foules de chalands faisaient la queue autour des chapiteaux bigarrés et devant les stands des commerçants, qui avaient envahi la rue principale. Les chevaux hennissaient, effrayés par le bruit. La neige avait été piétinée, tassée ; par endroits, elle avait même fondu à la chaleur des feux de camp. Les riches effluves de noisettes grillées ajoutaient une note plaisante à la symphonie de senteurs qui accueillait les curieux.

Garrow rangea le chariot et détacha les chevaux ; puis il sortit quelques pièces de sa bourse :

– Tenez, c'est pour vous. Roran, tu as quartier libre, mais sois chez Horst à temps pour le dîner. Eragon, prends ta pierre, et suis-moi.

Eragon sourit à Roran en empochant l'argent. Il réfléchissait déjà aux moyens de le dépenser. À coups d'épaules, Garrow se fraya un chemin à travers la cohue. Les femmes examinaient les vêtements qu'elles comptaient acquérir ; leurs époux s'étaient jetés sur les étals d'outils, de hameçons ou de serrures ; les gamins couraient sur la route et piaillaient d'excitation. Ici, on vendait des couteaux ; plus loin, c'étaient des épices, des rangées de marmites étincelantes ou des harnais en cuir.

Eragon observait les marchands avec curiosité. Ils semblaient moins prospères que l'an dernier : leurs habits étaient rapiécés, leurs enfants avaient des regards apeurés et méfiants. Les hommes arboraient avec ostentation des épées et des dagues. Les femmes elles-mêmes étaient armées de coutelas, qu'elles portaient à la ceinture.

« Quelque chose a dû arriver, en plus de la tempête, qui explique leur attitude... et leur retard », songea Eragon. Il avait gardé d'eux des souvenirs pleins de rires et de bonne humeur. Cette année, on aurait cherché en vain chez les marchands des traces de jovialité...

Garrow descendit la rue à la recherche de Merlock, un marchand spécialisé dans la vente de bijoux, précieux ou de fantaisie. Il le repéra dans une baraque où le commerçant présentait des broches à un groupe de femmes. Des exclamations admiratives accueillaient chaque nouvelle pièce qu'il exhibait. Merlock semblait s'épanouir et grandir sous l'effet des compliments qui pleuvaient sur ses articles. Un bouc au menton, il affichait une assurance tranquille qui confinait au mépris.

Les clientes excitées empêchaient Garrow et Eragon d'approcher. Ils se résolurent donc à s'asseoir et à attendre. Dès que Merlock fut libre, ils lui sautèrent dessus.

– Et que puis-je pour ces messieurs ? lança le bateleur. Non, non, ne me dites rien : je sens que ce sont les amulettes qui vous intéressent... ou peut-être un présent de valeur pour vos dames, n'est-ce pas ? Tenez, regardez-moi ça !

D'un habile mouvement du poignet, il dégaina une rose en argent délicatement ciselée par un excellent artisan. Le métal poli suscita l'intérêt d'Eragon, qui admira le bijou avec attention ; ce qui n'échappa pas au marchand.

– Je n'en demande que trois couronnes, claironna-t-il, et pourtant, c'est une pièce qui provient des célèbres ateliers de Belatona.

– Nous ne venons pas pour acheter, mais pour vendre, répondit Garrow d'une voix douce.

Aussitôt, Merlock escamota la rose et fixa ses visiteurs :

– Je vois... Peut-être, si votre objet a de la valeur, souhaiterez-vous le troquer contre l'un ou l'autre de mes fabuleux bijoux ?

Eragon et son oncle se dandinaient d'un pied sur l'autre, mal à l'aise.

– Vous m'avez apporté la pièce en question ? demanda Merlock.

– Oui, fit Garrow d'un ton ferme.

– Alors ?

– Nous préférerions vous la montrer ailleurs.

Étonné, Merlock leva un sourcil, puis il se décida :

– Très bien. Dans ce cas, permettez-moi de vous convier dans ma tente.

Il ramassa ses bijoux et les rangea dans un coffre-fort en fer, qu'il verrouilla avec soin avant de se diriger vers le camp de fortune, et ses invités le suivirent à travers le dédale de chariots jusqu'à une tente dressée un peu à l'écart des autres marchands. Elle était cramoisie au sommet et couleur sable en bas. Des triangles bigarrés alternaient sur ses flancs. Merlock souleva la porte en tissu et la maintint sur un côté pour laisser passer ses visiteurs.

De petits objets métalliques et un mobilier étrange – parmi lequel un lit rond et trois sièges sculptés dans des souches d'arbre – remplissaient l'intérieur. Sur un coussin blanc était posée une dague courbe au pommeau serti d'un rubis.

Merlock rabattit la tenture avant de s'adresser à Garrow et à son neveu :

– Je vous en prie, asseyez-vous... et montrez-moi ce pour quoi nous nous rencontrons à l'abri des regards indiscrets.

Eragon déballa sa pierre. Les yeux de Merlock s'éclairèrent d'un coup. L'homme tendit les mains vers la gemme, suspendit son geste et demanda :

– Je peux ?

Garrow opina. Le marchand prit l'objet, le mit sur ses genoux, ouvrit une petite boîte qui révéla une balance en cuivre, pesa la pierre, examina sa surface avec une loupe de joaillier, la tapota avec un maillet de bois, passa la pointe d'un diamant minuscule sur la gemme, mesura la longueur et le diamètre du minéral, inscrivit le résultat de l'opération sur une ardoise, l'étudia, réfléchit... et secoua la tête :

– Vous savez combien vaut votre pierre ?

– Non, reconnut Garrow, gêné.

Un muscle de sa joue tressaillit. Merlock grimaça :

– Malheureusement, moi non plus. Tout ce que je peux affirmer, c'est que les veines blanches sont de la même matière que les veines bleues qui les entrelacent ; seule la couleur change. Cela dit, quelle est cette matière ? Je n'en ai pas la moindre idée. Cette roche est plus dure que toutes les pierres que j'ai jamais vues. Plus dure même que le diamant. Celui qui l'a taillée s'est servi d'outils que je ne connais pas... ou peut-être de magie. Et il y a une dernière curiosité : cette pierre est creuse.

– Pardon ? s'exclama Garrow.

– Vous avez déjà entendu une pierre faire ce bruit ? lança Merlock, un peu agacé.

Il attrapa sa dague sur le coussin et la frappa du plat de la lame. Une note d'une incroyable pureté retentit, puis s'évanouit lentement. Eragon était inquiet. La dague n'avait-elle pas abîmé la surface ? Merlock leur montra la gemme :

– Vous ne trouverez aucun éclat, aucune écorchure à l'endroit où ma dague a frappé. Même si je le voulais, je pense que je serais incapable d'y pratiquer une entaille. M'est avis que je briserais en vain mes marteaux dessus...

Garrow croisa les bras, méfiant, réfugié derrière un mur de silence. Eragon était stupéfait. Il savait que la pierre était apparue sur la Crête par magie ; il ignorait qu'elle fût elle-même magique. Qui avait pu fabriquer une gemme magique ? Et dans quel but ?

– Vous n'avez aucune idée de ce que ça vaut ? insista-t-il.

– Non, aucune, reconnut Merlock, chagriné. Certaines personnes seraient sans doute prêtes à la payer fort cher, mais elles ne sont pas à Carvahall. Il vous faudrait aller dans les villes du Sud pour trouver un acquéreur. Votre pierre a de la valeur en tant que curiosité. Ce n'est pas quelque chose qu'on est susceptible d'acheter quand on doit d'abord penser à satisfaire des besoins immédiats.

Garrow fixa le sommet de la tente, comme un joueur estimant ses chances de réussite au moment de tenter un gros coup.

– Allez-vous nous l'acheter ? finit-il par dire.

Le commerçant n'hésita pas un instant :

– Non. Elle n'en vaut pas le risque. Il n'est pas exclu que je rencontre un acheteur fortuné durant mes voyages de printemps ; mais je ne peux pas en être sûr. Et, en supposant que je fasse affaire, je ne vous paierais pas avant de revenir ici, l'an prochain.

L'homme eut un geste d'impuissance :

– Non, décidément, vous allez devoir vous adresser à quelqu'un d'autre... Cependant, je suis curieux. Pourquoi avez-vous insisté pour me parler en privé ?

Eragon reprit la pierre avant de répondre :

– Parce que... parce que, cette pierre, je l'ai trouvée sur la Crête, et les gens d'ici n'aiment pas ce qui vient de là-haut.

Merlock n'explosa pas de colère comme Sloan ; néanmoins, il accusa le coup, lui aussi.

– Vous savez pourquoi nous autres marchands sommes en retard, cette année ? demanda-t-il.

– Le mauvais temps, peut-être ?

– La malchance, en fait. Le chaos règne sur l'Alagaësia. Nous n'avons pu éviter ni les maladies, ni les agressions, ni la malédiction la plus noire. Les attaques des Vardens se sont multipliées, ce qui a obligé Galbatorix à exiger des cités qu'elles envoient plus de soldats pour protéger les frontières. L'intérieur des terres s'est donc trouvé dégarni, et les Urgals en ont profité pour descendre vers le sud-est, *via* le désert du Hadarac. Personne ne sait pourquoi, et, à priori, cela ne devrait pas nous concerner. Sauf que ces brutes passent près des zones peuplées : elles ont quitté les chemins et les sous-bois pour emprunter les routes ; elles se sont approchées des villes. Le pire, c'est que certains récits évoquent la présence d'un Ombre ; cependant, cela reste à confirmer. Et pour cause : rares sont ceux qui, ayant rencontré un Ombre, ont vécu assez longtemps pour pouvoir s'en vanter...

– Pourquoi n'en avons-nous pas entendu parler ? s'étonna Eragon.

– Parce que c'est très récent, expliqua Merlock, la mine grave. Les premières attaques ont eu lieu il y a quelques mois seulement. Des villages entiers se sont vidés : leurs habitants ont été obligés d'émigrer. La famine menaçait après que les Urgals eurent détruit les récoltes...

– Balivernes ! grogna Garrow. Nous n'avons pas vu d'Urgals, par ici... Enfin, sauf celui dont on voit les cornes à la taverne de Morn !

Merlock fronça les sourcils :

– Certes, certes... Mais – ne le prenez pas en mauvaise part – vous vivez dans un coin reculé, enclavé dans les montagnes. Il n'est pas étonnant que la nouvelle ne vous soit pas encore parvenue. Du reste, je pense et j'espère que ces troubles seront de courte durée. Je ne les ai évoqués que parce que ces événements inhabituels se produisent dans l'Alagaësia... au moment même où vous trouvez une pierre inhabituelle, elle aussi.

Sur ce, le marchand se leva, raccompagna ses visiteurs et les quitta en s'inclinant avec un léger sourire.

Garrow reprit la direction du centre de Carvahall, Eragon sur ses talons.

– Qu'est-ce que tu en penses, Oncle Garrow ? demanda le garçon.

– J'ai besoin de recueillir plus d'informations avant de me forger une opinion. Rapporte la pierre au chariot. Après, occupe-toi comme ça te chante, j'ai à faire. Rendez-vous chez Horst pour le dîner.

Eragon se fraya un chemin jusqu'au chariot à travers la foule. Il était ravi. Son oncle mettait toujours très longtemps quand il avait « à faire », et le garçon avait la ferme intention de profiter de son temps libre pour s'amuser. Il cacha la pierre sous les sacs, puis regagna la ville à grandes enjambées.

Il passa d'un étal à un autre, évaluant les marchandises avec un œil d'acheteur... bien que son maigre pécule ne lui autorisât guère de folies ! Lorsqu'il parlait aux marchands des rumeurs colportées par Merlock, ceux-ci confirmaient l'instabilité de l'Alagaësia et expliquaient que les routes n'étaient plus aussi sûres que l'année précédente. De nouveaux dangers étaient apparus ; la tranquillité n'était qu'un souvenir ; on n'était plus en sécurité nulle part.

Plus tard, Eragon s'acheta trois bâtons de sucre malté et une tartelette à la cerise qui sortait du four. La nourriture chaude lui fit du bien, après une grosse matinée passée à patauger dans la neige. Son repas fini, il se lécha les doigts avec regret : il en aurait bien repris ! Au lieu de quoi, il s'assit sous un porche et suçota un morceau de sucre. Près de lui, deux gamins de Carvahall jouaient à lutter, mais il n'avait pas envie de se joindre à eux.

À la tombée du jour, les marchands continuèrent à traiter leurs affaires chez les habitants. Eragon était impatient : dans peu de temps, les troubadours raconteraient des histoires et feraient leurs numéros. Le garçon adorait les contes de magie, les récits mythologiques et, plus que tout, la geste des Dragonniers. Carvahall avait son propre conteur, Brom, qui se trouvait être un ami d'Eragon. Hélas, année après année,

ses contes étaient toujours les mêmes, tandis que les troubadours, eux, en narraient chaque fois de nouveaux ; et Eragon
était avide de les entendre.

Il venait de casser une stalactite de glace qui pendait
au-dessus de lui lorsqu'il avisa, tout près, Sloan. Le boucher
ne l'avait pas remarqué. Eragon en profita pour filer, la tête
dans les épaules, et disparaître au coin de la rue, dans la
taverne de Morn.

À l'intérieur de la taverne, l'air était chaud et saturé de la
fumée odorante des chandelles aux flammes vacillantes. Les
cornes noires de l'Urgal brillaient, immenses – elles étaient
aussi grandes que les bras tendus d'Eragon. Le trophée sur-
montait le linteau de la porte. La pièce était longue et basse
de plafond. Dans un coin étaient entassés des morceaux de
bois que les consommateurs pouvaient s'amuser à sculpter.
Morn était derrière le comptoir, en bras de chemise. Le bas
de son visage était aplati, comme s'il avait été écrasé par une
roue de charrette. Autour de solides tables en chêne massif,
les gens se pressaient pour écouter deux commerçants qui,
ayant écoulé leurs marchandises plus tôt que leurs confrères,
étaient venus boire une chope de bière.

Morn leva les yeux de la tasse qu'il nettoyait.

– Eragon ! s'exclama-t-il. Quel plaisir de te voir ! Et ton
oncle, où est-il passé ?

– Il fait ses courses, répondit le garçon en haussant les
épaules. Ça lui prend toujours des heures...

– Roran est par là, lui aussi ? s'enquit Morn en s'emparant
d'une autre tasse.

– Oui. Cette année, il n'y avait pas d'animaux malades
pour le retenir à la maison.

– Tant mieux, tant mieux...

Eragon désigna les deux marchands :

– Tu les connais, ceux-là ?

– Ce sont des grainetiers. Ils ont acheté les semences à tous les producteurs de la vallée pour une bouchée de pain, et, à présent, ils débitent des histoires horribles en s'imaginant qu'on les croira...

Le garçon comprenait l'irritation de Morn : si les cours du grain étaient bas, les villageois allaient manquer d'argent. Et, sans argent, comment les habitants de Carvahall allaient-ils s'en sortir ?

– Quel genre d'histoires horribles ? voulut-il savoir.

Morn ricana :

– Oh, ils prétendent que les Vardens ont signé un pacte avec les Urgals ! Leur but serait de lever une énorme armée, qu'ils s'apprêteraient à lancer sur nous. Soi-disant que nous ne devrions notre survie qu'à la protection de Son Altesse Sérénissime Le Roi En Personne. Comme si Galbatorix se souciait tant soit peu que nous brûlions vifs ou pas ! Va, va les écouter : moi, j'ai trop de travail pour te répéter leurs sornettes...

Le premier des marchands était d'une telle corpulence que son siège gémissait à chacun de ses mouvements. Il n'y avait pas un poil sur sa tête ; ses mains potelées semblaient lisses comme celles d'un bébé ; ses lèvres charnues formaient une moue drolatique lorsqu'il siphonnait sa chope. Son compère avait un visage rougeaud ; des bourrelets de peau luisante s'accumulaient autour de ses pommettes : on aurait dit du beurre rance en train de fondre. Ses bajoues rebondies et son cou charnu contrastaient de manière incongrue avec le reste de son corps, curieusement squelettique.

Le gros marchand tentait en vain de reculer son fessier imposant dans son fauteuil.

– Non, non ! protestait-il. Vous ne comprenez pas ! Sans les efforts incessants du roi pour vous préserver, je vous assure que vous ne seriez pas là, aujourd'hui, à discuter en paix avec nous. Si, dans son immense sagesse, Sa Majesté décidait de vous retirer sa protection, je ne donnerais pas cher de votre peau...

– Et pourquoi tu ne prétendrais pas que les Dragonniers sont de retour, tant que tu y es ? ironisa quelqu'un. Ou que ton copain et toi, vous avez tué une centaine d'elfes à vous seuls ? Tu nous prends pour des enfants qui gobent tout ce qu'on leur raconte ? Ne t'inquiète pas pour nous, va ! On saura se défendre...

Des rires saluèrent sa réplique. Le commerçant voulut répondre, mais son compagnon agita la main pour intervenir. La flamme des bougies fit scintiller ses bagues aux couleurs criardes.

– Vous vous méprenez, dit-il à son tour. Nous savons que le roi ne peut s'occuper de chacun de ses sujets en personne, et vous semblez le lui reprocher ; cependant, grâce à lui, les Urgals et d'autres créatures abominables n'ont jamais déferlé dans l'Empire, même dans ce type de... euh, d'endroits reculés. Vous êtes en colère contre l'Empire. Vous estimez que certains ne sont pas traités comme ils le mériteraient. Hé ! Quel gouvernement peut plaire à tout le monde ? Quel gouvernement peut satisfaire ses sujets sans mécontenter quelques grincheux ? Cependant, la plupart d'entre nous n'avons pas à nous plaindre. Chaque pays a son petit groupe d'agitateurs qui rendent le gouvernement responsable du désordre !

– Un petit groupe ? répéta une femme. Les Vardens, tu appelles ça un petit groupe ?

Le gros marchand soupira :

– Nous vous avons déjà expliqué que les Vardens n'ont pas l'intention de vous aider. Ils se bornent à perpétuer un mensonge qui risque de déstabiliser le pays : selon eux, la menace est à l'intérieur – et non à l'extérieur – de nos frontières. Tout ce qu'ils veulent, c'est renverser le roi et s'emparer de notre belle contrée. Ils ont des espions partout, qui préparent leur invasion. Impossible de savoir qui travaille pour eux... Il y en a peut-être même parmi vous !

Eragon n'était pas d'accord. Mais le discours des marchands était efficace, leurs arguments bien rodés, et les gens hochaient la tête, l'air convaincu.

Il s'avança d'un pas et lança :

– Comment savez-vous cela ? Si je prétends que les nuages sont verts, le sont-ils pour autant ? Prouvez-nous que vous ne mentez pas !

Les deux étrangers se tournèrent vers lui, tandis que les villageois attendaient leur réponse en silence.

– On n'apprend plus le respect aux gamins, de nos jours ? siffla le marchand aux bagues en évitant de fixer Eragon dans les yeux. On les laisse se montrer insolents avec les adultes quand l'envie leur en prend ?

Les consommateurs hésitèrent. Leurs regards allaient des commerçants à Eragon. Enfin, un homme parla :

– Répondez-lui.

– C'est une question de bon sens, voyons ! marmonna le gros marchand. De simple bon sens !

De la sueur perlait sur sa lèvre supérieure. Sa répartie agaça les villageois, et la discussion s'arrêta là.

Eragon retourna au comptoir, un goût amer dans la bouche. Jusqu'à ce jour, il n'avait jamais rencontré quelqu'un qui défendît l'Empire et dénigrât ses ennemis. À Carvahall, depuis des temps ancestraux, il existait une haine naturelle, presque héréditaire, à l'égard de l'Empire. Jamais l'Empire n'avait levé le petit doigt pour aider les habitants lorsque ceux-ci avaient souffert de la famine ; les collecteurs d'impôts avaient été sans pitié pendant ces années noires. Eragon pensait avoir eu raison de s'opposer aux marchands, au moins sur un point : la bonté supposée du roi. Quant aux Vardens, il n'avait pas d'opinion tranchée sur eux.

Ils formaient un groupe de rebelles qui passaient leur temps à harceler l'Empire. L'identité de leur chef, ou de celui qui les avait réunis dans les années ayant suivi l'ascension de Galbatorix au pouvoir, un siècle plus tôt, était demeurée un mystère. Les Vardens avaient suscité beaucoup de sympathie en se jouant des efforts de Galbatorix pour les détruire. Pourtant, on savait peu de chose d'eux ; tout au plus racontait-on qu'ils acceptaient d'intégrer dans leurs rangs les fugitifs et les ennemis de l'Empire. À condition que ces aspirants rebelles réussissent à les trouver...

Morn se pencha vers Eragon :

– Incroyable, n'est-ce pas ? Ils sont pires que des charognards tournant autour d'un animal agonisant ! Il va y avoir des dégâts s'ils restent ici plus longtemps.

– Pour eux ou pour nous ?

– Pour eux, dit Morn tandis que des voix furieuses s'élevaient dans la taverne.

Eragon sortit de l'établissement avant que les hommes en vinssent aux mains. La porte claqua derrière lui, le coupant de la dispute et le replongeant dans la froideur du crépuscule. Le soleil descendait rapidement ; les ombres des maisons s'allongeaient ; bientôt, il ferait nuit.

En remontant la rue, il aperçut Roran et Katrina. Roran dit quelque chose qu'Eragon ne put entendre. Katrina lui répondit à voix basse en regardant ses mains, puis se mit sur la pointe des pieds, l'embrassa et s'en fut.

Eragon rattrapa son presque-frère.

– Alors, la vie est belle ? lança-t-il, jovial.

Roran émit un grognement qui ne signifiait ni oui ni non. Ils marchèrent côte à côte.

– Tu as entendu ce que racontent les marchands ? s'enquit Eragon.

– Oui, fit Roran distraitement. Qu'est-ce que tu penses de Sloan ?

– Tu as encore un doute sur le sujet ?

– Le sang va couler quand il apprendra ce qu'il y a entre Katrina et moi...

Un flocon de neige se posa sur le nez d'Eragon, qui leva la tête. Le ciel s'était obscurci. Il ne trouva rien à dire : Roran avait raison. Sloan n'accepterait jamais le fils de Garrow dans sa famille... Eragon tapa son cousin dans le dos pour lui manifester sa solidarité, et c'est en silence qu'ils poursuivirent leur route jusque chez Horst.

Le dîner chez Horst fut chaleureux et animé, comme on pouvait s'y attendre. La salle à manger résonnait de conversations et de rires. Liqueurs et bières fortes coulaient à flots, ce qui ne faisait qu'accentuer le tumulte général. Lorsque les invités de Horst eurent vidé assiettes et coupes, ils se rendirent au campement des marchands. Un cercle de flambeaux avait été dressé dans une grande clairière. Des feux brûlaient alentour, dessinant sur le sol une chorégraphie d'ombres mouvantes. Malgré le froid mordant, les villageois arrivaient peu à peu et s'installaient en rond.

Enfin, les ménestrels sortirent de leurs tentes en tournoyant dans leurs costumes constellés de pompons. Des troubadours, moins jeunes et moins turbulents, les suivaient de près. Ils s'étaient réparti les rôles : aux troubadours, la musique et les contes ; aux plus jeunes, les acrobaties et les histoires cocasses.

Les premières saynètes n'étaient que divertissement : les refrains paillards fusaient ; les plaisanteries de corps de garde jaillissaient ; les comédiens tombaient volontiers sur les fesses, pour le plus grand bonheur des enfants de tout âge. Puis les spectateurs se rapprochèrent les uns des autres afin de se tenir chaud, et Brom, le vieux conteur, s'avança. L'homme avait serré son ample cape noire autour de ses épaules voûtées ; sa longue barbe blanche emmêlée tombait sur sa poitrine. Il étendit les bras, et ses mains apparurent, recourbées telles des serres. Alors, il commença son récit :

– Les sables du temps, nul ne peut les arrêter. Les grains s'écoulent, les années passent, que nous le voulions ou non... et pourtant, les souvenirs restent. Ce que nous avons perdu se perpétue dans nos mémoires. Ce que vous allez entendre est imparfait et incomplet. Néanmoins, écoutez cette histoire, chérissez-la, car, sans vous, elle ne serait pas. Je vais exhumer pour vous ce trésor longtemps égaré, oublié, caché dans les brumes mystérieuses du passé...

Les yeux vifs du récitant scrutèrent les visages captivés des spectateurs et s'arrêtèrent sur celui d'Eragon.

– Avant la naissance des pères de vos arrière-grands-pères, reprit Brom, la Confrérie des Dragonniers existait déjà. Protéger et surveiller nos terres grâce aux dragons et aux pouvoirs que ceux-ci leur conféraient, telle était la mission de ses membres. Durant des milliers d'années, ils s'en acquittèrent avec honneur. Leurs prouesses dans les batailles étaient sans équivalent, car chaque Dragonnier avait la force de dix soldats. Ils étaient immortels, ou presque : seul l'acier pouvait les transpercer ; seul le poison pouvait les terrasser. Ils se servaient de leur puissance pour accomplir le bien – et seulement le bien ; aussi, sous leur tutelle, des villes prospères s'érigèrent-elles. Tant que les Dragonniers assurèrent la paix, l'Alagaësia fut florissante. C'était un âge d'or. Les elfes étaient nos alliés, et les nains nos amis ; la richesse et la joie de vivre irradiaient des cités. Hélas, cela ne pouvait durer...

Brom baissa les yeux et se tut. Puis il reprit avec dans la voix une tristesse infinie :

– Nul ennemi ne pouvait détruire la Confrérie, mais personne ne pouvait protéger les Dragonniers contre eux-mêmes. Or, lorsque la Confrérie était au faîte de sa puissance, il advint qu'un garçon, du nom de Galbatorix, naquit dans la province d'Inzilbêth, aujourd'hui disparue. À dix ans, on l'évalua, ainsi que le voulait la coutume, et on décela en lui un potentiel exceptionnel. Les Dragonniers l'acceptèrent comme l'un des leurs. Galbatorix subit leur entraînement, et montra des dons remarquables. Doué d'un esprit hors du commun et d'un corps d'une force extraordinaire, il quitta rapidement les rangs des apprentis pour rejoindre ceux des Confrères. Certains jugèrent que cette promotion brutale était risquée ; las, le pouvoir avait érodé la modestie des Dragonniers ; ils étaient devenus trop arrogants pour prendre en compte les mises en garde. C'est ainsi qu'ils signèrent leur arrêt de mort...

Brom reprit son souffle avant de continuer :

– Donc, peu après que son entraînement fut terminé, Galbatorix partit pour un périple fort aventureux en compagnie de deux amis, à dos de dragon. Loin dans les terres septentrionales, ils s'aventurèrent, volant jour et nuit. Ils se hasardèrent profondément dans les territoires des Urgals, car, présomptueux, ils pensaient que leurs pouvoirs suffiraient à les protéger. Là-bas, alors qu'ils se reposaient enfin sur une épaisse couche de glace qui ne fond jamais, même en été, ils furent pris dans une embuscade tendue par les Urgals. Les deux compagnons de Galbatorix et leurs dragons furent massacrés. Cependant, malgré de graves blessures, Galbatorix réussit à mettre les monstres en déroute. Le malheur voulut qu'une flèche ennemie vînt se ficher dans le cœur de sa dragonne. Incapable de la guérir, Galbatorix la vit mourir dans ses bras. Ainsi furent plantées les graines de sa folie...

Le conteur joignit les mains et tourna lentement la tête pour observer l'assistance. Les ombres projetées par les flambeaux dansaient sur son visage fatigué. Les mots qu'il prononça ensuite furent graves et profonds, tel un glas.

– Seul, privé d'une grande partie de sa force, rendu presque fou de douleur par la perte de sa monture, Galbatorix erra comme une âme en peine dans un territoire désolé, appelant la mort. Mais la mort ne voulut pas de lui. Il eut beau se jeter sans crainte au-devant des monstres les plus redoutables, la mort ne voulut pas de lui. Les Urgals eux-mêmes s'enfuyaient à l'approche de cette manière de fantôme. C'est alors qu'il vint à l'esprit de Galbatorix que, peut-être, la Confrérie lui offrirait un autre dragon. Poussé par cette idée, il entreprit un voyage épuisant, à pied, à travers la Crête, qu'il avait survolée en un clin d'œil sur le dos de sa dragonne. Il lui fallut plusieurs mois pour la parcourir dans l'autre sens. Il pouvait chasser grâce à la magie, mais, maintes fois, il emprunta des chemins où même les animaux n'osaient pas se risquer. Tant et si bien que, lorsqu'il eut enfin franchi les montagnes, il était plus mort que vif. Un fermier, le trouvant évanoui dans la boue, prévint les Dragonniers. Ceux-ci emmenèrent leur confrère inconscient dans leur retraite. Là, Galbatorix dormit quatre jours, et son corps guérit : lorsqu'il se réveilla, il dissimula la fièvre qui faisait bouillir son esprit. Devant le conseil chargé de le juger, Galbatorix réclama un autre dragon. La véhémence de sa requête révéla sa démence. Le conseil découvrit son vrai visage et repoussa sa demande. Galbatorix était désespéré. Berné par son délire, il parvint à se persuader que sa dragonne était morte par la faute des Dragonniers. Nuit après nuit, il se convainquit de la véracité de son mensonge, et il mit au point une terrible vengeance...

51

La voix de Brom n'était plus qu'un souffle hypnotisant :

– Il trouva un Dragonnier compréhensif et, piquant sa sympathie, il inocula au malheureux le poison de sa folie. Il multiplia les démonstrations faussées ; il recourut aux secrets de magie noire qu'un Ombre lui avait enseignés au cours de ses errances ; à force, il sut enflammer l'esprit du Dragonnier contre les Anciens. Ensemble, ils attirèrent traîtreusement l'un d'eux dans un piège pour le tuer. Le crime accompli, Galbatorix se retourna contre son complice et l'abattit. Les Dragonniers le surprirent à ce moment-là, les mains pleines de sang. Un cri de rage tordit les lèvres de Galbatorix, qui s'enfuit dans la nuit. Sa folie le rendait si rusé qu'on ne le retrouva point. Pendant des années, Galbatorix se cacha dans les Terres désertiques, tel un animal traqué. Nul n'oubliait ses atrocités, mais, le temps passant, on finit par abandonner les poursuites. Cependant, la mauvaise fortune frappa de nouveau : Galbatorix rencontra Morzan, un jeune Dragonnier de constitution solide, mais d'esprit fragile. Galbatorix le persuada de laisser une porte ouverte dans la citadelle d'Ilirea – qu'on appelle Urû'baen de nos jours. Galbatorix s'y faufila et vola un œuf de dragon. Son disciple et lui se cachèrent dans un endroit où les Dragonniers ne s'aventuraient jamais. Là, Morzan commença son initiation aux forces maléfiques. Galbatorix lui enseigna des secrets interdits qui n'auraient jamais dû être dévoilés. Là naquit et grandit le dragon noir de Galbatorix, nommé Shruikan. Lorsque Shruikan eut atteint sa taille d'adulte, et que Morzan eut terminé son apprentissage, Galbatorix se révéla au monde, Morzan à ses côtés. Ensemble, ils combattirent tous les Dragonniers qu'ils croisèrent. À chaque fois qu'ils en tuaient un, leurs forces grandissaient. Douze Confrères se rallièrent à Galbatorix, mus par le goût du pouvoir et le ressentiment. Avec Morzan, ils devinrent les Treize Parjures. Les Dragonniers survivants, déconcertés par cette alliance, succombèrent à l'assaut des traîtres. Les elfes, à leur tour, livrèrent un combat acharné à Galbatorix ; mais, dépassés, ils furent contraints de se replier sur leurs terres secrètes, d'où ils ne ressortirent plus jamais. Seul Vrael, le chef des Dragonniers, sut résister à Galbatorix et aux Parjures. Homme d'expérience, âgé et sage, il lutta pour sauver ce qui pouvait encore l'être, et empêcha ses ennemis de mettre la main sur les derniers dragons. Au cours de l'ultime bataille, devant les portes de Dorú Areaba, Vrael vainquit Galbatorix, mais il répugna à l'achever. Mal lui en prit : Galbatorix profita de son hésitation pour lui porter un coup violent sur le côté. Grièvement blessé, Vrael se réfugia dans la montagne d'Utgard, où il espérait reprendre des forces. Il n'en eut pas le loisir. Galbatorix le retrouva, le défia et le blessa à l'entrejambe. Grâce à cette fourberie, il put dominer Vrael et le décapita d'un coup d'épée. Alors, un flot nouveau de puissance coula dans les veines de Galbatorix, qui se proclama maître et seigneur de toute l'Alagaësia. Son règne avait commencé ; il dure encore.

Son histoire achevée, Brom s'éloigna avec les troubadours. Eragon crut apercevoir une larme briller sur sa joue. Les spectateurs se séparaient en discutant à mi-voix. Garrow s'adressa à Eragon et Roran :

– Vous avez eu une sacrée chance ! Je n'ai entendu ce conte que deux fois dans ma vie. Si l'Empire savait que Brom l'a récité, le vieil homme ne verrait pas le mois prochain...

LE CADEAU DU DESTIN

Après leur retour de Carvahall, malgré l'heure tardive, Eragon décida de tester la pierre à la manière de Merlock. Seul dans sa chambre, il la posa sur son lit, près de trois outils. Il prit d'abord un maillet de bois, dont il se servit pour tapoter légèrement la pierre. Celle-ci résonna avec douceur, presque avec délicatesse. Satisfait, le garçon empoigna le deuxième outil, un lourd marteau au manche de cuir. Un son lugubre s'éleva lorsque Eragon frappa. Alors, il s'empara d'un petit sécateur. Les lames métalliques n'écorchèrent ni ne rayèrent la pierre, mais elles produisirent le son le plus clair de tous ceux qu'avait émis la pierre jusque-là. Quand la dernière harmonique s'évanouit, un faible couinement se fit entendre.

« Merlock a dit que la pierre était creuse, se rappela Eragon. Il se peut qu'un trésor s'y cache. Le seul problème, c'est d'éventrer la gemme. La personne qui l'a polie devait avoir une bonne raison de le faire. Quant à celui qui a envoyé la pierre dans la Crête, il n'a pas pris la peine de la récupérer... à moins qu'il ne sache pas où elle est. Mais un magicien assez puissant pour envoyer sa pierre par les airs serait forcément capable de la retrouver. Cela signifie-t-il qu'elle m'était destinée ? »

Le garçon n'était pas en mesure de répondre à sa question. Il se résigna à laisser ce mystère insoluble pour le moment, remit les outils à leur place et reposa la pierre sur son étagère.

En pleine nuit, Eragon fut réveillé en sursaut. Il croyait avoir entendu un bruit suspect ; pourtant, tout était calme. Pas rassuré, il glissa la main sous le matelas et referma les doigts sur le manche de son couteau. Il attendit quelques minutes, puis, peu à peu, sombra de nouveau dans le sommeil.

Un couinement troubla le silence, réveillant Eragon une deuxième fois. Il empoigna son couteau et se leva. Il alluma une bougie à l'aide d'un briquet à amadou. La porte de sa chambre était fermée. Le couinement qu'il avait perçu était trop puissant pour être celui d'une souris ou d'un rat. Prudent, il vérifia sous son lit, au cas où. Rien.

Il s'assit au bord de sa couche et se frotta les yeux pour chasser la fatigue. Un autre couinement s'éleva. Le garçon tressaillit violemment.

D'où le bruit pouvait-il provenir ? Pas des murs ou du plancher : ils étaient en bois massif. Son lit aussi. Quant à son matelas de paille, Eragon se serait rendu compte si, pendant la nuit, un animal s'y était faufilé. Ses yeux errèrent dans la pièce et s'arrêtèrent sur la pierre. Il la prit dans ses mains et la caressa machinalement tout en examinant les recoins de sa chambre. C'est alors qu'un troisième couinement lui vrilla les tympans et fit vibrer ses doigts. Ça venait de la pierre !

La pierre ne lui avait rien apporté, sinon des sentiments mêlés de frustration et de colère. Et voilà qu'elle l'empêchait de dormir ! Insensible au regard incendiaire d'Eragon, la gemme continuait de couiner sporadiquement. À un moment, elle poussa un cri plus fort que les autres ; puis le silence retomba. Eragon la reposa sans ménagement, et il retourna dormir. Le secret de la pierre, quel qu'il fût, patienterait bien jusqu'au matin !

Derrière la fenêtre de la chambre, la lune se découpait encore dans le ciel lorsque le garçon se réveilla. Sur son étagère, la pierre était agitée de soubresauts, butant contre le mur. Une lueur argentée émanait de sa surface.

Il bondit hors de son lit, son couteau à la main. Le mouvement cessa, mais il resta sur ses gardes. Peu après, les secousses et les cris reprirent de plus belle.

Eragon commença de s'habiller en jurant. La pierre avait peut-être une immense valeur ; il s'en moquait désormais. Sa décision était prise : il allait l'emporter loin d'ici et l'enterrer.

À cet instant, la gemme se tut. Frémit. Dégringola par terre dans un craquement. Le garçon recula vers la porte, inquiet, tandis que la pierre roulait vers lui.

Soudain, une fissure apparut sur la surface. Puis une autre craquelure. Puis une brèche. Fasciné, Eragon s'avança sans lâcher son couteau. Sur le dessus de la pierre, à l'endroit où toutes les zébrures se rejoignaient, un morceau se souleva, resta suspendu dans les airs, comme en équilibre, puis tomba au sol. Après une nouvelle série de couinements, une petite tête noire émergea du trou, suivie par un corps curieusement plié. Les doigts d'Eragon blanchirent sur le manche de son couteau. Il s'efforça de ne pas bouger du tout. Bientôt, la créature s'extirpa totalement de sa prison, se figea un instant, puis voleta dans le halo lunaire.

Eragon la regardait, les yeux exorbités, sous le choc. Devant lui, en train de se débarrasser de la membrane qui l'enveloppait, se tenait un dragon. Un bébé dragon !

LE RÉVEIL

Le corps du dragon était à peine aussi grand que l'avant-bras d'Eragon. Pourtant, l'animal avait une allure altière, digne ; et ses écailles étaient d'un bleu saphir profond, comme la surface de la pierre. « Non, pas *la surface de la pierre*, se reprit le garçon : la coquille de l'œuf. »

Le dragon étendit ses ailes, qui lui avaient donné cet aspect curieusement replié lorsqu'il était encore compressé dans son œuf. Elles faisaient plusieurs fois la longueur de son corps. Leurs fines articulations osseuses hérissaient son pourtour d'une ligne de pointes largement écartées.

La gueule de la créature était de forme triangulaire. Deux petites canines blanches très acérées saillaient de sa mâchoire supérieure. Les serres de l'animal, blanches elles aussi, comme de l'ivoire poli, étaient striées sur la partie inférieure. Une rangée de piquants courait le long du corps de la bête : elle partait de la tête et descendait jusqu'au bout de la queue. Entre la base du cou et les épaules, ces épines tranchantes étaient plus espacées.

Au premier mouvement que fit Eragon, la gueule du dragon se tourna vers lui. Un regard bleu acier le cloua sur place. La prudence la plus élémentaire commandait de ne pas bouger. Si l'animal décidait d'attaquer, il serait, malgré sa petite taille, un adversaire formidable.

Cependant, la créature se désintéressa bien vite de son hôte. Elle entreprit d'explorer la pièce d'une démarche maladroite, poussant de légers gémissements lorsqu'elle se heurtait à un mur ou à un meuble. D'un battement d'ailes, elle se hissa sur le lit et s'installa sur l'oreiller en piaillant pitoyablement, comme un oisillon réclamant la becquée. Mais sa mâchoire ouverte révélait des dents pointues.

Eragon s'assit sur le bord du lit avec mille précautions. Le dragon lui renifla la main, lui mordilla la manche. Le garçon retira son bras tandis qu'un sourire intrigué éclairait son visage. Il approcha avec lenteur sa main du flanc de l'animal. À peine ses doigts l'eurent-ils touché qu'une décharge d'énergie jaillit, fusant le long de son bras, rugissant dans ses veines comme un feu liquide. Il tomba en arrière avec un cri sauvage. Un tonnerre de métal lui vrillait les oreilles ; un hurlement de rage silencieux avait envahi son crâne. Pas une parcelle de son corps n'était épargnée par la douleur.

Eragon tenta de bouger, sans y parvenir : une froideur de glace le paralysait. Il fallut une éternité avant que la chaleur revienne dans ses membres, perclus de picotements et secoués de tremblements.

Il se redressa, la main insensible, les doigts raidis. Inquiet, il fixa un ovale blanc qui se formait au centre de sa paume et qui s'élargissait. À cet endroit, la peau le cuisait et le démangeait ; cela rappelait ce qu'on éprouvait après une morsure d'araignée. Son cœur cognait à grands coups.

Eragon battit des paupières. Que lui était-il arrivé ? *Quelque chose* effleurait sa conscience, à la manière d'un doigt courant sur sa peau. La caresse cessa, reprit – et, cette fois, elle se cristallisa dans une spirale de pensées d'où émergeait une curiosité grandissante. Il lui sembla que les frontières invisibles qui entravaient son esprit venaient de s'écrouler. Le garçon prit peur : et si, à présent que rien ne le retenait, il allait flotter hors de son corps sans pouvoir le réintégrer, réduit à l'état d'ectoplasme ? Sa peur se mua en terreur, et il rompit le contact mental avec le dragon. La sensation disparut aussi nettement que s'il avait fermé les yeux.

Eragon observait le dragon d'un regard soupçonneux. La créature le frôla d'une patte écailleuse. L'énergie glacée ne le foudroya pas derechef. Perplexe, il caressa la tête du dragon avec sa main droite. Un léger picotement remonta le long de son bras. Le dragon le renifla et arqua son corps comme aurait fait un chat. Le garçon glissa un doigt le long des fines membranes des ailes. Elles avaient la texture d'un parchemin ; elles étaient veloutées, chaudes, encore légèrement humides, et parcourues de centaines de veines qu'il sentait palpiter sous sa main.

Une nouvelle spirale de pensées s'empara de l'esprit d'Eragon ; mais, cette fois, il ne s'agissait plus de curiosité : la spirale était faim – et même faim dévorante. Il se leva, perplexe. Il n'avait plus le moindre doute : cet animal était dangereux ! Bien qu'il parût inoffensif, ainsi lové sur le lit, Eragon se demanda s'il ne prenait pas un gros risque en le gardant. Alors qu'il réfléchissait, la créature poussa un couinement insistant, comme pour réclamer à manger. Il se dépêcha de la caresser entre les oreilles pour qu'elle se tînt tranquille ; et, en attendant de prendre une décision définitive à son sujet, il sortit de sa chambre, ferma la porte avec soin et se rendit dans la cuisine pour y subtiliser des lambeaux de viande séchée.

Lorsque Eragon revint dans sa chambre, le dragon était assis devant la fenêtre et regardait la lune. Le garçon découpa la viande en petits carrés avant d'en offrir un à la créature.

61

Celle-ci la renifla de loin avec attention, puis son cou sinua tel un serpent, et elle happa la viande, qu'elle avala en relevant brusquement la tête. Puis, à petits coups de museau, elle tapota la main du garçon pour réclamer un autre morceau.

Eragon lui offrit les petits bouts qui restaient, la main bien à plat pour éviter de se faire mordre. Au fur et à mesure qu'il mangeait, le ventre du dragonneau gonflait. Le garçon tendit le dernier morceau, que son invité considéra un moment avant de l'avaler sans hâte. Son repas achevé, il s'installa sur le rebord de la fenêtre et, rassasié, poussa un soupir de bien-être. Un nuage de fumée noire sortit de ses naseaux.

Eragon était fasciné par l'animal endormi, qui émettait à présent une sorte de mélopée. Il le prit délicatement dans ses bras et le déposa sur le lit, près de l'oreiller. Les paupières closes, la mine satisfaite, le petit dragon enroula sa queue autour de la colonne de lit. Eragon s'allongea à son côté, la main sur les yeux.

Il se trouvait face à un dilemme de taille. S'il élevait un dragon, il pouvait espérer devenir Dragonnier. Chacun chérissait les mythes et histoires qui chantaient les Dragonniers. Intégrer la Confrérie, cela reviendrait à entrer dans la légende. Cependant, si l'Empire découvrait le dragon, Garrow, Roran et lui seraient condamnés à mort – à moins qu'il ne rejoignît les légions de Galbatorix. Mais quel habitant de la région de Carvahall se résoudrait à renier ses origines et à s'allier au roi, qui plus est après avoir entendu Brom en dresser le portrait à la veillée ?

La solution la plus simple était de tuer le dragon. L'idée lui répugna, et il la rejeta. Il révérait trop les dragons pour envisager d'accomplir un acte aussi lâche. D'autant qu'il avait les moyens d'élever son petit compagnon : il vivait dans un coin reculé, à l'abri des regards ; Roran, Garrow et lui n'avaient jamais attiré l'attention sur eux.

Le plus difficile consisterait donc à convaincre Garrow et Roran de le laisser garder un dragon qui ne présentait aucun intérêt... et risquait de leur valoir la mort. « Je pourrais l'élever en secret, songea Eragon. Dans un mois, peut-être deux, il sera trop grand pour que Garrow me demande de m'en débarrasser. L'acceptera-t-il pour autant ? Et, en supposant qu'il l'accepte, où vais-je trouver assez de nourriture pour lui, pendant que je le cacherai ? Il n'est pas plus grand qu'un chaton, et il mange déjà autant qu'un gros matou... Certes, quand il sera plus vieux, il chassera ; mais, en attendant, je devrai me débrouiller. Et le froid ? Sera-t-il capable de survivre dehors ? »

Eragon réfléchit longtemps... sans parvenir à se dissimuler l'évidence : il voulait garder ce dragon, et il le garderait. Il ferait tout pour le protéger. Sa décision prise, il sentit, au moment où le sommeil l'emportait, que le dragon s'agitait pour se pelotonner contre lui.

En se réveillant ce matin-là, Eragon aperçut le dragon perché sur la colonne de lit, pareil aux sentinelles du temps jadis saluant le jour nouveau. Sa couleur l'émerveilla. Il n'avait jamais vu un bleu aussi lumineux, aussi pur. Les écailles de la créature scintillaient comme des saphirs.

Le garçon examina sa paume. L'ovale blanc apparu au contact du dragon avait pris une teinte argentée. Pour le dissimuler, Eragon n'avait plus qu'à cesser de se laver les mains !

La créature quitta son perchoir et se posa sur le sol. Eragon la prit tendrement contre lui et sortit de la maison encore endormie, non sans avoir barboté au passage des lambeaux de viande séchée, plusieurs lanières de cuir et autant de couvertures qu'il pouvait en porter.

C'était une belle matinée transparente de givre ; une couche de neige toute fraîche recouvrait la ferme. Le garçon sourit en regardant le bébé dragon, bien au chaud dans le creux de ses bras, observer le monde extérieur avec curiosité.

Traversant rapidement les champs, Eragon gagna l'obscurité protectrice de la forêt, où il chercha une cachette sûre pour le dragon. Il finit par dénicher un sorbier qui se dressait seul sur un tertre isolé et étendait ses longues ramures comme autant d'énormes doigts gris tentant de toucher le ciel.

Le garçon posa la créature sur le sol, prit une lanière de cuir et, en quelques mouvements adroits, il fit un nœud coulant. Il le passa autour du cou du dragon, qui commençait déjà à explorer les abords enneigés de l'arbre. La lanière était usée, mais assez solide pour résister. Le dragon tirait sur son licou ; Eragon le détacha et improvisa un harnais pour éviter que l'animal ne s'étranglât. Après quoi, il rassembla une brassée de branchages, afin de bâtir dans le sorbier l'armature d'une cabane rudimentaire, qu'il habilla avec des couvertures. À l'intérieur, il disposa des lambeaux de viande.

À cet instant, le sorbier frissonna, et des paquets de neige tombèrent sur le garçon. Il ajouta une couverture supplémentaire devant l'entrée, pour conserver la chaleur ; puis il contempla son travail d'un œil satisfait.

– C'est l'heure de découvrir ton nouveau chez-toi, annonçat-il au dragon.

Il l'attrapa et le hissa dans les branches. L'animal se faufila dans la cabane, dévora un morceau de viande, se blottit dans un coin et cligna des yeux d'un air intimidé.

– Tant que tu restes là, tu ne risques rien, lui apprit Eragon.

La créature cligna de nouveau des yeux. Certain qu'elle ne l'avait pas compris, le garçon chercha à communiquer avec elle par télépathie. Il s'ouvrit à l'esprit du dragon et éprouva la même sensation effrayante qui l'avait saisi cette nuit : l'impression qu'une immense chape le recouvrait et l'étouffait. Eragon mobilisa toute son énergie pour faire passer une idée : « Ne bouge pas d'ici. » Le dragon se figea, la tête tournée vers le garçon, qui insista : « Ne bouge pas. Reste là. » Il crut un instant que la créature le comprenait ; pourtant, c'était absurde. Après tout, un dragon n'était ni plus ni moins qu'un animal.

Eragon rompit le contact, sauta à terre et s'éloigna en jetant des coups d'œil derrière lui. Le dragon passa la tête par l'ouverture de la cabane ; ses grands yeux bleus suivirent le garçon jusqu'à ce qu'il fût hors de vue.

Rentré chez lui, Eragon se glissa dans sa chambre et ramassa les débris de l'œuf pour les jeter. Il était convaincu que ni Garrow ni Roran ne remarqueraient la disparition de la pierre. Dès lors qu'elle s'était révélée invendable, ils l'avaient sûrement oubliée.

Lorsqu'ils se retrouvèrent tous les trois pour le petit déjeuner, Roran signala qu'il avait entendu des bruits pendant la nuit ; mais il ne chercha pas à approfondir le sujet, au grand soulagement d'Eragon.

Porté par son secret, le garçon ne vit pas passer la journée. Il n'eut aucune difficulté à masquer la trace ovale sur sa paume, qui cessa bientôt de le préoccuper. Bientôt, il retourna vers le sorbier, muni de saucisses qu'il avait chapardées dans le garde-manger. Il s'approcha du tertre avec inquiétude : le dragon survivrait-il, dehors, dans les frimas rigoureux de l'hiver ?

Il constata que ses peurs étaient sans fondement. Perché sur une branche, le dragon grignotait quelque chose qu'il maintenait entre ses pattes. Lorsqu'il aperçut Eragon, il se mit à pousser des piaillements suraigus. Le garçon était rassuré de voir que l'animal était resté sur l'arbre, à l'abri des grands prédateurs. Dès qu'il eut posé les saucisses à la base du tronc, la créature fondit dessus. Tandis qu'elle avalait voracement son repas, Eragon examina l'abri. Il était intact. Il n'y restait plus une miette de viande séchée ; sur le sol gisaient çà et là des touffes de plumes. « Ouf ! songea le garçon. Il peut se nourrir lui-même. »

C'est alors qu'une idée lui traversa l'esprit : « *Il* peut se nourrir... ou *elle* ? » Il s'approcha du dragon, le retourna malgré ses couinements de protestation, et ne vit aucune marque distinctive. À croire que, avec les dragons, il n'y avait pas un secret qu'il ne fallût conquérir de haute lutte !

Eragon passa un moment avec son dragonneau. Il le détacha, le posa sur son épaule et l'emmena visiter les bois. Les arbres couverts de neige, massifs et solennels, se dressaient autour d'eux tels des piliers de cathédrale. Se sentant protégé du monde extérieur, il montra à la créature ce qu'il connaissait de la forêt. Peut-être le comprenait-elle, et peut-être pas ; peu importait. Ce qui comptait, c'était ce partage. Eragon ne cessait de parler. Le dragon paraissait boire ses paroles, les yeux brillants. En le ramenant à sa cabane, le garçon le garda quelques instants dans ses bras pour l'admirer, encore stupéfait par la tournure qu'avaient prise les événements. Puis, comme le soleil déclinait, il rentra à la maison, conscient que, derrière lui, deux yeux bleus le suivaient, outrés qu'on abandonnât leur propriétaire.

La nuit venue, Eragon, étendu sur son lit, pensa à toutes les catastrophes qui pouvaient arriver à un petit animal seul et sans défense. Des images de prédateurs vicieux et de tempêtes de glace l'assaillirent ; il passa de longues heures à chercher le sommeil – et, quand il s'endormit, ce fut pour rêver de renards et de loups noirs déchiquetant des bébés dragons de leurs crocs sanguinolents.

Aux premières lueurs de l'aube, Eragon quitta la maison avec de la nourriture et des chutes de tissu qui permettraient de mieux isoler la cabane. Il retrouva le dragon, bien vivant et bien réveillé, qui, depuis le faîte de l'arbre, regardait le lever de soleil. Le garçon en remercia tous les dieux, connus ou inconnus. Son protégé descendit vers lui, se posa sur ses bras et se pelotonna contre sa poitrine. Apparemment, il n'avait pas souffert du froid ; mais il semblait apeuré. Des nuages de fumée noire sortaient de ses naseaux par saccades.

Eragon s'assit, dos au sorbier, et le caressa en murmurant des paroles rassurantes. Il ne bougea pas quand le dragon enfouit la tête dans son manteau. Lorsque l'animal se dégagea et vint se percher sur son épaule, le garçon le nourrit. Ensuite, il entrelaça les bouts de tissu qu'il avait apportés avec les branchages de la hutte. Puis ils jouèrent un moment, jusqu'à ce qu'Eragon dût rentrer chez lui.

Petit à petit, ces rencontres furtives se transformèrent en une habitude bien réglée. Chaque matin, Eragon courait jusqu'au sorbier, donnait à manger au dragon et rentrait en vitesse. Pendant la journée, il faisait ce qu'il avait à faire le plus vite possible ; dès qu'il avait terminé, il filait rendre visite au dragon.

Son comportement bizarre n'échappa ni à Garrow ni à Roran, qui lui demandèrent pourquoi il passait tant de temps dehors. Eragon se contenta de hausser les épaules... et de vérifier s'il n'était pas suivi lorsqu'il sortait.

Très vite, il cessa de craindre le pire pour le dragon : l'animal grandissait à vue d'œil. Dans quelque temps, il serait hors de la plupart des dangers. En une semaine, sa taille avait doublé. Quatre jours plus tard, l'animal arrivait au-dessus des genoux d'Eragon. Il ne tenait plus dans la cabane du sorbier, si bien que le garçon fut contraint de lui construire un abri discret sur le sol. Cette tâche lui prit trois jours.

Quand le dragon eut deux semaines, Eragon se résolut à le libérer : l'animal avait besoin d'un territoire de chasse plus vaste pour se nourrir. À l'instant où il lui ôta son harnais, le dragon fit mine de regagner la ferme, et Eragon dut le retenir mentalement de toutes ses forces afin de l'en empêcher. À chaque fois que la créature essayait de le suivre chez lui, il la repoussait avec son esprit, lui répétant encore et encore qu'elle ne devait en aucun cas s'approcher de la maison et de ses autres habitants.

De même, il ordonna à l'animal de ne pas s'aventurer hors de la forêt, à moins de gagner la Crête, où il y avait peu de chances qu'on le vît. Les fermiers paniqueraient si des bêtes commençaient à disparaître, parmi les troupeaux de la vallée de Palancar.

Son contact mental avec la créature se fortifiait au fil des jours. Certes, l'animal ne comprenait pas ce qu'il lui disait verbalement ; en revanche, il percevait les images et les émotions que le garçon tentait de lui transmettre. Non sans quelques cafouillages : cet autre langage étant moins précis, il prêtait souvent à confusion. N'empêche, Eragon avait remarqué qu'il réussissait à communiquer avec son dragon sur un territoire sans cesse plus important. Un jour, il parvint à le contacter à plus de trois lieues de distance !

Il entrait de plus en plus souvent en relation mentale avec son dragon, qui, en retour, volait à la rencontre de son esprit. Leurs conversations muettes occupaient Eragon pendant ses longues heures de travail. Il y avait toujours une petite parcelle de son esprit connectée avec le dragon ; il arrivait qu'il n'y prêtât pas attention, mais il ne l'oubliait jamais, au point de se laisser parfois distraire, alors qu'il parlait avec Garrow ou Roran, comme il l'aurait été par un bourdonnement d'oreille.

Au fur et à mesure que le dragon grandissait, son cri mua : de couinement, il devint rugissement ; et le murmure de sa respiration se changea en grondement sourd. Par contre, la fumée noire qui sortait de ses naseaux ne donnait toujours pas de feu, même quand le dragon était contrarié. Eragon s'en inquiétait.

À la fin du mois, l'animal lui arrivait à la taille. En quelques semaines, la pauvre créature vulnérable, à la merci du moindre prédateur, était devenue une bête puissante et magnifique. Ses écailles étaient aussi dures que les mailles d'une armure, et ses crocs tranchants comme des dagues.

Le matin, Eragon faisait de longues marches ; le dragon trottinait derrière lui. Lorsqu'ils parvenaient dans une clairière, le garçon s'adossait contre un arbre et regardait son animal fendre l'air. Il adorait le voir voler ; ce spectacle avivait son impatience : quand donc serait-il assez grand pour être monté ? Parfois, tous deux restaient assis côte à côte. Eragon passait sa main le long du cou de son protégé, sentant vibrer sous ses doigts les muscles et les tendons.

En dépit de ses efforts, les alentours de la ferme regorgeaient de signes qui trahissaient la présence du dragon. Impossible d'effacer toutes les empreintes de serres enfoncées profondément dans la neige ; quant à cacher les énormes excréments du monstre, le garçon s'y refusait. Il y en avait trop. Le dragon s'était fait les griffes sur les souches d'arbres morts, y laissant des cicatrices profondes. Si Garrow ou Roran dépassaient par trop les limites de la ferme, ils découvriraient son secret. Eragon ne pouvait pas imaginer pire manière de leur révéler l'existence de l'animal ; aussi décida-t-il de prendre les devants et de tout leur raconter.

Mais d'abord, il avait deux tâches à accomplir : donner un nom à son dragon et en apprendre davantage sur les dragons en général. Pour cela, il devait parler avec Brom, le vieux maître des épopées et des légendes – ces pays de mots où était conservé tout ce qui était connu de la race des dragons.

Aussi, quand Roran envisagea de se rendre à Carvahall pour faire arranger une gouge, Eragon lui proposa de l'accompagner.

La veille de son départ, entre chien et loup, Eragon alla dans une petite clairière, d'où il appela le dragon par la pensée. Un instant plus tard, il aperçut une forme se détacher dans le ciel crépusculaire. L'animal piqua vers lui, remonta brusquement, puis, dans un sifflement d'ailes, plongea en vrille et atterrit doucement à sa gauche. Il oscilla avant de trouver son équilibre et de se poser (« swoump », fit-il en s'installant).

Eragon ouvrit son esprit, toujours mal à l'aise avec la sensation qu'il éprouvait dans ces moments-là. Il expliqua au dragon qu'il allait partir. L'animal gronda. Le garçon essaya de le calmer en s'exprimant par images mentales. Mais le dragon agita la queue, agacé. Alors, Eragon posa la main sur son corps et tenta de lui transmettre paix et sérénité.

Les écailles s'inclinèrent sous la caresse. Un mot résonna dans la tête du garçon, clair et grave à la fois : « Eragon. » Le ton était solennel, presque triste, comme si un pacte indestructible venait d'être scellé.

« Eragon... »

L'estomac du garçon se noua tandis que les yeux de saphir d'une profondeur insondable le fixaient intensément. Et Eragon comprit que le dragon n'était pas un animal. C'était quelque chose d'autre. Quelque chose de... différent.

Il courut jusque chez lui en essayant d'échapper au regard du dragon – de son dragon. Son dragon qui l'avait appelé par son nom : Eragon.

DES NOUVELLES BRÛLANTES

Les cousins se séparèrent en arrivant à Carvahall. Plongé dans ses pensées, Eragon se rendit chez Brom à pas lents. Il s'arrêta devant le seuil et s'apprêtait à toquer à la porte lorsqu'une voix râpeuse retentit dans son dos :

– Que me veux-tu, jeune homme ?

Eragon se retourna. Derrière lui se tenait Brom, appuyé sur un bâton noueux bizarrement sculpté. Il portait une tunique brune, munie d'un capuchon, qui ressemblait à la robe de bure d'un moine. Une bourse pendait à sa ceinture de cuir. Dominant sa barbe blanche, un nez aquilin, fier, donnait un caractère particulier à son visage. Ses yeux, enfoncés profondément dans leurs orbites, étaient comme tapis dans l'ombre de ses sourcils froncés. L'homme attendait une réponse ; Eragon la lui fournit :

– Je suis venu vous poser des questions. Roran avait besoin de faire réparer un outil, et je l'ai accompagné, afin de profiter de vos connaissances... si vous le voulez bien.

Le vieil homme grogna et gagna la porte. Eragon remarqua une bague dorée à sa main droite. Le soleil se prit dans le saphir enchâssé dans l'anneau, révélant le symbole mystérieux gravé sur le bijou.

– Entre, puisque tu es là, grommela Brom. Nous serons toujours mieux dedans pour discuter – d'autant que tu as l'art de poser des questions qui n'en finissent pas...

À l'intérieur, il faisait noir comme dans un four. Une odeur âcre et lourde flottait dans l'air.

– Voyons voir..., marmonna le vieil homme.

Eragon l'entendit farfouiller, jurer à voix basse lorsqu'un objet se brisa sur le sol, puis triompher :

– Ha-ha, nous y voilà !

Une étincelle blanche fusa ; l'instant d'après, une flammèche s'alluma.

Brom s'empara d'une bougie, qu'il plaça près d'un âtre en pierre. Devant la cheminée, au milieu de piles de grimoires, se dressait un fauteuil en bois à haut dossier, richement sculpté. Ses quatre pieds avaient la forme de serres de rapaces ; des coussins en cuir, ornés d'un motif tarabiscoté représentant une rose grimpante, rendaient le siège et le dossier plus confortables. D'autres fauteuils, moins majestueux, étaient encombrés de tas de rouleaux. Des encriers et des plumes jonchaient un bureau.

– Trouve-toi une petite place, grogna le conteur, mais, par les rois disparus, fais donc attention ! Ici, tout est précieux !

Eragon enjamba avec précaution de vieilles feuilles de parchemin couvertes de runes énigmatiques. Il débarrassa une chaise de rouleaux craquelés et les posa doucement sur le sol. Un nuage de poussière s'éleva quand il s'assit ; il retint un éternuement.

Brom se pencha afin d'allumer le feu à l'aide de la bougie.

– Haaa ! lâcha-t-il en se redressant. Rien ne vaut un bon siège et un bon feu.

Il retira sa capuche, dévoilant une chevelure non pas blanche mais argentée ; puis il accrocha une bouilloire à la crémaillère et s'assit dans son fauteuil.

– Alors, qu'est-ce qui t'amène ? demanda-t-il, à sa manière abrupte quoique dénuée d'hostilité.

– Eh bien, je... j'ai entendu beaucoup d'histoires sur les Dragonniers et les exploits qu'on leur attribue. La plupart des gens que je connais semblent souhaiter ardemment leur retour ; mais je n'ai jamais entendu quoi que ce soit sur leurs débuts. Comment se sont-ils formés ? D'où venaient les dragons ? Qu'est-ce qui rend les Dragonniers si *spéciaux* – hormis les dragons, bien sûr ?

– C'est tout ce que tu veux savoir ? ironisa Brom, qui fixait son interlocuteur d'un regard perçant. Si je te racontais l'histoire de la Confrérie en entier, nous serions encore ici lorsque l'hiver reviendrait. Je vais devoir réduire mon récit à des dimensions plus raisonnables. Attends ! D'abord, il me faut ma pipe !

Eragon attendit sans trop d'impatience que le vieil homme allumât sa bouffarde. Il appréciait Brom. L'homme était parfois irascible ; cependant, il ne rechignait jamais à consacrer du temps à Eragon. Un jour que le garçon lui avait demandé d'où il venait et où il avait vécu avant d'arriver ici, Brom avait éclaté de rire. « Je suis né dans un village qui ressemble fort à Carvahall, avait-il déclaré, à ceci près qu'il est encore moins intéressant. »

Loin de satisfaire Eragon, cette réponse avait piqué sa curiosité, et il avait interrogé son oncle. Garrow savait seulement que Brom avait acheté une maison à Carvahall une quinzaine d'années plus tôt. Depuis, le conteur vivait là paisiblement...

Le vieil homme tira quelques bouffées de sa pipe, puis il sourit :

– Là ! Comme ça, nous n'aurons pas à nous interrompre... sauf pour le thé, bien sûr. Donc, les Dragonniers – que les elfes appellent aussi les Shur'tugals... Par où commencer ?

Longue est leur histoire : elle s'étend sur des siècles. Grand fut leur pouvoir : à leur apogée, les Dragonniers contrôlaient un territoire deux fois plus vaste que l'Empire ! Innombrables sont les récits de leurs hauts faits ; mais la plupart sont erronés. Si l'on devait croire les légendes qui courent à leur sujet, on s'imaginerait aisément qu'ils avaient au moins les pouvoirs d'un dieu mineur. Certains chercheurs ont voué leur vie à cette tâche improbable : séparer les récits authentiques des contes fantaisistes. Je doute qu'aucun d'eux y parvienne jamais. Néanmoins, ce défi peut être relevé si l'on se concentre exclusivement sur les trois périodes que tu as désignées : la formation des Dragonniers, les sources de leur renommée, et l'origine des dragons. Permets-moi de commencer par ce dernier point.

Eragon se cala sur son siège, décidé à ne pas perdre un mot de ce que le vieil homme allait révéler.

– L'existence des dragons n'a pas de début, si ce n'est la création de l'Alagaësia elle-même ; et elle ne connaîtra pas de fin, sinon quand le monde disparaîtra, car les dragons souffrent comme souffre la Terre. Ce sont eux qui, les premiers, peuplèrent notre région ; eux, les nains et quelques créatures diverses. Ils y vécurent heureux avant tous les autres, forts et fiers dans leur gloire originelle. Leur monde demeura intact jusqu'à l'arrivée des elfes, qui débarquèrent sur la côte dans leurs bateaux d'argent.

– Et les elfes, d'où venaient-ils ? intervint Eragon. Et pourquoi les appelle-t-on « le beau peuple » ? Je croyais qu'ils n'étaient que légende...

Brom grimaça :

– Veux-tu avoir une réponse à tes questions ou te perdre dans les méandres obscurs de ton ignorance ?

– Je suis désolé, murmura le garçon en baissant la tête pour mimer la contrition.

– Menteur, répliqua Brom, une lueur d'amusement dans le regard.

Il se tut, posa les yeux sur le feu et regarda les flammes lécher le cul de la bouilloire.

– En quelques mots, reprit-il, les elfes ne sont pas des êtres mythologiques, ils existent bel et bien. On les appelle « le beau peuple » parce que leur espèce dépasse en grâce toutes les autres ; et ils viennent d'Alalea – un pays dont personne sauf eux ne sait ce qui s'y cache... ni où il se cache.

Les sourcils broussailleux du vieil homme se hérissèrent lorsqu'il déclara :

– Et maintenant, si je peux poursuivre mon histoire, voici ce que je déclarerai : les elfes qui débarquèrent en Alagaësia étaient fiers et forts, comme les dragons. Ils tiraient leur puissance de la magie. D'abord, ils considérèrent les dragons comme des animaux ; cette méprise engendra une erreur fatale. Un jeune elfe turbulent traqua un dragon ; il le poursuivit ainsi qu'il aurait poursuivi un cerf, et il le tua. Furieux, les dragons, à leur tour, chassèrent le chasseur et vengèrent leur congénère. Hélas, le bain de sang ne s'arrêta pas là : les dragons se réunirent et attaquèrent le peuple des elfes dans son ensemble. Abasourdis par ce terrible malentendu, les assaillis essayèrent de mettre un terme aux hostilités ; sans succès, car ils ignoraient comment communiquer avec les dragons. S'ensuivit alors une guerre très longue et très sanglante, que les deux parties déplorèrent plus tard. Dans les premiers temps, les elfes n'acceptèrent le combat que pour se défendre. Ils n'aspiraient qu'à stopper l'escalade de la violence ; mais la férocité et la rage des dragons ne leur laissèrent point le choix : ils devaient attaquer à leur tour, afin d'assurer leur survie. La guerre dura cinq ans ; et l'hécatombe aurait continué longtemps si un elfe n'avait pas trouvé un œuf de dragon. Cet elfe s'appelait Eragon.

Le conteur jeta un regard en coin à son visiteur :

– Tu ne savais pas que tu avais un homonyme célèbre ?

– Non.

« Et encore moins que je portais un prénom d'elfe », songea le garçon tandis que l'eau sifflait dans la bouilloire.

Brom prit deux tasses près de lui, y mit quelques feuilles, y versa l'eau frissonnante et commenta :

– Alors, je suis sûr que la suite va t'intéresser ! Mais ne laisse pas infuser longtemps, sinon, ton thé sera trop fort.

Eragon trempa ses lèvres dans le breuvage et se brûla la langue. Brom tira sur sa bouffarde, posa sa tasse à côté de lui, puis reprit son récit :

– Nul ne sait pourquoi l'œuf avait été abandonné : selon les uns, ses parents auraient succombé à une attaque elfique ; selon les autres, les dragons l'avaient laissé à dessein à cet endroit précis. Quoi qu'il en soit, Eragon comprit sur-le-champ l'intérêt d'élever un dragon – partant, d'avoir un dragon pour ami. Il l'éleva en secret et l'appela dans la langue d'antan, ainsi que le voulait la coutume, Bid'Daum. Lorsque Bid'Daum eut atteint sa taille adulte, Eragon le monta afin de prouver aux autres dragons qu'ils pouvaient vivre en bonne intelligence avec les elfes. On conclut des accords de paix ; et, pour symboliser cette union des peuples que nul ne devait briser jamais, il fut décidé d'instituer la Confrérie des Dragonniers. Au début, ceux-ci n'étaient rien de plus qu'un trait d'union entre elfes et dragons. Cependant, au fur et à mesure que les années passaient, leur mérite éclata aux yeux de tous, et leur autorité grandit. Ils finirent par s'établir sur l'île de Vroengard, où ils construisirent une place forte : Dorú Areaba. Avant que Galbatorix ne renversât la Confrérie, les Dragonniers avaient plus de pouvoirs que tous les rois de l'Alagaësia réunis. Voilà qui répond, me semble-t-il, à deux de tes trois questions.

– Oui, grommela Eragon, l'air absent.

Il n'arrivait pas à croire à cette extraordinaire coïncidence : à l'instar de l'Eragon de jadis, il avait trouvé un œuf et élevait un dragon en secret. D'un coup, son prénom, jusque-là si naturel, s'était drapé de mystère...

– Que veut dire « Eragon » ? s'enquit-il.

– Je l'ignore, reconnut Brom. C'est un très vieux mot. Je doute que sa signification soit restée dans la mémoire des hommes ; peut-être les elfes s'en souviennent-ils, eux, et il faudrait que la fortune te favorise grandement pour que tu en rencontres un ! Mais c'est un beau nom. Porte-le avec fierté : rares sont ceux qui ont un prénom aussi honorable.

Eragon mit cette question de côté dans un coin de sa tête et revint sur un point du récit de Brom ; ou, plutôt, sur un point qui manquait dans le récit de Brom...

– Il y a quelque chose que je ne comprends pas. Où étions-nous quand la Confrérie des Dragonniers a été créée ?

– Nous ? Qui ça, nous ?

– Nous tous... Les humains en général...

Le conteur rit, puis expliqua :

– Nous ne sommes pas plus natifs de cette terre que les elfes. Nos ancêtres sont arrivés trois siècles après le beau peuple ; c'est alors qu'ils ont pu s'intégrer aux Dragonniers.

– C'est impossible ! Nous avons toujours vécu dans la vallée de Palancar !

– Non, pas toujours ! Disons que la plupart d'entre nous sont les descendants de ceux qui vivaient dans la vallée. Tu en es un bon exemple, Eragon : même si tu te considères comme un membre de la famille de Garrow – avec raison –, ton père n'était pas d'ici. Cette vallée est vieille, et ne nous a pas toujours appartenu.

Eragon reprit une gorgée de thé. Il était encore assez chaud pour lui brûler le gosier. La vallée de Palancar, c'était chez lui, quelle qu'eût été l'origine de son père et quoi qu'en dît Brom !

– Qu'est-il arrivé aux nains après que les Dragonniers ont été pris à partie par les Parjures ? demanda-t-il, agacé.

– On ne le sait pas avec certitude. Ce qui est sûr, c'est qu'ils ont combattu aux côtés des Dragonniers au cours des premières batailles, mais, lorsqu'il fut évident que Galbatorix allait l'emporter, ils scellèrent les entrées connues de leurs tunnels, et ils disparurent sous terre. À ma connaissance, on n'en a plus revu un seul depuis lors.

– Et les dragons ? Que sont-ils devenus ? Ils n'ont quand même pas été tués jusqu'au dernier !

– Ha ! C'est le plus grand mystère de l'Alagaësia, de nos jours ! Combien de dragons ont survécu après les meurtres que perpétra Galbatorix dans leurs rangs ? Le roi épargna les dragons que montaient les Parjures ; pourtant, on ne leur connaît pas de descendants. Si d'autres dragons hormis Shruikan sont en vie, ils se sont extrêmement bien cachés, car nul n'en a jamais entendu parler.

« Alors, d'où vient mon dragon ? » songea Eragon.

– Les Urgals étaient-ils déjà en Alagaësia lorsque les elfes ont débarqué ? demanda-t-il.

– Non, ils ont suivi les elfes sur les flots, telles des tiques à la recherche de sang à sucer. C'est face à eux que les Dragonniers gagnèrent leur réputation, en multipliant les prouesses lors des combats menés pour maintenir la paix. Ah, cette histoire est si instructive...! Quel dommage que le roi n'aime guère l'entendre !

– Il ne doit pas apprécier non plus le conte que tu as récité lors de la visite des marchands..., supposa Eragon.

– « Conte » ? répéta Brom, des éclairs de colère dans les yeux. Si cette histoire est un conte, alors, les rumeurs qui courent sur ma mort sont vraies, et tu parles avec un fantôme ! Respecte le passé, c'est lui qui t'a façonné, ne l'oublie jamais !

Le garçon attendit que le visage du vieil homme se détendît avant de le questionner encore :

– Quelle taille atteignaient les dragons à l'âge adulte ?

Une volute de fumée noire tourbillonnait au-dessus de Brom, comme un orage miniature.

– Ils étaient plus gros qu'une maison. Même les plus petits avaient une envergure d'une trentaine de mètres ; et ils ne cessaient jamais de grandir. Les plus vieux d'entre eux, avant que l'Empire ne les massacrât, étaient si imposants qu'on aurait pu les confondre avec de vastes collines.

Eragon sentit son cœur se serrer. Il allait avoir du mal à cacher un dragon de cette taille ! Il s'efforça de dissimuler son inquiétude en s'enquérant :

– À quel âge étaient-ils adultes ?

– Eh bien, fit Brom en se frottant le menton, un dragon ne crachait pas de feu avant cinq ou six mois, par exemple. À cet âge-là, il pouvait se reproduire. Et plus il vieillissait, plus il était capable de souffler du feu longtemps, plusieurs minutes, pour certains.

Brom lâcha un rond de fumée, qu'il regarda flotter jusqu'au plafond.

– J'ai entendu dire que leurs écailles brillaient comme des diamants, reprit Eragon.

– Tu as bien entendu. Les écailles de dragons pouvaient avoir toutes les couleurs et toutes les formes. Regarder voler des dragons, c'était comme regarder un arc-en-ciel vivant. Mais... qui t'a raconté ça ?

– Un marchand..., mentit Eragon.

– Comment s'appelait-il ? voulut savoir Brom.

Ses sourcils froncés se rejoignaient en une épaisse ligne blanche ; les rides de son front s'étaient creusées. La pipe profita de ce répit pour s'éteindre. Eragon feignit de réfléchir.

– Je ne sais pas, dit-il enfin. Je l'ai entendu parler chez Morn, c'est tout...

– Dommage, grogna Brom.

– Il a aussi affirmé que les Dragonniers communiquaient avec leurs montures par télépathie, ajouta le garçon pour soutirer encore quelques informations au conteur.

Celui-ci plissa les yeux. Calmement, il battit son briquet et ralluma sa pipe. De la fumée s'en éleva ; le vieil homme tira une longue bouffée.

– C'est faux, fit-il, sans marquer la moindre émotion. Aucune histoire ne parle de ça, et je connais toutes les histoires. Que t'a-t-il dit d'autre ?

– Rien, lâcha Eragon.

Son mensonge devenait inconfortable. Il préféra changer de sujet :

– Les dragons vivaient-ils très longtemps ?

Brom ne répondit pas immédiatement. Il avait reposé le menton sur sa poitrine ; ses doigts tapotaient le tuyau de la pipe ; l'éclat du feu se reflétait sur son anneau doré.

– Excuse-moi, murmura-t-il enfin, j'avais l'esprit ailleurs. Oui, un dragon pouvait vivre très longtemps. En fait, il pouvait vivre éternellement tant qu'il n'était pas tué... et que son Dragonnier restait en vie.

– Comment le sait-on ? objecta Eragon. Si les dragons meurent quand meurt leur Dragonnier, ils n'ont pas plus de soixante ou soixante-dix ans d'existence devant eux. Durant votre... récit, il me semble que vous avez dit que les Dragonniers vivaient des siècles. C'est impossible !

Le garçon était troublé à l'idée de vivre de longues années après que ses amis et ses proches seraient disparus.

Un sourire étira les lèvres de Brom :

– Chacun est libre de croire ou de ne pas croire ce qu'on lui raconte. Ainsi, d'aucuns prétendent qu'on ne peut pas se déplacer ni survivre sur la Crête ; et, cependant, toi, tu en es capable. Le possible et l'impossible ne sont parfois qu'une seule et même chose, envisagée sous deux angles différents. Il faut être fort sage pour se poser ces questions-là à ton âge.

Eragon rougit, et le vieil homme se mit à rire doucement :

– Voyons, voyons, n'en prends pas ombrage, je te taquine ! N'oublie pas que les dragons étaient magiques. Ils influaient sur ce qui les entourait d'une manière étrange. Les Dragonniers, qui les côtoyaient de près, étaient les premiers témoins de ces phénomènes « impossibles ». Le plus commun était l'allongement de la durée de la vie. Galbatorix, notre roi, a vécu assez longtemps pour en être un parfait exemple. Même si certains attribuaient cette longévité à ses propres capacités de magicien. Il existait toutefois d'autres phénomènes, moins spectaculaires. Tous les Dragonniers étaient plus puissants physiquement et mentalement que le commun des mortels ; ils étaient aussi plus lucides. De surcroît, un Dragonnier humain voyait ses oreilles devenir de plus en plus pointues – même si elles n'atteignaient jamais la finesse des oreilles elfiques.

Eragon eut du mal à se retenir de porter la main à ses oreilles. « Qu'est-ce que ce dragon va encore changer dans ma vie ? songea-t-il. Il pénètre mes pensées, et voilà qu'il peut aussi transformer mon corps ! »

– Les dragons étaient-ils intelligents ? demanda-t-il.

– Tu n'as pas écouté ce que je t'ai dit ? s'emporta Brom. Comment les elfes auraient-ils pu conclure des traités et vivre en paix avec des brutes épaisses ? Ils étaient aussi intelligents que toi et moi !

– Mais... c'étaient des animaux ! persista Eragon.

Brom ricana :

– Pas plus que toi ou moi, encore une fois. J'ignore pourquoi les gens louent à cor et à cri les exploits des Dragonniers et s'obstinent à ignorer le rôle des dragons, dans cette affaire. Les prendrait-on juste pour un mode de transport original, permettant de passer promptement d'une ville à l'autre ? Erreur ! La geste mémorable des Dragonniers ne fut possible que grâce aux dragons. Quel homme sensé aurait osé lever son épée contre l'ordre et la justice, sachant qu'un lézard géant qui crache le feu et possède plus de sagesse et d'intelligence que le plus sage et le plus intelligent des rois, mettrait fin à cette violence dérisoire ? Hein ?

Le conteur souffla un nouveau rond de fumée et le regarda se dissoudre dans l'obscurité.

– En avez-vous déjà vu un ? s'enquit Eragon.

– Non pas. Les dragons avaient disparu bien avant ma venue au monde…

« Et maintenant, la question du nom… », pensa Eragon.

– J'essaye de me souvenir du nom d'un dragon en particulier, mais il m'échappe, dit-il. Je crois l'avoir entendu de la bouche du marchand, l'autre jour, mais je n'en suis pas sûr. Pourriez-vous m'aider ?

Brom haussa les épaules et se mit à énumérer en rafale :

– Il y eut Jura, Hírador et Fundor, qui ont combattu le serpent de mer géant… Galzra, Briam, Ohen le Puissant, Gretiem, Beroan, Roslarb…

Il ajouta beaucoup d'autres noms, et prononça le dernier si doucement qu'Eragon l'entendit à peine :

– Et Saphira…

Après un temps, Brom demanda en curant sa pipe :

– Était-ce l'un d'eux ?

– Je ne crois pas, dit Eragon. Bien, il se fait tard. Roran en a sans doute fini avec Horst. Je vais aller les rejoindre, même si je préférerais rester ici…

Le conteur leva un sourcil.

– Quoi, tu t'en vas ? Je m'attendais à répondre à tes questions jusqu'à ce que ton frère vînt te chercher ! Les tactiques de combat des dragons ne t'intéressent pas ? Tu n'es pas curieux de savoir à quoi ressemble un champ de bataille vu du ciel ? Tu as appris tout ce que tu désirais savoir ?

– Oui, pour le moment, et même plus ! dit Eragon en riant.

– Alors, soit, grommela le conteur en raccompagnant son visiteur à la porte. Adieu. Prends garde à toi. Et si le nom du marchand qui racontait des histoires de dragon te revient, signale-le-moi à l'occasion...

– Entendu... et merci, lança le jeune homme.

Et il partit vers la forge, ébloui par ce qu'il venait d'apprendre autant que par l'éclat du soleil d'hiver.

Un nom respecté

Sur le chemin du retour, Roran dit :

– Il y avait un étranger chez Horst, aujourd'hui.

– Il venait d'où ? demanda Eragon en donnant un coup de pied contre un bloc de glace.

– De Therinsford.

– Et comment s'appelait-il ?

– Dempton.

Les jeunes gens marchaient d'un bon pas. Le froid mordait les joues et les yeux. Roran écrasa de ses jambes massives une congère, libérant le passage pour Eragon.

– Il n'y a pas de forgeron à Therinsford ? s'étonna celui-ci.

– Si, mais il n'est pas assez bon pour exécuter ce dont Dempton a besoin.

– À savoir ?

– Des outils spéciaux pour son moulin. Il l'agrandit, et il m'a proposé de me mettre à son service dès que Horst aura exécuté sa commande.

Les meuniers travaillent quatre saisons sur quatre, sans interruption. Durant l'hiver, ils moulent à la demande ce qu'on leur apporte ; à l'époque des récoltes, ils achètent du grain et le revendent sous forme de farine. C'est une tâche dure, dangereuse. Il arrive que des apprentis meuniers perdent des doigts, voire des mains, écrasés par les meules géantes.

– Tu vas en parler à Garrow ? s'enquit Eragon.

– Oui, confirma Roran avec un sourire amusé.

– À quoi bon ? Tu le connais : il ne veut pas qu'on parte. Ça ne servira qu'à le mettre en rogne ! Oublie ça, qu'on puisse dîner en paix, ce soir !

– Non. Je vais prendre cette place.

Eragon s'arrêta brusquement :

– Pourquoi ?

Roran lui fit face. L'haleine des garçons dessinait deux nuages de buée dans l'air glacé.

– D'accord, continua-t-il, on ne trouve pas d'argent sous le sabot d'un cheval, mais nous nous en sommes toujours sortis, jusqu'à présent ! Tu n'es pas obligé de partir.

– Si : j'ai besoin d'argent.

Roran se remit à marcher, mais Eragon ne bougea pas d'un pouce.

– Tu as besoin d'argent ! Et pourquoi ?

– Parce que je vais me marier, lâcha Roran en redressant les épaules.

Une vague de stupéfaction submergea Eragon. Il se rappelait le baiser de Katrina et Roran. Avait-il scellé une promesse de mariage ?

– Katrina ?

Roran hocha la tête.

– Tu lui as fait ta demande ?

– Pas encore. J'attends le printemps. Alors, j'aurai de quoi bâtir une maison... et l'épouser.

– Tu ne peux pas partir maintenant, protesta Eragon. Attends au moins que nous soyons prêts pour les semailles !

– Non, c'est ces jours-ci qu'il faut que j'aide le meunier. Au printemps, on aura encore plus besoin de moi ici pour labourer, semer et désherber les champs... et je ne parle pas des mille et une autres tâches qu'on pourra me confier. L'hiver est la meilleure époque de l'année si je veux partir. Sinon, je passerai le reste de ma vie à attendre que les saisons succèdent aux saisons. Garrow et toi, vous vous débrouillerez parfaitement sans moi. Si tout va bien, je reviendrai bientôt travailler à la ferme... avec ma femme.

Les cousins repartirent. Encore sous le choc de la révélation, Eragon oscillait entre colère et stupéfaction.

– J'imagine que je n'ai plus qu'à te souhaiter bonne chance, murmura-t-il, mais Garrow risque de ne pas accueillir la nouvelle avec le sourire.

– On verra, grommela Roran.

Les deux presque-frères avancèrent sans un mot. Le silence dressait une barrière entre eux. Eragon était perturbé. Il lui faudrait du temps avant de considérer le départ de son aîné autrement que comme une désertion.

Lorsqu'ils arrivèrent à la maison, Roran ne parla pas de ses projets à Garrow. Mais, Eragon en était sûr, il ne tarderait pas à le faire.

Eragon retourna voir le dragon pour la première fois depuis que celui-ci lui avait parlé. Il s'approcha de lui avec appréhension, conscient de se trouver devant son égal.

« Eragon..., susurra la voix dans sa tête. Eragon... »

« C'est tout ce que tu sais dire ? » demanda-t-il, agacé.

« Oui. »

Le garçon plissa les yeux, décontenancé par la réponse, et il s'assit par terre. « En plus, il a le sens de l'humour... », songea-t-il. Il s'empara d'une brindille, qu'il brisa d'un coup sec. La nouvelle du prochain départ de Roran l'avait énervé. Il sentit que le dragon s'interrogeait, aussi lui résuma-t-il la situation à voix haute. Il se mit à parler de plus en plus fort, jusqu'à crier à pleins poumons. Il exprima des émotions qu'il avait contenues jusqu'alors. Puis il martela le sol en déclarant :

« Je ne veux pas qu'il s'en aille, c'est tout ! »

Le dragon le fixait, impassible. Après avoir lancé une bordée de jurons, Eragon se frotta les yeux et le regarda à son tour.

« Tu as besoin d'un nom, décréta-t-il. J'en ai entendu quelques-uns, aujourd'hui. Peut-être l'un d'entre eux te conviendra-t-il... »

Il chercha dans sa tête les deux qui l'avaient le plus impressionné, les plus nobles, les plus héroïques :

« Qu'est-ce que tu dirais de Vanilor, ou du nom de son successeur, Eridor ? C'étaient deux grands dragons de légende. »

« Non, répondit le dragon, une lueur amusée dans ses yeux étincelants. Eragon... »

« Eragon, c'est *mon* nom ! » protesta le garçon en se méprenant.

Il réfléchit en se caressant le menton :

« Si tu n'aimes ni Vanilor, ni Eridor, je peux t'en proposer d'autres... »

Il cita ceux qui lui revenaient en mémoire. Aucun ne trouva grâce aux yeux du dragon. Eragon ne comprenait pas. Chacun des noms qu'il avait prononcés était chargé de gloire et de légende... et, pourtant, le dragon semblait rire de ses efforts.

« Ne me dis pas que tu n'aimes pas Ingothold ! supplia-t-il. Il a accompli tellement de... »

Soudain, une idée frappa Eragon :

« Ah ! je vois le problème ! Je te propose des noms de dragon... et tu es une dragonne ! »

« Oui ! »

Le garçon énuméra alors les noms de dragonnes dont il se souvenait. Il suggéra Miremel – et se corrigea de lui-même : le nom ne convenait pas, car Miremel était une dragonne brune. Opheila et Lenora ne convenaient pas davantage. Il allait renoncer quand il se souvint du dernier nom que Brom avait murmuré. Il plaisait à Eragon. Mais qu'en penserait la dragonne ?

« Es-tu Saphira ? » demanda-t-il. »

Elle vrilla sur lui ses yeux pleins d'intelligence. Au plus profond de son esprit, il sentit la satisfaction de la créature.

« Oui. »

La voix silencieuse de la dragonne résonna dans sa tête, comme un écho lointain.

Il sourit. Saphira se mit à ronronner.

Un futur meunier

Le soleil était couché quand vint l'heure du dîner. Le vent soufflait en rafales secouant la maison. Eragon avait les yeux rivés sur Roran. Il attendait l'inévitable.

Son cousin se risqua enfin.

– On m'a offert du travail au moulin de Therinsford, déclara-t-il. Je compte accepter.

Garrow prit le temps de terminer sa bouchée avec une lenteur calculée, reposa sa fourchette, se recula contre le dossier de sa chaise, puis noua les doigts derrière sa tête avant de lâcher un simple mot :

– Pourquoi ?

Roran le lui expliqua, tandis qu'Eragon chipotait dans son assiette.

– Je vois..., murmura Garrow.

Il se tut un moment en fixant le plafond. Les jeunes gens s'immobilisèrent dans l'attente du verdict.

– Et quand pars-tu ?

– Pardon ?

Une étincelle éclaira le regard de Garrow :

– Tu ne croyais quand même pas que j'allais te retenir ? J'espérais que tu te marierais un de ces jours ! Ce sera bon de voir notre famille s'accroître de nouveau ; et Katrina a bien de la chance que tu l'aies choisie.

La stupéfaction s'afficha sur le visage de Roran, bientôt remplacée par un sourire de soulagement.

– Alors, quand comptes-tu quitter la maison ? reprit Garrow.

– Dès que Horst aura exécuté la commande de Dempton.

– C'est-à-dire ?

– Dans deux semaines.

– Parfait. C'est largement suffisant pour nous organiser ! Les choses vont changer quand nous ne serons plus que deux, ici. Mais j'espère que nous ne le resterons pas trop long-temps, et que tu reviendras vite nous aider, Roran.

Garrow se tourna vers Eragon :

– Tu étais au courant de ces projets ?

– Pas avant aujourd'hui.

– Et qu'en penses-tu ?

– Je pense que c'est folie...

Garrow s'essuya le front.

– C'est le cours naturel de la vie, rectifia-t-il.

Il se leva et lança :

– Tout va bien se passer. Allez ! À chaque jour suffit sa peine. Pour le moment, aidez-moi à faire la vaisselle !

Les jeunes gens obéirent en silence.

Les jours suivants furent éprouvants. Eragon était sur les nerfs. Il répondait par monosyllabes aux questions qu'on lui posait ; sinon, il se taisait. Les signes du départ de Roran étaient partout : Garrow lui fabriquait un sac, des objets dis-paraissaient des murs. Eragon avait l'impression étrange que la maison se remplissait de vide.

Il lui fallut une semaine avant de se rendre compte qu'un fossé s'était creusé entre Roran et lui. Ils avaient du mal à trouver les mots, et leurs conversations sonnaient faux.

La présence de Saphira agissait tel un baume apaisant sur la conscience irritée du garçon. Avec elle, il pouvait parler sans contrainte. Il lui ouvrait son cœur, et Saphira le comprenait comme personne ne l'avait jamais compris. Au cours des deux semaines qui précédèrent le départ de Roran, elle ne cessa de grandir de façon spectaculaire. Désormais, elle avait la taille d'Eragon, lequel découvrit un endroit idéal pour s'asseoir sur elle – le léger creux entre le cou et le garrot.

C'était là qu'il venait souvent se réfugier, le soir. Il flattait l'encolure de sa seule amie et lui enseignait la signification de mots inconnus. Bientôt, le langage d'Eragon n'eut plus de mystères pour la dragonne, ce qui permit aux deux compagnons de converser plus librement.

Pour Eragon, ces moments-là étaient précieux. Saphira était un être complexe... comme tout le monde ! Sa personnalité était riche, et parfois absolument pas humaine ; pourtant, cela ne l'empêchait pas d'être sur la même longueur d'ondes qu'Eragon. Ses manières d'agir et ses réflexions révélaient constamment de nouveaux aspects de son personnage. Ainsi, un jour, elle avait attrapé un aigle dans ses serres et, au lieu de le manger, elle l'avait relâché en disant : « Celui qui chasse dans les cieux ne devrait jamais finir ses jours comme proie. Mieux vaut mourir en plein vol que périr écrasé au sol... »

Le garçon avait prévu de présenter Saphira aux siens ; mais, après la décision de Roran, il avait choisi de reporter sa propre révélation, d'autant que Saphira ne tenait guère à être exhibée ; et, comme Eragon était un peu jaloux d'elle, il n'était pas davantage pressé de dévoiler son existence. De plus, dès que celle-ci serait connue, il devrait affronter les cris, les haines et les inquiétudes passionnées de ceux qui auraient eu vent de l'affaire... Aussi préférait-il temporiser.

Il se promit de passer à l'action après qu'il aurait repéré un signe lui indiquant que le moment était venu.

La nuit précédant le départ de Roran, Eragon décida d'aller lui parler. Il longea le couloir qui menait à la porte de son aîné, restée ouverte. Une lampe à huile brûlait sur la table de chevet, peignant de taches chaleureuses les murs couverts d'étagères vides. Les ombres démesurées des colonnes de lit s'étiraient jusqu'au plafond.

Depuis le seuil, Eragon observa son frère qui roulait des couvertures autour de ses affaires. Le futur meunier s'arrêta, prit quelque chose sous son oreiller et le tint dans sa main. C'était une pierre polie qu'Eragon lui avait donnée jadis. Roran approcha le caillou du paquetage... puis se ravisa et le laissa sur une étagère.

Eragon sentit sa gorge se nouer. Il s'esquiva sur la pointe des pieds.

Des étrangers
à Carvahall

À l'heure du petit déjeuner, il faisait froid, mais le thé était chaud. La glace qui s'était formée sur les vitres avait fondu lorsqu'on avait ranimé le feu, à l'aube, tachant le plancher de flaques sombres.

Eragon regardait Garrow et Roran près de l'âtre de la cuisine. C'était sans doute la dernière fois qu'il les voyait ensemble avant de longs mois.

Roran était assis sur une chaise, en train de lacer ses bottes. Il avait posé son gros sac plein à craquer à ses pieds. Garrow, debout devant lui, avait mis les mains dans ses poches. Sa chemise pendouillait, froissée ; son visage était blême.

– Vous faites un bout de chemin avec moi ? proposa Roran.

Eragon accepta d'aller avec lui jusqu'à Carvahall ; pas Garrow. Roran insista, mais le vieil homme refusa.

– C'est mieux ainsi, affirma-t-il. As-tu tout ce qu'il te faut ?

– Oui.

Garrow hocha la tête et tira une petite bourse de sa poche. Le tintement des pièces de monnaie se fit entendre quand il tendit l'objet à Roran :

– J'ai économisé ça pour toi. Ce n'est pas grand-chose, mais c'est assez pour que tu t'achètes une babiole.

— Merci ! Mais je n'ai pas l'intention de dépenser mon argent en broutilles.

— Fais-en ce que tu souhaites, dit Garrow. Je n'ai rien d'autre à t'offrir, hormis la bénédiction d'un père. Prends-la si cela te plaît... si peu qu'elle vaille !

— Je suis honoré de la recevoir, souffla le jeune homme d'une voix que l'émotion rendait presque inaudible.

— Alors va, et que la paix de cette maison t'accompagne.

Garrow embrassa Roran sur le front, puis, d'un ton plus ferme, il s'adressa au cadet :

— Et toi, Eragon, ne crois pas que je t'aie oublié. J'ai à vous dire des choses qui vous concernent tous les deux. Il est temps que vous les entendiez, puisque Roran part et que, toi, tu ne tarderas guère à entrer dans le monde. Gravez ces phrases dans votre mémoire, afin de vous en souvenir.

Il enveloppa les deux jeunes gens de son regard solennel, puis il continua :

— Ne vous soumettez à personne, ni de corps, ni de cœur. Sachez garder votre esprit libre de toute entrave. Combien se croient libres, qui ne sont que prisonniers sans menottes ! Prêtez votre oreille à chacun, mais réservez votre cœur aux hommes qui le méritent. Respectez ceux qui vous gouvernent, mais ne leur obéissez pas aveuglément. Utilisez votre logique et votre sens critique pour comprendre ce qui vous arrive, mais ne passez pas votre temps à émettre des jugements. Ne pensez pas que quelqu'un vous est supérieur parce qu'il est plus haut placé ou plus fortuné que vous. Soyez équitables envers tous afin que personne ne cherche à se venger de vous. Soyez prudents avec l'argent. Croyez ferme en ce que vous professez, afin que les autres vous écoutent. Enfin, en amour...

Le débit de Garrow devint plus lent :

— Mon seul conseil est d'être honnête. Je ne connais pas de moyen plus efficace pour gagner durablement un cœur ou pouvoir prétendre au pardon. Je n'ai rien à ajouter.

Il se tut, comme gêné d'avoir parlé ainsi.

Il saisit le gros sac de Roran :

– Il est temps que tu t'en ailles. Le jour est levé ; Dempton doit t'attendre.

Roran mit son sac au dos.

– Je reviendrai dès que possible ! promit-il.

– J'espère bien ! répondit Garrow. Et maintenant, file et ne t'inquiète pas pour nous.

Ils eurent du mal à se séparer.

Une fois dehors, Roran se retourna et adressa un grand geste d'au revoir à Garrow, resté sur le seuil. Son père leva une main osseuse. La mine grave, il regarda les deux silhouettes s'éloigner sur le chemin.

Bien après, la porte de la maison claqua. Roran s'arrêta. Eragon jeta un coup d'œil derrière lui. Le paysage, les bâtiments noyés dans la neige vierge... Comme tout cela paraissait frêle et minuscule ! Le feston délicat de la fumée qui s'échappait du toit était le seul signe de vie alentour.

– Voilà notre univers, commenta Roran, le ton sombre.

– Il en vaut un autre, rétorqua Eragon en frissonnant, agacé.

Roran acquiesça, carra les épaules et s'élança vers son avenir. À mi-pente, sur la colline, il se retourna une dernière fois ; mais la maison de Garrow avait déjà disparu.

Il était encore tôt lorsque Roran et Eragon atteignirent Carvahall ; cependant, les portes de la forge étaient déjà ouvertes. Devant le bâtiment étaient posés une énorme enclume noire et un tonneau en fer rempli de saumure. À l'intérieur, il faisait chaud – agréablement chaud. Baldor actionnait lentement deux gros soufflets placés près d'un four en pierre, plein de charbons incandescents qui projetaient des étincelles. Fixées à hauteur d'œil, des étagères couraient le long des murs. Dessus, des rangées d'objets divers et variés : de gigantesques pinces à charbon, des tenailles, des marteaux de toutes les tailles imaginables, des cisailles, des biseaux, des grattoirs, des perce-meule, des burins, des gouges, des poinçonneuses, des emporte-pièce, des tiers-points, des limes, des râpes, des tours, des barres de fer et d'acier brut attendant d'être façonnées, des étaux, des pioches, des pics et des pelles.

Horst et Dempton étaient debout de part et d'autre d'une grande table. En apercevant les deux jeunes gens, Dempton sourit sous sa moustache d'un rouge flamboyant.

– Roran ! cria-t-il. Tu es venu ! Je suis content... Avec mes nouvelles meules, ce n'est pas le travail qui va manquer. Es-tu prêt à m'accompagner ?

– Oui, dit le futur meunier en montrant son sac à dos. Quand part-on ?

– J'ai encore quelques petites affaires à régler, mais, dans une heure, nous ne serons plus là. Et voici Eragon, j'imagine ? Je t'aurais bien proposé du travail ; cette année, ce sera Roran. Dans un an ou deux, peut-être prendras-tu sa place ?

– Peut-être, marmonna Eragon.

Il serra la main du solide moustachu avec un sourire forcé. L'homme était sympathique. En d'autres circonstances, Eragon l'aurait sans doute apprécié ; cependant, pour l'heure, il aurait préféré que le meunier ne fût jamais venu à Carvahall. Dempton lui broya la main et souffla comme un bœuf :

– Bien, très bien...

Il reporta son attention sur Roran et entreprit de lui expliquer le principe de fonctionnement d'un moulin.

– C'est prêt, l'interrompit Horst, qui désigna plusieurs paquets sur la table. Vous pouvez les emporter quand bon vous semblera.

Les deux hommes se saluèrent, puis le forgeron quitta l'atelier. Sur un signe de Horst, Eragon le suivit, intrigué. Il le rejoignit dans la rue. Désignant le meunier du pouce, il demanda :

– Que pensez-vous de lui ?

– Dempton est un brave type. Roran et lui vont s'entendre comme larrons en foire.

Il secoua machinalement son tablier de protection, d'où tombèrent de petits éclats métalliques. Puis il posa sa main massive sur l'épaule d'Eragon :

– Dis-moi, mon gars, tu te souviens de ton altercation avec Sloan ?

– Si vous voulez parler de ma dette, répondit le garçon sur la défensive, je ne l'ai pas oubliée.

– Non, non, je te fais confiance. Je me demandais juste : tu as encore ta fameuse pierre bleue ?

Eragon se raidit. Pourquoi cette question ? Quelqu'un avait-il vu Saphira et fait le rapprochement ? S'efforçant de ne pas paniquer, il dit :

– Oui, je l'ai encore. Pourquoi ?

– Quand tu rentreras chez toi, débarrasse-t'en.

Eragon fronça les sourcils, surpris.

– Deux hommes sont arrivés à Carvahall hier, raconta Horst. Des gens bizarres. Ils sont habillés de noir et portent une épée au côté. Rien que de les voir, j'en ai eu la chair de poule. Dans la soirée, ils ont interrogé les gens. Ils cherchent à savoir si quelqu'un a vu une pierre comme celle que tu m'as apportée. Ils poursuivent leurs interrogatoires aujourd'hui.

Eragon blêmit. Le forgeron continua :

– Aucun gars du coin avec deux sous de jugeote ne leur dira quoi que ce soit. À Carvahall, on flaire les ennuis à quatre lieues à la ronde. N'empêche, je connais certains villageois qui sont prêts à parler – et qui seront même ravis de le faire...

Eragon passait de la stupeur à la frayeur. La personne qui avait projeté la pierre dans les airs, avant qu'il ne la récupérât, avait-elle fini par la localiser ? L'Empire avait-il entendu parler de Saphira ? Le garçon ignorait laquelle de ces deux solutions était la pire. « Réfléchis ! s'ordonna-t-il. Cogite ! L'œuf a éclos. Impossible de restituer la "pierre". Si les inconnus connaissent la nature de ce qu'ils cherchent, ils ne tarderont pas à se lancer sur les traces de Saphira ! » Eragon s'efforça néanmoins de prendre un air détaché.

– Merci de la nouvelle, fit-il d'une voix qui, à sa grande fierté, ne tremblait guère. Vous savez où ils sont ?

– Je ne t'ai pas donné cette information pour que tu rencontres ces hommes, rétorqua Horst. Va-t'en. Quitte Carvahall. Rentre chez toi.

Eragon acquiesça afin d'apaiser le forgeron :

– Entendu, entendu... Si vous pensez que c'est ce que je dois faire...

– Je le pense.

Le visage de Horst se décrispa quelque peu :

– Peut-être que je me trompe, mais ces étrangers ne me disent rien qui vaille. Il vaudrait mieux que tu restes chez toi le temps qu'ils disparaissent.

Eragon lui adressa un regard reconnaissant. Comme il aurait aimé lui parler de Saphira...

– Je pars à l'instant, promit-il en se dépêchant d'aller dire au revoir à Roran.

– Tu ne restes pas ? demanda son cousin, étonné, quand il lui eut tapoté l'épaule.

Eragon faillit éclater de rire. Pour une raison qui lui échappait, il trouvait cette question drôle.

– Je n'ai plus rien à faire dans le coin.

– Alors, à dans quelques mois !

– Travaille bien, dit Eragon. Prends soin de toi, et reviens vite.

Il donna l'accolade à son presque-frère et s'en alla.

Horst était toujours là. Eragon devina que les yeux du forgeron le suivaient tandis qu'il s'avançait vers les portes de Carvahall. Lorsqu'il fut hors de vue, il tourna au coin d'une rue et revint au centre du village.

Tout en avançant dans l'ombre des maisons, Eragon scrutait chaque venelle, attentif au moindre bruit. Il pensa à sa chambre, où il avait pendu son arc. Si seulement il l'avait pris avec lui !

Il progressa dans Carvahall, tâchant d'éviter les habitants. Soudain, il perçut une voix sifflante qui parvenait d'une habitation. Bien que son ouïe fût des plus fine, il devait tendre l'oreille pour distinguer ce qui se disait.

– Quand cet événement s'est-il produit ? susurra la voix.

La voix trop lisse sinuait dans l'air, glissait comme de l'huile sur du verre ; en même temps, le son crissait, hérissant les poils de ceux qui l'entendaient.

– Il y a trois mois environ, répondit quelqu'un.

Eragon identifia l'homme qui parlait : c'était Sloan.

« Par le sang de l'Ombre ! Ce chacal est en train de rapporter ! » Il se promit de régler son compte au boucher la prochaine fois qu'il le rencontrerait.

Une troisième voix s'éleva. Elle était profonde, caverneuse. Elle évoquait des images dans la tête d'Eragon : de la moisissure, des lambeaux en décomposition, et d'autres, pires encore, sur lesquelles il préférait ne pas mettre de mots.

– Es-tu sûr de ce que tu affirmes ? insista cette voix. Si nous devions nous apercevoir que tu t'es trompé, ce serait regrettable. Très regrettable.

Eragon n'imaginait que trop bien ce que les inconnus pourraient faire, et *qui* ils pouvaient être pour oser menacer quelqu'un de la sorte : c'étaient des agents de l'Empire. Sans aucun doute, ou presque. Une chose était sûre : celui qui voulait récupérer l'œuf avait les moyens de recourir à la force absolue en toute impunité.

– Oui, je suis formel, reprit ce cafard de Sloan. Il l'avait. Je ne mens pas. Je ne suis pas le seul à être au courant. Des tas de gens savent. Allez leur poser la question.

Sloan paraissait tendu. Il ajouta quelque chose qu'Eragon ne saisit pas.

– Les villageois ont été relativement peu coopératifs jusqu'à présent, reconnut la voix sifflante avec un brin de moquerie.

Il y eut un silence, puis la voix caverneuse gronda :

– Tes informations nous sont d'un grand secours. Nous ne t'oublierons pas.

Eragon le croyait sur parole.

Il entendit Sloan marmonner quelque chose, puis un bruit de pas précipités. Il se réfugia dans un recoin pour observer ceux qui allaient passer. Deux hommes de haute taille sortirent dans la rue. Ils étaient vêtus de longs pardessus noirs, serrés à la taille par un ceinturon auquel pendait une épée. Sur leur poitrine, des fils d'argent entrelacés dessinaient des insignes cabalistiques. Des capuches masquaient leurs traits. Leurs mains étaient recouvertes de gants de cuir. Leurs dos étaient étrangement saillants, comme s'ils avaient été rembourrés par une protection spéciale.

Eragon se pencha pour mieux voir. L'un des visiteurs se raidit et fit un signe à son compagnon. Les deux hommes jetèrent un regard autour d'eux et s'accroupirent. Eragon retint son souffle, saisi d'effroi. Les yeux fixés sur les visages cachés, il avait l'impression qu'une puissance invisible l'empêchait de bouger. Il tenta de lutter contre cette sensation. « Bouge ! » s'ordonna-t-il. Ses jambes vibrèrent, oscillèrent, mais refusèrent d'exécuter l'ordre qu'il leur adressait.

Les étrangers s'avancèrent vers lui d'une démarche souple et silencieuse. Eragon avait conscience qu'ils pouvaient voir son visage. Ils étaient presque à son niveau, prêts à dégainer leur épée, quand soudain...

– Eragon !

Il sursauta en entendant son nom. Les étrangers s'arrêtèrent et sifflèrent. Brom arrivait en courant, tête nue et bâton à la main, sans remarquer les étrangers. Eragon voulut l'avertir du danger. En vain : sa langue et ses bras ne lui obéirent pas.

– Eragon ! cria de nouveau Brom quand il l'aperçut.

Les étrangers fixèrent une dernière fois le garçon, puis disparurent entre les maisons.

Eragon s'effondra sur le sol. Il tremblait. De la sueur trempait son front, ses paumes étaient moites et collantes. Le conteur l'aida d'un bras puissant à se remettre d'aplomb.

– Tu es malade ? demanda-t-il.

Eragon déglutit et secoua la tête sans réussir à prononcer un mot. Ses yeux papillotaient, cherchant alentour la preuve qu'un événement inhabituel s'était produit.

– J'ai juste eu un vertige..., murmura-t-il. C'est passé. C'était très bizarre. Je ne sais pas ce qui m'est arrivé.

– Tu vas récupérer, affirma Brom. Mais tu devrais rentrer chez toi.

« Oui ! pensa le garçon. Je dois rentrer chez moi avant qu'ils n'y arrivent. »

– Vous avez raison. Peut-être que je couve quelque chose...

– Alors, ta place est chez Garrow. Ce n'est pas la porte à côté, mais une bonne trotte te fera du bien. Viens, je t'accompagne jusqu'à la sortie du village.

Eragon se laissa entraîner par Brom, qui marchait à un rythme soutenu. Le bâton du vieil homme s'enfonçait dans la neige à chaque pas.

– Pourquoi me cherchiez-vous ?

Brom haussa les épaules :

– Simple curiosité. J'ai appris que tu étais à Carvahall, et je me demandais si tu t'étais rappelé le nom du marchand.

« Le marchand ? Quel marchand ? » Eragon mit un moment à comprendre ce dont parlait le conteur.

– Tu sais, insista Brom, celui qui avait prétendu s'y connaître en dragons...

– Non, répondit le garçon. Non, je suis désolé, son nom ne m'est pas revenu.

Brom soupira, l'air à la fois grognon et entendu, comme si ce qu'il avait soupçonné s'était trouvé confirmé. Il frotta son nez aquilin et lança :

– Bien, alors... Si jamais tu t'en souvenais, viens m'en parler. Je suis très, très intéressé par ce marchand.

Eragon opina d'un air distrait. Ils marchèrent en silence jusqu'aux portes de Carvahall. Là, ils se séparèrent.

– Rentre vite, dit Brom. Je crois que ce serait une mauvaise idée de traîner en chemin.

Il tendit une main noueuse au garçon, qui la serra. Mais, en relâchant son étreinte, le conteur fit tomber le gant d'Eragon. Le vieil homme se pencha pour le ramasser.

– Excuse-moi, je suis si maladroit..., grommela-t-il.

Il rendit le gant à son propriétaire. Ses doigts vifs s'enroulèrent autour du poignet d'Eragon. La paume apparut, révélant l'ovale argenté. Les yeux de Brom étincelèrent ; cependant, il ne retint pas la main du garçon lorsque celui-ci la retira brusquement pour enfiler son gant.

– Au revoir, grommela Eragon, troublé, en s'éloignant à grandes enjambées.

Pour sa part, Brom rentra chez lui en sifflotant un air joyeux.

LE VOL DU DESTIN

Sur le chemin du retour, Eragon avait l'esprit en ébullition. Il courait aussi vite qu'il pouvait. Même lorsque sa respiration ne fut plus qu'une série de halètements rauques, il ne s'arrêta pas.

Alors qu'il filait le long de la route glacée, il tenta d'entrer en contact mental avec Saphira ; mais elle était encore trop loin de lui. Il se demandait ce qu'il dirait à Garrow. Il n'avait plus le choix, à présent : il devait lui révéler l'existence de la dragonne.

Il atteignit la ferme à bout de souffle. Son cœur bondissait dans sa poitrine. Il hésita : « Est-ce que j'ai intérêt à parler à Garrow tout de suite ? Il ne me croira pas si Saphira n'est pas avec moi. Je ferais mieux d'aller la trouver d'abord... » Il s'élança vers la forêt. « Saphira ! » cria-t-il en silence.

« Je viens », lui répondit une petite voix.

Eragon sentit que sa dragonne était tendue. Il attendit quelques instants, impatient de la voir fendre l'air de son vol puissant. Elle atterrit en soufflant un nuage de fumée.

Eragon lui toucha le garrot et ferma les yeux pour se concentrer. En tâchant d'être clair, il résuma les événements de la matinée. Quand il évoqua les étrangers, Saphira eut un mouvement de recul. Elle renâcla et poussa un rugissement assourdissant ; puis elle agita sa queue en projetant des morceaux de glace. Eragon dut se baisser pour les éviter.

Une rage où se mêlaient la soif de sang et la peur émanait de Saphira en vagues nauséeuses. « Du feu ! criait mentalement la dragonne. Des ennemis ! Des tueurs ! Et la mort ! »

« Pourquoi paniques-tu comme ça ? » s'étonna Eragon. Il eut beau prononcer ces mots avec force, dans sa tête, un mur de fer entourait l'esprit de Saphira, protégeant ses pensées. Elle poussa un nouveau rugissement et racla le sol avec ses serres, lacérant la terre gelée.

« Arrête ! protesta Eragon. Garrow va t'entendre ! »

« Des serments seront trahis ! prophétisa-t-elle. Des âmes seront massacrées ! Des œufs brisés ! Le sang souillera le monde, car les meurtriers arrivent ! »

Impressionné, Eragon se coupa des émotions de Saphira et observa le ballet de sa queue. Quand celle-ci s'écarta, il se précipita sur la dragonne et, s'agrippant à un piquant de son dos, se hissa à sa place désormais habituelle, à la base du cou, afin de la calmer. Il s'accrocha fermement lorsque la dragonne s'ébroua.

« Ça suffit, Saphira ! » lança-t-il à haute voix.

Il sentit que le déluge de pensées de Saphira s'interrompait d'un coup. Il passa une main sur ses écailles et reprit plus doucement :

« Ça va aller, tu verras... »

Elle se ramassa sur elle-même, et, soudain, elle étendit ses ailes. L'instant d'après, Eragon sur son dos, elle s'élevait dans le ciel.

Eragon voulut hurler lorsqu'il vit le sol s'éloigner et le faîte des arbres apparaître sous lui ; mais son hurlement ne franchit jamais ses lèvres. Emporté par un tourbillon, le souffle coupé, il était incapable d'émettre un son ; Saphira ignora sa terreur et fonça vers la Crête. Eragon aperçut en dessous de lui la ferme, les eaux tumultueuses de l'Anora... Son estomac protesta. Il resserra encore sa prise autour du cou de Saphira, qui ne cessait de monter, insensible à la nausée de son passager.

Il faisait si froid, dans les hauteurs, que du givre s'était formé sur les cils d'Eragon. Saphira avait atteint les montagnes en moins de temps qu'il n'en faut pour le dire. De là-haut, les pics semblaient des dents de géant, aussi tranchantes que des lames de rasoir, qui avaient l'air d'attendre patiemment de broyer les voyageurs. Brusquement, la dragonne oscilla de droite à gauche. Eragon manqua de tomber ! Le cœur au bord des lèvres, il pressa sa tête contre les écailles de la créature.

« Demi-tour, Saphira ! implora-t-il. Des étrangers vont venir à la ferme. Je dois avertir Garrow. Demi-tour ! »

Pas de réponse.

Eragon essaya d'établir un contact mental ; mais son esprit ne réussit pas à franchir la barrière de peur et de colère derrière laquelle se terrait la volonté de la dragonne. Déterminé à se faire obéir, il tenta de percer ses défenses. Il sonda les remparts mentaux de Saphira ; plaça quelques attaques aux endroits qui semblaient les plus fragiles ; entreprit de saper le mur de protection ; lutta autant qu'il put. Sans résultat.

Bientôt, des montagnes les entourèrent de toutes parts. Autour d'eux se dressaient d'immenses parois blanches déchiquetées et des à-pics de granit. Des glaciers bleus se découpaient pareils à des fleuves dont la course aurait été suspendue ; là, des gouffres profonds et des ravins escarpés donnaient une effroyable sensation de vertige.

Eragon aperçut sur un versant une troupe de chamois qui progressaient par bonds. À l'approche de Saphira, les oiseaux s'enfuyaient en piaillant. Battu par les bourrasques provoquées par les battements d'ailes de Saphira, bringuebalé de part et d'autre à chaque fois que la dragonne virait de côté, il s'accrochait coûte que coûte. Saphira ne donnait aucun signe de fatigue ! Volerait-elle jusqu'à l'aube ? Enfin, à l'heure du crépuscule, elle entama une descente.

Le garçon regarda sous lui. La dragonne se dirigeait vers une petite clairière, dans une vallée. Elle planait en spirale. Elle ne paraissait pas pressée d'atterrir, frôlant négligemment la cime des arbres. Une fois près du sol, elle ralentit, gonfla ses ailes pour freiner et posa ses pattes postérieures en premier. Ses muscles puissants frémirent en absorbant l'onde d'impact. Ensuite, Saphira posa ses pattes antérieures et fit un pas en avant afin de retrouver son équilibre. Eragon sauta sans attendre qu'elle eût replié ses ailes.

À peine eut-il mis pied à terre qu'il chancela : ses jambes refusaient de le porter. Ses genoux fléchirent. Un instant plus tard, sa joue heurtait la couche de neige dure qui recouvrait la clairière.

Une douleur fulgurante lui fit monter les larmes aux yeux. Ses jambes le torturaient : il avait contracté ses muscles trop longtemps et, à présent, des crampes insupportables le torturaient. Il roula sur le dos, secoué par des frissons, et tenta de s'étirer.

Quand la souffrance s'estompa quelque peu, il éprouva une brûlure en haut des cuisses. Il regarda. Son pantalon était humide. Il l'ôta rapidement et, effaré, constata que, à l'endroit où il s'était retenu de toute la force de ses jambes, la peau était arrachée. Le frottement contre les écailles rugueuses de Saphira avait mis sa chair à vif. Il saignait abondamment. Le plus pénible fut de réenfiler son vêtement. Le contact du tissu contre la peau arrachée était un supplice.

Malgré tout, Eragon essaya de se relever. En vain. Autour de lui la nuit descendait, obscurcissant la vallée. L'ombre avalait des montagnes, qu'il ne reconnaissait pas.

« Je me trouve sur la Crête, au milieu de l'hiver, avec une dragonne folle ; et je ne suis pas en mesure de marcher ou de trouver un abri. Il fera bientôt nuit noire. Si je veux rentrer à la ferme demain, ce sera à dos de dragon, et je m'en sens incapable. » Il inspira à fond l'air glacé. Si encore la dragonne soufflait du feu !

Il tourna la tête vers elle, et s'aperçut qu'elle s'était allongée en silence près de lui. Il posa une main sur son flanc. Saphira tremblait. La barrière mentale derrière laquelle elle s'était abritée avait disparu. Il capta les pensées paniquées de son amie. Il tâcha de la calmer en lui envoyant des images apaisantes.

« Pourquoi as-tu peur à ce point de ces étrangers ? » lui demanda-t-il ensuite.

« Des tueurs. »

« Garrow est en danger ; et toi, tu m'as kidnappé pour entreprendre ce voyage ridicule ! N'étais-tu pas de taille à me protéger ? »

Saphira poussa un grondement profond et fit claquer ses mâchoires.

« Alors, explique-moi ! reprit Eragon. Si tu penses être capable de me protéger, pourquoi m'avoir obligé à fuir ? »

« La mort est un poison. »

Le garçon se redressa sur un coude et s'emporta :

« Enfin, Saphira, regarde où tu nous as emmenés ! Le soleil est couché ; j'ai les jambes écorchées – quand j'écaille un poisson, je le mets dans le même état ! Est-ce cela que tu souhaitais ? »

« Non. »

« Dans ce cas, pourquoi as-tu agi ainsi ? »

Eragon lut dans son esprit qu'elle éprouvait du regret pour ce qu'il endurait, mais pas pour ce qu'elle avait fait. Elle détourna la tête, refusant de répondre.

L'air glacial engourdissait les jambes d'Eragon. Si la douleur s'atténuait, cela risquait d'être dangereux.

Le garçon changea de tactique.

« Je vais mourir de froid. Sauf si tu me fabriques un abri... ou si tu me creuses un trou où j'aurai une chance de rester au chaud... À la rigueur, un tas de branchages et d'aiguilles de pin fera l'affaire. »

Saphira sembla soulagée que l'interrogatoire eût cessé.

« Ce n'est pas nécessaire, répondit-elle. Je vais m'enrouler autour de toi et te couvrir de mes ailes. Le feu qui brûle en moi te réchauffera. »

Eragon reposa sa tête par terre.

« Très bien, dit-il. Mais enlève d'abord la neige, s'il te plaît. Ce sera plus confortable. »

Aussitôt, Saphira projeta sa queue contre une congère, qui éclata sous le choc puissant. Elle balaya les morceaux et racla la neige dure qui restait au sol. Eragon regarda l'espace ainsi dégagé.

« Je ne peux pas me déplacer jusque-là, grommela-t-il. Il va falloir que tu m'aides. »

La dragonne pencha la tête, qui était plus large que le torse du garçon. Celui-ci fixa les grands yeux couleur saphir et noua ses mains à un piquant du cou. Saphira se redressa et le transporta à l'endroit qu'elle avait préparé.

« Doucement ! protesta Eragon. Doucement ! »

Des étoiles dansaient devant ses yeux quand il put enfin lâcher prise. Saphira se coucha sur le côté, lui offrant son ventre chaud. Il se blottit contre les écailles douces de son flanc. L'aile droite de la dragonne l'enveloppa telle une tente vivante. Eragon se retrouva plongé dans l'obscurité. La température de l'air grimpa aussitôt.

Le garçon attacha les manches de son manteau autour de son cou et glissa ses mains à l'intérieur du vêtement. Ce fut alors qu'il remarqua que son estomac criait famine. Néanmoins, une pensée plus grave le tourmentait : réussirait-il à atteindre la ferme avant les étrangers qu'il avait croisés à Carvahall ? Et, dans le cas contraire, comment s'en tirerait Garrow ? « Même si je parviens à remonter sur Saphira, il nous faudra bien une demi-journée pour rentrer, estima-t-il. Nous serons sur place demain après-midi. Les hommes en noir auront largement eu le temps d'arriver ! »

Une larme roula le long de sa joue. Eragon ne l'essuya pas. Garrow était en danger, et il ne pouvait rien pour lui...

« Qu'est-ce que j'ai fait ? » pensa-t-il.

La fin de l'innocence

Quand Eragon ouvrit les yeux, le lendemain matin, il crut que le ciel lui était tombé sur la tête. Un voile bleu d'un seul tenant descendait jusqu'au sol. Encore à moitié endormi, il tendit la main vers cet étrange toit, et il sentit sous ses doigts une fine membrane. Il lui fallut une bonne minute pour comprendre de quoi il s'agissait.

Le garçon releva la tête, qui reposait sur un oreiller d'écailles. Lentement, il déplia ses jambes, quittant la position fœtale qu'il avait adoptée pendant la nuit. Ses articulations craquèrent. La douleur s'était estompée depuis la veille, mais l'idée de marcher lui était insupportable. Sa faim criante lui rappela les repas qu'il avait sautés. Il rassembla son énergie pour toquer en douceur contre le flanc de Saphira :

– Hé-ho ! Réveille-toi !

La dragonne remua, puis elle souleva son aile. Un torrent de lumière aveugla Eragon. À côté de lui, Saphira s'étirait à la manière d'un chat. Lorsqu'elle bâilla, ses dents blanches étincelèrent au soleil.

Eragon plissa les yeux pour essayer de se repérer. Les monts imposants qui l'entouraient et dessinaient des ombres impénétrables dans la clairière ne lui rappelaient rien. Au

bord du plateau où Saphira s'était posée, il aperçut une
sente enneigée qui s'enfonçait dans la forêt. Un peu plus
loin, dans les bois, il entendait le gargouillement étouffé
d'un cours d'eau.

Lâchant un grognement, Eragon se leva tant bien que mal.
Chancela. S'accrocha à un arbre. S'empara d'une branche
basse. Pesa dessus de toutes ses forces. La branche résista
avant de craquer d'un coup sec. Il la débarrassa de ses brindilles ; puis il s'appuya sur elle pour atteindre le ru. Avec sa
canne improvisée, il brisa la surface gelée et s'accroupit pour
boire. L'eau qui courait sous la couche dure était claire, pure,
légèrement amère. Sa soif étanchée, Eragon retourna dans
la clairière.

C'est alors qu'il reconnut les lieux.

Il était déjà venu ici. C'était là que l'œuf de Saphira était
apparu dans un bruit assourdissant.

Il s'adossa contre un arbre. À présent, il en était certain.
D'où il était, il voyait les troncs gris dont les aiguilles
avaient été soufflées par l'explosion. « Comment Saphira
a-t-elle trouvé cet endroit ? se demanda-t-il. Comment
l'a-t-elle identifié ? À l'époque, elle était encore dans l'œuf.
Peut-être a-t-elle fouillé dans mes souvenirs pour se repérer... »
Il secoua la tête, saisi d'étonnement.

Saphira, patiente, attendait.

« On rentre ? » proposa-t-il sur un ton innocent.

La dragonne fit signe qu'il n'en était pas question.

« Je sais que tu n'en as pas envie, insista Eragon. Mais il
le faut. Nous avons un devoir à accomplir envers Garrow.
Il s'est occupé de moi depuis ma naissance – et donc de
toi, en un sens. Tu as une dette à son égard. Que dira-t-on
de nous, dans quelques années, si nous ne revenons pas ?
Que dira-t-on si notre premier exploit consiste à nous terrer
tels des couards alors que mon oncle est en danger ? Je
l'entends, je l'entends déjà, l'histoire du fabuleux destin

d'Eragon le Lâche et de sa dragonne poltronne... Si un combat se prépare, allons l'affronter plutôt que de fuir. Tu es une dragonne, Saphira ! Même les Ombres ont peur de toi ! Et, pourtant, tu te tapis dans les montagnes, à la manière d'un lapin effrayé... »

Il voulait la mettre en colère ; il y réussit. Un rauquement sourd sortit de la gorge de Saphira, qui planta ses yeux dans ceux d'Eragon. Sa tête n'était plus qu'à quelques pouces de celle du garçon. La créature découvrit ses dents, une fumée noire sortit de ses naseaux. Eragon espéra qu'il n'avait pas été trop loin dans la provocation : les pensées qui lui parvenaient de Saphira étaient rouges de colère.

« Le sang rencontrera le sang, siffla-t-elle. Je combattrai. Nos wyrds – nos destins, comme tu dis – nous y obligent, mais ne m'insulte pas. Je te ramènerai d'où nous venons parce que tu as un devoir à accomplir, mais sache que nous commettons une folie ! »

« Folie ou pas, lança le garçon, nous n'avons pas le choix : nous devons y aller. »

Il ôta sa chemise, la déchira en deux, en enroula un lambeau autour de chacune de ses jambes à vif. Grimaçant de douleur, il grimpa sur la dragonne et s'accrocha fermement à son cou.

« Cette fois, vole plus bas et plus vite, exigea-t-il. Nous n'avons que trop tardé ! »

« Tiens-toi bien », répliqua sa monture.

L'instant d'après, elle s'élevait et fendait le ciel.

Ils survolèrent la forêt très haut au-dessus des arbres. Comme la veille, l'estomac d'Eragon protesta – par chance, il était vide !

« Plus vite, plus vite ! » répétait-il.

Saphira ne répondit pas, mais le battement de ses ailes s'accéléra. Eragon serra les paupières et se raidit. Il avait espéré que sa chemise le protégerait ; le rembourrage se révélait inefficace. Le moindre mouvement de la dragonne le faisait terriblement souffrir. Bientôt, le sang commença de couler le long de ses cuisses. Saphira sentit la douleur d'Eragon. Elle accéléra encore. Quand Eragon entrouvrit les yeux, le paysage se déroulait sous lui à une allure incroyable. Si quelqu'un avait levé la tête vers eux, il n'aurait vu qu'une étoile bleue filant dans les hauteurs.

Les voyageurs arrivèrent au-dessus de la vallée de Palancar en début d'après-midi. Des nuages obscurcissaient l'horizon vers le sud ; Carvahall était au nord. Saphira se mit à voler plus bas afin qu'Eragon pût scruter la vallée à la recherche de la ferme. Lorsqu'il l'avisa, l'angoisse le fit frémir. Un panache de flammes orangées coiffait le bâtiment.

« Saphira, atterris ! lança-t-il. Maintenant ! »

La dragonne rabattit ses ailes et plongea en piqué. Elle fonçait vers le sol à une vitesse folle. Elle rouvrit ses ailes pour ralentir après qu'ils eurent dépassé les bois.

– Dans les champs ! hurla Eragon.

Il se retint comme il put au cou de sa monture, qui attendit d'être plus près du sol pour contrôler son atterrissage en quelques puissants coups d'ailes. Elle se posa lourdement, désarçonnant son cavalier. Il roula à terre, puis se redressa, haletant, essayant de retrouver sa respiration.

La maison de Garrow avait été dévastée. Des rondins, des planches, des lattes de lambris avaient été soufflés de tous côtés. Les murs et le toit de la cabane en bois avaient été pulvérisés. On aurait dit qu'un marteau géant s'était acharné sur l'habitation. Des bardeaux noirs de suie gisaient alentour. Du poêle, il ne restait que quelques plaques métalliques tordues ; de la vaisselle, des éclats de faïence éparpillés sur la neige ; de la cheminée, de petits morceaux de briques rouges. Un nuage noir, épais et pesant, montait de l'étable, ravagée par l'incendie. Les animaux avaient-ils été tués ? avaient-ils pu se sauver ? En tout cas, ils avaient disparu.

– Oncle Garrow ! appela Eragon. Oncle Garrow !

Le garçon courut vers les ruines fumantes. Il ne trouva nulle trace de Garrow. Il l'appela de nouveau.

Saphira s'approcha de la maison et se plaça près de lui.

« Que de tristesse... » murmura-t-elle.

« Si tu ne m'avais pas obligé à m'éloigner, rien de cela ne serait arrivé. »

« Si je ne t'avais pas éloigné d'ici, tu ne serais pas en vie. »

« Regarde ça ! cria-t-il. Nous pouvions l'éviter ! Il aurait suffi d'alerter Garrow du danger ! »

Il frappa du poing un pan de mur calciné, déchirant la peau de ses articulations. Le sang coula le long de ses doigts tandis qu'il s'éloignait.

Il gagna le chemin qui reliait la bâtisse à la route et s'agenouilla pour examiner la neige. Il y avait bien des traces de pas dans le tapis blanc ; cependant, il fut incapable de les analyser : sa vision était brouillée. Était-il devenu aveugle ? Une main portée à ses joues mouillées le rassura : il était simplement en train de pleurer.

Une ombre l'enveloppa : Saphira s'était posée près de lui.

« Ne cède pas au désespoir, lui dit-elle. Tout n'est pas perdu. »

Eragon leva les yeux vers la dragonne, quêtant un encouragement.

« Observe bien les traces, insista Saphira. Moi, je ne vois que deux paires d'empreintes très semblables. À mon avis, Garrow n'a pas été enlevé ! »

Le garçon examina les indices : deux paires d'empreintes – des marques de grosses bottes en cuir, probablement –, quelque peu effacées, qui se dirigeaient vers la maison ; d'autres, identiques mais plus fraîches, qui s'en éloignaient. Celles qui repartaient ne paraissaient pas plus profondes que celles qui s'y rendaient ; ce qui signifiait que les intrus n'avaient pas emmené Garrow.

« Tu as raison ! s'exclama Eragon. Garrow est forcément ici ! »

Il bondit sur ses pieds et courut vers les décombres.

« Je vais jeter un coup d'œil dans l'écurie et la forêt », annonça la dragonne.

Eragon était déjà dans ce qui avait été la cuisine, et il s'attaquait à un tas de gravats. À sa stupéfaction, il parvint à déplacer de gros débris comme s'ils ne pesaient rien. Un placard presque intact parut vouloir résister... Il le renversa d'une poussée. Soudain, alors qu'il tirait sur une planche récalcitrante, quelque chose l'agrippa par-derrière. Il se dégagea, prêt à se défendre.

Une main sortait d'un tas de chevrons effondrés et s'agitait faiblement. Eragon la saisit et s'écria :

– Oncle Garrow ! Est-ce que vous m'entendez ?

Pas de réponse.

Eragon arracha les bouts de bois sous lesquels était coincé le vieil homme, insensible aux échardes qui se fichaient dans ses mains. Bientôt, il dégagea un bras, une épaule, mais une grosse poutre refusait de bouger, retenant le reste du corps. Eragon expira à fond, inspira et, le visage tordu par l'effort, il s'arc-bouta contre l'obstacle de toute sa volonté. En vain.

« Saphira ! J'ai besoin de toi ! »

La dragonne arriva immédiatement. Les débris craquaient sous ses pattes. Sans un mot, elle referma ses serres sur la poutre et s'éleva, le madrier entre les pattes.

Eragon se rua sur son oncle. Garrow était couché sur le ventre, les vêtements en lambeaux, la peau couverte de brûlures. Le garçon le souleva dans ses bras et le porta hors des ruines. Dès qu'ils se furent éloignés, Saphira relâcha la poutre, qui s'écrasa dans un grand craquement.

Eragon allongea Garrow sur le sol. Inquiet, il examina sa peau desséchée, son teint cireux. La vie semblait l'avoir quitté. Sa lèvre était fendue, sa mâchoire entaillée ; partout, des cloques, suintantes, sur lesquelles s'était déposée de la poussière de plâtre. Le corps meurtri dégageait une odeur entêtante de fruit pourri. Le vieil homme respirait par brèves saccades semblables à des râles.

« Des tueurs... » gronda Saphira.

« Ne dis pas ça ! On peut encore le sauver. Nous devons l'amener à Gertrude... même si j'ai du mal à imaginer comment. »

« Je le prendrai. »

« Peux-tu nous porter tous les deux ? »

« Je le dois. »

Eragon fouilla les décombres jusqu'à dénicher une planche et des lanières de cuir. Il demanda à Saphira de percer un trou de chaque côté de la planche avec une de ses griffes. Il y introduisit les lanières, formant une sorte de harnais, qu'il fixa sous le ventre de la dragonne. Il s'assura que sa construction de fortune tenait bon, glissa Garrow sur la planche, et attacha le corps inanimé avec une ceinture solide. À ce moment-là, un bout de tissu noir tomba de la main du vieillard. Le lambeau correspondait exactement aux vêtements des étrangers qu'Eragon avait aperçus à Carvahall. Furieux, le garçon le fourra dans sa poche. Puis il grimpa sur Saphira, les paupières serrées pour supporter la douleur qui irradiait de ses cuisses écorchées.

« Maintenant ! »

La dragonne se dressa ; ses membres postérieurs fléchirent, et elle battit l'air de ses ailes. Tous ses muscles étaient tendus tandis qu'elle luttait contre la force de l'attraction. Pendant un instant, à la fois très bref et infini, il ne se passa rien. Mais la créature réussit à s'élever avec puissance, de plus en plus haut, cinglant vers la forêt.

« Suis la route, lui conseilla Eragon. Ce sera plus facile si tu dois atterrir. »

« On risque de me voir ! » protesta la dragonne.

« Ça n'a plus d'importance. »

Saphira se le tint pour dit. Elle survola la route qui menait à Carvahall. Garrow s'agitait sur sa planche. Eragon frémit. Si ses nœuds lâchaient, son oncle s'écraserait sur le sol !

Le poids de ses deux passagers ralentissait Saphira. Bientôt, elle baissa la tête, et de l'écume apparut au coin de ses lèvres. Elle lutta avec courage, puisant dans ses réserves et sa volonté ; las, ils étaient encore à une lieue de Carvahall lorsqu'elle rabattit soudain ses ailes et plongea vers le sol.

Pantelante, elle se posa sur les pattes arrière, soulevant une gerbe de neige. Eragon se laissa tomber lourdement sur le côté pour ne pas se faire mal aux jambes. Il se releva et ôta le harnachement qui entravait Saphira. La dragonne haletait péniblement.

« Trouve-toi un coin tranquille pour t'abriter, lui ordonna-t-il. Je ne sais pas pour combien de temps j'en aurai. »

« Je t'attendrai », répondit-elle.

Il prit Garrow par les aisselles et le souleva en serrant les dents. Ses premières foulées provoquèrent une explosion de souffrance dans tout son corps.

– Je n'y arriverai jamais ! hurla-t-il, prenant le ciel à témoin.

Il avança encore et grimaça. Fixant le sol à ses pieds, il s'obligea à conserver une allure régulière, refusant de céder à la révolte de son corps.

Pas après pas, Eragon progressait. La douleur aussi, enflammant jusqu'aux moindres recoins de son organisme. Arriverait-il un jour au but ? Il commença de se demander si Carvahall existait encore. Les étrangers ne l'avaient-ils pas brûlé, comme ils avaient brûlé la maison de Garrow ?

Un cri attira soudain son attention.

Il leva la tête. Brom courait vers lui, les yeux exorbités, les cheveux en bataille, du sang séché sur un côté du visage. Le conteur ouvrit grand les bras, saisit Eragon aux épaules, dit quelque chose. Le garçon plissa les yeux sans comprendre. D'un seul coup, la terre s'ouvrit sous ses pieds. Un goût de sang remplit sa bouche, puis tout devint noir.

Sous l'œil de la mort

Les rêves avaient pris possession de l'esprit d'Eragon. Ils y croissaient selon leurs propres lois, lui faisant voir des groupes de gens sur de fiers destriers. Les inconnus s'approchaient d'un fleuve qui semblait éloigné de tout. La plupart des cavaliers avaient les cheveux argentés et portaient d'immenses lances. Un étrange et solide bateau les attendait, étincelant au clair de lune. Lentement, ils montèrent à bord du vaisseau. Deux d'entre eux, plus grands que les autres, marchaient bras dessus bras dessous. Leurs visages étaient dissimulés par des capuches sombres, mais Eragon devina que l'une des silhouettes était celle d'une femme. Ils prirent place sur le pont du navire, le regard tourné vers la berge.

Sur la rive de galets, un homme se tenait à l'écart. C'était le seul à ne pas avoir embarqué. Il rejeta la tête en arrière et poussa un long cri de souffrance. Lorsque le cri s'évanouit, le bateau se mit à glisser sur les eaux du fleuve. Pas un souffle de vent pour gonfler les voiles ; personne ne ramait, et cependant le navire s'enfonçait dans un territoire plat et désolé. L'image se dissipa ; mais, peu avant qu'elle ne disparût, Eragon aperçut deux dragons qui filaient dans le ciel.

Ce furent des craquements qui réveillèrent Eragon, comme si quelque chose près de lui s'était agité d'avant en arrière. Le bruit persistant, il finit par ouvrir les paupières.

Il se trouvait dans une hutte, sous un toit de chaume. Il était nu, enveloppé dans une couverture rêche. On lui avait bandé les jambes et protégé les doigts avec un linge propre. Sur une table, un mortier, un pilon, des bols, des plantes. Aux murs, des plantes séchées qui diffusaient dans l'air des effluves entêtants. Dans l'âtre, des flammes qui éclairaient une femme tout en rondeurs.

Eragon la reconnut. C'était Gertrude, la guérisseuse de Carvahall. Elle se balançait sur sa chaise à bascule en osier. Les yeux clos, elle dodelinait de la tête ; des aiguilles à tricoter et une pelote de laine étaient posées sur ses genoux.

Bien que le garçon se sentît épuisé, il parvint à s'asseoir, ce qui l'aida à s'éclaircir les idées. Il essaya de se souvenir de ce qui s'était passé ces derniers jours. Sa première pensée fut pour Garrow ; la deuxième pour Saphira. « Pourvu qu'elle ait trouvé un refuge sûr ! » espéra-t-il. Il tenta de la contacter, mais échoua. Où qu'elle fût, c'était loin de Carvahall – et cela rassura Eragon. « Puisque je suis chez Gertrude, cela signifie que Brom m'a emmené au village, déduisit-il. Qu'est-il devenu ? Et que lui était-il arrivé ? » Eragon revoyait le sang séché sur le visage du conteur...

Gertrude s'étira et ouvrit des yeux pétillants.

– Oh, tu es réveillé ! lança-t-elle d'une voix chaleureuse. C'est bien ! Comment te sens-tu ?

– Pas trop mal. Où est Garrow ?

La guérisseuse approcha sa chaise du lit d'Eragon :

– Il est chez Horst. Je n'avais pas assez de place pour vous garder ensemble. Et, crois-moi, ça ne m'arrange pas : j'ai les jambes brisées à force de courir d'un endroit à l'autre pour voir comment vous vous remettez.

– Comment va mon oncle ?

Gertrude observa ses mains un long moment avant de répondre :

– Il n'est pas en grande forme. Il a une forte fièvre qui refuse de baisser, et ses plaies ne cicatrisent pas.

– Je dois le voir, déclara Eragon en entreprenant de se lever.

La guérisseuse le repoussa :

– Non, non, non ! Il faut d'abord que tu manges. Je n'ai pas passé tout ce temps à te veiller pour que tu tombes et te blesses dès que tu sortiras d'ici ! Quand tu es venu, tu avais à peine la moitié de la peau sur tes jambes, et ta fièvre n'a chuté que la nuit dernière. Alors, ne te précipite pas ! Et ne t'inquiète pas pour Garrow. Il s'en sortira : il est robuste !

Gertrude mit une marmite sur le feu et y prépara une soupe de panais[1].

– Ça fait longtemps que je suis ici ?

– Deux jours.

Eragon secoua la tête : pas étonnant qu'il se sentît aussi faible ; il n'avait pas mangé depuis quatre jours ! Rien que d'y songer, il faillit tourner de l'œil... Ce qui ne l'empêchait pas de penser aussi à Saphira, priant pour qu'il ne lui fût rien arrivé pendant son absence.

– Les villageois ont envoyé des hommes à la ferme, et ils l'ont trouvée détruite, lui apprit la guérisseuse. Ils veulent comprendre ce qui s'est passé.

Eragon acquiesça. Il savait qu'il devrait s'expliquer.

– Il paraît que même l'écurie a brûlé, poursuivit la femme. C'est là que Garrow s'est blessé ?

– Je... je l'ignore, murmura le garçon. Je n'étais pas là quand c'est arrivé.

125

---

1. Les panais sont des carottes sauvages à la racine blanche et charnue.

– Bon, peu importe, dit Gertrude en retournant à son tricot tandis que la soupe cuisait sur le feu. Je suis certaine que tout finira par s'éclaircir. Mais, dis-moi, tu as une sacrée cicatrice sur la paume !

Aussitôt, Eragon replia sa main par réflexe.

– Oui.

– Comment tu t'es fait ça ?

Plusieurs réponses lui vinrent à l'esprit. Il opta pour la plus simple :

– Du plus loin qu'il me souvienne, je l'ai toujours eue. Je n'ai jamais demandé à Garrow d'où elle me venait.

– Mmm...

Le silence retomba jusqu'à ce que la soupe fût prête. Gertrude en servit un bol, qu'elle tendit à Eragon avec une cuillère. Il l'accepta avec gratitude et en prit une gorgée. C'était délicieux.

Quand il eut terminé, il demanda :

– Je peux aller visiter Garrow, maintenant ?

La guérisseuse soupira :

– Tu es têtu, toi, hein ? Soit, si tu le désires à ce point, je ne t'en empêcherai pas. Habille-toi, et je t'accompagnerai.

Elle se détourna le temps qu'Eragon enfilât ses vêtements. Le simple contact du pantalon sur les bandages arracha une grimace de souffrance au garçon, qui passa ensuite sa chemise. Gertrude l'aida à se mettre debout. Il avait les jambes molles, mais nettement moins douloureuses.

– Fais quelques pas, exigea la guérisseuse.

Eragon s'exécuta comme il put.

– Au moins, observa-t-elle, tu n'auras pas à y aller en rampant !

Dehors, des rafales de vent s'engouffraient dans les ruelles adjacentes et leur giflaient le visage. Des nuages bas cachaient la Crête et couvraient la vallée tandis qu'un rideau de neige semblait s'avancer vers le village et obscurcissait les contreforts. Eragon s'appuya franchement sur Gertrude pour traverser Carvahall.

Horst avait construit sa maison sur deux niveaux, au sommet d'une colline, de manière à pouvoir profiter de la vue sur les montagnes. Il y avait mis tout son talent de bâtisseur. Le toit d'argile abritait, à l'étage, un balcon à balustrade. On y accédait par une grande baie. Chaque gouttière se terminait par une gargouille à la mine féroce ; chaque chambranle de porte, chaque cadre de fenêtre était orné de sculptures de serpents, de cerfs, de corbeaux et de ceps de vigne noueux.

Elain ouvrit aux visiteurs. La femme de Horst était menue et élancée. Sa longue chevelure blonde, soyeuse, rassemblée en chignon, mettait en valeur ses traits fins. Sa robe était belle, quoique sans apprêt ; et ses mouvements respiraient la grâce.

127

– Entrez, je vous en prie ! dit-elle d'une voix douce.

Ils passèrent le seuil et s'introduisirent dans une pièce bien éclairée aux murs couleur miel. Un escalier à la balustrade polie s'élevait dans un coin. Elain adressa un sourire triste à Eragon, mais c'est à Gertrude qu'elle parla :

– J'allais envoyer quelqu'un chez toi. Il ne va pas fort. Il serait bon que tu le voies au plus vite.

La guérisseuse acquiesça.

– Elain, aide Eragon à grimper, dit-elle avant d'avaler les marches deux à deux.

– Ce n'est pas la peine, affirma le garçon. Je peux me débrouiller tout seul.

– Tu es sûr ?

Eragon opina, mais Elain parut dubitative :

– Dans ce cas..., quand tu l'auras vu, rejoins-moi à la cuisine. J'ai une tarte qui sort du four et qui devrait te plaire...

Dès que la femme quitta la pièce, Eragon s'appuya contre le mur. Cela le soulagea. Ensuite, il se lança à l'assaut de l'escalier, un pas douloureux après l'autre. Lorsqu'il parvint en haut des marches, il se retrouva dans un long couloir percé de plusieurs portes. Celle du fond était entrebâillée. Il inspira un grand coup, s'avança et poussa le battant.

Katrina était devant l'âtre, où elle surveillait des linges qui bouillaient dans un récipient. Elle leva les yeux vers le nouveau venu, murmura des mots de sympathie, puis revint à son travail. À son côté, Gertrude pilait des simples pour préparer un cataplasme. Dans un seau, à ses pieds, de la neige fondait lentement, se transformant en eau glacée.

Garrow gisait sur le lit, le dos surélevé par des oreillers. Il était immobile. Son visage était d'une pâleur cadavérique ; de la sueur perlait à ses sourcils ; ses paupières mi-closes tremblotaient. Seul autre signe de vie : l'infime frémissement de son souffle très faible.

Eragon toucha le front de son oncle ; il avait une impression d'irréalité. La peau était brûlante. Plein d'appréhension, il souleva les couvertures et découvrit que les blessures de Garrow avaient été protégées par des bandages. Quand Gertrude entreprit de les changer, les brûlures apparurent à l'air libre. Elles n'avaient pas commencé de cicatriser. Eragon tourna un regard désespéré vers la guérisseuse :

– Ne pouvez-vous faire quelque chose ?

La femme pressa un linge dans son baquet d'eau glacée, en entoura la tête de Garrow et répondit :

– J'ai tout essayé : les baumes, les cataplasmes, les teintures[1], les élixirs... Ça ne sert à rien. Si ses plaies se refermaient rapidement, ses chances de guérir seraient plus

---

1. Une teinture est une solution alcoolisée où on a intégré des médicaments. La plus célèbre d'entre elles est la teinture d'iode.

grandes. Mais son état peut encore s'améliorer. Il est dur au mal, notre Garrow !

Eragon gagna un coin de la pièce et s'effondra. « C'est injuste ! Cela n'aurait pas dû arriver ! » Ses pensées se dissipèrent dans le silence. Il fixa le lit. Son regard se brouilla. Un instant plus tard, il s'aperçut que Katrina était venue s'agenouiller près de lui. Elle entoura ses épaules d'un bras affectueux. Comme il ne réagit pas, elle s'éloigna timidement.

Peu après, la porte s'ouvrit, et Horst entra dans la chambre. Il parla avec Gertrude à voix basse ; après quoi, il s'approcha d'Eragon.

– Allez, suis-moi ! lança-t-il.

Sans laisser au garçon le loisir de protester, Horst le mit debout et l'entraîna dehors.

– Je veux rester ! se plaignit Eragon.

– Tu as besoin de changer d'air, affirma Horst. Et ne t'inquiète pas, tu reviendras bien assez vite...

La mine renfrognée, Eragon se laissa faire. Le forgeron l'aida à descendre l'escalier, puis l'emmena dans la cuisine. Des odeurs capiteuses s'élevaient d'une demi-douzaine de plats, riches en épices et en herbes aromatiques. Albriech et Baldor étaient là, parlant avec leur mère tandis que celle-ci pétrissait le pain. Ils se turent dès qu'ils virent Eragon – trop tard : le garçon en avait assez entendu pour savoir qu'ils discutaient de Garrow.

– Là, assieds-toi ! ordonna Horst en avançant une chaise.

– Merci, murmura Eragon, et il s'installa avec soulagement.

Ses mains étaient parcourues d'un léger tremblement. Il les pressa contre ses genoux. Une assiette remplie de nourriture fut posée devant lui.

– Tu n'es pas obligé de manger, précisa Elain, mais, si tu en as envie, c'est pour toi !

Elle retourna à son pétrissage. Eragon s'empara de sa fourchette. Il ne réussit à avaler que quelques bouchées.

– Comment te sens-tu ? s'enquit Horst.

– Pas très bien.

Le forgeron hésita avant de continuer :

– Je sais que ce n'est pas le moment idéal, mais nous devons savoir ce qui s'est passé !

– Je ne me rappelle pas vraiment...

– Eragon, reprit Horst en se penchant vers lui, je suis de ceux qui se sont rendus chez Garrow. Votre maison ne s'est pas détruite toute seule : *quelque chose* l'a mise en pièces. Alentour, on a vu les traces d'un monstre que je n'ai jamais repéré, et dont je n'ai jamais entendu parler auparavant. Les autres ont remarqué ces traces, eux aussi. S'il y a un Ombre – ou n'importe quelle autre créature maléfique – dans les parages, nous voulons que tu nous le décrives. À part toi, personne ne peut nous renseigner...

Eragon sut qu'il devait mentir.

– Quand j'ai quitté Carvahall, voilà un... deux... trois... quatre jours, compta-t-il, les étrangers qui étaient en ville posaient des questions à propos de la pierre que j'avais trouvée.

Il pointa l'index sur Horst :

– Vous m'avez parlé d'eux ; alors, j'ai filé à la maison sans m'attarder ici.

Quatre paires d'yeux étaient fixées sur lui. Il s'humecta les lèvres.

– Rien... Non, rien n'est arrivé cette nuit-là. Le lendemain matin, j'ai fini ce que j'avais à faire, et je suis allé marcher en forêt. Peu après, j'ai entendu une explosion, et j'ai vu de la fumée s'élever au-dessus des arbres. J'ai couru à la ferme aussi vite que j'ai pu, mais ceux qui y avaient mis le feu s'étaient déjà enfuis. J'ai fouillé dans les décombres... et j'ai aperçu Garrow.

– C'est à ce moment-là que tu as décidé de le mettre sur un brancard de fortune et de le tirer vers Carvahall ? demanda Albriech.

– Oui. Mais, avant de partir, j'ai observé le sentier qui menait à la route. Il y avait quatre traces parallèles, laissées par deux paires de bottes d'hommes. Ce n'est pas tout : plus tard, j'ai trouvé cet autre indice...

Il sortit de sa poche le morceau de tissu noir.

– Garrow tenait ceci à la main, annonça-t-il. Je crois que ça correspond aux habits des étrangers...

Il posa le lambeau sur la table. Horst l'examina, à la fois pensif et furieux.

– Tu as raison, commenta-t-il. Mais tes jambes ? Comment t'es-tu blessé ?

– Difficile à dire, prétendit Eragon. J'imagine que c'est arrivé pendant que je portais secours à Garrow. Je ne m'en suis pas rendu compte avant que le sang ne se mette à couler...

– Il faut poursuivre ces hommes ! décida Albriech, prêt à en découdre. Ils ne s'en tireront pas aussi facilement ! À cheval, nous les aurons rattrapés demain, et nous les ramènerons ici !

– Sors-toi cette imbécillité de la tête, rétorqua Horst. Ils te soulèveraient de terre comme un nourrisson, et t'écraseraient contre un arbre. Pense à ce qui est arrivé à la maison de Garrow ! On ne plaisante pas avec ces gens-là. De plus, ils ont ce qu'ils veulent, à présent.

Horst se tourna vers Eragon :

– Ils ont pris la pierre, n'est-ce pas ?

– Je ne l'ai pas vue dans les gravats.

– Donc ils n'ont plus de raison de revenir, puisqu'ils ont mis la main dessus.

Le forgeron darda sur Eragon un regard perçant :

– Tu n'as pas parlé des traces du monstre. Sais-tu d'où elles provenaient ?

– Je ne les ai pas remarquées.

– Je n'aime pas ça, intervint Baldor brusquement. Je déteste les histoires de sorcellerie. Qui sont ces hommes ? Sont-ils des Ombres ? Pourquoi tiennent-ils à cette pierre ? Comment ont-ils détruit cette maison, si ce n'est à l'aide de puissances occultes ? Je souhaite que vous ayez raison, Père, et qu'ils soient juste venus récupérer la pierre... Mais quelque chose me dit que nous les reverrons.

Un lourd silence accueillit ses paroles.

Eragon eut la sensation qu'ils avaient omis d'évoquer un détail important. « Un détail qui n'en est pas un », songea-t-il. Soudain, il comprit ce dont il s'agissait.

– Roran ! s'écria-t-il, le cœur serré. On ne l'a pas encore mis au courant ?

« Comment ai-je pu l'oublier ? » se morigéna-t-il.

– Non, pas encore, avoua Horst. Dempton et lui ont quitté Carvahall peu après toi. Sauf s'ils ont rencontré un souci sur la route, ils doivent être à Therinsford depuis quelques jours. Nous pensions leur envoyer un messager ; hélas, le temps était trop froid hier et avant-hier...

– Baldor et moi étions sur le point de partir quand tu t'es réveillé, annonça Albriech.

Le forgeron se passa une main dans la barbe :

– Allez-y maintenant, vous deux. Je vais vous aider à seller vos chevaux.

– Je lui apprendrai la nouvelle avec précaution, promit Baldor avant de suivre Horst et Albriech hors de la cuisine.

Eragon resta assis devant la table, les yeux perdus dans la contemplation d'un nœud du bois, dont il distinguait les moindres détails : le motif tortueux, le relief asymétrique, les minuscules crêtes et les taches de couleur. Le nœud était un puits d'observations sans fond ; plus le garçon y plongeait son regard, plus il voyait. Il y chercha même des réponses à ses questions ; cependant, s'il y en avait, elles lui échappèrent.

Un appel lointain s'immisça dans ses pensées frémissantes, comme si on avait crié. Il l'ignora. « Quelqu'un d'autre s'en occupera... », se dit-il.

Peu après, il l'entendit de nouveau, plus distinct cette fois. Il ferma son esprit, agacé : « Pourquoi ne se taisent-ils pas. Garrow se repose. » Il jeta un coup d'œil à Elain, mais celle-ci ne semblait pas ennuyée par le bruit.

« ERAGON ! »

Le rugissement était si puissant qu'il faillit tomber de sa chaise. Il regarda autour de lui, paniqué. Elain n'avait rien remarqué. Eragon comprit soudain que les cris résonnaient dans sa tête.

« Saphira ? » risqua-t-il, inquiet.

Il y eut un silence, puis : « Oui, Monsieur Sourd-Comme-Un-Pot. »

La dragonne lui envoya l'image du petit bosquet où elle se cachait.

« J'ai essayé de te contacter à de nombreuses reprises, signala-t-elle. En vain. »

« J'ai été très mal, mais ça va mieux. Pourquoi ne t'ai-je pas entendue, avant ce matin ? »

« Après deux nuits d'attente, j'avais trop faim. J'ai dû m'éloigner afin de chasser. »

« Tu as attrapé quelque chose ? »

« Un jeune bouc, assez malin pour éviter les prédateurs terrestres, et assez inconscient pour oublier le danger qui vient des airs. Quand je l'ai saisi entre mes mâchoires, il s'est débattu et a tenté de s'enfuir. Au moment où il a senti que j'étais la plus forte et que sa défaite était inévitable, il a abandonné, et il est mort. Garrow lutte-t-il lui aussi contre l'inévitable ? »

« Je ne sais pas. » Eragon résuma la situation à Saphira, puis conclut : « Nous ne pourrons pas rentrer avant un long moment – en espérant que nous finirons par rentrer... Je ne te reverrai pas pendant au moins plusieurs jours. Trouve-toi un abri confortable ! »

« D'accord, grommela la dragonne. Mais ne tarde pas trop. »

Ils se séparèrent à regret.

Eragon regarda par la fenêtre et constata avec stupéfaction que le soleil s'était couché. Il se sentait très fatigué. Il boitilla jusqu'à Elain, qui enveloppait des tourtes de viande dans de la toile cirée.

— Je retourne dormir chez Gertrude, déclara-t-il.

— Pourquoi ne restes-tu pas ici ? s'étonna-t-elle en terminant ses paquets. Tu seras plus près de ton oncle... et Gertrude pourra récupérer son lit !

— Vous avez assez de place ? demanda-t-il, hésitant.

— Bien sûr !

Elle s'essuya les mains, puis fit signe à son invité :

— Suis-moi ! Je vais t'installer...

Elle le conduisit jusqu'à une chambre vide, à l'étage. Eragon s'assit sur le lit.

— Tu as ce qu'il te faut ? s'enquit Elain.

— Oui, merci.

— Dans ce cas, je redescends. Appelle-moi si tu as besoin de quoi que ce soit !

Il l'écouta dévaler l'escalier. Puis il ressortit de la pièce et se dirigea au bout du couloir, vers la chambre de Garrow. Gertrude, qui tricotait toujours, lui adressa un petit sourire.

— Comment est-il ? murmura Eragon.

— Très faible, mais la fièvre est un peu tombée, et certaines brûlures ont meilleur aspect, dit la femme d'une voix lasse. Il faut attendre, en espérant que ces progrès se confirmeront...

Ces nouvelles remontèrent le moral d'Eragon, et il regagna sa chambre. L'obscurité qui l'entourait lui semblait hostile. Il se glissa sous les couvertures et finit par se réfugier dans le sommeil – ce grand guérisseur des blessures du corps et de l'âme...

LA FOLIE DE LA VIE

Il faisait nuit noire, et l'aube était encore loin quand Eragon se réveilla en sursaut, le souffle court. La pièce était glaciale. Le garçon avait la chair de poule. C'était l'heure où rien ne bouge, et où la vie, endormie, attend que les premières touches chaleureuses de lumière la sortent de son sommeil.

Une terrible prémonition faisait battre le cœur d'Eragon. Une drôle d'impression aussi, comme s'il s'était trouvé au milieu des ténèbres, et qu'un linceul recouvrait le monde...

Il se leva sans un bruit et s'habilla. Il courut le long du couloir, inquiet. Son angoisse monta d'un cran lorsqu'il vit que la porte de la chambre de son oncle était ouverte ; des gens se pressaient dans la pièce.

Garrow gisait paisiblement sur son lit. On l'avait habillé de vêtements propres ; ses cheveux avaient été coiffés en arrière ; son visage était serein. Il semblait dormir, à deux détails près : l'amulette argentée passée dans un collier autour de son cou, et le brin de ciguë séchée posé sur sa poitrine. C'étaient les derniers cadeaux des vivants aux morts.

À la tête du lit se tenait Katrina, blême, les yeux baissés. Eragon l'entendit murmurer :

– J'aurais tant aimé vous appeler « Père » un jour...

« L'appeler "Père"? songea amèrement le garçon. Même moi, je n'ai jamais osé y prétendre ! »

Il avait la sensation d'être un fantôme. Sa vitalité l'avait quitté. Tout lui paraissait irréel, hormis le visage de Garrow. Des larmes coulèrent sur les joues d'Eragon. Ses épaules se secouaient, mais il se contenait encore. Mère, tante, oncle : il avait perdu tous les siens. Son chagrin lui pesait terriblement ; il chancelait sous le poids de la tristesse. Quelqu'un le raccompagna dans sa chambre en lui murmurant des paroles de réconfort.

Il s'écroula sur le lit, plongea la tête dans ses bras et pleura à grands sanglots. Il sentit que Saphira essayait d'entrer en contact avec lui. Accablé, il la repoussa et se laissa emporter par le chagrin. Garrow n'avait pas pu partir. Pas lui. Pas lui *aussi*. Car, s'il était parti, à quoi pouvait-on bien croire ? À un monde où les vies s'éteignaient comme des bougies dans le vent ? Rempli de peur et de colère, il leva ses yeux noyés de larmes vers le plafond et cria :

– Quel dieu permet ça ? Qu'il se montre !

Il entendit qu'on courait vers lui ; mais aucune réponse ne lui parvint.

– Garrow ne méritait pas ça ! gémit-il.

Des mains consolatrices se posèrent sur lui. Il eut soudain conscience qu'Elain était assise à son côté. Elle le serra contre elle tandis qu'il pleurait ; finalement, épuisé, il sombra dans le gouffre noir du sommeil.

L'épée d'un Dragonnier

L'anxiété envahit l'esprit d'Eragon lorsqu'il se réveilla. Bien qu'il gardât les yeux fermés, il fut incapable de contenir de nouvelles larmes. Il chercha une idée ou un espoir qui l'aiderait à ne pas sombrer dans la folie.

– Je ne peux pas vivre après ça ! gémit-il.

« Mais si ! » répondit Saphira dans sa tête.

« Comment ? Garrow est parti pour toujours. Et, à mon heure, je rencontrerai le même destin. Amour, famille, succès – tôt ou tard, tout sera détruit, il n'en restera rien. À quoi bon lutter ? »

« Ce qui compte, c'est d'agir, affirma la dragonne. La vie ne vaut rien quand tu renonces à changer ton sort et à la vivre. Mais considère les options qui s'offrent à toi. Choisis-en une, et consacre-toi à elle. À chaque pas que tu feras, ton espoir grandira, et tu te rapprocheras du but. »

« Mais qu'est-ce que je peux faire ? »

« Écoute ce que te dit ton cœur. Seul un désir suprême peut te porter. »

Saphira laissa Eragon peser ses paroles. Suivant ses recommandations, il examinait ce qu'il ressentait. Il constata avec surprise que, plus que le chagrin, ce qui dominait en lui était une colère sourde.

« Que veux-tu que je fasse ? Que je poursuive les étrangers ? »

« Oui. »

La franchise de la dragonne désarçonna Eragon. Tremblant, il inspira à fond.

« Pourquoi ? »

« Tu te souviens de ce que tu m'as dit sur la Crête, quand tu m'as rappelé mes devoirs de dragon ? Quand je suis revenue à la ferme avec toi, en dépit de mes instincts ? Eh bien, tu dois te contrôler à ton tour. J'ai beaucoup réfléchi, ces derniers jours, et j'ai compris ce que signifiaient mon statut de dragon et celui de Dragonnier. Notre destin est de rendre possible l'impossible, d'accomplir de hauts faits en méprisant la peur. C'est notre responsabilité pour le futur. »

« Peu importe ! gronda le garçon. Ce ne sont pas des raisons pour se mettre en chasse ! »

« Dans ce cas, en voici d'autres : on a repéré des traces de ma présence. Les habitants savent que je suis dans les parages. Ils finiront par me voir. En ce qui te concerne, rien ne te retient ici : ni ferme, ni famille, ni... »

« Roran n'est pas mort ! » lança Eragon avec véhémence.

« Mais si tu restes, tu devras lui expliquer pour de bon ce qui est arrivé. Il a le droit de savoir pourquoi son père n'est plus. Que décidera-t-il quand il connaîtra mon existence ? »

Les arguments de Saphira tourbillonnaient dans la tête d'Eragon. Il ne supportait pas l'idée d'abandonner la vallée de Palancar. Ici, il était chez lui. Et pourtant... Pourtant, la perspective de se venger était férocement réconfortante !

« Suis-je assez fort pour ça ? »

« Tu m'as, moi. »

Eragon était en plein doute. Se venger serait un acte désespéré. Un acte sauvage. L'indécision lui semblait de plus en plus méprisable.

Un sourire dur étira ses lèvres. Saphira avait raison. Désormais, plus rien n'avait d'importance. Sauf le fait d'agir. Quelle plus grande satisfaction que de pourchasser ceux qui avaient tué Garrow ?

Une énergie et une force formidables commencèrent de croître en lui. Elles captèrent ses émotions, qu'elles transformèrent en rage. Le monde criait vengeance. Il sentait battre ses tempes alors qu'il martelait avec conviction : « Je le ferai ! »

Il rompit le contact avec Saphira et roula hors du lit, tendu à l'extrême. Il était encore très tôt ; Eragon avait très peu dormi. « Rien n'est plus dangereux qu'un ennemi qui n'a rien à perdre, pensa-t-il. C'est ce que je suis devenu. »

La veille encore, il avait éprouvé les pires difficultés à marcher droit ; ce matin-là, il se déplaçait avec aisance, grâce à sa volonté de fer. Les signaux de souffrance que ses jambes lui envoyaient, il les défiait, puis les ignorait.

141

Tandis qu'il descendait l'escalier, il entendit deux personnes qui murmuraient entre elles. Curieux, il s'arrêta et écouta. Elain disait d'une voix douce :

– On a de la place... On peut le garder avec nous.

Horst marmonna une réponse inintelligible.

– Oui, le pauvre garçon..., approuva Elain.

Cette fois, Eragon comprit ce que Horst grommelait :

– Peut-être que...

Il y eut un long silence.

– J'ai beaucoup réfléchi à ce qu'Eragon nous a dit. Je ne suis pas certain qu'il nous ait tout raconté, confia le forgeron.

– Comment ça ? s'étonna Elain, la voix troublée.

– Quand nous sommes arrivés devant leur ferme, nous avons vu que la route avait été aplanie par la civière sur laquelle il avait traîné Garrow. Nous avons continué jusqu'à l'endroit où la neige était piétinée et tassée. Ses empreintes et les traces de la civière s'arrêtaient là. Mais nous avons remarqué aussi les mêmes traces géantes que nous avions avisées devant la bâtisse. Et il y a autre chose : ses jambes. Tu les as vues, ses jambes ? Je ne crois pas un instant qu'il ait pu s'arracher autant de peau sans s'en rendre compte. Je n'ai pas voulu le mettre mal à l'aise, hier ; aujourd'hui, je pense pousser davantage l'interrogatoire.

– Peut-être que ce à quoi il a assisté l'a tant effrayé qu'il ne veut pas en parler, suggéra Elain. Tu te souviens de l'état dans lequel il était...

– Ça n'explique pas comment il a réussi à s'approcher avec Garrow de Carvahall sans laisser de traces !

« Saphira a raison, conclut Eragon. Il est temps que je parte. Trop de gens voudront me poser trop de questions. Et, tôt ou tard, ils trouveront les réponses. »

Il traversa la maison, se raidissant au moindre craquement du plancher.

Dehors, les rues étaient vides. Rares étaient les villageois levés dès potron-minet. Eragon s'immobilisa un instant et tâcha de se concentrer. « Je n'ai pas besoin d'un cheval, Saphira sera ma monture ; par contre, il nous faut une selle. Elle peut chasser pour nous deux, donc je n'ai pas à m'inquiéter pour la nourriture... mais je devrais en prendre un peu quand même, au cas où ! Et le reste, je le trouverai dans les ruines de la maison de Garrow. »

Il se dirigea vers les cuves de Gedric, le tanneur, à la lisière de Carvahall. Malgré la puanteur qui lui soulevait le cœur, il continua d'avancer jusqu'à une cabane bâtie à flanc de colline. C'était là qu'étaient rangées les peaux traitées. L'idée du vol qu'il allait commettre lui répugnait ; cependant, il raisonnait en son for intérieur : « Ce n'est pas réellement un vol. Un jour, je reviendrai payer Gedric, comme je reviendrai rembourser ma dette à Horst. » Il roula de grands pans de cuir épais, et les emporta dans un bosquet à l'extérieur du village. Il entreposa son butin dans les branches d'un arbre et s'en retourna à Carvahall.

« À présent, la nourriture ! »

Il se dirigeait vers la taverne quand une idée lui passa par l'esprit. Il sourit et fit demi-tour. Tant qu'à dépouiller quelqu'un, autant que ce soit Sloan ! Il s'introduirait donc chez le boucher...

L'entrée principale de la boucherie était fermée solidement lorsque le commerçant n'était pas dans sa boutique ; mais, sur le côté, il y avait une autre porte, protégée par une simple chaîne, qu'Eragon eut tôt fait de briser. La pièce était plongée dans l'obscurité. Le garçon tâtonna jusqu'à ce que ses mains rencontrassent des piles de nourriture emballées dans un linge. Il en fourra autant qu'il put sous sa chemise, puis se dépêcha de ressortir et de refermer la porte.

Non loin, une voix de femme cria son nom. Eragon boutonna sa chemise jusqu'au col pour ne pas laisser tomber le moindre morceau de viande ; puis il se jeta dans un recoin pour échapper aux regards. Il frissonna en apercevant Horst qui passait, conduisant deux chevaux, tout près de lui !

Il s'éclipsa dès que le forgeron eut disparu à ses yeux. Les jambes lui brûlaient tandis qu'il longeait une allée pour se précipiter derrière le rideau d'arbres. À l'abri de gros troncs, il vérifia si on ne l'avait pas poursuivi. Non, il était seul. Il poussa un soupir de soulagement et leva les bras pour récupérer ses rouleaux de cuir.

Ils n'étaient plus là.

– Tu pars en voyage ? lança une voix dans son dos.

Eragon se retourna. Brom était là, qui le fixait. Le conteur avait une vilaine plaie sur le côté du visage, et il était en colère. Il portait une petite épée à la ceinture, protégée par un fourreau de couleur brune. Il tenait les cuirs de Gedric.

Irrité, Eragon plissa les yeux. Comment diable ce vieil homme avait-il réussi à l'espionner et à le surprendre ? Tout était si calme, alentour ! Il aurait mis sa main au feu qu'il n'y avait personne dans les parages !

– Rendez-moi ça, exigea-t-il.

– Pourquoi ? riposta Brom d'un ton cinglant. Pour que tu t'enfuies avant l'enterrement de Garrow ?

– Ça ne vous regarde pas ! glapit Eragon, perdant un peu plus son sang-froid. Pourquoi m'avez-vous suivi ?

– Je ne t'ai pas suivi. Je t'ai attendu ici. Et maintenant, dis-moi : où vas-tu ?

– Nulle part.

Eragon tendit les mains vers les peaux et s'en empara. Brom ne fit rien pour l'en empêcher.

– J'espère que tu as assez de viande pour nourrir ton dragon.

Eragon se figea :

– De quoi parlez-vous ?

– Ne joue pas au plus fin avec moi, lâcha Brom en croisant les bras. Je sais d'où vient la marque ovale que tu as sur la main : la gedwëy ignasia – autrement dit, la paume brillante – prouve que tu as touché un dragon qui avait juste éclos. Je sais pourquoi tu es venu me poser toutes ces questions, l'autre jour. Et je sais que la Confrérie des Dragonniers vient de renaître.

Eragon laissa tomber les cuirs. Ce qu'il craignait était arrivé. Il devait fuir. Incapable de courir, il ne pouvait espérer distancer Brom, mais...

« Saphira ! » appela-t-il.

Pendant quelques instants, il crut qu'elle ne répondrait pas. Enfin, il l'entendit : « Oui. »

« Nous sommes découverts. J'ai besoin de toi. »

Il lui envoya une image de l'endroit où il était, et elle s'envola immédiatement. Il n'avait plus qu'à gagner du temps.

– Comment avez-vous compris ? demanda-t-il d'une voix blanche.

Brom fixa un point au loin et bougea les lèvres comme s'il avait parlé à quelqu'un d'autre. Puis il dit à haute voix :

– Des indices, des signes, il y en avait partout. Je n'ai eu qu'à y prêter attention. N'importe qui d'autre, avec mes connaissances, aurait compris aisément. Parle-moi de ton dragon. Comment va-t-il ?

– Elle va bien. Nous n'étions pas à la ferme quand les étrangers sont arrivés.

– Ah, c'était donc ça, tes jambes... Tu as volé !

Brom avait percé ce mystère aussi ! Aurait-il été soudoyé par les étrangers ? C'était invraisemblable. Néanmoins, s'ils lui avaient demandé de se renseigner sur la destination du garçon, afin de lui tendre une embuscade ? Eragon s'affolait. Que fabriquait Saphira ? Il la chercha mentalement et découvrit qu'elle planait au-dessus de lui, très haut dans le ciel.

« Viens ! »

« Non, pas maintenant. »

« Pourquoi ? »

« À cause de l'assaut sur Dorú Areaba. »

« Hein ? »

Brom s'adossa contre un arbre, un petit sourire aux lèvres :

– J'ai parlé avec ta dragonne. Elle est d'accord pour nous laisser le temps de discuter avant de nous rejoindre. Tu vois bien : tu n'as pas le choix ! Tu dois répondre à mes questions. Maintenant, dis-moi : où comptes-tu te rendre ?

Abasourdi, Eragon porta une main à son front. La tête lui tournait. « Comment Brom pouvait-il communiquer avec

Saphira… et, surtout, se faire obéir d'elle ? » L'arrière de son crâne le lançait. Des idées fusaient dans son cerveau, mais il en arrivait toujours à la même conclusion : il fallait qu'il dise quelque chose au vieil homme.

– J'allais chercher un endroit où guérir tranquillement.

– Et à part ça ?

Impossible d'ignorer la question. Le mal de tête augmentait, empêchant Eragon de réfléchir à une issue. Sa vue se troublait. Ses résistances fondaient comme neige au soleil. Il n'aspirait plus qu'à raconter les événements qu'il avait vécus ces derniers mois ; il voulait soulager sa conscience d'un secret qui avait entraîné la mort de Garrow. Il s'y résolut et dit d'une voix tremblante :

– Je m'apprêtais à traquer les étrangers pour les tuer.

– Une tâche écrasante pour un être aussi jeune que toi, commenta Brom sur un ton égal, comme si ce projet d'assassinat avait été la mission la plus logique et la plus saine pour Eragon. Mais aussi une belle tâche, et à ta portée, de surcroît – même s'il saute aux yeux qu'un peu d'aide ne te nuirait pas.

Il tira un gros sac d'un buisson et finit son discours en grommelant :

– Seulement, ne crois pas que je vais rester chez moi pendant que d'autres prennent l'air et se promènent à dos de dragon !

« M'offre-t-il son aide, ou cherche-t-il à m'attirer dans un piège ? se demanda Eragon, incapable de deviner ce que pouvaient tramer ses mystérieux ennemis. Je dois me méfier de lui ; et pourtant, il a convaincu Saphira de lui accorder sa confiance, et ils ont parlé d'esprit à esprit. Si elle n'est pas inquiète… »

Il décida de mettre ses doutes de côté.

– Je n'ai pas besoin d'aide, prétendit-il.

Puis il ajouta :

– Mais vous pouvez venir.

– Alors, allons-y, répondit Brom.

Il eut un drôle de regard avant de déclarer :

– Ça y est, ta dragonne est prête à t'écouter.

« Saphira ? »

« Oui. »

Eragon se retint de la questionner. Ils n'avaient pas le temps. Pour le moment.

« Tu peux nous retrouver à la ferme ? » demanda-t-il.

« Oui. Vous vous êtes mis d'accord ? »

« En quelque sorte... »

La dragonne rompit le contact et s'éloigna.

Le garçon jeta un œil vers Carvahall. Il aperçut des silhouettes qui couraient d'une maison à l'autre.

– Je crois qu'on me cherche.

Brom leva un sourcil :

– C'est assez probable. On y va ?

Eragon hésita :

– J'aimerais laisser un message à Roran. J'ai un peu honte de partir sans lui dire pourquoi.

Brom le rassura :

– Je m'en suis occupé. J'ai confié à Gertrude une lettre destinée à ton cousin. Je lui explique quelques petites choses, et je le mets en garde contre certains dangers. Cela te convient-il ?

Eragon acquiesça. Il enveloppa la viande dans le cuir ; et le périple commença.

En s'éloignant de Carvahall, Brom et Eragon veillèrent à rester hors de vue. Puis, quand ils eurent atteint la route, ils accélérèrent le pas pour semer d'éventuels poursuivants. Eragon grimaçait. Ses jambes le faisaient souffrir ; mais le rythme de marche soutenu lui évitait de trop réfléchir.

Il avait décidé que, une fois chez Garrow, il refuserait de continuer le voyage sans avoir obtenu à son tour quelques réponses de Brom. « Il va falloir qu'il m'en dise plus sur les Dragonniers et sur ceux que je dois combattre », songea-t-il.

Lorsque les décombres de la ferme apparurent, les sourcils de Brom s'arquèrent sous l'effet de la colère. Eragon fut stupéfait de constater avec quelle rapidité la nature avait réinvesti ce que les hommes avaient abandonné. La neige et la poussière s'entassaient dans les ruines, qui laissaient imaginer la violence de l'attaque des étrangers. L'écurie n'était plus qu'un rectangle de suie à peine visible sous le linceul de neige.

Brom sursauta en entendant le battement des ailes de Saphira au-dessus des arbres. La dragonne, qui arrivait derrière les voyageurs, plongea vers le sol, effleurant presque la tête du conteur et celle d'Eragon. Ils chancelèrent sous la bourrasque. Les écailles de Saphira scintillèrent tandis qu'elle décrivait un arc de cercle autour de la ferme avant d'atterrir avec grâce.

Le vieil homme s'avança vers elle. Son visage exprimait un mélange de solennité et d'envie ; ses yeux brillaient. Une larme roula sur sa joue et se perdit dans sa barbe. Il se tint ainsi immobile un long moment. Il respirait bruyamment pendant qu'il examinait Saphira, qui le fixait elle aussi. Eragon entendit que Brom murmurait. Il s'approcha pour entendre.

– Ainsi, tout recommence…, disait le conteur. Mais comment et où cette histoire pourrait-elle prendre fin ? Ma vue est voilée. Je ne peux pas savoir si c'est farce ou tragédie, car les ingrédients des deux sont déjà là… De toute manière, peu importe : ma position est la même, et je…

Son discours s'arrêta là : Saphira marchait vers les deux hommes, la mine haute. Eragon passa devant Brom comme s'il n'avait rien entendu, et il salua sa dragonne. Depuis qu'ils s'étaient quittés, leur relation avait évolué. Ils avaient l'impression de se connaître mieux, plus intimement ; et, cependant, ils sentaient qu'ils étaient encore étrangers l'un à l'autre.

Le garçon flatta l'encolure de Saphira. Sa paume le picota lorsque leurs esprits se connectèrent. Une forte curiosité émanait de la dragonne. Eragon s'en étonna.

« Je n'avais pas vu d'autres humains que Garrow et toi, et Garrow était en très mauvais état... »

« Tu as vu d'autres humains par mes yeux. »

« Ce n'est pas la même chose. »

Esquissant un pas en avant, elle fit pivoter sa grande tête afin de pouvoir jauger Brom d'un immense œil bleu.

« Vous êtes vraiment des créatures bizarres... », déclarat-elle d'un ton critique. Et elle continua son observation.

Brom ne bougeait pas. Quand elle huma l'air, il tendit une main vers elle. Saphira baissa la tête avec lenteur et l'autorisa à toucher son arcade sourcilière. Pourtant, dès qu'il l'eut fait, elle renâcla et se réfugia derrière Eragon. Sa queue s'agita sur le sol.

« Que se passe-t-il ? » s'inquiéta le garçon.

Le conteur se tourna vers lui :

– Comment s'appelle-t-elle ?

– Saphira.

Brom parut décontenancé. Il serra son paquetage avec tant de force que ses articulations blanchirent. Eragon se dépêcha de se justifier :

– Parmi tous les noms que tu m'as cités, c'est celui qu'elle préférait. Je trouve que ça lui va parfaitement...

– Il lui va ! confirma le conteur.

Il y avait dans sa voix une retenue qu'Eragon ne parvenait pas à cerner avec précision. Était-ce perplexité, ébahissement, crainte ou jalousie ? Difficile de savoir. Peut-être un peu de chacun de ces sentiments ; et peut-être aucun d'entre eux...

– Je te salue, Saphira, reprit Brom d'une voix forte. C'est un honneur pour moi de te rencontrer.

Il orienta sa main d'une drôle de façon et s'inclina.

« Je l'aime bien », déclara Saphira calmement.

« Bien sûr ! rétorqua Eragon. La flatterie, ça plaît toujours. »

Eragon lui toucha le garrot et se dirigea vers les ruines de la ferme. Saphira suivit avec Brom. Le vieil homme semblait vibrant et vif comme jamais.

Eragon escalada les gravats de la maison et rampa jusqu'à la porte de ce qui, jadis, avait été sa chambre. Il la reconnut à peine sous les poutres de bois explosées. Guidé par ses souvenirs, il tâtonna à la recherche de son sac, qu'il trouva vide. L'armature en bois était en partie brisée – rien qui ne pût se réparer aisément. Le garçon continua de farfouiller et, au bout d'un moment, tomba sur son arc.

Son étui en peau de daim était écorché et déchiré, mais le bois était intact. « Enfin un coup de chance ! » constata-t-il avec bonheur. Il prit l'arc et le banda pour voir. Il se courba en douceur. Pas de craquements. Satisfait, Eragon partit en quête du carquois, qu'il dénicha à proximité. De nombreuses flèches étaient cassées.

Il rangea l'arc, et l'offrit avec son carquois à Brom, qui l'avait rejoint.

– Il faut un bras solide pour tendre cette arme, remarqua le vieil homme.

Eragon accepta le compliment en silence. Il erra dans les décombres à la recherche de quelques ustensiles qui pourraient se révéler utiles. Il déposa le fruit de sa collecte près de Brom. Il n'y avait pas grand-chose.

– Et maintenant ? demanda le conteur.

Son regard était perçant et insistant. Eragon détourna les yeux :

– On a besoin d'un endroit où se cacher.

– Tu penses à un endroit en particulier ?

– Oui.

Il enveloppa ses trouvailles, hormis son arc, dans un balluchon serré. Puis, jetant le balluchon sur son dos, il déclara à Brom :

– Par ici !

Et il s'avança vers la forêt.

« Saphira, suis-nous dans les airs. Tes empreintes sont trop facilement repérables ; on nous retrouverait sans peine. »

« Très bien », dit la dragonne en décollant.

Eragon ne comptait pas aller loin ; mais il préféra effectuer de nombreux détours afin de compliquer la tâche à ceux qui les auraient pistés. Il sinua longtemps entre les arbres avant de s'arrêter aux abords d'un énorme massif de ronciers.

Au centre, il y avait une clairière de forme irrégulière, à peine assez grande pour que deux hommes et un dragon pussent s'y installer et faire un feu. Des écureuils roux bondissaient dans les arbres, émettant de vives protestations devant cette intrusion. Brom se fraya un chemin à travers les branches et regarda autour de lui avec intérêt.

– Quelqu'un d'autre connaît-il cette cache ? demanda-t-il.

– Non. Je l'ai trouvée quand nous avons emménagé dans la ferme avec Garrow. Il m'a fallu une semaine pour m'ouvrir un passage, et encore une autre pour en ôter le bois mort.

Saphira atterrit à leur côté. Elle replia ses ailes en prenant garde d'éviter les épines. Elle s'enroula sur elle-même, repoussant d'un battement d'écailles les branchages qui la gênaient, puis elle posa sa tête par terre. Ses yeux indéchiffrables suivaient les deux hommes.

Brom s'appuya sur son bâton et fixa la créature. Son insistance mit Eragon mal à l'aise.

Le garçon les observa jusqu'à ce que la faim le pousse à agir. Il prépara un feu, remplit une marmite avec de la neige fraîche et la posa sur les flammes. La neige devenue de l'eau bouillante, il découpa des morceaux de viande, puis les jeta dans le récipient avec une poignée de sel. Il avait connu des repas plus fameux ! Mais ça ferait l'affaire. De plus, ce ne serait certainement pas la dernière fois qu'Eragon se contenterait de ce menu de fortune ; autant qu'il s'y habitue tout de suite !

Le ragoût mijotait tranquillement, répandant un fumet aromatique dans l'air. Quand la viande fut à point, Brom rejoignit Eragon, qui servit le repas. Ils mangèrent en silence. Leurs yeux s'évitaient. Après quoi, Brom bourra sa pipe et l'alluma sans se presser.

– Pourquoi voulez-vous m'accompagner ? demanda Eragon.

Un nuage de fumée s'échappa des lèvres de Brom, s'éleva en spirale à travers les arbres, puis disparut :

– Pour parler franchement, je suis conteur, et j'ai l'impression que ce que tu vas vivre me donnera de quoi faire une belle histoire. Tu es le premier Dragonnier depuis cent ans. Que va-t-il se passer ? Finiras-tu par périr comme un martyr ? T'allieras-tu aux Vardens ? Tueras-tu le roi Galbatorix ? Ces questions me fascinent. Alors, je veux être là pour voir de mes propres yeux ce qui arrivera, quoi qu'il m'en coûte.

Eragon avait un nœud dans l'estomac. Il ne se voyait pas accomplissant l'une ou l'autre chose, encore moins mourant en martyr. « Je veux me venger, pour le reste... je n'aspire à rien. »

– Admettons ; mais dites-moi, comment pouvez-vous parler avec Saphira ?

Brom prit le temps de tirer quelques bouffées de sa pipe. Puis il hocha la tête :

– Très bien, tu veux des réponses ? Je t'en fournirai, mais elles ne seront pas forcément à ton goût.

Il se leva, approcha son sac du feu et en sortit un objet enveloppé dans un linge, plus long qu'un bras, qui devait peser bon poids, à en croire la façon dont le vieil homme le maniait.

Brom ôta le linge, petit bout par petit bout, comme on aurait enlevé ses bandages à une momie. Subjugué, Eragon vit ainsi apparaître une épée. Le pommeau d'or avait la forme d'une larme. Les côtés en étaient tronqués, révélant un rubis de la taille d'un petit œuf. La poignée était sertie de fils d'argent, et si bien fourbie qu'elle étincelait comme une étoile. Le fourreau, de couleur rouge sombre, poli tel du verre, était orné d'un unique symbole noir, étrange, gravé sur la surface. Accroché à l'épée, un ceinturon de cuir muni d'une lourde boucle. Quand le dernier morceau de tissu tomba, Brom tendit l'arme à Eragon.

Son pommeau se nicha dans la main du garçon. On eût dit qu'il avait été moulé à sa paume. Il dégaina l'épée avec lenteur. Elle glissa hors du fourreau sans un bruit. L'acier était parcouru d'irisations sanguines qui luisaient à la lumière des flammes. La lame, acérée des deux côtés, était légèrement rebondie. On retrouvait le symbole noir sur le métal. L'arme était parfaitement équilibrée. Eragon avait l'impression qu'elle n'était qu'une extension de son bras, et non un simple ustensile, tel que les outils agricoles auxquels il était habitué. Elle lui donnait une intense sensation de pouvoir, comme si une force impérieuse l'avait habitée. Elle avait été créée pour permettre à son possesseur d'affronter les convulsions de la bataille, pour mettre fin à des vies humaines. Et, pourtant, elle était d'une terrible beauté.

– Jadis, cette épée appartenait à un Dragonnier, annonça Brom, le visage grave. Quand un Dragonnier finissait son entraînement, les elfes lui offraient une épée qu'ils avaient forgée. Nul n'a percé le secret qui entoure leur fabrication. On a juste constaté que ces épées restent toujours effilées et ne s'oxydent jamais. La coutume veut que la couleur de l'acier corresponde à celle du dragon que monte le Dragonnier ; mais je pense que, dans la circonstance présente, on peut faire une exception. Celle-ci s'appelle Zar'roc. J'ignore la signification de ce nom. Elle était sans doute liée au nom du Dragonnier auquel elle appartenait.

Brom regardait Eragon brandir l'épée.

– Où l'avez-vous trouvée ? demanda le garçon.

Il remit la lame au fourreau et tendit l'arme à Brom... qui ne fit aucun geste pour la reprendre.

– Peu importe, répondit le conteur. Disons simplement que j'ai subi une série d'épreuves dangereuses et peu agréables pour obtenir cette rapière. Considère-la comme tienne. Tu en auras plus l'usage que moi ; et je crois que, avant que tout soit fini, tu auras l'occasion de t'en servir.

Le don prit Eragon au dépourvu.

– C'est un cadeau princier, souffla-t-il. Merci.

Incertain de ce qu'il devait ajouter, il caressa le fourreau et demanda encore :

– Que représente ce symbole ?

– C'était le cimier [1] personnel du Dragonnier.

Eragon aurait voulu approfondir le sujet. Trop tard. Brom avait déjà enchaîné :

– Pour en revenir à ta première question, n'importe qui peut apprendre à parler à un dragon s'il y est correctement préparé. Et...

Le conteur leva un doigt pour souligner ce qu'il allait annoncer :

– Le fait de parler avec un dragon ne signifie rien en soi. J'en sais plus sur les dragons et sur leurs capacités que les

---

1. Le cimier est la pièce placée au-dessus des armoiries pour indiquer la qualité de celui qui le porte.

autres êtres vivants. Ce que je peux t'enseigner, il te faudrait peut-être des années pour le découvrir par toi-même. Mon savoir te servira de raccourci. Il te permettra d'aller plus vite.

– Et comment en avez-vous appris autant, vous ?

– Je préfère garder cette information-là pour moi, répondit Brom.

À ces mots, Saphira se redressa et s'approcha d'Eragon, qui dégaina son épée et la lui montra. « Elle est puissante », commenta la dragonne en touchant la pointe de l'arme avec le bout de son museau. Les irisations colorées du métal ruisselèrent telle de l'eau courante au contact de ses écailles. La créature leva la tête avec un grognement satisfait, et l'épée retrouva son apparence initiale. Eragon la rengaina, troublé.

Brom leva un sourcil :

– Voilà le genre de choses dont je t'ai parlé : les dragons ne cesseront pas de t'étonner. Autour d'eux, des événements arrivent... Des événements mystérieux qui ne se produiraient jamais ailleurs. Les Dragonniers, après avoir travaillé durant des siècles avec leurs montures, n'ont pas découvert les limites de leurs pouvoirs. Certains affirmaient que les dragons eux-mêmes en ignorent l'étendue. Ils sont liés à la terre de telle façon qu'ils surmontent les plus grands obstacles. Saphira vient d'illustrer parfaitement ce que je t'expliquais : tu as encore beaucoup à apprendre...

Il y eut un long silence.

– Peut-être, finit par répondre Eragon. Mais j'en suis capable. Et ce que j'ai le plus besoin d'apprendre concerne les étrangers. Savez-vous qui ils sont ?

Brom prit une grande inspiration :

– On les appelle les Ra'zacs. Personne ne sait s'il s'agit du nom de leur peuple ou de la désignation qu'ils se sont choisie. Par ailleurs, si chacun d'entre eux a un nom individuel, il le tient caché. Les Ra'zacs sont apparus après que Galbatorix a accédé au pouvoir. Il doit les avoir rencontrés lors de ses voyages, et il les a probablement enrôlés à ce moment-là. On connaît peu de chose à leur sujet. Disons même : rien. Seule certitude absolue : ils ne sont pas humains. Un jour, j'en ai croisé un, dont j'ai aperçu le visage. Il avait une sorte de bec et des yeux aussi grands que mon poing. Comment arrivent-ils à parler malgré tout notre langage ? Pour moi, c'est un mystère. Je ne doute pas que le reste de leur corps soit aussi biscornu que leur visage ! Voilà la raison pour laquelle ils portent toujours de grands manteaux, quel que soit le temps. Quant à leurs pouvoirs...

Le conteur tira sur sa pipe et continua :

– Les Ra'zacs sont plus forts que le plus fort des hommes. Ils peuvent sauter incroyablement haut. Mais ils ont une faiblesse : ils ignorent l'usage de la magie. Réjouis-t'en ; car si, en plus, ils étaient magiciens, tu serais déjà entre leurs griffes. Ils éprouvent une forte aversion pour la lumière du soleil, même si elle ne les arrête pas lorsqu'ils sont déterminés. Ne commets jamais l'erreur de les sous-estimer, car ils sont rusés et maîtres en fourberie.

– Combien sont-ils, de nos jours ? demanda Eragon, stupéfait par l'étendue des connaissances de Brom.

– Autant que je sache, il n'y a que les deux que tu as vus. Peut-être en existe-t-il d'autres, mais je n'en ai jamais entendu parler. Peut-être ceux-là sont-ils les derniers représentants d'une race en voie d'extinction. Sache que ce sont les chasseurs de dragons personnels de Galbatorix. Dès que des rumeurs parviennent à notre roi bien-aimé, selon lesquelles un dragon serait apparu quelque part, il envoie les Ra'zacs pour enquêter. Et ces monstres en profitent pour semer la mort sur leur passage.

Brom souffla une série de ronds de fumée et les regarda s'évanouir dans les ronces. Eragon s'en désintéressait... quand il s'aperçut qu'ils changeaient furtivement de couleur. Le conteur lui fit un clin d'œil.

– Je ne comprends pas, dit le garçon. Je suis sûr que personne n'a vu Saphira avant ce jour. Comment Galbatorix a-t-il pu avoir vent de son existence ?

– Tu as raison, c'est bizarre, reconnut Brom. En plus, il est improbable qu'un habitant de Carvahall ait fait remonter une information jusqu'au roi. Raconte-moi donc où tu as trouvé l'œuf et comment tu as élevé Saphira : cela nous permettra de clarifier les choses.

Eragon hésita avant de raconter tous les événements, depuis qu'il avait trouvé l'œuf sur la Crête. Finalement, il était soulagé de se confier enfin à quelqu'un. Le conteur posa quelques questions ; mais, surtout, il écouta avec intensité. Lorsque le garçon acheva son récit, le soleil se couchait. Les deux compagnons se tinrent cois un instant sous les nuages rosissants. Ce fut Eragon qui rompit le silence :

– J'aimerais tant savoir d'où vient Saphira ! Elle ne se souvient de rien...

Brom secoua la tête :

– Je n'en sais rien, mais tu as éclairci bien des points. Je suis certain que, à part nous, personne n'a vu Saphira. Les Ra'zacs ont dû bénéficier d'une source d'information étrangère à la vallée. Une source qui est probablement éteinte depuis... Tu n'as pas eu une vie facile, ces derniers temps. Tu t'es très bien débrouillé. Je suis impressionné.

Eragon garda les yeux dans le flou, puis il demanda :

– Qu'est-ce que vous vous êtes fait au crâne ? On dirait que vous avez heurté une pierre...

– Ce n'est pas ça, mais ç'aurait pu ! répondit le vieil homme en aspirant une bouffée de tabac. Je traînais du côté du campement des Ra'zacs, à la nuit tombée. J'essayais de glaner quelques petits renseignements quand ils m'ont surpris en surgissant des ténèbres. Ils m'avaient tendu un beau piège ; mais ils m'ont sous-estimé, et j'ai réussi à leur échapper, en emportant ce souvenir de mon imprudence. Ils m'ont à moitié assommé. En fuyant, je suis tombé, et je n'ai repris conscience que le lendemain matin. Ils étaient déjà passés à la ferme. Il était trop tard pour les arrêter. Alors que je m'apprêtais néanmoins à les poursuivre, je t'ai rencontré sur la route...

« Qui est-il pour s'imaginer pouvoir défaire les Ra'zacs tout seul ? s'étonna Eragon. Et comment a-t-il survécu à leur embuscade ? »

– Quand vous avez vu la marque sur ma paume, la *gedwëy ignasia*, pourquoi ne m'avez-vous pas dit que les Ra'zacs étaient au village ? s'écria-t-il. J'aurais d'abord prévenu Garrow, au lieu d'aller voir Saphira. Nous aurions pu fuir tous les trois, mon oncle, Saphira et moi !

Brom soupira :

– Je n'étais pas sûr de la conduite à adopter. Je pensais être capable de tenir les Ra'zacs à distance. Ensuite, quand ils seraient partis, je comptais avoir une petite discussion avec Saphira et toi. Hélas, ils ont été plus malins que moi. Cette méprise, je la regrette profondément, car elle t'a coûté la perte d'un être cher...

– Qui êtes-vous ? jeta Eragon, soudain plein d'amertume. Comment un simple conteur de village en est-il venu à posséder une épée de Dragonnier ? D'où tenez-vous vos connaissances sur les Ra'zacs ?

Brom tapota sa pipe :

– Il me semblait avoir été clair : je refuse de parler de cela.

– Mon oncle est mort, mort ! s'exclama Eragon en agitant une main. Je vous ai accordé ma confiance jusqu'ici parce que Saphira a du respect pour vous, mais plus maintenant ! Vous n'êtes pas l'homme que je connaissais à Carvahall depuis des années. Expliquez-vous !

Pendant un long moment, Brom contempla, immobile, la fumée qui montait entre eux. Des rides profondes sillonnaient son front. Quand il bougea de nouveau, ce ne fut que pour tirer sur sa bouffarde.

Bien après, il se résolut à dire :

– Ça ne t'a peut-être jamais traversé l'esprit, il n'empêche... J'ai vécu pour l'essentiel hors de la vallée de Palancar. Ce n'est que lorsque je me suis installé à Carvahall que j'ai pris cette couverture de conteur. J'ai joué bien des rôles pour bien des gens. J'ai eu une vie très compliquée. Si je suis venu ici, oui, c'est aussi en partie pour échapper à mon passé. Donc tu as raison, je ne suis pas l'homme que tu croyais.

– Ha ! ricana Eragon. Alors, qui êtes-vous ?

Un doux sourire passa sur les lèvres de Brom.

– Je suis celui qui va t'aider, annonça-t-il. Ne mets pas en doute ces mots. Ils sont vrais, plus vrais que tous ceux que j'aie jamais prononcés. Cependant, je ne vais pas répondre à tes questions. À l'heure qu'il est, tu n'as pas besoin de connaître mon histoire ; d'autant que tu n'as pas encore prouvé que tu méritais de la connaître... Ouï, je sais des choses que Brom le conteur devrait ignorer ; mais je ne suis pas seulement Brom le conteur. Il te faudra vivre avec cet état de fait ; et avec celui-ci, aussi : je ne raconte pas ma vie à quiconque me le demande.

Eragon le défia du regard.

– Je vais me coucher, déclara-t-il en s'éloignant.

Brom ne parut pas surpris, mais un voile de tristesse flotta dans ses yeux. Il déroula son matelas et se coucha près du feu, tandis qu'Eragon s'allongeait contre Saphira.

Un silence glacial retomba sur le camp.

Une selle pour Saphira

Lorsque Eragon ouvrit les yeux, le souvenir de la mort de Garrow fondit sur lui. Le jeune homme se cacha sous ses couvertures et pleura en silence, à l'abri de leur chaude obscurité. C'était bon de rester allongé, là, protégé du monde extérieur... Quand ses larmes se furent taries, Eragon maudit Brom. Puis, à regret, il essuya ses joues et se leva.

Le conteur préparait le repas.

– Bonjour ! lança-t-il.

Eragon émit un vague grognement en guise de réponse. Il cacha ses doigts frigorifiés dans ses manches et s'accroupit devant le feu, en attendant que la nourriture fût prête. Les deux hommes l'avalèrent en vitesse avant qu'elle ne refroidît. Après quoi, Eragon lava son bol avec de la neige et alla chercher le cuir volé à Gedric, qu'il déposa sur le sol.

– Que comptes-tu en faire ? demanda le vieil homme. Nous ne pouvons pas nous encombrer de ça !

– Je vais fabriquer une selle pour Saphira.

– Mmm..., murmura Brom en avançant d'un pas. Tu vois, il existait deux sortes de selles pour dragons. Les premières étaient solides. Elles avaient l'aspect des selles en dur qu'on utilise pour les chevaux. Mais en confectionner une demande du temps et des outils – or nous n'avons ni l'un, ni les autres. Les selles de la seconde sorte étaient fines et légèrement capitonnées. Ce n'étaient que des morceaux de cuir placés sur le dos des dragons. Elles étaient utilisées lorsqu'on voulait privilégier vitesse et souplesse. Elles avaient un défaut : comparées aux selles dures, elles manquaient de confort !

– Savez-vous à quoi elles ressemblaient ?

– Mieux que ça : je peux en fabriquer une.

– Alors, allez-y. S'il vous plaît.

– D'accord, mais regarde bien. Peut-être devras-tu le faire toi-même, un jour.

Avec la permission de Saphira, Brom mesura son cou et son poitrail. Puis il découpa cinq bandelettes et une douzaine de morceaux dans le cuir. Avec les chutes, il tressa de longues cordes, qui lui servirent à relier les morceaux entre eux, après qu'Eragon eut pratiqué deux trous dans chaque lambeau. À défaut de boucles métalliques, Brom fit des nœuds solides avec les bandelettes, veillant à laisser du mou, de sorte que la selle convînt encore à Saphira dans les mois à venir, quand elle aurait grandi.

La selle proprement dite fut constituée de trois morceaux de cuir de même taille, rembourrés avec de l'herbe sèche, superposés et accrochés à l'un des piquants du cou de Saphira. De grandes bandes de cuir étaient destinées à être attachées sous le ventre de la dragonne. De chaque côté, en guise d'étriers, Brom avait installé des nœuds coulants à portée de pieds. Une fois serrés, ils maintiendraient les jambes du Dragonnier en place. Brom fit passer une grande bande de cuir entre les pattes de devant de Saphira pour fixer la selle.

Tandis que le vieil homme s'activait, Eragon rassembla ses affaires et leurs provisions. La fabrication de la selle leur prit toute la journée. Épuisé, Brom finit par essayer son œuvre sur Saphira et vérifia si chaque morceau était à la bonne mesure. Il n'eut que quelques ajustements minimes à effectuer ; après quoi, il l'ôta, satisfait.

– Vous n'avez pas mal travaillé, concéda Eragon.

Brom s'inclina :

– J'ai fait de mon mieux. Tu devrais pouvoir t'en servir sans souci : le cuir est assez solide...

« Tu ne l'essayes pas ? » s'étonna Saphira, déçue.

« Peut-être demain, dit Eragon en rangeant la selle dans son sac. Aujourd'hui, il est trop tard. »

En réalité, il n'était pas pressé de voler de nouveau : ses jambes à vif ne lui rappelaient pas que de bons souvenirs de sa dernière expérience...

Le dîner fut préparé à la va-vite. Bien qu'il fût simple, il n'était pas mauvais. Pendant qu'il mangeait, Brom leva les yeux vers Eragon et demanda :

– On part demain ?

– Je ne vois pas de motifs de rester.

– Tu as raison...

Le conteur s'agita :

– Eragon, je dois m'excuser pour la manière dont les événements se sont déroulés. Je ne pensais pas que les choses tourneraient de la sorte. Ta famille ne méritait pas une telle tragédie. Si, par miracle, je pouvais effacer ce qui s'est passé, je n'hésiterais pas. C'est une situation terrible pour nous deux.

Eragon garda le silence et refusa de croiser le regard du vieil homme.

– Nous avons besoin de chevaux, signala Brom.

– Vous, peut-être. Moi, j'ai Saphira.

Le conteur secoua la tête :

– Aucun cheval de ce monde ne peut suivre le rythme d'un dragon ; et Saphira est encore trop jeune pour supporter notre poids à tous deux. Comme il vaut mieux que nous restions ensemble et comme, en chevauchant, nous avancerons plus vite qu'en marchant...

– Mais nous ne rattraperons jamais les Ra'zacs, dans ce cas ! l'interrompit Eragon. Si je monte Saphira, je les retrouverai probablement dans un jour ou deux. À cheval, il nous faudra beaucoup plus de temps – et encore, si nous réussissons à repérer leur trace...

– C'est un risque à courir si tu veux que je t'accompagne, répondit Brom sans élever la voix.

Le garçon réfléchit ; puis il grommela :

– Soit. Nous irons à cheval, à condition que vous les achetiez. Je n'ai pas d'argent, et j'ai déjà assez volé comme ça. C'est mal.

– Tout dépend des circonstances, rectifia Brom avec un sourire en coin. Parfois, la fin justifie les moyens ! Or, avant de te lancer vraiment dans cette aventure, rappelle-toi que tes ennemis, les Ra'zacs, sont les envoyés spéciaux du roi. Où qu'ils aillent, ils seront protégés. Les lois n'ont pas de prise sur eux. Dans les villes, leurs ordres seront exécutés à la lettre ; et ce ne sont pas les serviteurs dévoués qui leur manqueront. Tu dois garder une chose à l'esprit : Galbatorix souhaite à tout prix te recruter ou te tuer. Du moins, il le voudra dès qu'il aura eu confirmation de ton existence – pour l'instant, il n'a que des soupçons... Plus longtemps tu échapperas aux Ra'zacs, plus il brûlera de mettre la main sur toi. Il saura que chaque jour qui s'écoule te rend plus fort et te donne une chance supplémentaire de t'allier à ses ennemis. Méfie-toi, car, à tout moment, tu pourras passer du statut de chasseur menacé à celui de simple proie...

Eragon était sous le choc des paroles graves qu'il venait d'entendre. Pensif, il jouait avec une brindille.

– Assez parlé ! décida Brom. Il est tard, et mes os me font souffrir. Nous poursuivrons la discussion demain.

Le garçon acquiesça, éteignit le feu et alla se coucher.

THERINSFORD

L'aube était grise, le ciel couvert, le vent cinglant, la forêt silencieuse. Après un petit déjeuner rapide, Brom et Eragon plièrent bagage et s'apprêtèrent à partir.

Eragon rangea son arc dans son sac, de façon à pouvoir s'en saisir aisément. Il sella Saphira : en attendant qu'ils aient des chevaux, ce serait plus pratique pour transporter le harnachement. Ensuite, il attacha soigneusement Zar'roc sur le dos de la dragonne : il ne voulait pas se surcharger ; et, dans l'état de ses connaissances en escrime, une épée ne lui serait pas plus utile qu'un simple bâton.

À l'abri du roncier, Eragon s'était senti en sécurité. Dès qu'il en sortit, ses moindres mouvements trahissaient sa méfiance. Saphira décolla et les survola en cercles concentriques. Le manteau forestier s'éclaircit ; les voyageurs retournèrent vers la ferme pour rejoindre la route.

« Je reverrai cet endroit, se jura Eragon en regardant la maison en ruine. Ce n'est pas possible que je parte pour un exil définitif. Un jour, quand tout sera de nouveau paisible, je reviendrai... »

Alors, tournant les talons, il se dirigea vers les territoires barbares et étranges qui l'attendaient au sud...

Pendant que Brom et Eragon poursuivaient leur marche, Saphira filait à l'ouest, vers les montagnes, où personne ne la verrait. Eragon éprouva un pincement au cœur en la voyant s'éloigner. Le risque de rencontrer un voyageur avait beau être faible, désormais, Saphira et lui ne pouvaient pas rester ensemble : le danger existait encore.

Les empreintes des Ra'zacs sur la neige commençaient à s'estomper. Eragon ne s'en inquiétait pas. Selon toute vraisemblance, les envoyés du roi s'étaient contentés de suivre la route. Pour quitter la vallée et gagner les contrées sauvages, c'était le moyen le plus simple. En revanche, une fois la vallée franchie, le chemin déboucherait sur un embranchement, et il serait plus difficile de déterminer la direction choisie par les Ra'zacs...

Les voyageurs avançaient en silence, concentrés sur le rythme de leurs pas. Les jambes d'Eragon s'étaient remises à saigner là où les croûtes avaient craqué. Pour penser à autre chose, il questionna le vieil homme :

– Au fond, de quoi sont capables exactement les dragons ? Vous disiez que vous connaissiez quelques-uns de leurs pouvoirs...

Brom éclata de rire et eut un grand geste qui fit étinceler le saphir de sa bague.

– Hélas, je ne connais qu'une infime partie de ce que j'aimerais savoir sur eux ! Cela fait des siècles que les gens cherchent une réponse à ta question. Ce que je vais te dire sera donc par essence incomplet. Les dragons ont toujours été des créatures mystérieuses, même si cela n'est pas de leur fait... Avant que je puisse satisfaire ta curiosité, tu dois savoir quelques petites choses sur eux. On ne peut comprendre quoi que ce soit sur un sujet aussi complexe si on en ignore les fondements. Je commencerai donc par te parler du cycle de vie des dragons ; et si cette introduction ne t'a pas lassé, nous entamerons un nouveau chapitre.

Brom expliqua comment les dragons se retrouvaient en couple et comment leurs petits naissaient.

– Tu vois, dès qu'une dragonne pond un œuf, le dragonneau est prêt à éclore, dit-il. Pourtant, l'œuf attend parfois des années le bon moment. Quand les dragons vivaient entre eux, le bon moment, c'était souvent celui où il y avait de la nourriture en abondance. Néanmoins, après qu'ils ont formé une alliance avec les elfes, les dragons ont dû remettre un certain nombre d'œufs – pas plus d'un ou deux par an, en général – aux Dragonniers. Tant que le Dragonnier qui lui était destiné n'était pas auprès de lui, l'œuf n'éclosait pas. Comment les dragonneaux percevaient-ils cette présence ? Nul ne l'a jamais su. Chacun voulait toucher les œufs, espérant que l'un d'entre eux s'ouvrirait sous ses doigts.

– Voulez-vous dire que Saphira ne serait pas née si elle ne m'avait pas rencontré ? s'étonna Eragon.

– Sans doute. Le fait qu'elle soit née devant toi prouve en tout cas qu'elle t'appréciait.

Eragon se sentait honoré : parmi tous les habitants de l'Alagaësia, c'était lui que Saphira avait choisi. Il se demanda combien de temps elle avait attendu, à l'étroit dans son œuf obscur...

Brom continua ses explications. Il raconta quand et comment les dragons se nourrissaient. Eragon apprit ainsi qu'un dragon sédentaire, quand il a atteint sa taille adulte, peut passer des mois sans manger ; en revanche, à la saison des amours, il doit s'alimenter toutes les semaines. Il nota que certaines plantes soignent les maladies de ces créatures fabuleuses, tandis que d'autres les rendent malades ; et il retint qu'il existe plusieurs manières de prendre soin de leurs serres et de nettoyer leurs écailles.

Le vieil homme exposa ensuite des techniques pour combattre à dos de dragon... ou pour combattre contre un dragon, qu'on soit à pied, à cheval, ou sur un autre dragon.

Il précisa que leur ventre était blindé, mais leurs pattes vulnérables.

Eragon ne cessait de poser des questions, que Brom accueillait volontiers. Des heures passèrent ainsi...

Quand le soir tomba, ils étaient près de Therinsford. Comme le ciel s'assombrissait, et qu'ils cherchaient un coin où installer leur camp, Eragon demanda :

– À quel Dragonnier appartenait Zar'roc ?

– À un guerrier redoutable, répondit Brom. On le craignait fort, à l'époque, car grand était son pouvoir.

– Comment s'appelait-il ?

– Je ne te le dirai pas.

Eragon insista, mais Brom ne céda pas :

– Je ne tiens pas à te laisser dans l'ignorance, loin de là. Simplement, il est certains secrets qui risquent de devenir dangereux et de te détourner de tes préoccupations actuelles. Je n'ai aucune raison de te perturber avec des révélations que tu n'as ni le temps ni la capacité d'assimiler. Je souhaite juste te protéger de ceux qui entendent se servir de toi pour accomplir le mal.

Eragon lui adressa un regard furieux :

– Vous savez quoi ? Je pense que vous aimez tout simplement parler par énigmes. Je pense que, si je vous abandonnais, j'éviterais de perdre mon temps avec vos sentences. Si vous avez quelque chose à dire, alors dites-le, au lieu de tourner autour du pot !

– Paix, mon ami, répliqua Brom. Tout te sera révélé le moment venu.

Eragon gronda. Il n'était pas le moins du monde convaincu.

Les voyageurs trouvèrent un endroit confortable pour passer la nuit. Ils installèrent leur camp. Saphira les rejoignit alors qu'ils attaquaient leur dîner.

« Tu as eu le temps de chasser ? » lui demanda Eragon.

La dragonne eut l'air amusée :

« Si vous ralentissez encore un peu, j'aurai le temps d'aller jusqu'à la mer et de revenir... et encore, il faudrait que je vous attende ! »

« Ne sois pas impertinente ! Nous irons plus vite dès que nous aurons des chevaux. »

De la fumée sortit des naseaux de Saphira :

« Peut-être, mais est-ce que ce sera suffisant pour rattraper les Ra'zacs ? Ils ont plusieurs jours – donc de nombreuses lieues – d'avance sur vous. Et j'ai peur qu'ils sentent qu'on est à leurs trousses. À mon avis, c'est ce qu'ils espèrent, d'ailleurs : pourquoi auraient-ils détruit la ferme d'une façon aussi spectaculaire, sinon pour te pousser à leur courir après ? »

« Je ne sais pas », reconnut Eragon, troublé.

Saphira se lova autour de lui, et il se pressa contre elle. La chaleur qu'elle dégageait fit du bien au garçon. Brom s'assit de l'autre côté du feu. Il taillait deux grands bouts de bois avec un couteau. Soudain, il en jeta un à travers les flammes. Eragon s'en empara par réflexe.

169

– Défends-toi ! lui lança le conteur en bondissant sur ses pieds.

Eragon observa le bâton : il avait été grossièrement taillé pour figurer une épée. Le vieil homme voulait se battre avec lui ? Qu'espérait-il ? « Il veut jouer à ce petit jeu-là ? songeat-il. Très bien ! Mais, s'il pense me battre, il aura une drôle de surprise... »

Il se leva tandis que Brom contournait le feu. Les adversaires se firent face un long moment. Puis le conteur chargea. Son bâton décrivit une courbe rapide. Eragon essaya de bloquer l'arme. Trop lentement. Il poussa un cri quand l'épée de Brom toucha ses côtes, et il recula en trébuchant.

Sans réfléchir, il plaça un contre rageur, que le vieil homme para sans difficulté. Aussitôt, Eragon enchaîna par un coup qui semblait dirigé vers la tête de Brom. Au dernier moment, il abaissa son bâton pour le frapper au côté. Les deux armes se heurtèrent dans un bruit qui résonna alentour.

– Un peu d'improvisation ? commenta le conteur, les yeux brillants. C'est bien !

Son bras partit si vite qu'il en devint flou ; un infime instant plus tard, une explosion de douleur irradiait dans la tempe d'Eragon, qui s'effondra comme une masse, assommé.

Une douche glacée le ranima. Il se rassit en crachotant. Un bourdonnement résonnait dans son crâne. Il avait du sang séché sur le visage. Brom était debout au-dessus de lui, une casserole de neige fondue à la main.

– Vous n'aviez pas à faire ça ! s'écria Eragon, en colère.

Il se redressa. La tête lui tournait. Ses jambes menaçaient de se dérober sous lui. Brom leva un sourcil :

– Un ennemi ne retiendrait pas son bras. Alors, pourquoi m'y résoudrais-je ? Pour me mettre au niveau de ton incompétence, afin que tu aies l'impression d'être meilleur que tu ne l'es ? Non, non, ce serait un mauvais service à te rendre...

Il ramassa le bâton que le garçon avait lâché, et il le lui tendit :

– Allez, cette fois, défends-toi !

Eragon fixa le morceau de bois, le regard vague ; puis il secoua la tête :

– Non, ça suffit. J'ai eu mon compte.

Il s'éloigna... et faillit s'écrouler sous le coup qu'il reçut dans l'échine.

– Ne tourne jamais le dos à ton ennemi ! s'exclama Brom.

Il lui lança son bâton, puis attaqua. Eragon recula précipitamment derrière le feu.

– Tes bras plus resserrés ! lança le vieil homme. Tes genoux plus souples !

Il continua de donner ses conseils, s'arrêtant pour montrer à Eragon l'art de se fendre.

– Refaites ça plus lentement ! demanda le garçon.

Ensemble, ils décomposèrent les mouvements de base avant de reprendre leur duel furieux. Eragon apprenait vite, mais, malgré tous ses efforts, il ne réussit pas à porter à Brom de coups bien sérieux.

Quand la leçon fut terminée, Eragon s'affala dans ses couvertures en gémissant. Il avait mal partout. Brom n'y était pas allé avec le plat de l'épée !

Saphira poussa un long rauquement. Sa lèvre supérieure se releva, dévoilant sa formidable rangée de dents.

« Qu'est-ce que tu as, toi ? » demanda Eragon, agacé.

« Rien, répondit-elle. C'est juste drôle de voir un petit jeune se faire étriller par un ancêtre... »

Et, de nouveau, son grondement s'éleva. Eragon rougit quand il comprit qu'elle riait. Essayant de préserver un peu de dignité, il se tourna sur le côté et se réfugia dans le sommeil.

Le lendemain matin, l'état général d'Eragon était pitoyable. Ses bras étaient couverts de bleus, et il était si courbaturé qu'il crut qu'il n'arriverait plus jamais à bouger. Brom leva les yeux du petit déjeuner qu'il servait et sourit :

– Comment te sens-tu ?

Eragon grommela et s'attaqua à la nourriture.

Reprenant la route, ils marchèrent d'un bon pas. Ils voulaient atteindre Therinsford avant le milieu de la journée. Quand ils eurent parcouru plusieurs lieues, ils aperçurent de la fumée à l'horizon.

– Tu devrais conseiller à Saphira de nous attendre après Therinsford, suggéra le conteur. Qu'elle prenne garde que personne ne la remarque...

– Pourquoi ne lui dites-vous pas vous-même ?

– On considère qu'il n'est pas convenable d'interférer entre un Dragonnier et sa monture.

– Ça ne vous a pas empêché de le faire à Carvahall !

– J'ai fait ce que j'avais à faire, rétorqua Brom, l'air amusé.

Eragon lui adressa un regard noir, mais il transmit ses instructions, auxquelles Saphira répondit : « Prends garde, toi aussi. Les sbires de Galbatorix peuvent se cacher partout. »

Au fur et à mesure que les voyageurs progressaient, les ornières de la route devenaient plus profondes. Eragon remarqua que les traces de pas étaient plus nombreuses. La présence de fermes confirmait qu'ils approchaient de Therinsford.

Le village était plus grand que Carvahall, mais il avait été bâti au petit bonheur ; les maisons étaient disséminées sans logique apparente.

– Quelle pagaille ! dit Eragon.

Il n'arrivait pas à repérer le moulin de Dempton. « À l'heure qu'il est, Baldor et Albriech ont sûrement ramené Roran à Carvahall », pensa-t-il. C'était mieux ainsi. Il n'avait pas envie de se retrouver face à son cousin.

– C'est laid, opina Brom : et je pèse mes mots.

L'Anora séparait les voyageurs de la ville. Un pont robuste enjambait le fleuve. Au moment où ils allaient le franchir, un homme obèse sortit d'un buisson et leur barra la route. Sa chemise était trop courte pour contenir sa panse. Une bedaine sale retombait sur la ceinture de corde qui retenait son pantalon. Derrière ses lèvres craquelées apparurent des chicots fatigués, telles des pierres tombales en ruine.

– Hé, on traverse pas comme ça, grogna le gros. C'est mon pont. Faut m'donner un p'tit kekchose.

– Combien ? demanda Brom d'une voix résignée.

Il extirpa un porte-monnaie. Les yeux du garde-pont brillèrent.

– Cinq couronnes, annonça-t-il dans un sourire hideux.

Eragon faillit exploser : le prix était exorbitant. Il s'apprêtait à protester vivement, mais un regard de Brom lui imposa le silence. Les pièces changèrent de main sans qu'un mot ne fût prononcé. Le vilain les glissa dans la bourse qui pendait à sa ceinture.

– J'vous r'mercie, messeigneurs, dit-il d'une voix moqueuse.

Il s'écartait lorsque Brom trébucha et s'accrocha au détrousseur pour ne pas tomber.

– Hé ! R'gardez où vous mettez les pieds, le vieux ! glapit celui-ci.

– Désolé, lâcha Brom en continuant son chemin, suivi d'Eragon.

– Pourquoi n'avez-vous pas marchandé ? s'écria celui-ci lorsque l'autre ne pouvait plus les entendre. Il vous a plumé vivant ! Je parie que ce pont ne lui appartient même pas ! On aurait dû le repousser pour passer sans payer !

– Tu as sûrement raison, reconnut le vieil homme.

– Alors, pourquoi avoir payé ?

– Parce que, en ce bas monde, ça ne vaut pas la peine de perdre son temps à discuter avec tous les imbéciles. Il est plus facile de leur donner satisfaction, puis de les berner quand ils ne s'y attendent pas.

Et Brom ouvrit sa main, dans laquelle brillaient des pièces.

– Vous avez percé sa bourse ! s'exclama Eragon, incrédule.

Brom cligna de l'œil et fit disparaître son larcin :

– Et elle en contenait plus que je ne pensais. Il n'aurait pas dû garder ses richesses dans un seul sac.

Un hurlement de colère s'éleva de l'autre côté du fleuve.

– Tiens ! s'écria Brom. Notre ami vient de s'apercevoir de sa perte... Si tu vois des gardes, avertis-moi.

Le conteur attrapa par l'épaule un jeune garçon qui courait dans une ruelle.

– Sais-tu où on peut acheter des chevaux ? lui demanda-t-il.

L'enfant les dévisagea d'un air important, puis désigna une grande écurie, à la lisière du village.

– Merci, dit Brom en lui donnant une petite pièce.

Les voyageurs marchèrent vers l'écurie. Les solides battants de l'entrée étaient entrouverts. Derrière, on voyait deux longues rangées de stalles. Des selles, des harnais, des étriers et des accessoires de mille sortes recouvraient un pan de mur. Un homme aux bras musculeux était en train d'étriller un étalon blanc. Il leva une main pour inviter les visiteurs à entrer.

– Superbe créature ! commenta Brom.

– Ça, c'est vrai ! Il s'appelle Feu-de-Neige. Moi, c'est Haberth.

Il tendit une paume rugueuse et serra vigoureusement les mains d'Eragon et de Brom. Poli, il attendit que les nouveaux venus déclinassent leur identité. Comme ils se taisaient, il demanda en quoi il pouvait leur être utile.

– Nous cherchons à acquérir deux chevaux, expliqua le conteur. Avec leur équipement. Des chevaux rapides et endurants, capables de supporter un long périple.

Haberth réfléchit un moment.

– Je n'ai pas beaucoup de chevaux de ce genre, dit-il. Et ceux que j'ai ne sont pas donnés.

L'étalon s'agita. Son propriétaire le caressa, et l'animal cessa de renâcler.

– Le prix n'est pas un problème, répondit Brom. Je veux ce que vous avez de meilleur.

Haberth acquiesça. Sans un mot, il attacha l'étalon dans un box, alla chercher deux harnachements similaires, puis se dirigea vers les stalles, d'où il sortit deux chevaux, l'un à la robe baie claire, l'autre au pelage rouan. Le cheval bai tira sur son licou.

– Il a un sacré caractère, avertit l'éleveur en tendant la longe à Brom, mais, si vous avez un peu de poigne, vous n'en serez pas mécontent.

Le vieil homme laissa le cheval renifler sa main ; en échange, celui-ci l'autorisa à flatter son encolure.

– Nous le prenons, décida Brom. Par contre, je ne suis pas convaincu par l'autre...

– Ses jambes sont solides...

– Hmm... Et combien voudriez-vous pour Feu-de-Neige ?

Haberth regarda l'étalon avec tendresse :

– Je préférerais ne pas le vendre. C'est le plus beau cheval que j'aie élevé. J'espère beaucoup de ses saillies.

– Si vous décidiez de vous en séparer, insista Brom, combien m'en coûterait-il pour l'avoir ?

Eragon essaya de toucher le cheval bai à l'instar de son compagnon ; l'animal recula. Par réflexe, le garçon tenta de communiquer mentalement avec lui. Il frissonna, surpris, quand il réussit à accéder à sa conscience. Le contact n'était ni aussi clair ni aussi profond que celui qu'il établissait avec Saphira ; cependant, la communication n'en était pas moins possible, à un certain degré. Il tâcha de lui expliquer qu'il était son ami. Le cheval se détendit et posa sur son interlocuteur des yeux marron liquides.

Haberth se servit de ses doigts pour calculer le prix de Feu-de-Neige.

– Il vous en coûterait deux cents couronnes, non négociables, annonça-t-il.

Il eut un petit sourire confiant. Personne n'accepterait de payer une telle somme ! Et pourtant, Brom sortit une bourse de sa poche et compta les deux cents couronnes.

– Cela fait-il l'affaire ? demanda-t-il.

Il y eut un long silence. Le regard de Haberth alla de Feu-de-Neige aux pièces d'argent. Il soupira avant de lâcher :

– Il est à vous, bien que cela me brise le cœur.

– Je le traiterai comme s'il était de la lignée de Giltindor, le coursier légendaire.

– Vos mots me réconfortent, répondit Haberth en inclinant légèrement la tête.

Il aida ses clients à seller les montures. Quand ils furent sur le point de partir, il déclara :

– Adieu, donc. Pour le bien de Feu-de-Neige, je souhaite que le mauvais œil vous épargne.

– Ne vous inquiétez pas, dit Brom, je prendrai soin de lui.

Une fois dehors, Brom tendit les rênes de Feu-de-Neige à Eragon.

– Tiens, va m'attendre à la sortie du village.

– Pourquoi ? voulut savoir le garçon.

Brom avait déjà disparu.

Agacé, Eragon traversa Therinsford de part en part avec les deux chevaux, et il se posta sur le bord de la route. Au sud, on apercevait dans la brume les contours du mont d'Utgard, se dressant tel un monolithe géant à l'orée de la vallée. Ses pentes n'étaient pas visibles, masquées par les nuages : seules se découpaient les formes des contreforts à ses pieds. Son apparence sinistre et menaçante fit frémir Eragon.

Brom ne fut pas long. D'un geste, il ordonna à Eragon de le suivre. Ils avancèrent en silence jusqu'à ce que Therinsford disparût derrière un rideau d'arbres. Alors, Brom raconta ce qu'il avait appris :

– Les Ra'zacs sont passés par ici. Apparemment, ils se sont arrêtés au village pour acheter des chevaux, comme nous.

J'ai parlé avec un homme qui les avait vus. Il les a décrits en tremblant de peur. Il m'a dit qu'ils avaient quitté Therinsford au galop, tels des démons fuyant un saint homme.

– Ils lui ont laissé une sacrée impression ! commenta Eragon.

– En effet...

Le garçon caressa les chevaux.

– Quand nous étions dans l'écurie de Haberth, annonça-t-il au conteur, je suis entré en contact avec l'esprit du cheval bai. Je ne savais pas que c'était possible.

Brom fronça les sourcils.

– C'est une capacité rare chez des gens de ton âge, affirma-t-il. La plupart des Dragonniers avaient besoin de s'entraîner pendant des saisons entières avant d'arriver à communiquer avec d'autres créatures que leur dragon.

Pensif, le vieil homme examina Feu-de-Neige.

– Mets tes affaires dans les bâts accrochés à ta selle, ordonna-t-il. Puis attache ton sac sur ta monture.

Eragon obéit, tandis que Brom grimpait sur Feu-de-Neige. Le garçon examina le cheval bai. Il eut un doute. Un doute absurde, mais... Le cheval était si petit, si frêle par rapport à Saphira qu'Eragon se demanda, l'espace d'un instant, s'il réussirait à supporter son poids. Il se hissa néanmoins sur la selle. Jusqu'alors, il n'avait monté qu'à cru, et encore, sur de courtes distances exclusivement.

– J'aurai les jambes dans le même état que lors de mon premier vol avec Saphira ? s'inquiéta-t-il.

– Comment sont-elles, aujourd'hui ?

– Ça peut aller, mais j'ai peur qu'une chevauchée un peu rude ne rouvre mes blessures.

– Nous ne forcerons pas, le rassura Brom.

Il donna quelques conseils à son compagnon, et ils avancèrent au pas.

Très vite, le paysage commença de se modifier. Les fermes et les champs cultivés cédèrent la place à des étendues sauvages. Des ronciers et des arbustes enchevêtrés bordaient la route, et des branches d'aubépines s'accrochaient aux vêtements des voyageurs. De hauts rochers gris se dressaient çà et là, témoins silencieux de leur passage. L'atmosphère était tendue, hostile, comme si la nature avait cherché à repousser ces deux envahisseurs.

Plus loin, dominant les intrus, grossissant à chaque pas de leurs montures, se dressait Utgard. Utgard et ses précipices vertigineux... Utgard et ses ravins enneigés...

La pierre noire du pic aspirait la lumière telle une éponge, obscurcissant les alentours. La route tracée entre Utgard et la ligne de montagnes qui bordait la partie orientale de la vallée de Palancar conduisait à une crevasse profonde. C'était le seul endroit praticable qui permettait de quitter la vallée. Les sabots des chevaux résonnaient haut et clair sur les gravillons. Bientôt, la piste se resserra. Au pied d'Utgard, elle n'était plus qu'un maigre chemin. Eragon leva les yeux sur le mont qui les surplombait. Il sursauta en distinguant, dans les hauteurs, une tour surmontée d'une flèche. L'édifice était en ruine – il n'en avait pas moins l'aspect d'une sentinelle lugubre veillant au-dessus de la vallée.

– Qu'est-ce que c'est ? demanda-t-il en pointant un doigt sur la tour.

Sans regarder, Brom jeta d'une voix empreinte d'une tristesse amère :

– C'était un avant-poste des Dragonniers. Il a survécu à leur disparition. Ici, Vrael avait trouvé refuge ; ici, par traîtrise, Galbatorix l'a retrouvé et vaincu. Quand Vrael est tombé, ce bastion est devenu maudit. On l'a appelé Edoc'sil, ce qui signifie « le lieu que l'on ne peut conquérir », car le relief est si accidenté et les pentes si déchiquetées que nul ne peut atteindre la tour, à moins de voler. Après la mort de Vrael, les gens ont baptisé cette montagne Utgard ; mais elle a un autre nom : Ristvak'baen, autrement dit « le lieu du chagrin ». Les derniers Dragonniers la désignaient ainsi... avant d'être massacrés par le roi.

Eragon scrutait la montagne avec un respect mêlé de crainte. De discrets échos de la gloire des Dragonniers flottaient dans l'air, presque tangibles, bien que le temps n'eût cessé de les éroder. La geste des Dragonniers ne datait pas d'hier. En un instant, tout un héritage de traditions et d'actions héroïques remontant à une époque reculée avait pénétré l'âme d'Eragon...

Ils contournèrent Utgard pendant de longues heures. Le mont exhiba sa paroi impressionnante à leur droite lorsqu'ils s'enfilèrent dans la brèche qui entaillait la chaîne. Pressé de découvrir ce qu'il y avait au-delà de Palancar, Eragon se dressa sur ses étriers ; mais les voyageurs étaient encore trop loin pour le distinguer. Ils chevauchèrent dans un défilé accidenté, passant de collines en ravines le long de l'Anora. Puis, tandis que le soleil se couchait derrière eux, ils gravirent un promontoire et virent ce que les arbres et le relief leur avaient dissimulé jusque-là.

Eragon poussa une exclamation. À leurs pieds, une plaine immense s'étendait à perte de vue avant de se confondre avec le ciel. Le sol était brun clair, couleur de l'herbe morte. Des traînées de nuages longs et fins filaient au-dessus de leurs têtes, effilochées par des vents violents.

Eragon comprenait pourquoi Brom avait tenu à se procurer des chevaux. Ils en auraient eu pour des semaines, voire des mois, s'ils avaient voulu parcourir cette immensité à pied. Loin devant, Saphira volait, si haut qu'on pouvait la prendre pour un gros oiseau.

– Nous ne descendrons dans la plaine que demain, annonça Brom. Nous y consacrerons sûrement une grande partie de la journée. Par conséquent, je suggère que nous dressions le campement tout de suite.

– La plaine est-elle aussi vaste qu'elle le paraît ?

– La traversée dure entre deux et quinze journées, selon la direction que l'on prend. Seules quelques tribus de nomades errent dans les environs ; sinon, elle est aussi déserte que le désert du Hadarac, situé à l'est. Aussi ne croiserons-nous guère de villages. Au sud, les terres sont moins arides et, partant, plus densément peuplées.

Ils quittèrent le chemin et mirent pied à terre sur les berges de l'Anora. Tandis qu'ils dessellaient leurs montures, Brom désigna le cheval bai :

– Tu devrais lui donner un nom.

Eragon attacha l'animal et dit :

– Eh bien, je n'en ai pas d'aussi noble que Feu-de-Neige, mais...

Il posa une main sur le cheval :

– Je te baptise Cadoc. C'était le nom de mon grand-père. Montre-t'en digne.

Brom approuva d'un signe de tête ; et cependant Eragon se sentit un peu bête.

Quand Saphira atterrit près des deux hommes, Eragon demanda : « Comment trouves-tu la plaine ? »

« Ennuyeuse. Il n'y a que du rien à l'horizon, avec des lapins et des broussailles au milieu. »

Ils dînèrent tranquillement ; puis Brom sauta sur ses pieds et cria :

– Attrape !

Eragon eut à peine le temps de lever le bras pour se saisir du bâton qui fonçait droit vers sa tête. Il grogna en découvrant dans sa main un nouveau simulacre d'épée.

– Oh, non ! gémit-il. Ça ne va pas recommencer !

Brom se contenta de sourire et fit un geste autoritaire. À regret, Eragon se mit debout. Ils s'affrontèrent et se tournèrent autour dans un déchaînement de claquements de bois. Le garçon recula bientôt, le bras cuisant.

La séance d'entraînement fut plus courte que la première, mais assez longue pour qu'Eragon pût enrichir sa collection de bleus et d'écorchures. Quand ils eurent fini leur combat, il jeta son bâton, écœuré, et s'éloigna du feu pour soigner ses blessures.

QUAND RUGIT
LE TONNERRE
ET JAILLIT LA LUMIÈRE

Le lendemain matin, Eragon s'efforça de ne penser à aucun des événements récents. C'était trop douloureux. Il préféra se concentrer sur deux autres préoccupations : comment retrouver les Ra'zacs ? Et comment les tuer ? Il décida qu'il utiliserait son arc, tâchant d'imaginer à quoi ressembleraient ces silhouettes encapuchonnées criblées de flèches.

Il eut du mal à se lever. Au moindre mouvement, ses muscles protestaient. L'un de ses doigts était chaud et gonflé. Quand ils furent enfin prêts à repartir, Eragon se hissa sur Cadoc et siffla, acerbe :

– Si ça continue, vous allez me mettre en pièces.

– Je ne te pousserais pas dans tes retranchements si je pensais que tu n'étais pas capable de le supporter.

– Pour une fois, ça ne me dérangerait pas d'être sous-estimé, grommela Eragon.

Cadoc renâcla nerveusement en apercevant Saphira. Celle-ci considéra le cheval avec une mine presque dégoûtée ; puis elle déclara : « Je n'ai nulle part où me dissimuler dans la plaine. Donc, je ne vais pas me fatiguer à chercher une cachette. Je volerai simplement au-dessus de vous. »

Elle décolla, et les voyageurs entamèrent leur descente vertigineuse. Par endroits, le sentier disparaissait ; Brom et Eragon devaient alors se frayer eux-mêmes un chemin à travers les amas rocheux. Parfois, ils posaient pied à terre, tirant les chevaux par la longe, s'accrochant aux arbres pour éviter de dévaler l'à-pic. Le sol était parsemé de petits cailloux, ce qui le rendait encore plus dangereux. Malgré le froid, ils étaient en sueur. Cette progression épuisante mettait leurs nerfs à rude épreuve.

Ils arrivèrent en bas vers la mi-journée. Ils s'arrêtèrent pour souffler. L'Anora filait sur leur gauche en direction du nord. Un vent violent balayait la plaine, mordant les voyageurs, impitoyable. Le sol étant archisec, la poussière volait dans leurs yeux.

Eragon était perturbé par ce paysage absolument plat, sans un tertre, sans un monticule. Lui qui avait vécu entouré de montagnes et de collines, il se sentait exposé, aussi vulnérable qu'une souris sous le regard perçant des aigles.

184

Un peu plus loin, le chemin se divisait en trois. La première piste menait au nord, vers Ceunon, l'une des plus grandes villes de la région ; la deuxième parcourait la plaine de part en part ; la troisième se dirigeait vers le sud. Brom et Eragon examinèrent le terrain, à la recherche des traces laissées par les Ra'zacs. Ils finirent par les repérer. Les monstres avaient pris par la prairie d'herbes sèches, à l'est.

– On dirait qu'ils ont mis le cap sur Yazuac, marmonna Brom, la mine perplexe.

– C'est loin ? demanda Eragon.

– Nous devrions y être dans quatre jours, si tout va bien. Yazuac est un petit village au bord d'un fleuve, le Ninor.

Le vieil homme désigna l'Anora :

– Remplissons nos gourdes avant d'attaquer la traversée de la plaine. Il n'y aura pas d'autre point d'eau d'ici jusqu'à Yazuac.

Eragon sentit l'excitation le gagner, celle qu'il éprouvait à la chasse. Dans quelques jours – peut-être dans moins d'une semaine –, il se servirait de ses flèches pour venger Garrow. Et après... Il refusait de penser à ce qui arriverait après.

Ils remplirent leurs gourdes, abreuvèrent les chevaux et burent à satiété. Saphira les rejoignit et se désaltéra à grands traits. Revigorés, ils se tournèrent vers l'est et s'engagèrent résolument dans la plaine.

Très vite, Eragon comprit que c'était le vent qui le ferait craquer. Le vent était responsable de tous ses maux : les lèvres sèches, la langue pâteuse, les yeux irrités. Dans la journée, les rafales ne cessèrent pas un seul instant de souffler ; et, la nuit, au lieu de retomber, elles s'amplifièrent.

Faute d'abri, ils furent obligés de camper à découvert. Eragon dénicha un buisson épineux – un petit arbre qui, s'accommodant des conditions difficiles, avait poussé là. Il construisit de son mieux un modeste bûcher ; mais, quand il voulut y mettre le feu, les morceaux de bois se contentèrent de fumer et de répandre une odeur nauséabonde. Furieux, le garçon tendit son briquet à Brom.

– Je n'arrive pas à le faire prendre, avec cette saleté de vent, s'exclama-t-il. Essayez, vous ! Sinon, ce sera repas froid...

Brom s'agenouilla devant le tas de branches et l'examina d'un œil critique. Il en déplaça quelques-unes, battit la pierre à briquet, déclencha une pluie d'étincelles... sans obtenir davantage qu'un nuage de fumée. Vexé, il retenta sa chance. En vain.

– Brisingr ! cria-t-il en battant de nouveau la pierre à briquet.

Aussitôt, des flammes jaillirent. Le conteur les considéra avec une expression satisfaite :

– Et voilà ! Il devait y avoir du bois vert dans le tas...

En attendant que la viande cuise, Eragon et le conteur s'entraînèrent avec des épées de fortune ; mais ils étaient épuisés tous les deux ; aussi ne prolongèrent-ils pas l'exercice. Après avoir mangé, ils se couchèrent contre le flanc de Saphira, heureux de profiter de cet abri improvisé.

Le même vent froid les réveilla le lendemain matin. Il soufflait toujours sur la morne plaine. Les lèvres d'Eragon s'étaient craquelées pendant la nuit. Dès qu'il souriait ou parlait, du sang perlait dans les gerçures. Les lécher ne faisait qu'aggraver la situation. Brom avait les mêmes problèmes.

Ils prirent sur leurs réserves de quoi abreuver les chevaux, puis ils repartirent. Ce fut un long et lent voyage...

Au matin du troisième jour, Eragon se sentait frais et dispos. Comme, de surcroît, le vent était tombé, il était d'excellente humeur. Au loin, cependant, le ciel était noir, zébré d'éclairs – ce qui tempéra son ardeur.

Brom observa les nuages et grimaça :

– Normalement, vu ce qui s'approche, on ne devrait pas poursuivre notre périple. Mais, de toute façon, qu'on reste ici ou qu'on parte, on est bons pour une saucée. Alors, autant gagner du terrain...

Ils chevauchèrent donc, appréciant le calme avant la tempête. Lorsque la pénombre les enveloppa, Eragon leva les yeux. Le ciel d'orage avait un aspect original. Autour d'eux, le monde ressemblait à une gigantesque cathédrale, dotée d'une voûte tout en arcs-boutants massifs. Avec un brin d'imagination, on pouvait distinguer les piliers, les vitraux, les flèches élancées et les gargouilles aux mines féroces. Ce monument naturel était d'une beauté sauvage.

Quand Eragon regarda à ses pieds, il vit l'herbe sèche ployer et former une vague gigantesque. Il lui fallut un petit moment pour réaliser que cette vague était provoquée par une monstrueuse rafale de vent. Brom l'avait déjà compris ; et les deux voyageurs courbèrent les épaules, prêts à affronter les éléments.

L'orage était presque sur eux quand Eragon eut une pensée qui l'angoissa terriblement. Il se dressa sur sa selle, hurlant à la fois mentalement et à pleins poumons :

– Saphira ! Pose-toi !

Brom avait blêmi. Au-dessus d'eux, la dragonne essayait de piquer vers le sol. Eragon s'affola : « Elle ne va pas y arriver ! »

Saphira changea de cap : elle retournait vers Utgard, fuyant le vent. Tandis qu'ils la suivaient du regard, la tempête les frappa, aussi violente qu'un coup de marteau. Eragon chercha de l'air. Le vent hurlait à ses oreilles. Il étouffait.

Le garçon se cala sur sa selle quand Cadoc s'ébroua, raclant le sol de ses sabots. La crinière du cheval claquait dans les bourrasques. Les doigts invisibles du vent s'acharnaient sur les vêtements des voyageurs. Des nuages de poussière obscurcissaient les alentours.

Eragon tenta de repérer Saphira. Elle venait d'atterrir lourdement et s'agrippait avec ses serres. Les rafales la happèrent au moment où elle repliait ses ailes, l'obligeant à redécoller d'un coup sec. Un instant, elle resta suspendue dans les airs, comme clouée par la force de l'ouragan ; puis elle fut projetée au sol.

D'une brusque torsion des rênes, Eragon fit faire demi-tour à Cadoc, l'encourageant de l'esprit et des talons. « Saphira ! cria-t-il. Tiens bon ! J'arrive ! » Quand ils approchèrent d'elle, Cadoc se déroba. Eragon sauta à terre et se précipita vers la dragonne.

Son arc lui cogna la tête. Une bourrasque plus forte que les autres le déséquilibra. Il partit en vol plané et s'étala sur le ventre. Il se releva, dérapa, se rétablit et reprit sa progression sans se soucier de ses écorchures.

Saphira n'était plus qu'à quelques pas, mais il ne pouvait pas la rejoindre, car les ailes de la dragonne battaient dangereusement au vent. Elle luttait en vain pour les soustraire au souffle de la tempête. Eragon bondit et voulut plaquer l'aile droite au sol ; mais une rafale le devança et, lorsque le garçon saisit l'aile, celle-ci s'éleva, l'envoyant valser par-dessus. Il s'en fallut d'un cheveu que la tête d'Eragon ne rencontrât l'un des piquants qui hérissaient le dos de Saphira. La dragonne se cabra et ficha plus profondément ses serres dans la terre.

De nouveau, le vent gonfla ses ailes. Eragon se précipita sur l'aile gauche, malgré le choc qu'il avait subi. L'aile se plia au niveau de l'articulation, et Saphira réussit à la maintenir contre elle. Eragon rampa sur le dos de la dragonne pour atteindre l'autre. Mais une bourrasque la fit voltiger et projeta le garçon à terre. Il se reçut en roulé-boulé, sauta, s'agrippa à l'aile et poussa de toutes ses forces. Avec son aide, Saphira la replia un peu. Le vent s'acharnait contre eux, mais, dans un dernier sursaut, ils parvinrent à leurs fins.

Eragon s'appuya contre la dragonne. Il haletait.

« Ça va ? » demanda-t-il.

Il sentait ses tremblements.

Elle ne répondit pas tout de suite.

« Je... je crois... »

Elle paraissait sérieusement éprouvée. « Je n'ai rien de cassé, poursuivit-elle. J'étais juste impuissante. Le vent ne voulait pas me laisser. J'étais à sa merci. » Elle frissonna et se tut.

Eragon la regarda, compatissant. « Le danger est passé, affirma-t-il. Tu es en sécurité, à présent. »

Il avisa Cadoc, non loin, qui tournait le dos au vent. Il lui ordonna mentalement de rejoindre Brom. Puis il monta sur Saphira. Elle rampa, résistant aux bourrasques, la tête basse.

– Elle est blessée ? cria Brom quand ils furent près de lui.

Eragon secoua la tête et mit pied à terre. Cadoc trotta vers lui en hennissant. Le garçon lui caressa la joue. Brom montra du doigt la pluie qui s'apprêtait à les recouvrir de son linceul gris.

– Il ne manquait plus que ça ! pesta Eragon, serrant ses vêtements contre lui.

Il grimaça quand l'averse glaciale les inonda : il ne lui fallut pas longtemps pour tremper les deux hommes et les faire trembler de froid. Des éclairs immenses illuminaient l'horizon, suivis par des coups de tonnerre qui secouaient le sol. C'était magnifique... et très périlleux. Çà et là, la foudre allumait dans l'herbe des feux que la pluie éteignait aussitôt.

Les éléments déchaînés semblaient ne jamais vouloir se calmer. Cependant, à la fin de la journée, la tempête s'éloigna. Le ciel bleu réapparut. Le soleil couchant darda ses rayons brillants. Des touches de lumière teintèrent les nuages de couleurs vives. Le décor devint alors très contrasté : tout scintillait d'un côté et s'assombrissait de l'autre. La moindre forme devenait imposante. De hautes herbes paraissaient aussi solides que des piliers de marbre. Tout, même les choses les plus ordinaires, était d'une beauté irréelle ; Eragon avait l'impression de déambuler au milieu d'un tableau de maître.

Régénérée, la terre exhalait une odeur fraîche qui éclaircissait les pensées et remontait le moral. Saphira s'étira, tendit le cou et rugit de bonheur. Les chevaux s'écartèrent d'elle précipitamment, tandis qu'Eragon et Brom souriaient devant son exubérance.

À la tombée de la nuit, les voyageurs s'arrêtèrent dans une petite cuvette. Ils se couchèrent aussitôt : ce soir, même Brom était trop fatigué pour s'entraîner...

Face-à-face à Yazuac

Bien qu'ils eussent profité de la tempête pour remplir leurs gourdes, ils n'avaient plus une goutte d'eau à boire le lendemain matin.

– J'espère qu'on ne s'est pas trompés de direction, marmonna Eragon en rebouchant sa gourde vide. Si nous n'atteignons pas Yazuac aujourd'hui, nous serons en mauvaise posture.

Brom ne paraissait pas inquiet.

– J'ai déjà emprunté cette route par le passé, dit-il. Nous verrons Yazuac avant le crépuscule.

Eragon eut un rire dubitatif :

– Alors, vous avez certainement des indices dont je ne dispose pas ! Comment pouvez-vous être aussi sûr de vous, quand le paysage qui nous entoure est le même à perte de vue ?

– Parce que je ne m'oriente pas en fonction du paysage. Ce sont les étoiles et le soleil qui m'indiquent la voie. Eux, ils ne mentent jamais. Allez, il est temps de repartir ! Nous n'avons aucune raison de nous faire du souci : Yazuac n'est plus si loin…

Brom avait raison.

Saphira fut la première à repérer le village ; les cavaliers, eux, durent patienter jusqu'à la mi-journée pour distinguer les contours de Yazuac qui se découpaient à l'horizon et qu'on apercevait uniquement grâce à l'absence totale de relief.

En avançant, les voyageurs avisèrent une ligne sombre qui bordait les maisons sur la droite et sur la gauche, avant de disparaître derrière elles.

– Le Ninor, commenta Brom en désignant les deux bras du fleuve.

Eragon arrêta Cadoc et déclara :

– Il vaut mieux que Saphira se cache le temps que nous serons à Yazuac, non ?

Brom acquiesça, se frotta le menton et scruta les environs :

– Tu vois le coude que forme le fleuve, là-bas ? Dis à ta dragonne de nous y attendre. C'est assez loin de Yazuac pour que personne ne la trouve ; et c'est assez près pour qu'elle ne se sente pas trop à l'écart. Nous allons nous ravitailler, puis nous la rejoindrons.

« Je n'aime pas cela, protesta Saphira quand Eragon lui eut exposé leur plan. J'en ai assez de me cacher tout le temps, comme une criminelle ! »

« Tu sais ce qu'il adviendrait si quelqu'un te découvrait... »

La dragonne grommela avant d'obtempérer et de s'envoler haut dans le ciel.

Eragon et Brom pressèrent le pas. Bientôt, ils pourraient se nourrir et se désaltérer à leur guise ; cette perspective les stimulait.

Quand ils approchèrent des premières maisons, ils virent de la fumée qui s'élevait au-dessus des toits. Pourtant, les rues étaient désertes. Un silence inquiétant planait sur le village. Sans même s'être consultés, tous deux s'immobilisèrent.

– Pas âme qui vive, et pas un chien qui aboie, fit observer Eragon.

– Non.

– Ça ne veut rien dire.

– ... Non.

– Quelqu'un aurait dû nous voir arriver !

– Oui.

– Alors, pourquoi personne n'est-il venu à notre rencontre ?

– Les gens ont peut-être peur, supposa Brom.

– Peut-être.

Eragon se tut pour écouter le silence.

– Et si c'était un piège ? fit-il. Si les Ra'zacs comptaient nous surprendre ici ?

– Nous avons besoin de provisions et d'eau, rappela Brom.

– Il y a le Ninor.

– Pour l'eau. Pas pour le reste.

– C'est vrai.

Eragon regarda autour de lui :

– Donc, on y va ?

Brom secoua les rênes :

– Oui, mais sans nous jeter dans la gueule du loup. Nous sommes à l'entrée principale de Yazuac. Si on nous a tendu une embuscade, elle aura lieu ici. Personne ne s'attend à nous voir arriver par un autre côté.

– Alors, on fait le tour ? demanda le garçon.

Le conteur approuva d'un signe de tête. Il tira son épée, posant la lame à nu en travers de sa selle. Eragon banda son arc et encocha une flèche.

Ils contournèrent le village au petit trot et y entrèrent prudemment. Les rues étaient bel et bien désertes. Seul un renard détala devant les intrus. Les fenêtres des maisons n'étaient pas éclairées. De nombreuses vitres étaient fendues ; la plupart des portes pendaient sur leurs gonds.

Les chevaux roulaient nerveusement des yeux. Eragon sentit que sa paume le démangeait ; cependant, il résista à l'envie de se gratter.

Quand ils arrivèrent au centre du village, les mains du garçon se crispèrent sur son arc et son visage pâlit.

– Juste ciel ! murmura-t-il.

À quelques pas d'eux s'élevait un amoncellement de cadavres aux vêtements gorgés de sang. Des corps tordus, des visages figés dans un rictus de douleur. Autour des morts, le sol était rouge sombre.

Des hommes défigurés gisaient sur les corps de femmes qu'ils avaient en vain tâché de protéger. Des mères sans vie serraient des enfants dans leurs bras. Des amoureux qui avaient tenté de se servir réciproquement de bouclier demeuraient enlacés en une dernière étreinte. Jeunes ou vieux, personne n'avait été épargné. Tous étaient criblés de flèches noires. Et le pire, c'était cette lance acérée qui dépassait du charnier, plantée dans le corps d'un nourrisson.

Des larmes brouillèrent la vue d'Eragon. Il essaya de détourner son regard, mais les visages des défunts retenaient son attention. Il n'arrivait pas à se détacher de leurs yeux grands ouverts. Comment la vie avait-elle pu abandonner tant d'êtres humains aussi brutalement ? Quel sens avait donc l'existence si elle devait s'achever ainsi ? Le désespoir s'abattit sur Eragon.

À cet instant, un corbeau fendit le ciel comme une ombre noire et vint se percher sur la lance. Il pencha la tête et fixa avec avidité le cadavre du nouveau-né.

– Oh, non ! grinça Eragon entre ses dents. N'y compte pas...

Il banda son arc et relâcha la corde d'un coup sec. L'oiseau s'effondra dans une nuée de plumes, une flèche fichée dans le poitrail.

Le garçon encocha une autre flèche, mais la nausée le secoua, et il dut se pencher sur le côté pour vomir. Brom lui donna une tape dans le dos et demanda avec douceur :

– Tu veux m'attendre à l'extérieur du village ?

– Non..., répondit Eragon en s'essuyant la bouche. Je reste.

Il évita de reposer les yeux sur le charnier.

– Qui... qui a..., bégaya-t-il.

Il ne parvint pas à achever sa question. Brom baissa la tête.

– Ceux qui aiment faire souffrir, répondit-il. Ceux qui aiment torturer. Ils ont bien des visages, ils prennent bien des apparences, mais ils n'ont qu'un seul nom : le mal. Le mal absolu dépasse notre entendement. Nous ne pouvons que pleurer ses victimes et les honorer.

Le conteur mit pied à terre et examina attentivement le sol piétiné.

– Les Ra'zacs sont venus ici, déclara-t-il. Mais ce ne sont pas eux qui ont fait ça. C'est du travail d'Urgals. Cette lance est de leur fabrication. Ils sont venus en horde. Ils étaient peut-être une centaine. C'est bizarre. À ma connaissance, ils ne se sont pas réunis souv...

Soudain, il s'interrompit et s'agenouilla pour regarder de plus près une empreinte. Il poussa un juron et sauta brusquement en selle.

– Filons ! s'écria-t-il. Il y a encore des Urgals dans les parages !

Feu-de-Neige bondit en avant. Eragon talonna Cadoc, qui s'élança sur les traces de l'étalon. Ils longèrent les maisons au galop. Ils étaient presque sortis du village lorsque, de nouveau, la paume d'Eragon le démangea. Le garçon perçut un mouvement furtif sur sa droite. L'instant d'après, un formidable coup de poing le désarçonnait.

Eragon fit un vol plané et s'écrasa contre un mur. Guidé par l'instinct, le souffle coupé, à moitié assommé, il s'accrocha à son arc d'une main, se tint le côté de l'autre et se redressa en titubant.

En face de lui se dressait un Urgal, qui dardait sur lui un regard mauvais.

Le monstre était grand, robuste et large comme une armoire. Il avait une peau grisâtre et des yeux jaunes, porcins. Des muscles impressionnants roulaient sous la peau de ses bras et de son poitrail, qu'un plastron de cuirasse ne couvrait qu'en partie. Une paire de cornes dépassait de son casque en fer. L'Urgal portait un bouclier rond, attaché à l'avant-bras. Dans sa main puissante vibrait une épée courte et dangereuse.

Derrière l'Urgal, Eragon aperçut Brom, qui faisait pivoter Feu-de-Neige pour voler à son secours... et se retrouver aussitôt bloqué par un autre Urgal, armé, lui, d'une hache.

– Cours, Eragon, cours ! cria le vieil homme.

Et il attaqua son ennemi.

L'Urgal qui faisait face au garçon rugit et projeta avec force son épée sur lui. Eragon esquiva en sautant de côté avec un cri d'effroi. Il vira et courut d'où il venait, c'est-à-dire vers le centre de Yazuac, le cœur battant à grands coups.

L'Urgal se lança à sa poursuite, ses lourdes bottes résonnant sur les pavés. Eragon appela Saphira à la rescousse, puis il accéléra. En dépit de ses efforts, le monstre gagnait du terrain. Ses énormes crocs écartés, il paraissait mugir en silence.

Quand l'Urgal l'eut presque rattrapé, le garçon s'arrêta, banda son arc, visa et tira. Mais il s'y était pris trop tard. La créature avait dévié le tir en tapant sur le bras d'Eragon ; et la flèche se planta dans le bouclier rond.

Avant que le garçon eût pu décocher une autre flèche, le monstre se rua vers lui. Les combattants roulèrent au sol. Profitant d'un moment d'inattention de l'Urgal, Eragon réussit à se faufiler entre ses jambes. Il courut rejoindre Brom, qui, juché sur Feu-de-Neige, luttait vaillamment contre son adversaire.

« Où sont passés les autres Urgals ? se demandait Eragon. Ces deux-là sont-ils les seuls à s'être attardés à Yazuac ? »

Un claquement retentit. Feu-de-Neige hennit et renâcla : Brom s'était affalé sur son encolure, le bras droit en sang. L'Urgal poussa un cri de triomphe et leva sa hache pour donner le coup de grâce.

Eragon ne réfléchit pas. Il chargea en hurlant. Surpris, le monstre fit face au nouveau venu, balançant son arme. Le garçon s'accroupit, évita la lame fatale, s'accrocha aux poignets de l'Urgal. Il y planta ses ongles, les lacéra jusqu'au sang. Un rictus de fureur tordit le visage du monstre. Il abattit son arme et rata sa cible : Eragon s'était jeté au sol.

Le garçon se releva d'un bond et dévala la rue. Il ne lui restait plus qu'une chose à faire : attirer les deux Urgals loin de Brom.

Il se faufila dans un passage étroit entre deux rangées de maisons. Constatant qu'il s'agissait d'un cul-de-sac, il fit marche arrière, mais les Urgals avaient déjà bloqué l'issue.

À présent, ils s'avançaient sans se presser, invectivant leur future victime de leurs voix râpeuses. Eragon avait beau tourner la tête d'un côté et de l'autre, il n'y avait pas d'échappatoire. Il était pris au piège.

Des images fusèrent dans son esprit. Il pensa aux villageois morts. À leurs corps entassés. Au bébé qui ne grandirait jamais. Tandis qu'il visualisait en un éclair ces destins fauchés trop tôt, Eragon sentit une force féroce, brûlante, qui irradiait dans tout son corps.

C'était plus qu'un désir de justice. C'était une révolte qui émanait du plus profond de son être. Une révolte contre la mort, contre le fait qu'il allait cesser d'exister.

La force impérieuse grandit en lui. Il eut soudain l'impression d'être sur le point d'éclater, tant il était gorgé de cette puissance contenue.

Alors, il se tint droit, grand, devant ses ennemis, toute peur disparue. Il leva son arc d'un geste souple. Les monstres ricanèrent, brandissant leurs boucliers. Eragon encocha sa flèche et visa, comme il avait visé des milliers d'autres cibles.

Une énergie formidable avait envahi le tireur. Une énergie cuisante, presque insupportable. Une énergie qu'il devait évacuer au plus vite. Un mot lui vint spontanément aux lèvres.

– Brisingr ! tonna-t-il en décochant sa flèche.

Le trait siffla dans l'air, déchira l'espace d'un éclair de lumière bleue, et frappa en plein front l'Urgal à la hache. Une explosion retentit ; une onde de choc, bleue elle aussi, jaillit de la tête du monstre, tuant sur le coup le deuxième. Puis elle reflua vers Eragon. Il n'eut pas le temps de l'éviter, mais elle passa à travers lui sans lui faire aucun mal et s'éteignit contre une maison.

Eragon haletait. La marque sur sa paume attira son regard. La gedweÿ ignasia brillait tel du métal chauffé à blanc. Puis, sous ses yeux éberlués, elle reprit son apparence habituelle.

Il serra le poing. D'un coup, il se sentait bizarre et faible, comme s'il n'avait pas mangé depuis des jours. Ses genoux plièrent, et il tomba le long d'un mur.

RECOMMANDATIONS

Dès qu'il eut recouvré un minimum de forces, Eragon s'avança dans l'allée, enjambant les monstres qu'il avait tués. Bientôt, Cadoc le rejoignit et trotta à son côté.

– Ouf ! marmonna le garçon. Tu n'es pas blessé.

Il remarqua que ses mains étaient agitées de spasmes violents, et que sa démarche était saccadée. Il ne s'en inquiéta pas. Il éprouvait un grand détachement intérieur, comme si tout ce qui lui était arrivé avait concerné quelqu'un d'autre.

Peu après, il aperçut Feu-de-Neige. Les naseaux de l'étalon frémissaient. Ses oreilles étaient plaquées contre son crâne. L'animal caracolait au coin d'une maison, prêt à détaler. Bien qu'évanoui, Brom était resté en selle.

Eragon entra en contact avec l'esprit de Feu-de-Neige. Quand le cheval fut un peu calmé, il examina Brom.

Le vieil homme avait une longue estafilade sur le bras droit, qui saignait abondamment. La blessure n'était ni très profonde, ni très large ; néanmoins, il fallait la bander, afin que le conteur ne perdît pas trop de sang.

Eragon caressa Feu-de-Neige, puis il descendit Brom de sa selle. Mais le poids le fit tituber. Stupéfait de sa propre impuissance, il laissa choir son compagnon sur le sol.

Un cri de rage remplit sa tête. Saphira fendait le ciel. Elle atterrit avec violence devant lui, ses ailes encore à demi déployées. Elle sifflait avec colère, ses yeux brûlaient de fureur. Sa queue fouetta l'air au-dessus de la tête d'Eragon.

« Tu es blessé ? » lança-t-elle.

« Non », répondit-il en remettant Brom sur le dos.

« Où sont ceux qui ont fait ça ? rugit la dragonne. Je vais les mettre en pièces ! »

« Par là, dit le garçon en désignant l'impasse. Inutile d'y aller, ils sont morts. »

Saphira eut l'air surprise : « Tu les as tués ? »

« Il faut croire », acquiesça Eragon.

En quelques mots, il lui résuma ce qui était arrivé tout en farfouillant dans le bât de Cadoc. Il cherchait les bouts de tissu dans lesquels était enveloppée Zar'roc.

« Tu as grandi », conclut Saphira sur un ton grave.

Eragon grogna. Il trouva un lambeau suffisamment long. Avec mille précautions, il releva la manche de Brom. Il nettoya habilement sa blessure ; puis il posa un bandage très serré afin d'arrêter le saignement.

« Si seulement nous étions dans la vallée de Palancar ! soupira-t-il à l'intention de Saphira. Là-bas, je saurais quelles plantes employer pour le soigner. Ici, je n'en ai pas la moindre idée... »

Il ramassa l'épée de son compagnon, qui gisait sur le sol, essuya la lame, puis la remit dans son fourreau, à la ceinture de Brom.

« Partons, lui conseilla Saphira. D'autres Urgals risquent de traîner dans les parages... »

« Peux-tu transporter Brom ? lui demanda Eragon. La selle devrait le maintenir en place. »

« Soit, mais je ne te laisserai plus seul. »

« Très bien, vole au-dessus de moi, mais déguerpissons ! »

Eragon passa les bras sous Brom, essaya de le hisser sur le dos de Saphira. Il n'y parvint pas : les forces lui manquaient.

« Saphira ! Aide-moi ! »

La dragonne prit dans sa mâchoire un pan de la tunique du conteur, comme un chat eût saisi son petit. Arquant le cou, elle souleva le vieil homme et le déposa sur sa selle. Eragon n'eut plus qu'à glisser les jambes de Brom dans les étriers, qu'il ajusta à la bonne hauteur. Puis il leva les yeux vers le blessé, qui s'agitait en gémissant.

Brom entrouvrit les yeux et porta une main à son front. Il fixa le garçon, la mine préoccupée.

– Saphira est arrivée à temps ? murmura-t-il.

Eragon secoua la tête :

– Je vous raconterai plus tard. Vous êtes blessé au bras. Je vous ai bandé comme j'ai pu, mais il nous faut à présent trouver un endroit calme pour que vous vous remettiez...

Brom approuva, remua son bras et grimaça :

– Mon épée ! Sais-tu où elle est ? Ah, je vois que tu l'as récupérée !

– Saphira va vous porter, annonça Eragon.

– Tu es sûr ? Je peux monter Feu-de-Neige.

– Non, pas avec un bras dans cet état. De cette façon, vous ne tomberez pas, même si vous vous évanouissez !

– Je suis très touché, dit simplement Brom.

Il entoura l'encolure de Saphira de son bras valide, et la dragonne s'éleva dans un tourbillon. Eragon recula, ébouriffé par le souffle du décollage ; il retourna vers les chevaux.

Il attacha Feu-de-Neige à Cadoc, sauta sur sa monture et quitta Yazuac, suivant le chemin qui menait au sud. Celui-ci traversait une étendue minérale, virait ensuite sur la gauche et continuait le long des rives boisées du Ninor.

Petits buissons, touffes de fougères et parterres moussus bordaient le sentier. Il faisait frais sous les arbres, mais cette

201

sensation de bien-être était trompeuse : Eragon n'était pas en sécurité.

Il ne s'arrêta en route qu'un bref instant, le temps de remplir les gourdes et de permettre aux chevaux de s'abreuver. Il décela sur le sol les empreintes laissées par les Ra'zacs. « Au moins, nous sommes dans la bonne direction », constata-t-il, soulagé.

Saphira volait au-dessus de lui, ne le lâchant pas de ses yeux vigilants. Pour sa part, le garçon réfléchissait à ce qui venait d'arriver.

D'abord, il était inquiet de n'avoir rencontré que deux Urgals. C'est une horde de ces monstres qui avait massacré les villageois et pillé Yazuac. Où donc étaient passés les autres ? « Peut-être que les deux que nous avons combattus formaient l'arrière-garde... ou peut-être qu'ils s'étaient détachés du gros de la troupe pour piéger ceux qui auraient suivi la progression de leur armée... »

Ensuite, Eragon aurait aimé savoir comment il avait réussi à tuer les Urgals. Une idée – une lente révélation – commençait à se faire jour dans son esprit : lui, Eragon, un garçon de ferme, s'était servi de la magie. Car c'était bien de magie qu'il s'agissait. Aucun autre mot ne permettait d'expliquer ce qui s'était passé. L'éclair bleu, l'explosion, l'onde de choc... Impossible de le nier ; il les avait vus ! Il était devenu magicien ou sorcier, d'une manière qui lui échappait.

Comment réutiliser ses nouveaux pouvoirs ? Il ignorait leur étendue, leurs limites et leurs dangers. « D'où me vient cette capacité ? se demandait-il. La magie était-elle le lot commun des Dragonniers ? Si tel était le cas, Brom est sans doute au courant ; alors, pourquoi ne m'en a-t-il jamais parlé ? »

Il grimaça, à la fois stupéfait et émerveillé par ces mystères, puis il contacta Saphira pour prendre des nouvelles de Brom... et pour partager sa perplexité avec elle. Elle s'avoua aussi surprise que lui par ses pouvoirs magiques.

« Nous nous sommes assez éloignés de Yazuac, à présent, estima le garçon. Tu veux bien chercher un endroit calme où nous reposer ? D'où je suis, je ne vois pas grand-chose ! »

Pendant que la dragonne se mettait en quête, Eragon continua de longer le Ninor...

La lumière décroissait quand l'appel lui parvint : « Viens ! » Saphira lui envoya l'image d'une prairie entourée d'arbres, au bord du fleuve.

Il fit virer les chevaux dans cette direction et les mit au trot. Grâce aux indications de Saphira, il n'eut aucun mal à dénicher l'endroit en question. La clairière était bien dissimulée, personne ne les trouverait là.

Quand il y entra, un petit feu qui ne fumait guère y brûlait déjà. Brom était assis devant, le bras droit dans une position curieuse. Saphira était accroupie à côté du conteur. Elle semblait tendue.

« Tu es sûr que tu n'es pas blessé ? » insista-t-elle en dardant son regard perçant sur Eragon.

« Physiquement, non. Pour le reste... je ne saurais le dire. »

« J'aurais dû arriver plus tôt ! »

« Tu as fait ce que tu as pu. Nous avons tous quelque chose à nous reprocher, aujourd'hui. »

« Qu'as-tu à te reprocher ? »

« J'aurais dû rester près de toi. »

À peine eut-il prononcé cette phrase que son cœur fut comme embrasé par la gratitude de la dragonne.

– Comment vous sentez-vous ? demanda Eragon à Brom.

Le vieil homme regarda son bras et dit :

– C'est une belle estafilade, qui me fait affreusement souffrir. Mais je guérirai vite. Par contre, il faut que je change le bandage. Le précédent n'a pas tenu longtemps.

Ils mirent de l'eau à bouillir afin de nettoyer la plaie.

Ensuite, Brom enveloppa son bras écorché dans un linge propre et déclara :

– J'ai besoin de manger pour reprendre des forces. Tu m'as l'air affamé, toi aussi. Dînons donc d'abord ; après, nous parlerons.

Lorsqu'ils se furent rassasiés, Brom alluma sa pipe :

– Maintenant, conte-moi ce qui s'est passé pendant que j'étais inconscient. Je suis très curieux d'entendre ça.

Les flammes tremblotantes se reflétaient sur le visage du vieil homme, dont les sourcils broussailleux se dressaient fièrement.

Eragon serra les mains, nerveux, puis lui rapporta les événements sans embellir la réalité. Brom resta silencieux tout du long, le regard impénétrable. Quand le garçon eut terminé son récit, le conteur fixa longuement le sol. On ne percevait que les crépitements du feu ; puis il se décida à parler :

– C'était la première fois que tu te servais de ce pouvoir ?

– Oui. Ce que j'ai fait vous rappelle-t-il quelque chose ?

– Plusieurs choses, en effet.

Brom se tut un instant, pensif.

– Tu m'as sauvé la vie, dit-il enfin. J'espère avoir un jour l'occasion de te le revaloir. Tu peux être fier : rares sont ceux qui, ayant rencontré un Urgal, en sont sortis vivants. Mais tu t'y es pris d'une manière extrêmement périlleuse. Tu aurais pu te détruire, et le village avec toi !

– Je n'avais pas le choix, se défendit Eragon. Les Urgals m'avaient coincé dans une impasse. Si je n'avais pas agi d'instinct, ils m'auraient réduit en bouillie !

Brom mordit le tuyau de sa pipe avec vigueur :

– Tu n'as pas idée de ce que tu as fait !

– Alors, expliquez-moi ! J'ai essayé de percer ce mystère de mon côté. En vain. Je ne comprends pas ce qui s'est passé.

Que m'est-il arrivé ? Comment ai-je pu recourir à la magie ? Personne ne m'a jamais appris le moindre sortilège !

Un éclair illumina les yeux de Brom :

– Personne ne doit te l'apprendre ! Tu n'as pas à t'en servir !

– Pourtant, je m'en suis servi. Et je serai peut-être amené à m'en servir de nouveau. Mais comment le pourrai-je si vous ne m'aidez pas ? Où est le problème ? La magie est-elle un domaine réservé aux personnes sages... et âgées ? Mais peut-être que vous n'y connaissez rien ?

– Bigre ! gronda Brom. Tu poses des questions avec une insolence peu commune ! Si tu savais ce que tu cherches, ton attitude serait tout autre ! Ne me provoque pas !

Le conteur se tut, puis reprit d'un ton plus calme :

– La connaissance à laquelle tu aspires est au-delà de ton entendement.

Eragon protesta, exaspéré :

– J'ai l'impression d'avoir été jeté dans un monde dont je suis censé respecter les règles... qu'on refuse de m'expliquer !

– Je comprends, affirma Brom en jouant avec un brin d'herbe. Il est tard, et nous devrions dormir ; mais je vais te donner quelques pistes pour que tu cesses de me harceler... La magie que tu as pratiquée – car c'était bien de la magie – obéit à des règles précises, comme toute action. Il n'existe qu'un seul châtiment pour ceux qui violent les règles : la mort. Tes agissements sont limités par ta force physique, ton vocabulaire et ton imagination.

– Mon vocabulaire ? Qu'entendez-vous par là ?

– Encore une question ! s'écria Brom. Et moi qui espérais que tu t'en étais purgé... Mais tu as raison de la poser. Dis-moi, quand tu as tué les Urgals, n'as-tu pas prononcé un mot ?

– Si : brisingr.

Le feu flamba brusquement. Eragon frissonna. Le simple fait de proférer ce mot lui donnait la sensation d'être incroyablement vivant.

– C'est bien ce que je pensais, reprit Brom. Brisingr vient d'une langue très ancienne que parlaient, jadis, tous les êtres vivants. Mais, au fil du temps, elle fut oubliée en nos terres. Ce furent les elfes qui la réintroduisirent, lorsqu'ils arrivèrent ici par la mer. Ils l'enseignèrent aux autres peuples, qui s'en servirent pour réaliser des choses extraordinaires. Dans cette langue, il existe un nom pour chaque chose ; encore faut-il le trouver.

– Quel rapport avec la magie ? s'étonna Eragon.

– Nous sommes en plein dedans ! Ce langage-là désigne la vraie nature des choses. Il ne s'attache pas aux aspects superficiels que n'importe qui peut voir ! Ainsi, le feu se nomme brisingr. Brisingr n'est pas un autre nom pour désigner le feu, *c'est* le feu. Si tu es assez fort, tu peux diriger les flammes à ta guise rien qu'en disant : « Brisingr ! » Et c'est ce qui s'est produit aujourd'hui...

Le garçon médita ces paroles un moment.

– Pourquoi le feu était-il bleu ? finit-il par demander. Et comment se fait-il qu'il ait accompli exactement ce que je voulais ? Je me suis contenté de crier : « Feu ! »

– La couleur varie selon la personne qui prononce le mot. Quant à dire pourquoi le feu a exécuté tes désirs, c'est une question de pratique. La plupart des débutants doivent préciser ce qu'ils désirent. Plus ils deviennent expérimentés, moins ils ont besoin de décrire ce qu'ils souhaitent. Un maître véritable n'aurait qu'à prononcer le mot qui correspond à eau pour créer quelque chose de très différent – un diamant, par exemple. Comment ? Pourquoi ? Cela est hors de portée de notre intelligence. Mais le maître, lui, percevrait la proximité entre l'eau et le diamant, et il focaliserait son pouvoir sur cette connexion. La pratique de la magie est le plus grand art qui soit.

Et le vieil homme conclut :

— Ce que tu as fait est extrêmement difficile.

Un message de Saphira interféra avec les pensées du garçon. « Brom est un magicien ! s'écria-t-elle. C'est grâce à la magie qu'il a allumé le feu, dans la plaine. Il n'est pas simplement en mesure d'en parler : il peut aussi la mettre en œuvre ! »

Les yeux d'Eragon s'écarquillèrent : « Tu as raison ! »

« Demande-lui d'où il tient son pouvoir, mais surveille tes paroles. Il est toujours risqué d'agacer ceux qui ont de telles capacités. Si Brom est sorcier ou magicien, qui sait pourquoi il s'est établi à Carvahall ? »

Eragon garda cet avertissement à l'esprit et dit :

— Saphira et moi venons de comprendre quelque chose : vous êtes magicien, n'est-ce pas ? C'est comme ça que vous avez allumé le feu, dans la plaine, quand je n'y arrivais pas...

Brom inclina légèrement la tête.

— J'ai quelques notions, en effet..., reconnut-il.

— Alors, pourquoi ne pas vous en être servi pour combattre les Urgals ? En fait, il y a eu d'autres occasions où un peu de magie n'aurait pas nui. Pourquoi ne pas nous avoir protégés pendant la tempête ? Et pourquoi ne pas avoir empêché la poussière de nous irriter les yeux ?

Le conteur prit le temps de bourrer de nouveau sa pipe avant de déclarer :

— Pour des raisons très simples, à vrai dire. Je ne suis pas un Dragonnier, ce qui signifie que toi, même quand tu te sens faible, tu es plus puissant que moi. Et puis, ma jeunesse est loin derrière moi. Je ne suis plus aussi fort que je l'étais. Quand je veux me servir de ma magie, c'est à chaque fois un peu plus difficile...

Eragon baissa les yeux, gêné :

– Je suis désolé.

– Il n'y a pas de quoi, répondit Brom en déplaçant son bras blessé. Tu ne pouvais pas savoir.

– Où avez-vous appris la magie ?

– Je préfère garder ça pour moi, mais je peux te dire que c'était il y a très longtemps, et auprès d'un excellent professeur. À présent, c'est à mon tour de transmettre son enseignement...

Brom cura sa pipe avec un petit caillou.

– Je sais que tu as bien d'autres questions à me poser, déclara-t-il, et j'y répondrai... mais il te faudra attendre demain matin.

Le vieil homme se pencha vers Eragon, les yeux brillants :

– D'ici là, je ne dirai qu'une chose pour décourager toute tentative d'expérimentation de ta part : la magie entraîne une formidable dépense d'énergie. C'est pourquoi tu t'es senti exténué après avoir tué les Urgals. Voilà la raison de ma colère : tu as pris un risque énorme. Si la magie avait absorbé encore plus de ton énergie, tu serais mort. Il ne faut utiliser la magie que dans des cas exceptionnels, pour des tâches qu'on ne peut accomplir autrement.

– Comment sait-on si le sort qu'on lance va épuiser l'énergie qu'on a en soi ? demanda Eragon, un peu effrayé.

Brom leva les mains :

– La plupart du temps, on l'ignore. Aussi les magiciens doivent-ils connaître parfaitement leurs limites ; et, même ainsi, la prudence s'impose. Une fois qu'on a jeté un sort et libéré la magie, aucun retour en arrière n'est possible. Même si on comprend qu'on va mourir. Ceci est un avertissement : ne tente rien avant d'en avoir appris davantage. Et, à présent, cela suffit pour ce soir !

Ils déplièrent leurs couvertures. Saphira commenta, satisfaite : « Toi et moi, nous devenons plus puissants, Eragon.

Bientôt, personne ne sera en mesure de se dresser sur notre chemin... »

« Peut-être, mais quel chemin choisir ? »

« Celui que nous voudrons », dit-elle en s'installant pour la nuit.

LA MAGIE EST
LA PLUS SIMPLE DES CHOSES

Le lendemain matin, Brom parvint à se remettre en selle, et les deux compagnons repartirent.

– Pourquoi ces deux Urgals étaient-ils restés à Yazuac, à votre avis ? demanda Eragon quand ils eurent déjà bien avancé. Ils n'avaient aucune raison de s'y attarder...

– Je les soupçonne d'avoir déserté la horde pour piller la ville. Ce n'est pas surprenant. Ce qui l'est, en revanche, c'est que, à ma connaissance, les Urgals ne se sont réunis en force que deux ou trois fois au cours de leur histoire. Qu'ils le fassent de nouveau est fort inquiétant.

– Croyez-vous que les Ra'zacs en soient responsables ?

– Je l'ignore. La meilleure chose à faire est de nous éloigner de Yazuac aussi vite que possible. D'autant que nous suivons la direction empruntée par les Ra'zacs : plein sud !

Eragon acquiesça :

– Cependant, nous sommes à court de provisions. Y a-t-il une autre ville, dans les parages ?

– Non, mais Saphira peut chasser pour nous si nous devons nous contenter de viande. Ce bois peut paraître petit, mais sa faune est très abondante. Le fleuve est l'unique point d'eau à des lieues à la ronde ; de sorte que la plupart des animaux qui vivent dans la plaine viennent s'y abreuver. Nous ne mourrons pas de faim.

Le garçon se taisait, satisfait de cette réponse.

Tandis qu'ils chevauchaient, des oiseaux crieurs fendaient l'air autour d'eux. Les eaux du fleuve filaient, paisibles. L'endroit était bruyant, gorgé de vie et d'énergie.

– Comment l'Urgal vous a-t-il eu ? demanda Eragon. Ça s'est passé si vite que je n'ai rien vu !

– Par manque de chance, vraiment, grommela Brom. J'étais de taille à le combattre, alors il s'est attaqué à Feu-de-Neige. Cet idiot de cheval a rué. Ça m'a déséquilibré. L'Urgal en a profité pour me porter un bon coup.

Le conteur se caressa le menton :

– J'imagine que tu te poses encore des questions au sujet de la magie. Ta découverte présente un problème épineux. Peu de gens le savent, mais tous les Dragonniers peuvent se servir de la magie, à des degrés divers. Ils ont gardé le silence sur cette capacité, même quand leur gloire était à son zénith, car ça leur donnait un sérieux avantage sur leurs ennemis. Si d'aucuns en avaient eu vent, les Dragonniers auraient eu des rapports difficiles avec des gens « ordinaires ». Aujourd'hui, on attribue les pouvoirs magiques de Galbatorix au fait qu'il serait un sorcier ou un magicien. Ce n'est pas vrai, c'est parce qu'il est un Dragonnier.

– Quelle est la différence ? Mon aptitude à utiliser la magie ne fait-elle pas de moi un sorcier ?

– Pas du tout ! À l'instar des Ombres, un sorcier invoque les esprits pour parvenir à ses fins. Ton pouvoir est tout autre ! Tu n'es pas non plus un magicien qui ne doit ses pouvoirs ni aux esprits, ni à un dragon. Et tu n'as rien d'un chaman ou d'un ensorceleur, car tu n'as recours ni aux potions, ni aux sortilèges. Ce qui nous ramène à la question que tu as soulevée. Les apprentis Dragonniers étaient soumis à un régime très strict, destiné à renforcer leurs corps et à augmenter leur contrôle mental. Ils devaient supporter ce rythme plusieurs mois, parfois même plusieurs années, jusqu'à ce qu'ils soient jugés assez responsables pour se servir de la magie. Avant ce moment, on ne parlait à aucun apprenti de ses pouvoirs. Si l'un ou l'une d'entre eux découvrait la magie par accident, on s'arrangeait pour lui faire subir un tutorat particulier. Néanmoins, rares étaient les Dragonniers à découvrir leur potentiel magique par eux-mêmes... Peut-être parce qu'ils n'avaient jamais à affronter une situation aussi dramatique que celle que tu viens de vivre.

Eragon fixa le vieil homme :

– Mais de quelle manière les entraînait-on à utiliser la magie, en fin de compte ? J'ai du mal à imaginer comment on peut apprendre ça à quelqu'un. Si vous aviez essayé de m'en expliquer le principe deux jours plus tôt, je n'y aurais rien compris !

– On imposait aux apprentis une série d'exercices inutiles, destinés à les exaspérer, expliqua Brom. Par exemple, on leur ordonnait de déplacer des tas de pierres uniquement avec leurs pieds ; ou de nettoyer des canalisations pleines d'eau, et autres tâches impossibles. Au bout d'un moment, ils étaient tellement irrités qu'ils recouraient à la magie – le plus souvent avec succès. Alors, on les formait. Cela signifie que tu seras désavantagé si tu dois affronter un ennemi qui a suivi cette formation. Certains sont encore en vie, bien qu'ils ne soient plus tout jeunes. Galbatorix en est un, sans parler des elfes. L'un comme les autres te détruiraient sans la moindre difficulté.

– Que puis-je faire, alors ?

– Nous n'avons pas le temps de procéder à une instruction dans les règles de l'art ; tant pis, nous pouvons quand même beaucoup progresser tout en voyageant. Je connais des techniques, que je t'enseignerai. Elles te donneront force et maîtrise de soi. Il te manquera certes la discipline que les Dragonniers acquéraient jadis ; tu devras l'apprendre sur le tas. Mais cela en vaut la peine, crois-moi.

Brom dévisagea Eragon d'un air amusé :

– Tu seras sûrement fier d'apprendre que, à ton âge, aucun Dragonnier n'avait eu recours à une magie aussi redoutable que celle dont tu t'es servi hier contre ces Urgals.

– Merci, fit Eragon en souriant. Mais cette langue ancienne que j'ai employée, a-t-elle un nom ?

Le vieil homme éclata de rire :

– Oui, mais nul ne le connaît. Ce serait un mot d'une force inimaginable. Celui qui le prononcerait contrôlerait la totalité des mots et tous ceux qui les utilisent. Beaucoup l'ont cherché... sans jamais le trouver.

– Je ne comprends toujours pas comment fonctionne la magie. Comment dois-je m'en servir, exactement ?

Brom eut l'air stupéfait :

– Je n'ai pas été clair sur ce point ?

– Non.

Le conteur respira un bon coup, puis il expliqua :

– Pour pratiquer la magie, tu dois être doté d'un pouvoir inné, qui est très peu répandu de nos jours. Tu dois également être capable de solliciter ce pouvoir à volonté. Une fois que tu l'as sollicité, tu as le choix entre l'utiliser ou le laisser filer. Compris ? Si tu choisis de l'utiliser, tu dois prononcer en langue ancienne le mot ou la phrase qui exprime ce que tu souhaites. Par exemple, si tu n'avais pas prononcé « brisingr », hier, en décochant ta flèche, rien ne serait arrivé.

– Je suis donc limité par ma connaissance de cette langue ?

– Tout à fait. D'autre part, cette magie ne permet pas la duperie.

Eragon secoua la tête :

– Je n'y crois pas. Les gens mentent tout le temps. Ce n'est pas le fait d'employer les mots anciens qui les en empêchera.

Brom leva un sourcil et dit :

– Fethrblaka, eka weohnata néiat haina ono. Blaka eom iet lam.

L'instant d'après, un oiseau quittait un branchage pour venir se percher sur la main du vieil homme. Son chant léger s'éleva tandis qu'il fixait des yeux pétillants sur les voyageurs.

– Eitha ! murmura le conteur.

Et l'oiseau s'envola.

– Comment avez-vous fait ? s'émerveilla Eragon.

– Je lui ai promis de ne pas lui faire de mal. Peut-être n'a-t-il pas saisi chaque détail ; mais, dans le langage de jadis, la signification des mots est claire. L'oiseau m'a fait confiance parce que, comme tous les animaux, il sait que celui qui parle cette langue est tenu à sa parole.

– Et les elfes la parlent ?

– Oui.

– Donc, ils ne mentent jamais ?

– Pas souvent, rectifia Brom. Ils affirment qu'ils ne mentent jamais, et, d'une certaine manière, c'est vrai, car ils ont porté à la perfection l'art de jouer avec les mots. On ne sait jamais où ils veulent en venir ; et on ne peut guère être sûr d'avoir interprété correctement leurs paroles. Bien souvent, ils ne révèlent qu'une partie de la vérité, et taisent le reste. Il faut un esprit singulièrement subtil et raffiné pour s'habituer à leurs us et coutumes...

Eragon réfléchit à cela avant de demander :

– Et les noms des gens ? Ont-ils une valeur particulière dans la langue ancienne ? Donnent-ils du pouvoir à ceux qui les emploient ?

Une lueur d'approbation passa dans les yeux de Brom :

– Oui, ils en donnent. Ceux qui parlent la langue ancienne ont deux noms. Le premier est celui dont ils se servent dans la vie courante. Il a peu d'importance. Mais le second est leur véritable nom, et il n'est connu que de quelques personnes sûres. Il fut une époque où nul ne dissimulait son vrai nom ; las, les temps ont changé : quiconque connaît ton vrai nom a un énorme pouvoir sur toi. Ta vie est entre ses mains. Nous avons tous un nom caché ; bien peu le connaissent...

– Comment le découvre-t-on ?

– Chez les elfes, c'est instinctif. Seul ce peuple a cette faculté. Les Dragonniers humains partaient souvent en quête pour l'apprendre – ou pour trouver un elfe qui le leur révélerait. Ce qui n'était pas chose facile : les elfes qui acceptent de divulguer leur savoir ne sont pas légion.

– J'aimerais connaître le mien, avoua Eragon, mélancolique.

Brom fronça les sourcils :

– Méfie-toi ! C'est un savoir terrible ! Apprendre qui l'on est vraiment, sans détours ni faux-fuyants, est une expérience dont nul ne sort indemne. Certains sont devenus fous en se retrouvant confrontés à la réalité brute. La plupart tentent ensuite de l'oublier. Cependant, si ce nom risque de donner aux autres un pouvoir sur toi, il te permet aussi de mieux te contrôler... si la vérité ne t'a pas anéanti.

« Je suis certaine qu'elle ne t'anéantira pas », affirma Saphira.

– J'aimerais tout de même le connaître, insista le garçon, déterminé.

– Tu ne te décourages pas facilement ! Tant mieux pour toi : seuls les hommes résolus trouvent leur identité. Pour ma part, je ne te serai d'aucune aide dans cette quête. Il te faudra la mener toi-même.

Brom bougea son bras blessé et grimaça.

– Pourquoi ne pouvons-nous, vous ou moi, vous guérir par magie ? demanda Eragon.

Le conteur plissa les yeux :

– C'est comme ça. Je n'ai jamais estimé que c'était dans mes cordes. Tu en serais sans doute capable si tu prononçais le mot exact ; cependant, je ne veux pas t'épuiser.

– Si ça permet de vous épargner cette gêne et cette souffrance...

– Je m'y ferai. Utiliser la magie pour guérir une blessure nécessite autant d'énergie qu'elle n'en réclame pour guérir naturellement. Et de l'énergie, tu en auras besoin, ces prochains jours. Ne t'attaque pas à une tâche aussi difficile pour l'instant.

– Mais, dites-moi... Si je peux guérir une blessure, est-ce que je peux aussi ressusciter quelqu'un ?

La question prit Brom au dépourvu ; néanmoins, il ne tarda pas à répondre :

– Je t'ai parlé des actes magiques capables de te détruire, souviens-toi. Celui-ci en est un. Pour leur propre sécurité, les Dragonniers n'avaient pas le droit d'essayer de ressusciter les trépassés. Entre la vie et la mort, il y a un abîme où la magie n'a aucune prise. Si tu y plonges, ta force s'évanouira, et ton âme se dissipera dans les ténèbres. Magiciens, sorciers et Dragonniers – tous ont échoué, tous ont payé de leur vie leurs tentatives de franchir le seuil inviolable. Tiens-t'en à ce qui est de l'ordre du possible : coupures, contusions, à la rigueur fractures... mais laisse les défunts en paix.

– C'est beaucoup plus compliqué que je ne l'imaginais, commenta Eragon, perplexe.

– Eh oui ! Si tu ne comprends pas ce que tu fais, tu t'attaqueras à quelque chose de trop grand pour toi, et tu en mourras.

Brom se pencha sur sa selle jusqu'au sol, ramassa une poignée de cailloux, se redressa avec difficulté, puis les jeta, sauf un.

– Tu vois ce galet ?

– Oui.

– Prends-le.

Eragon obéit et examina le caillou. Il n'avait rien d'extraordinaire. Il était plat, noir, poli, gros comme la dernière phalange du pouce. Des pierres de cette sorte, il y en avait des milliers sur le bord de la route.

– Voici ton entraînement, annonça Brom.

Le garçon le regarda, étonné :

– Je ne saisis pas...

– Bien sûr que non ! s'impatienta le conteur. C'est pour cela que je suis le professeur et que tu es l'élève. À présent, tais-toi, ou nous n'arriverons à rien. Je te demande de maintenir ce caillou en l'air le plus longtemps possible. Les mots que tu devras prononcer sont « stenr reisa ». Répète.

– Stenr reisa.

– Très bien. Essaye !

Eragon concentra toute son attention sur le caillou. Il fouilla dans son esprit à la recherche de l'énergie qui avait brûlé en lui la veille, face aux Urgals. La pierre resta immobile dans sa paume tandis qu'il la fixait. Son front se couvrit de sueur. Il sentit l'agacement le gagner. « Comment suis-je censé arriver à faire bouger ce truc ? » Il finit par croiser les bras et grogna :

– Ce n'est pas possible.

– Laisse-moi décider de ce qui est possible et ce qui ne l'est pas, rétorqua Brom, bourru. Bats-toi ! N'abandonne pas aussi vite ! Essaye encore !

Eragon serra les paupières et tâcha de chasser les pensées parasites. Il prit une grande inspiration et pénétra dans les recoins les plus reculés de sa conscience pour repérer celui où résidait son pouvoir. D'abord, il ne perçut que des réflexions et des souvenirs. Soudain, il palpa quelque chose de différent. Une espèce de petit renflement qui était une part de lui-même sans être tout à fait à lui.

Stimulé, il fouilla pour découvrir ce que cela cachait. Il sentit dans son esprit une résistance, une barrière, mais il était sûr que son pouvoir se trouvait derrière. Il tenta d'y créer une brèche, mais la muraille ne céda pas. Passant de l'excitation à la colère, Eragon fonça à la manière d'un bélier ; et il réitéra l'opération jusqu'à ce qu'il parvînt à faire voler l'obstacle en éclats, comme s'il n'avait été qu'une fine plaque de verre. Un fleuve de lumière inonda son esprit.

– Stenr reisa ! souffla-t-il.

Le galet s'éleva au-dessus de sa paume, qui scintillait doucement. Le garçon lutta pour le maintenir en l'air, mais sa volonté refluait et finit par s'effacer en deçà de la barrière reconstituée. Le caillou retomba dans sa main avec un petit « plop » ; son stigmate cessa de scintiller. Eragon éprouvait une certaine fatigue, mais il souriait de contentement : il avait réussi.

– Pas mal, pour une première fois, reconnut Brom.

– Pourquoi ma main brille-t-elle ainsi, comme une petite lanterne ?

– On ne le sait pas vraiment... Les Dragonniers ont toujours préféré transférer leur pouvoir à travers la paume qui portait la gedwëy ignasia. Tu peux te servir de l'autre main, mais ce n'est pas aussi facile.

Son regard s'attarda sur Eragon un instant :

– Je t'achèterai des gants dans la prochaine ville, si elle n'a pas été détruite. Tu te débrouilles assez bien pour cacher ta marque ; cependant, inutile de courir le risque que quelqu'un la remarque par hasard. De plus, il vaut mieux que ton ennemi ne comprenne pas ce qui l'attend en la voyant palpiter.

– Avez-vous une marque, vous aussi ?

– Non. Seuls les Dragonniers en ont. Sache aussi que la magie est sensible aux distances, tout comme une lance ou une flèche. Si tu essaies de déplacer un objet à une lieue de toi, cela te coûtera davantage d'énergie que s'il est plus près. Par conséquent, si tu aperçois des ennemis, laisse-les approcher avant de recourir à ta magie... Et maintenant, au travail ! Soulève le caillou.

– Encore ? protesta Eragon, fatigué d'avance.

– Oui. Mais plus vite, cette fois ; et plus longtemps !

Ils poursuivirent leurs travaux pratiques le reste de la journée. À la fin, Eragon était vidé, et de fort mauvaise humeur. En quelques heures, il s'était mis à haïr le galet et tout ce qui s'y rapportait. Il leva le bras pour le lancer au loin, mais Brom intervint :

– Non. Garde-le.

Eragon lui jeta un regard furieux et, à contrecœur, rangea la pierre dans sa poche.

– Nous n'avons pas terminé, l'avertit Brom. Ce n'est pas le moment de te reposer.

Il désigna un petit végétal :

– Cette plante s'appelle « delois ».

Il se mit à instruire Eragon en ancien langage, lui donnant des mots à mémoriser, de « vöndr », un bâton mince et droit, à « aiedail », l'étoile du matin.

Le soir venu, les voyageurs s'entraînèrent à l'escrime autour du feu. Même si Brom combattait de la main gauche, son talent de bretteur n'était pas diminué.

Les jours du voyage se succédèrent, semblables les uns aux autres. Le matin et l'après-midi, Eragon s'acharnait à apprendre l'ancien langage et à manipuler le galet. Le soir, il luttait contre Brom avec une épée de bois. Le garçon n'était jamais tranquille ; mais il changeait peu à peu. Presque sans s'en apercevoir.

Bientôt, le caillou cessa de tanguer quand il le maintenait en l'air. Eragon maîtrisait des exercices de plus en plus difficiles. Il progressait dans la connaissance du langage oublié. En escrime, il gagnait en confiance et en vitesse. Il se détendait pour frapper comme un serpent. Ses coups devenaient plus puissants. Son bras ne tremblait plus lorsqu'il parait les attaques de Brom. Les affrontements duraient plus longtemps, car Eragon avait appris à trouver la faille dans la garde de son adversaire. Désormais, quand ils allaient se coucher, le garçon n'était plus le seul à compter ses bleus !

Saphira continuait à grandir, même si sa croissance était plus lente qu'auparavant. Ses longs vols et ses chasses sporadiques la gardaient en forme et en bonne santé. Elle était maintenant plus haute que les chevaux, et bien plus longue. Sa taille et ses écailles étincelantes la rendaient terriblement visible. Brom et Eragon s'en inquiétaient, mais ils ne parvinrent pas à la convaincre de se rouler dans la poussière afin d'altérer l'éclat de son scintillement.

Ils filaient toujours plein sud, sur les traces des Ra'zacs. Ils avaient beau aller vite, les tueurs conservaient toujours leur avance. Eragon en éprouvait une telle frustration qu'il était parfois tenté d'abandonner. C'est alors qu'un indice – une marque plus fraîche – ravivait son espoir défaillant.

Les voyageurs mirent longtemps avant d'apercevoir des traces d'habitation sur les rives du Ninor. Pendant des jours et des jours, ils n'en avisèrent aucune. Puis ils approchèrent de Daret, le premier village depuis Yazuac.

La nuit précédant leur arrivée, les rêves d'Eragon furent particulièrement nets.

Il vit Garrow et Roran à la ferme, assis dans la cuisine détruite. Ils l'imploraient de reconstruire la ferme. Et lui, le cœur serré, se contentait de secouer la tête. « Je traque tes assassins », expliquait-il à son oncle.

Garrow posa sur lui des yeux interrogatifs : « Tu trouves que j'ai l'air mort ? »

« Je ne peux rien pour toi », murmura Eragon, des larmes dans les yeux.

Soudain, un rugissement retentit... et Garrow se transforma en deux Ra'zacs.

« Alors, crève ! » lancèrent-ils.

Et ils se précipitèrent sur Eragon, qui se réveilla en sursaut. Il se sentait mal. Il contempla la lente révolution des étoiles dans le ciel.

« Tout va bien se passer, petit homme », dit alors Saphira doucement.

DARET

Daret était situé sur le bord du Ninor – emplacement obligé pour survivre. Le village était petit et semblait presque à l'abandon : de loin, on n'y voyait aucune trace de vie. Eragon et Brom s'en approchèrent avec de grandes précautions. Saphira se dissimula cette fois à proximité des maisons : en cas de problème, elle serait aux côtés des voyageurs en un instant.

Ils pénétrèrent dans Daret en s'efforçant de faire le moins de bruit possible. Brom empoigna son épée de sa main valide ; ses yeux furetaient partout. Eragon gardait son arc prêt. Ils avancèrent ainsi, se jetant de temps en temps des regards inquiets. « J'ai une mauvaise impression », commenta le garçon à l'intention de Saphira, qui ne répondit pas, mais se tint prête à bondir à leur rescousse. Eragon scruta le sol et y découvrit avec soulagement des empreintes récentes de pas d'enfants. Mais où étaient-ils ?

Lorsqu'ils débouchèrent sur la place centrale du village, Brom se raidit : elle était vide. Le vent soufflait sur les lieux désolés, soulevant de méchants tourbillons de poussière.

– Partons, décida le vieil homme en faisant virer Feu-de-Neige. Je n'aime pas cet endroit.

Il mit son cheval au galop. Eragon le suivit, talonnant Cadoc.

Soudain, des chariots surgirent à un carrefour et leur barrèrent le chemin. Cadoc hennit et freina des quatre fers, s'arrêtant à la droite de Brom.

Un homme à la peau basanée sauta de l'un des chariots et se planta devant eux, un arc bandé dans les mains. Aussitôt, Eragon encocha une flèche ; mais l'autre cria :

– Halte-là ! Baissez vos armes ! Soixante archers vous entourent. Au moindre mouvement suspect, ils tireront.

« Ne bouge pas, Saphira ! supplia Eragon. Ils sont trop nombreux. Si tu viens, ils vont t'abattre. Reste où tu es ! » Il sentit qu'elle l'entendait ; mais de là à savoir si elle lui obéirait... Il se prépara à se servir de la magie. « Je dois arrêter les flèches avant qu'elles ne nous touchent », pensa-t-il.

– Que voulez-vous ? demanda Brom d'une voix calme.

– Que venez-vous faire ici ? rétorqua l'homme.

– Acheter des provisions. Rien de plus. Nous nous rendons chez mon cousin, à Dras-Leona.

– Vous êtes plutôt lourdement armés...

– Et vous donc ? Les temps sont dangereux.

– Exact...

L'homme observa les voyageurs avec attention.

– Je ne pense pas que vous nous vouliez du mal ; mais nous avons eu trop affaire aux Urgals et aux bandits pour vous croire sur parole.

– Alors, que va-t-il se passer, maintenant, si ce que nous disons n'a aucune valeur ? répliqua Brom.

Les archers postés sur les toits n'avaient pas bougé d'un pouce. Leur immobilité ne laissait guère de place au doute : ou ils avaient une discipline de fer, ou ils avaient très peur. Eragon espérait que la deuxième hypothèse était la bonne !

– Vous dites que vous voulez acheter des provisions, rien de plus, répéta l'homme. Dans ce cas, accepteriez-vous qu'on aille vous chercher ce dont vous avez besoin ? Ensuite, vous nous payeriez et vous partiriez immédiatement...

– Oui.

– Très bien, dit l'homme en abaissant son arc, sans toutefois s'en séparer.

Il fit signe à l'un des archers, qui se laissa glisser à terre et s'approcha en courant.

– Dites-lui ce que vous désirez acquérir ! ordonna l'homme basané.

Brom dressa une petite liste avant d'ajouter :

– Ah ! et si vous avez une paire de gants qui iraient à mon neveu, je vous les achèterai aussi...

L'archer acquiesça et disparut.

– Je m'appelle Trevor, annonça l'homme qui leur barrait la route. En temps normal, je vous serrerais la main ; les circonstances actuelles m'obligent à me méfier. D'où venez-vous ?

– Du Nord, répondit le conteur.

– C'est grand, le Nord...

– Nous n'avons jamais vécu assez longtemps à un endroit précis pour l'appeler « chez nous ». Ce sont les Urgals qui vous ont forcés à prendre ces mesures ?

– Oui, et d'autres monstres, encore pires. Auriez-vous des nouvelles des autres villages ? Nous n'en avons pas eu depuis un moment...

Le visage de Brom devint grave :

– J'aurais préféré que nous ne soyons pas des oiseaux de mauvais augure... Voilà quinze jours environ, nous avons traversé Yazuac. Le village avait été mis à sac. Ses habitants ont été massacrés et leurs cadavres empilés. Nous aurions souhaité leur offrir un enterrement décent ; nous en avons été empêchés par deux Urgals qui se sont jetés sur nous.

Trevor, bouleversé, recula d'un pas, la tête basse, des larmes dans les yeux.

– Hélas, ce jour s'est assombri..., murmura-t-il. Cependant, je ne comprends pas comment deux Urgals ont réussi à détruire Yazuac. Ses habitants savaient se battre ; je connaissais bien quelques-uns d'entre eux...

– D'après les traces, c'est une horde entière d'Urgals qui s'est attaquée à Yazuac. Je pense que nous avons affronté deux déserteurs.

– Combien étaient-ils, à l'origine ?

– Assez nombreux pour anéantir Yazuac, et assez peu nombreux pour passer inaperçus. Donc, à mon avis, guère plus d'une centaine, mais pas moins de cinquante. Si mon estimation est correcte, l'arrivée de cette horde vous serait fatale.

Trevor opina. Brom continua :

– Vous devriez penser à partir d'ici. Cette région est devenue trop périlleuse pour qu'on puisse espérer y vivre en paix.

– Je sais, je sais... Hélas, les gens refusent d'envisager de migrer. C'est ici qu'ils ont leur maison – moi aussi, même si je ne suis installé à Daret que depuis quelques années ; et ils chérissent encore plus le village que leur vie.

L'homme fixa le conteur, la mine sérieuse.

– Nous avons repoussé des Urgals isolés, expliqua-t-il, et cela a donné aux villageois une confiance excessive en regard de leurs capacités réelles. Je crains que, un matin, nous ne nous réveillions plus parce qu'on nous aura tranché la gorge dans la nuit.

L'archer sortit d'une maison précipitamment, les bras chargés de victuailles et d'objets. Il les posa devant les chevaux. Brom paya Trevor ; puis, quand l'archer se fut éloigné, il demanda :

– Pourquoi vous ont-ils choisi pour défendre Daret ?

L'homme haussa les épaules :

– J'ai servi dans l'armée du roi pendant plusieurs années.

Brom mit pied à terre, tendit à Eragon ses gants et rangea les provisions dans les bâts. Le garçon les enfila, veillant à garder sa paume cachée pendant l'opération, et il plia les doigts. Le cuir semblait solide et de bonne qualité, bien qu'il fût marqué par l'usage.

– Parfait, dit le vieil homme. Comme promis, nous allons partir, à présent.

Trevor approuva du chef.

– Quand vous arriverez à Dras-Leona, pouvez-vous nous rendre un service ? s'enquit-il. Alertez l'Empire sur notre sort et celui des villages environnants. Si personne n'a averti le roi jusqu'à présent, c'est inquiétant ; et si, averti, le roi a décidé de ne pas réagir, c'est encore plus inquiétant.

– Nous transmettrons le message. Que vos épées restent acérées !

– Et les vôtres de même...

On leur libéra le passage, et les deux compagnons purent reprendre leur chevauchée. Ils sortirent de Daret, traversèrent le rideau d'arbres, et suivirent la route qui sinuait le long du Ninor.

Eragon entra en contact avec Saphira : « Nous avons quitté le village. Tout s'est bien passé, en fin de compte... » Elle ne répondit pas ; mais le garçon sentit qu'elle bouillait de colère.

Brom passa les doigts dans sa barbe.

– L'état de l'Empire est plus mauvais que je ne l'avais imaginé, murmura-t-il. Quand les marchands sont venus à Carvahall, ils ont parlé de troubles, et j'ai cru qu'ils exagéraient. Avec tous ces Urgals autour, on dirait que l'Empire lui-même est menacé. Et pourtant, les autorités n'ont envoyé nulle troupe, nul soldat, comme si le roi n'avait eu cure de défendre son domaine.

– C'est étrange, reconnut Eragon.

Le conteur se pencha pour éviter une branche basse.

– As-tu utilisé tes pouvoirs quand nous étions à Daret ? demanda-t-il.

– Il n'y avait pas de raison.

– Erreur ! s'exclama Brom. Tu aurais pu sonder les intentions de Trevor. Même avec mes capacités limitées, j'y suis parvenu. Si les villageois avaient décidé de nous tuer, je ne serais pas resté là tranquillement à attendre la mort ! Comme j'ai senti qu'il existait une chance raisonnable de négocier avec eux, je n'ai pas bronché.

– Comment aurais-je pu sonder les pensées de Trevor ? Suis-je censé pénétrer l'esprit des gens ?

– Allons, Eragon ! Ne pose pas de questions dont tu connais déjà la réponse. Tu aurais pu découvrir ce qu'il avait en tête, de la même manière que tu communiques avec Cadoc ou Saphira. L'esprit des humains n'est pas différent de celui des dragons ou des chevaux. Le pénétrer n'est pas très compliqué, même s'il te faut user de ce pouvoir avec parcimonie et prudence. L'esprit de quelqu'un est son dernier refuge. Tu ne dois pas violer ce sanctuaire, sauf si les circonstances t'y obligent. Les Dragonniers observaient des règles très strictes sur ce point. Celui qui les brisait sans raison valable s'exposait à de sévères châtiments.

– Et vous en êtes capable, sans être un Dragonnier ?

– Je te l'ai dit : avec une formation adéquate, n'importe qui peut communiquer avec n'importe quel esprit, quoique à des degrés divers. Est-ce pour autant de la magie ? Difficile de trancher. Des capacités magiques renforceront sans doute ce talent ; le fait d'être lié à un dragon aussi. Néanmoins, j'ai connu beaucoup de gens qui ont appris tout seuls. Rends-toi compte ! Être capable d'entrer en communication avec tout être doté de sensations, quelle que soit la qualité de la relation... être à même de passer une journée entière à écouter les pensées d'un oiseau... ou comprendre ce que ressent un ver de terre pendant une averse... En vérité, je n'ai jamais trouvé les oiseaux très passionnants. Les vers de terre non plus ! Je te conseille de commencer avec les chats : ils ont des personnalités hors du commun.

Eragon joua avec les rênes de Cadoc, tâchant d'évaluer les conséquences de ce que Brom venait de dire.

– Si je peux farfouiller dans la tête des autres, cela signifie aussi que les autres peuvent farfouiller dans la mienne, non ? Comment savoir si quelqu'un sonde mes pensées ? Et comment l'empêcher ?

« Et comment m'assurer que Brom ne sait pas ce que je pense à cet instant précis ? »

– Bien sûr qu'on peut bloquer une intrusion ! Saphira n'a-t-elle jamais refusé d'entrer en contact avec toi ?

– C'est arrivé, admit le garçon. Quand elle m'a enlevé pour me transporter sur la Crête, j'étais incapable de communiquer avec elle. Elle ne m'ignorait pas ; je crois qu'elle ne m'entendait même pas. Son esprit était entouré de murs que je ne pouvais franchir.

Le conteur rajusta le bandage sur son bras avant d'expliquer :

– Rares sont ceux qui savent si on s'est introduit dans leur esprit, et plus rares encore ceux qui parviennent à l'empêcher. C'est une question d'entraînement et de manière de penser. Grâce à ton pouvoir magique, tu détermineras à coup sûr si quelqu'un épie tes pensées. Cela fait, si tu veux lui bloquer l'accès, tu dois te concentrer sur une idée, et exclure toutes les autres. Par exemple, si tu penses à un mur de briques – et à rien d'autre –, ton ennemi aura beau sonder ton esprit, il ne verra qu'un mur de briques. Toutefois, bloquer une intrusion un certain temps exige beaucoup d'énergie et de discipline. Si tu te laisses distraire ne serait-ce que par un petit rien, ton mur se fendillera, et ton adversaire profitera de ta faiblesse pour s'infiltrer par la brèche.

– Comment apprendre à se concentrer ainsi ? demanda Eragon.

– Il n'y a que trois moyens : de la pratique, de la pratique et encore de la pratique. Représente-toi un objet. Focalise-toi sur lui en oubliant le reste. Et fixe cette image unique le plus longtemps que tu pourras. C'est extrêmement difficile. Seule une poignée d'humains maîtrise ce talent particulier.

– Je n'ai pas besoin de perfection, rétorqua le garçon. Juste de sécurité.

« Si j'entre dans l'esprit de quelqu'un, puis-je influer sur sa manière de penser ? Plus j'en apprends sur la magie, plus je comprends que je dois m'en méfier ! »

230   Lorsque la dragonne rejoignit les voyageurs, elle les fit sursauter en lançant brusquement la tête vers eux. Les chevaux, paniqués, reculèrent. Saphira inspecta Eragon des pieds à la tête, puis poussa un long soupir. Ses yeux brillaient de colère. Le garçon jeta un regard inquiet à Brom : il n'avait jamais vu la dragonne dans cet état d'énervement !

« Il y a un problème ? » demanda-t-il.

« C'est toi, le problème ! » rugit-elle.

Eragon mit pied à terre, les sourcils froncés. Aussitôt, Saphira le faucha avec sa queue et posa une patte sur lui. Il tenta de se relever, mais la dragonne était trop forte. Brom était occupé à calmer Feu-de-Neige.

« À quoi joues-tu ? » cria Eragon.

Saphira approcha sa tête de lui, jusqu'à le frôler. Son regard fixe mettait le garçon au supplice.

« Chaque fois que tu te retrouves hors de ma vue, tu t'attires des ennuis ! Tu es comme un gamin, tu fourres ton nez partout. Et que se passera-t-il quand tu tomberas sur quelque chose de trop puissant pour toi ? Crois-tu que tu survivras longtemps seul ? Je ne peux pas t'aider si tu es trop loin. Je suis restée cachée pour qu'on ne me voie pas ; mais c'est fini. Tu risques de le payer de ta vie ! »

« Je comprends que tu sois énervée, concéda Eragon. Cela dit, je suis plus âgé que toi, et je peux prendre soin de moi. Si quelqu'un a besoin qu'on s'occupe de lui, ici, c'est plutôt toi ! »

Saphira gronda et fit claquer ses mâchoires à l'oreille du garçon.

« Tu crois ça ? siffla-t-elle. Demain, c'est moi que tu monteras, et pas un de ces pitoyables animaux poilus que tu appelles des chevaux. »

« Et si je refuse ? »

« Je t'attraperai dans mes serres, et je te transporterai de force ! Es-tu un Dragonnier, oui ou non ? Est-ce que je n'existe pas à tes yeux ? »

La question brûla Eragon en plein cœur. Il baissa les yeux. Saphira avait raison. Il était un Dragonnier. Pourtant, il redoutait de la monter de nouveau. Il n'avait rien vécu d'aussi douloureux que les suites de son vol forcé vers la Crête.

– Alors ? demanda Brom.

– Elle veut que je la monte demain.

Une lueur amusée passa dans le regard du conteur :

– Eh bien, tu as la selle qu'il faut pour cela. J'imagine que, si vous restez discrets tous les deux, cela ne pose pas de problème.

Saphira observa Brom avec intensité, puis se pencha sur Eragon.

– Et si vous étiez attaqué ? dit le garçon au vieil homme. Et si vous aviez un accident ? J'arriverais en retard, et...

Saphira appuya plus fort sur sa poitrine, ce qui le fit taire en lui coupant le souffle.

« C'est exactement ce que je t'ai dit, petit homme ! » signala-t-elle.

Brom parut retenir un sourire :

– Le jeu en vaut la chandelle. De toute façon, tu n'es pas seulement obligé d'apprendre à manier l'épée ou à soulever des galets : tu te dois de savoir monter un dragon. Réfléchis ! Si tu es placé en avant-garde, tu pourras repérer d'en haut les pièges, les embuscades ou autres mauvaises surprises.

Eragon remua sous la patte de Saphira : « D'accord. Demain, je le ferai. Laisse-moi me relever, maintenant. »

« Donne-moi ta parole. »

« Est-ce vraiment nécessaire ? »

La dragonne ne broncha pas.

« Très bien, soupira Eragon. Je te donne ma parole que nous volerons ensemble demain. Tu es satisfaite ? »

« Oui, je suis contente. »

Saphira le délivra et, poussant sur ses jambes, décolla.

Le garçon frissonna en la voyant s'envoler dans les airs ; puis il remonta sur Cadoc et suivit Brom en marmonnant.

Le soleil était presque couché quand ils établirent leur campement. Pendant que le repas mijotait, Brom tendit une épée de bois à Eragon ; et le combat commença. Soudain, le garçon porta un coup si puissant que les deux armes volèrent en éclats dans un nuage d'étincelles. Le conteur jeta au feu la poignée de son épée.

– Et voilà, ce genre d'exercice est fini ! commenta-t-il. Jette ce qui reste de la tienne, toi aussi. Tu as bien retenu mes leçons. Les bâtons nous sont désormais inutiles. Tu n'as plus rien à apprendre d'eux. Il est temps pour toi de te servir de l'acier.

Il prit Zar'roc dans les affaires d'Eragon et la lui tendit.

– On va se blesser ! protesta Eragon.

– Non, non... Encore une fois, tu oublies la magie !

Brom brandit son épée et la tourna de telle façon qu'elle ne refléta plus les flammes. Il plaça un doigt de part et d'autre de la lame et se concentra intensément. Sur son front, les sillons de ses rides se creusèrent davantage. Au bout de quelques instants d'attente, il se lança :

– Geüloth du knifr !

Une petite étincelle rouge jaillit entre ses doigts. Tandis qu'elle crépitait, il la fit glisser le long d'une face, puis de l'autre. Dès que ses doigts quittèrent l'épée, l'étincelle disparut.

Brom leva la main, paume ouverte, et l'abattit sur le tranchant de son épée. Eragon avait bondi pour l'en empêcher. Trop tard. Il fut sidéré quand le vieil homme exhiba sa main intacte.

– Comment avez-vous fait ?

– Touche !

Le garçon approcha ses doigts du fil de l'épée. Un fourreau invisible et lisse la protégeait.

– À ton tour avec Zar'roc ! ordonna Brom. Ta protection sera un peu différente de la mienne, mais le résultat devrait être semblable.

Le conteur répéta les mots adéquats à son élève et décomposa le mouvement. Eragon tâcha de l'imiter. Il ne réussit pas du premier coup. Mais il finit par recouvrir son épée d'une gaine transparente. Il adopta sa posture de combat avec confiance. Avant que le duel ne reprît, son instructeur l'avertit :

– Les épées ne trancheront pas, mais elles peuvent vous briser les os. Je préférerais éviter ça, si tu n'y vois pas d'inconvénient. Alors, ne me vole pas dans les plumes comme d'habitude. Un coup à la nuque serait mortel.

Eragon acquiesça... puis frappa sans prévenir. Des étincelles jaillirent, et le bruit des lames s'entrechoquant résonna dans la nuit. Zar'roc lui paraissait lourde et lente à manier, après tant de combats aux épées de bois. Incapable de la bouger assez vite, Eragon ne put parer un coup d'épée sur le genou.

À la fin de l'entraînement, les adversaires étaient zébrés de traces sanguinolentes. Eragon, plus atteint que Brom, s'étonna que Zar'roc ne fût même pas ébréchée après des chocs aussi violents.

CE QUE VOIT UN DRAGON

Le lendemain matin, Eragon se réveilla fourbu et couvert de bleus. Il vit que Brom s'occupait de Saphira et essaya de calmer l'angoisse qui l'habitait. Quand le petit déjeuner fut prêt, Brom avait préparé Saphira et attaché à la selle les sacs de voyage du garçon. Celui-ci vida son bol en silence, attrapa son arc et se dirigea vers la dragonne.

– Rappelle-toi ! lança Brom. Tu te retiens avec les genoux, tu guides ta monture avec ton esprit, et tu restes penché en avant. Tout se passera bien si tu ne paniques pas.

Eragon acquiesça et glissa son arc dans son étui de cuir. Brom l'aida à grimper sur Saphira. Celle-ci attendit avec impatience qu'Eragon eût réglé les nœuds qui lui servaient d'étriers. « Prêt ? » demanda-t-elle.

Le garçon inspira une bouffée d'air frais. « Non, répondit-il, mais allons-y ! » La dragonne ne se le fit pas dire deux fois. Elle s'accroupit, poussa sur ses pattes, décolla ; et le vent gifla son passager, lui coupant le souffle. En trois battements d'ailes, Saphira était en plein ciel, et continuait de gagner de la hauteur.

La dernière fois qu'Eragon l'avait montée, les mouvements de la dragonne étaient saccadés. Maintenant, son vol était plus stable, plus fluide. Le garçon s'accrocha à son encolure lorsqu'elle entama un virage. Loin en dessous, le fleuve n'était plus qu'une fine ligne grise ; et les arbres ressemblaient à des taches minuscules. Eragon inspira l'air glacé, léger, parfaitement pur, et s'exclama :

– C'est merveill...

Il ne finit pas sa phrase : soudain, Saphira avait roulé sur elle-même. La vision du garçon se brouilla : un vertige étourdissant le prit, et tout devint flou.

« Ne refais jamais ça ! souffla-t-il dès qu'il eut retrouvé sa respiration. J'ai cru que j'allais tomber ! »

« Il faut que tu t'y habitues, répliqua la dragonne. Si je suis attaquée en vol, c'est l'une des manœuvres élémentaires que je serai amenée à effectuer. »

Eragon ne trouva rien à répondre ; il se concentra pour essayer de contrôler son estomac. Saphira vira et se rapprocha lentement du sol.

Bien que son ventre protestât au moindre changement de cap, il commençait d'apprécier l'aventure. Il relâcha un peu sa prise sur l'encolure de sa monture, admirant le paysage. La dragonne le laissa profiter de la vue un moment, puis elle dit : « Je vais te montrer ce que c'est vraiment que de voler... »

« Comment ? »

« Détends-toi... N'aie pas peur... »

L'esprit de Saphira s'empara de celui d'Eragon, et l'attira hors de son corps. Le garçon résista un instant, puis se rendit. Sa vision changea, et, d'un coup, il vit ce que voyait la dragonne. Tout était déformé. Les objets étaient parés d'étranges reflets. Le monde entier déclinait les bleus à l'infini ; les verts et les rouges avaient presque disparu. Eragon essaya de bouger sa tête et son corps... sans y parvenir. Il avait l'impression d'être un ectoplasme perdu dans l'éther.

Une joie absolue irradiait de Saphira tandis qu'elle grimpait dans le firmament, heureuse de la liberté qu'elle avait d'aller où bon lui semblait. En plein ciel, elle tourna la tête vers Eragon. Le garçon se vit par les yeux de la dragonne, agrippé à son dos, le regard vide.

Il sentait le corps de la créature triompher de la pesanteur, se servant des courants ascendants pour s'élever. Il avait l'impression que les muscles de Saphira étaient devenus les siens. Il comprit l'importance de sa queue, qui fendait l'espace comme un gouvernail géant chargé de corriger son vol.

La connexion mentale entre Eragon et sa dragonne s'accentua, jusqu'à ce que leurs deux identités ne fissent plus qu'une. C'est ensemble qu'ils battaient des ailes ; ensemble qu'ils plongeaient dans l'espace à une vitesse sidérante, telle une lance projetée des hauteurs d'une montagne. Eragon n'avait plus peur : l'ivresse de la dragonne l'avait envahi. Ils cinglaient dans le ciel ; et leurs esprits joints prenaient un plaisir immense à cette expérience commune.

Même lorsqu'ils tombaient à pic vers le sol, Eragon ne redoutait pas de s'écraser. Ils ouvraient leurs ailes au dernier moment, interrompant ainsi leur plongeon et, mettant en commun leurs forces, ils remontaient vers le ciel, puis repartaient dans un looping géant.

Alors qu'ils s'élevaient une fois de plus, leurs esprits commencèrent de se séparer. Leurs personnalités se détachèrent, retrouvèrent leur autonomie ; la vision d'Eragon se troubla de nouveau ; l'instant d'après, il avait réintégré son corps. Haletant, il s'effondra contre Saphira. Il lui fallut un long moment avant que ses battements de cœur ralentissent et que sa respiration devînt plus calme.

Quand il se fut remis de ses émotions, Eragon s'exclama : « C'était incroyable ! Comment peux-tu te résoudre à atterrir quand c'est si bon de voler ? »

« Il faut que je mange, parfois, lui signala-t-elle avec une pointe d'amusement. Je suis contente que ça t'ait plu. »

« C'est le moins qu'on puisse dire ! Je regrette de n'avoir pas volé davantage avec toi jusque-là. Je n'aurais jamais imaginé qu'on éprouvait de telles sensations... Est-ce que tu vois toujours le monde aussi bleu ? »

« Oui, pour moi, le monde est bleu. On volera plus souvent ensemble, maintenant, hein ? »

« Oui ! Dès que possible ! »

« C'est bien ! »

Ils continuèrent de se parler en volant. Cela faisait des semaines qu'ils n'avaient pas discuté de la sorte. Saphira montra à Eragon comment elle exploitait le relief et les arbres pour se cacher, et comment elle pouvait se dissimuler dans les plis d'un nuage. Puis ils décidèrent de jeter un coup d'œil sur le chemin qu'empruntait Brom, ce qui se révéla plus ardu que le garçon n'avait imaginé. Pour cela, Saphira devait voler à très basse altitude, et elle risquait d'être repérée.

Plus tard, vers midi, un bourdonnement agaçant résonna dans les oreilles d'Eragon. Il sentit une étrange pression sur son esprit. Il secoua la tête pour la chasser ; mais la sensation n'en devint que plus forte. D'un coup, il se rappela la leçon de Brom : quelqu'un essayait de pénétrer dans son esprit.

Il essaya avec frénésie de reprendre le contrôle de ses pensées. Il fixa les écailles de Saphira et s'efforça d'oublier tout le reste. La pression s'atténua, avant de revenir, plus puissante.

Soudain, une rafale secoua Saphira, et Eragon se déconcentra. Avant qu'il eût pu rétablir ses défenses, une force interféra avec ses pensées ; mais, au lieu de l'invasion hostile à laquelle il s'attendait, le garçon ne perçut que ces mots : « Je peux savoir à quoi tu joues ? Redescends immédiatement ! J'ai trouvé quelque chose d'important. »

« Brom ? » souffla Eragon.

« Oui, grogna-t-il, de méchante humeur. Fais donc atterrir ton lézard géant. Je suis ici... »

Il envoya une image de sa position.

Eragon la transmit rapidement à Saphira, qui piqua vers la rivière. Pendant ce temps, le garçon avait saisi son arc et pris plusieurs flèches à la main.

« S'il y a du grabuge, je serai prêt... », dit-il à la dragonne.

« Moi aussi », répondit celle-ci.

Quand ils approchèrent de Brom, Eragon le vit debout dans une clairière, en train d'agiter les bras. Saphira atterrit ; le garçon sauta au sol, tous ses sens aux aguets. Les chevaux avaient été attachés à un arbre, à l'orée du bois ; le conteur était seul.

– Que se passe-t-il ? demanda Eragon en courant vers lui.

Brom se frotta le menton et proféra une bordée de jurons :

– Ne me bloque plus jamais comme tu l'as fait ! J'ai déjà assez de mal à t'atteindre, sans devoir de surcroît lutter pour que tu m'entendes.

– Désolé...

Le vieil homme ricana, puis reprit :

– Il y a un moment que je ne vois plus les traces des Ra'zacs. Je suis revenu sur mes pas, afin de trouver l'endroit où elles avaient disparu. C'est ici. Regarde par terre et dis-moi ce que tu vois.

Eragon s'agenouilla, examina la poussière et trouva une profusion de marques difficiles à déchiffrer. Des empreintes de Ra'zacs se chevauchaient les unes les autres. Le garçon estima qu'elles étaient vieilles de quelques jours à peine. Il repéra, mélangés aux empreintes, des sillons profonds. Eragon pensa qu'il en avait déjà vu de semblables ; mais à quelle occasion, il n'aurait su le dire.

Il se redressa et secoua la tête :

– Je n'ai aucune idée de ce que...

Puis ses yeux tombèrent sur Saphira, et il comprit ce qui avait creusé les sillons. Chaque fois que la dragonne s'envolait, les serres de ses membres postérieurs s'enfonçaient profondément dans le sol et laissaient des griffures du même genre.

– Ça va vous paraître absurde, mais, à mon avis, les Ra'zacs se sont éclipsés à dos de dragons. À moins qu'ils soient montés sur des oiseaux géants pour s'enfuir par les airs. Avez-vous une autre explication ?

Brom haussa les épaules :

– J'avais ouï dire que les Ra'zacs se déplaçaient parfois à une vitesse incroyable ; mais, jusqu'alors, je n'en avais jamais eu la preuve. S'ils ont eu recours à des coursiers volants, nous n'avons pratiquement aucune chance de les rattraper. Une chose est sûre : il ne s'agit pas de dragons. Je suis formel sur ce point. Un dragon ne consentirait jamais à porter un Ra'zac.

– Que fait-on, alors ? demanda Eragon. Saphira ne peut pas les pister à travers le ciel ; et, même si c'était le cas, nous devrions vous laisser loin derrière nous...

– Il n'y a pas de solution satisfaisante, grogna Brom. Alors, mangeons, et profitons-en pour réfléchir. Peut-être aurons-nous une illumination quand notre estomac sera plein.

La mine sombre, Eragon alla chercher la nourriture dans les bâts de Saphira. Ils mangèrent en silence, les yeux rivés sur le ciel vide.

Eragon pensait à ce qu'il avait abandonné derrière lui. Que devenait Roran ? Il eut une vision de la ferme brûlée et se sentit submergé par la culpabilité. « Supposons que je n'arrive pas à rattraper les Ra'zacs... Quel but aura ma vie ? Retournerai-je à Carvahall ? » Il saisit une brindille sur le sol et la brisa entre ses doigts. « ... Ou continuerai-je à voyager avec Brom pour parfaire ma formation ? » Le regard vague, Eragon cherchait dans le décor qui l'entourait une réponse qui eût dissipé ses inquiétudes.

Dès qu'il eut avalé sa dernière bouchée, Brom se leva et rejeta son capuchon en arrière.

– J'ai passé en revue tous les tours que je connais, tous les mots anciens que j'ai en ma possession, tous les dons à notre disposition... et je ne sais toujours pas comment trouver les Ra'zacs.

Eragon s'effondra contre Saphira, désespéré.

– Bien sûr, poursuivit-il, Saphira pourrait se montrer aux yeux de tous, dans une ville quelconque. Les Ra'zacs fondraient sur nous comme des mouches sur un pot de miel. Mais ce serait extrêmement risqué : les Ra'zacs ne viendraient pas seuls. Ils seraient accompagnés de soldats ; le roi lui-même se déplacerait peut-être en personne, ce qui signerait et mon arrêt de mort, et le tien.

– Quoi, alors ? lâcha le garçon avec un geste d'impuissance.

« As-tu une idée, Saphira ? »

« Non. »

– À toi de décider, annonça Brom. C'est ta croisade.

Énervé, Eragon grinça des dents, se redressa et s'éloigna. Comme il atteignait la lisière des arbres, son pied buta contre quelque chose de dur. Il se pencha et découvrit une flasque métallique, munie d'une lanière de cuir juste assez longue pour être passée à l'épaule. Dessus était gravé un insigne argenté que le garçon reconnut aisément : c'était celui des Ra'zacs.

Tout excité, il s'empara de la flasque et l'ouvrit. Une odeur écœurante se répandit. La même qui flottait dans l'air lorsque Eragon avait trouvé Garrow dans les ruines fumantes de la ferme. Il inclina la gourde. Une goutte d'un liquide brillant coula sur son index, le brûlant comme un feu liquide. Il poussa un cri et se frotta le doigt contre le sol. La douleur finit par s'atténuer, laissant la place à une vague palpitation. Là où la goutte était tombée, la peau s'était dissoute.

Grimaçant, il revint au pas de course vers Brom.

– Regardez ce que j'ai trouvé ! s'exclama-t-il.

Brom prit la flasque, l'examina, versa un peu de son contenu dans le bouchon.

– Attention ! s'écria Eragon. Ça brûle...

– ... la peau ? Je suppose que tu en as versé sur ta main ?

– Sur le doigt, seulement.

– Eh bien, au moins, tu as eu assez de jugeote pour ne pas boire cette saleté. À l'heure qu'il est, tu ne serais plus qu'une flaque sur le sol...

– Qu'est-ce que c'est ?

– De l'huile essentielle tirée des pétales du Seithr, une plante qui croît sur une petite île des mers désolées du Nord. À l'état naturel, cette huile est utilisée pour préserver les perles. Elle les rend brillantes et indestructibles. Mais il suffit de pratiquer un sacrifice et de prononcer certains mots pour qu'elle acquière la propriété de brûler toute chair. Dès lors, n'importe quel objet plongé dedans en ressortira intact, à condition qu'il ne soit pas fait de muscles et d'os. Voilà pourquoi c'est une arme de choix pour torturer ou assassiner. On la conserve dans du bois ; on y trempe la pointe d'une lance ; on en imbibe les draps, de sorte que la personne qui s'y couchera sera brûlée au dernier degré. Ce ne sont pas les utilisations qui manquent : les seules limites de cette arme redoutable sont celles de ton imagination. La moindre blessure qu'elle cause met très longtemps à guérir. Cette huile est très coûteuse et très rare, surtout sous sa forme modifiée.

Eragon se rappela le corps brûlé de Garrow et comprit, horrifié, de quoi ses ennemis s'étaient servis... Il murmura :

– Je me demande pourquoi les Ra'zacs ont abandonné cette gourde, si elle a tant de valeur.

– Elle a dû tomber au moment où ils s'envolaient, suggéra Brom.

– Et ils ne sont pas revenus la chercher ? J'imagine que le roi sera furieux qu'ils l'aient perdue.

– Sans doute, mais il aurait été encore plus en colère s'ils avaient tardé davantage à lui donner de tes nouvelles. Ils l'ont peut-être déjà rejoint ; dans ce cas, tu peux être sûr que Galbatorix connaît ton nom. Ce qui signifie qu'il nous faudra être extrêmement attentifs lorsque nous nous risquerons en ville. Des avis de recherche seront bientôt lancés contre toi dans tout l'Empire.

– Cette huile, reprit Eragon après un temps de réflexion, elle est vraiment très rare ?

– Comme des diamants dans une soue de cochon.

Le conteur se corrigea une seconde plus tard :

– En réalité, l'huile est utilisée sous sa forme naturelle par les bijoutiers. Au moins par ceux qui peuvent se l'offrir.

– Donc, il y a des marchands qui en font le commerce.

– Un ou deux, peut-être. Pas plus.

– Tant mieux ! dit Eragon. Les villes de la côte gardent-elles des traces des marchandises qui passent dans les ports ?

Les yeux de Brom se mirent à briller :

– Bien sûr ! Si nous pouvions lire ces registres, nous découvririons quel marchand a apporté l'huile au sud, et où il s'est rendu par la suite.

– Ainsi, enchaîna Eragon, nous réussirions à remonter jusqu'aux Ra'zacs. J'ignore combien de bijoutiers peuvent se payer cette huile ; mais je parie qu'il ne sera pas difficile de retrouver les clients qui ne sont pas des agents de l'Empire.

– Tu es un génie ! s'exclama Brom, les yeux brillants. Ah, si seulement cela m'était venu à l'esprit avant ! Cela m'aurait évité bien des maux de tête... Il y a sur la côte de nombreuses villes et cités portuaires. Le port de Teirm sera un bon point de départ, car il contrôle la plupart des échanges commerciaux.

Le conteur se tut un moment, puis continua :

– Aux dernières nouvelles, Jeod, un vieil ami à moi, vivait là-bas. Voilà des années que nous ne nous sommes pas revus, mais il acceptera peut-être de nous donner un coup de main. Et, comme il est marchand, ce n'est pas impossible qu'il ait accès aux registres.

– Comment y va-t-on ?

– Il faut prendre vers le sud-ouest ; puis emprunter un défilé escarpé qui traverse la Crête. Une fois de l'autre côté, nous n'aurons qu'à suivre le bord de mer jusqu'à Teirm.

– Ce défilé est-il loin ?

– Non, pas très. En quittant les berges du Ninor et en prenant sur notre droite, nous devrions apercevoir les montagnes dès demain.

Eragon rejoignit Saphira et monta en selle.

– On se revoit ce soir pour dîner, conclut-il.

Lorsqu'ils furent haut dans le ciel, il déclara à la dragonne : « Demain, je monterai Cadoc. Inutile de protester : je le fais pour parler avec Brom. »

« Oui, il vaut mieux que tu chevauches avec lui les prochains jours, répondit Saphira. Ça te permettra de continuer à te former... et ça me donnera le temps de chasser. »

« Ça ne te gêne pas qu'on se sépare ? »

« Il le faut. »

Le soir, quand ils atterrirent, le garçon constata avec soulagement que ses jambes ne le faisaient pas souffrir. La selle l'avait protégé efficacement du frottement contre les écailles.

Après le dîner, Eragon et Brom s'entraînèrent à l'épée. Mais le cœur n'y était pas : tous deux étaient préoccupés. À la fin du combat, Eragon avait tout de même bien mal aux bras, car Zar'roc était beaucoup plus lourde qu'une simple épée de bois.

UNE CHANSON
POUR LA ROUTE

Le lendemain matin, tandis qu'ils chevauchaient côte à côte, Eragon demanda à Brom :

– À quoi ressemble la mer ?

– On a déjà dû te la décrire...

– Oui, mais à quoi elle ressemble pour de vrai ?

Les yeux du conteur se voilèrent, comme s'il avait fixé un point invisible.

– La mer, commença-t-il, c'est l'émotion incarnée. La mer aime, déteste et pleure. Elle se dérobe à toute tentative d'évocation ou de contrôle. On peut bien dire ce qu'on veut, la mer échappe toujours à l'homme. Tu te souviens, je t'ai raconté que les elfes étaient arrivés par la mer...

– Oui.

– Ils vivent aujourd'hui loin de la côte ; cependant, ils ont gardé une grande fascination et une vive passion pour cet élément. Le chant des vagues et l'odeur de l'air salé les ont marqués pour toujours. Ils leur ont inspiré leurs plus belles chansons. Il y en a une qui évoque cet amour. Veux-tu l'entendre ?

– Oh oui ! S'il vous plaît...

Brom s'éclaircit la gorge et expliqua :

– Je vais la traduire de l'ancien langage du mieux que je pourrai. Ce ne sera sûrement pas parfait, mais cela te donnera une idée de l'original...

Le conteur arrêta Feu-de-Neige et ferma les yeux. Il se tut un moment, puis entonna les vers suivants :

Ô, liquide tentatrice, sous l'azur du ciel,
Toi dont la beauté m'appelle, m'appelle,
Sous tes yeux toujours je voguerais,
S'il n'était la jeune fille, là-bas,
Qui m'appelle, m'appelle...
Elle a lié mon cœur d'un ruban couleur de lys
Que rien ne brisera, mais que la mer délie
Et que les vagues entraînent, entraînent...

Les mots résonnaient sans fin dans la tête d'Eragon.

– Cette chanson a beaucoup d'autres couplets, lui apprit Brom. On l'appelle « Du Silbena Datia ». Je n'ai récité que le début de cette triste histoire de deux amants, Acallamh et Nuada, que la mer a séparés... Les elfes accordent une grande importance à cette histoire.

– Elle est très belle, dit simplement le garçon.

Ils reprirent leur progression ; lorsqu'ils s'arrêtèrent à la tombée de la nuit, la Crête se découpait à l'horizon.

Une fois au pied du massif, les voyageurs longèrent les contreforts en direction du sud. Eragon était heureux de retrouver les montagnes ; elles marquaient des frontières rassurantes dans son monde.

Trois jours plus tard, ils s'engagèrent sur une large piste au sol creusé par les roues des chariots.

– Voici la route principale entre Teirm et Urû'baen, la capitale, expliqua Brom. Elle est très fréquentée ; les marchands l'empruntent souvent. Nous allons devoir redoubler de précautions. Ce n'est pas la période de l'année la plus chargée, mais nous croiserons inévitablement quelques personnes.

Le temps s'écoula très vite. Les voyageurs suivaient les contreforts de la Crête, à la recherche du défilé. Eragon n'avait pas à se plaindre de l'ennui ! Brom lui apprenait à parler le langage des elfes, à s'occuper de Saphira et à pratiquer la magie, par exemple pour tuer le gibier, ce qui leur évita de perdre du temps à chasser. Il suffisait à Eragon de jeter un petit caillou vers sa proie ; le tir ne manquait jamais sa cible ; et l'animal, en récompense de ses efforts, finissait rôti sur le feu le soir même. Après le dîner, les compagnons s'exerçaient au combat à l'épée ou, parfois, à mains nues.

Les longues étapes et l'entraînement exténuant avaient transformé le corps d'Eragon, lui donnant des bras solides ; et, sous la peau tannée par le grand air, des muscles déliés. Bref, le garçon s'endurcissait.

Lorsque, enfin, ils s'engagèrent dans le défilé, un fleuve impétueux leur barra la route.

– Voici le Toark, déclara Brom. Nous le suivrons jusqu'à la mer.

– Jusqu'à la mer ? répéta Eragon en riant. Mais c'est impossible, s'il va dans cette direction ! Il ne se jettera pas dans la mer... à moins qu'il fasse demi-tour !

Brom caressa son anneau :

– Si, c'est possible. Nous allons remonter son cours jusqu'au milieu des montagnes, où se trouve le lac Woadark. Deux fleuves y prennent leur source, à chaque extrémité, et les deux sont appelés Toark. Celui-ci coule vers le sud et traverse la lande pour rejoindre le lac Leona. L'autre fleuve, que nous longerons après, se jette dans la mer.

Deux jours durant, donc, ils traversèrent la Crête en suivant le fleuve, avant d'arriver sur un promontoire d'où ils avaient une vue dégagée. Eragon remarqua que, au loin, le relief déclinait et s'aplanissait ; mais il grogna en constatant qu'ils étaient loin d'être arrivés !

Brom tendit le bras :

– Teirm est là-bas, vers le nord. C'est la vieille cité où, d'après certains, les elfes auraient débarqué en Alagaësia. Sa citadelle n'est jamais tombée, et ses guerriers n'ont jamais été défaits.

Sur ce, il talonna Feu-de-Neige et entama la descente.

Le lendemain, vers midi, ils atteignirent l'autre côté de la Crête, où les terres forestières devenaient plus plates. Puisque le relief ne pouvait plus la dissimuler, Saphira volait presque au ras du sol, profitant des moindres creux de terrain pour se rendre invisible.

En quittant la forêt, les voyageurs constatèrent un changement. Le sol était souple, et les sabots des chevaux s'enfonçaient dans la bruyère. De la mousse envahissait chaque pierre, chaque tronc, et bordait les nombreux ruisseaux qui sinuaient çà et là. Des flaques parsemaient la route là où des chevaux avaient laissé leurs empreintes. Bientôt, Brom et Eragon furent couverts de boue des pieds à la tête.

– Comment se fait-il que le paysage soit si verdoyant ? s'étonna le garçon. Ils ne connaissent pas l'hiver, ici ?

– Si, mais la température reste douce. La mer ne cesse d'apporter brouillards et embruns, qui maintiennent la végétation en vie. Il y en a qui apprécient ; moi ça me déprime.

À la tombée de la nuit, ils dressèrent leur camp dans l'endroit le moins humide qu'ils purent dénicher. Pendant qu'ils se restauraient, Brom dit :

– Tu devrais continuer à monter Cadoc jusqu'à Teirm. Nous allons rencontrer de nombreux voyageurs, à présent que la Crête est derrière nous. Il vaut mieux que tu sois avec moi. Un vieil homme qui voyage seul, c'est suspect. Si tu restes à mes côtés, personne ne posera de questions. Et puis, je ne tiens pas à ce que quelqu'un, m'ayant vu cheminer seul, nous aperçoive ensemble dans Teirm et me demande d'où tu sors.

– Ne devrions-nous pas utiliser des noms d'emprunt ?

Brom réfléchit à la question, puis se décida :

– Avec Jeod, non. Il sait comment je m'appelle, et je lui fais confiance pour ne pas diffuser le tien. Mais, pour les autres, je serai Neal, et tu seras mon neveu, Evan. Si nos langues fourchent, si nos lapsus nous trahissent, ça ne sera pas très grave. Mais, tu as raison, mieux vaut éviter que tout le monde connaisse nos vrais noms. Les gens ont une fâcheuse tendance à se souvenir de choses qu'ils devraient oublier...

Un séjour à Teirm

Après deux jours de voyage vers le nord, Saphira aperçut Teirm. Une chape de brouillard empêchait Brom et Eragon de voir plus loin que la crinière de leur cheval. Puis une brise souffla de l'ouest et dissipa la brume. Soudain, la cité se révéla aux yeux ébahis d'Eragon. Elle s'étendait au bord de la mer scintillante. De fières embarcations se balançaient dans le port, voiles ferlées. Du lointain montait le grondement monotone des vagues.

La ville était abritée derrière un mur blanc aux dimensions colossales : cent pieds de haut, trente pieds de large. Une rangée de tours rectangulaires, surmontées de flèches, ponctuait le rempart. En haut du mur, des vigiles et soldats arpentaient le chemin de ronde. Au nord-est s'élevait une énorme citadelle construite en pierres massives, garnie de tourelles. Au sommet de la plus haute tour, la lanterne du phare brillait au soleil. Seul le château était visible derrière les fortifications.

À la porte sud, vers laquelle se dirigeaient Brom et Eragon, étaient postés des soldats de garde nonchalants, armés de lances.

– C'est notre premier test, déclara le conteur. Espérons qu'ils n'ont pas reçu d'ordres de l'Empire pour nous arrêter !

Dans tous les cas, ne panique pas, et évite de te comporter de manière suspecte.

Le garçon dit à Saphira : « Tu devrais atterrir quelque part et te cacher. Nous allons entrer dans Teirm... »

« Et voilà ! se fâcha la dragonne. Tu repars à la chasse aux ennuis ! »

« Je sais, mais Brom et moi disposons de pouvoirs que la plupart des gens n'ont pas. Tout ira bien. »

« S'il arrive quoi que ce soit, je t'attacherai de force sur mon dos et je ne te laisserai plus jamais mettre pied à terre. »

« Moi aussi, je t'aime. »

« Alors, je t'attacherai encore plus serré. »

Eragon et Brom s'avancèrent vers Teirm, l'air aussi détaché que possible. Sur la porte flottait un étendard jaune, orné d'un lion rugissant et d'une main tenant un brin de muguet.

Eragon observait tout avec étonnement.

– C'est une grande ville ? s'informa-t-il.

– La plus grande que tu aies jamais vue.

Les gardes postés à l'entrée leur barrèrent le passage avec leurs lances.

– Vot' nom ! s'enquit l'un d'eux sur un ton las.

– Je m'appelle Neal, dit Brom d'une voix faible.

Le conteur s'était légèrement penché sur sa selle, un sourire idiot aux lèvres.

– Et c'gamin, il a un nom, lui aussi ?

– J'allais l'dire ! C'est Evan, mon neveu, le fils de ma sœur, et...

– Ouais, ouais, le coupa le garde, impatient. Qu'est-ce qu'vous v'nez faire à Teirm ?

– Il lui a pris l'idée de visiter un ami qu'il avait dans l'temps, répondit Eragon en prenant un accent paysan. Et moi, j'l'accompagne pour pas qu'il s'perde, si vous voyez c'que j'veux dire. Il est p'u' jeune-jeune, quoi, et il a un peu trop profité... Maint'nant, il a p'u' tout' sa tête – c'est normal, à son âge, hein...

Brom opina du chef avec bonhomie.

– Bon, passez, dit le garde en relevant sa lance et faisant un signe de la main. Mais veille à c'qu'il cause pas d'grabuge, compris ?

– Il s'ra sage, promit Eragon.

Il talonna Cadoc, et les voyageurs entrèrent dans la cité.

– « Il a p'u' toute sa tête », n'est-ce pas ? répéta Brom dès que les gardes furent hors de vue.

Les fers de leurs chevaux résonnaient sur les pavés.

– Pourquoi vous auriez été le seul à vous amuser ? le taquina Eragon.

Le conteur grogna et regarda ailleurs.

Les édifices qui les entouraient étaient sinistres et guère engageants. De petites fenêtres, profondément enfoncées dans les murs épais, ne devaient laisser passer que quelques faibles rais de lumière. Des portes étroites donnaient accès aux bâtiments. Les toits, recouverts d'ardoise, étaient plats mais bordés d'une manière de balustrade. Eragon remarqua que les maisons proches du mur d'enceinte n'avaient qu'un étage ; à mesure qu'ils avançaient dans la ville, ils découvraient des constructions de plus en plus hautes. Celles qui jouxtaient la citadelle étaient les plus élevées – bien qu'elles fussent minuscules, comparées à la forteresse.

– Teirm est parée pour la guerre ! commenta le jeune homme.

Brom acquiesça :

– Depuis longtemps, c'est la cible privilégiée des pirates, des Urgals et de mille autres ennemis.

– Pourquoi donc ?

– Parce qu'elle est un centre important de négoce. Comme le dit le proverbe, « abondance de biens provoque ennui sur ennui » ! Les habitants ont dû prendre des mesures extrêmes pour éviter les invasions. Par chance pour eux, ils peuvent compter sur les soldats du roi Galbatorix pour se défendre.

– Pourquoi certaines maisons sont-elles plus basses que d'autres ?

– Regarde la citadelle ! Elle domine Teirm. Si une brèche était créée dans les remparts, les archers monteraient sur tous les toits. Comme les premières maisons sont basses, les archers les plus éloignés du rempart pourraient tirer sans craindre de toucher leurs camarades en première ligne. En plus, si les ennemis s'emparaient des premières maisons et se postaient dessus, il serait facile de les éliminer.

– Je n'avais jamais vu une cité aussi bien organisée que celle-ci...

– En fait, il a fallu que Teirm soit presque brûlée lors d'un raid de pirates pour qu'elle devienne ainsi, commenta Brom.

Tout en parlant, ils chevauchaient sous le regard intrigué – mais pas trop inquisiteur – des passants. « Il y a du mieux, songea Eragon. Après les Urgals de Yazuac et les archers de Daret, j'ai presque l'impression d'être accueilli à bras ouverts, dans cette ville. Peut-être que Teirm a échappé aux attaques des Urgals... »

Il changea d'opinion lorsqu'il avisa un individu large d'épaules, qui portait une épée au côté. Bientôt, il remarqua d'autres signes indiquant que les temps étaient troublés : les gens avaient des visages graves ; pas un enfant ne jouait dans les rues ; de nombreuses maisons avaient été abandonnées, et les mauvaises herbes grignotaient déjà leurs perrons.

– On dirait qu'ils ont eu quelques mésaventures..., remarqua Eragon.

– Les mêmes que partout ailleurs, sans doute, répondit Brom. Jeod nous le confirmera quand nous l'aurons trouvé.

Ils s'arrêtèrent devant une taverne et ils attachèrent leurs chevaux. Le vieil homme lut l'enseigne fatiguée suspendue au-dessus de l'entrée.

– « Au Vert Noisetier »... Parfait !

Et il entra dans l'établissement.

La salle était miteuse. Il y planait un silence inquiétant. Dans l'âtre, un feu se mourait ; pourtant personne ne se préoccupait d'y jeter une bûche. De rares clients tétaient leur chopine dans un coin, moroses. Un homme à qui il manquait deux doigts était assis dans un coin, les yeux rivés sur ses jambes secouées de tics nerveux. Le tavernier, un type à la mine patibulaire, essuyait un verre ébréché.

Brom s'accouda au comptoir et demanda :

– Vous savez où je peux trouver un certain Jeod ?

Eragon se plaça à ses côtés. Il effleura des doigts la courbe de son arc, passé dans son dos. Il se serait senti plus rassuré s'il l'avait tenu à la main.

– Pourquoi que je saurais ça, moi ? tonitrua le tavernier. Pourquoi que je saurais où traînent tous les chiens galeux de ce bled ?

Tous les regards se tournèrent vers eux.

– Peut-être pour ça..., répondit Brom d'une voix égale.

Il posa quelques pièces sur le comptoir. Les yeux de son interlocuteur brillèrent, et il posa son verre.

– Ça se pourrait, reconnut-il en baissant la voix. Mais ma mémoire est paresseuse, tu sais...

Brom grimaça avant d'ajouter d'autres pièces. L'individu jaugea la prime, fit la moue, parut hésiter... Il finit par se décider :

– D'accord.

Il tendit la main vers l'argent, mais une voix râpeuse et profonde l'arrêta :

– Qu'est-c'qu'tu fiches, Gareth, on peut savoir ? N'importe qui, dans la rue, peut leur dire où habite Jeod ! T'es pas bien, de les dépouiller pour ça ?

Brom rangea aussitôt l'argent dans sa bourse. Gareth lança un regard assassin à l'homme aux doigts manquants, qui venait de parler. Puis il tourna le dos aux voyageurs et se remit à essuyer son verre.

Brom s'approcha de l'homme.

– Merci, dit-il. Je m'appelle Neal. Voici Evan.

– Moi, c'est Martin, fit l'homme en levant sa chope et en désignant deux chaises vides devant lui. Prenez un siège, ça m'dérange pas.

Eragon s'installa dos au mur, de manière à avoir la porte d'entrée dans son champ de vision. Bien que Martin eût l'air surpris, il ne fit aucun commentaire.

– Vous m'avez permis d'économiser quelques couronnes, lâcha Brom.

– Tant mieux, tant mieux... Faut pas en vouloir à Gareth : le commerce marche pas fort, ces temps-ci...

L'homme se gratta la joue et ajouta :

– Jeod vit dans la partie ouest d'la ville, juste à côté d'Angela, l'herboriste. Vous avez des affaires à traiter avec lui ?

– En quelque sorte, fit Brom.

– M'étonnerait qu'il vous achète quoi qu'ce soit. Il vient d'perdre encore un bateau, y a que'qu' jours...

– Ah bon ? Qu'est-il arrivé ? Les Urgals, encore ?

– Non, les Urgals ont quitté la région. Personne en a vu un depuis près d'un an. Ils seraient partis vers le sud ou vers l'est. C'est pas eux, le problème. Vous l'savez sûr'ment, les marchandises viennent surtout par la mer. Eh ben...

Il s'interrompit pour avaler une gorgée de bière.

– ... depuis plusieurs mois, continua-t-il, quelqu'un s'est mis à piller nos bateaux. C'est pas les pirates de d'habitude : y a que les bateaux affrétés par certains marchands qui sont attaqués.

– Dont ceux de Jeod ? s'enquit Brom.

– Oui. C'en est à c'point que plus aucun capitaine veut conduire leurs navires. Alors, c'est pas facile, la vie, ici. Ces commerçants qui peuvent p'u' commercer, souvent, c'est pas des petits, hein : c'est même les plus importants de l'Empire ! Et v'là qu'ils s'retrouvent obligés d'envoyer leurs marchandises par les terres. C'est beaucoup plus cher, et pas beaucoup plus sûr : y a plein d'convois qui arrivent jamais...

– Il n'y a pas du tout de soupçons ? Il doit bien y avoir des témoins !

Martin secoua la tête :

– Personne survit à ces attaques. Les bateaux quittent le port, ils disparaissent, et on les r'voit p'u' jamais.

Il se pencha vers ses interlocuteurs et murmura sur le ton de la confidence :

– Y a des marins qui disent que c'est d'la magie.

Il cligna de l'œil et se recula. Brom parut inquiet.

– Et vous, qu'est-ce que vous en pensez ? demanda-t-il.

Martin haussa les épaules :

– Rien. J'en pense rien, et m'est avis qu'j'en pens'rai rien... à moins d'avoir le malheur d'me r'trouver sur un d'ces maudits bateaux.

– Vous êtes marin ? voulut savoir Eragon.

– Nope ! dit Martin en ricanant. Est-ce qu'j'ai une tête de marin ? On m'embauche pour défendre les navires contre les pirates. C'est à croire que je leur ai fichu la trouille : on n'entend plus parler d'ces saletés d'bandits, ces temps-ci. Enfin, l'un dans l'autre, j'ai un bon métier.

– Bon... mais dangereux, non ? ajouta Brom.

De nouveau, Martin haussa les épaules et finit d'écluser sa bière.

Le conteur et Eragon se levèrent pour partir. Après avoir salué leur informateur, ils sortirent de la taverne et se dirigèrent vers les quartiers ouest de Teirm.

RETROUVAILLES

L'ouest de la ville était le quartier chic. Les maisons étaient vastes, proprettes, joliment décorées. Les passants portaient des vêtements de qualité et marchaient d'un pas décidé. Dans ses habits usés, Eragon avait l'impression de ne pas être à sa place en ces lieux.

La boutique de l'herboriste, surmontée d'une enseigne avenante, fut facile à trouver. Devant la porte était assise une petite bonne femme aux cheveux bouclés. D'une main, elle tenait une grenouille ; de l'autre, elle écrivait. « Sûrement Angela », pensa le garçon.

La boutique était flanquée de deux maisons.

– Laquelle est la bonne, d'après vous ? demanda Eragon à Brom.

Le vieil homme réfléchit un instant avant de lancer :

– Il suffit de poser la question !

Il s'avança vers la femme :

– Pourriez-vous nous indiquer la maison de Jeod, s'il vous plaît ?

– Je pourrais, répondit la femme sans cesser d'écrire.

– Et... accepteriez-vous de nous le dire ?

– Oui.

Elle se tut, puis se mit à griffonner encore plus vite. La grenouille coassa et fixa les voyageurs d'un œil torve. Tous deux attendirent, mal à l'aise. La femme n'en dit pas plus. Eragon s'apprêtait à intervenir quand Angela leva les yeux :

– Bien sûr, je vous le dirai ! Vous n'avez qu'à demander.

– P... pardon ? bégaya Eragon.

– Vous m'avez demandé si je pouvais vous indiquer la maison de Jeod ; ensuite, vous m'avez demandé si j'accepterais de vous le dire. Mais vous n'avez toujours pas posé votre question !

– Laissez-moi donc la poser comme il faut, dit Brom en souriant. Où est la maison de Jeod ? Et pourquoi tenez-vous une grenouille à la main ?

– Ah, voilà qui est mieux ! La maison de Jeod est sur votre droite. Et ce n'est pas une grenouille : c'est un crapaud. J'essaye de prouver que les crapauds n'existent pas : il n'y a que des grenouilles.

– Mais... les crapauds existent, puisque vous en avez un là ! objecta Eragon.

Les boucles brunes de la femme dansèrent lorsqu'elle répondit :

– Non, non, vous ne comprenez pas. Si j'arrive à prouver que les crapauds n'existent pas, ce que je tiens à la main ne sera pas un crapaud, mais une grenouille. Par conséquent, ce crapaud n'existera plus et n'aura jamais existé. Et si je prouve que les crapauds n'existent pas...

Angela leva le petit doigt pour souligner son propos :

– ... ils ne pourront plus faire de mal à personne. Finies, les verrues qu'on attrape en touchant leur peau ! Finies, les dents qui se déchaussent quand on a une de ces bêtes sous son oreiller ! Finis, les poisons à base de bile de crapaud ! Et j'ajoute : finies les invocations et les breuvages de sorcière – puisque, pour sûr, il n'y aura plus de crapauds.

– Je vois, prétendit Brom avec délicatesse. Ça me paraît extrêmement intéressant, et j'aimerais en entendre davantage. Mais nous devons voir Jeod, et...

– Pour sûr..., l'interrompit l'herboriste.

Elle les congédia d'un geste de la main et se remit à écrire.

– Elle est folle ! chuchota Eragon dès qu'ils se furent éloignés.

– Peut-être, dit Brom, et peut-être pas. Elle fera peut-être un jour une découverte très utile ; aussi, ne la critique pas trop vite. Qui sait ? Au fond, les crapauds sont peut-être des grenouilles !

– Et mes chaussures sont en or ! ironisa le garçon.

Ils s'arrêtèrent sous le porche en marbre. Une porte massive, munie d'un heurtoir en fer forgé, se dressait devant eux. Brom frappa trois fois. Pas de réponse.

– La folle a dû se tromper, conclut Eragon, agacé. On n'a qu'à essayer l'autre maison.

Le vieil homme ignora sa remarque et frappa plus fort. Toujours pas de réponse. Eragon fit demi-tour, exaspéré... puis se figea. Quelqu'un accourait vers la porte. Une jeune femme, à la peau très pâle et aux cheveux blond cendré, entrouvrit le battant. Ses yeux étaient gonflés. On aurait pu croire qu'elle avait pleuré, n'eût été sa voix, parfaitement posée.

– Oui ? Que désirez-vous ?

– Est-ce ici que vit Jeod ? demanda Brom, très aimable.

La femme hocha la tête, mais n'ouvrit pas davantage la porte.

– Oui. C'est mon mari. Êtes-vous attendus ?

– Non, mais nous devons lui parler.

– Il est occupé.

– Nous venons de loin. Il est très important que nous le voyions.

Son expression se durcit :

– Il est très occupé.

Brom se raidit ; cependant, il continua de s'exprimer avec calme :

– Dans ce cas, pourriez-vous lui transmettre un message ?

La femme se mordit les lèvres, mais elle acquiesça.

– Dites-lui qu'un ami de Gil'ead souhaite le voir.

– Soit.

Elle claqua la porte derrière elle ; Eragon entendit le bruit de ses pas décroître.

– Ça n'était pas très poli, fit-il.

– Garde tes commentaires pour toi ! répliqua Brom. Ne dis rien. Laisse-moi parler.

Il croisa les bras, et l'attente commença. Eragon se tint coi et regarda ailleurs.

Quelques instants plus tard, la porte s'ouvrit à la volée. Un homme de grande taille apparut sur le seuil. Ses habits luxueux étaient froissés ; sa chevelure grise aurait mérité un coup de peigne ; ses sourcils froncés trahissaient son trouble. Une longue balafre courait du haut de son crâne à sa tempe.

Lorsqu'ils se posèrent sur le conteur, ses yeux s'écarquillèrent. L'homme s'adossa contre le battant ; les mots lui manquaient. À plusieurs reprises, il ouvrit et referma la bouche à la manière d'un poisson, avant de souffler d'un ton incrédule :

– Brom...?

Le conteur mit un doigt sur ses lèvres et saisit le bras de l'homme :

– Quelle joie de te revoir, Jeod ! Je suis content que tu ne m'aies pas oublié. Mais ne m'appelle pas par ce nom : il vaut mieux qu'on ne sache pas que je suis ici.

Encore sous le choc, Jeod regarda autour de lui.

– Je te croyais mort, murmura-t-il. Que s'est-il passé ? Pourquoi ne m'as-tu pas contacté plus tôt ?

– Je t'expliquerai... Y a-t-il un endroit où nous pourrions parler en toute discrétion ?

Jeod hésita. Ses yeux allaient de l'un de ses visiteurs à l'autre. Son expression était impossible à déchiffrer. Finalement, il lâcha :

– Pas ici. Si vous m'attendez un instant, je vous emmènerai quelque part où les murs n'ont pas d'oreilles.

– Soit, dit le conteur.

Jeod opina et disparut dans sa maison.

« Je vais peut-être enfin apprendre quelque chose sur le passé de Brom... » songea Eragon.

Lorsque le marchand réapparut, il avait passé une rapière à son côté. Il portait une veste brodée et un chapeau à plume assorti. Brom examina cette tenue d'un œil critique. Jeod haussa les épaules, l'air conscient de l'extravagance de sa mise.

Il les entraîna à travers les rues de Teirm en direction de la citadelle. Eragon marchait derrière les deux hommes, tenant la longe de Cadoc et de Feu-de-Neige. Jeod désigna leur destination :

– Nous allons dans la forteresse. Risthart, le seigneur qui règne sur notre cité, a décrété que les marchands d'importance devaient avoir leur siège au château. Pour la plupart, nous continuons de mener nos affaires ailleurs, tout en louant des locaux là-bas, pour éviter les histoires. C'est absurde, je sais... Au moins, les murs sont épais ; nous serons à l'abri des indiscrets.

Ils pénétrèrent dans la citadelle par l'entrée principale et gagnèrent le donjon. Jeod montra à Eragon un anneau en fer, près d'une porte latérale :

– Tu peux attacher les chevaux là. Ils n'y risquent rien.

Il fit jouer une grosse clef dans la serrure. Ils pénétrèrent dans un long couloir vide, éclairé de flambeaux fixés aux murs. Eragon fut surpris par la fraîcheur et l'humidité qui y régnaient. Lorsqu'il toucha la paroi, ses doigts glissèrent sur une substance visqueuse. Il frissonna.

Jeod s'empara d'une torche, et se dirigea vers une lourde porte en bois, qui donnait sur une pièce spacieuse, meublée de fauteuils rembourrés. Une peau d'ours s'étalait sur le sol. Aux murs couraient des étagères, où s'alignaient des livres aux reliures de cuir majestueuses.

Le marchand mit du petit bois et de grosses bûches dans l'âtre et les alluma avec la torche. Bientôt, les flammes crépitèrent.

– À présent, dit-il alors, je crois que vous me devez quelques explications, mon vieil ami...

Brom sourit :

– C'est moi qui suis vieux ? Il ne me souvenait pas d'avoir vu, lors de notre dernière rencontre, le moindre cheveu gris sur ta tête... Et vois comment tu es, aujourd'hui !

– Et toi, tu n'as pas changé depuis près de vingt ans ! Le temps semble avoir épargné ton caractère grincheux pour te permettre d'assommer les jeunes gens de mon genre avec ta prétendue sagesse... Mais assez sur ce sujet ! Raconte ce qui s'est passé : les histoires, ç'a toujours été ta spécialité.

Eragon tendait l'oreille, impatient d'entendre ce que Brom avait à dire. Celui-ci s'assit confortablement et alluma sa pipe. Il souffla un rond de fumée et le regarda s'élever dans la cheminée.

– Tu te rappelles pourquoi nous étions allés à Gil'ead ? lâcha-t-il enfin.

– Oui, évidemment. Ce n'est pas le genre de choses qu'on oublie.

– C'est le moins que l'on puisse dire... Donc, quand nous avons été... séparés, je n'ai pas réussi à te retrouver. Au milieu de l'agitation, j'ai gagné une petite pièce où s'entassaient des caisses et des cageots. À première vue, elle n'avait rien d'extraordinaire. Poussé par la curiosité, j'ai néanmoins farfouillé dans les coins. La fortune m'a souri, ce jour-là, car j'ai trouvé ce que je cherchais.

Une expression de surprise passa sur le visage de Jeod.

– Dès que je l'ai eu dans les mains, poursuivit le conteur, il n'était plus question pour moi de t'attendre. Je risquais d'être découvert d'une seconde à l'autre ; et tout aurait été perdu. Je me suis éclipsé comme j'ai pu pour filer hors de la ville et courir jusqu'au...

Brom hésita et lança un regard vers Eragon, puis déclara :

– ... jusqu'à nos amis. Ils ont entreposé ce-que-tu-sais dans une cave, à l'abri, et m'ont fait promettre de m'occuper de celui qui le recevrait. En attendant que mes connaissances fussent de nouveau utiles à quelqu'un, il me fallait disparaître. Nul ne devait savoir que j'étais en vie, pas même toi – bien qu'il m'en coûtât de t'infliger ce chagrin. C'est pourquoi j'ai gagné le nord, et je me suis caché dans un petit village du nom de Carvahall.

Eragon se mordit les joues, furieux que Brom s'obstinât à le laisser dans le flou.

Jeod fronça les sourcils et demanda :

– Alors, pendant tout ce temps, nos... amis savaient que tu étais vivant ?

– Oui.

Le marchand poussa un soupir :

– Je suppose que ce subterfuge était indispensable, même si j'aurais préféré être dans la confidence... Carvahall est de l'autre côté de la Crête, n'est-ce pas ?

Brom hocha la tête. Alors, pour la première fois, les yeux gris de Jeod examinèrent Eragon avec attention.

– Donc, te voilà de nouveau en mission...

– C'est plus compliqué que cela. L'objet a dû être volé il y a un moment, du moins je le présume, car je n'ai pas reçu de mot en provenance de nos amis. Je crains que leurs messagers n'aient été interceptés. J'ai donc décidé d'en apprendre le plus possible à ce sujet. Il se trouve qu'Eragon voyageait dans la même direction que moi ; aussi faisons-nous la route ensemble depuis un certain temps...

Jeod eut l'air étonné :

– Mais, si tu n'as pas reçu de message, comment peux-tu savoir que...

– L'oncle de ce garçon a été sauvagement tué par les Ra'zacs. Ils ont brûlé sa ferme, et ils ont failli massacrer Eragon. Leur crime appelle la vengeance ! Mais ils nous ont semés sans laisser de trace. Nous sommes venus te demander ton aide pour leur mettre la main dessus.

– Je comprends... Mais pourquoi moi ? Je n'ai aucune idée de l'endroit où peuvent se terrer les Ra'zacs ; et ceux qui le savent se garderont bien de te le dire.

Brom se leva et retira de sa tunique la flasque qu'Eragon avait trouvée dans la clairière. Il la tendit à Jeod :

– Il y a de l'huile de Seithr, là-dedans.

– Modifiée ?

– Oui. Les Ra'zacs l'avaient avec eux. Ils l'ont laissée tomber dans leur fuite, et nous l'avons récupérée par hasard. Nous voudrions consulter les registres du commerce de Teirm, afin de déterminer quels agents de l'Empire ont acheté une telle huile. Cela nous mènera au repaire de ces chiens...

Des rides creusèrent le front de Jeod. Il tendit le doigt vers les volumes remplissant les rayonnages.

– Tu vois ça ? demanda-t-il. Ce sont les registres qui concernent mes affaires, et rien que mes affaires. Il te faudrait des mois pour réaliser ton projet en épluchant ceux de chaque commerçant.

– J'ai tout mon temps, affirma le conteur.

– Il y a un autre problème, encore plus épineux. Les registres qui t'intéressent sont conservés sous forme de rouleaux scellés dans ce château. Mais seul Brand, l'administrateur du commerce nommé par Risthart, est habilité à les consulter. Nous, les marchands, nous ne sommes pas autorisés à y accéder.

– Pourquoi ?

– Ils ont peur que nous ne falsifiions les données pour spolier l'Empire, en trichant sur le montant des précieuses taxes que nous lui devons.

– Je me chargerai de ce Brand en temps voulu, promit Brom. En attendant, nous avons besoin de quelques jours de repos avant de mettre au point notre plan.

Jeod sourit :

– C'est à mon tour de te rendre service ! Ma maison est la vôtre, bien entendu. Comment vous appelez-vous, à Teirm ?

– Moi, c'est Neal ; et lui, Evan.

Le marchand se tourna vers Eragon et dit pensivement :

– Tu portes un nom unique. Ils sont rares, ceux à qui l'on a donné le nom du premier Dragonnier. De toute ma vie, je n'en ai connu que trois.

Le garçon était déconcerté : Jeod connaissait l'origine de son nom, lui aussi !

– Eragon, intervint Brom, pourrais-tu aller vérifier si les chevaux vont bien ? J'ai peur de ne pas avoir attaché Feu-de-Neige assez solidement...

« Ils me cachent quelque chose et veulent en parler tranquillement », pensa le garçon.

Il se leva néanmoins et quitta la pièce en claquant la porte.

Évidemment, Feu-de-Neige n'avait pas bougé. Le nœud qui le retenait était bien serré.

Renfrogné, Eragon s'adossa au mur. « Ce n'est pas juste, ruminait-il. Si seulement je pouvais entendre ce qu'ils se disent... »

Une pensée le fit alors sursauter : Brom ne lui avait-il pas appris une formule susceptible de développer sa perception ? Il devait être capable de l'utiliser. Après tout, il avait fait des miracles avec un simple mot comme « brisingr »...

Il se concentra et mobilisa son pouvoir. Lorsqu'il se sentit prêt, il prononça :

– Thverr stenr un atra eka hórna !

Et il laissa la force des mots l'imprégner. Un petit soupir siffla à ses oreilles ; ce fut tout. Eragon était très déçu...

Soudain, il entendit la voix de Jeod :

– ... et voilà ce que je fais depuis presque huit ans.

Le garçon regarda autour de lui. Personne, à part les deux gardes à l'autre bout de la cour. Il s'assit en souriant contre le mur du donjon, et écouta, les yeux clos.

– Je n'aurais jamais cru que tu deviendrais un marchand ! disait Brom. C'étaient les livres qui te passionnaient ! Raconte-moi ce qui t'a amené à quitter les mots pour les chiffres...

– Après Gil'ead, j'avais perdu l'envie de passer mon temps dans des salles poussiéreuses, à m'abîmer les yeux sur des rouleaux de parchemin. J'ai tâché d'aider Ajihad de mon mieux, mais je n'étais pas un guerrier. Tu te rappelles peut-être que mon père était dans le commerce ; c'est lui qui m'a mis le pied à l'étrier. Depuis, je gagne bien ma vie, en traitant surtout avec les gens du Surda.

– J'ai cru comprendre en arrivant ici que les affaires étaient loin d'être florissantes...

– En effet. Depuis quelque temps, aucun de nos navires n'est arrivé à bon port. Tronjheim a besoin d'être ravitaillé. D'une manière que je ne m'explique pas, des agents de l'Empire – qui d'autre ? – ont dû découvrir qui d'entre nous assistait Tronjheim. Mais je ne suis pas sûr que ce soit l'Empire le responsable. Personne n'a vu de soldats par ici. Je ne comprends pas. Galbatorix aurait-il engagé des mercenaires pour nous harceler ?

– On raconte que tu as perdu un bateau, il y a peu.

– C'était le dernier qui me restait, lâcha Jeod avec amertume. Son équipage était loyal et courageux. Je pense que je ne le reverrai jamais... Je n'ai plus le choix : il me faut envoyer des caravanes terrestres vers le Surda ou Gil'ead, même si je sais qu'elles n'iront probablement pas jusqu'au bout, aussi nombreuse que soit leur escorte. Avant, je pouvais louer les services d'autres navigateurs ; mais, aujourd'hui, personne n'accepte plus cette tâche.

– Combien de marchands t'ont apporté leur aide ? s'enquit le conteur.

– Oh, un bon nombre, répartis sur l'ensemble de la côte. Et tous ont souffert des mêmes problèmes. Je sais ce que tu es en train de penser. J'y ai réfléchi moi-même bien des nuits... Cependant, je n'arrive pas à croire qu'il y ait un traître dans mon entourage, assez proche de moi pour être informé de mes moindres activités. Si c'était le cas, nos jours seraient comptés. Tu devrais retourner à Tronjheim, et...

– Avec Eragon ? l'interrompit Brom. Ils le mettraient en pièces. C'est le pire endroit pour ce garçon, en ce moment. Peut-être dans quelques mois ou, mieux, dans un an. Tu imagines comment les nains réagiraient à sa présence ? Tous essayeraient de l'influencer, surtout Islanzadi... Eragon et Saphira ne seront pas en sécurité, là-bas, avant d'avoir atteint le tuatha du orothrim.

L'excitation d'Eragon était à son comble : « Des nains ! Mais où est donc Tronjheim ? Et pourquoi Brom a-t-il parlé à Jeod de Saphira ? Il aurait pu au moins me demander mon avis ! »

– Je suis sûr qu'ils ont encore besoin de ton pouvoir et de ta sagesse.

Le conteur ricana :

– Ma sagesse ! Tu sais bien que je ne suis qu'un vieillard grincheux, à présent...

– Beaucoup pensent le contraire.

– Qu'ils pensent ce qu'ils veulent ! Je n'ai pas besoin de me justifier. Non, Ajihad devra continuer de se débrouiller sans moi. Ce que j'accomplis en ce moment est bien trop important. Cependant, l'existence supposée d'un traître soulève des questions troublantes. Et si c'était ainsi que l'Empire avait appris où...

Il n'acheva pas sa phrase.

– Je me demande pourquoi je n'ai pas été contacté à ce sujet, fit observer Jeod.

– Peut-être ont-ils essayé. Sauf que, s'il y a un traître... Écoute, je dois envoyer un mot à Ajihad. As-tu un messager dont tu sois absolument sûr ?

– Oui, je pense. Où veux-tu qu'il aille ?

– Je ne sais pas, murmura Brom. Je suis resté trop longtemps à l'écart... Mes contacts sont morts, ou alors ils m'auront oublié. Demande à ton homme de s'adresser à la personne chargée de réceptionner d'ordinaire tes chargements.

– D'accord, mais c'est risqué.

– Qu'est-ce qui ne l'est pas, de nos jours ? Allons, quand peut-il partir ?

– Demain, dans la matinée. Je l'enverrai à Gil'ead. Ce sera plus rapide. Comment prouvera-t-il que le message vient de toi ?

– Tiens, donne-lui cet anneau. Et dis-lui que, s'il s'avisait de le perdre, je lui ferais regretter d'être né. La reine en personne me l'a donné.

– Voilà une joyeuse perspective !

Brom grogna, laissa passer un long silence, puis dit :

– Allons rejoindre Eragon. Je suis toujours inquiet quand je le laisse seul. Ce garçon a un talent hors du commun pour se jeter tête la première dans les ennuis.

– Ça t'étonne ?

– Pas trop.

Eragon entendit que les deux amis se levaient. Il s'empressa de refermer son esprit et ouvrit les yeux. « Que peut-il bien se passer ? » se demanda-t-il. « Jeod et d'autres marchands ont des problèmes pour avoir aidé des ennemis de l'Empire. Brom a trouvé quelque chose à Gil'ead, après quoi il est venu à Carvahall pour se cacher. L'affaire était-elle si importante qu'il ait laissé son grand ami croire à sa mort pendant près de vingt ans ? Le conteur a mentionné une reine : or, aucun royaume connu n'a été gouverné par une reine. Quant aux nains, ce peuple est censé avoir disparu sous terre depuis des siècles ! »

Eragon voulait des réponses. Mais il n'affronterait pas Brom dans l'immédiat. Cela risquerait de compromettre sa mission première : localiser les Ra'zacs. Non, il attendrait qu'ils eussent tout deux quitté Teirm. Dès lors, il harcèlerait le vieil homme jusqu'à ce qu'il lui dévoilât ses secrets.

– Feu-de-Neige ne s'était pas détaché ? demanda Brom en émergeant du donjon avec Jeod.

– Non, grogna Eragon.

Il détacha les chevaux, et les trois amis sortirent de l'enceinte du château.

– Alors, comme ça, tu t'es marié, Jeod ! lança le conteur quand ils eurent quitté la citadelle. Et, de surcroît, avec une jeune et séduisante beauté ! Félicitations !

Le marchand grimaça et garda les yeux fixés sur les pavés.

– Je ne sais pas trop s'il faut me féliciter, répondit-il. Helen n'est pas très heureuse.

– Pourquoi ? Que désire-t-elle ?

– Rien d'extravagant : un bon foyer, des enfants heureux, de quoi manger et des amis sympathiques. Le problème est qu'elle est issue d'une famille riche. Son père a beaucoup investi dans mes affaires. Si je continue à perdre de l'argent, notre niveau de vie va baisser... Mais pardonnez-moi : mes soucis ne sont pas les vôtres. Un hôte digne de ce nom ne devrait jamais ennuyer ses invités avec ses inquiétudes. Tant que vous serez chez moi, j'espère que vous vous appliquerez seulement à apprécier les succulents repas que vous y ferez !

– Merci pour ton hospitalité, dit Brom. Un peu de confort sera bienvenu après notre long et difficile voyage... À ce propos, pourras-tu nous indiquer une boutique de vêtements bon marché ? Nos habits ont quelque peu souffert du périple !

– Bien sûr ! s'écria Jeod en souriant. Ça, c'est mon boulot !

Il ne cessa plus de parler de tissus, de prix et d'échoppes jusqu'à ce que sa maison fût en vue. Alors, il demanda :

– Ça ne vous dérangerait pas que nous mangions en ville ? Je crois que rien ne sera prêt, et...

– Aucune objection ! le rassura Brom.

– Merci, murmura Jeod, l'air soulagé. Venez, nous allons conduire les chevaux à l'écurie...

Quelques instants plus tard, ils se retrouvaient dans une grande taverne. À la différence du Vert Noisetier, cet établissement-ci était animé, propre, et plein de gens qui conversaient bruyamment. Dès que le plat principal – un cochon de lait farci – fut servi, Eragon l'attaqua avec appétit. Il savoura aussi l'accompagnement – des pommes de terre, des carottes et des navets. Il n'avait pas dégusté un tel repas depuis des siècles !

Ils restèrent à table plusieurs heures. Brom et Jeod continuaient de se raconter leurs vies. Eragon n'en avait cure. Il était au chaud ; la nourriture était succulente et abondante ; derrière lui, des clients chantonnaient un air enjoué ; les conversations des consommateurs le berçaient agréablement.

Lorsqu'ils quittèrent la taverne, le soleil descendait vers l'horizon.

– Je vous rejoins ! déclara Eragon. Il faut que j'aille vérifier quelque chose.

« Voir si Saphira est bien installée », compléta-t-il pour lui-même.

Brom acquiesça, la mine absente :

– Sois prudent et ne rentre pas trop tard.

– Un instant ! intervint Jeod. Tu as l'intention de sortir de Teirm ?

Embarrassé, Eragon avoua que oui.

– Alors, veille à rentrer avant la nuit. Une fois les portes fermées, les gardes ne t'ouvriront que le lendemain matin...

– Je serai de retour à temps, promit Eragon.

Il pivota sur ses talons et dévala la rue au pas de course.

Dès qu'il fut hors de la ville, il inspira à fond, heureux de sentir l'air frais gonfler ses poumons, et il appela : « Saphira ! Où es-tu ? »

Elle le guida par l'esprit jusqu'au pied d'une falaise moussue, couronnée d'érables. Il aperçut sa tête, tout en haut, au-dessus des arbres, et il lui adressa un grand geste.

« Comment suis-je censé arriver jusqu'à toi ? » demanda-t-il.

« Mets-toi au centre d'une clairière, et je descendrai te chercher. Ce sera plus pratique. »

« Non, pas la peine. Je vais grimper ! »

« C'est trop dangereux ! »

« Tu t'inquiètes toujours pour rien ! Laisse-moi m'amuser un peu... »

Eragon ôta ses gants, les fourra dans sa poche et commença l'ascension. Ce défi physique l'émoustillait. La paroi était abrupte, mais les prises ne manquaient pas, ce qui facilitait sa progression. À mi-pente, il profita d'une saillie pour reprendre son souffle ; puis il tendit le bras vers la prise la plus proche. Inaccessible. Il chercha une autre encoche dans la roche. N'en trouvant pas, il comprit qu'il n'y avait pas moyen de se hisser davantage... Il était coincé.

Saphira l'observait sans ciller. Eragon s'avoua vaincu. « J'ai besoin d'aide », reconnut-il.

« Je t'avais prévenu ! »

« Je sais... Tu viens m'aider ou pas ? »

« Si je n'étais pas là, tu serais en mauvaise posture. »

Eragon grinça des dents : « Je sais ! »

« Tu as raison. Après tout, comment une simple dragonne pourrait-elle donner des conseils à un homme comme toi ? Dommage que ton génie ne t'ait pas permis d'anticiper : tu aurais choisi une route différente, et tu serais en haut depuis un bon moment. »

Elle pencha la tête vers lui, et il aperçut ses yeux brillants.

« D'accord, souffla-t-il. J'ai commis une erreur. Peux-tu, s'il te plaît, me tirer de là ? »

La dragonne disparut de sa vue.

« Saphira ? »

Au-dessus du garçon, il n'y avait plus que des arbres qui se balançaient sous la brise.

« Saphira ! rugit Eragon. Reviens ! »

Dans un battement d'ailes sonore, Saphira réapparut. Elle descendit vers lui à la manière d'une énorme chauve-souris, l'agrippa par sa chemise, lui effleurant le dos de ses serres. Il se laissa emporter. Un bref instant, Eragon resta suspendu dans les airs. Juste après, Saphira le déposait sur la falaise et lâchait sa chemise.

« Sottise ! » conclut-elle.

Le garçon examina les lieux, étudiant le paysage avec attention. La falaise offrait une vue magnifique sur les environs et sur la mer écumante ; elle protégeait du regard des humains. Seuls les oiseaux pouvaient voir Saphira. La dragonne avait trouvé l'endroit idéal.

« L'ami de Brom est-il digne de confiance ? » demanda-t-elle.

« Je ne sais pas », répondit Eragon. Il lui résuma les principaux événements de la journée et conclut : « Des forces rôdent autour de nous à notre insu. Parfois, je m'interroge sur les véritables motivations des gens que nous côtoyons. Tous semblent avoir leurs secrets. »

« Ainsi va le monde ! Ignore les idées toutes faites, et fie-toi à la nature des gens. Brom est bon. Il ne nous veut aucun mal. Nous n'avons rien à craindre de ses projets. »

« J'espère... » murmura Eragon en observant ses mains.

« Éplucher les registres de commerce pour trouver les Ra'zacs est un procédé curieux... N'y a-t-il pas moyen de se servir de la magie pour feuilleter ces volumes sans avoir à s'introduire dans la pièce où ils sont gardés ? »

« J'en doute. Il faudrait combiner un sort de vue et un sort de distance... Ou peut-être de distance et de lumière... Dans tous les cas, ce sera difficile. Je demanderai à Brom. »

« Sage décision. »

Ils partagèrent un silence apaisé.

« Tu sais, reprit Eragon, nous resterons sans doute ici un bout de temps. »

« Et, comme d'habitude, on va me laisser à l'écart ? »

« Je ne le souhaite pas, crois-moi... Bientôt, nous voyagerons de nouveau ensemble... »

« Puisse ce jour être proche ! »

Le garçon sourit et se serra contre la dragonne. Il remarqua alors que la lumière baissait rapidement.

« Il faut que je parte avant qu'ils n'aient refermé les portes de Teirm. Va chasser, demain ; je passerai te voir le soir. »

Saphira étendit ses ailes : « Viens, je vais te redescendre. »

Eragon grimpa sur son dos écailleux et se cramponna quand elle plongea du haut de la falaise. Elle survola les arbres et atterrit sur un monticule. Eragon la remercia et courut vers Teirm.

Lorsqu'il arriva en vue des portes, celles-ci commençaient de se refermer.

– Attendez ! cria-t-il aux gardes.

Il accéléra et se faufila entre les battants, juste avant qu'ils ne claquent dans son dos avec un bruit sourd.

– 's'en est fallu d'peu ! commenta un garde.

– Ça ne se reproduira plus, promit le jeune homme, plié en deux pour reprendre son souffle.

Il chercha un moment son chemin à travers les rues obscures. Devant la maison de Jeod, une lanterne luisait comme un fanal.

Eragon frappa. Un domestique grassouillet vint lui ouvrir et l'introduisit dans la demeure sans un mot. Des tapisseries couvraient les murs de pierre. D'élégants tapis étaient jetés çà et là sur le sol en bois poli, où se reflétait la lumière dispensée par trois candélabres dorés suspendus au plafond.

– Par ici, monsieur, dit le domestique. Votre ami est dans le bureau.

Il suivit son guide le long d'un couloir, jusqu'à une porte qui s'ouvrait sur une pièce de travail.

Les murs disparaissaient sous les livres. Mais, contrairement à ceux du donjon, ceux-ci étaient de toutes les tailles et de toutes les formes. Des bûches rougeoyaient dans la cheminée répandant une douce chaleur.

Assis à une table ovale, Brom et Jeod étaient en pleine conversation. Le conteur leva sa pipe et lança, jovial :

– Ah ! Te voilà ! On commençait à s'inquiéter ! Alors, cette promenade ?

Eragon s'étonna de tant de bonne humeur. Pourquoi Brom ne demandait-il pas simplement comment allait Saphira ?

– Agréable, répondit-il. Si ce n'est que les gardes ont failli m'enfermer dehors, et que j'ai eu du mal à retrouver la maison. Teirm est si grande !

Jeod se mit à rire :

– Quand tu auras vu Dras-Leona, Gil'ead, ou même simplement Kuasta, tu ne seras plus impressionné par cette modeste cité côtière ! Cela dit, je l'aime bien. Quand il ne pleut pas, c'est une très belle ville.

Eragon se tourna vers Brom :

– Combien de temps allons-nous rester ici ?

Le vieil homme leva ses paumes en signe d'ignorance :

– Tout dépend si on peut accéder aux registres, puis du temps qu'il nous faudra pour y dénicher ce que nous cherchons. Je parlerai à Brand dès demain, et on verra bien s'il accepte de nous laisser examiner ses archives. Après, ce sera un travail long, fastidieux. Nous devrons tous nous y mettre.

– Pas moi, l'avertit Eragon avec un geste gêné.

– Pourquoi cela ? Nous aurons besoin de ton aide !

Eragon baissa la tête :

– Je ne sais pas lire...

– Quoi ? s'écria Brom. Garrow ne t'a jamais appris ?

– Parce qu'il savait, lui ?

– Bien sûr qu'il savait ! s'emporta le conteur. Ah, la triple buse ! J'aurais dû me douter qu'il ne prendrait pas la peine de t'enseigner à lire ni à écrire. Il devait considérer cela comme un luxe inutile.

Le vieil homme grimaça et tira sur sa barbe, furieux :

– Cela contrarie mes plans. Enfin, disons que cela les retarde. Il me faudra juste t'enseigner la lecture. Tu n'en auras pas pour longtemps si tu t'appliques.

Eragon se raidit. Les leçons de Brom étaient efficaces et directes. Mais dans quelle mesure était-il capable d'assimiler toutes ces connaissances en une seule fois ?

– J'imagine que je n'ai pas le choix, grommela-t-il.

– Tu ne le regretteras pas, lui assura Jeod. Il y a tant à découvrir dans les grimoires et les rouleaux de parchemin !

Il désigna les rayonnages qui les entouraient :

– Ces livres sont mes amis, mes complices. Ils me font rire,
pleurer, comprendre le sens de la vie.

– Ça donne envie, reconnut Eragon.

– Ah, Jeod ! s'exclama Brom, tu es resté un érudit.

Le commerçant haussa les épaules :

– J'ai bien peur de n'être plus qu'un simple bibliophile.

– Un quoi ? demanda Eragon.

– Quelqu'un qui aime les livres.

Sur ce, Jeod se remit à converser avec Brom. Pour passer le temps, le garçon examina les étagères. Un élégant volume orné de dorures attira son attention. Il le prit et le regarda avec curiosité.

Il était relié dans un cuir noir gravé de runes mysté-rieuses. Eragon fit courir ses doigts sur la couverture, appré-ciant sa douceur. À l'intérieur, les caractères étaient imprimés à l'encre rouge vif. Il feuilleta les pages. L'une d'elles était manuscrite. Les mots s'étiraient en lignes gracieuses et précises.

Eragon tendit le livre à Brom.

– Qu'est-ce que c'est ? demanda-t-il en désignant l'étrange écriture.

Le conteur regarda la page de près et leva les sourcils, surpris :

– Tu as enrichi ta collection, Jeod ! Où as-tu trouvé ceci ? Je n'en ai pas vu de semblable depuis fort longtemps...

Jeod allongea le cou pour voir de quoi il s'agissait :

– Ah, oui ! Le *Domia abr Wyrda* ! Un homme est venu à Teirm, il y a plusieurs années, et il a essayé de le vendre à un marchand, dans les docks. Par chance, j'étais là, et j'ai réussi à sauver le livre... et la tête de cet inconscient. Il n'avait pas idée de ce que c'était.

– C'est curieux, Eragon, que tu aies choisi précisément ce livre, dit Brom. Il s'intitule *La Domination du destin*. Il est sans doute l'objet le plus précieux de cette maison. Il contient une histoire détaillée et complète de l'Alagaësia, qui commence bien avant l'arrivée des elfes et se termine quelques décennies avant aujourd'hui. C'est un livre très rare et le meilleur du genre. Quand il a été divulgué, l'Empire a crié au blasphème et a brûlé son auteur, Heslant le Moine. Je ne pensais pas qu'il restait encore des exemplaires en circulation. Cette page est écrite en ancien langage.

– Que dit-elle ? voulut savoir Eragon.

Il fallut un moment à Brom pour déchiffrer le texte :

– C'est un extrait d'un poème elfique célébrant les années pendant lesquelles les elfes combattaient les dragons. Il évoque l'un de leurs rois, Ceranthor, chevauchant vers la bataille. Les elfes vénèrent ce poème. Ils le déclament régulièrement, bien que trois jours soient nécessaires pour le réciter en entier. Ils pensent qu'en s'en imprégnant, ils éviteront de répéter les erreurs du passé. Parfois, ils le psalmodient, et c'est beau à faire pleurer les pierres.

279

Eragon vint s'asseoir, tenant le livre avec respect. « C'est fascinant ! Ce Heslant le Moine, qui est mort, continue de parler grâce à ces pages ! Tant que le livre existera, ses idées vivront. Et si on y trouvait des informations sur les Ra'zacs ? »

Il feuilleta l'ouvrage pendant que Brom et Jeod poursuivaient leur conversation. Des heures passèrent. Eragon sentait ses yeux se fermer. Jeod eut pitié de lui et souhaita bonne nuit à ses hôtes.

– Mon valet va vous montrer vos chambres, dit-il.

Celui-ci les guida à l'étage, s'arrêta devant trois portes et déclara :

– Si vous avez besoin de quoi que ce soit, le cordon de la sonnette est à côté de votre lit.

Il s'inclina avant de s'éloigner.

Comme Brom entrait dans la pièce de droite, Eragon demanda :

– Je peux vous parler ?

– Tu viens de le faire. Mais entre un instant.

Le garçon referma la porte derrière lui.

– Saphira et moi avons eu une idée, déclara-t-il. Est-il poss...

Le conteur leva une main pour qu'il se taise et se dépêcha de tirer les rideaux.

– Quand tu abordes ce genre de sujets, assure-toi qu'aucune oreille indiscrète ne t'entend !

– Pardon..., murmura Eragon, se reprochant à lui-même cette erreur. Ce que je voulais savoir, c'est : est-il possible d'évoquer l'image d'une chose hors de notre vue ?

Brom s'assit sur le bord de son lit :

– Oui, c'est possible ; c'est même, parfois, très utile. Néanmoins, ce procédé a un inconvénient : on ne peut évoquer que les gens, les endroits et les objets qu'on a déjà vus. Ainsi, si tu évoquais les Ra'zacs, tu les verrais parfaitement ; mais tu ne verrais pas où ils sont. Et il y a autre chose. Mettons, par exemple, que tu veuilles lire à distance une page dans un livre que tu as déjà vu. Tu ne pourrais la lire que si le livre était ouvert précisément à cette page.

– Et si le livre est fermé ?

– La page t'apparaîtrait complètement noire.

– Et pourquoi ne puis-je pas évoquer des objets que je n'ai jamais vus ? insista Eragon.

Même avec ces limites, l'évocation pouvait se révéler fort profitable. S'il parvenait à voir quelque chose à des lieues de distance, peut-être réussirait-il à le toucher par sa magie...

– Parce que, répondit Brom avec patience, pour pratiquer ce type de vision, tu dois savoir précisément ce que tu regardes et où diriger ton pouvoir. Supposons qu'on te décrive un étranger avec force détails. Tu serais incapable de le visualiser, et encore moins de le localiser ou d'analyser son environnement. Il te faut connaître l'objet de ta curiosité pour l'évoquer. Cela répond-t-il à ta question ?

Eragon réfléchit un moment, puis déclara :

– Mais comment fait-on ? Projette-t-on l'image sur une simple couche d'air ?

– Non, en général, on évite, fit Brom en secouant sa tête blanche. Ça brûle davantage d'énergie qu'une projection sur une surface réfléchissante, comme un étang ou un miroir. Certains Dragonniers avaient coutume de sillonner le pays, afin de mémoriser le plus d'endroits possible. Ainsi, lorsque survenaient des guerres ou autres calamités, ils étaient à même de visualiser ce qui se passait en Alagaësia...

– Je peux essayer ? demanda Eragon.

Brom le dévisagea attentivement :

– Non, pas maintenant. Tu es fatigué, et cet exercice exige beaucoup d'énergie. Je vais t'apprendre les mots appropriés, à condition que tu me promettes de ne pas les employer ce soir. En fait, je préférerais que tu attendes qu'on ait quitté Teirm : j'ai d'autres choses à t'apprendre.

– Je vous le promets, dit le garçon en souriant.

– Très bien.

Brom se pencha vers Eragon et lui chuchota à l'oreille :

– Draumr kópa.

Le garçon prit le temps de mémoriser les mots.

– Peut-être que, lorsque nous aurons quitté Teirm, je réussirai à visualiser Roran. J'aimerais savoir ce qu'il devient. J'ai peur que les Ra'zacs ne s'en prennent à lui.

– Je ne veux pas t'effrayer, mais c'est une éventualité sérieuse. Même si Roran était absent de Carvahall quand les Ra'zacs sont arrivés, je suis certain qu'ils se sont renseignés à son sujet. Qui sait ? Ils l'ont peut-être croisé à Therinsford. Quoi qu'il en soit, ça m'étonnerait que leur curiosité ait été satisfaite. Tu restes introuvable, et le roi doit menacer ses envoyés d'une terrible punition s'ils ne te mettent pas la main dessus. Quand ils auront épuisé toutes les autres possibilités, ils reviendront interroger Roran. C'est juste une question de temps.

– Donc, la seule manière de protéger Roran est de faire savoir aux Ra'zacs où je suis. Comme ça, ils se jetteront à mes trousses plutôt qu'aux siennes.

– Non, ça ne marchera pas. Cherche à comprendre tes ennemis pour anticiper leurs actions, le chapitra Brom. Même si tu révélais où tu te trouves, les Ra'zacs n'arrêteraient pas de pourchasser Roran pour autant. Et pourquoi ?

Eragon se concentra afin d'examiner l'éventail des possibilités :

– Parce que, s'ils ne m'attrapent pas bientôt, ils risquent de s'énerver et de capturer Roran pour m'obliger à me montrer. Si je ne cède pas à leur chantage, ils sont capables de le tuer uniquement pour me faire souffrir. Si je suis considéré comme un ennemi de l'Empire, ils peuvent aussi se servir de Roran comme d'un appât. Et si je prends contact avec lui, et qu'ils l'apprennent, ils le tortureront pour qu'il leur révèle où je suis.

– Excellent raisonnement ! approuva Brom.

– Sauf qu'il n'y a pas de solution ! Je ne peux pas les laisser tuer Roran !

Brom claqua des mains :

– La solution est pourtant évidente ! Roran va devoir apprendre à se défendre lui-même. Cela te paraît dur ? Sois logique : tu ne peux pas courir le risque de le rencontrer, tu l'as dit toi-même. Et n'oublie pas une chose : lorsque nous sommes partis de Carvahall – tu étais dans un drôle d'état, à l'époque... –, je t'ai dit que j'avais confié une lettre d'avertissement pour Roran aux bons soins de Gertrude, de sorte qu'il ne sera pas totalement pris au dépourvu. S'il a un peu de plomb dans la cervelle, dès que les Ra'zacs débarqueront à Carvahall ou à Therinsford, il suivra mon conseil.

– Lequel ?

– S'enfuir.

Eragon bougonna :

– Je n'aime pas ça.

– Pourtant, il y a du bon, dans cette affaire ! Galbatorix ne peut pas se permettre de laisser un Dragonnier dans la nature ; par contre, il est le seul Dragonnier vivant, à part toi, et il lui serait utile d'en avoir un autre sous ses ordres. Avant d'essayer de te tuer ou de tuer Roran, il t'offrira une chance de le servir. Malheureusement, s'il est en mesure de t'approcher assez pour te faire cette proposition, tu ne pourras plus qu'accepter ou mourir.

– Et c'est ça que vous appelez « du bon dans cette affaire » ?

– C'est en tout cas la seule façon de protéger Roran. Tant que le roi ne sait pas quel camp tu as choisi, il n'osera pas s'en prendre à ton cousin. Garde bien ça en tête.

– Les Ra'zacs ont tué Garrow, objecta Eragon.

– À mon avis, c'était une erreur. Galbatorix n'aurait pas ordonné ce meurtre s'il n'y gagnait rien en contrepartie.

– Et comment pourrai-je refuser l'offre de Galbatorix, quand il me menacera de mort ?

Brom soupira et se dirigea vers la table de chevet. Il trempa ses doigts dans une cuvette remplie d'eau de rose avant de dire :

– Le roi veut que tu te mettes à son service. Sans cela, tu n'es pas seulement inutile, tu es pire : tu es dangereux. La question est donc la suivante : si tu es mis au pied du mur, es-tu prêt à mourir pour ce que tu crois juste ? Quand tu pourras y répondre, alors tu sauras décliner son offre.

La question resta suspendue un instant, puis le conteur conclut :

– Ce n'est pas facile. Personne ne peut le décider à ta place. Beaucoup de gens sont morts pour leurs idées ; ce destin est devenu tristement banal... Le vrai courage est peut-être de vivre pour ce qu'on croit, quitte à souffrir.

LA SORCIÈRE
ET LE CHAT-GAROU

La matinée était bien avancée, le lendemain, lorsque Eragon s'éveilla. Il s'habilla, se lava le visage et se coiffa en levant le miroir devant lui. Son reflet l'intrigua. Il regarda mieux : son visage avait changé depuis qu'il avait fui Carvahall, il n'y avait pourtant pas si longtemps. Plus de joues rebondies : le voyage, les privations, l'entraînement physique les avaient fait fondre. Ses pommettes étaient plus saillantes, et les contours de sa mâchoire étaient plus prononcés. Il y avait une légère marque autour de ses yeux qui, vue de près, lui donnait un aspect étrange, presque sauvage. Quand il tint le miroir à bout de bras, il retrouva son apparence normale ; cependant, son visage lui restait comme étranger.

Un peu perturbé, il attrapa son arc et son carquois, et il quitta la chambre. Dès qu'il fut dans l'entrée, un domestique vint vers lui.

– Votre oncle est parti au château avec mon maître, annonça-t-il. Il a dit que vous aviez quartier libre : il ne sera pas de retour avant ce soir.

Eragon le remercia, puis entreprit d'explorer Teirm, impatient de découvrir ses curiosités. Des heures durant, il erra dans les rues, entra dans des boutiques, parlant avec les gens qu'il rencontrait. Il finit par revenir chez Jeod : il avait une faim de loup... mais pas un sou vaillant.

Quand il arriva devant l'échoppe de l'herboriste, il s'arrêta. Quel endroit saugrenu pour tenir boutique ! La plupart des autres commerces se trouvaient le long du rempart, loin des quartiers riches. Eragon essaya de regarder à travers les fenêtres, en vain, des plantes grimpantes faisant office de rideaux. Intrigué, il pénétra à l'intérieur.

D'abord, il ne vit rien. La pièce était trop sombre. Quand ses yeux s'habituèrent à la pâle lueur verte qui filtrait par les carreaux, il avisa un oiseau bigarré, doté d'une queue à longues plumes et d'un bec acéré impressionnant. Le volatile, enfermé dans une cage près de la fenêtre, observait l'intrus avec méfiance. Les murs étaient couverts de plantes grimpantes, une treille de vigne s'accrochait au plafond, masquant la lumière. Dans un pot massif posé par terre poussait une belle fleur jaune. Sur le comptoir étaient alignés des mortiers, des pilons, des jattes en métal et une boule de cristal transparente, aussi grosse qu'une tête.

Eragon s'en approcha en contournant précautionneusement ce qui obstruait le passage : il y avait là des pierres, des piles de parchemins, des machines bizarres et d'autres objets dont il ignorait l'utilité. Derrière le comptoir, un meuble aussi haut que la pièce contenait des tiroirs de toutes les tailles. Certains avaient la largeur de son petit doigt ; d'autres étaient assez vastes pour contenir un tonneau. Dans sa partie supérieure, entre les étagères, il y avait un espace vide d'une trentaine de centimètres.

C'est là que, soudain, une paire d'yeux apparut, rougeoyant dans la pénombre. L'instant d'après, un énorme chat à l'allure féroce bondit sur le comptoir. Son corps était mince mais musclé ; ses griffes paraissaient énormes. Une crinière en broussaille auréolait son visage anguleux. Ses oreilles étaient piquetées de touffes noires. Sous son pelage, on devinait une mâchoire puissante.

Le félin ne ressemblait pas aux chats qu'Eragon connaissait. Il jaugea le nouveau venu avec des yeux suspicieux, puis il agita la queue comme pour le chasser.

D'instinct, le garçon chercha à entrer en contact avec l'esprit du chat. Il lui communiqua des pensées apaisantes, tâchant de lui faire comprendre qu'il venait en ami. Il entendit quelqu'un lui répondre : « Te fatigue pas... »

Eragon regarda autour de lui, inquiet. Le chat l'ignora et se lécha une patte.

« Saphira ? demanda-t-il. Où es-tu ? »

Pas de réponse. Mal à l'aise, il s'approcha du comptoir, où il avait remarqué une petite bûche.

« Mauvaise idée... »

« Arrête, Saphira ! » se fâcha Eragon.

Il saisit la bûche. Une violente décharge secoua son corps et il s'effondra, le souffle coupé. La douleur se dissipa peu à peu, le laissant pantelant.

Le chat sauta sur le sol et le regarda droit dans les yeux : « Tu n'es pas très malin, pour un Dragonnier... Je t'avais averti, pourtant ! »

« C'est toi qui m'as parlé ! » s'exclama Eragon.

Le chat bâilla, s'étira et se mit à flâner dans le labyrinthe des objets qui encombraient la boutique :

« Qui d'autre ? »

« Mais... tu n'es qu'un chat ! »

L'animal miaula et se rua vers lui. Il bondit sur sa poitrine, le poil hérissé, le regard luisant. Eragon tenta de se relever ; le chat grogna et montra les dents :

« Est-ce que j'ai l'air d'un chat comme les autres ? »

« N... non ! »

287

« Alors, qu'est-ce qui te fait croire que j'en suis un ? »

Eragon voulut dire quelque chose ; la créature enfonça un peu les griffes dans sa poitrine.

« À l'évidence, ton éducation a été négligée ! Eh bien, apprends que je suis un chat-garou. On n'est plus tellement nombreux, mais je pensais que même un garçon de ferme aurait entendu parler de nous... »

« Je ne savais pas que vous existiez réellement », souffla Eragon, fasciné.

Un chat-garou ! Quelle chance il avait ! Il connaissait les légendes qui les évoquaient : ces êtres d'exception apparaissaient à l'occasion et, quelquefois, donnaient des conseils aux humains. Si les conteurs disaient vrai, ils avaient des pouvoirs magiques ; ils vivaient plus longtemps que les hommes et en savaient toujours bien plus qu'ils ne voulaient l'avouer.

Le chat-garou cligna paresseusement des paupières. « Exister et savoir qu'on existe, c'est très différent, expliqua-t-il. Je ne savais pas que tu existais jusqu'à ce que tu déboules pour interrompre ma sieste. Ça ne veut pas dire que tu n'existais pas avant de me réveiller... »

Eragon se sentait un peu dérouté par ce raisonnement. « Je suis désolé de t'avoir dérangé », s'excusa-t-il.

« J'allais me lever de toute façon... », affirma l'animal. Il regagna le comptoir d'un bond et recommença de se lécher la patte. « Si j'étais toi, je ne garderais pas cette bûchette une seconde de plus. Sinon, tu vas recevoir une nouvelle décharge ! »

Eragon se dépêcha de reposer le bout de bois.

« Qu'est-ce que c'est ? » demanda-t-il.

« Un piège tout ce qu'il y a de banal. »

« Mais ça sert à quoi ? »

« Tu n'as pas encore compris ? »

Le chat-garou finit sa toilette, s'étira une deuxième fois,

puis sauta sur son perchoir. Il se coucha, les pattes sous le poitrail, ferma les yeux et se mit à ronronner.

« Attends ! lança Eragon. Comment t'appelles-tu ? »

Le chat-garou entrouvrit une paupière : « On m'a donné beaucoup de noms. Si tu veux connaître celui qui m'est propre, il te faudra chercher. » La paupière retomba. Le garçon renonça à poursuivre son interrogatoire ; il se retournait pour partir quand la voix de l'animal retentit dans sa tête : « Cependant, tu peux m'appeler Solembum. »

« Merci, Solembum », dit Eragon avec solennité. La créature ronronna plus fort.

La porte de la boutique s'ouvrit à la volée, inondant la pièce de soleil. Angela entra, un sac plein d'herbes sous son bras. Elle jeta un regard vers le chat-garou, et eut un mouvement de stupéfaction :

– Il dit que vous avez parlé ensemble !

– Vous aussi, vous pouvez communiquer avec lui ?

– Bien sûr... même s'il me répond quand ça lui chante !

Elle déposa son sac sur le comptoir, puis revint en arrière et fit face à Eragon.

– Il t'aime bien, annonça-t-elle. Ce n'est pas fréquent. En général, Solembum ne se montre pas. Il dit que tu es prometteur, et que ça nécessitera plusieurs années de travail.

– Merci.

– C'est un grand compliment, venant de sa part. Tu n'es que le troisième étranger avec qui il daigne communiquer. Le premier était une femme, il y a bien des années ; le deuxième était un mendiant aveugle ; et te voilà, à présent... Mais je ne suis pas herboriste pour le seul plaisir de bavarder. Cherches-tu quelque chose en particulier ? ou n'es-tu entré que pour jeter un coup d'œil ?

– Que pour jeter un coup d'œil, répondit Eragon, l'esprit encore occupé par le chat-garou. D'autant que je n'ai pas vraiment l'usage d'herbes...

– Oh, je ne m'en tiens pas qu'aux simples ! s'exclama Angela avec un sourire. Les seigneurs de la région, aussi riches que stupides, me payent pour que je leur fournisse des philtres d'amour et *tutti quanti*. Je n'ai jamais prétendu qu'ils aient la moindre efficacité ; et ça n'empêche pas les clients de revenir ! Mais je ne pense pas que tu aies besoin de ces bêtises. Veux-tu que je lise ton avenir ? Je fais ça aussi. Surtout pour les femmes des seigneurs de la région aussi riches que stupides.

Eragon éclata de rire :

– Non, non, je crains que mon avenir ne soit pas facile à décrypter. Et, surtout, je n'ai pas d'argent.

Angela regarda Solembum d'un air curieux :

– J'y pense...

Elle désigna la grosse boule de cristal.

– Ceci ne sert à rien, c'est juste bon pour les foires. Mais j'ai autre chose, qui... Attends-moi là. Je reviens de suite !

Elle fila dans l'arrière-boutique et en revint un peu plus tard, essoufflée, une petite bourse de cuir à la main. Elle la posa sur le comptoir.

– Je ne m'en suis pas servie depuis de nombreuses années. J'avais presque oublié où je les avais mis ! Allez, installe-toi en face de moi. Je vais te montrer pourquoi j'ai des raisons d'être intriguée...

Eragon s'empara d'un tabouret et s'assit. Les yeux de Solembum luisaient dans la semi-obscurité de son antre.

Angela étala un linge épais sur le comptoir et répandit dessus une poignée d'osselets polis, légèrement plus longs qu'un doigt de main, recouverts de runes et d'autres symboles magiques.

– Voici des ossements de dragon ! déclara-t-elle. Ne me demande pas comment je suis entrée en leur possession, c'est un secret que je garderai pour moi. Mais, contrairement aux feuilles de thé, aux boules de cristal ou aux tarots de divination, ces accessoires-ci sont dotés d'un pouvoir véritable. Ils ne mentent jamais – même s'il est parfois... compliqué de les interpréter. Si tu le désires, je les lancerai et je décrypterai leur message pour toi. Auparavant, tu dois comprendre une chose : connaître sa destinée peut être terrible. Terrible... Tu dois être sûr de le vouloir.

Eragon fixa les osselets comme s'ils avaient représenté une menace. « Jadis, ils appartenaient à un dragon semblable à Saphira. Connaître mon destin... Comment en décider sans savoir si j'aimerai ce qu'il me réserve ? Parfois, l'ignorance est assurément un bienfait... »

– Pourquoi me proposer cette expérience ? demanda-t-il.

– À cause de Solembum. Même s'il a été brutal avec toi, il t'a prêté attention, et cela prouve que tu es spécial. C'est un chat-garou, après tout ! J'ai aussi proposé de lire leur avenir aux deux autres personnes auxquelles Solembum a parlé. Seule la femme a accepté ; et elle l'a regretté. Son avenir promettait d'être douloureux. Je ne pense pas qu'elle m'ait crue, du moins au début... Elle s'appelait Selena...

« Selena ! » Eragon eut les larmes aux yeux en entendant ce prénom. C'était celui de sa mère. Était-ce à cause de cette prédiction si effroyable qu'elle l'avait abandonné ?

– Vous souvenez-vous de ce que vous lui avez prédit ? s'enquit-il, le cœur serré.

Angela secoua la tête et soupira :

– C'était il y a bien des années. Les détails se sont mélangés dans ma mémoire – qui n'est plus aussi bonne que jadis... Et même si je m'en souvenais, je ne te le dirais pas : ces mots lui étaient destinés, à elle seule. Mais je n'ai pas oublié la tristesse de ce moment, ni le regard désolé de Selena.

Eragon ferma les yeux et essaya de maîtriser ses émotions.

– Pourquoi vous plaignez-vous de votre mémoire ? demanda-t-il pour changer de sujet. Vous n'êtes pas si vieille que ça.

Un sourire creusa les joues d'Angela :

– Je suis flattée, mais détrompe-toi... Je suis plus vieille que je n'en ai l'air. Je parais peut-être plus jeune que mon âge à force de manger mes propres herbes quand les temps sont durs.

Eragon sourit à son tour, puis se décida : « Si c'était bien ma mère, et si elle a supporté de connaître son avenir, je le peux aussi. »

– Jetez les osselets pour moi, dit-il d'un ton solennel.

Le visage de l'herboriste redevint grave lorsqu'elle ramassa les osselets. Ses yeux se fermèrent, et ses lèvres s'agitèrent sans bruit. Puis elle lança d'une voix forte :

– Manin ! Wyrda ! Hugin !

Elle jeta les accessoires de divination sur le linge, où ils tombèrent en luisant faiblement dans la pénombre.

Les mots résonnèrent aux oreilles d'Eragon. Il avait reconnu la musique de l'ancien langage, et en conclut avec appréhension qu'Angela était sans doute une sorcière. Elle n'avait donc pas menti : elle était vraiment capable de lire l'avenir.

De longs moments s'écoulèrent, pendant lesquels la femme examina les osselets. Puis elle se recula et poussa un profond soupir. Elle se frotta les yeux et prit une gourde de vin sous le comptoir.

– Tu en veux ? proposa-t-elle.

Il secoua la tête. Angela haussa les épaules et but une grande gorgée.

– Je n'ai jamais rien eu d'aussi difficile à déchiffrer, dit-elle en s'essuyant la bouche avec sa manche. Tu avais raison. Ton destin est presque impossible à lire. Aucun autre ne m'avait paru aussi embrouillé et voilé que le tien... Néanmoins, j'ai réussi à déceler quelques éléments de réponse.

Solembum sauta sur le comptoir, les yeux rivés sur l'herboriste et son visiteur. Eragon serra nerveusement les mains lorsque Angela désigna l'un des osselets, tombé à l'écart. Il était marqué d'une longue ligne, sur laquelle était dessiné un cercle.

– Je commencerai par celui-ci, annonça-t-elle, car c'est le plus facile à interpréter. Ce symbole représente une vie éternelle, ou, du moins, très longue. C'est la première fois que je le vois apparaître. D'ordinaire, j'obtiens un tremble ou un orme – deux arbres qui indiquent une durée de vie normale. Vivras-tu toujours, ou seulement un nombre d'années extra-ordinaire, je ne saurais le dire ; mais je peux t'affirmer qu'une très longue existence t'attend...

« Normal, pensa Eragon. Je suis un Dragonnier. Pourra-t-elle m'apprendre autre chose que je ne sache déjà ? »

– La suite est plus difficile à lire, reprit la femme, car les osselets sont retombés en tas.

Elle pointa du doigt trois d'entre eux :

– Voici le chemin, l'éclair et le bateau. Je n'avais jamais vu cette figure. J'en avais seulement entendu parler. Le chemin montre que tu devras faire des choix dans ta vie, et que tu en affrontes quelques-uns en ce moment même. Je vois de grandes batailles éclater autour de toi, certaines pour te détruire, d'autres pour te protéger. Je vois les plus grandes puissances de cette contrée lutter pour contrôler et ta volonté, et ton destin. Quel que soit l'avenir que tu choisiras, parmi les infinies possibilités qui s'offrent à toi, il sera marqué par le sang et les conflits ; toutefois, un seul t'apportera le bonheur et la paix. Prends garde de ne point te perdre, car tu fais partie des rares humains réellement capables de décider de leur propre existence. Cette liberté est un don ; c'est aussi une responsabilité plus lourde que des chaînes...

Le visage de la femme s'assombrit :

– Et, comme pour contrebalancer cela, voici l'éclair. C'est un terrible présage. Un triste sort t'attend, que je distingue mal. Pour une part, il est lié à la mort. Une mort qui s'avance à grands pas, et qui va te causer beaucoup de peine. Tu découvriras le reste au cours d'un grand voyage. Regarde bien cet osselet. Il repose en partie sur le bateau. Voilà qui ne trompe pas. Tu quitteras cette terre pour ne plus y revenir. Où tu aboutiras, je l'ignore ; mais tu ne retrouveras plus jamais l'Alagaësia. Impossible d'échapper à cette destinée. Elle se réalisera, quoi que tu tentes pour l'éviter.

Ces mots effrayèrent Eragon. Un autre de ses proches allait mourir. Encore ! Il pensa à Roran ; il pensa à son pays. Qui le forcerait à le quitter ? Pour aller où ? Y avait-il des terres à l'est, au-delà des mers ? Seuls les elfes le savaient...

Angela se frotta les tempes et respira à fond :

– L'osselet suivant est plus facile à lire, et peut-être de moins triste augure.

L'herboriste désignait un fragment d'os où était dessinée une rose qui fleurissait au cœur d'un croissant de lune.

– Une histoire d'amour t'est promise, annonça-t-elle en souriant. Ce sera une histoire épique, extraordinaire : la lune, symbole magique, l'indique. Cet amour sera assez fort pour survivre aux changements de dynasties... Je ne peux pas savoir si cette passion connaîtra un dénouement heureux, mais celle que tu aimeras sera de noble naissance et de haut lignage. Sa sagesse n'aura d'égale que sa puissance, et sa beauté sera à nulle autre pareille.

« De noble naissance ? s'étonna Eragon. Comment cela se pourrait-il ? Je ne suis qu'un pauvre fermier ! »

– Bien ! Les deux derniers osselets : l'arbre et le pied d'aubépine, qui sont retombés l'un sur l'autre... J'aurais préféré qu'il n'en fût rien, car cela signifie des ennuis en perspective. Tu seras trahi ; et tu le seras par les tiens.

– Roran ne me trahirait jamais ! objecta-t-il brusquement.

– Je ne sais pas le nom du traître, répondit Angela, prudente. Mais les osselets ne mentent jamais, et je t'ai transmis leur message.

Le doute s'insinua dans l'esprit du garçon. Il essaya de l'ignorer. Pour quelle raison Roran en viendrait-il à le trahir ?

Angela posa une main rassurante sur son épaule et lui présenta sa gourde. Cette fois, Eragon accepta d'y boire. Il se sentit un peu mieux.

– Après tout ça, la mort serait un soulagement..., ironisa-t-il.

– Peut-être ? répondit l'herboriste sans se démonter.

Eragon n'arrivait pas à se débarrasser de cette perspective : « Roran, me trahir ? Ça ne peut pas se faire ! C'est impossible ! Et malheureusement, tout ce qu'elle m'a annoncé ne prendra sens qu'après coup... si jamais cela se réalise ! »

– Vous avez utilisé des mots magiques..., fit-il remarquer.

Les yeux d'Angela s'éclairèrent :

– Si seulement je connaissais ceux qui me permettraient de découvrir la suite de ton histoire ! Tu sais parler aux chats-garous, tu entends l'ancien langage ; ton avenir promet d'être passionnant ; et peu de jeunes gens aux poches vides et aux vêtements usés peuvent espérer être aimés d'une noble dame... Qui donc es-tu ?

Eragon en déduisit que Solembum n'avait pas appris à Angela qu'il était un Dragonnier. Il s'apprêtait à répondre « Evan » ; puis il changea d'avis et dit simplement :

– Je m'appelle Eragon.

Elle fronça les sourcils :

– Est-ce ton nom, ou ce que tu es vraiment ?

– Les deux, répondit-il en pensant à son illustre prédécesseur, le premier Dragonnier.

– Voilà qui me donne encore plus envie de connaître la suite de ton histoire ! Et qui était le vieil homme qui t'accompagnait, l'autre jour ?

Eragon décida qu'une vérité de plus ne pourrait pas faire de mal :

– Il s'appelle Brom.

Un brusque éclat de rire plia Angela en deux. Elle s'essuya les yeux, but une gorgée de vin, puis serra les lèvres pour contenir un nouvel accès d'hilarité. Enfin, retrouvant son souffle, elle s'exclama :

– Oh... c'était Brom ? Je ne m'en serais jamais doutée !

– Qu'est-ce que ça signifie ?

– Ne te fâche pas ! C'est juste que... eh bien, que Brom est très connu, dans ma profession. Pardonne-moi, mais le destin de ce pauvre homme – ou son futur, si tu préfères – est devenu un sujet de plaisanterie entre nous.

– Ne l'insultez pas ! On ne trouverait nulle part d'homme meilleur que lui ! s'offusqua Eragon.

– Paix, mon ami ! le gronda gentiment l'herboriste. Je sais cela. Si nous nous rencontrons une autre fois, à un moment plus propice, je t'en parlerai. Cependant, d'ici là, je te conseille de...

Elle s'interrompit : Solembum venait de se placer entre eux. Le chat-garou fixa le garçon de ses yeux de rubis.

« Oui ? » grogna mentalement Eragon, irrité.

« Écoute bien les deux choses que je vais te dire. Quand le temps sera venu où tu auras besoin d'une arme, cherche entre les racines de l'arbre dit Menoa. Et quand tout te semblera perdu, quand ton pouvoir te semblera inefficace, rends-toi au rocher de Kuthian et prononce ton nom : il t'ouvrira la Crypte des Âmes. »

Avant qu'Eragon eût pu lui demander des éclaircissements, le chat-garou s'était éloigné, agitant la queue avec grâce.

Angela hocha la tête, et des mèches de sa chevelure sombre dansèrent sur son front :

– Je ne sais pas ce qu'il t'a dit, et je ne veux pas le savoir. Il t'a parlé à toi, et à toi seul. Ne répète ses paroles à personne.

– Je dois m'en aller, fit Eragon, secoué.

– Eh bien, va ! Tu peux rester ici aussi longtemps que tu veux – surtout si tu te décides à m'acheter quelque chose ! Mais pars, si tu le désires. Je crois que Solembum et moi t'avons donné de quoi t'occuper l'esprit pour un moment.

– En effet.

Eragon battit précipitamment en retraite.

– Merci d'avoir lu mon avenir, souffla-t-il au moment de sortir de la boutique.

– C'était un plaisir, répondit Angela.

Dans la rue, Eragon plissa les yeux pour s'habituer à la luminosité. Il lui fallut quelques minutes pour repenser calmement à ce qu'il avait appris. Ses pas s'accéléraient à mesure qu'il s'approchait des portes de Teirm, puis de la cachette de Saphira.

Il l'appela du pied de la falaise ; presque aussitôt, elle descendit le chercher pour l'emmener sur son promontoire. Une fois là-haut, Eragon lui raconta sa journée avant de conclure : « Je pense que Brom a raison. J'ai un don pour m'attirer les ennuis ! »

« N'oublie pas ce que le chat-garou t'a dit. C'est important. »

« Qu'est-ce que tu en sais ? »

« Les noms qu'il a employés sont puissants... »

« Quels noms ? »

« Kuthian, par exemple », annonça la dragonne, et le son se répercuta dans l'esprit d'Eragon.

« Dois-je confier cela à Brom ? »

« À toi de voir. Toutefois, ton futur ne lui appartient pas. En lui parlant de Solembum et des mots qu'il a prononcés, tu le pousseras à te poser des questions auxquelles tu préféreras peut-être ne pas répondre. Et si tu lui demandes juste ce que signifient ces mots, il voudra savoir où tu les as entendus. Réussiras-tu à lui mentir de façon convaincante ? »

« Non, reconnut Eragon. Je ferai mieux de ne rien dire. Pourtant, cela semble si important ! »

Ils continuèrent de discuter jusqu'à ce qu'ils n'aient plus rien à se dire. Alors, ils restèrent assis, l'un près de l'autre, à contempler les arbres jusqu'à la tombée du jour.

Eragon se dépêcha de regagner Teirm. Il frappa bientôt à la maison de Jeod.

– Neal est rentré ? demanda-t-il au domestique qui lui ouvrit la porte.

– Oui, monsieur. Je crois qu'il est dans le bureau.

– Merci.

Le garçon fila jusqu'à la salle de travail et passa une tête dans la pièce. Brom était là, qui fumait sa pipe devant le feu.

– Comment s'est passée votre journée ? s'enquit Eragon.

– Très mal, grommela Brom sans ôter la pipe de sa lippe.

– Vous avez parlé à Brand ?

– Oui, en pure perte. Cet administrateur du commerce est un bureaucrate de la pire espèce. Il est pointilleux sur les règlements, en invente de son cru pour importuner les gens, persuadé d'avoir raison !

– Donc, il ne nous laissera pas consulter ses registres...

– Non ! s'écria Brom, exaspéré. Je n'ai pas réussi à le convaincre. Il a même refusé une offre financière – pourtant substantielle ! Je n'imaginais pas qu'il existait des nobles incorruptibles. Maintenant que j'en ai rencontré un, je me rends compte que je préfère ces bâtards de rapaces.

Il tira furieusement sur sa bouffarde en grommelant une floppée de jurons.

– Alors, qu'est-ce qu'on fait ? reprit Eragon quand le vieil homme se fut un peu calmé.

– Je vais consacrer une semaine à t'apprendre à lire.

– Et après ?

Un sourire éclaira le visage du conteur :

– Après ? On réservera une fort vilaine surprise à ce chien de Brand.

Eragon eut beau le presser de questions, Brom refusa d'en dire plus.

Le dîner se tint dans une salle somptueuse. Jeod était assis à un bout de la table ; sa femme, Helen, le regard dur, avait pris place à l'autre extrémité. Eragon et Brom étaient installés entre les époux. Le garçon aurait donné cher pour ne pas être là ! Heureusement, à sa droite et à sa gauche, des chaises vides le séparaient de ses hôtes – et, surtout, des yeux foudroyants de son hôtesse.

Le repas fut servi et les convives mangèrent en silence. Eragon pensa qu'il avait assisté à des repas plus joyeux après des enterrements à Carvahall. C'était triste, certes, mais pas lugubre. Ce soir-là, le ressentiment qui émanait d'Helen rendait l'atmosphère presque irrespirable.

LECTURE
ET MISSION SECRÈTE

Brom inscrivit un caractère sur un parchemin avec un morceau de charbon. Il le montra à Eragon et annonça :

– Voici la lettre « A ». Retiens-la.

C'est ainsi qu'Eragon commença son apprentissage de la lecture. C'était difficile, étrange, exigeant, mais cela lui plut. Il n'avait rien d'autre à faire ; et son précepteur était doué, bien qu'il s'impatientât de temps en temps. Le garçon progressa rapidement.

Une méthode de travail fut bientôt établie. Chaque matin, au lever du lit, Eragon déjeunait à la cuisine ; puis il révisait ses leçons de la veille. Il tâchait de se remémorer le nom et le son des caractères, et les règles de l'écriture. Il y mettait tant de cœur que, lorsqu'il fermait les yeux, lettres et mots dansaient derrière ses paupières. Il n'avait guère le loisir de penser à autre chose.

Avant le dîner, Brom et lui se retiraient derrière la maison de Jeod et s'entraînaient à l'escrime. Les domestiques – et, parfois, une bande de gamins aux yeux écarquillés – venaient assister à leurs assauts. Après quoi, s'il avait un peu de temps, Eragon allait s'exercer à la magie dans sa chambre, en n'oubliant pas de bien fermer les rideaux.

Sa seule inquiétude, c'était Saphira. Il lui rendait visite toutes les fins d'après-midi, mais cela ne leur suffisait guère. Dans la journée, Saphira partait chasser à bonne distance de Teirm pour éviter qu'on la remarquât. Eragon faisait ce qu'il pouvait ; mais le seul moyen de mettre un terme à la solitude de la dragonne était de laisser la ville loin derrière eux.

Chaque jour apportait son lot de mauvaises nouvelles. Les marchands qui arrivaient dans la cité parlaient d'attaques terrifiantes survenues le long de la côte. On évoquait le cas de personnalités influentes, enlevées dans leur maison de nuit et retrouvées découpées en morceaux le matin suivant. Eragon surprenait souvent Brom et Jeod discutant des événements à voix basse. Dès qu'il s'approchait d'eux, ils se taisaient.

Les jours passaient ; bientôt, une semaine fut écoulée. Les connaissances d'Eragon restaient rudimentaires ; cependant, il était désormais capable de déchiffrer des pages entières sans l'aide de Brom. Il lisait lentement, ce qui ne l'inquiétait pas outre mesure : la vitesse viendrait avec l'expérience. Brom l'encourageait en affirmant :

– Tu joueras fort bien ton rôle dans le plan que j'ai prévu.

Une après-midi, le conteur convoqua Jeod et Eragon dans le bureau :

– À présent qu'Eragon est prêt, je crois qu'il est temps d'agir.

– C'est-à-dire ? demanda Eragon.

Un sourire féroce apparut sur le visage du vieil homme. Jeod poussa un grognement.

– Je connais cette grimace, nota-t-il. C'est celle qui annonce les ennuis.

– Les ennuis ? répéta Brom. Ça dépend pour qui. Voici ce que je propose...

De sa chambre, Eragon contacta Saphira :

« Nous partons ce soir ou demain », lui apprit-il.

« C'est inattendu ! Vas-tu courir un grand danger ? »

Le garçon haussa les épaules : « Aucune idée. Nous devrons peut-être nous enfuir de Teirm, avec les soldats à nos trousses... » Sentant l'inquiétude de la dragonne, il tenta de la rassurer : « Tout ira bien. Brom et moi pouvons recourir à la magie ; et nous sommes de bons combattants. »

Il s'allongea sur son lit et fixa le plafond. Ses mains tremblaient légèrement, et un nœud lui serrait la gorge. Pendant que le sommeil l'emportait, il éprouva une impression de confusion... et il comprit d'un coup : « Je ne veux pas quitter Teirm. J'y ai mené une vie presque normale. Je donnerais tant pour ne pas avoir à me déraciner encore une fois. Rester ici, devenir comme les autres, ce serait merveilleux ! » Une autre pensée dissipa alors ce rêve : « Mais c'est impossible : il y a Saphira ! »

Des songes envahirent sa conscience, l'entraînant à leur guise de-ci, de-là. À certains moments, ils le glaçaient de peur ; à d'autres, ils le faisaient rire aux éclats. Puis quelque chose se modifia, comme si ses yeux s'étaient ouverts pour la première fois, et il eut une vision beaucoup plus claire que les précédentes.

Il vit une femme jeune, abattue par le chagrin, enchaînée dans une cellule froide et nue. Un rayon de lune passait à travers les barreaux d'une fenêtre placée très haut dans le mur et caressait le visage de la belle. Une larme – une seule – roula sur sa joue, tel un diamant liquide.

Eragon se réveilla en sursaut, secoué par des sanglots incontrôlables. Puis il sombra de nouveau dans un sommeil agité.

LES VISITEURS DU SOIR

Quand Eragon se réveilla de sa sieste, le soleil se couchait dans un ciel doré, réchauffant la chambre d'agréables rayons orangés et rouges. Le garçon se sentait bien ; il n'avait guère envie de se lever. Il somnola donc jusqu'à ce qu'il sente la température baisser. Le soleil disparut derrière l'horizon, éclaboussant la mer et le ciel d'une dernière flaque de couleurs. « L'heure approche ! » songea Eragon.

Il prit son arc et son carquois, mais laissa Zar'roc dans la chambre. L'épée ne ferait que le ralentir, et il n'était pas pressé de s'en servir. S'il lui fallait se débarrasser d'un ennemi, la magie ou une simple flèche devrait suffire. Il enfila son pourpoint, le laça soigneusement, et attendit avec nervosité que la nuit fût tombée.

Il sortit alors dans le couloir, l'arc à l'épaule. Brom l'y rejoignit, armé d'une épée, un bâton à la main. Jeod, vêtu lui aussi d'un pourpoint et de chausses noirs, les attendait à l'extérieur. Il portait au côté une rapière élégante et une bourse en cuir. Le conteur observa la lame de son ami.

– Ce joujou est trop fin pour un vrai combat ! Que feras-tu si ton adversaire brandit un glaive ou une flamberge[1] ?

---

1. Une flamberge est une épée très longue.

– Sois réaliste, rétorqua Jeod. Aucun garde n'a de flamberge ; et ce « joujou » est plus vif qu'un glaive !

Brom haussa les épaules :

– C'est ta peau, après tout.

Les trois complices avancèrent dans les rues, évitant vigiles et soldats.

Eragon était tendu. Son cœur cognait. En passant devant la boutique d'Angela, il perçut du coin de l'œil un mouvement sur le toit de l'herboriste. Sa paume le picota. Alerté, il examina l'échoppe ; mais il ne vit rien.

Brom mena ses compagnons le long du rempart de Teirm. Lorsqu'ils parvinrent à la forteresse, le ciel était noir. Les murailles encerclant la citadelle firent frissonner Eragon. Pour rien au monde il n'aurait voulu être emprisonné là.

Au pied du château, Jeod prit la tête du groupe en silence. D'un air aussi dégagé que possible, il frappa à grands coups contre le portail et attendit. Le petit judas grillagé s'ouvrit, et le visage renfrogné d'un garde apparut.

– Ouais ? grogna-t-il.

Son haleine empestait le rhum.

– Faites-nous entrer, dit Jeod.

– Pour quoi faire ?

– Ce garçon a oublié un objet de grande valeur dans mon bureau. Nous devons le récupérer immédiatement.

Eragon baissa la tête et prit un air honteux. Le garde fronça les sourcils, visiblement impatient de retrouver sa bouteille.

– Pfff, ça ou autr'chose…, marmonna-t-il. Mais oubliez pas de lui donner une bonne correction d'ma part !

– Je n'y manquerai pas, promit Jeod tandis que l'homme déverrouillait une petite porte incrustée dans le portail.

Ils entrèrent. Brom donna quelques pièces au garde, qui grommela un remerciement avant de s'éloigner en titubant.

Dès que la silhouette du garde eut disparu, Jeod guida ses compagnons dans la partie principale du château. Ils se hâtèrent vers leur destination, l'oreille aux aguets pour repérer d'éventuelles rondes de sécurité. Eragon avait dégainé son arc.

Lorsqu'ils parvinrent devant la salle des registres, Brom essaya de pousser la porte. Elle était fermée à clef. Le vieil homme appuya la main contre le battant et prononça un mot qu'Eragon ne connaissait pas. Il y eut un léger déclic et la porte s'ouvrit. Brom s'empara d'une torche accrochée au mur, et tous trois se glissèrent dans la pièce, refermant sans bruit derrière eux.

La salle était remplie de casiers en bois dans lesquels s'empilaient des rouleaux de parchemin. Une fenêtre munie de barreaux était creusée dans le mur du fond.

Jeod passa entre les casiers, regarda les rouleaux, et s'arrêta à l'autre bout de la pièce.

– Par ici ! chuchota-t-il. Voilà les registres du commerce maritime des cinq dernières années. La date figure sur les sceaux en cire, sur le coin.

– Que fait-on, à présent ? demanda Eragon, soulagé qu'ils aient réussi à se faufiler jusque-là.

– On commence par le haut. Certains rouleaux ne concernent que des histoires de taxes ; ceux-là ne nous intéressent pas. Cherchons ce qui fait mention de l'huile de Seithr.

Le marchand sortit un parchemin de sa bourse, l'étala par terre, puis posa à côté une bouteille d'encre et une plume.

– Pour noter nos découvertes…, expliqua-t-il.

Brom s'empara d'une pile de rouleaux dans le casier supérieur et les entassa sur le sol. Il s'assit et déroula le premier. Eragon l'imita, s'installant de manière à garder la porte dans son champ de vision. Le travail se révéla à la fois fastidieux et difficile. L'écriture cursive courant sur les archives n'était pas aussi nette que les caractères d'imprimerie avec lesquels il avait appris à lire.

En se fiant au nom des bateaux qui circulaient dans les mers du Nord, ils exclurent de nombreux rouleaux. Même ainsi, ils avançaient lentement, notant avec soin toute référence à un chargement d'huile de Seithr.

Le château était plongé dans un silence à peine troublé de temps en temps par les pas du vigile. Soudain, Eragon eut la chair de poule. Il s'efforça de se concentrer sur son travail, mais la sensation de malaise persista. Agacé, il releva la tête... et sursauta. Un gamin aux yeux bridés était accroupi sur le rebord de la fenêtre, à l'extérieur. Une branche de houx était glissée dans sa chevelure brune en broussaille. Une voix s'éleva dans la tête d'Eragon : « Tu as besoin d'aide ? »

Le garçon tressaillit : on aurait dit la voix de Solembum.

« C'est toi ? » demanda-t-il, incrédule.

« Qui d'autre ? »

« C'est que... tu ne lui ressembles guère ! »

Le gamin sourit, découvrant des dents pointues : « Qu'importe à qui je ressemble ? Ce qui compte, c'est qui je suis. Je ne suis pas un chat-garou pour rien... »

« Que viens-tu faire ici ? »

Solembum pencha la tête, comme s'il réfléchissait : la question méritait-elle une réponse ? Finalement, il lâcha : « Ça dépend de ce que toi, tu viens faire ici. Si tu déchiffres ces registres pour le plaisir, alors, je n'ai nulle raison d'être là. Mais si ta présence est illégale et si tu ne souhaites pas être découvert, j'ai bien fait de venir t'avertir. »

« M'avertir de quoi ? »

« Que le garde que vous avez corrompu tout à l'heure a signalé votre présence dans le château à l'officier de relève, et que celui-ci a envoyé des soldats à votre recherche. »

« Merci de l'information. »

« Intéressant, n'est-ce pas ? À toi d'en tirer les conséquences... »

L'enfant se releva et secoua sa tignasse.

« Au fait ! lança Eragon. La dernière fois, que voulais-tu dire, en me parlant de l'arbre et de la voûte ? »

« Exactement ce que j'ai dit ! »

Il voulut le questionner encore, mais le chat-garou avait disparu.

– Des soldats sont à notre recherche, annonça Eragon à haute voix.

– Comment le sais-tu ? demanda Brom d'un ton brusque.

– J'ai entendu le gardien parler à l'officier de relève. Il vient d'envoyer des gardes. Il faut qu'on sorte d'ici. Ils ont certainement remarqué que le bureau de Jeod était vide.

– Tu es sûr ? demanda le marchand.

– Oui ! Ils sont en chemin !

Brom prit un autre rouleau dans le casier :

– Tant pis ! Terminons cette rangée.

Ils se hâtèrent de parcourir les archives. Lorsqu'ils eurent terminé, Brom rangea le dernier rouleau à sa place ; Jeod remit le parchemin, l'encre et la plume dans sa bourse ; Eragon attrapa la torche, et ils sortirent précipitamment de la pièce. Au moment où ils refermaient la porte, les bottes des soldats résonnèrent dans le couloir. Ils s'apprêtaient à filer quand Brom siffla entre ses dents :

– Enfer ! La serrure ! Il posa la main sur le battant, marmonna un mot de l'ancien langage ; un cliquetis se fit entendre. Au même instant, trois soldats en armes apparurent.

– Écartez-vous de cette porte ! hurla l'un d'eux.

Le conteur recula d'un pas, une expression ébahie sur le visage. Les trois hommes fondirent sur eux.

– Pourquoi vouliez-vous entrer dans la salle des registres ? gronda le plus grand des gardes, qui semblait être le chef.

Eragon serra son arc d'une main, se préparant à détaler.

– Je crains que nous ne nous soyons égarés, murmura Jeod.

La peur du marchand était évidente. Une goutte de sueur roula dans son cou.

Les soldats le fixèrent, suspicieux.

– Inspectez cette pièce, ordonna le chef.

Eragon retint son souffle. L'un des vigiles saisit la poignée, l'abaissa, la secoua. Il donna un coup de poing contre le battant avant de conclure :

– C'est fermé, chef.

L'homme se gratta le menton :

– Je ne sais pas ce que vous mijotiez, mais, puisque la pièce est fermée, je suppose qu'on peut vous laisser partir. En route !

Les soldats les encadrèrent et les escortèrent dans la cour. Eragon n'en revenait pas : « Incroyable ! Ils nous ramènent à la sortie... »

– C'est par là ! dit le grand vigile en désignant le portail. Et pas d'entourloupettes : on vous a à l'œil. Si vous avez besoin de revenir, attendez le matin !

– Bien sûr, promit Jeod.

Eragon sentit le regard des gardes dans leur dos tandis qu'ils s'éloignaient rapidement. Dès que la petite porte se fut refermée derrière eux, un sourire de triomphe apparut sur le visage du garçon, qui sauta de joie. Brom le fusilla des yeux :

– Marche normalement ! Il sera temps de te réjouir une fois à la maison.

Rappelé à l'ordre, Eragon adopta une démarche plus calme, ce qui ne l'empêchait pas de bouillonner à l'intérieur...

Arrivé dans le bureau de Jeod, Eragon s'exclama :

– On a réussi !

– C'est vrai, grommela Brom. Encore faut-il vérifier si ça valait la peine de courir un tel risque...

Jeod prit une carte de l'Alagaësia sur les étagères et la déroula sur sa table de travail.

À l'ouest, l'océan séparait le pays des terres inconnues. Le long de la côte occidentale se hérissait la Crête, cette immense chaîne de montagnes. Le désert du Hadarac occupait le centre de la carte, et l'extrémité orientale était vierge. Quelque part dans ces contrées inexplorées se cachaient les Vardens. Au sud se trouvait le Surda, un petit pays qui avait fait sécession d'avec l'Empire après la chute des Dragonniers. Eragon avait eu vent de rumeurs affirmant que le Surda soutenait les Vardens.

Près de la frontière est du Surda s'étirait une autre chaîne de montagnes appelée Beors, évoquée dans de nombreuses légendes. On disait qu'elles étaient dix fois plus hautes que la Crête. Sans doute une exagération. À l'est des Beors, la carte était vide.

Les côtes du Surda étaient bordées par cinq îles : Nía, Parlim, Uden, Illium et Beirland. Nía n'était guère plus qu'un amas de pierres émergé ; en revanche, Beirland, la plus grande des îles, comptait une petite ville. Plus loin, au large de Teirm, une île aux contours irréguliers portait un drôle de nom : Dent-de-requin. Au nord, il y avait une autre île, immense, dont la forme rappelait celle d'une main noueuse. Eragon connaissait son nom : c'était Vroengard, terre ancestrale des Dragonniers, jadis lieu de gloire, aujourd'hui carapace vide, pillée, hantée par des monstres étranges. Au centre de Vroengard, on remarquait la cité abandonnée de Dorú Areaba.

Carvahall n'était qu'un petit point à la limite ouest de la vallée de Palancar. Au même niveau, mais de l'autre côté des plaines, s'étendait la forêt de Du Weldenvarden. Sa partie orientale n'était pas dessinée sur la carte. Les franges occidentales de cette forêt y figuraient, mais son cœur demeurait mystérieux. Elle était plus sauvage que celle de la Crête. Les rares individus qui avaient bravé ses profondeurs en étaient revenus fous à lier... quand ils étaient revenus.

Eragon frémit en voyant Urû'baen, au centre de l'Empire. C'est de là que le roi Galbatorix gouvernait l'Alagaësia, assisté par Shruikan, son dragon noir.

Le garçon plaça son doigt sur la ville :

– Les Ra'zacs sont sûrs de pouvoir se cacher, ici !

– J'espère pour toi que ce n'est pas leur seul repaire, rétorqua Brom. Sinon, tu n'as aucune chance de les approcher.

Il défroissa la carte, qui craqua sous ses mains fripées.

Jeod sortit le parchemin de sa bourse et le parcourut :

– D'après nos notes, au cours des cinq dernières années, des chargements d'huile de Seithr ont été livrés dans toutes les grandes villes de l'Empire. Apparemment, tous étaient destinés à de riches joailliers. Je ne sais pas trop comment dépouiller cette liste sans informations supplémentaires.

Brom balaya la carte de la main :

– Nous pouvons déjà éliminer quelques villes. Les Ra'zacs doivent se déplacer partout où le roi a besoin de leurs services, et je suis sûr qu'il ne s'en prive pas. Donc, s'ils s'attendent à être requis n'importe où et à tout moment, leur quartier général doit se situer au carrefour de grands axes, d'où ils peuvent gagner facilement chaque recoin du royaume.

Arpentant la pièce de long en large, le conteur poursuivit d'un ton animé :

– Limitons-nous à celles qui sont assez grandes pour que les Ra'zacs aient moyen de s'y dissimuler. De plus, elles doivent être assez fréquentées pour que des commandes inhabituelles – par exemple de la nourriture appropriée à leurs montures – ne soient pas remarquées.

– Je suis d'accord, dit Jeod en opinant. Dans ces conditions, nous laisserons de côté la plupart des cités du Nord. Je ne pense pas que l'huile ait remonté la côte jusqu'à Narda : la ville est trop petite. Parmi les grandes, il y a Teirm, Gil'ead et Ceunon. Éliminons Teirm : je sais qu'ils n'y sont pas. Ceunon me paraît trop isolée. Reste Gil'ead.

– Les Ra'zacs y sont peut-être, signala Brom. Ça ne manquerait pas d'ironie.

– En effet..., fit le marchand.

– Et les villes du Sud ? intervint Eragon.

– Eh bien..., dit Jeod, il y a Urû'baen, évidemment, mais je n'y crois guère. Si quelqu'un devait mourir par l'huile de Seithr à la cour de Galbatorix, un comte ou n'importe quel petit seigneur aurait tôt fait de découvrir que l'Empire est un grand consommateur de ce poison. Toutes les autres villes importantes sont des destinations envisageables.

313

– Pas toutes, rectifia Eragon. Il n'y a pas eu d'envoi dans chacune d'elles. Nous n'en avons relevé qu'à Kuasta, Dras-Leona, Aroughs et Belatona. Kuasta, coincée entre la mer et les montagnes, ne convient pas aux Ra'zacs. Aroughs est bien un nœud commercial, mais elle est aussi isolée que Ceunon. Nous n'avons plus que Belatona et Dras-Leona, qui sont assez proches l'une de l'autre. Entre les deux, je parie pour Dras-Leona. Elle est plus grande et mieux située.

– Et c'est par là que transite l'essentiel des richesses de l'Empire, à un moment ou à un autre, y compris celles qui viennent de Teirm, confirma Jeod. Ce serait une excellente cachette pour les Ra'zacs !

– Dras-Leona, donc..., dit Brom en s'asseyant et en allumant sa pipe. Qu'avons-nous trouvé dans les archives, à son sujet ?

Jeod relut le parchemin :

– Voyons voir... Au début de l'année, trois cargaisons d'huile de Seithr ont été acheminées à Dras-Leona, à deux semaines d'intervalle, et par le même marchand. Un phénomène identique s'est produit l'année précédente, et l'année d'avant aussi. Je doute qu'un bijoutier – ou même une confrérie de bijoutiers – ait eu assez d'argent pour s'offrir autant d'huile.

Brom leva un sourcil :

– Qu'en est-il de Gil'ead ?

– Elle est moins bien reliée au reste de l'Empire. De plus...

Jeod tapota le parchemin :

– Ils n'ont reçu que deux chargements d'huile au cours des dernières années.

Il réfléchit un instant et ajouta :

– Et nous oublions Helgrind.

Brom acquiesça :

– Ah, oui, les Portes de la Mort ! Cela fait des années que je n'y avais pensé. Tu as raison, voilà qui renforce l'attrait de Dras-Leona pour les Ra'zacs... et voilà qui achève de me décider : c'est là-bas que nous nous rendrons.

Eragon s'assit brusquement, trop bouleversé pour demander ce qu'était Helgrind. « Je croyais que je serais heureux de reprendre la chasse, songea-t-il. Au lieu de quoi, j'ai l'impression qu'un abîme s'ouvre devant moi. Dras-Leona est si loin. »

Le parchemin craqua de nouveau quand Jeod roula la carte avec lenteur. Il la tendit à Brom :

– Vous en aurez besoin, à mon avis. Votre expédition va vous entraîner dans des régions mal connues.

Brom hocha la tête et accepta le cadeau. Jeod lui donna une bourrade :

– Ça me fait mal au cœur de vous laisser partir seuls ! Le

cœur me pousse à vous accompagner, tandis que la raison me rappelle mon âge et mes responsabilités.

– Je sais, dit Brom. Mais tu as une vie à Teirm. C'est à la nouvelle génération de continuer le combat. Tu en as assez fait. Sois heureux.

– Et toi ? Ta route n'aura donc jamais de fin ?

Un rire jaune s'échappa des lèvres de Brom :

– Je la vois venir, mais ce ne sera pas tout de suite.

Il éteignit sa pipe, et tous les trois se retirèrent dans leur chambre. Ils étaient épuisés. Avant de s'endormir, Eragon contacta Saphira pour lui conter leurs aventures de la nuit.

UNE ERREUR
PRESQUE FATALE

Le lendemain matin, Eragon et Brom portèrent leurs affaires à l'écurie, prêts pour le départ. Jeod vint saluer son ami tandis qu'Helen les observait depuis le seuil de la porte. Les deux hommes se serrèrent la main.

– Tu vas me manquer, mon vieux..., murmura Jeod.

– Toi aussi ! fit Brom d'une voix étranglée.

Il se tourna vers Helen et inclina sa tête blanche :

– Merci pour votre hospitalité si chaleureuse.

La femme rougit. Eragon crut qu'elle allait gifler le conteur. Imperturbable, celui-ci continua :

– Vous avez un bon mari. Prenez soin de lui. Je ne connais guère d'hommes aussi courageux et aussi déterminés. Mais les plus solides ne peuvent affronter les difficultés sans le soutien d'un être aimé.

Il s'inclina de nouveau.

– Simple suggestion, chère madame, ajouta-t-il doucement.

Une grimace indignée tordit le visage d'Helen. Ses yeux étincelèrent, elle pivota sur ses talons, et la porte claqua derrière elle. Jeod se passa nerveusement les doigts dans les cheveux et soupira. Eragon le remercia pour l'aide qu'il leur avait apportée ; ensuite, il enfourcha Cadoc. Après un dernier mot d'adieu, Brom et lui s'éloignèrent.

Aux portes sud de Teirm, les gardes les laissèrent passer sans leur accorder un regard. Tandis qu'ils chevauchaient le long des remparts, Eragon perçut un mouvement dans l'ombre. Solembum, accroupi sur le sol, battait l'air de sa queue. Le chat-garou les suivit de son regard impénétrable.

Lorsque la cité fut loin derrière eux, Eragon demanda :

– Qu'est-ce qu'un chat-garou ?

– Pourquoi cette subite curiosité ? voulut savoir Brom, surpris par la question.

– J'ai entendu quelqu'un évoquer leur existence, à Teirm, prétendit Eragon en feignant l'ignorance. Ils n'existent pas en réalité, n'est-ce pas ?

– Bien sûr que si ! À l'époque glorieuse des Dragonniers, ils étaient aussi renommés que les dragons. Les rois et les elfes en faisaient leurs compagnons ; cependant, les chats-garous restaient libres d'aller et venir comme bon leur semblait. On n'a jamais su grand-chose d'eux, et je crains que leur race se soit plus ou moins éteinte.

– Étaient-ils magiciens ?

– Nul n'en est certain, mais ils pouvaient à tout le moins faire des choses étonnantes. Ils semblaient être toujours au courant des événements ; et ils se débrouillaient d'une manière ou d'une autre pour se mêler de tout.

Brom releva sa capuche pour se protéger du vent froid. Eragon réfléchit un moment, puis il posa une autre question :

– Qu'est-ce qu'Helgrind ?

– Tu verras quand nous serons à Dras-Leona.

Lorsque Teirm eut disparu derrière eux, Eragon appela mentalement Saphira. La force de son cri silencieux fut telle que Cadoc rabattit les oreilles, agacé.

Saphira répondit aussitôt et s'envola à toute vitesse. Brom et le jeune homme regardèrent fondre sur eux un point noir jailli d'un nuage ; peu après, ils entendirent le claquement sonore des ailes de Saphira. Le soleil jouait sur ses fines membranes, les rendant translucides et dessinant la dentelle des veines sombres. La dragonne provoqua un puissant souffle d'air en atterrissant.

Eragon sauta à terre et tendit les rênes de Cadoc à Brom.

– On se retrouve pour déjeuner, annonça-t-il.

Le vieil homme acquiesça, la mine préoccupée.

– Amusez-vous bien, répondit-il pourtant. Ça me fait plaisir de te revoir, Saphira.

« À moi aussi. »

Eragon grimpa sur le dos de la dragonne et se cramponna alors qu'elle décollait. La queue en gouvernail, Saphira fendit les airs.

« Accroche-toi bien ! » lui conseilla-t-elle. Et, poussant un grondement sauvage, elle amorça un looping impressionnant. Hurlant d'excitation, Eragon leva les bras ; il ne se retenait plus qu'avec les jambes.

« Je ne savais pas que je pouvais faire ça sans être attaché à ma selle ! » s'exclama-t-il.

« Moi non plus », avoua Saphira, avec son rire si particulier.

Eragon se serra encore plus fort contre elle, et ils poursuivirent leur chevauchée aérienne en vrais maîtres du ciel.

À la mi-journée, le garçon avait les jambes irritées à force de monter sans selle. Ses mains et son visage étaient engourdis par l'air glacial. Bien que les écailles de la dragonne fussent tièdes, cela ne suffisait pas à le réchauffer. Quand ils atterrirent pour déjeuner, Eragon fourra les mains dans ses manches, et trouva un endroit ensoleillé où s'asseoir.

Tandis qu'il mangeait avec Brom, il demanda à Saphira : « Ça ne te dérange pas si je monte Cadoc, cette après-midi ? »

Il avait prévu d'interroger Brom sur son passé.

« Non, répondit la dragonne, à condition que tu me racontes ce qu'il te dira. »

Eragon ne fut pas surpris que Saphira connût ses intentions. Il était presque impossible de lui cacher quoi que ce fût, tant leur lien mental était fort.

Le repas terminé, celle-ci s'envola ; Eragon accompagna Brom sur les sentiers. Après quelque temps de silence, il ralentit Cadoc et dit au conteur :

– Je dois vous parler. Je voulais le faire dès notre arrivée à Teirm, mais j'ai décidé d'attendre cet instant.

– De quoi s'agit-il ?

Eragon pesa ses mots avant de répondre :

– Il y a pas mal de choses que je ne comprends pas. Par exemple, qui sont les « amis » que vous avez évoqués avec Jeod ? Pourquoi vous êtes-vous caché tant d'années à Carvahall ? J'ai confiance en vous. Aveuglément. Sinon, je ne serais pas là, à votre côté. Cependant, j'ai besoin d'en apprendre davantage sur vous et sur ce que vous faites. Qu'avez-vous volé à Gil'ead ? Qu'est-ce que ce tuatha du orothrim que vous avez mentionné ? Après ce qui nous est arrivé, j'ai droit à une explication !

– Tu nous as espionnés, constata le vieil homme.

– Rien qu'une fois.

– Il te reste encore à apprendre les bonnes manières, grommela Brom en se passant la main dans la barbe. Qu'est-ce qui te fait croire que cela te concerne ?

– Rien, en fait, avoua Eragon. Mais c'est une curieuse coïncidence : vous étiez caché à Carvahall quand j'ai trouvé l'œuf de Saphira, et vous en savez fort long sur les dragons. Plus j'y pense, moins cela me paraît une coïncidence. Et il y a d'autres indices auxquels je n'ai pas prêté attention sur le coup, et qui prennent tout leur sens à présent. Ainsi, lors de ma première rencontre avec les Ra'zacs, pourquoi se sont-ils enfuis à votre approche ? Et je ne peux pas m'empêcher de me demander si vous n'avez pas quelque chose à voir avec l'apparition de l'œuf de Saphira. Vous gardez trop de secrets que Saphira et moi devons absolument partager ; car cela nous met en danger.

Des rides plissèrent le front de Brom. Il arrêta Feu-de-Neige et lança :

– Tu ne peux vraiment pas attendre ?

Résolu, Eragon fit non de la tête. Brom soupira :

– Ça serait plus simple si tu n'étais pas aussi méfiant. Cela dit, tu ne vaudrais pas la peine qu'on s'intéresse à toi si tu n'étais pas différent.

Le garçon se demanda s'il devait prendre cette déclaration comme un compliment. Le conteur sortit sa pipe, l'alluma, souffla un long panache de fumée.

– Je vais te dévoiler certaines choses... mais pas toutes, prévint-il. Et ne proteste pas : ce n'est pas pour le plaisir de garder l'information pour moi ; simplement, je n'ai pas à trahir des secrets qui ne sont pas les miens. D'autres histoires se mêlent à la mienne, et d'autres que moi devront te révéler le reste.

– Soit. Expliquez ce que vous pouvez.

– Tu es sûr de toi ? Il y a des raisons à mon silence. J'ai essayé de te protéger de forces qui pourraient te mettre en pièces. Quand tu les connaîtras et que tu connaîtras leurs desseins, tu ne vivras plus jamais tranquille. Il te faudra choisir ton camp et t'y tenir. Veux-tu vraiment savoir ?

– Je ne peux passer ma vie dans l'ignorance, rétorqua Eragon avec calme.

– Beau principe ! Apprends donc qu'une guerre entre l'Empire et les Vardens fait rage. Leur conflit remonte bien avant leurs premières passes d'armes. Ils sont engagés dans une lutte titanesque pour le pouvoir... qui tourne autour de toi.

– De moi ? C'est impossible ! Je n'ai rien à voir avec ça.

– Pas encore, reconnut le conteur. Pourtant, c'est ton existence qui est l'enjeu de leurs batailles. Les Vardens et les soldats de l'Empire ne se battent pas pour diriger ce pays et ses habitants. Leur but est de soumettre la prochaine génération de Dragonniers, dont tu es le premier représentant. Ceux qui domineront ces nouveaux Dragonniers seront les maîtres incontestés de l'Alagaësia.

Eragon s'efforça de digérer cette révélation. Que tant de gens se soucient de lui et Saphira lui paraissait inconcevable. Avant Brom, personne ne lui avait accordé d'intérêt particulier. La simple idée qu'Impériaux et Vardens puissent s'affronter à cause de lui était trop abstraite pour être pleinement intelligible.

Des objections se formaient déjà dans son esprit :

– Je croyais que tous les Dragonniers avaient été tués, à l'exception des Parjures qui avaient rejoint Galbatorix. Autant que je sache, ceux-là sont morts aussi. Et vous m'aviez dit à Carvahall que personne ne savait s'il existait encore des dragons en Alagaësia.

– J'ai menti à propos des dragons, avoua Brom. Si les Dragonniers ont disparu, il existait encore trois œufs de dragon. Ces œufs étaient en la possession de Galbatorix ; à présent, il n'en a plus que deux, puisque Saphira est née. Le roi les avait récupérés lors de sa dernière grande bataille contre les Dragonniers.

– Donc il y aura peut-être bientôt deux nouveaux Dragonniers qui, eux, seront fidèles au roi ?

– Exact. Une course mortelle est engagée. Galbatorix essaye désespérément de trouver les élus pour qui écloront les œufs restants, tandis que les Vardens sont prêts à tout pour tuer les éventuels candidats, ou pour voler les œufs.

– D'où venait l'œuf de Saphira ? Comment a-t-on pu le dérober au roi ? Et comment savez-vous tout cela ?

Le vieil homme eut un rire amer :

– Que de questions ! Pour te répondre, il me faut repartir en arrière, bien avant ta naissance. J'étais alors un peu plus jeune, et un peu moins sage. Je détestais l'Empire, pour des raisons que je garderai secrètes. Je voulais lui causer le plus de mal possible. Mon zèle me conduisit à un érudit, Jeod, qui prétendait avoir découvert dans un livre la mention d'un passage secret menant au château de Galbatorix. Je m'étais empressé de présenter Jeod aux Vardens – mes « amis » –, et ils ont organisé le vol des œufs.

– Les Vardens !

– Mais il y eut une embrouille, et notre voleur ne mit la main que sur un œuf. Pour une raison inconnue, il s'est alors volatilisé, sans le rapporter aux Vardens. Ne le voyant pas revenir, ils nous ont envoyés, Jeod et moi, pour les ramener, lui et son précieux butin.

Le regard de Brom se brouilla, et sa voix prit une intonation étrange :

– Ainsi commença l'une des plus grandes quêtes de l'Histoire, lors de laquelle nous avons affronté les Ra'zacs, ainsi que le dernier survivant des Parjures et plus fidèle suppôt du roi : Morzan.

– Morzan ! Celui qui a trahi les Dragonniers pour rallier Galbatorix ? Il devait être très, très vieux !

L'idée que les Dragonniers aient une vie aussi longue perturbait toujours Eragon.

– Et alors ? s'exclama Brom en levant un sourcil. Oui, Morzan était vieux, mais fort et cruel. C'était l'un des plus proches serviteurs du roi, et de loin le plus loyal. Or, du sang avait coulé entre nous, jadis. Cette chasse à l'œuf a vite tourné à l'affaire personnelle. L'œuf a été localisé à Gil'ead. J'y ai couru ; Morzan aussi. À la suite d'un terrible affrontement, je l'ai tué. Au cours de cette quête, Jeod et moi avions été séparés. Je n'avais pas le temps de le chercher : j'ai pris l'œuf et l'ai porté aux Vardens, qui m'ont donné mission de former celui qui serait le prochain Dragonnier. J'ai accepté, et j'ai décidé de me cacher à Carvahall, où je m'étais rendu plusieurs fois par le passé, en attendant que les Vardens reprennent contact avec moi... ce qui ne s'est jamais produit.

– Alors, comment l'œuf de Saphira est-il apparu sur la Crête ? s'étonna Eragon. Quelqu'un aurait volé un autre œuf au roi ?

Le conteur grogna :

– C'est peu probable. Les deux œufs restants sont si bien gardés qu'il serait suicidaire de tenter de les dérober. Non, celui de Saphira a été retiré aux Vardens, et je crois savoir comment. Le gardien de l'œuf a dû vouloir me l'envoyer par magie afin de le protéger. Les Vardens ne m'ont pas contacté pour m'apprendre qu'ils avaient perdu l'œuf. Je crains que leurs coursiers n'aient été interceptés par les soldats de l'Empire et que les Ra'zacs n'aient pris leur place, avides de me faire payer mon intrusion dans leurs plans.

– Les Ra'zacs ignoraient donc tout de moi lorsqu'ils ont débarqué au village ?

– C'est exact. Si ce chien de Sloan avait tenu sa langue, ils n'auraient peut-être jamais eu vent de ton existence et les choses auraient tourné autrement. En un sens, je te dois la vie. Si les Ra'zacs n'avaient pas été aussi préoccupés par toi, ils me seraient sans doute tombés dessus par surprise, et ç'aurait été la fin de Brom-le-conteur. Par chance, je suis plus fort qu'eux, du moins le jour. Ils avaient sans doute prévu de me droguer pendant la nuit, afin de me poser quelques questions sur l'œuf.

– Vous avez envoyé un message aux Vardens pour leur parler de moi ?

– Oui. Je suis sûr qu'ils aimeraient que je t'amène à eux le plus vite possible.

– Et vous n'allez pas le faire.

Brom secoua la tête :

– Non, je ne le ferai pas.

– Pourquoi pas ? Un nouveau Dragonnier devrait être plus en sécurité avec les Vardens qu'à courir les routes à la poursuite des Ra'zacs.

Le vieil homme eut un petit rire et fixa son compagnon avec tendresse :

– Les Vardens sont des gens dangereux. Si nous nous mettons sous leur protection, nous serons vite mêlés à un tas de complots et de machinations. Leurs chefs seraient capables de t'envoyer en mission rien que pour t'éprouver. Je veux que tu sois bien entraîné avant que tu n'approches des Vardens. Au moins, tant que nous poursuivrons les Ra'zacs, je n'aurai pas à m'inquiéter que quelqu'un n'empoisonne ton eau. Entre deux démons, il faut combattre le plus faible. Et cela te donne le temps de profiter de mon enseignement. Tuatha du orothrim n'est qu'un palier dans ton apprentissage. Je t'aiderai à trouver, et peut-être même à tuer les Ra'zacs, car ce sont autant mes ennemis que les tiens. Mais, alors, il te faudra choisir.

– Entre quoi et quoi ?

– Entre rejoindre les Vardens ou pas. Si tu tues les Ra'zacs, tu n'auras que trois solutions pour échapper à la fureur de Galbatorix : chercher la protection des Vardens, filer te réfugier au Surda ou implorer le pardon du roi et te mettre à son service. Et, même si tu ne les tues pas, tu seras confronté tôt ou tard à ce choix.

L'option la plus sûre consistait sans nul doute à rejoindre les Vardens, Eragon le savait. Mais il n'avait pas l'intention de passer sa vie à combattre l'Empire. Il examina les propositions de Brom sous toutes les facettes, aucune solution ne lui paraissait préférable.

— Vous ne m'avez pas expliqué comment vous saviez tant de choses sur les dragons.

— Non, je ne crois pas te l'avoir expliqué, reconnut le conteur avec un sourire en coin. Ce sera pour une autre fois.

« Pourquoi moi ? » se demanda Eragon. En quoi était-il spécial ? Pourquoi avait-il été choisi pour devenir Dragonnier ?

— Avez-vous connu ma mère ? lança-t-il soudain.

— Oui, dit Brom, la mine grave.

— Comment était-elle ?

Le vieil homme soupira :

— Digne et fière, comme Garrow. Et même si cela causa sa perte, ce furent ses plus belles qualités. Elle a toujours aidé les pauvres et les malheureux, quoi qu'il lui en coutât.

— Vous la connaissiez bien ? s'exclama le garçon, stupéfait.

— Assez pour qu'elle me manque depuis qu'elle s'en est allée.

Laissant Cadoc aller au pas, Eragon essaya de se souvenir du temps où il ne voyait en Brom qu'un vieux gâteux racontant des histoires ; et il comprit tout à coup l'étendue de son ignorance.

Il confia tout cela à Saphira. Elle fut intriguée par ces révélations... et dégoûtée d'avoir appartenu à Galbatorix.

« N'es-tu pas content d'avoir quitté Carvahall ? dit-elle alors. Pense à toutes ces expériences passionnantes que tu aurais manquées ! »

Eragon poussa un gémissement faussement désespéré.

À l'étape du soir, Eragon alla chercher de l'eau pendant que Brom préparait le dîner. Se frottant les mains pour se réchauffer, le garçon décrivit un grand cercle autour du campement, tendant l'oreille pour repérer une source. Il faisait sombre et humide sous les arbres.

Eragon découvrit un ruisseau un peu à l'écart, s'accroupit pour plonger sa main dans le courant. L'eau glacée venue de la montagne léchait sa peau et lui engourdissait les doigts. « Que lui importe ce qui nous arrive ? » songea Eragon. Frissonnant, il se releva.

Une large empreinte sur la rive opposée attira son attention. Sa forme était bizarre. Intrigué, le garçon sauta le ru et atterrit sur un rocher plat. Son pied glissa sur une plaque humide de mousse. Il se rattrapa à une branche d'arbre, mais celle-ci se brisa. Eragon tendit une main en avant pour amortir sa chute. Quand il heurta le sol, il entendit son poignet droit craquer. Une violente douleur courut le long de son bras.

Il lâcha une bordée de jurons entre ses dents serrées, tâchant de retenir un hurlement. À moitié aveuglé par la souffrance, il se recroquevilla sur la pierre en se tenant le bras.

« Eragon ! cria Saphira, paniquée. Que s'est-il passé ? »

« Cassé mon poignet... agi comme un idiot... tombé... »

« J'arrive. »

« Non ! Je peux... me débrouiller... Ne viens pas... Trop d'arbres... tes ailes... »

Elle lui envoya une image d'elle en train de réduire les arbres en charpie et lui hurla :

« Dépêche-toi ! »

Il parvint à se relever en grognant. Il examina l'empreinte, profondément enfoncée dans le sol, à quelques pieds de là. C'était la marque laissée par une botte cloutée, semblable à celles qui entouraient le monceau de cadavres, à Yazuac.

« Un Urgal... »

Il cracha, regrettant de n'avoir pas pris Zar'roc avec lui : pas moyen d'utiliser son arc avec une seule main ! Il releva la tête et cria en esprit : « Saphira ! Des Urgals ! Protège

Brom ! » Puis il sauta sur la rive d'où il venait et courut vers le campement, son couteau de chasse dans la main gauche.

Il imaginait un ennemi derrière chaque arbre, chaque buisson.

– J'espère qu'il n'y a qu'un Urgal ! murmura-t-il.

Il surgit dans la clairière et dut plonger au sol pour éviter un coup de queue de la dragonne.

« Hé ! C'est moi ! » hurla-t-il.

« Oups ! » lâcha Saphira. Ses ailes étaient repliées devant son poitrail comme un vaste bouclier.

« Oups ? gronda Eragon en courant vers elle. Tu aurais pu me tuer ! Où est Brom ? »

– Je suis là !

La voix de Brom venait de derrière les ailes.

– Dis à ta folle de dragonne de me relâcher ! Elle refuse de m'écouter.

« Libère-le, Saphira ! s'exclama Eragon, exaspéré. Tu l'as prévenu ? »

« Non, fit-elle, penaude. Tu m'as juste demandé de le protéger. »

Elle écarta ses ailes. Le vieil homme se dégagea, furieux.

– J'ai trouvé une empreinte d'Urgal, expliqua le garçon. Une empreinte récente.

– Selle les chevaux ! ordonna aussitôt le conteur. Nous partons.

Il éteignit le feu. Eragon ne bougea pas.

– Qu'est-ce que tu as au bras ? s'inquiéta Brom.

– J'ai le poignet cassé.

Le conteur jura, sella Cadoc à sa place et l'aida à monter à cheval.

– Il faudra te poser une attelle dès que possible, déclara-t-il. Tâche de ne pas remuer ton poignet d'ici là.

Eragon saisit fermement les rênes de la main gauche.

« La nuit est presque complète, dit Brom à Saphira. Tu n'as qu'à voler autour de nous. Si les Urgals se montrent, ils te repéreront et y réfléchiront à deux fois avant de nous attaquer. »

« Ça vaudra mieux pour eux : sinon, ils n'auront plus jamais l'occasion de réfléchir », rétorqua la dragonne avant de décoller.

Les derniers rais de lumière s'évanouissaient rapidement. Les chevaux étaient fatigués, mais leurs cavaliers les pressaient sans répit. Le poignet d'Eragon, rouge et gonflé, continuait de le faire souffrir. À une lieue du camp, Brom stoppa sa monture.

– Écoute ! chuchota-t-il.

Eragon entendit le son lointain d'une corne de chasse. La panique le prit.

– Ils ont dû nous repérer, dit le vieil homme. Et probablement les traces de Saphira. Maintenant, ils vont nous traquer. Ce n'est pas dans leur nature de laisser filer leurs proies.

Deux autres cornes mugirent. Plus proches.

Le garçon frissonna.

– Fuyons ! lança Brom. C'est notre seule chance.

Il leva la tête et, les traits tendus, il appela Saphira. La dragonne fendit le ciel nocturne et atterrit.

– Laisse Cadoc, Eragon ! ordonna Brom. Monte Saphira. Tu seras en sécurité avec elle.

– Et vous ? protesta le garçon.

– Ne t'inquiète pas pour moi. Va !

Incapable de rassembler l'énergie nécessaire pour argumenter, Eragon obéit. Brom talonna Feu-de-Neige et repartit, suivi de Cadoc ; Saphira le suivait, volant au-dessus des chevaux lancés au galop.

Eragon s'accrochait tant bien que mal. Un rictus lui tordait le visage lorsqu'un mouvement brusque de sa dragonne ravivait la douleur dans son poignet. Les cornes de chasse résonnèrent de nouveau, très proches, déclenchant une vague de terreur chez les fugitifs. Brom cravachait les chevaux sans relâche, les poussant jusqu'à leurs dernières limites. Une plainte de cornes de chasse retentit encore juste derrière lui... puis plus rien.

De longs moments s'écoulèrent.

« Où sont passés les Urgals ? » se demandait Eragon.

Un autre appel résonna, cette fois dans le lointain. Il soupira de soulagement, et se laissa aller contre l'encolure de Saphira. En dessous, Brom fit ralentir les chevaux.

« On a eu chaud ! » souffla Eragon.

« Oui, mais nous ne pouvons pas nous arrêter avant de... »

La dragonne fut interrompue par le son d'une corne de chasse. Le garçon sursauta, tandis que Brom s'élançait en un galop effréné. Des Urgals cornus chevauchaient à bride abattue en poussant des cris rauques. Ils gagnaient rapidement du terrain ; Brom ne pouvait leur échapper.

« Il faut faire quelque chose ! » s'exclama Eragon.

« Quoi ? »

« Atterris devant les Urgals ! »

« Tu es fou ? »

« Atterris ! Je sais ce que je fais. On n'a pas d'autre solution. Ils vont l'avoir ! »

« Très bien. »

Saphira survola les Urgals puis tourna, s'apprêtant à se poser. Eragon invoqua son pouvoir et sentit la résistance familière qui précédait l'usage de la magie. Il tenta de ne pas la forcer tout de suite. Un muscle de son cou se contractait nerveusement.

Quand les Urgals débouchèrent, il cria : « Maintenant ! » Saphira rabattit ses ailes et plongea entre les cimes des arbres. Elle atterrit au milieu du chemin dans un nuage de poussière et de gravillons.

Les Urgals, surpris, hurlèrent et tirèrent brutalement sur les rênes, et leurs chevaux pilèrent en renâclant ; mais les monstres reprirent vite le contrôle de leurs montures et firent face à la dragonne, l'arme au poing, et grimaçant de haine.

Ils étaient douze. Douze créatures abominables. Eragon, qui s'attendait à les voir fuir, paniqués à la vue de Saphira, se demanda : « Qu'est-ce qu'ils attendent ? Vont-ils attaquer ou non ? »

Le garçon eut un choc lorsque le plus massif des Urgals s'avança vers lui et cracha d'une voix gutturale et rocailleuse :

– Notre maître souhaite te parler, humain !

« C'est un piège », avertit Saphira avant que le garçon eût répondu quoi que ce fût. « Ne l'écoute pas. »

« Voyons au moins ce qu'il a à dire », suggéra Eragon, partagé entre crainte et curiosité.

– Qui est ton maître ? lança-t-il.

L'Urgal ricana :

– Un minable tel que toi n'est pas digne de connaître son nom ! Il gouverne le ciel et domine la terre. Tu n'es qu'une fourmi à ses yeux. Cependant, il a décrété que nous devions te ramener vivant. Sois fier d'avoir mérité pareille attention.

– Je ne vous suivrai nulle part, ni vous ni aucun de mes ennemis, déclara Eragon en repensant au massacre de Yazuac. Que tu serves un Ombre, un Urgal ou quelque autre démon, je n'ai nul désir de parlementer avec lui.

– Tu commets là une grave erreur, gronda l'Urgal en découvrant ses crocs. Tu ne peux lui échapper ! Tôt ou tard, tu te tiendras devant ton maître. Si tu lui résistes, il remplira tes jours de tourments.

Eragon était décontenancé. Qui donc avait le pouvoir de fédérer les Urgals sous un seul commandement ? Une troisième force disputait-elle l'Alagaësia aux Impériaux et aux Vardens ?

– Garde ton offre ! rétorqua-t-il. Et dis à ton maître que, si je vois les corbeaux lui dévorer les entrailles, je passerai mon chemin !

Un frémissement de rage parcourut la meute des Urgals. Leur chef rugit et grinça des dents.

– Nous t'emmènerons donc de force !

Il leva un bras, et tous se ruèrent vers Saphira. Levant à son tour la main droite, Eragon lança :

– Jierda !

« Non ! » cria Saphira, mais c'était trop tard.

Les monstres hésitèrent en voyant luire la paume du garçon. Des éclairs jaillissaient de sa main, frappant ses assaillants au ventre. Les Urgals furent projetés contre les troncs d'arbres, et roulèrent sur le sol, assommés...

Soudain, la fatigue submergea Eragon. Il tomba à terre, l'esprit vide. Quand Saphira se pencha sur lui, il comprit qu'il en avait trop fait. L'énergie nécessaire pour mettre douze Urgals hors de combat était énorme. La peur l'envahit tandis qu'il s'efforçait de rester conscient.

Du coin de l'œil, il vit l'un des Urgals se redresser, chancelant, l'épée à la main. Eragon essaya d'avertir Saphira, mais il était sans force. « Non... », pensa-t-il faiblement. L'Urgal rampait vers la dragonne. Il dépassa sa queue et leva son épée pour la frapper au cou.

« Non... »

Saphira se tourna d'un bloc vers le monstre avec un grondement sauvage. Sa patte se détendit à une vitesse fulgurante. Du sang gicla : l'Urgal avait été sectionné en deux.

La dragonne fit claquer ses mâchoires, satisfaite, et s'approcha d'Eragon. Avec précaution, elle le saisit entre ses serres ensanglantées, grogna et s'éleva dans les airs. Sous les paupières du garçon, la nuit se zébra de douleur. Le bruit hypnotique des ailes de Saphira le plongea dans une espèce de transe : flip, flop ; flip, flop ; flip, flop...

Lorsque Saphira se posa enfin, Eragon l'entendit parler avec Brom. Il ne comprenait pas ce qu'ils disaient, mais ils durent prendre une décision, car, peu après, Saphira décollait de nouveau. L'hébétude recouvrit la conscience d'Eragon comme une douce couverture, et il s'endormit.

UNE IMAGE
DE LA PERFECTION

Eragon s'agita sur sa couche sans ouvrir les yeux. Il somnola un moment ; puis une pensée confuse émergea dans son esprit : « Comment suis-je arrivé ici ? » Perturbé, il tira les couvertures sur lui, et sentit quelque chose de dur contre son bras droit. Il tenta de remuer son poignet. La douleur le réveilla tout à fait. « Les Urgals ! »

Il se redressa en sursaut.

Il était allongé dans une petite clairière, seul ; un maigre feu de camp y brûlait, réchauffant une marmite de ragoût. Un écureuil sautillait sur une branche. Son arc et son carquois étaient posés près de lui. Il voulut se relever et grimaça. Il était épuisé et perclus de courbatures. Une solide attelle soutenait son bras blessé.

« Où sont passés Brom et Saphira ? » Il essaya de contacter la dragonne, mais, à sa grande inquiétude, il échoua. Comme il mourait de faim, il mangea le ragoût. Pas tout à fait rassasié, il chercha les bâts, espérant y dénicher un quignon de pain.

Il ne vit ni bâts ni chevaux autour de lui. « Il doit y avoir une bonne raison à ça », songea-t-il, en dominant une poussée d'angoisse.

Il fit quelques pas pour inspecter la clairière, puis il retourna vers sa couche et roula les couvertures. Ne sachant que faire d'autre, il s'assit contre un arbre et regarda passer les nuages. Des heures s'écoulèrent. Brom et Saphira ne se montraient pas. « Pourvu qu'il ne leur soit rien arrivé... » pensa Eragon.

L'après-midi s'avançait ; le garçon s'ennuyait. Il explora un peu la forêt alentour. Lorsqu'il en eut assez, il s'installa sous un sapin et avisa une grosse pierre. Au milieu, un creux s'était formé, dans lequel stagnait de l'eau de pluie.

Eragon regarda cette petite flaque et se rappela les conseils que le conteur lui avait donnés pour invoquer des images. « Je verrai peut-être où est Saphira. D'après Brom, cela demande pas mal d'énergie, mais je suis plus costaud que lui... » Il inspira à fond et ferma les yeux. Il évoqua dans son esprit une image de Saphira la plus fidèle possible. Ce fut moins facile qu'il ne le pensait. Puis il dit :

– Draumr kópa !

Et il fixa la flaque.

Sa surface devint complètement lisse, solidifiée par une force invisible. Les reflets disparurent, et l'eau était, à présent, translucide. Une image de Saphira en plein vol y miroita. Autour d'elle, tout était blanc. Brom se tenait sur son dos, la barbe au vent, épée sur les genoux.

Fatigué, Eragon laissa l'image s'effacer. « Au moins, ils sont vivants. »

Il s'accorda un répit pour récupérer. Puis il se pencha sur l'eau :

« Roran, où es-tu ? » Il vit clairement son cousin en esprit. Sans réfléchir, il utilisa la magie et prononça encore une fois les mots.

L'eau se figea, et l'image se dessina à sa surface. Roran apparut, assis sur un siège invisible. Comme Saphira, il était entouré de blanc. De nouvelles rides marquaient son visage ; il ressemblait plus que jamais à Garrow. Eragon retint l'illusion tant qu'il put. « Roran ne serait plus à Therinsford ? s'étonna-t-il. Puisque je ne visualise pas le lieu, c'est qu'il est à un endroit où je n'ai jamais été. »

L'effort lui avait couvert le front de sueur. Il soupira et, pendant un long moment, se contenta de rester assis. Puis une idée absurde lui passa par la tête : « Qu'arriverait-il si j'invoquais quelque chose que j'aurais imaginé ou rêvé ? » Il sourit : « Peut-être découvrirais-je à quoi ressemblent les profondeurs de ma conscience ? »

L'idée était trop tentante. Eragon s'agenouilla au-dessus de l'eau une troisième fois. Que chercherait-il ? Il pensa à plusieurs choses et les rejeta en se rappelant le rêve de la femme emprisonnée.

Il grava la scène dans son esprit, prononça la formule magique et scruta l'eau avec intensité. Il attendit. En vain.

337

Déçu, il était sur le point d'abandonner quand une noirceur d'encre monta du fond de l'eau en tourbillonnant et couvrit la surface. L'image d'une bougie éclairant une cellule de pierre apparut. La femme de son rêve était recroquevillée sur un matelas posé dans un coin. Elle leva la tête, rejetant ses cheveux noirs en arrière, et elle fixa Eragon. Il en fut pétrifié. La force de ce regard le clouait sur place. Des frissons glacés coururent le long de son dos lorsque leurs yeux se rencontrèrent. Puis la vision se troubla et disparut lentement.

L'eau redevint claire. Eragon se remit à croupetons, le souffle court. C'était impossible ! La femme ne pouvait pas exister : elle n'était qu'un rêve ! Et comment aurait-elle su qu'il la regardait ? Et lui, comment avait-il pu invoquer l'intérieur d'une prison qu'il n'avait jamais vue ? Il secoua la tête, se demandant si certains de ses rêves n'étaient pas des visions.

Le bruit des ailes de Saphira le tira de ses réflexions. Il courut vers la clairière et arriva au moment où la dragonne atterrissait. Brom était sur son dos, comme Eragon l'avait vu dans son invocation, mais son épée était couverte de sang, son visage furieux et sa barbe tachée de rouge.

– Que s'est-il passé ? demanda le garçon, redoutant que son ami eût été blessé.

– Ce qu'il s'est passé ? rugit le conteur. J'ai essayé de réparer les dégâts que tu as causés.

Il fouetta l'air de son épée, répandant une pluie de sang.

– Sais-tu ce que tu as fait, avec ton petit tour de magie ? Le sais-tu ?

– J'ai empêché les Urgals de vous tomber dessus, se justifia Eragon, un nœud dans l'estomac.

– J'avais compris, signala Brom, mais cela a failli te tuer ! Tu as dormi pendant deux jours. Il y avait douze Urgals ! Douze ! Et tu as été incapable de te retenir : tu as tenté de les renvoyer jusqu'à Teirm, pas vrai ? Qu'est-ce que tu t'imaginais ? Leur lâcher à chacun une pierre sur la tête, voilà ce qu'il aurait été intelligent de faire ! Mais non, tu t'es contenté de les assommer. Comme ça, ils ont eu tout loisir de se réveiller et de s'enfuir ! J'ai passé les deux derniers jours à les poursuivre. Même avec l'aide de Saphira, j'en ai laissé échapper trois.

– Je ne voulais pas les tuer, reconnut Eragon, mal à l'aise.

– Tu n'as pas eu ce genre d'états d'âme à Yazuac !

– Je n'avais pas le choix, alors, et je ne maîtrisais la magie. Cette fois, j'ai préféré ne pas recourir à une telle extrémité.

– « Une telle extrémité » ? Tu crois qu'ils auraient hésité, eux, si tu avais été à leur merci ? Et pourquoi, mais pourquoi t'es-tu montré à eux ?

– Ils avaient repéré les empreintes de Saphira, m'aviez-vous dit, se défendit Eragon. Alors, quelle importance s'ils me voyaient ?

Brom planta son épée dans la terre et s'exclama :

– J'ai dit qu'ils avaient *probablement* repéré ses traces ! Il y avait une chance pour qu'il n'en soit rien. Ils pouvaient imaginer qu'il s'agissait de voyageurs égarés... Maintenant, ils savent à quoi s'en tenir. Quelle idée d'atterrir pile devant eux ! Quelle idée de les laisser en vie pour qu'ils répandent dans toute la contrée des histoires fantastiques ! Des histoires qui pourraient bien remonter jusqu'à l'Empire !

Brom leva les bras au ciel :

– Après ça, tu ne mérites plus d'être appelé Dragonnier, gamin.

Le vieil homme arracha son épée du sol, s'assit près du feu et sortit un chiffon de sa tunique pour nettoyer sa lame.

Eragon était sidéré.

Il voulut demander conseil à Saphira, mais tout ce qu'elle trouva à dire fut : « Discute avec Brom. »

Le garçon, hésitant, vint s'asseoir à côté de Brom et demanda :

– Ça changerait quelque chose si je disais que je suis désolé ?

Le conteur soupira et rengaina son épée :

– Non, tes remords ne changeront rien.

Il enfonça un doigt dans la poitrine d'Eragon :

– Tu as fait de mauvais choix, qui auraient pu avoir de graves conséquences. Et la première d'entre elles, c'est que tu risquais de mourir. Mourir, Eragon ! Désormais, tu vas te mettre à réfléchir. Ce n'est pas pour rien qu'on naît avec un cerveau dans la tête, et pas un petit pois !

Le garçon acquiesça, confus.

– Cependant, murmura-t-il, je n'ai pas aussi mal agi que vous pensez : les Urgals connaissaient déjà mon existence. Ils avaient reçu l'ordre de me capturer.

La stupéfaction agrandit les yeux de Brom. Il ficha sa pipe éteinte dans sa bouche :

– C'est bien plus grave que je ne craignais ! Saphira m'a appris que tu avais parlé avec les Urgals, mais elle n'a pas mentionné cela.

En quelques phrases, Eragon résuma sa confrontation avec les monstres.

– Donc ils ont un chef, maintenant ! s'exclama Brom.

Le garçon opina.

– Et toi, tu as attaqué ses hommes, tu as refusé d'obéir à ses ordres et tu l'as insulté ? Ça ne peut pas être pire. Si tu avais tué les Urgals, ton insolence serait passée inaperçue. À présent, elle ne peut rester ignorée. Félicitations ! Te voilà l'ennemi déclaré d'un des êtres les plus puissants de l'Alagaësia !

– D'accord, j'ai commis une erreur.

– En effet ! acquiesça le vieil homme, les yeux jetant des éclairs. Mais, ce qui m'inquiète le plus, c'est de ne pas connaître ce chef des Urgals.

Eragon réprima un frisson et demanda doucement :

– Qu'est-ce qu'on fait, alors ?

Il y eut un silence gênant.

– Ton bras ne sera pas guéri avant deux ou trois semaines, finit par déclarer Brom. Tu profiteras de cet intervalle pour te mettre un peu de plomb dans la cervelle ! Je reconnais que c'est en partie ma faute. Je t'ai appris *comment* agir, mais pas *à quel moment*. Pratiquer la magie exige de la discrétion, une qualité dont tu n'es pas naturellement pourvu. Toute la magie de l'Alagaësia ne te sera d'aucune aide si tu ne sais pas dans quelles circonstances t'en servir.

– Mais nous allons quand même à Dras-Leona, n'est-ce pas ? s'inquiéta Eragon.

Brom roula des yeux :

– Oui ! Nous continuerons à chercher les Ra'zacs ; mais, même si nous les trouvons, il nous faudra attendre que tu sois guéri pour les affronter.

Le vieil homme dessella Saphira.

– Es-tu en état de chevaucher ? demanda-t-il.

– Je crois.

– Tant mieux. Nous en profiterons pour avancer de quelques lieues.

– Où sont Cadoc et Feu-de-Neige ?

– Par là. Je les ai attachés à un endroit où ils avaient de quoi paître.

Eragon prépara ses affaires, puis il suivit Brom vers les chevaux.

Saphira lui fit remarquer : « Si tu m'avais exposé ton plan, rien de cela ne serait arrivé. Je t'aurais dit que c'était une mauvaise idée d'épargner les Urgals. Je n'ai accepté de t'obéir que parce que j'espérais que tu serais au moins à moitié raisonnable ! »

« Je n'ai pas envie de parler de ça. »

« Comme tu voudras. »

Tandis qu'ils chevauchaient, Eragon serrait les dents à chaque cahot du chemin. Eût-il été seul, il se serait arrêté ; mais Brom était près de lui, et le garçon n'osait pas se plaindre. Le vieil homme avait entrepris de lui décrire différents scénarios combinant les Urgals, la magie et Saphira. Les possibilités de combats étaient multiples et variées ; certaines mettaient en scène d'autres dragons ou un Ombre comme adversaires.

À la torture physique s'ajouta bientôt pour Eragon la torture mentale. À la plupart des questions de Brom, il répondait à côté, ce qui le frustrait de plus en plus.

Lorsqu'ils s'arrêtèrent pour la nuit, le conteur marmonna un bref :

– Il faut bien débuter.

Eragon comprit que Brom était déçu.

UNE FINE LAME

Le lendemain, la journée fut moins difficile, pour Eragon comme pour Brom. Le garçon se sentait mieux ; il était capable de répondre correctement à beaucoup plus de questions. Après un exercice particulièrement difficile, Eragon parla de la femme qu'il avait visualisée.

– Tu dis qu'elle était emprisonnée ? murmura Brom en se caressant la barbe.

– Oui.

– As-tu vu son visage ?

– Pas très bien. La lumière était faible ; pourtant, je peux dire qu'elle était très belle. C'est étrange : je n'ai eu aucun mal à voir ses yeux. Et elle m'a rendu mon regard.

– À ma connaissance, il est impossible de s'apercevoir que l'on est l'objet d'une visualisation.

– Savez-vous qui elle peut être ? demanda Eragon, étonné de l'impatience qui perçait dans sa propre voix.

– Pas vraiment, avoua Brom. Je pourrais avancer quelques suppositions ; mais ce ne serait, justement, que des suppositions. En tout cas, ton rêve est... singulier. Tu as réussi à visualiser dans ton sommeil quelqu'un que tu n'as jamais vu, et cela sans même prononcer la formule appropriée ! Les rêves nous mènent parfois dans le royaume des esprits, mais ceci est différent.

– Nous n'avons plus qu'à fouiller toutes les prisons et tous les donjons du pays, jusqu'à ce que nous trouvions cette femme ! plaisanta Eragon.

En vérité, il pensait que c'était une bonne idée. Brom se contenta d'en rire, et ils poursuivirent leur chemin.

L'entraînement strict auquel Brom soumettait Eragon remplit chaque heure de chaque jour. Dras-Leona était fort loin. À cause de son attelle, le garçon dut apprendre à manier l'épée de la main gauche. Bientôt, il fut aussi habile que de la droite.

Ils retraversèrent la Crête et débouchèrent dans la plaine. Le printemps recouvrait le pays d'une multitude de fleurs. Les branches jadis nues des arbres se hérissaient de bourgeons ; l'herbe nouvelle poussait entre les touffes sèches de l'année passée. Les oiseaux, revenus de leurs séjours d'hiver, s'accouplaient et bâtissaient leurs nids.

Les voyageurs suivirent le Toark, qui coulait en bordure de la Crête. Le fleuve grossissait au fur et à mesure que ses affluents se jetaient dans le courant, augmentant d'autant son débit rapide. Là où le Toark s'élargissait, Brom désigna les îlots de vase qui émergeaient çà et là.

– Nous approchons du lac Leona, signala-t-il. Nous n'en sommes plus qu'à deux lieues.

– Pensez-vous qu'on l'atteindra avant la nuit ? demanda Eragon.

– On peut essayer.

Le crépuscule rendit bientôt la route plus difficile à suivre. Mais le grondement de la rivière proche guidait les chevaux. Dès que la lune se leva, son disque brillant dispensa assez de lumière pour éclairer le paysage.

Le lac ressemblait à une mince couche d'argent étendue sur le sol. Sa surface était si calme, si lisse, qu'elle paraissait presque solide. Sans la lune qui s'y reflétait, on n'aurait pas pu distinguer l'eau de la terre.

Saphira s'était posée sur la rive de galets, où elle agitait ses ailes pour les sécher. « L'eau est délicieuse, annonça-t-elle à Eragon : profonde, froide et claire. »

« Peut-être irai-je nager avec toi demain », répondit le garçon.

Il aida Brom à dresser le camp, derrière un rideau d'arbres ; et les deux compagnons ne tardèrent pas à s'endormir.

Eragon se leva à l'aube pour admirer le lac à la lumière du jour. Devant ses yeux émerveillés s'étalait une étendue d'eau laiteuse, sur laquelle la brise matinale dessinait des motifs mouvants. Il poussa un cri de joie et courut vers la berge.

« Saphira ! appela-t-il. Où es-tu ? Viens, on va s'amuser ! »

La dragonne surgit. Le garçon avait à peine pris place sur son dos qu'elle décollait. Ils montèrent en flèche, puis Saphira vola en cercles au-dessus des eaux ; cependant, même de cette hauteur, la rive opposée n'était pas visible.

« Que dirais-tu d'un bon bain ? » proposa Eragon, l'air de rien.

La dragonne eut un sourire gourmand : « Tiens-toi bien ! »

Elle rabattit ses ailes et fondit vers les flots, frôlant la crête des vaguelettes avec ses serres. Ils jouèrent ainsi à naviguer au ras de l'eau, qui étincelait dans le soleil levant. Eragon poussa un nouveau cri de joie. Saphira replia complètement ses ailes, plongea sa tête et son long cou, déchirant la surface du lac, telle une lance.

Le garçon crut avoir heurté un mur de glace. Le souffle coupé, il manqua d'être désarçonné. Il se cramponna tandis que Saphira remontait. En trois coups de pattes, elle émergea à l'air libre en projetant des gerbes d'eau autour d'elle. Eragon inspira à fond. La dragonne zigzagua au-dessus du lac, la queue en gouvernail. « Prêt ? » lança-t-elle.

Eragon acquiesça. Inspira. Resserra sa prise. Cette fois, Saphira s'enfonça dans le lac en douceur. L'eau était si claire qu'on voyait loin dans sa pureté cristalline. La dragonne se contorsionna et exécuta des figures extraordinaires. Elle ondulait dans les flots pareille à une anguille. Eragon avait l'impression de monter un de ces serpents de mer dont parlaient les légendes.

Alors que ses poumons commençaient à réclamer de l'air, Saphira arqua le dos et pointa la tête au-dehors. Un halo de perles liquides ruissela sur les deux amis lorsqu'elle s'éleva vers le soleil dans un battement d'ailes. Deux mouvements lui suffirent pour gagner de la hauteur.

« Wouah ! s'exclama Eragon. C'était sublime ! »

« Oui…, reconnut joyeusement Saphira. Dommage que tu ne saches pas retenir ton souffle plus longtemps. »

« Désolé, je n'y peux rien ! » répondit-il en pressant ses cheveux entre ses doigts pour les égoutter.

Avec ses vêtements trempés, il tremblait de froid dans le vent provoqué par les ailes de Saphira. Il toucha son attelle. Son poignet le faisait toujours souffrir.

Ils atterrirent. Lorsque Eragon fut sec, il sella Cadoc tandis que Brom s'occupait de Feu-de-Neige. De fort bonne humeur, il suivit le conteur, qui entreprenait de contourner le lac ; pendant ce temps, Saphira s'amusait encore à plonger et à ressortir de l'eau dans de grandes éclaboussures.

Le soir, avant le dîner, Eragon enveloppa Zar'roc d'une protection magique en prévision de l'entraînement d'escrime. Puis le duel commença.

Ni lui ni Brom ne se risquaient à botter. Chacun attendait que l'autre attaquât le premier. Le garçon chercha des yeux quelque chose qui pourrait lui donner l'avantage. Une bûchette, près du feu, attira son attention. Il se pencha, s'en empara de sa main blessée et la projeta sur le vieil homme. Gêné par son attelle, il manqua de force, et le conteur, qui n'eut aucun mal à éviter le projectile, se rua aussitôt sur son adversaire, l'épée levée. Eragon fléchit les genoux au moment où la lame sifflait au-dessus de sa tête ; il gronda et se jeta dans les jambes de Brom avec férocité.

Les combattants s'effondrèrent sur le sol, luttant au corps à corps. Soudain, le garçon roula sur le côté et porta un coup aux tibias du vieil homme. Celui-ci le contra du plat de l'épée et sauta sur ses pieds. Pivotant pour se redresser, Eragon chargea de nouveau. Des étincelles jaillirent quand leurs épées s'entrechoquèrent. Eragon attaquait sans relâche ; le visage tendu par la concentration, Brom bloquait chaque coup ; mais le garçon sentait que son adversaire faiblissait. Le bruit des lames continuait de retentir : aucun des bretteurs ne renonçait à faire céder l'autre.

Pourtant, Eragon devinait que sa victoire était proche. Coup après coup, il prenait l'avantage. Les parades du conteur étaient moins vives, et il perdait du terrain. Eragon para sans difficulté une dernière attaque. Il voyait battre les veines sur le front de son adversaire, les tendons de son cou se crisper.

Mis en confiance, Eragon mania Zar'roc plus vivement que jamais : l'épée dessinait un réseau tourbillonnant de métal autour de la rapière de Brom. Brusquement, il donna un coup puissant du plat de sa lame contre la garde du vieil homme, dont l'arme tomba au sol. Sans lui laisser le temps de réagir, Eragon pointa Zar'roc sur le cou de Brom.

Ils restèrent ainsi un moment, haletants. Lentement, Eragon finit par abaisser son arme, et il recula. Pour la première fois, il avait le dessus sans avoir rusé. Le conteur ramassa son épée et la remit au fourreau. Le souffle encore court, il lâcha :

— Fini pour aujourd'hui.

— Mais on vient à peine de commencer !

Brom secoua la tête :

— Je n'ai plus rien à t'apprendre en escrime. De tous les tireurs que j'ai affrontés, trois seulement m'ont battu de la sorte ; et je doute qu'aucun d'entre eux aurait pu le faire de la main gauche.

Il sourit comme à regret :

— Je ne suis plus de la première jeunesse, mais je peux t'assurer que tu manies l'épée avec un talent exceptionnel.

— Alors, on ne va plus se battre tous les soirs ?

— Oh, ne crois pas en être quitte à si bon compte ! le détrompa Brom en riant. Mais, à présent, si nous manquons un entraînement, de temps à autre, ce ne sera pas très grave.

Il essuya ses sourcils en sueur.

— Seulement, souviens-toi d'une chose, reprit-il. Si tu as le malheur d'affronter un elfe ou une elfe, entraîné ou non à manier l'épée, attends-toi à perdre. Ce peuple-là, tout comme les dragons et quelques autres créatures aux pouvoirs magiques, a une force bien supérieure à celle que la nature nous a accordée. Le plus faible des elfes n'aurait aucun mal à te vaincre. *Idem* pour les Ra'zacs : n'étant pas humains, ils sont beaucoup plus endurants que nous.

— Y a-t-il un moyen de les égaler ? demanda Eragon.

Il s'assit, jambes croisées, contre Saphira.

« Tu as bien combattu », dit-elle.

Le garçon sourit. Brom s'assit à son tour et haussa les épaules.

— Il y en a plusieurs, affirma-t-il, mais aucun n'est à ta portée, pour le moment. La magie te permettra de vaincre tous tes ennemis, à l'exception des plus puissants. Pour venir à bout de ceux-là, il te faudra l'aide de Saphira, et beaucoup de chance. N'oublie pas que, lorsqu'une créature magique se sert de la magie, elle est capable de tuer un humain sans effort, grâce à ses pouvoirs hors du commun.

– Comment lutte-t-on contre la magie ?

– Que veux-tu dire ?

Eragon s'appuya sur un coude pour s'expliquer :

– Supposons que je sois attaqué par un Ombre : comment bloquer sa magie ? La plupart des sorts ont un effet immédiat, de telle façon qu'il est presque impossible de réagir à temps. Et, même si j'y arrivais, comment annuler la magie d'un ennemi ? Il me semble que je devrais connaître l'intention de mon adversaire avant qu'il l'ait mise à exécution.

Il réfléchit un instant, puis conclut :

– Je ne vois pas comment faire. Le premier qui attaque gagne dans tous les cas, non ?

Brom soupira :

– Ce dont tu parles – un duel de sorciers, mettons – est extrêmement dangereux. Ne t'es-tu jamais demandé comment Galbatorix avait réussi à vaincre tous les Dragonniers avec l'aide d'une simple poignée de traîtres ?

– Non, je n'y ai jamais songé.

– Il y a différentes possibilités. Tu en apprendras certaines plus tard. Mais la principale t'est connue : Galbatorix était – et reste – un maître dans l'art de s'immiscer dans l'esprit des gens. Lors d'un duel de sorciers, vois-tu, il y a des règles strictes auxquelles chacun doit se tenir, sans quoi les deux combattants périraient. Pour commencer, personne ne recourt à la magie tant que l'un des antagonistes n'a pas réussi à pénétrer l'esprit de son adversaire.

Saphira enroula sa queue autour d'Eragon, et il s'y appuya confortablement. « Pourquoi attendre ? s'exclama-t-elle.

Quand tu auras attaqué, il ne sera plus en mesure de réagir ! »
Eragon répéta sa remarque à voix haute.

– Erreur ! répondit Brom. Si je décidais de me servir de
mon pouvoir contre toi, Eragon, là, sans prévenir, tu périrais
certainement ; cependant, juste avant de périr, tu aurais le
temps de contre-attaquer. Par conséquent, à moins qu'un des
combattants n'ait des visées suicidaires, aucun n'attaque
tant que l'un d'eux n'a pas créé une brèche dans les défenses
de son adversaire.

– Que se passe-t-il, à ce moment-là ?

– Dès que tu es dans l'esprit de ton ennemi, il t'est facile
de deviner ce qu'il va faire et, partant, de l'éviter. Cela dit,
même dans cette hypothèse, tu peux perdre si tu ne connais
pas les contre-sortilèges adéquats.

Le conteur bourra sa pipe et l'alluma.

– Il te faut aussi être très vif d'esprit, souligna-t-il. Pour
être capable de te défendre, tu dois avoir analysé la nature
exacte des forces qui t'agressent. Si tu es attaqué par la chaleur, tu dois savoir si elle est portée par l'air, le feu, la lumière
ou autre chose. Alors, seulement, tu pourras réagir – par
exemple en la gelant sur place.

– Ça paraît difficile.

– Très difficile, confirma Brom, tandis qu'un panache de
fumée montait de sa pipe. Rares sont ceux qui survivent lors
d'un tel duel plus de quelques secondes. L'énorme somme
d'efforts et de talents requise condamne à une mort rapide
quiconque n'a pas suivi un entraînement spécifique. Quand
tu auras progressé en magie, je t'enseignerai les méthodes
appropriées. En attendant, si un sorcier te cherche querelle,
je te suggère de prendre tes jambes à ton cou.

DRAS-LEONA
LA REDOUTABLE

Ils déjeunèrent à Fasaloft, un village très animé. C'était un endroit charmant, situé sur un promontoire qui surplombait le lac. Ils mangèrent dans la salle commune d'une auberge. Eragon, qui écoutait attentivement les conversations, constata avec soulagement que personne ne parlait de Saphira ou de lui.

Après le repas, ils repartirent. Le chemin était devenu une route dont l'état empirait de lieue en lieue. Les roues des chariots et les fers des chevaux avaient raviné le sol, rendant certaines portions impraticables. De plus en plus de monde y circulait, si bien que Saphira devait se cacher et ne retrouver Brom et Eragon qu'à la tombée de la nuit.

Pendant des jours et des jours, ils suivirent la route du Sud, qui serpentait le long de la rive du lac Leona. Eragon commençait à se demander s'ils finiraient d'en faire le tour. Il fut réconforté quand des marchands leur affirmèrent que Dras-Leona n'était plus qu'à une petite journée de là.

Le lendemain matin, Eragon se leva tôt. Ses doigts le démangeaient à l'idée qu'il allait enfin rencontrer les Ra'zacs.

« Vous devrez être très prudents, tous les deux, dit Saphira. Les Ra'zacs pourraient avoir introduit des espions munis de votre description parmi les voyageurs. »

« Nous ferons notre possible pour passer inaperçus », promit le garçon.

La dragonne baissa la tête jusqu'à croiser le regard d'Eragon. « Sans doute. Mais pense que je ne pourrai pas t'aider comme je l'ai fait avec les Urgals. Je serai trop loin pour venir à ton secours ; et je ne survivrais pas long-temps dans les rues étroites qu'affectionnent les gens de ton espèce. Laisse Brom mener la chasse, et suis-le. C'est un homme sensé. »

« Je sais », grogna Eragon d'un air sombre.

« Iras-tu avec Brom voir les Vardens ? Quand vous aurez tué les Ra'zacs, il voudra t'emmener chez eux. Et, comme la mort des Ra'zacs aura mis Galbatorix hors de lui, ce sera peut-être la solution la plus sûre. »

Eragon se frotta les bras. « Je ne veux pas passer ma vie à combattre l'Empire comme le font les Vardens. Guerroyer ne suffit pas à emplir une vie. J'aurai le temps d'y repenser quand on sera débarrassés des Ra'zacs. »

« N'en sois pas si convaincu », l'avertit Saphira. Et elle partit se cacher en attendant la nuit.

La route était encombrée de fermiers qui portaient leurs produits au marché de Dras-Leona. Brom et Eragon durent ralentir leurs chevaux et attendre que les chariots eussent dégagé la voie.

À la mi-journée, ils virent de la fumée dans le lointain, mais il leur fallut parcourir encore une lieue avant de distin-guer clairement la ville. À la différence de Teirm, aux rues bien ordonnées, Dras-Leona était un dédale inextricable répandu sur les bords du lac Leona. Des bâtisses délabrées bordaient les ruelles tortueuses. Le cœur de la cité était ceint d'un mur de terre barbouillé d'un crépi jaune sale.

Au loin, à l'est, une montagne appuyait contre le ciel ses flancs dénudés, évoquant la coque d'un vaisseau de cauchemar. Ses rochers acérés pointaient hors du sol comme des ossements.

Brom tendit la main :

– Voilà Helgrind. C'est pour cela que Dras-Leona a été construite ici. Cette montagne fascine les gens, bien qu'elle soit malsaine et malfaisante.

Puis le vieil homme désigna la muraille jaunâtre :

– Allons d'abord au centre de la cité.

En entrant dans Dras-Leona, Eragon remarqua que l'édifice le plus haut était une cathédrale, qui se dressait derrière les murs. Sa ressemblance avec Helgrind était frappante, surtout quand la lumière jouait dans ses arches et ses flèches tarabiscotées.

353

– Quel culte célèbre-t-on, ici ? demanda-t-il.

Brom eut une grimace de dégoût :

– On prie Helgrind. C'est une religion cruelle. Les fidèles boivent du sang humain et offrent de la chair en sacrifice. Les prêtres sont souvent mutilés, car ils croient que, plus tu abandonnes d'os et de muscles, moins tu es attaché au monde mortel. Ils passent l'essentiel de leur temps à se disputer pour savoir lequel des trois pics de Helgrind est le plus haut, et si le quatrième – le plus bas – doit être vénéré aussi.

– C'est horrible ! frémit Eragon.

– Oui, mais ne dis pas ça à un adepte : tu y laisserais vite une main en signe de pénitence !

Pour franchir les énormes portes de Dras-Leona, ils durent mener leurs chevaux à travers la cohue. Dix soldats étaient postés de part et d'autre de l'entrée, surveillant la foule d'un œil distrait. Eragon et Brom passèrent sans encombre.

Dans la ville, les maisons étaient hautes et étroites pour compenser le manque d'espace. Les premières s'adossaient au mur d'enceinte. Toutes surplombaient des rues exiguës et ventées, cachant le ciel, au point qu'on distinguait à peine le jour de la nuit. Presque tous les bâtiments étaient faits du même bois brun foncé qui assombrissait encore la ville. Les chaussées étaient sales, et l'air charriait des relents d'égout.

Une bande d'enfants en haillons se poursuivaient entre les maisons, se disputant des croûtes de pain. Des mendiants difformes, accroupis devant les portes d'entrée, réclamaient l'aumône à grands cris ; on aurait dit un chœur de damnés. « Chez nous, on ne traite pas même les animaux de la sorte ! », songea Eragon, plein de colère.

— Je ne veux pas rester ici, déclara-t-il, révolté par ce spectacle.

— Plus loin, ça s'arrange, affirma Brom. Pour le moment, nous devons nous arrêter dans une auberge et mettre au point notre stratégie. Dras-Leona peut être un endroit dangereux, même pour les plus méfiants. Je ne tiens pas à traîner dans ces rues plus longtemps que nécessaire.

Ils s'enfoncèrent au cœur de la ville, laissant derrière eux ses abords sordides. Lorsqu'ils atteignirent les beaux quartiers, Eragon se demanda comment des gens pouvaient vivre dans l'aisance au milieu d'une telle misère.

Ils trouvèrent à se loger au Globe d'Or, un établissement bon marché mais correct. Un lit étroit était placé contre un mur de leur chambre, près d'une table minuscule sur laquelle était posée une cuvette. Eragon jeta un œil sur le matelas et dit :

– Je dormirai sur le plancher. Il y a sûrement assez de bestioles dans ce truc pour me manger tout cru.

– Ma foi, je n'aurais pas le cœur de les priver d'un bon repas, rétorqua Brom en jetant son sac sur le lit.

Le garçon laissa tomber le sien au sol et ôta son arc.

– Et maintenant ? demanda-t-il.

– Nous allons manger et boire une bière. Après, repos. Et, demain, nous nous mettrons en quête des Ra'zacs.

Avant de quitter la pièce, Brom l'avertit :

– Quoi qu'il arrive, tiens ta langue ! Si nous nous trahissions, il nous faudrait partir à l'instant.

On leur servit un repas frugal, mais une bière excellente. Quand ils regagnèrent leur chambre d'une démarche mal assurée, Eragon sentit que sa tête bourdonnait agréablement. Il étala ses couvertures sur le sol et s'enroula dedans tandis que Brom s'effondrait sur le lit.

Juste avant de s'endormir, le garçon contacta Saphira : « Nous allons rester ici quelques jours, mais sans doute moins longtemps qu'à Teirm. Quand nous saurons où trouver les Ra'zacs, peut-être nous donneras-tu un coup de main pour leur régler leur compte. Je t'en parlerai demain matin. Là, je n'ai pas les idées très claires. »

« Tu as bu ! » l'accusa Saphira.

Eragon considéra la chose, et dut reconnaître que la dragonne avait raison. Il sentit clairement sa désapprobation, mais elle ajouta seulement : « Tu seras dans un bel état, demain matin. »

« Peut-être, grommela-t-il. Mais pour Brom, ce sera pire : il a bu deux fois plus que moi ! »

SUR LES TRACES
DE L'HUILE DE SEITHR

« À quoi pensais-je ? » se plaignit Eragon le lendemain matin. Il avait la bouche pâteuse et la tête lourde. Le couinement d'un rat disparaissant sous les lattes du plancher le fit grimacer.

« Comment te sens-tu ? » demanda la voix moqueuse de Saphira.

Eragon l'ignora.

Un peu plus tard, Brom roula hors du lit en grommelant. Il plongea la tête dans la cuvette d'eau froide et quitta la chambre.

Le garçon le suivit dans le couloir :

– Où allez-vous ?

– Récupérer.

– Je viens.

Dans la salle commune, Eragon découvrit la méthode de Brom pour se remettre d'une gueule de bois : avaler des litres de thé brûlant et d'eau glacée, et noyer le tout avec force brandy. Quand ils revinrent dans leur chambre, le garçon se sentait à peu près d'attaque.

Brom ceignit son épée et défroissa les plis de sa tunique :

– Nous poserons d'abord quelques questions discrètes. Je veux découvrir où l'huile de Seithr a été livrée, d'où elle est repartie. Des soldats ou des employés ont forcément été impliqués dans ce trafic. À nous de trouver ces hommes et de les faire parler.

Ils quittèrent le Globe d'Or et se mirent à la recherche des entrepôts où le poison aurait pu être stocké.

Depuis le centre de Dras-Leona, les rues grimpaient vers un palais de granit. Construit sur une éminence, il dominait tous les autres bâtiments à l'exception de la cathédrale.

La cour était pavée d'une mosaïque nacrée ; ses murs étaient incrustés d'or. Des statues de pierre noire étaient nichées dans des alcôves, des bâtonnets d'encens fumant dans leurs mains glacées. Des soldats, postés à distance régulière les uns des autres, scrutaient les passants avec attention.

– Qui vit ici ? demanda Eragon, ébahi.

– Marcus Tábor, le maître de la ville. Il n'a de comptes à rendre qu'au roi et à sa propre conscience – laquelle n'a pas été très scrupuleuse ces derniers temps, répondit Brom.

Ils contournèrent le palais et observèrent les maisons élégantes aux portails impressionnants qui l'entouraient. À la mi-journée, ils n'avaient rien appris d'utile. Ils s'arrêtèrent pour déjeuner.

– Cette ville est trop grande pour que nous la fouillions ensemble, dit le conteur. Cherche de ton côté. On se retrouve au Globe d'Or ce soir.

Il fixa le garçon de sous ses sourcils broussailleux :

– Je compte sur toi pour ne pas commettre d'imprudences.

– Ne vous inquiétez pas, promit Eragon.

Brom lui remit quelques pièces, puis ils se séparèrent.

Le garçon occupa le reste de la journée à parler avec des commerçants et des ouvriers, tâchant de paraître aussi agréable et charmant que possible. Il sillonna la ville dans tous les sens. Personne, apparemment, n'avait eu vent d'un arrivage d'huile.

Où qu'il allât, la cathédrale semblait l'observer. Il ne pouvait échapper à ses hautes flèches.

Il finit par dénicher un manutentionnaire qui avait participé à un déchargement d'huile de Seithr, et qui se souvenait dans quel entrepôt la cargaison avait séjourné. Tout excité, Eragon courut jeter un œil sur le bâtiment puis il rentra au Globe d'Or.

Brom y arriva, rompu de fatigue, une heure plus tard.

– Vous avez trouvé quelque chose ? demanda le garçon.

Le vieil homme passa la main dans ses cheveux blancs.

– J'ai entendu pas mal de choses intéressantes aujourd'hui, annonça-t-il. Et celle-ci en particulier : Galbatorix visitera Dras-Leona dans une semaine.

– Quoi ? s'exclama Eragon.

Brom s'adossa contre le mur. Les rides de son front se creusèrent :

– On raconte que Tábor a pris un peu trop de libertés vis-à-vis de l'Empire et qu'il abuse de son pouvoir. Galbatorix aurait l'intention de venir lui donner une leçon d'humilité. C'est la première fois que le roi quitte Urû'baen depuis plus de dix ans.

– Croyez-vous qu'il connaisse notre existence ?

– Bien sûr, il la connaît ! En revanche, il ignore où nous sommes. Sinon, nous serions déjà entre les griffes des Ra'zacs. Cela signifie que ce que nous comptons faire subir aux Ra'zacs doit être accompli avant l'arrivée de Galbatorix. Pas question de nous trouver à moins de vingt lieues de lui ! La bonne nouvelle, c'est que nos ennemis sont forcément ici, préparant la visite de leur seigneur et maître.

– Les Ra'zacs, martela Eragon, les poings serrés, je veux les avoir. Cependant je ne peux combattre le roi, il me mettrait en pièces.

– Félicitations ! s'exclama Brom, amusé. Prudence est mère de sûreté. Tu as raison : contre Galbatorix, tu n'aurais pas l'ombre d'une chance. À présent, dis-moi ce que tu as appris de ton côté. Cela confirmera peut-être ce que j'ai entendu.

Eragon haussa les épaules :

— Je n'ai pas recueilli grand-chose. Mais j'ai parlé avec un homme qui savait où l'huile avait été stockée. C'est un vieil entrepôt. À part ça, je n'ai rien découvert d'utile.

— Ma journée a donc été plus fructueuse que la tienne. Moi aussi, j'ai entendu parler de cet entrepôt. Je m'y suis rendu, et j'ai rencontré ceux qui y travaillent. Je n'ai même pas eu à les soudoyer pour qu'ils me révèlent que les bidons d'huile de Seithr y transitant étaient toujours envoyés au palais.

— Vous en revenez, là ?

— Non, mais cesse de m'interrompre. Ensuite, je suis allé au palais, et je me suis invité dans les quartiers des serviteurs en me faisant passer pour un barde. Pendant plusieurs heures, j'ai erré dans le coin, j'ai diverti les domestiques avec des chansons et des poèmes, et j'en ai profité pour poser des questions.

Brom bourra sa pipe sans se presser et reprit :

— C'est fou ce qu'on peut apprendre des serviteurs ! Savais-tu, par exemple, que l'un des comtes a trois maîtresses, et qu'il les loge toutes dans une aile du palais ?

Il secoua la tête, puis alluma sa bouffarde :

— En plus de ces ragots passionnants, j'ai aussi appris, presque par hasard, où repartait l'huile, après être passée par le palais.

— Où ? s'impatienta Eragon.

Le vieil homme tira sur sa pipe et lâcha un rond de fumée :

— Hors de la ville, bien sûr. À chaque pleine lune, deux esclaves sont envoyés au pied de Helgrind avec des provisions pour un mois. Lorsque l'huile de Seithr arrive au palais, elle est envoyée là-bas, en même temps que les provisions. On ne revoit jamais les esclaves. Et la seule fois où quelqu'un les a suivis, on ne l'a jamais revu non plus.

– Je croyais que les Dragonniers avaient aboli le trafic d'esclaves, s'étonna Eragon.

– Malheureusement, il est redevenu florissant sous le règne de Galbatorix.

– Ainsi, le refuge des Ra'zacs serait sur Helgrind, conclut le garçon en se rappelant la sinistre montagne.

– Sur Helgrind, ou dans les parages.

– S'ils sont sur Helgrind, soit ils se terrent au pied de la montagne, derrière une épaisse porte de pierre ; soit ils sont dans les cimes, là où seules leurs montures volantes, ou Saphira, peuvent accéder. Dans tous les cas, leur repaire doit être habilement dissimulé.

Eragon réfléchit un moment.

– Si je survole Helgrind avec Saphira, murmura-t-il, les Ra'zacs nous repèreront à coup sûr, sans parler des habitants de Dras-Leona.

– Nous avons un problème, reconnut Brom.

Le garçon fronça les sourcils :

– Et si nous prenions la place des deux esclaves ? La pleine lune est pour bientôt. Ce serait l'occasion rêvée d'approcher les Ra'zacs.

– Pas forcément, objecta le conteur, pensif, en se frottant la barbe. Si les Ra'zacs tuent les esclaves à distance, nous serons en danger. Nous n'avons aucune chance contre ces créatures si elles ne sont pas à portée de vue.

– Nous ne savons pas si les esclaves sont tués.

– Je suis convaincu qu'ils le sont, affirma le vieil homme, le visage grave.

Ses yeux étincelèrent, et il lâcha un nouveau rond de fumée.

– Cependant, ton idée est tentante. En comptant sur Saphira, tapie dans l'ombre, et... Oui, ça pourrait marcher.

Mais il faut agir vite. Avec l'arrivée du roi, le temps nous est compté.

– Ne devrions-nous pas jeter un coup d'œil à Helgrind et aux alentours ? Reconnaître le terrain à la lumière du jour pour nous éviter d'être surpris par des embuscades...

– Plus tard, fit Brom. Demain, je retournerai au palais étudier le moyen de nous substituer aux esclaves. Je dois rester prudent afin de ne pas éveiller les soupçons : un rien pourrait me trahir auprès des espions et des courtisans qui connaissent les Ra'zacs.

– J'ai du mal à croire que nous avons enfin retrouvé leur trace, dit Eragon.

Une vision de son oncle mort et de la ferme incendiée lui traversa l'esprit. Ses mâchoires se crispèrent.

– Le plus dur est à venir, signala Brom, mais c'est vrai, nous avons fait du bon travail. Si la chance nous sourit, tu auras bientôt accompli ta vengeance, et les Vardens seront débarrassés d'un ennemi dangereux. Pour la suite, tu aviseras.

Eragon jubilait. Il annonça à Saphira : « Nous avons trouvé le repaire des Ra'zacs ! »

« Où ? »

Il lui résuma en quelques mots leurs découvertes.

« Helgrind..., fit-elle, pensive. Un lieu à leur image. »

Le garçon acquiesça : « Quand nous en aurons fini avec eux, nous pourrons peut-être retourner à Carvahall. »

« C'est ça que tu veux, Eragon ? demanda-t-elle avec amertume. Retrouver ta vie d'avant ? Tu sais que ça n'arrivera pas, alors arrête de rêver ! Il vient un moment où il faut choisir. Veux-tu te cacher toute ta vie ou aider les Vardens ? Voilà la seule alternative qui s'offre à toi, à moins que tu ne joignes tes forces à celles de Galbatorix, ce que je n'accepte pas et n'accepterai jamais. »

Le garçon répondit doucement : « Si je dois choisir, je lierai mon destin à celui des Vardens, tu le sais bien. »

« Oui. Mais, parfois, il est bon que tu te l'entendes dire toi-même. »

Et elle le laissa réfléchir à ses paroles.

Dans la cathédrale

Le lendemain, Eragon était seul dans la chambre quand il s'éveilla. Un message était griffonné au charbon de bois sur le mur :

> Eragon,
> Je ne serai pas de retour avant ce soir, tard. Tu trouveras de l'argent sous le matelas pour t'acheter à manger.
> Explore la ville, amuse-toi, mais <u>ne te fais pas remarquer</u> !
> Brom
> P.S. : Évite le palais. Ne te sépare jamais de ton arc. Garde-le à portée de main.

Eragon effaça le message, récupéra l'argent, s'empara de son arc, et quitta le Globe d'Or en pensant qu'il aurait bien aimé, de temps en temps, pouvoir se promener sans arme.

Il déambula dans les rues, s'arrêtant pour observer ce qui l'intéressait. Ce n'étaient pas les boutiques curieuses qui manquaient ; néanmoins, aucune n'était aussi attrayante que l'herboristerie d'Angela, à Teirm. Parfois, le regard d'Eragon s'attardait sur les sombres maisons qui l'entouraient ; et il souhaitait échapper à cette ville oppressante.

Quand il eut faim, il s'acheta une part de fromage et un morceau de pain, qu'il mangea assis sur le rebord d'un trottoir. Plus tard, dans un coin reculé de Dras-Leona, il entendit un vendeur à la criée annoncer une série de prix. Intrigué, il se dirigea vers l'endroit d'où provenait la voix. Il arriva à un carrefour. Une estrade y était dressée.

Devant se pressaient des gens richement vêtus, qui formaient une foule bruyante et bigarrée. « Mais qu'est-ce qu'on vend, ici ? » se demanda Eragon.

Le bateleur termina de débiter sa liste et fit signe à un jeune homme de le rejoindre sur l'estrade. L'individu grimpa comme il put : il avait des menottes aux mains et des chaînes aux pieds.

– Et voici notre premier article ! proclama le vendeur. Un mâle en parfaite santé, capturé le mois dernier, dans le désert du Hadarac. Regardez-moi ces bras et ces jambes ! Il est robuste comme un taureau ! Il ferait un garde du corps parfait ou, si vous n'avez pas confiance, un serviteur pour les gros travaux. Mais, messieurs-dames, n'utiliser que sa force, ce serait du gâchis. Si vous réussissez à lui faire parler une langue civilisée, il se révèlera fort intelligent !

La foule gloussa, et Eragon grinça des dents de colère. Il leva sa main droite – fraîchement libérée de son attelle – et s'apprêta à prononcer les mots qui feraient tomber les entraves de l'esclave. La tache sur sa paume se mit à palpiter. Il allait projeter sa magie quand une pensée le frappa : l'homme exposé sur l'estrade ne réussirait pas à s'enfuir. Il serait rattrapé avant d'atteindre les portes de la ville. En voulant l'aider, Eragon ne ferait qu'empirer sa situation. Il abaissa son bras et se morigéna : « Réfléchis ! C'est comme ça que tu as eu des ennuis avec les Urgals ! »

Il regarda, impuissant, le malheureux passer aux mains d'un homme imposant au nez aquilin. L'esclave suivant était une petite fille qui n'avait pas plus de six ans, et qu'on dut arracher des bras de sa mère en pleurs. Lorsque le vendeur ouvrit les enchères, Eragon se força à partir, raide de rage et d'indignation.

Plusieurs pâtés de maisons plus loin, les lamentations de la mère se turent enfin. Eragon aurait presque souhaité qu'un voleur tentât de lui dérober sa bourse à l'instant même, tant il était frustré. Il donna un violent coup de poing dans un mur, s'écorchant les phalanges.

« Voilà le genre d'infamie auquel je pourrais mettre fin si je combattais l'Empire, songea-t-il. Avec l'aide de Saphira, je libérerais ces esclaves. J'ai eu la chance de recevoir des dons particuliers. Ce serait égoïste de ma part de ne pas m'en servir pour aider les autres. Si je ne le fais pas, ça ne vaut vraiment pas la peine d'être un Dragonnier. »

Il mit un moment à se ressaisir et fut surpris de se retrouver devant la cathédrale. Ses flèches tourmentées étaient cou-vertes de statues et de bas-reliefs. Des gargouilles grimaçantes étaient accroupies au bord des toits. Des créatures fantas-tiques se tordaient sur les murs ; des héros et des rois, figés dans le marbre, ornaient les parties supérieures. Des arches nervurées, de hauts vitraux de couleur et des colonnades de différentes tailles décoraient les bas-côtés. Une tourelle esseulée couronnait l'édifice comme un mât de bateau.

Le portail en fer, plongé dans l'ombre de l'entrée, était surmonté d'un écriteau aux lettres d'argent, qu'Eragon décrypta de loin. Il était rédigé en ancien langage. Il lui sembla que le message disait ceci : « Toi qui entres ici, sache que tu es éphémère, et oublie ce qui t'attache à ceux que tu aimes. »

Eragon frissonna. Tout l'édifice avait quelque chose de menaçant, tel un prédateur tapi dans la ville, guettant sa prochaine victime.

Une large volée de marches conduisait au monument. Eragon les monta solennellement et s'arrêta devant le portail, hésitant. Avec un vague sentiment de culpabilité, il poussa le battant, qui pivota doucement sur ses gonds huilés. Le garçon entra.

La cathédrale était vide, froide et silencieuse comme une tombe abandonnée. Les murs nus s'élevaient vers une voûte, si haute qu'Eragon eut l'impression d'avoir la taille d'une fourmi. Les vitraux représentaient des scènes de colère, de haine et de pénitence. Des rais de lumière spectrale dessinaient des motifs translucides sur les bancs de prière en granit, laissant le reste du bâtiment dans l'ombre. Les mains du garçon avaient pris une étrange teinte bleue.

Entre les vitraux, des statues ouvraient leurs orbites vides. Eragon soutint un instant leurs regards sans expression, puis remonta avec lenteur l'allée centrale, craignant de briser le silence. Ses bottes de cuir glissèrent sans bruit sur le sol en pierre polie.

Un doigt de lumière tombait sur l'autel, un grand bloc de pierre dénué du moindre ornement. Des particules de poussière dorée flottaient dans l'air. Derrière l'autel, les tuyaux d'un orgue montaient jusqu'au toit, qu'ils perçaient, s'offrant aux éléments. Ils ne résonnaient que lorsqu'une tempête soufflait sur Dras-Leona.

Saisi de respect, Eragon s'agenouilla devant l'autel et baissa la tête. Il ne voulait pas prier, mais rendre hommage à la cathédrale elle-même. Les tourments des humains qui s'y étaient réfugiés trouvaient un écho particulier dans la splendeur sinistre de ce lieu nu, glaçant. Dans l'effroi même qu'il suscitait, cependant, poignait un soupçon d'éternité, et quelque chose peut-être des pouvoirs qui l'habitaient.

Enfin, Eragon s'inclina et se releva. Gravement, il murmura pour lui-même des mots en ancien langage, et se retourna pour partir.

Alors, il se figea, le cœur battant comme un tambour.

Les Ra'zacs se tenaient sur le seuil et le regardaient. Les lames de leurs épées acérées avaient des reflets de sang, dans la lumière. Le plus petit d'entre eux émit un sifflement aigu, mais aucun ne bougea.

La rage submergea Eragon. Il avait traqué les Ra'zacs si longtemps que sa peine, après le meurtre de son oncle, s'était atténuée. Mais la vengeance était enfin à sa portée.

Sa colère explosa comme la lave jaillissant d'un volcan, attisée par sa frustration de n'avoir pas pu soulager la détresse des esclaves. Un rugissement monta à ses lèvres et se répercuta sous les voûtes, tel un coup de tonnerre, tandis qu'il bandait son arc. Il décocha prestement une première flèche. Deux autres suivirent.

Les Ra'zacs les esquivèrent avec une agilité de fauve. Ils remontèrent la nef en sifflant, les pans de leurs manteaux claquant comme des ailes de corbeau. Eragon encocha une quatrième flèche, mais une pensée retint sa main : « S'ils ont réussi à me trouver, Brom aussi est en danger ! Je dois l'avertir ! » Une file de soldats s'introduisit alors dans la cathédrale. Horrifié, le garçon découvrit une marée d'uniformes qui prenait position à la sortie.

Il jeta un regard furieux aux Ra'zacs prêts à charger, et pivota, cherchant par où s'enfuir. Il aperçut un vestibule à gauche de l'autel, franchit l'allée d'un bond et s'engouffra dans un corridor menant à un prieuré flanqué d'un beffroi. Il entendit derrière lui le martèlement des pieds des Ra'zacs et accéléra. Le couloir aboutissait à une porte fermée ! Eragon se rua contre le battant pour l'enfoncer, mais le bois était trop solide. Les Ra'zacs étaient presque sur lui ! Acculé, il reprit son souffle et aboya :

– Jierda !

Un éclair jaillit, et la porte explosa. Eragon bondit dans un petit hall, parcourut plusieurs salles, effrayant un groupe de prêtres : une pluie de cris et de jurons s'abattit sur lui.

Une cloche sonna l'alarme. Eragon traversa une cuisine, bouscula quelques moines, se faufila par une porte latérale. Il déboucha sur un jardin entouré d'un haut mur de briques, dépourvu de la moindre prise.

Il n'y avait pas d'issue !

Eragon revint sur ses pas... trop tard. Un sifflement assourdi lui parvint. Un Ra'zac occupait l'embrasure de la porte.

Avec l'énergie du désespoir, le garçon fonça, coudes au corps, jusqu'au mur. La magie ne pouvait pas l'aider. S'il s'en servait pour créer une brèche dans le mur, il serait trop fatigué pour courir. Alors, il prit un élan et sauta. Il réussit à agripper le sommet du mur avec le bout des doigts. Son corps s'écrasa contre les briques, le choc lui coupa la respiration.

Eragon restait suspendu, pantelant, s'accrochant de toutes ses forces pour ne pas retomber. Les Ra'zacs étaient entrés dans le jardin et tournaient la tête en tous sens comme des chiens flairant une proie.

Eragon sentit leur approche ; il tira sur ses bras. Une douleur lui irradia les épaules tandis qu'il se hissait en haut du mur. Il se laissa choir de l'autre côté, chancela, rétablit son équilibre, et s'enfonça dans une allée au moment où un Ra'zac franchissait à son tour le mur. Galvanisé, Eragon repartit au triple galop. Il parcourut encore une bonne lieue avant de s'arrêter pour reprendre son souffle. Incertain d'avoir semé son poursuivant, il se mêla à la foule d'un marché et plongea sous un chariot. « Comment m'ont-ils retrouvé ? se demandait-il, hors d'haleine. Serait-il arrivé quelque chose à Brom ? » Il chercha à entrer en communication avec Saphira pour lui dire : « Les Ra'zacs sont à mes trousses. Nous sommes tous en danger ! Tâche de savoir si Brom va bien ; préviens-le, si c'est le cas, et dis-lui que je l'attends à l'auberge. Prépare-toi à t'envoler aussi vite que possible. Nous aurons peut-être besoin de ton aide pour nous sortir de là ! »

La dragonne resta silencieuse un moment, puis elle déclara brièvement : « Brom te retrouvera à l'auberge. Ne t'arrête nulle part : tu es en grand danger... »

– Comme si je ne le savais pas ! grommela Eragon.

Il s'extirpa de sa cachette, courut au Globe d'Or, se dépêcha de rassembler leurs affaires, sella les chevaux et les conduisit dans la rue. Brom arriva bientôt, le bâton à la main. Son regard noir ne présageait rien de bon. Il grimpa sur Feu-de-Neige et demanda :

– Que s'est-il passé ?

– J'étais dans la cathédrale quand les Ra'zacs ont surgi derrière moi, répondit le garçon en enfourchant Cadoc. J'ai filé à toutes jambes, mais ils peuvent être là d'un instant à l'autre. Saphira nous attend à la sortie de Dras-Leona.

– Nous devons quitter la ville avant qu'ils n'aient fermé les portes, s'ils ne l'ont pas déjà fait. Auquel cas, nous n'aurons guère de chances de nous échapper. Quoi que tu fasses, ne t'éloigne plus de moi !

Eragon se raidit en avisant des soldats qui descendaient la rue. Le conteur jura, talonna Feu-de-Neige et partit au galop. Eragon le suivit, penché sur l'encolure de Cadoc. Ils manquèrent plusieurs fois d'être désarçonnés au cours de cette chevauchée infernale à travers la foule qui encombrait les rues.

Enfin, l'entrée de la ville apparut. Le garçon tira sur les rênes de Cadoc, consterné. Les portes étaient déjà à moitié closes et une double rangée de gardes armés de piques bloquait le passage :

– Ils vont nous tailler en pièces ! s'exclama Eragon.

– On va tenter de passer coûte que coûte, fit Brom d'une voix dure. Je m'occupe des hommes, charge-toi des portes.

Le garçon acquiesça, serra les dents et s'élança avec sa monture. Ils foncèrent sur les soldats qui, imperturbables, pointèrent leurs piques vers le poitrail des chevaux. Les bêtes hennirent, effrayées, mais leur cavalier les força à avancer. Malgré les cris des soldats, Eragon restait concentré sur les portes qui se refermaient, pouce après pouce.

Quand ils furent à portée des lances acérées, Brom leva la main et parla. Les mots frappèrent avec précision. Les gardes s'écroulèrent, comme si on leur avait coupé les jambes. L'espace entre les battants des portes se rétrécissait...

Eragon mobilisa son pouvoir et cria :

– Du grind huildr !

Avec un grincement sourd, les battants tremblèrent puis s'immobilisèrent. La foule et les soldats se turent, stupéfaits. Dans un fracas de sabots, Brom et Eragon filèrent comme des flèches hors des murailles de Dras-Leona. Dès qu'ils furent hors de portée, le garçon relâcha les portes. Elles vibrèrent, puis se refermèrent derrière eux avec un bruit de tonnerre.

Eragon sentit la fatigue habituelle s'emparer de lui ; sous le regard inquiet de Brom, il continua pourtant de chevaucher. Lorsqu'ils atteignirent les faubourgs, ils entendirent les trompettes sonner l'alarme du haut des remparts.

Saphira les attendait un peu plus loin, cachée derrière les arbres ; ses yeux lançaient des flammes ; sa queue battait l'air nerveusement.

– Va, monte-la, ordonna le conteur. Et, cette fois, reste en l'air, quoi qu'il m'arrive. Je me dirigerai vers le sud. Vole dans cette direction ; et qu'importe si on voit Saphira.

Eragon obéit. Bientôt, le sol s'éloigna ; il regarda rapetisser les silhouettes de Brom et des chevaux lancés au galop.

« Tu vas bien ? » demanda Saphira.

« Ça va. Mais on a eu de la veine. »

Un nuage de fumée sortit des naseaux de la dragonne : « Tout ce temps à chercher les Ra'zacs... pour rien ! »

« Je sais, lui dit Eragon en laissant retomber sa tête sur ses écailles. Si mes seuls ennemis avaient été les Ra'zacs, je les aurais affrontés, mais avec tous ces soldats à leurs côtés, le combat était trop inégal. »

« On va parler de nous, à présent. Cette fuite a peu de chances d'être passée inaperçue ! Échapper aux forces de l'Empire va être plus difficile que jamais. »

Saphira manifestait une inquiétude à laquelle Eragon n'était pas habitué.

« Je sais. »

Ils volaient bas et vite au-dessus de la route. Ils laissèrent le lac Leona derrière eux. Le paysage devint sec, minéral, couvert de petits buissons coriaces et de hauts cactus. Des nuages obscurcissaient le ciel. Des éclairs brillaient au loin. Le vent se mit à hurler, et Saphira plongea en piqué pour rejoindre Brom. Celui-ci arrêta les chevaux et demanda :

– Qu'est-ce qui se passe ?

– Le vent est trop fort.

– Pas si fort que ça.

– Là-haut, si ! insista Eragon en désignant le ciel.

Brom jura et lui tendit les rênes de Cadoc. Ils trottèrent côte à côte. Saphira les suivait en marchant bien que, de la sorte, elle eût du mal à suivre le rythme des chevaux.

Les bourrasques devinrent de plus en plus violentes, soulevant des nuées de poussière, qui tournoyaient telles des toupies. Les voyageurs s'enroulèrent des linges autour de la tête pour se protéger les yeux. La tunique du conteur claquait au vent, et sa barbe s'agitait comme si elle avait été vivante. Même si cela n'aurait fait qu'ajouter à leur inconfort, Eragon espérait la pluie ; leurs traces auraient ainsi été effacées.

Bientôt, l'obscurité les obligea à s'arrêter. À la seule lueur des étoiles, ils quittèrent la route et établirent leur campement entre deux rochers. Allumer un feu étant trop dangereux, ils durent manger froid, s'abritant du vent derrière les flancs de Saphira.

Après un maigre repas, Eragon demanda brusquement :

– Comment nous ont-ils trouvés ?

Brom sortit sa pipe, puis renonça à l'allumer et la rangea :

– Un domestique du palais m'avait averti qu'il y avait des espions parmi les serviteurs. D'une manière ou d'une autre, mes questions ont dû être rapportées à Tábor, qui en a informé les Ra'zacs.

– Nous ne retournons pas à Dras-Leona, n'est-ce pas ?

– Non. Pas avant plusieurs années.

Eragon se prit la tête entre les mains :

– Alors, on va attirer les Ra'zacs au-dehors ? Si nous laissons Saphira en vue, ils accourront !

– Oui, et une cinquantaine de soldats avec eux, rétorqua le vieil homme. De toute façon, ce n'est pas le moment d'en discuter. Concentrons-nous sur l'essentiel : rester en vie. Cette nuit sera la plus périlleuse, car les Ra'zacs vont nous donner la chasse : c'est dans l'obscurité qu'ils sont les plus forts. Nous devrons monter la garde à tour de rôle jusqu'au matin.

– D'accord, répondit Eragon en se levant.

Il hésita et plissa les yeux. Il avait perçu un mouvement infime, une petite touche de couleur se détachant dans le noir. Il s'avança à l'orée de leur campement pour mieux voir.

– Qu'y a-t-il ? demanda Brom en déroulant ses couvertures.

Le garçon scruta la nuit, puis revint.

– Je ne sais pas, murmura-t-il. J'ai cru voir quelque chose. C'était sans doute un oiseau.

Une violente douleur irradia dans sa nuque ; Saphira rugit ; et Eragon s'effondra, inconscient.

LA VENGEANCE
DES RA'ZACS

Des élancements douloureux réveillèrent Eragon. Chaque pulsation de son sang envoyait une vague de souffrance dans ses tempes. Il ouvrit les paupières et grimaça, ébloui par la lumière vive d'une lanterne. Ses yeux s'emplirent de larmes et il détourna la tête. Cherchant à se redresser, il s'aperçut qu'on lui avait lié les mains dans le dos.

Il se contorsionna péniblement et découvrit derrière lui les bras de Brom. Qu'ils soient attachés l'un à l'autre le rassura. Mais pourquoi avait-on fait ça ? Une idée le frappa alors : « On ne ligote pas un homme mort ! » Le conteur était donc vivant.

Eragon tira sur son cou pour mieux voir lorsqu'une paire de bottes noires entra dans son champ de vision. Il leva les yeux et se trouva face à un Ra'zac encapuchonné. La peur le submergea. Il fit appel à la magie, s'apprêtant à lancer la formule qui tuerait le Ra'zac... et resta la bouche ouverte, déconcerté : il ne s'en souvenait pas. Il essaya encore. Rien à faire, le mot lui échappait.

Au-dessus de lui, le Ra'zac éclata d'un rire glaçant.

– La drogue a fait ssson effet, n'est-ce pas ? siffla-t-il. Tu vas enfin cesssser de nous ennuyer.

Un cliquetis sur sa gauche attira l'attention d'Eragon. Le second Ra'zac passait une muselière à Saphira. Des chaînes noires plaquaient les ailes de la dragonne contre ses flancs ; ses pattes étaient entravées. Le garçon voulut communiquer avec elle, mais le contact était rompu.

Le Ra'zac ricana :

– Elle sss'est révélée très coopérative quand nous avons menacé de te tuer.

À la lueur de la lanterne, il fouilla dans le sac d'Eragon, examinant et jetant son contenu jusqu'à ce qu'il trouvât Zar'roc.

– Quelle belle chose pour quelqu'un d'aussssi insignifiant que toi ! Peut-être que je vais la garder...

Il se pencha vers son prisonnier et lui souffla en pleine figure :

– Ou peut-être, sssi tu es sssage, notre maître te laisssera l'astiquer.

Son haleine sentait la viande crue.

Il retourna l'épée entre ses mains et coassa en apercevant le symbole sur le fourreau. Son compagnon accourut. Ils observèrent la gaine avec force sifflements et claquements de langue. Puis ils fixèrent Eragon :

– Tu ssserviras fort bien notre maître.

Le garçon articula avec difficulté :

– Si c'est le cas, je vous tuerai.

Un rire sinistre lui répondit.

– Oh non ! Nous avons trop de valeur. Mais, toi... tu es dessstructible !

Saphira gronda sourdement ; de la fumée sortit de ses naseaux. Les Ra'zacs ne semblèrent pas s'en émouvoir.

Ils reportèrent leur attention sur Brom, qui avait roulé sur le côté en grognant. L'un d'eux le saisit par le col et le souleva dans les airs sans le moindre effort :

– Il ssse réveille.

– Redonne-lui une dose !

– Tuons-le, plutôt. Il nous a causé assssez d'ennuis comme ça.

Le plus grand Ra'zac passa un doigt sur le fil de son épée :

– C'est un bon plan. Mais sssouviens-toi, le roi les veut vivants.

– On dira qu'il a été tué au cours de la capture.

– Et celui-ci ? Sss'il parle ?

Cette idée fit rire l'autre monstre, qui tira une dague effilée :

– Il n'osera pas.

Un long silence accueillit cette remarque. Puis le grand lança :

– Tu as raison !

Ils traînèrent Brom au centre du campement et le jetèrent à genoux. Le conteur s'affaissa. La peur d'Eragon grandissait. Il tenta de briser ses cordes, mais elles étaient trop solides.

– Ne joue pas à ça ! lui intima le grand Ra'zac en le piquant de la pointe de son épée.

Il leva la tête et renifla, soudain alarmé. Le petit gronda, tira la tête de Brom en arrière et approcha sa lame de la gorge du vieil homme. À cet instant s'éleva un faible bourdonnement, suivi du hurlement du grand Ra'zac. Une flèche s'était fichée dans son épaule.

Son compagnon se jeta au sol, évitant de justesse une deuxième flèche, et rampa jusqu'au blessé. Tous deux scrutaient l'obscurité en sifflant, rageurs. Ils ne firent pas un geste lorsque Brom se releva en chancelant.

– Couchez-vous ! cria Eragon.

Le vieil homme s'avança vers Eragon d'un pas mal assuré. Une nouvelle volée de flèches fondit sur le campement, et les Ra'zacs roulèrent à l'abri des rochers. Il y eut une accalmie, puis d'autres flèches fusèrent de la direction opposée. Surpris, les monstres furent lents à réagir. Leurs manteaux étaient percés à maints endroits, et une flèche se planta dans le bras du plus petit.

Avec un cri sauvage, celui-ci battit en retraite, frappant sournoisement Eragon au passage. Le grand Ra'zac hésita, puis, ramassant son arme qu'il avait laissée tomber, il courut derrière son compagnon. Au dernier moment, il lança sa dague sur Eragon. Une étrange lueur s'alluma soudain dans les yeux de Brom. Il se jeta devant le garçon, les lèvres retroussées sur un grondement silencieux. La dague le frappa avec un bruit mat, et il s'effondra lourdement sur le côté. Sa tête retomba mollement.

– Non ! hurla Eragon.

Une douleur dans les côtes le plia en deux. Il entendit un bruit de pas ; puis ses yeux se fermèrent, et tout disparut.

MURTAGH

Pendant un long moment, Eragon n'eut conscience que de la brûlure dans ses côtes. Chaque inspiration était doulou-reuse, comme s'il avait pris le coup de dague à la place de Brom. Il avait perdu la notion du temps et n'aurait su dire si des semaines avaient passé, ou seulement quelques minutes.

Lorsqu'il eut enfin recouvré ses esprits, il ouvrit les yeux et regarda avec curiosité un feu de camp, à un mètre de lui. Ses mains étaient encore attachées ; mais l'effet de la drogue avait dû se dissiper, car il avait les idées plus claires.

« Saphira, es-tu blessée ? »

« Non, mais Brom et toi, si. »

Accroupie au-dessus d'Eragon, elle l'avait entourée de ses ailes protectrices.

« Ce n'est pas toi qui as fait ce feu, n'est-ce pas ? Et tu ne t'es pas libérée toute seule de tes chaînes ? »

« Non. »

« Je m'en doutais. »

Eragon se redressa et vit un jeune homme, assis de l'autre côté du feu.

L'inconnu était vêtu d'habits usagés. Il respirait le calme et la confiance en soi. Il avait un arc à la main, une longue épée à la ceinture. Une corne blanche ornée d'une lanière argentée reposait sur ses genoux, et la poignée d'une dague dépassait d'une de ses bottes. Son visage grave aux yeux farouches était encadré par des mèches de cheveux bruns. Il devait avoir quelques années et quelques centimètres de plus qu'Eragon. Derrière lui, un cheval gris était attaché. L'étranger regardait Saphira sans aménité.

– Qui es-tu ? demanda Eragon dans un souffle.

Les mains du jeune homme se refermèrent sur son arc.

– Murtagh, répondit-il d'une voix basse, assurée mais curieusement émue.

Eragon serra les dents : la douleur le taraudait.

– Pourquoi nous avoir aidés ?

– Vous n'êtes pas les seuls ennemis des Ra'zacs. Je les traquais.

– Tu sais qui ils sont ?

– Oui.

Eragon se concentra sur les cordes qui lui entravaient les poignets, se préparant à se servir de la magie. Il hésita, conscient que Murtagh l'observait, puis décida que cela n'avait pas d'importance.

– Jierda ! grogna-t-il.

Ses liens tombèrent.

Il se frotta les mains pour réactiver la circulation. Murtagh était suffoqué. Eragon s'efforça de se relever, mais ses côtes le faisaient trop souffrir : il retomba, aspirant l'air entre ses dents serrées. L'étranger voulut lui venir en aide, mais Saphira l'arrêta d'un grognement.

– Je t'aurais délivré plus tôt, si ton dragon ne m'en avait pas empêché.

– Elle s'appelle Saphira, précisa Eragon.

« Laisse-le approcher ! s'exclama-t-il. Je ne peux pas me relever seul. Il nous a sauvé la vie, non ? »

Saphira gronda encore. Puis elle écarta ses ailes et recula. Murtagh s'avança en la défiant du regard, saisit la main d'Eragon et l'aida à se remettre sur pied. Le garçon gémit et s'appuya sur lui.

Ils contournèrent le feu pour rejoindre Brom, qui gisait sur le dos.

– Comment va-t-il ? demanda Eragon.

– Mal, lui répondit Murtagh en l'aidant à s'asseoir. La lame s'est enfoncée entre ses côtes. Tu pourras t'occuper de lui dans un instant, mais voyons d'abord ce que les Ra'zacs t'ont infligé à toi.

Il souleva la chemise du garçon et siffla :

– Pfff !

– Comme tu dis...

Des bleus marbraient tout le flanc gauche d'Eragon. Sa peau, rouge et boursoufflée, était arrachée à plusieurs endroits. Murtagh posa une main sur une plaie et pressa doucement. Eragon cria ; Saphira gronda, menaçante. L'étranger lui jeta un coup d'œil et alla chercher une couverture.

– Je pense que tu as des côtes cassées. Au moins deux, peut-être plus. Tu as de la chance de ne pas cracher de sang.

Il découpa la couverture en lambeaux et banda le torse d'Eragon.

– Oui, fit celui-ci en rabattant sa chemise, j'ai de la chance.

Respirant à petits coups, il se dirigea vers Brom. Il vit que Murtagh avait déchiré un pan de sa tunique pour panser la plaie du vieil homme. De ses doigts tremblants, il défit le bandage.

– À ta place, je ne ferais pas ça, l'avertit Murtagh. Il va se vider de son sang.

Sans tenir compte de la remarque, Eragon examina la plaie. Elle était petite, fine, et semblait profonde. Le sang s'en écoulait à flots. Depuis ce qui était arrivé à Garrow, il savait qu'une blessure infligée par les Ra'zacs était lente à guérir.

Il ôta ses gants et chercha frénétiquement dans sa mémoire les formules de guérison que Brom lui avait enseignées. « Aide-moi, Saphira, implora-t-il. Je suis trop faible pour réussir seul. »

La dragonne s'accroupit près de lui, les yeux fixés sur le conteur. « Je suis là, Eragon. » Leurs esprits se rejoignirent, et une force nouvelle envahit le garçon ; il rassembla leurs deux pouvoirs et se concentra sur les mots.

– Waíse heill ! fit-il.

Sa paume brilla ; et, sous le regard attentif de Murtagh, les chairs de Brom se réunirent, comme si elles n'avaient jamais été entaillées. Ce fut vite terminé. Quand sa paume cessa de luire, Eragon s'assit, pris de malaise.

« Nous n'avions encore jamais fait ça », dit-il.

Saphira opina : « Ensemble, nous pouvons lancer des sorts qui dépassent nos capacités à chacun. »

Murtagh observa le flanc du vieil homme :

– Est-il tout à fait guéri ?

– Non, répondit Eragon. Je ne peux guérir que la surface. Mes connaissances ne me permettent pas de soigner les dommages internes. À lui de jouer, à présent. J'ai fait ce que j'ai pu.

Il ferma les yeux et murmura :

– Je... j'ai l'impression que ma tête flotte dans les nuages...

– Tu as probablement besoin de manger, nota Murtagh. Je vais te faire de la soupe.

Pendant que l'étranger préparait le repas, Eragon s'interrogeait sur son identité. Son épée, sa corne et son arc étaient de très belle facture. Ou bien il était riche, ou bien c'était un voleur. « Pourquoi pourchasse-t-il les Ra'zacs ? se demandait le garçon. Que lui ont-ils fait pour qu'il devienne leur ennemi ? Travaille-t-il pour les Vardens ? »

Murtagh lui tendit un bol de potage. Eragon en avala plusieurs cuillerées avant de le questionner :

– Les Ra'zacs se sont enfuis depuis longtemps ?

– Quelques heures.

– Nous devons filer avant qu'ils ne reviennent avec des renforts !

– Toi, tu peux voyager, mais pas lui, dit-il en désignant Brom. On ne reprend pas les rênes de sa monture quand on vient de recevoir un coup de dague entre les côtes.

Eragon s'adressa à Saphira : « Si nous fabriquons un brancard, pourras-tu transporter Brom dans tes griffes, comme tu l'as fait pour Garrow, à Carvahall ? »

« Oui, mais l'atterrissage risque d'être difficile. »

« Du moment que c'est faisable... »

– Saphira va le transporter, annonça Eragon à Murtagh, mais il nous faut un brancard. Peux-tu en construire un ? Je n'en ai pas la force.

– Attends-moi ici, lança l'étranger.

Il quitta le campement, l'épée à la main. Eragon se traîna jusqu'à son sac et récupéra son arc là où les Ra'zacs l'avaient jeté. Il le passa sur son dos, ramassa son carquois et récupéra Zar'roc, qui gisait à demi cachée dans l'ombre ; enfin, il prit une couverture pour le brancard.

Murtagh revint avec les troncs de deux arbustes. Il les disposa parallèlement sur le sol, y attacha la couverture avant de déposer Brom avec précaution sur la civière improvisée. Saphira attrapa les deux troncs et s'envola pesamment.

– Je n'aurais jamais imaginé voir un jour une chose pareille ! souffla Murtagh avec une drôle de voix.

Tandis que Saphira disparaissait dans le ciel sombre, Eragon boitilla jusqu'à Cadoc et se mit en selle en grimaçant de douleur.

– Merci pour ton aide, dit-il au jeune homme. Tu ferais mieux de partir, maintenant, et de t'éloigner le plus possible de nous. Tu seras en danger si les soldats de l'Empire nous retrouvent. Nous ne pourrons pas te protéger, et je n'aimerais pas qu'il t'arrive malheur par notre faute.

– Tu parles bien ! s'exclama Murtagh en éteignant le feu. Mais où irez-vous ? Y a-t-il un endroit près d'ici pour vous servir de refuge ?

– Non, reconnut Eragon.

Murtagh caressa le pommeau de son épée et poursuivit, une lueur dans les yeux :

– Dans ce cas, je pense que je vous accompagnerai jusqu'à ce que vous soyez en sécurité. Je n'ai pas de destination précise. Et puis, si je voyage avec toi, j'aurai peut-être une chance de tuer les Ra'zacs plus sûrement que si je restais seul. Il se passe toujours des choses intéressantes aux côtés d'un Dragonnier.

Eragon hésita. Devait-il accepter l'aide d'un parfait inconnu ? Toutefois, il se sentait trop faible pour refuser cette proposition. « Si Murtagh se révèle indigne de confiance, Saphira se chargera de le chasser », songea-t-il. Il haussa les épaules :

– Joins-toi à nous si le cœur t'en dit...

Le jeune homme acquiesça et remonta sur son cheval gris. Attrapant les rênes de Feu-de-Neige, Eragon s'éloigna du campement, suivi de Murtagh.

Un croissant de lune leur fournissait une lumière blême, qui pouvait tout aussi bien mettre les Ra'zacs sur leur piste.

Eragon aurait voulu questionner Murtagh. Toutefois, il resta silencieux, préférant garder ses forces pour chevaucher.

L'aube approchait quand Saphira annonça : « Je dois m'arrêter. Mes ailes sont fatiguées, et Brom a besoin de soins. J'ai repéré un bon endroit où nous installer, à deux lieues d'ici environ. »

Peu après, en effet, ils retrouvèrent la dragonne au pied d'un imposant promontoire de grès. Ses flancs escarpés étaient creusés de nombreuses grottes plus ou moins profondes. D'autres dômes identiques jalonnaient le paysage.

Saphira avait l'air contente d'elle : « J'ai repéré une grotte invisible d'en bas. Elle est assez grande pour nous abriter tous, y compris les chevaux. Suivez-moi ! »

Elle pivota sur ses pattes et entreprit de gravir la colline, ses serres tranchantes s'accrochant au roc ; les chevaux, dont les sabots glissaient sur le grès, avaient plus de difficultés. Les cavaliers durent tirer et pousser leurs montures. Il leur fallut près d'une heure pour atteindre l'entrée de la grotte.

La caverne était longue d'une centaine de pieds et large d'une vingtaine ; cependant, l'ouverture était assez étroite pour les protéger des intempéries et des yeux indiscrets. L'obscurité tapissait les parois, tels des ballots de douce laine noire.

– Impressionnant ! s'exclama Murtagh. Je vais chercher du bois pour le feu.

Eragon se précipita auprès de Brom. Saphira avait posé le brancard sur un rebord de pierre, au fond de la caverne. Il prit la main inerte de Brom et observa avec inquiétude le visage anguleux du conteur.

Au bout de quelques minutes, il soupira et vint s'asseoir près du feu que Murtagh avait allumé. Ils mangèrent en silence ; puis ils tentèrent de donner de l'eau à Brom, mais le vieil homme ne voulut pas boire. Épuisés, ils préparèrent leurs couches et s'endormirent.

Le legs
d'un Dragonnier

« Réveille-toi, Eragon ! » ordonna une voix. Le garçon s'étira et grogna.

« J'ai besoin de ton aide. Quelque chose ne va pas. » Eragon décida d'ignorer la voix et replongea dans le sommeil.

« Lève-toi ! »

« Laisse-moi, Saphira ! » grommela-t-il.

« Eragon ! »

Un mugissement remplit la grotte. Le garçon sauta sur ses pieds, cherchant son arc. Saphira était penchée sur Brom. Le vieil homme avait roulé hors du brancard et se débattait sur le sol. Une grimace déformait son visage ; ses poings étaient crispés. Eragon courut vers lui, craignant le pire.

– Aide-moi ! cria-t-il à Murtagh. Il va se faire mal !

Eragon maintenait les bras de Brom ; les spasmes du conteur le secouaient, réveillant la douleur dans ses côtes. Murtagh et lui l'immobilisèrent le temps que ses convulsions cessent. Puis ils le remirent sur sa couche.

Eragon tâta le front du vieil homme. Il était brûlant.

– Donne-moi de l'eau et un linge, dit Eragon, angoissé.

Murtagh s'exécuta, et le garçon humecta délicatement le visage du blessé pour tenter de le rafraîchir. Le calme revenu, Eragon remarqua que, dehors, le soleil s'était levé.

« Combien de temps avons-nous dormi ? » demanda-t-il à Saphira.

« Un bon moment. J'ai veillé Brom pendant que vous vous reposiez. Il était bien ; et, tout à coup, il s'est mis à trembler. Je vous ai réveillés quand il est tombé. »

Eragon s'étira en grimaçant de douleur. Soudain, une main le saisit à l'épaule. Brom avait ouvert les yeux, et fixait sur le garçon un regard vitreux.

– Toi ! lança-t-il. Apporte-moi la gourde !

– Brom ! s'écria Eragon, heureux de l'entendre parler. Vous ne devriez pas boire de vin ; ce n'est pas bon, dans votre état.

– Apporte-la, mon garçon, soupira Brom. Apporte-la...

Sa main retomba.

– Je reviens tout de suite ! Tenez bon !

Eragon se précipita sur leurs sacs et les fouilla frénétiquement.

– Je ne trouve pas la gourde ! cria-t-il, lançant autour de lui des regards désespérés.

– Prends la mienne, proposa Murtagh en lui tendant une outre en cuir.

Eragon s'en empara et retourna s'agenouiller auprès de Brom :

– Voilà du vin.

Murtagh s'éloigna pour les laisser seuls.

– Bien, murmura Brom d'une voix à peine audible. Maintenant, lave ma main droite avec !

– Qu'est-ce que...

– Pas de questions ! Je n'ai plus beaucoup de temps.

Sans comprendre, Eragon déboucha l'outre, versa un peu de liquide et l'étala sur la paume du vieil homme, le long de ses doigts et sur le dos de sa main.

– Encore ! coassa Brom.

Eragon recommença et frictionna la peau jusqu'à ce qu'une tache brune y apparût. Il s'arrêta, bouche bée, frappé de stupeur. Cette tache brune, c'était une gedweÿ ignasia.

– Vous êtes un Dragonnier ? souffla-t-il, incrédule.

Un sourire douloureux adoucit les traits de Brom :

– Jadis, je le fus... mais je ne le suis plus. Quand j'étais jeune... plus jeune que tu ne l'es aujourd'hui... j'ai été choisi par les Dragonniers pour rejoindre leurs rangs. Pendant mon entraînement, je me suis lié d'amitié avec un autre apprenti... Morzan, qui, à l'époque, n'était pas un Parjure.

Eragon écoutait, sidéré. Cela s'était passé plus d'un siècle auparavant !

– Mais après, Morzan nous a trahis pour servir Galbatorix... Pendant le combat de Dorú Areaba – la cité de Vroengard –, ma jeune dragonne a été tuée. Elle s'appelait Saphira.

– Pourquoi ne m'avez-vous pas raconté cela plus tôt ? demanda doucement Eragon.

Brom eut un petit rire.

– Parce que... ce n'était pas nécessaire.

Il se tut, le souffle court, les mains serrées.

– Je suis vieux, Eragon... si vieux. Malgré la mort de ma dragonne, j'ai vécu plus longtemps que la plupart des hommes. Tu n'imagines pas ce que c'est que d'atteindre mon âge, de regarder derrière soi et... et de se rendre compte qu'on ne se souvient pas de grand-chose. Et, quand on regarde devant soi, on sait que de nombreuses années vous attendent... Aujourd'hui encore, ma Saphira me manque toujours... et ma haine pour Galbatorix est intacte, car rien ne me rendra ce qu'il m'a arraché.

Ses yeux fiévreux se posèrent sur le garçon, et il dit avec flamme :

– Fais en sorte que cela ne t'arrive jamais ! Défends Saphira jusqu'à la mort s'il le faut, car, sans elle, ta vie ne vaudrait plus guère d'être vécue.

– Vous ne devriez pas parler ainsi, protesta Eragon, contrarié. Il ne va rien lui arriver !

Brom détourna la tête :

– Peut-être que je délire.

Il regarda vers Murtagh sans le voir puis il reprit d'une voix plus ferme :

– Eragon ! Je ne vais pas résister plus longtemps. La blessure que j'ai reçue est fatale. Elle sape mes résistances, et je n'ai plus l'énergie pour la combattre. Avant que je m'en aille, veux-tu recevoir ma bénédiction ?

– Tout va s'arranger, affirma le jeune homme, des larmes dans les yeux. Vous n'avez pas à faire ça.

– C'est la loi de la vie... il le faut. Veux-tu que je te bénisse ?

Eragon baissa la tête, vaincu. Brom posa une main tremblante sur son front.

– Alors, je te bénis. Puissent les années qui t'attendent t'apporter de grandes joies.

Il fit signe à Eragon de s'approcher davantage. D'une voix très faible, il susurra sept mots en ancien langage. Puis, plus bas encore, il lui en révéla la signification.

– C'est tout ce que j'ai à t'offrir, souffla-t-il. N'en use qu'en dernier recours...

Brom fixa le plafond et murmura :

– À présent, la plus grande des aventures commence !

Toute la journée, Eragon, en pleurs, tint la main du vieil homme. Rien ne troubla sa veillée ; ni la faim, ni la soif. La pâleur de Brom vira au blême ; l'éclat de ses yeux se ternit ; ses mains devinrent glaciales. L'atmosphère de la grotte s'alourdit. Impuissant, le garçon regardait la blessure des Ra'zacs faire son œuvre.

Au tout début du crépuscule, lorsque s'allongent les ombres, Brom se raidit d'un coup. Eragon l'appela par son nom, puis il cria à Murtagh de venir l'aider, mais il n'y avait rien à faire. Dans un silence oppressant, le vieil homme fixa Eragon dans les yeux. Un sourire éclaira son visage ; un souffle infime s'échappa de ses lèvres ; et c'est ainsi que mourut Brom le conteur.

Les doigts tremblants, Eragon ferma les yeux de Brom. Saphira leva la tête et poussa un rugissement de lamentation. Son cri roula longtemps dans la caverne. Les larmes coulaient sur les joues d'Eragon tandis qu'un affreux sentiment d'abandon le submergeait. Contenant ses sanglots, il déclara :

– Nous devons l'enterrer.

– On risque de nous voir ? l'avertit Murtagh.

– Ça m'est égal !

Le jeune homme hésita, puis porta le corps de Brom hors de la caverne. Eragon tenait l'épée et le bâton de son compagnon. Saphira les suivait.

– Au sommet ! lança Eragon d'une voix rauque en désignant le faîte de la colline.

– On ne peut pas creuser une tombe dans le roc ! objecta Murtagh.

– Moi, je le peux.

Le jeune Dragonnier grimpa jusqu'en haut malgré la douleur que lui causaient ses côtes cassées. Là, Murtagh posa Brom sur le sol. Eragon s'essuya les yeux, fixa le grès, fit un geste des mains et cria :

– Moi stenr !

La pierre trembla, puis coula, comme de l'eau, formant un creux de la taille du corps. Modelant la roche comme s'il se fût agi de terre humide, le garçon dressa des murets à hauteur de sa taille tout autour de la tombe. Puis ils étendirent la dépouille de Brom à l'intérieur, avec son bâton et son épée. Reculant d'un pas, Eragon scella le caveau par magie. Le visage rigide de Brom se dessina en relief sur la tombe, sculpté par la puissance de l'ancien langage.

En guise de dernier hommage, Eragon grava ces mots sur la pierre :

CI-GÎT BROM
DRAGONNIER
QUI FUT COMME UN PÈRE
POUR MOI.
QUE SON NOM SOIT TOUJOURS GLORIFIÉ !

Puis il baissa la tête et s'abandonna à son chagrin. Telle une statue vivante, il se tint debout jusqu'au soir, tandis que les ultimes touches de lumière s'effaçaient.

Cette nuit-là, Eragon rêva encore de la femme emprisonnée.

Il sentait qu'elle souffrait. Sa respiration était saccadée, et elle tremblait. Était-ce le froid ? La douleur ? Il l'ignorait. Dans la semi-obscurité de la cellule, quelque chose brillait : c'était sa main, posée sur la couverture. Un liquide foncé s'échappait du bout de ses doigts. Le jeune Dragonnier comprit que c'était son sang.

UNE TOMBE DE DIAMANT

Quand Eragon se réveilla au matin, les yeux irrités et le corps perclus, il était seul dans la grotte avec les chevaux. Le brancard avait disparu. Il ne restait plus trace de Brom. Il marcha vers l'entrée et s'assit sur le sol dur. « Ainsi, Angela avait raison : elle avait bien vu la mort dans mon avenir », pensa-t-il, laissant son regard errer sur le paysage. Un soleil topaze répandait déjà une chaleur torride.

Une larme glissa sur son visage sans expression et s'évapora aussitôt, dessinant une traînée salée sur sa peau. Il ferma les yeux et se laissa envahir par la torpeur, l'esprit vide, grattant machinalement le grès avec son ongle. Quand il regarda, il vit qu'il avait écrit : « Pourquoi moi ? »

Il était encore là quand Murtagh gravit la pente qui menait à la grotte, deux lapins dans la main. Il s'assit à côté d'Eragon.

— Comment te sens-tu ? demanda-t-il.

— Très mal.

Le jeune homme le considéra d'un air pensif :

— Tu vas te remettre ?

Eragon haussa les épaules. Après un instant de réflexion, Murtagh reprit :

– Ça m'ennuie de te poser cette question à un moment pareil, mais je dois savoir : ce Brom, c'était *le* Brom ? Celui qui a aidé à dérober un œuf de dragon au roi et qui a traversé l'Empire avec, et qui a tué Morzan en combat singulier ? Je t'ai entendu prononcer son nom, et je l'ai lu sur sa tombe, mais je veux en avoir le cœur net : c'était bien lui ?

– C'était lui, fit doucement Eragon.

Un trouble apparut sur le visage de Murtagh.

– Comment sais-tu tout cela ? s'étonna Eragon. Tu parles de secrets ignorés de presque tous ; tu pourchassais les Ra'zacs au moment précis où nous avions besoin d'aide... Es-tu un Varden ?

Le regard de Murtagh se vida de toute expression.

– Je suis un fugitif comme toi, dit-il, une douleur contenue dans la voix. Je n'appartiens ni aux Vardens, ni à l'Empire. Je ne dois allégeance à nul autre que moi. Et je dois reconnaître que si je t'ai secouru, c'est que j'ai eu vent de rumeurs à propos d'un nouveau Dragonnier. J'ai pensé qu'en suivant les Ra'zacs, je pourrais vérifier si elles étaient fondées.

– Je croyais que tu voulais tuer les Ra'zacs !

Murtagh eut un sourire amer :

– Je le veux, mais si je l'avais fait, je ne t'aurais jamais rencontré.

« Mais Brom serait en vie... songea Eragon. J'aimerais tant qu'il soit là ! Lui saurait si je peux me fier à Murtagh. »

Le garçon se rappela comment le conteur avait sondé les intentions de Trevor à Daret. Il se demanda s'il serait capable de faire de même avec Murtagh. Il tenta de pénétrer dans l'esprit de son compagnon : il se heurta à un mur d'acier. Il en fit le tour, mais l'esprit du jeune homme était une forteresse imprenable.

« Comment a-t-il appris à faire ça ? Brom affirmait que bien peu de gens étaient capables de se protéger ainsi sans avoir été entraînés. Qui est donc ce Murtagh pour posséder un tel don ? »

Eragon se sentit seul.

– Où est Saphira ? demanda-t-il.

– Je ne sais pas, répondit Murtagh. Elle m'a suivi quand je suis allé chasser, puis elle s'est envolée de son côté. Je ne l'ai pas vue depuis la mi-journée.

Eragon se mit debout et entra dans la grotte. Murtagh lui emboîta le pas :

– Que vas-tu faire maintenant ?

– J'hésite encore.

« Et je ne veux pas y penser non plus », ajouta-t-il pour lui-même.

Pendant que Murtagh préparait les lapins, Eragon roula ses couvertures et les accrocha au bât de Cadoc. Ses côtes étaient toujours douloureuses.

En rangeant ses affaires, il découvrit Zar'roc. Le fourreau rouge étincelait. Il tira l'épée et la soupesa. Il ne l'avait jamais portée, ni utilisée au combat – à l'exception de ses exercices avec Brom. Il ne voulait pas, alors, que des gens la voient. Cela ne l'inquiétait plus. L'épée avait paru surprendre et effrayer les Ra'zacs. C'était une raison plus que suffisante pour décider Eragon à l'arborer.

D'un mouvement d'épaule, il ôta son arc avant de ceindre Zar'roc. « Dorénavant, je vivrai l'épée au côté. Le monde entier saura qui je suis. Je n'ai pas peur. Je suis un Dragonnier, à présent, pleinement, totalement... »

Il tria les affaires de Brom : quelques vêtements, des objets étranges et de la menue monnaie dans une bourse. Il prit la carte de l'Alagaësia, puis, abandonnant les sacs, il alla s'accroupir près du feu.

Murtagh leva les yeux du lapin qu'il était en train de dépecer et fronça les sourcils.

– Cette épée..., commença-t-il en s'essuyant les mains. Je peux la voir ?

Eragon hésita, gêné à l'idée de se séparer de son arme, même un bref moment. Il finit par opiner. Murtagh examina avec attention le symbole gravé sur le fourreau. Son visage s'assombrit :

– D'où la tiens-tu ?

– Brom me l'a donnée. Pourquoi ?

Le jeune homme lui rendit l'épée et croisa les bras, l'air furieux. Sa respiration s'accéléra.

– Cette épée, reprit-il avec émotion, était jadis aussi connue que son maître. Le dernier Dragonnier à la porter s'appelait Morzan. C'était un homme sauvage et brutal. Je te prenais pour un ennemi de l'Empire, et je te vois avec une épée rouge du sang que firent couler les Parjures !

Eragon fixa Zar'roc, stupéfait. Il réalisa que Brom avait dû la prendre à son pire ennemi après leur affrontement à Gil'ead.

– Brom ne m'a jamais dit d'où elle provenait, répondit-il avec franchise. Je ne savais pas qu'elle avait appartenu à Morzan.

– Il ne te l'a jamais dit ? s'exclama Murtagh, une note d'incrédulité dans la voix.

Eragon secoua la tête.

– C'est bizarre ! Je ne comprends pas pourquoi il t'a caché cela.

– Moi non plus ; mais Brom gardait beaucoup de secrets, dit le garçon.

L'idée de porter une épée ayant appartenu à un traître le perturbait. « Cette lame a probablement tué de nombreux Dragonniers en son heure, frémit-il avec répulsion, et pire : des dragons ! »

– Je la porterai quand même, annonça Eragon. Je n'ai pas

d'épée à moi. Tant que je n'en obtiendrai pas une, je me servirai de Zar'roc.

Murtagh tressaillit en entendant ce nom.

– C'est ton droit, dit-il en reprenant l'écorchage des lapins, le regard obstinément baissé.

Lorsque le repas fut prêt, Eragon mangea avec lenteur, bien qu'il mourût de faim. La nourriture chaude lui fit du bien. Comme ils raclaient leurs écuelles, il déclara :

– Je dois vendre mon cheval.

– Pourquoi pas celui de Brom ? demanda Murtagh, apparemment de meilleure humeur.

– Feu-de-Neige ? Brom avait promis de prendre soin de lui. Puisqu'il n'est plus là pour tenir sa promesse, je la tiendrai pour lui.

Murtagh reposa son écuelle sur ses genoux :

– Si c'est ce que tu souhaites, je suis sûr que nous trouverons un acquéreur dans la prochaine cité ou le prochain village.

– « Nous » ?

Le jeune homme le regarda de côté et supputa :

– Tu ne vas pas t'attarder ici plus longtemps. Si les Ra'zacs sont dans les parages, la tombe de Brom les attirera comme un phare.

Eragon n'avait pas pensé à ça.

– Et tes fractures ne seront pas guéries de si tôt, poursuivit Murtagh. Je sais que tu peux te défendre avec la magie, mais tu as besoin d'un compagnon qui porte tes affaires et sache manier l'épée. Je demande à voyager avec toi, au moins quelque temps. Mais je dois t'avertir : l'Empire me recherche. Tôt ou tard, le sang coulera.

Le jeune Dragonnier eut un petit rire… qui lui fit monter les larmes aux yeux, tant il eut mal aux côtes. Quand il eut retrouvé son souffle, il dit :

– Tu pourrais bien être pourchassé par tous les soldats de Galbatorix, ça m'est égal. Tu as raison. J'ai besoin d'aide. Je serais heureux de cheminer avec toi, mais il faut que j'en parle d'abord à Saphira. Cependant, je dois t'avertir à mon tour : le roi risque d'envoyer son armée à mes trousses. Tu ne seras pas plus en sécurité avec Saphira et moi que tu l'aurais été seul.

– Je le sais, fit Murtagh avec un bref sourire. Qu'importe ! Ce n'est pas cela qui m'arrêtera.

– Excellent ! s'exclama Eragon avec gratitude.

Tandis qu'ils discutaient, Saphira se faufila dans la grotte et salua Eragon. Elle était heureuse de le revoir ; néanmoins, une profonde tristesse assombrissait ses pensées et ses mots. Elle allongea sa grosse tête bleue sur le sol et demanda : « Es-tu mieux ? »

« Pas tout à fait. »

« Brom me manque... »

« À moi aussi ! Je ne m'étais jamais douté qu'il avait été Dragonnier. Brom ! C'était un très vieil homme : il avait connu l'époque des Parjures. Tout ce qu'il m'a enseigné sur la magie, il devait le tenir des Dragonniers eux-mêmes. »

La dragonne remua légèrement : « J'ai su ce qu'il était au moment où il m'a touchée, à Carvahall. »

« Et tu ne m'en as rien dit ! Pourquoi ? »

« Il m'a demandé de me taire. »

Eragon n'insista pas. Saphira n'avait pas voulu le blesser. « Brom cachait bien d'autres secrets », lui annonça-t-il. Et il lui parla de Zar'roc et de la réaction de Murtagh à ce sujet. « Je comprends pourquoi Brom ne m'a pas révélé les origines de Zar'roc quand il me l'a donnée, conclut-il. S'il l'avait fait, je l'aurais sans doute fui à la première occasion. »

« Débarrasse-toi de cette épée, lâcha Saphira avec dégoût. Je sais que cette arme n'a pas sa pareille ; mais tu serais mieux avec une lame ordinaire plutôt qu'avec ce couteau de boucher. »

« Peut-être. Saphira, où nous conduisent nos chemins, désormais ? Murtagh se propose de voyager avec nous. Je ne connais pas son passé ; cependant, il me semble honnête. Devrions-nous rejoindre les Vardens maintenant ? Seulement, j'ignore comment les trouver. Brom ne nous l'a jamais dit. »

« Il me l'a dit. »

Eragon le prit mal : « Pourquoi confiait-il tous ces secrets à toi, et pas à moi ? »

Les écailles de Saphira raclèrent le sol sec lorsqu'elle se redressa et fixa le garçon de son regard profond. « Après notre départ de Teirm et l'attaque des Urgals, il m'a en effet confié nombre de choses, dont certaines que je ne te répéterai qu'en cas de nécessité. Il redoutait sa propre mort, et s'inquiétait de ce que tu deviendrais après. Il m'a révélé, en particulier, le nom d'un homme, Dormnad, qui vit à Gil'ead. Lui peut nous aider à contacter les Vardens. Brom voulait aussi que tu saches que, de tous les habitants de l'Alagaësia, il te considérait comme le plus digne de l'héritage des Dragonniers. »

Les larmes remplirent les yeux d'Eragon. C'était le plus beau compliment que lui ait jamais adressé Brom. « J'essaierai d'être digne de cette charge », affirma-t-il.

« Bien. »

« Nous irons donc à Gil'ead, conclut le garçon, sentant revenir force et détermination. Et Murtagh ? Es-tu d'accord pour qu'il nous accompagne ? »

« Nous lui devons la vie, dit Saphira. Mais, même sans cela, il nous a vus, toi et moi. Nous le surveillerons de près pour l'empêcher d'informer l'Empire, volontairement ou non, de nos faits et gestes. »

Eragon acquiesça, puis il évoqua la jeune femme de son rêve : « Ce que j'ai vu m'a troublé. J'ai le sentiment que le temps lui est compté. Quelque chose de terrible se prépare. Elle est en danger de mort – je suis sûr de ça –, mais j'ignore où elle est ! Elle pourrait se trouver n'importe où. »

« Que te dit ton cœur ? »

« Mon cœur s'est tu depuis peu, répondit le jeune Dragonnier avec une pointe d'humour noir. Néanmoins, je pense que nous devrions nous diriger au nord, vers Gil'ead. Avec un peu de chance, cette femme sera détenue dans l'une ou l'autre des cités que nous traverserons ! J'ai peur que mon prochain rêve ne me montre sa tombe. Je ne le supporterais pas. »

« Pourquoi ? »

« Je ne sais pas. » Il haussa les épaules. « Quand je la vois, je sens qu'elle est précieuse et que je ne dois pas la perdre. C'est très étrange. »

400 Découvrant ses crocs luisants, Saphira se mit à rire en silence. « Qu'y a-t-il ? » demanda sèchement Eragon. La dragonne secoua la tête et s'éloigna sans répondre.

Le garçon grommela, puis apprit à Murtagh ce qu'ils avaient décidé.

Celui-ci déclara :

– Si vous trouvez ce Dormnad et que vous continuez votre route vers les Vardens, je vous abandonnerai. Rencontrer les Vardens serait aussi périlleux pour moi que de marcher désarmé dans la cité d'Urû'baen en sonnant de la trompette pour annoncer mon arrivée.

– Nous n'allons pas nous séparer de si tôt, dit Eragon. La route est longue jusqu'à Gil'ead.

Sa voix s'altéra. Il se tourna vers le soleil en clignant des yeux pour dissimuler son émotion.

– Nous devrions partir avant que le jour soit plus avancé, suggéra-t-il.

– Es-tu en état de voyager ? demanda Murtagh en fronçant les sourcils.

– Il faut que je fasse quelque chose ou je vais devenir fou, déclara brusquement Eragon. Pour le moment, je ne suis pas d'humeur à faire de l'escrime, m'adonner à la magie ou rester assis à me tourner les pouces ; je préfère encore monter à cheval.

Ils éteignirent le feu, rassemblèrent leurs paquetages et conduisirent les chevaux hors de la grotte. Eragon tendit les rênes de Cadoc et de Feu-de-Neige à Murtagh en lui disant :

– Vas-y, je te rejoins.

Son compagnon entama la lente descente. Le jeune Dragonnier grimpa en haut de la colline, s'arrêtant lorsque ses côtes cassées l'empêchaient de respirer.

Lorsqu'il atteignit le sommet, Saphira était déjà là. Ils restèrent devant la tombe de Brom, pour lui rendre un dernier hommage. « Je n'arrive pas à croire qu'il s'en est allé pour toujours ! »

Alors qu'Eragon s'apprêtait à partir, il vit Saphira étendre son long cou et toucher la tombe du bout du nez. Ses flancs palpitèrent tandis qu'un fredonnement presque inaudible s'élevait dans l'air.

Au contact de ses naseaux, le grès chatoya comme une rosée dorée. Des éclats de lumière argentée dansèrent sur la pierre. Ébahi, Eragon regarda des corolles de diamants étincelants s'épanouir sur la surface de la tombe. Des reflets scintillants se dessinaient tout autour, tels des éclairs de couleurs vives, tandis que le grès se métamorphosait. Satisfaite, Saphira souffla et se recula pour examiner son œuvre.

Ce qui n'était auparavant qu'une sépulture en grès sculpté s'était transformé en un mausolée éblouissant, constellé de pierres précieuses. Cependant, le visage de Brom, intact, restait parfaitement visible. Eragon, les yeux écarquillés, contemplait le vieil homme qui semblait simplement endormi.

« Qu'as-tu fait ? » demanda-t-il à Saphira avec une crainte respectueuse.

« C'est le seul cadeau que je pouvais lui offrir. À présent, le temps n'aura plus de prise sur lui. Il peut reposer en paix pour l'éternité. »

« Merci », souffla le jeune Dragonnier.

Il posa une main sur le flanc de sa compagne ; puis, côte à côte, ils s'en allèrent.

Capture à Gil'ead

Les deux voyageurs allaient au pas, car chevaucher était extrêmement douloureux pour Eragon. Respirer à fond pour reprendre son souffle lui était une torture. Néanmoins, il refusait de s'arrêter. Saphira volait non loin, son esprit connecté au sien pour lui prodiguer réconfort et encouragements.

Murtagh, qui avançait à côté de Cadoc, montait son propre cheval avec une grande aisance. Eragon considéra l'étalon gris avant de dire :

– Tu as un beau cheval. Comment s'appelle-t-il ?

– Tornac, du nom de l'homme qui m'a appris à me battre, répondit Murtagh en flattant sa monture. On me l'a donné quand il n'était qu'un poulain. On trouverait difficilement un animal plus courageux et plus intelligent dans toute l'Alagaësia, Saphira exceptée, bien sûr.

– C'est une bête magnifique, reconnut le jeune Dragonnier, admiratif.

Murtagh se mit à rire :

– Oui, mais Feu-de-Neige n'a pas grand-chose à lui envier !

Ce jour-là, ils ne couvrirent qu'une faible distance ; toutefois, Eragon était content d'être de nouveau en chemin. Cela lui permettait de se soustraire un peu à son chagrin.

Les deux cavaliers cheminaient dans un territoire inhabité. Ils avaient laissé la route qui menait à Dras-Leona à plusieurs lieues sur leur gauche. Pour se rendre à Gil'ead, qui était presque aussi au nord que Carvahall, ils contourneraient Dras-Leona en décrivant un large cercle.

Ils vendirent Cadoc dans un petit village. Alors que son nouveau propriétaire emmenait le cheval, Eragon empocha tristement les quelques pièces que lui avait rapportées la transaction. C'était difficile d'abandonner Cadoc après avoir traversé la moitié de l'Alagaësia avec lui et survécu aux attaques d'Urgals.

Les jours se succédaient, tandis que la petite troupe progressait dans ces terres isolées. Le jeune Dragonnier était heureux de constater que Murtagh et lui avaient beaucoup de choses en commun ; ils débattaient pendant des heures des subtilités du tir à l'arc et de la chasse.

Toutefois, par un accord tacite, ils se gardaient d'évoquer leur passé. Eragon n'avait pas raconté comment il avait trouvé Saphira, rencontré Brom ; il n'avait pas dit non plus d'où il venait. Et Murtagh restait muet sur les raisons pour lesquelles l'Empire le pourchassait. C'était un arrangement simple, qui leur convenait à tous deux.

Pourtant, à cause de leur proximité, ils se découvraient peu à peu mutuellement. Eragon était ainsi intrigué par les connaissances de Murtagh sur les luttes de pouvoir et les affaires politiques de l'Empire : le jeune homme semblait tout savoir de la fonction et de l'influence de chaque noble et de chaque courtisan. Eragon écoutait avec autant d'attention que de suspicion.

La première semaine s'écoula sans que les Ra'zacs donnassent signe de vie, ce qui atténua l'angoisse d'Eragon. Les voyageurs n'en montaient pas moins la garde toutes les nuits.

Le jeune Dragonnier s'était également attendu à rencontrer des Urgals sur la route de Gil'ead ; ils n'en trouvèrent pas trace. « J'imaginais ces endroits éloignés grouillant de monstres ! songeait-il, amusé. Je ne vais tout de même pas me plaindre qu'ils soient autre part. »

Il ne rêvait plus de la femme emprisonnée. Quand il tentait de l'invoquer, il ne voyait qu'une cellule vide. Chaque fois qu'ils entraient dans une cité ou un bourg, il vérifiait s'il y existait une prison ; auquel cas, il changeait d'apparence afin de la visiter discrètement. En vain. Ses déguisements devinrent de plus en plus élaborés, au fur et à mesure qu'il remarqua, placardées çà et là, des affiches où figuraient son nom, sa description et une récompense substantielle pour sa capture.

Leur périple vers le nord les rapprochait inexorablement de la capitale, Urû'baen. La région était très densément peuplée ; y passer inaperçu devenait difficile. Des soldats patrouillaient le long des routes et gardaient les ponts. Il leur fallut plusieurs jours, tendus, éprouvants, pour contourner la ville.

Une fois qu'ils eurent laissé la capitale et ses dangers derrière eux, ils se retrouvèrent au bord d'une immense plaine. C'était cette même plaine qu'Eragon avait traversée avec Brom après avoir quitté la vallée de Palancar, mais en sens inverse. Les voyageurs en suivirent le pourtour et continuèrent vers le nord en longeant un fleuve, le Ramr.

Sur ces entrefaites, Eragon eut seize ans. À Carvahall, on aurait fêté son entrée dans l'âge d'homme ; toutefois, loin de son village, cet événement n'avait pas de portée particulière, et il n'en parla même pas à Murtagh.

Saphira, elle, allait sur ses six mois. Elle avait grandi. Ses ailes puissantes lui permettaient d'élever son corps musculeux et son ossature massive. Ses crocs saillants étaient presque aussi gros que les poings d'Eragon, et leurs pointes aussi tranchantes que Zar'roc.

Un soir, Eragon ôta enfin son bandage. Ses côtes s'étaient complètement ressoudées. Il n'avait plus qu'une petite cicatrice à l'endroit où la botte du Ra'zac lui avait déchiré les chairs. Sous le regard de la dragonne, il s'étira – prudemment, d'abord ; puis avec plus de vigueur, quand il constata qu'il n'avait plus mal. Il fit jouer ses muscles avec plaisir. Quelques semaines plus tôt, il en aurait ri ; mais, depuis la mort de Brom, il n'avait plus envie de rire.

Il remit sa tunique et alla s'installer près du petit feu qu'ils avaient allumé. Assis devant, Murtagh taillait un morceau de bois. Eragon tira Zar'roc du fourreau. Son compagnon se raidit, bien que son visage restât calme.

– À présent que je suis en état de combattre, que dirais-tu d'un petit duel ? proposa Eragon.

Murtagh jeta son bout de bois :

– Avec de vraies épées ? Nous allons nous entretuer !

– Donne-moi ton arme, dit le garçon.

Murtagh hésita, puis lui tendit sa longue épée. Eragon la recouvrit d'un fourreau magique, ainsi que Brom le lui avait appris. Pendant que son compagnon examinait l'acier, il le rassura :

– J'enlèverai cela quand on aura fini.

Murtagh vérifia l'équilibre de sa lame. Satisfait, il déclara :

– C'est parfait !

Eragon enveloppa Zar'roc de la même protection, se ramassa, puis, lançant son épée en avant, visa l'épaule de Murtagh. Les épées se croisèrent. Eragon se dégagea avec un grand geste du bras, repoussa la lame de son adversaire, plaça une nouvelle attaque, que Murtagh para en rompant l'assaut.

« Il est rapide ! » constata Eragon.

Ils luttèrent avec acharnement, tâchant l'un comme l'autre d'avoir le dessus. Après un enchaînement ininterrompu de bottes et de parades, Murtagh éclata de rire. Non seulement aucun des deux ne réussissait à prendre l'avantage, mais leurs forces étaient à ce point égales qu'ils se fatiguaient au même rythme. Chacun saluait le talent de son adversaire par de brefs hochements de tête ; ils combattirent jusqu'à ce que leurs bras fussent durs et leurs corps couverts de sueur.

Eragon finit par crier :

– Assez, halte !

Murtagh s'arrêta en plein élan et s'assit par terre hors d'haleine. Le Dragonnier s'effondra sur le sol ; sa poitrine se soulevait violemment. Ses combats avec Brom n'avaient jamais été aussi âpres.

Alors qu'il cherchait à reprendre son souffle, Murtagh s'exclama :

– Tu es prodigieux ! J'ai travaillé l'escrime toute ma vie, et je n'avais jamais rencontré un adversaire aussi redoutable ! Tu pourrais être le maître d'armes du roi, si tu le voulais.

– Tu me vaux largement, lui fit remarquer Eragon, encore haletant. Ton maître, Tornac, ferait fortune s'il ouvrait une salle d'armes ! Les gens viendraient de toute l'Alagaësia pour suivre son enseignement.

– Il est mort, signala brièvement Murtagh.

– Je suis désolé.

Ces combats du soir devinrent une habitude entre eux ; cet exercice les maintenait en forme et affûtés comme une paire de lames.

Remis de ses blessures, Eragon put également reprendre la pratique de la magie. Murtagh était très intrigué, et il s'avéra bientôt qu'il avait des connaissances étonnantes dans ce domaine, bien que manquant de données précises, et n'étant pas magicien lui-même. Chaque fois qu'Eragon s'entraînait à parler l'ancien langage, le jeune homme écoutait en silence, s'informant de temps en temps du sens de tel ou tel mot.

Arrivés aux abords de Gil'ead, ils arrêtèrent leurs chevaux côte à côte. Il leur avait fallu un mois pour atteindre la ville ; le printemps avait balayé les dernières traces de l'hiver. Pendant le voyage, Eragon avait senti qu'il changeait. Il était devenu plus fort, plus calme. Il pensait toujours à Brom et parlait de lui avec Saphira ; mais, la plupart du temps, il essayait de ne pas réveiller ces souvenirs douloureux.

De loin, Gil'ead leur apparut comme une cité rude, barbare, avec ses maisons en rondins et ses chiens gueulards. Au centre, se dressait une forteresse de pierre à l'architecture anarchique. L'air était empli de fumée. Cela ressemblait davantage à un campement de marchands qu'à une cité établie. À cinq lieues au-delà, on apercevait les rives du lac Isenstar noyées dans le brouillard.

Par mesure de sécurité, ils décidèrent de camper à deux lieues de la ville.

– Je ne suis pas sûr que tu devrais entrer dans Gil'ead, dit Murtagh tandis que leur dîner mijotait sur le feu. Laisse-moi y aller.

– Pourquoi ? s'étonna Eragon. Je peux fort bien me déguiser. Et je dois montrer à Dormnad ma gedweÿ ignasia pour lui prouver que je suis un Dragonnier.

– Peut-être, mais, de nous deux, c'est toi que l'Empire recherche en priorité. Si je suis capturé, tôt ou tard, je m'évaderai. Alors que si tu es pris, ils te traîneront devant le roi et là, tu auras droit à une mort lente dans les pires tortures ; à moins que tu n'acceptes de devenir son allié. De plus, Gil'ead est l'une des garnisons les plus importantes de l'Empire. Ce que tu aperçois, là-bas, ce ne sont pas des maisons : ce sont des casernes. Entrer dans Gil'ead, c'est te présenter toi-même au roi sur un plateau doré !

Eragon demanda à Saphira ce qu'elle en pensait. Elle enroula sa queue autour de ses pattes et se coucha près de lui : « Pourquoi me poser la question ? Murtagh a raison. Je peux lui révéler certains mots qui persuaderont Dormnad de lui faire confiance. Et si quelqu'un doit prendre le risque d'être capturé, c'est lui, car il y survivra. »

Eragon grimaça. Il n'aimait pas l'idée d'exposer quelqu'un au danger à sa place.

– D'accord, c'est toi qui iras, concéda-t-il à contrecœur. Mais si l'affaire tourne mal, je viendrai te chercher.

Murtagh s'esclaffa.

– Et on en fera une légende ! Celle du Dragonnier qui, à lui tout seul, a vaincu l'armée du roi ! »

Il pouffa encore, puis se leva :

– Y a-t-il quelque chose que je devrais savoir avant de partir ?

– Tu ne veux pas te reposer et attendre demain ? demanda Eragon, prudent.

– À quoi bon ? Plus nous tardons, plus nous courons le risque d'être découverts. Si ce Dormnad peut te mener aux Vardens, alors, il nous faut le trouver le plus vite possible. Aucun de nous n'a intérêt à rester dans les parages plus que nécessaire.

« C'est encore la sagesse qui parle par sa bouche », commenta Saphira. Puis elle apprit à Eragon ce qui devait être dit à Dormnad, et le Dragonnier le répéta à Murtagh.

– Très bien, dit celui-ci en ajustant son épée. Si tout se passe bien, je serai de retour dans quelques heures. Garde-moi un peu à manger !

Il fit un signe de la main, enfourcha Tornac et s'en fut au galop. Fixant les flammes, Eragon tapota le pommeau de Zar'roc, inquiet.

Les heures passèrent. Murtagh ne revenait pas. Eragon faisait les cent pas autour du feu, son épée à la main. Saphira scrutait la route de Gil'ead. Seuls ses yeux bougeaient. Tous deux taisaient leur angoisse ; cependant, Eragon se préparait discrètement au départ, au cas où un détachement de soldats quitterait la ville et se dirigerait vers leur campement.

« Regarde ! » s'exclama Saphira.

Eragon se tourna vers Gil'ead, alarmé. Là-bas, un homme à cheval était sorti de la cité et galopait droit sur eux.

« Je n'aime pas ça, déclara Eragon en se hissant sur la dragonne. Prépare-toi à décoller ! »

« Je suis prête à bien plus que cela s'il le faut. »

Lorsque le cavalier se fut approché, Eragon reconnut Murtagh, presque couché sur sa monture. Personne ne semblait le poursuivre, pourtant il ne ralentissait pas sa course. Il surgit dans le campement, sauta à terre et tira son épée.

– Qu'est-ce qui ne va pas ? demanda le Dragonnier.

Murtagh fronça les sourcils :

– On ne m'a pas suivi depuis Gil'ead ?

– Nous n'avons vu personne.

– Tant mieux. Laisse-moi manger, je te raconterai après. Je meurs de faim.

Il s'empara d'un bout de viande et l'attaqua avec appétit. Puis, la bouche pleine, il annonça :

– Dormnad est d'accord pour nous rencontrer demain, hors de Gil'ead, quand le soleil se lèvera. Dès qu'il aura vérifié si ce n'est pas un piège et que tu es bien un Dragonnier, il t'emmènera chez les Vardens.

– Où avons-nous rendez-vous ?

Murtagh tendit le doigt vers l'ouest :

– Sur une petite colline, de l'autre côté de la route.

– Et, à part ça, que t'est-il arrivé ?

L'homme reprit de la viande :

– Une chose assez bête, mais pas moins dangereuse. J'ai croisé dans la rue quelqu'un qui me connaît. J'ai réagi de la seule manière possible : j'ai fui. Mais le mal était fait : il m'avait remarqué.

C'était regrettable, mais peut-être pas si grave.

– Celui qui t'a reconnu, demanda Eragon, parlera-t-il de toi ?

Murtagh eut un rire amer :

– Si tu l'avais vu, je n'aurais pas besoin de te répondre ! Sa bouche est toujours ouverte, sa langue sans cesse en action ; il passe son temps à vomir tout ce qui lui passe par la tête. La question n'est donc pas : « Va-t-il parler de moi ? » mais : « À qui va-t-il parler ? » Si l'information arrive aux mauvaises oreilles, ce ne sera pas bon pour nous.

– Je ne pense pas qu'ils enverront des soldats à ta recherche après la tombée de la nuit, observa Eragon. Nous serons en sécurité au moins jusqu'à demain matin. Et alors, si tout va bien, nous serons partis avec Dormnad.

Murtagh secoua la tête :

– Toi, tu partiras avec lui. Je te l'ai déjà dit, je n'irai pas chez les Vardens.

Le Dragonnier le regarda, déçu. Il voulait que Murtagh reste avec lui. Au cours du voyage, ils s'étaient liés d'une amitié qu'il ne voulait pas voir s'arrêter là. Il s'apprêtait à protester quand Saphira lui souffla gentiment : « Attends demain. Ce n'est pas le moment. »

« Si tu le dis... » grommela Eragon.

Les deux hommes bavardèrent jusqu'à ce que les étoiles s'allument dans le ciel ; puis ils dormirent tandis que Saphira prenait le premier quart.

Eragon se réveilla deux heures avant l'aube. Sa paume palpitait. Tout était calme et silencieux ; mais quelque chose attira son attention, une sorte de démangeaison dans son esprit. Il passa Zar'roc à sa ceinture et se leva, attentif à ne pas faire de bruit.

Saphira le regardait avec curiosité ; ses grands yeux brillaient. « Qu'y a-t-il ? » demanda-t-elle.

« Je ne sais pas. » À première vue, il n'y avait rien d'anormal.

Saphira huma l'air, intriguée. Elle poussa un petit sifflement et leva la tête : « Je sens des chevaux à proximité, immobiles. Ils exhalent une drôle de puanteur. »

Eragon secoua Murtagh. Le jeune homme se réveilla en sursaut, tira une dague de sous ses couvertures, et jeta un regard interrogatif à Eragon. Celui-ci lui fit signe de se taire.

– Il y a des chevaux tout près, murmura-t-il.

Sans un mot, Murtagh prit son épée. Ils se postèrent de part et d'autre de Saphira, prêts à parer toute attaque, et attendirent. L'étoile du matin apparut à l'est. Un écureuil chicota.

Soudain, un hurlement sauvage s'éleva dans le dos d'Eragon, qui pivota sur lui-même, l'épée brandie. Un énorme Urgal se tenait à l'entrée du campement. Il était armé d'une pioche, munie d'un pic redoutable.

« D'où sort-il ? se demanda Eragon. Nous n'avons vu de traces nulle part ! »

Le monstre rugit et agita sa pioche, mais ne chargea pas.

– Brisingr ! lança le Dragonnier, libérant sa magie.

La gueule de l'Urgal se tordit de terreur ; puis il explosa dans un éclair de lumière bleue. Du sang éclaboussa Eragon quand une masse brune voltigea dans les airs. Derrière lui, Saphira poussa un cri d'avertissement et recula. Eragon fit volte-face. Pendant qu'il était aux prises avec son assaillant, d'autres Urgals en avaient profité pour attaquer de l'autre côté. « Tomber dans un piège pareil ! » songea Eragon, furieux contre lui-même.

Un claquement de métal retentit : Murtagh s'était rué sur les monstres. Le Dragonnier voulut le rejoindre, mais quatre Urgals lui bloquaient le passage. Le premier abattit son épée, visant l'épaule d'Eragon, qui se baissa pour esquiver la lame, et tua son adversaire en projetant sa magie. Il trancha la gorge du deuxième avec Zar'roc, se tourna vivement et transperça le cœur du troisième. C'est alors que le quatrième Urgal se jeta sur lui en brandissant un gourdin massif.

Eragon le vit venir et leva son épée pour parer le coup. Une seconde trop tard ! Alors que l'arme s'abattait sur sa tête, il hurla :

– Envole-toi, Saphira !

Une explosion de lumière l'aveugla, et il perdit connaissance.

Du Súndavar Freohr

Les premières choses qui frappèrent Eragon furent qu'il était au chaud et au sec, que sa joue reposait sur un linge rêche, et que ses mains n'étaient pas attachées. Il s'agita, mais il lui fallut quelques instants avant de réussir à se redresser pour examiner l'endroit où il se trouvait.

Il était dans une cellule, assis sur un lit de camp étroit et branlant. Une ouverture munie de barreaux était creusée haut dans le mur. La porte bardée de fer, pourvue d'un judas grillagé, était verrouillée.

Du sang séché se craquela sur le visage d'Eragon quand il remua. Il ne se rappela pas tout de suite que ce sang n'était pas le sien... Sa tête lui faisait affreusement mal, ce qui n'avait rien d'étonnant, étant donné le coup qu'il avait reçu, et ses idées étaient confuses. Il voulut recourir à la magie, mais pas un mot de l'ancien langage ne lui revint en mémoire. « On a dû me droguer », en conclut-il.

Il se leva avec un grognement, nota l'absence du poids familier de Zar'roc à son côté et s'approcha du mur en chancelant. Hissé sur la pointe des pieds, il regarda au-dehors. La vive lumière le fit cligner des yeux. La fenêtre se trouvait au niveau du sol. Il vit une rue bordée par des maisons de bois, toutes identiques, grouillant de passants affairés.

Eragon se sentit mal. Il se laissa glisser sur le sol et le fixa d'un regard éteint. Ce qu'il avait aperçu au-dehors le perturbait sans qu'il sût pourquoi. Maudissant son engourdissement, il rejeta la tête en arrière et tâcha de s'éclaircir les idées.

Un homme entra dans la cellule, posa un plateau de nourriture et un pichet d'eau sur le lit. « Que c'est aimable à lui ! » pensa Eragon avec un sourire amusé. Il avala quelques cuillères de la maigre soupe de légumes et mordit dans le pain noir, mais ça ne passait pas. « Il aurait pu m'apporter quelque chose de moins mauvais ! » pensa-t-il, laissant tomber sa cuillère.

Il comprit alors ce qui clochait. Il avait été capturé par des Urgals, pas par des humains. Comment était-il arrivé là ? Son esprit brumeux rumina cette incohérence sans parvenir à l'expliquer. Il se résigna à la laisser de côté pour plus tard, quand il saurait par quel bout la prendre.

Il s'assit sur son grabat, les yeux dans le vide. Des heures passèrent. On lui apporta de la soupe. « Je commençais justement à avoir faim ! » songea-t-il confusément. Cette fois, il put manger sans avoir envie de vomir. Lorsqu'il eut fini, il décida que c'était l'heure de la sieste. Après tout, il était sur un lit, que pouvait-il faire d'autre ?

Son esprit dériva. Il se laissa glisser dans le sommeil. Puis, une porte s'ouvrit quelque part avec un bruit sourd, et des bottes cloutées martelèrent le sol de pierre. Le vacarme grandit au point qu'Eragon eut l'impression qu'on tapait sur un chaudron à l'intérieur de sa tête.

– Ils ne peuvent donc pas me laisser dormir ? grommela-t-il.

Mais la curiosité l'emporta sur son épuisement. Aussi se traîna-t-il jusqu'à la porte, clignant des yeux comme une chouette.

Par le judas, il vit un vestibule, large d'une dizaine de mètres. Des portes de cellules identiques à la sienne s'alignaient sur le mur d'en face. Une colonne de soldats s'avançait, l'épée au clair. Tous portaient la même armure ; tous avaient le visage impénétrable ; et leurs pieds frappaient le sol avec la même précision mécanique, produisant un bruit hypnotique et une formidable impression de force.

Eragon regarda passer la troupe jusqu'à en être lassé. Il remarqua alors un espace au milieu de la colonne. Deux hommes à la carrure massive portaient une femme évanouie. Ses longs cheveux d'un noir de nuit voilaient son visage, malgré le bandeau qui ceignait son front pour les retenir. Elle était vêtue d'une chemise, d'un pantalon de cuir et de bottes qui lui montaient aux genoux. Autour de sa taille fine, un ceinturon luisant soutenait un fourreau vide, qui pendait à son côté droit. Sa tête dodelinait.

Eragon suffoqua comme si on l'avait frappé à l'estomac. C'était la femme qu'il avait vue en rêve. Son visage d'albâtre avait la perfection d'une statue. La courbe de son menton, ses hautes pommettes et ses longs cils lui donnaient quelque chose d'exotique. Seule une cicatrice le long de sa mâchoire altérait sa beauté ; malgré cela, c'était la femme la plus séduisante qu'Eragon eût jamais vue.

Le sang du garçon brûla dans ses veines. Quelque chose s'éveillait en lui, un sentiment qu'il n'avait encore jamais éprouvé, plus fort qu'une obsession, une sorte de délire fiévreux. Soudain, les cheveux de la femme s'écartèrent, révélant des oreilles pointues. Eragon frissonna. C'était une elfe.

Les soldats passèrent, emportant la captive hors de la vue du Dragonnier. Survint alors un homme de haute taille, à la mine altière. Une cape couleur sable flottait derrière lui. Sa face était d'une pâleur mortelle, et ses cheveux étaient rouges. Rouges comme du sang.

En passant devant la cellule d'Eragon, l'homme tourna la tête et le fixa de son regard pourpre. Sa lèvre supérieure se retroussa en un sourire de fauve, découvrant des crocs pointus. Eragon recula.

Ce n'était pas un homme. C'était un Ombre !

Le cortège s'éloigna, et l'Ombre disparut.

Eragon se laissa tomber sur le sol et se roula en boule. Même dans l'état de confusion où il était, il savait ce que signifiait la présence d'un Ombre dans les parages : le mal était à l'œuvre sur ces terres. Chaque fois que ces créatures apparaissaient, des fleuves de sang se mettaient à couler. « Que fait un Ombre ici ? s'effraya le Dragonnier. Pourquoi les soldats ne l'ont-ils pas abattu ? » Puis ses pensées retournèrent à l'elfe, et l'étrange émotion le saisit de nouveau.

« Je dois m'échapper ! » pensa-t-il. Mais sa détermination se dissipa dans le brouillard de son esprit. Il regagna son lit. Quand le silence retomba sur le corridor, Eragon dormait profondément.

Dès qu'il ouvrit les yeux, il sut que quelque chose avait changé en lui : il lui était plus facile de réfléchir. Il devina qu'il était à Gil'ead. « Ils se sont trompés ! songea-t-il. La drogue ne me fait plus d'effet ! » Plein d'espoir, il tenta de contacter Saphira, puis de se servir de sa magie ; mais il n'en avait pas encore la force.

Une angoisse lui tordait l'estomac : Murtagh et la dragonne avaient-ils réussi à s'enfuir ? Il se leva et s'accrocha aux barreaux de la fenêtre pour regarder dehors. La ville se réveillait à peine. À l'exception de deux mendiants, la rue était vide.

Eragon prit le pichet d'eau. Il pensait à l'elfe et à l'Ombre. Alors qu'il commençait à boire, il trouva que l'eau avait une légère odeur, comme si on y avait versé quelques gouttes de parfum ranci. Il reposa le récipient en grimaçant. « La drogue devait être dedans, se dit-il. Et peut-être dans la nourriture aussi ! » Il se souvint que, lorsque les Ra'zacs l'avaient drogué, il lui avait fallu plusieurs heures avant de se rétablir. Il en déduisit que, s'il parvenait à se priver de boire et de manger assez longtemps, il serait capable d'utiliser sa magie... et de voler au secours de l'elfe. L'idée lui arracha un sourire. Il s'assit dans un coin, essayant d'imaginer comment il s'y prendrait.

Une heure plus tard, le geôlier entra dans sa cellule, avec un plateau de nourriture. Eragon attendit que l'homme se fût éloigné, puis il porta le plateau à la fenêtre. Le repas était simplement composé de pain, de fromage et d'un oignon ; mais l'odeur suffit à faire grogner d'envie son estomac. Résigné à vivre une journée difficile, il jeta la nourriture dans la rue, en espérant que personne ne s'en apercevrait.

Ensuite, il s'efforça de dominer les effets de la drogue. Il avait du mal à se concentrer longtemps ; toutefois, au fur et à mesure que la journée avançait, son esprit devint plus vif. Il réussit à se rappeler quelques mots anciens ; mais rien ne se passait quand il les prononçait. Il en aurait hurlé de frustration !

Lorsqu'on lui servit le déjeuner, il le jeta par la fenêtre comme le précédent repas. La faim le tenaillait ; mais le pire, c'était la soif. Sa gorge était sèche comme du parchemin. Des images d'eau fraîche l'obsédaient. Chaque respiration lui desséchait un peu plus la bouche, il s'interdit de regarder le pichet.

Il fut distrait de ces tourments par une agitation dans le couloir.

– Halte-là ! cria un homme. Les ordres sont formels : personne ne doit le voir.

– Vraiment ? répondit une voix mielleuse. Tenez-vous tant que ça à mourir en voulant m'arrêter, capitaine ?

– Euh... Non, mais le roi...

– Je me charge du roi, coupa le nouveau venu. Maintenant, ouvrez la porte.

Un instant plus tard, une clef tourna dans la serrure.
Eragon prit une attitude avachie :

« Je dois me comporter comme si je ne comprenais rien.
Je ne dois manifester aucune surprise, quoi que mon visiteur
me dise. »

La porte s'ouvrit. Eragon retint son souffle en découvrant
devant lui le visage de l'Ombre. C'était moins un visage
qu'un masque funéraire ou une tête de mort polie, qu'on
aurait recouvert de peau pour donner l'apparence de la vie.

– Salut à toi ! lança l'Ombre avec un sourire glaçant qui
dévoila ses dents effilées. J'ai longtemps attendu le moment
de te rencontrer !

– Qui... qui êtes-vous ? bégaya Eragon.

– Peu importe, répondit la créature, une menace contenue brillant dans ses yeux pourpres. Son manteau claqua
quand il s'assit.

– Mon nom n'a aucune importance pour quelqu'un dans
ta situation, poursuivit-il. De toute façon, il ne te dirait rien.
C'est toi qui m'intéresses. Qui es-tu ?

L'Ombre avait posé la question sur un ton innocent ; mais
Eragon se doutait qu'elle cachait un piège. Il feignit de réfléchir, puis fronça les sourcils :

– Je sais pas trop... J'm'appelle Eragon, mais je suis pas que
ça, hein ?

Les lèvres de l'Ombre s'étirèrent et la créature eut un rire
grinçant :

– Non, tu as raison. Tu as un esprit remarquable, mon
jeune Dragonnier...

L'Ombre se pencha en avant. La peau qui recouvrait son
front était fine et translucide.

– Il semble que je doive être plus direct. Quel est ton nom ?

– Era...

– Non ! Pas celui-là ! le coupa l'Ombre d'un geste de la main. N'as-tu pas un autre nom, que tu n'utilises que rarement ?

« Il veut que je lui dise mon nom véritable afin de prendre le contrôle sur moi ! comprit Eragon. Mais je ne peux pas le lui dire. Même moi, je ne le connais pas... » Il réfléchissait à toute vitesse, essayant d'inventer quelque chose qui dissimulerait son ignorance. Il hésita : la supercherie risquait de faire long feu... Puis il s'efforça de créer un nom vraisemblable. Au moment de donner celui auquel il avait pensé, il décida de tenter le tout pour le tout. Pourquoi ne pas essayer d'effrayer l'Ombre ?

Il ânonna quelques syllabes et secoua la tête pour mimer l'abrutissement, avant de souffler :

– Brom me l'a dit une fois. C'était...

Il se tut un instant ; puis son visage s'illumina comme s'il venait de se rappeler :

– C'était Du Súndavar Freohr !

Ce qui, en ancien langage, voulait dire presque littéralement : « Mort des Ombres ».

Un courant d'air glacial balaya la cellule, tandis que la créature restait assise, immobile, les yeux voilés. Elle semblait plongée dans ses pensées, évaluant ce qu'elle avait appris.

Eragon craignit d'avoir été trop audacieux. Il attendit une réaction ; faute de quoi, il demanda naïvement :

– Pourquoi êtes-vous ici ?

L'Ombre le fixa de ses yeux rouges et sourit :

– Pour te regarder, bien sûr ! Quel prix aurait la victoire si on ne pouvait pas la savourer ?

Sa voix était assurée ; pourtant, il semblait mal à l'aise, comme si ses plans avaient été perturbés. Soudain, il se leva :

– J'ai à faire. Profite donc de mon absence pour réfléchir : qui préfères-tu servir ? Un Dragonnier qui a trahi les siens, ou une personne de confiance comme moi, qui connaît l'art de l'arcane ? Quand viendra l'heure du choix, il n'y aura pas de moyen terme.

Il fit un pas vers la porte... Tout à coup, il avisa le pichet d'eau et se figea, le visage aussi dur que du granite.

– Capitaine ! cria-t-il.

Un soldat robuste jaillit dans la cellule, l'épée à la main.

– Qu'y a-t-il, mon seigneur ? bredouilla-t-il, inquiet.

– Range ce jouet, ordonna l'Ombre d'une voix terriblement calme. Ce prisonnier n'a pas bu son eau. Pourquoi ?

– J'ai parlé avec son geôlier un peu plus tôt. Il n'a pas bu, en effet, mais il a mangé tout ce qu'on lui donnait.

– Très bien, siffla l'Ombre, soulagé. Veille quand même à ce qu'il boive.

Il se pencha pour murmurer à l'oreille du capitaine. Eragon surprit ses derniers mots :

– ... double dose, au cas où...

Le capitaine acquiesça. L'Ombre revint à Eragon :

– Nous reparlerons demain, lorsque j'aurai tout mon temps. Sache que j'ai une véritable fascination pour les noms. J'aurai grand plaisir à discuter des tiens de façon plus approfondie.

Il avait dit cela d'un ton qui glaça Eragon.

Dès qu'il fut seul, il s'allongea sur son matelas et ferma les yeux. Les leçons de Brom se révélèrent bénéfiques : elles évitèrent à Eragon de céder à la panique et le rassérénèrent. « Tout est à ma disposition, songea-t-il. À moi d'en tirer profit... »

Ses pensées furent interrompues par un bruit de pas. Il alla à la porte avec appréhension, et vit deux soldats traîner l'elfe dans le corridor. Quand elle eut disparu, Eragon s'assit par terre et essaya de recourir à la magie. Un juron lui échappa quand ses pouvoirs se refusèrent à lui.

Il regarda la ville par la fenêtre et grinça des dents : on n'était qu'au milieu de l'après-midi. Il inspira à fond et s'exhorta à la patience.

COMBAT AVEC L'OMBRE

La cellule d'Eragon était plongée dans le noir lorsque le garçon se réveilla en sursaut. Quelque chose avait bougé dans son esprit. Pendant des heures, il avait senti la magie à la lisière de sa conscience ; mais, à chaque fois qu'il avait essayé de la solliciter, il avait échoué. Ses yeux brillèrent d'un éclat où l'énergie se mêlait à la nervosité. Il serra les mains et souffla :

– Nagz reiza !

Sa couverture claqua, s'éleva dans les airs et forma une boule de la taille de son poing, qui retomba sur le sol avec un bruit étouffé.

Eragon se leva, jubilant. Son jeûne forcé l'avait affaibli ; cependant, son excitation était plus forte que sa faim. « Maintenant, le vrai test ! » pensa-t-il. Mobilisant son esprit, il se concentra sur la serrure de la porte. Au lieu d'essayer de forcer le mécanisme ou de le casser, il se contenta de le manipuler mentalement jusqu'à le décoincer. Il y eut un déclic, et la porte s'ouvrit.

Quand il s'était servi de la magie pour la première fois, à Yazuac, pour tuer les Urgals, il avait consommé d'un coup toute son énergie. Il était désormais beaucoup plus résistant. Ce qui l'aurait épuisé jadis ne le fatigua qu'à peine.

Il se risqua précautionneusement dans le vestibule. « Je dois trouver Zar'roc et libérer l'elfe, songea-t-il. Elle doit être dans l'une de ces cellules ; mais je n'ai pas le temps de les inspecter toutes. Quant à Zar'roc, l'Ombre doit l'avoir encore avec lui... »

Eragon se rendit compte que ses pensées étaient toujours confuses.

« Qu'est-ce que je fais ici ? Je pourrais m'échapper tout de suite : il me suffirait de rentrer dans ma cellule et d'ouvrir la fenêtre par magie. Seulement, je ne pourrais pas secourir l'elfe ! Saphira, où es-tu ? J'ai besoin de ton aide ! »

Il s'en voulut de ne pas l'avoir contactée plus tôt. C'est par cela qu'il aurait dû commencer après avoir recouvré son pouvoir.

La dragonne lui répondit avec un empressement qui le surprit : « Eragon ! Je suis au-dessus de Gil'ead. Reste où tu es ! Murtagh arrive. »

« Qu'est-ce qui... » Un bruit de pas l'interrompit. Il se recula et se colla au mur tandis qu'une patrouille de six soldats s'avançait dans le couloir. Ils s'arrêtèrent brusquement, leurs yeux allaient d'Eragon à la porte ouverte de sa cellule. Le sang se retira de leurs visages.

« Bon, se dit le garçon. Ils savent qui je suis. Si j'arrive à les effrayer, nous n'aurons pas besoin de nous battre. »

– Sus ! Sus ! cria l'un des soldats en s'élançant sur lui.

Les autres tirèrent leurs épées et le suivirent.

C'était de la folie que de combattre six hommes alors qu'il était désarmé et affaibli. Mais il pensa à l'elfe, et fit face. Il ne pouvait se résoudre à l'abandonner. Sans être sûr de ses forces, il rassembla son pouvoir et leva la main. La gedweÿ ignasia se mit à luire. La peur passa dans les yeux des soldats ; néanmoins, c'étaient de rudes guerriers, ils ne ralentirent pas.

Au moment où Eragon ouvrait la bouche pour prononcer les mots meurtriers, il y eut un léger bourdonnement, un mouvement presque imperceptible. L'un des hommes s'effondra, une flèche dans le dos. Deux autres s'écroulèrent avant d'avoir compris ce qui se passait.

Au bout du corridor où les soldats étaient apparus se dressait un homme barbu, vêtu de loques et armé d'un arc. À ses pieds gisait une béquille dont il ne semblait guère avoir besoin : il se tenait droit et fier.

Les trois soldats survivants firent face à cette nouvelle menace. Profitant de la confusion, Eragon lança :

– Thyrsta !

L'un des hommes d'armes porta les mains à sa poitrine et tomba. Le Dragonnier vacilla : la magie réclamait son dû. Un cinquième soldat tomba, le cou transpercé d'une flèche.

– Ne le tue pas ! cria Eragon en voyant son allié providentiel viser le dernier soldat.

427

Le barbu abaissa son arc. Le garçon fixa le rescapé, qui respirait par saccades, les yeux écarquillés. Il parut comprendre qu'il allait être épargné.

– Tu as vu ce que je peux faire, dit Eragon d'une voix rauque. Si tu ne réponds pas à mes questions, tu passeras le reste de ta vie dans les pires tourments. Où est mon épée ? Son fourreau et sa lame sont rouges. Et dans quelle cellule est enfermée l'elfe ?

L'homme se plaqua les mains sur la bouche pour ne pas parler. La paume du Dragonnier émit une lueur sinistre.

– Mauvaise réponse ! fit-il sèchement. Tu sais à quel point ça fait mal, un grain de sable incandescent dans l'estomac ? Surtout s'il ne refroidit pas pendant vingt ans et descend lentement jusqu'à tes pieds, en brûlant tout sur son passage. Le temps qu'il sorte de toi, tu seras un vieillard.

Il se tut un instant pour ménager ses effets :

– À moins que tu ne me dises ce que je veux savoir.

Le soldat roula des yeux mais garda le silence. Eragon prit un peu de poussière sur le sol et fit observer d'une voix indifférente :

– Il y a là un peu plus qu'un grain de sable. Rassure-toi : ce sera plus rapide. Le trou dans tes entrailles sera seulement plus grand.

Comme il disait ces mots, la poussière se mit à rougeoyer comme de la braise, sans pour autant lui brûler la main.

– D'accord, mais ne me fais pas avaler ça ! glapit le soldat. L'elfe est dans la dernière cellule sur ta gauche. Pour ton épée, je ne sais rien. Elle est probablement dans la salle de garde, en haut des escaliers. C'est là que sont entreposées toutes les armes.

Eragon hocha la tête, puis il murmura :

– Slytha !

Les yeux du soldat se révulsèrent et il s'affala lourdement.

– Tu l'as tué ?

Eragon regarda l'étranger, qui n'était plus qu'à quelques pas de lui. Il plissa les paupières et essaya d'imaginer l'inconnu sans sa barbe.

– Murtagh ! s'exclama-t-il. C'est toi ?

– Eh oui, confirma l'archer en soulevant sa fausse barbe un bref instant. Je ne tenais pas à ce qu'on me reconnaisse. Tu l'as tué ?

– Non. Il est seulement endormi. Comment es-tu entré ?

– Je n'ai pas le temps de t'expliquer. On file à l'étage avant qu'on ne nous découvre. Une issue s'ouvrira dans quelques minutes. Il ne faudra pas la manquer.

– Tu n'as pas entendu ce que j'ai dit ? l'interrompit Eragon.

Il désigna le dernier soldat :

– Il y a une elfe dans cette prison. Je l'ai vue. Nous devons la délivrer. Il faut que tu m'aides.

– Une elfe !

Murtagh s'élança le long du corridor en grommelant.

– C'est stupide ! On devrait déguerpir tant qu'on a une chance.

Il s'arrêta devant la cellule indiquée par le soldat et sortit de ses haillons un trousseau de clefs.

– Je l'ai pris à l'un des gardes, expliqua-t-il.

Eragon tendit la main vers le trousseau. Murtagh haussa les épaules et le lui donna. Eragon trouva la bonne clef et ouvrit la porte. Un rayon de lune tombait de la fenêtre, baignant le visage de l'elfe d'une lueur argentée.

La femme se leva pour lui faire face. Tendue, elle semblait prête à assumer son destin. La tête haute, elle avait un port de reine. Ses yeux vert foncé, tirant sur le noir, étaient légèrement en amande, comme ceux d'un chat. Ils croisèrent le regard du Dragonnier, qui sentit des frissons lui parcourir la peau.

Eragon soutint ce regard un moment ; puis l'elfe trembla et chancela. Il eut juste le temps de la prendre dans ses bras avant qu'elle ne heurtât le sol. Il fut étonné par la légèreté de son corps, enveloppé d'un parfum d'aiguilles de pin fraîchement foulées.

Murtagh entra à son tour dans la cellule :

– Qu'elle est belle !

– Mais blessée...

– On s'occupera d'elle tout à l'heure. Te sens-tu assez fort pour la porter ?

Eragon secoua la tête.

– Alors, je vais le faire ! fit le jeune homme en chargeant l'elfe sur son épaule. Maintenant, direction : la salle de garde !

Il tendit une dague au Dragonnier ; puis il traversa en hâte le vestibule où gisaient les corps des soldats. Tandis qu'il gravissait pesamment l'escalier de pierre au bout du corridor, Eragon s'inquiéta :

– Comment va-t-on sortir de là sans se faire remarquer ?

– Tu en demandes trop, grogna Murtagh.

Cela n'apaisa pas les craintes du garçon. Il tendait l'oreille anxieusement, redoutant l'arrivée de renforts ou, pire, la rencontre avec l'Ombre.

En haut des escaliers, il y avait une salle de banquet meublée de tables massives. Des boucliers étaient accrochés le long des murs ; des poutres sculptées soutenaient le plafond de bois.

Murtagh déposa l'elfe sur une table et leva les yeux, l'air inquiet :

– Peux-tu parler à Saphira ?

– Oui.

– Dis-lui d'attendre encore un peu.

Des appels retentirent au loin. Des soldats défilèrent devant l'entrée de la salle. Les mâchoires d'Eragon se crispèrent tant il était tendu :

– Quoi que tu aies prévu, nous n'avons pas beaucoup de temps.

– Dis-lui ça et cache-toi, fit brièvement Murtagh avant de disparaître en courant.

Alors qu'Eragon transmettait le message, il fut alerté par de nouveaux bruits de pas que des hommes montaient l'escalier. Dominant son épuisement, il tira l'elfe et la dissimula sous la table. Accroupi près d'elle, il retint son souffle, les doigts crispés sur le manche de sa dague.

Dix soldats entrèrent dans la salle, l'examinèrent rapidement et passèrent leur chemin. Eragon s'adossa contre un pied de table en poussant un soupir de soulagement. Ce répit lui rappela brusquement que son estomac était creux et sa langue sèche. À l'autre bout de la salle, il avisa une chope et un reste de pain sur une assiette.

Bondissant hors de sa cachette, il s'en empara et revint se glisser aussitôt sous la table. La chope contenait de la bière ambrée, qu'il but en deux gorgées. Un sentiment de bien-être l'envahit quand le liquide frais coula dans sa gorge en feu. Il réprima un hoquet, puis s'attaqua voracement au morceau de pain.

Murtagh revint alors avec Zar'roc, un arc étrange et une élégante épée sans fourreau. Il tendit Zar'roc à Eragon :

– J'ai trouvé l'autre épée et l'arc dans la salle de garde. Je n'avais jamais vu d'armes semblables auparavant ; j'imagine donc qu'elles appartiennent à l'elfe.

– On va vérifier, dit le garçon, la bouche pleine.

L'épée était légère et fine, sa garde légèrement incurvée ; sa lame, très effilée, s'adaptait parfaitement au fourreau que l'elfe avait toujours au côté. Rien ne prouvait que l'arc lui appartenait aussi, mais sa forme était si gracieuse qu'Eragon n'en douta pas un instant.

– Et maintenant ? s'enquit-il en enfournant une autre bouchée de pain. On ne va pas rester ici éternellement. Tôt ou tard, les soldats nous trouveront.

– Maintenant, on patiente, répondit Murtagh en encochant une flèche dans son arc. Je te l'ai dit, notre fuite est arrangée.

– Tu ne comprends pas ! Il y a un Ombre ici ! S'il nous tombe dessus, on est morts !

– Un Ombre ! s'exclama le jeune homme. En ce cas, dis à Saphira de venir immédiatement. Nous devions attendre la relève de la garde, mais s'attarder plus longtemps devient trop dangereux.

Eragon envoya le message brièvement, s'interdisant de perturber Saphira par des explications.

– En t'échappant de ta cellule, tu as bouleversé mes plans, ronchonna Murtagh, les yeux rivés sur la porte.

Eragon sourit :

– Si j'avais su, je t'aurais peut-être attendu. Mais tu es arrivé au bon moment. Si j'avais dû combattre ces six soldats par magie, je ne m'en serais jamais sorti tout seul.

– Ravi d'avoir pu t'être utile ! dit Murtagh.

Il se raidit en entendant les pas précipités dans le couloir.

– Espérons seulement que l'Ombre ne nous trouvera pas...

Un rire glacé remplit la salle de banquet :

– Je crains de devoir vous ôter cet espoir...

Murtagh et Eragon bondirent.

L'Ombre se tenait à l'autre bout de la pièce. Dans sa main, il serrait une épée livide dont la lame était légèrement éraflée.

La créature dégrafa sa cape et la laissa tomber sur le sol. Son corps était mince et ferme, comme celui d'un coureur de fond. Mais, Eragon se souvenait de l'avertissement de Brom. Il savait que, derrière cette apparence trompeuse, l'Ombre dissimulait une force surhumaine.

– Eh bien, jeune Dragonnier, tu veux te mesurer à moi ? ironisa la créature. Le capitaine prétendait que tu mangeais ce qu'on t'apportait. J'ai eu tort de le croire. Je ne commettrai plus une telle erreur.

– Je m'occupe de lui, proposa Murtagh d'une voix calme.

Il posa son arc et tira son épée.

– Non, chuchota Eragon. C'est moi qu'il veut vivant. Je peux lui tenir tête un petit moment ; toi, trouve-nous plutôt une issue.

– Très bien, vas-y. Ça ne sera pas long.

– Je l'espère !

Eragon tira Zar'roc et s'avança avec lenteur. La lame rouge refléta la lumière des torches fichées aux murs.

Les yeux de l'Ombre flamboyèrent comme des charbons ardents. Il rit doucement :

– Tu crois vraiment me vaincre, Du Súndavar Freohr ? Quel nom pitoyable... Je m'attendais à plus de subtilité de la part d'un Dragonnier. Sans doute n'es-tu pas capable de faire mieux...

Eragon résolut d'ignorer la provocation. Il fixait le visage de l'Ombre, guettant un battement de paupière, une torsion des lèvres, n'importe quel signe annonciateur d'un prochain mouvement. « Je ne peux pas me servir de la magie, de peur qu'il ne fasse de même, pensa-t-il. Je dois le laisser croire qu'il n'en a pas besoin pour me vaincre. Ce qui est sans doute la vérité... »

Ni l'un ni l'autre n'avaient bougé quand un choc puissant ébranla le plafond. L'air s'obscurcit de poussière, tandis que des pièces de bois s'abattaient sur le sol. Du toit provenaient des cris et un bruit de lames s'entrechoquant. Craignant d'être assommé par une poutre, Eragon leva les yeux. L'Ombre profita de sa distraction et attaqua.

Le Dragonnier para de justesse. Les épées se heurtèrent avec un claquement qui se répercuta jusque dans ses dents et lui engourdit le bras. « Par les feux de l'Enfer ! Il est fort ! » Saisissant Zar'roc à deux mains, il l'abattit de toute sa puissance sur la tête de l'Ombre. Celui-ci bloqua le coup aisément, faisant siffler sa lame à une vitesse inimaginable.

433

Des crissements terribles résonnaient au-dessus de leurs têtes, comme si l'on traînait des piques de fer sur du rocher. Trois longues fissures zébrèrent le plafond. Des bardeaux du toit tombèrent par les brèches. Eragon les ignora, même lorsque l'un d'eux s'écrasa à ses pieds, manquant de lui ouvrir le crâne. Il avait beau avoir été formé par un excellent maître d'armes en la personne de Brom ; il avait beau avoir ferraillé avec Murtagh, qui était lui aussi un escrimeur redoutable ; jamais il n'avait rencontré un adversaire à ce point supérieur. L'Ombre s'amusait avec lui.

Eragon cédait du terrain. Ses bras tremblaient sous ses assauts ; chacun semblait plus violent que le précédent. Eût-il voulu appeler la magie à son aide que le garçon n'en aurait pas eu la force. C'est alors que, d'un mouvement vicieux du poignet, l'Ombre arracha Zar'roc des mains d'Eragon. La violence du coup fit tomber le garçon à genoux. Il resta ainsi, pantelant. Sur le toit, le vacarme s'intensifiait.

L'Ombre observait le Dragonnier avec mépris :

– Tu es peut-être une pièce maîtresse dans la partie qui se joue en ce moment ; cependant, je suis déçu de voir que tu ne peux pas faire mieux. Si tes prédécesseurs étaient aussi faibles que toi, seul leur nombre aura pu leur permettre de contrôler l'Empire.

Eragon leva les yeux et secoua la tête. Il venait de saisir le plan de Murtagh.

« C'est le moment, Saphira ! »

– Non, dit-il à haute voix. Tu oublies un détail...

– Un détail ? répéta l'Ombre, moqueur.

Il y eut un fracas de tonnerre. Une partie du plafond s'effondra et le ciel nocturne apparut.

– Les dragons ! rugit Eragon, pour couvrir le bruit.

Et il bondit hors de portée de l'Ombre. Avec un grognement de rage, la créature se rua sur lui et le manqua. Il regarda avec étonnement une flèche de Murtagh plantée dans son épaule. Il ricana et l'ôta avec deux doigts :

– Il va falloir faire mieux, si tu veux m'arrêter !

La flèche suivante le frappa entre les deux yeux. L'Ombre hurla de douleur et se tordit, couvrant son visage de ses mains. Sa peau vira au gris. Un brouillard l'enveloppa, effaçant les contours de sa silhouette. Il y eut un cri étrange, semblable à du verre qui se brise ; puis le brouillard se dissipa. Là où s'était tenu l'Ombre, il n'y avait plus qu'une cape et un tas de vêtements.

– Tu l'as tué ! s'exclama Eragon.

À sa connaissance, seuls deux héros de légende avaient survécu au combat avec un Ombre.

– Je n'en suis pas si sûr, murmura Murtagh.

– C'est fait ! cria une voix. Il a échoué. Entrez et capturez-les.

Des soldats armés de filets et de lances envahirent la salle par les deux bouts. Eragon et Murtagh s'adossèrent au mur du fond, traînant l'elfe avec eux. Les hommes formèrent un demi-cercle menaçant. À cet instant, Saphira passa la tête par le trou du plafond et rugit. Elle s'accrocha au rebord avec ses serres et arracha un autre morceau de plafond.

Trois soldats tournèrent les talons ; mais les autres tinrent bon. Alors, avec un craquement assourdissant, suivi d'une avalanche de gravats, la poutre centrale céda. Cette fois, la confusion gagna les rangs. Chacun courait pour éviter les chutes mortelles de débris. Eragon et Murtagh restaient collés contre le mur. La dragonne rugit de nouveau. Se bousculant, se piétinant, tous les soldats s'enfuirent, paniqués.

Dans un ultime effort, Saphira détruisit ce qui restait du plafond et sauta dans la salle, les ailes repliées. Son poids brisa une table, qui s'écroula avec fracas. Pleurant de soulagement, Eragon lui jeta les bras autour du cou. Elle ronronna, satisfaite : « Tu m'as manqué, petit homme. »

« Toi aussi. Il y a quelqu'un d'autre avec nous. Peux-tu nous transporter tous les trois ? »

« Bien sûr ! »

Repoussant en quelques coups de patte les poutres et les tables brisées, Saphira fit de la place pour décoller. Quand elle découvrit sa troisième passagère, elle siffla de surprise : « Une elfe ! »

« Oui, et la femme que j'ai vue en rêve. »

Eragon ramassa Zar'roc, aida Murtagh à installer l'elfe sur la selle, puis tous deux enfourchèrent Saphira. « On s'est battu sur le toit, dit le garçon. Il y a des soldats, là-haut ? »

« Il y en avait, il n'y en a plus. Vous êtes prêts ? »

« Oui ! »

La dragonne sauta de la salle de banquet au toit de la forteresse, sur lequel gisaient çà et là les corps sans vie des gardes.

Une ligne d'archers venait de prendre position sur une tour, à l'extrémité du bâtiment éventré.

« Envole-toi, Saphira ! la mit en garde Eragon. Vite ! »

La dragonne déploya ses ailes, courut jusqu'au bord du toit et, propulsée par ses jambes puissantes, se jeta dans le vide. Le poids inhabituel qu'elle transportait la fit plonger de manière alarmante. Tandis qu'elle tentait de regagner de l'altitude, Eragon perçut le chant des cordes d'arc qu'on relâchait. Des flèches sifflèrent autour d'eux dans la nuit. Touchée, Saphira rugit de douleur. Elle vira brusquement sur la gauche pour éviter la deuxième volée. Les traits tombaient plus dru, mais l'obscurité protégeait un peu les fuyards de leurs piqûres mortelles.

Eragon se pencha sur le cou de Saphira avec inquiétude :

« Tu es blessée ? »

« J'ai les ailes percées... Une flèche est restée plantée... »

Sa respiration était bruyante et laborieuse.

« Jusqu'où peux-tu nous emmener ? »

« Assez loin. »

Le Dragonnier serra l'elfe contre lui tandis qu'ils survolaient Gil'ead. Ils laissèrent la ville derrière eux et continuèrent de fendre la nuit, droit vers l'est.

GUERRIER GUÉRISSEUR

Saphira atterrit dans une clairière, au sommet d'une colline, étendant ses ailes blessées sur le sol. Eragon la sentait trembler sous lui. Ils n'étaient qu'à une demi-lieue de Gil'ead.

Feu-de-Neige et Tornac, attachés à un piquet, hennirent nerveusement à l'arrivée de la dragonne. Eragon se laissa glisser à terre et se pencha aussitôt sur les blessures de Saphira, tandis que Murtagh sellait les chevaux.

Le Dragonnier voyait mal dans l'obscurité. Il examina les ailes à tâtons et repéra trois endroits où les flèches avaient déchiré la fine membrane, formant des trous sanguinolents gros comme le pouce. Un peu de peau avait aussi été arrachée sur la bordure de l'aile gauche.

Saphira tressaillit quand les doigts du garçon touchèrent ses blessures. Dominant sa fatigue, Eragon prononça les mots de l'ancien langage qui referment les plaies. Puis il s'occupa de la flèche plantée dans l'un des muscles qui actionnaient l'aile. La pointe dépassait de l'autre côté. Un sang chaud s'en écoulait.

Eragon appela Murtagh et ordonna :

– Maintiens-lui l'aile au sol comme ça. Je dois ôter ce trait...

Il prévint Saphira : « Ça va faire mal, mais ce ne sera pas long. Essaye de ne pas bouger : tu nous blesserais. »

La dragonne étendit le cou et attrapa un grand tronc entre ses dents incurvées. D'un mouvement de tête, elle déracina l'arbre et le mordit fermement. « Je suis prête. »

« Bien... »

– Tiens-la bien, chuchota Eragon à Murtagh.

Il brisa la pointe de la flèche ; tâchant de ne pas aggraver la blessure, il retira la tige d'un coup sec. Saphira rejeta la tête en arrière et gémit entre ses crocs serrés. Son aile tressauta involontairement, frappant au menton Murtagh, qui fut projeté au sol.

Saphira recracha l'arbre avec un grognement, et l'envoya rouler au loin dans un nuage de poussière. Dès qu'Eragon eut refermé la plaie, il aida Murtagh à se relever.

– Elle m'a eu par surprise, avoua celui-ci en frottant sa mâchoire éraflée.

« Je suis désolée. »

– Elle ne voulait pas te blesser, lui assura Eragon.

Le Dragonnier se pencha sur l'elfe, toujours évanouie.

« Tu vas devoir la transporter encore un peu, dit-il à Saphira. Si nous la mettons sur un cheval, cela nous ralentira. Tu voleras plus facilement, maintenant que cette flèche est ôtée. »

Saphira remua la tête : « Je le ferai. »

« Merci », répondit Eragon. Il l'enlaça fiévreusement. « Ce que tu as fait, c'était prodigieux. Je ne l'oublierai jamais. »

« J'y vais, maintenant », fit-elle, en le regardant avec tendresse.

Le garçon recula quand elle s'éleva dans un grand souffle d'air, qui souleva la chevelure de l'elfe. L'instant d'après, elles avaient disparu.

Eragon courut jusqu'à Feu-de-Neige, monta en selle et partit au galop, suivi par Murtagh.

Pendant qu'ils chevauchaient, le garçon tenta de récapituler ce qu'il savait des elfes.

Les elfes vivaient longtemps : tous les récits s'accordaient sur ce point. Combien de temps exactement ? Il l'ignorait. Ils parlaient l'ancien langage, et nombre d'entre eux pratiquaient la magie. Après la chute des Dragonniers, les elfes s'étaient retirés à l'écart de l'Empire, et on ne les avait plus jamais revus.

« Alors, pourquoi celle-ci est-elle là ? Comment les sbires de l'Empire ont-ils réussi à la capturer ? Si elle est magicienne, elle a sûrement été droguée, comme moi... »

Ils chevauchèrent toute la nuit sans prendre le moindre repos, même quand la fatigue lancinante commença à les ralentir. Ils continuèrent d'aller de l'avant, malgré leurs yeux irrités et leurs membres lourds. Derrière eux, des lignes de cavaliers portant des torches cherchaient tout autour de Gil'ead.

Les heures leur parurent bien longues avant que l'aube éclaircisse le ciel. D'un commun accord, ils retinrent leurs chevaux.

— Campons ici, dit Eragon avec lassitude. Il faut que je dorme, et tant pis s'ils nous reprennent !

— Je suis d'accord avec toi, lâcha Murtagh en se frottant les yeux. Dis à Saphira de se poser dans un lieu propice et de nous y attendre.

Ils suivirent les indications de la dragonne, qu'ils trouvèrent en train de boire dans un cours d'eau, au pied d'une falaise. L'elfe était toujours inanimée sur son dos. Quand Eragon sauta à terre, Saphira l'accueillit avec un léger grognement.

Murtagh aida le Dragonnier à descendre l'elfe de la selle et à l'étendre sur le sol. Puis ils s'adossèrent au rocher, épuisés. Saphira examina la jeune femme avec curiosité. « Pourquoi donc ne s'est-elle pas réveillée ? Voilà des heures que nous avons quitté Gil'ead... »

« Qui sait ce qu'ils lui ont fait subir ? » fit remarquer Eragon avec rancœur.

Murtagh suivit leurs regards :

– À ma connaissance, c'est le premier elfe que le roi ait capturé. Depuis que ce peuple s'est retiré dans un lieu secret, Galbatorix les traquait ; sans succès... jusqu'à aujourd'hui. Ou il a découvert leur refuge, ou elle a été prise par hasard. Je pencherais pour le hasard. S'il avait découvert le refuge des elfes, il aurait déjà déclaré la guerre, et lancé son armée contre eux. Or, il n'en est rien. La question est donc : avant qu'on ne la libère, les hommes de l'Empire ont-ils réussi à la faire parler ?

– Nous ne le saurons pas tant qu'elle ne se sera pas réveillée, fit remarquer Eragon. Dis-moi plutôt ce qui s'est passé après qu'on m'a attrapé. Comment ai-je abouti dans la prison de Gil'ead ?

– Les Urgals sont à la solde de l'Empire, affirma Murtagh. Et l'Ombre aussi, semble-t-il. Saphira et moi avons vu les Urgals te remettre à lui – j'ignorais alors de qui il s'agissait –, ainsi qu'à une troupe de soldats. Ce sont eux qui t'ont emmené.

« C'est vrai », confirma Saphira en se lovant près d'eux.

En un éclair, Eragon se remémora les Urgals avec qui il avait parlé, à Teirm : ils avaient évoqué un « maître »... « Ils parlaient du roi ! comprit-il avec terreur. J'ai insulté l'homme le plus puissant de l'Alagaësia ! » Puis l'image des villageois massacrés à Yazuac lui revint en mémoire. Un sentiment de malaise et de colère mêlés lui noua l'estomac. « Les Urgals obéissent aux ordres de Galbatorix, songea-t-il. Mais pourquoi le roi ordonnerait-il de commettre de telles atrocités sur ses propres sujets ? »

« Parce qu'il est mauvais », trancha Saphira.

Le regard noir, Eragon s'écria :

– Ce sera donc la guerre ! Quand les habitants de l'Empire apprendront cela, ils se soulèveront et soutiendront les Vardens !

Murtagh posa son menton dans ses mains.

– Même s'ils entendaient parler de cette ignominie, bien peu réussiraient à rejoindre les Vardens. Avec les Urgals à sa botte, le roi a assez de soldats pour fermer les frontières et garder le contrôle, aussi révolté que soit le peuple. Grâce à la terreur qu'il inspire, il est capable de mener l'Empire comme bon lui semble. De plus, si honni soit-il, il serait capable de galvaniser les gens et de les enrôler en leur inventant un ennemi commun.

– Quel ennemi ?

– Les elfes et les Vardens. Il suffirait de répandre les rumeurs appropriées pour en faire des monstres redoutables, des démons prêts à s'emparer des terres et des richesses du pays. Alors Galbatorix pourrait prétendre que les Urgals ont été mal compris depuis le début ; qu'ils sont en réalité des amis et des alliés face à d'aussi terribles adversaires. Je me demande seulement ce que Galbatorix leur a promis en échange de leurs services...

– Ça ne marcherait pas, protesta Eragon en secouant la tête. Personne ne se laisserait duper aussi facilement. Et qu'est-ce que le roi gagnerait dans cette affaire ? Il a déjà le pouvoir.

– Mais son autorité est défiée par les Vardens. Les gens ont de la sympathie pour les rebelles. En outre, le territoire de Surda a fait sécession. Autant Galbatorix est fort à l'intérieur de l'Empire, autant il est impuissant à l'extérieur. S'il arrive à faire partager ses inquiétudes aux gens, ils croiront ce qu'il voudra qu'ils croient. C'est déjà arrivé.

Murtagh se tut et resta songeur, le regard dans le vide.

Ses paroles avaient troublé Eragon. Saphira toucha l'esprit du Dragonnier : « Où Galbatorix envoie-t-il ses Urgals ? »

441

« Quoi ? »

« À Carvahall et à Teirm, on racontait que les Urgals migraient vers le sud-est, comme pour braver le désert du Hadarac. Si le roi les contrôle réellement, pourquoi les enverrait-il dans cette direction ? Soit le roi rassemble une armée urgale pour son usage privé ; soit les Urgals sont en train de bâtir une cité. »

Cette idée fit frissonner Eragon. « Je suis trop fatigué pour y réfléchir, avoua-t-il. Quels que soient les plans de Galbatorix, ils nous causeront des ennuis. Je voudrais surtout savoir où sont les Vardens. C'est vers eux que nous devrions aller. Mais sans Dormnad, nous sommes dans le flou. Peu importe ce que nous ferons : tôt ou tard, l'Empire nous retrouvera. »

« Ne renonce pas, l'encouragea Saphira, avant d'ajouter : bien que tu aies probablement raison. »

« Merci. » Il se tourna vers Murtagh.

– Tu as risqué ta vie pour moi. J'ai une dette envers toi. Je n'aurais jamais pu m'échapper tout seul.

Il y avait même plus. Un lien s'était tissé entre eux ; un lien de fraternité, soudé par la bataille commune et scellé par la loyauté de Murtagh à son égard.

– Je suis content d'avoir pu t'aider. Par contre, je...

Il hésita et se passa une main sur le visage :

– À présent, ce qui m'inquiète, c'est de devoir voyager avec tous ces soldats à nos trousses. Dès demain, la garnison de Gil'ead lancera la chasse. Quand ils auront repéré les traces de nos chevaux, ils sauront que tu ne t'es pas enfui avec Saphira.

Eragon acquiesça, la mine sombre.

– Comment t'es-tu introduit dans la forteresse ?

Murtagh eut un petit rire :

– En graissant la patte à un garde, et en rampant dans un

conduit crasseux. Mais j'aurais échoué sans l'aide de Saphira. C'est grâce à elle...

Il s'interrompit et s'adressa à l'intéressée :

– C'est grâce à toi que nous nous en sommes sortis vivants.

Le Dragonnier posa solennellement une main sur le cou écailleux de la dragonne, qui ronronna de contentement. Eragon se tourna vers l'elfe et la regarda, fasciné. Se relevant difficilement, il déclara :

– Nous devrions lui préparer un lit.

Murtagh se redressa et déroula une couverture. Tous deux soulevèrent l'elfe pour la déposer sur sa couche ; sa manche s'accrocha à une branche. Eragon poussa un cri.

Le bras de l'elfe était couvert de bleus et de coupures. Certaines étaient presque cicatrisées ; d'autres, encore fraîches et suintantes. Eragon secoua la tête avec colère. Il releva un peu plus la manche. Les blessures couraient jusqu'à l'épaule. Les doigts tremblants, il délaça sa chemise, redoutant ce qu'il allait découvrir.

Lorsque le cuir s'écarta, Murtagh jura. Le dos de l'elfe, puissant et musclé, était si couvert de croûtes qu'il ressemblait à de la boue séchée et craquelée. La femme avait été fouettée sans pitié et marquée d'un fer rouge en forme de serres. Là où sa peau était encore intacte, elle était violette à cause des coups reçus. Sur son omoplate gauche, il y avait un tatouage à l'encre indigo. C'était le même motif que sur la bague de Brom. Eragon se fit en silence le serment qu'il tuerait quiconque était responsable de ces tortures.

– Peux-tu la guérir ? demanda Murtagh.

– Je... je ne sais pas.

Il contint une brusque nausée.

– Toutes ces plaies...

« Eragon ! dit Saphira d'un ton sans réplique. C'est une elfe ! Il ne faut pas la laisser mourir. Fatigué ou pas, affamé ou pas, tu dois la sauver. Je mêlerai ma force à la tienne, mais c'est toi qui exerceras la magie. »

« Oui... tu as raison », murmura-t-il, incapable de détacher son regard de l'elfe. Ôtant ses gants avec détermination, il s'adressa à Murtagh :

– Cela va prendre du temps. Peux-tu me trouver à manger ? Mets aussi des linges à bouillir pour les bandages. Je n'arriverai pas à refermer toutes ses blessures.

– On ne peut allumer un feu sans être immédiatement repéré, objecta le jeune homme. Tu devras utiliser du tissu non lavé, et le repas sera froid.

Eragon grimaça, mais acquiesça.

Il passa doucement la main sur la colonne vertébrale de l'elfe. Saphira se plaça près de lui, son regard luisant fixé sur la blessée. Le Dragonnier inspira à fond, invoqua sa magie et se mit à l'ouvrage.

Il parla en ancien langage :

– Waíse heill !

Une chaleur envahit sa paume et, sous elle, la peau se reforma, intacte. Il ne s'occupa pas des lésions qui ne mettaient pas la vie de l'elfe en danger. Cela aurait brûlé l'énergie dont il avait besoin pour traiter les blessures les plus graves. Concentré sur sa tâche, Eragon s'émerveillait que l'elfe soit encore en vie ; elle avait pourtant été torturée à mort avec une méticulosité qui faisait froid dans le dos.

Tout en s'efforçant de préserver la pudeur de l'elfe, il ne put s'empêcher de remarquer que, en dépit des meurtrissures qui l'abîmaient, son corps était d'une beauté sans pareille. Il était trop fatigué pour s'en émouvoir, quoiqu'une rougeur lui montât parfois aux oreilles. Il espéra ardemment que la dragonne ne lirait pas dans ses pensées.

Il peina jusqu'à ce que le jour se fût levé, ne s'arrêtant que de brefs instants pour manger et boire, afin de recouvrer de l'énergie après son jeûne, leur fuite et maintenant son épuisant travail de guérison. Saphira restait à ses côtés, lui prêtant de son mieux sa puissance mentale.

Le soleil était haut dans le ciel lorsque Eragon se releva enfin. Il étira ses muscles endoloris avec un grognement. Ses mains étaient grises ; ses yeux, secs et irrités. Titubant, il alla prendre la gourde dans le sac et but une longue goulée de vin.

– C'est fait ? demanda Murtagh.

Eragon hocha la tête, frissonnant. Il avait à peine la force de parler. Tout tournait devant ses yeux. Il se sentait au bord de l'évanouissement.

« Tu as fait ce qu'il fallait », approuva doucement Saphira.

– Elle vivra ?

– Je ne sais pas, avoua le Dragonnier d'une voix rauque. Les elfes sont résistants ; cependant, même eux ne peuvent subir de telles tortures sans dommage. Si j'en savais plus sur l'art de soigner, je saurais lui redonner de l'énergie. Mais...

Il eut un geste d'impuissance. Ses mains tremblaient si fort qu'il renversa un peu de vin. Une autre gorgée lui fit du bien.

– Nous ferions mieux de repartir.

– Non ! protesta Murtagh. Il faut que tu dormes.

– Je... je dormirai en selle. On ne peut pas se permettre de rester ici. Pas avec des soldats à nos trousses.

Murtagh céda à contrecœur.

– Dans ce cas, je conduirai Feu-de-Neige par la bride pendant que tu te reposeras.

Ils sellèrent leurs chevaux, installèrent l'elfe sur Saphira et levèrent le camp. Eragon mangea encore en chemin pour refaire ses forces. Puis il posa sa tête contre l'encolure de l'étalon et ferma les yeux.

L'EAU QUI VENAIT
DU SABLE

Quand ils s'arrêtèrent, au soir, Eragon ne se sentait pas mieux et son humeur s'en ressentait. Ils avaient passé la journée à faire de longs détours pour éviter les soldats avec leurs chiens. Le Dragonnier mit pied à terre et demanda à Saphira : « Comment va-t-elle ? »

« Pas pire. Elle remuait un peu, mais c'est tout. »

La dragonne s'accroupit pour lui permettre de descendre l'elfe de la selle. Un bref instant, le garçon la tint doucement contre lui. Il se dépêcha de l'allonger.

Son compagnon et lui tombaient de sommeil ; ils préparèrent un rapide dîner. Lorsqu'ils eurent mangé, Murtagh déclara :

– On ne peut pas continuer à ce rythme. On n'a pas gagné un pouce de terrain sur nos poursuivants. Dans un jour, deux au maximum, ils nous auront rattrapés.

– Que faire d'autre ? rétorqua Eragon. Si on n'était que deux, et si tu acceptais d'abandonner Tornac, Saphira nous emmènerait loin d'ici. Mais avec l'elfe, c'est impossible.

Murtagh le regarda bien en face :

– Si tu veux aller ton chemin, je ne t'en empêcherai pas. Je ne peux pas vous demander, à Saphira et à toi, de risquer l'emprisonnement.

– Ne m'insulte pas ! grommela Eragon. Si je suis libre, c'est grâce à toi. Je ne t'abandonnerai pas aux mains de l'Empire. Ce serait bien mal te remercier.

Le jeune homme baissa la tête :

– Tes mots me réchauffent le cœur, mais...

Il se tut, puis reprit :

– Mais ils ne résolvent pas notre problème.

– Alors que faire ?

Eragon désigna l'elfe :

– Si elle pouvait nous dire où sont les siens, nous aurions une chance de trouver refuge auprès d'eux.

– Vu le soin qu'ils ont mis à se protéger, ça m'étonnerait qu'elle nous révèle leur retraite. Et, à supposer qu'elle le fasse, ses semblables ne nous accueilleraient pas forcément à bras ouverts. Pourquoi nous hébergeraient-ils ? Les derniers Dragonniers à qui ils ont eu affaire, c'étaient Galbatorix et les Parjures. Je doute qu'ils en aient gardé un agréable souvenir. Quant à moi, je n'ai pas l'insigne honneur d'être un Dragonnier comme toi. Non, ils ne m'accepteraient pas.

« Ils nous accepteraient », affirma Saphira, confiante, repliant ses ailes pour s'installer plus confortablement.

Eragon haussa les épaules :

– Même s'ils le faisaient, nous ne savons pas où ils sont ; et nous ne pouvons pas interroger l'elfe tant qu'elle n'aura pas repris conscience. Nous devons fuir. Mais dans quelle direction ? Vers le nord, le sud, l'est ou l'ouest ?

Murtagh croisa les doigts et pressa les pouces sur ses tempes :

– La meilleure solution, c'est de quitter l'Empire. Les rares endroits où nous pourrions y être en sécurité sont loin d'ici. Nous aurions du mal à les atteindre sans être suivis puis rattrapés. Il n'y a rien de bon pour nous, au nord, hormis la forêt de Du Weldenvarden. Nous pourrions nous y cacher...

mais je n'ai pas trop envie de repasser près de Gil'ead. À l'ouest, il n'y a que l'Empire et la mer. Au sud, se trouve le Surda. Là-bas, tu trouverais probablement quelqu'un pour te conduire vers les Vardens. Quant à l'est...

Il eut un geste désabusé :

– À l'est, le désert du Hadarac s'étend entre nous et une terre inconnue. Les Vardens sont quelque part par là, mais, sans indication précise, nous pourrions errer des années avant de les rencontrer.

« Cependant, remarqua Saphira, nous serions en sécurité auprès d'eux. Tant que nous ne tomberons pas sur les Urgals. »

Eragon tripotait son arc. La migraine qui lui martelait le crâne l'empêchait de réfléchir.

– C'est trop dangereux d'aller au Surda, estima-t-il. Il faudrait traverser l'Empire en évitant chaque ville, chaque village...

Murtagh leva un sourcil :

– Donc tu veux traverser le désert ?

– Je ne vois pas d'autre solution. D'autant qu'ainsi, nous aurons une chance de quitter l'Empire avant que les Ra'zacs interviennent. Avec leurs coursiers volants, ils devraient être à Gil'ead dans deux ou trois jours. Nous n'avons pas beaucoup de temps.

– Même si nous gagnons le désert avant leur arrivée, ils pourront encore nous rattraper. Ce sera dur de les prendre de vitesse !

Eragon caressait le flanc de Saphira, sentant les écailles rugueuses sous ses doigts :

– En supposant qu'ils suivent nos traces. Ils devront alors laisser les soldats derrière eux, ce qui tournera à notre avantage. En cas de combat, à nous trois, nous les vaincrons. À condition de ne pas tomber dans une embuscade semblable à celle qu'ils nous ont tendue, à Brom et à moi...

– Admettons que nous arrivions sains et saufs de l'autre côté du Hadarac, dit Murtagh, songeur. Où irons-nous, alors ? Ces terres ne font plus partie de l'Empire. Il y aura peu de villes, s'il y en a. Sans compter le désert lui-même : que sais-tu de lui ?

– Juste qu'il est chaud, sec, et plein de sable, admit Eragon.

– C'est un bon résumé. Tu oublies ses plantes vénéneuses, ses baies non comestibles, ses serpents venimeux, ses scorpions et son soleil écrasant. Tu as vu la grande plaine quand nous allions à Gil'ead ?

Murtagh posait la question pour la forme ; cependant, Eragon répondit :

– Oui. Je l'ai traversée deux fois.

– Alors, tu connais son immensité. Cette plaine constitue le cœur de l'Empire. Maintenant, imagine une surface deux à trois fois plus grande et tu auras une idée des dimensions du désert du Hadarac. C'est cela que tu nous proposes de traverser ?

Eragon tenta de se représenter l'énormité de ce territoire, mais fut incapable de visualiser de telles distances. Il sortit de son sac la carte de l'Alagaësia et l'étala par terre. Le parchemin dégageait une odeur de renfermé. Il mesura les plaines du regard et hocha la tête, ébahi :

– Pas étonnant que l'Empire s'arrête aux portes de ce désert ! Les territoires qui s'étendent de l'autre côté sont trop éloignés. Ils échappent forcément au contrôle de Galbatorix !

Murtagh balaya de la main la droite du parchemin :

– Au temps des Dragonniers, les terres situées au-delà du désert, et qui ne sont pas représentées sur cette carte, étaient soumises à leur loi. Si le roi parvenait à réunir sous sa bannière une nouvelle génération de Dragonniers, il serait en mesure de donner à l'Empire une extension sans précédent. Mais ce n'est pas ça l'important. Le Hadarac est si énorme, si dangereux que nos chances de le traverser sont infimes. C'est un choix désespéré.

– Nous sommes des désespérés, dit Eragon d'une voix ferme.

Il examina la carte en détail :

– Si nous traversons le désert de part en part, il nous faudra bien un mois, voire deux. Mais si nous bifurquons vers les montagnes du Beor, au sud-est, nous irons plus vite. Alors, libre à nous de suivre cette chaîne vers l'est, ou de prendre vers l'ouest pour rejoindre le Surda. Si cette carte est juste, la distance qui nous sépare des montagnes équivaut à celle que nous avons parcourue en allant à Gil'ead.

– Il nous a fallu presque un mois !

– Parce que mes blessures nous ralentissaient, rappela le Dragonnier avec une pointe d'agacement. Si nous nous dépêchons, nous atteindrons les Beors en deux fois moins de temps.

– D'accord, tu as gagné, conclut Murtagh. Néanmoins, avant que d'accepter ta proposition, j'ai une question à poser. Tu as sans doute remarqué que j'avais acheté des provisions pour les chevaux et pour nous, lorsque j'étais à Gil'ead. Mais l'eau ? Comment la transporter ? Les tribus de nomades qui errent dans le Hadarac ont l'habitude de dissimuler leurs puits et leurs oasis pour qu'on ne leur vole pas leurs réserves. Pense à ce que Saphira doit avaler ! Elle consomme plus d'eau en une journée que nous n'en buvons en une semaine. Sans compter les chevaux... J'espère que tu sais faire pleuvoir ! Sinon, je ne vois pas comment nous nous en sortirons...

Eragon s'accroupit sur ses talons. Commander aux nuages dépassait de beaucoup ses pouvoirs. Le plus puissant des Dragonniers en aurait probablement été incapable. C'était comme soulever une montagne ! Il lui fallait trouver une solution qui ne pomperait pas complètement ses forces. « Est-il possible de transformer le sable en eau ? Voilà qui résoudrait le problème, si ça ne demande pas trop d'énergie. »

– Je pense à quelque chose, dit-il. Laisse-moi essayer ; après, je te donnerai une réponse.

Eragon s'éloigna du campement, suivi de près par sa dragonne. « Saphira, pourrais-tu transporter assez d'eau pour nous tous ? » s'enquit le garçon.

Elle secoua son énorme tête :

« Non. Je ne pourrais pas soulever un tel poids. Alors, voler avec... »

« Dommage ! »

« Tu as une autre idée ? »

« Peut-être... »

Il s'agenouilla et s'empara d'une pierre creuse. Il plaça une pincée de poussière dedans et se concentra. C'était maintenant le plus difficile : quels mots employer ? Il réfléchit un moment, puis en choisit deux, qui pourraient peut-être convenir. Il créa une brèche dans la barrière familière qui scindait son esprit, et le courant glacé de la magie jaillit en lui.

– Deloi moi ! ordonna-t-il.

Aussitôt, la poussière se mit à absorber sa force à une vitesse prodigieuse. Dans l'esprit d'Eragon, résonna l'avertissement de Brom : certaines tâches magiques peuvent consumer toute l'énergie d'un homme, même sa vie.

La panique lui étreignit la poitrine. Il voulut annuler son sort. En vain. La magie travaillait en lui jusqu'à ce que la tâche fût accomplie, ou jusqu'à sa mort. Il n'avait plus qu'à attendre, immobile, plus faible à chaque instant.

Alors qu'il se résignait à périr là, à genoux, la poussière frémit et se liquéfia. Eragon s'assit, le souffle court. Son cœur battait laborieusement ; la faim lui tordait le ventre. Il avait obtenu de l'eau, la valeur d'un dé à coudre.

« Que s'est-il passé ? » demanda Saphira.

Il secoua la tête, encore sous le choc. Son corps avait puisé dans ses ultimes réserves. Il se félicita de ne pas s'être attaqué à quelque chose de plus grand.

« Ça ne marchera pas, dit-il enfin. Je n'ai même pas la force de me procurer un verre d'eau. »

« Tu aurais dû être plus prudent ! le réprimanda la dragonne. La magie peut produire des résultats inattendus, lorsque les anciens mots sont combinés d'une façon nouvelle. »

Il la fixa : « Je sais. Mais c'était la seule manière de tester mon idée. Je n'allais pas attendre d'être en plein désert ! » Il se calma. Saphira essayait simplement de l'aider. Soudain, il se souvint : « Comment as-tu transformé la tombe de Brom en diamant sans te tuer ? Moi, je ne m'en sors même pas avec quelques grains de poussière. Que serait-ce avec du grès ! »

« Je ne sais pas comment j'ai fait, reconnut-elle calmement. C'est arrivé, voilà tout. »

« Pourrais-tu essayer de nouveau, mais cette fois pour fabriquer de l'eau ? »

Elle le regarda droit dans les yeux : « Eragon ! Je ne contrôle pas plus mes pouvoirs qu'une vulgaire araignée. Des choses de ce genre arrivent sans que je le veuille. Brom t'avait prévenu : il faut t'attendre à des événements étranges en compagnie des dragons. Il disait vrai. Il n'a pas donné d'explication à cela ; je n'en ai pas davantage à t'offrir. Parfois, j'effectue des transformations presque involontairement. Juste parce que je le *sens*. Le reste du temps – comme maintenant –, je suis aussi impuissante que Feu-de-Neige. »

« Tu n'es jamais impuissante », répondit-il en posant avec tendresse une main sur son cou.

Ils restèrent silencieux un long moment. Eragon se souvenait de la tombe qu'il avait façonnée. Il songea à Brom, qui gisait là. Il revoyait le grès recouvrant à jamais le visage du vieil homme.

– Au moins, nous lui avons donné une sépulture décente, murmura-t-il.

Du bout du doigt, il dessinait machinalement dans la poussière. Il trouva que ses traits sinueux ressemblaient à des fleuves délimitant une vallée. Alors, il ajouta des montagnes autour. Puis, avec un ongle, il creusa une rivière au milieu de la vallée jusqu'à ce qu'elle lui parût assez profonde. Il ajouta quelques détails, et obtint une reproduction passable de la vallée de Palancar. Une vague de nostalgie le submergea. D'un geste de la main, il effaça son dessin.

« Je ne veux pas en parler », grommela-t-il pour éviter les questions de Saphira. Il croisa les bras, le regard vide. Presque malgré lui, ses yeux revinrent à l'endroit où il avait gratté le sol. La surprise le fit tressaillir : le cours d'eau qu'il avait dessiné était humide. Intrigué, il gratta un peu plus la poussière et dégagea, sous la surface, une couche de terre mouillée.

– Regarde ! s'exclama-t-il.

Saphira baissa le nez :

« En quoi cela nous aide-t-il ? Dans le désert, les nappes d'eau sont si profondes qu'il nous faudrait creuser des semaines avant de les atteindre. »

« Oui, admit Eragon, euphorique, mais, du moment qu'elle est là, je peux l'attirer ! Regarde ! »

Il élargit le trou, puis mobilisa sa magie. Au lieu de transformer la poussière, il appela simplement l'humidité cachée sous terre. Avec un léger gargouillis, l'eau remplit le trou. Le garçon sourit et la goûta. Elle était fraîche et pure. « Tu vois ! Nous avons tout ce qu'il nous faut. »

Saphira renifla la flaque. « Ici, oui. Mais dans le désert ? Il n'y aura peut-être pas assez d'eau dans le sol pour que tu la fasses jaillir. »

« Ça marchera ! affirma Eragon. Je n'aurai qu'à aspirer l'eau par magie. Si je le fais lentement, je ne m'épuiserai pas. Même si je dois la tirer à cinquante pieds de profondeur, ça ne sera pas difficile. Surtout si tu m'aides... »

La dragonne restait dubitative. « Tu es sûr ? Réfléchis bien avant de répondre. Si tu te trompes, nous le paierons de nos vies. »

Eragon hésita, puis répéta d'un ton décidé : « Je suis sûr. »

« Alors, va en informer Murtagh. Je veillerai pendant que vous dormirez. »

« Mais... tu es restée éveillée toute la nuit comme nous, protesta-t-il. Tu devrais te reposer ! »

« Ça ira. Je suis plus solide que tu ne crois », affirma-t-elle avec douceur.

Ses écailles frémirent quand elle s'enroula sur elle-même, son regard attentif tourné vers le nord, d'où viendraient les poursuivants. Eragon l'embrassa et un profond ronronnement fit vibrer les flancs de la dragonne. « Va ! » lança-t-elle.

Il s'attarda un peu puis rejoignit Murtagh à contrecœur.

– Alors, nous as-tu ouvert les portes du désert ? s'enquit celui-ci.

– Oui, reconnut Eragon.

Il s'affala sur sa couche et raconta sa découverte. Après quoi, il se tourna vers l'elfe et emporta le visage de la jeune femme dans ses rêves.

Passer le Ramr

Ils s'obligèrent à se lever tôt, le lendemain matin, dans la lumière grise du petit jour. L'air était glacial.

– Comment va-t-on transporter l'elfe ? demanda Eragon. Si on continue de l'attacher à la selle de Saphira, les écailles vont finir par la blesser. Et Saphira ne peut pas la tenir dans ses serres, ça la fatigue trop et ça rend l'atterrissage trop dangereux. Une luge se briserait si nous devons galoper. Et il vaudrait mieux ne pas ralentir les chevaux en leur ajoutant le poids d'une troisième personne.

Murtagh réfléchissait à la question tout en sellant Tornac.

– Si tu montais Saphira, on pourrait la sangler sur le dos de Feu-de-Neige. Mais avec ses blessures...

« J'ai une solution, intervint Saphira de façon inattendue. Pourquoi ne pas l'attacher sous mon ventre ? Ça ne gênera pas mes mouvements, et elle y sera plus en sécurité que n'importe où. Le seul danger serait que les soldats me lancent des flèches... Dans ce cas, je prendrai de l'altitude. »

Aucun d'entre eux n'ayant une meilleure idée, ils adoptèrent la proposition de la dragonne. Eragon plia une couverture en deux, en enveloppa la silhouette menue de l'elfe, puis il la porta près de Saphira. Ils déchirèrent d'autres couvertures et des linges de rechange en lanières assez longues pour faire le tour de Saphira et attachèrent l'elfe solidement, le dos contre le ventre de la dragonne, la tête entre ses jambes de devant. Le garçon considéra l'installation d'un œil critique :

– J'ai peur que les écailles n'entament les liens.

– On vérifiera de temps en temps, lui assura Murtagh.

« On y va ? » demanda Saphira. Eragon transmit la question de la dragonne à haute voix.

Une étincelle d'excitation s'alluma dans les yeux de son compagnon. Un sourire de loup étira ses lèvres. Il se retourna pour regarder au loin la fumée montant des campements des soldats, et dit :

– J'ai toujours aimé les courses de vitesse.

– Les enjeux de celle-ci, ce sont nos vies.

Murtagh bondit en selle et mit Tornac au trot. Eragon le suivit de près sur Feu-de-Neige. Saphira s'éleva dans les airs, emportant l'elfe. Elle volait presque au ras du sol, pour ne pas être vue des soldats.

Ils entamèrent ainsi le périple qui les mènerait vers le sud-est et le lointain désert du Hadarac.

Tout en chevauchant, Eragon surveillait la progression de leurs poursuivants. Mais ses pensées le ramenaient toujours à l'elfe.

Une elfe ! Il en avait rencontré une et elle voyageait avec eux ! Il se demanda ce que Roran penserait de cela. Et il comprit soudain que, si un jour il revenait à Carvahall, il aurait du mal à convaincre les gens qu'il avait bel et bien vécu pareilles aventures.

Eragon et Murtagh filèrent à travers la lande, ignorant l'inconfort et la fatigue, forçant l'allure autant qu'ils le pouvaient sans tuer les chevaux sous eux. Par moments, ils sautaient à terre et couraient pour laisser à Tornac et Feu-de-Neige un peu de répit. Ils ne s'accordèrent que deux pauses, le temps de donner à boire et à manger aux bêtes.

S'ils avaient semé les soldats de Gil'ead, ils devaient éviter sans cesse d'autres troupes, chaque fois qu'ils passaient à proximité d'une ville ou d'un village. Manifestement, l'alerte générale avait été donnée. Par deux fois, ils manquèrent de tomber dans une embuscade tendue sur leur chemin. Ils ne l'évitèrent que grâce à Saphira, qui avait senti l'odeur des hommes devant eux. Après la deuxième alerte, ils abandonnèrent la route principale.

Le crépuscule estompa le paysage, étendant sur le ciel son manteau noir. Ils chevauchèrent toute la nuit, sans prendre de repos, parcourant une distance considérable. Aux heures les plus obscures, le sol commença de s'élever sous les sabots des chevaux, formant des collines basses hérissées de cactus. Murtagh tendit le bras :

– À quelques lieues d'ici, il y a une ville, Bullridge [1], que nous devons contourner. On peut être sûrs que des soldats nous y attendent. Tâchons de profiter de l'obscurité pour passer inaperçus !

Trois heures plus tard, ils virent briller les lanternes jaunes de Bullridge. Des soldats patrouillaient entre des feux de camp allumés tout autour de la ville. Eragon et Murtagh dissimulèrent les fourreaux de leurs épées et mirent pied à terre sans bruit. Tirant les chevaux par la bride, ils décrivirent un large cercle pour éviter les vigiles, attentifs aux moindres signes afin de ne pas tomber dans un piège. Lorsqu'ils eurent laissé Bullridge loin derrière eux, Eragon se détendit un peu.

---

1. Littéralement : la crête du Taureau.

L'aube colora enfin le ciel d'un rose délicat, et la froideur de la nuit se dissipa. Ils firent halte au sommet d'une colline pour observer les alentours. Le Ramr était à leur gauche. Cinq lieues plus loin, le fleuve apparaissait aussi à leur droite. Il coulait ensuite vers le sud sur plusieurs lieues ; au-delà il formait un méandre, puis bifurquait vers l'ouest. Ils avaient parcouru plus de seize lieues en un jour !

Eragon s'appuya contre l'encolure de Feu-de-Neige, heureux d'avoir mis une telle distance entre Gil'ead et eux.

– Trouvons une ravine ou un vallon où nous pourrons dormir sans être dérangés ! lança-t-il.

Ils s'arrêtèrent au pied d'un bosquet de genévriers, et y installèrent leur campement. Patiemment, Saphira attendit qu'ils détachassent l'elfe.

– Je prends le premier quart. Je te réveillerai à la mi-journée, proposa Murtagh en posant son épée nue sur ses genoux.

Eragon grommela et s'enroula dans sa couverture.

Le crépuscule les trouva fatigués et courbaturés, mais déterminés à continuer. Tandis qu'ils se préparaient à lever le camp, Saphira fit remarquer à Eragon : « Cela fait trois nuits que nous avons quitté Gil'ead, et l'elfe ne s'est toujours pas réveillée. Elle n'a ni bu ni mangé pendant ce temps. Je ne connais pas grand-chose aux elfes, mais elle est bien fluette et je doute qu'elle survive plus longtemps sans s'alimenter. »

– Qu'est-ce qui ne va pas ? demanda Murtagh, qui harnachait Tornac.

– C'est l'elfe, dit le Dragonnier. Saphira s'inquiète qu'elle n'ait pas repris connaissance. Ça m'inquiète, moi aussi. J'ai guéri ses blessures, du moins en surface, et cela ne semble pas avoir amélioré son état.

– L'Ombre a peut-être altéré... son esprit.

– Dans ce cas, nous devons l'aider !

Murtagh s'agenouilla près de la femme, l'examina avec attention. Puis il se releva en secouant la tête.

– Je crois qu'elle dort, tout simplement. On a l'impression qu'on pourrait la réveiller en lui parlant ou en la touchant ; et pourtant, elle continue de dormir. Cet état est peut-être une méthode elfique pour échapper à la douleur de la torture. Si c'est le cas, pourquoi n'y met-elle pas fin ? Le danger est passé.

– Mais le sait-elle ? souffla Eragon.

Le jeune homme posa une main sur son épaule :

– On verra plus tard. Partons, ou nous risquons de perdre notre avance si durement gagnée. Tu t'occuperas d'elle à notre prochaine étape.

– Laisse-moi juste faire une chose.

Eragon mouilla un linge, puis le pressa pour faire tomber un peu d'eau entre les lèvres de statue de l'elfe. Il recommença plusieurs fois, puis caressa du doigt la courbe gracieuse des sourcils, étrangement ému d'avoir à protéger une telle créature.

Ils progressèrent entre les collines, évitant les crêtes, de peur d'être repérés par des sentinelles. Saphira les suivait au sol, pour la même raison. Malgré sa taille, elle avançait furtivement. On n'entendait que le bruit de sa queue raclant le sol, tel un gros serpent bleu.

Le ciel finit par s'éclairer à l'est. Aiedail, l'étoile du matin, apparut au moment où ils débouchaient sur une rive escarpée couverte de buissons. Au fond, l'eau rugissait, bondissant au-dessus des rochers, courant à travers les branches.

– Le Ramr ! dit Eragon par-dessus le vacarme.

Murtagh opina :

– Oui ! Il faut trouver un gué pour le franchir.

« Inutile, intervint Saphira. Je peux vous faire traverser, quelle que soit la largeur du fleuve. »

Eragon leva les yeux vers la silhouette bleu-gris. « Et les chevaux ? demanda-t-il. Nous ne pouvons pas les abandonner ; et ils sont trop lourds pour toi... »

« J'ai su affronter des volées de flèches avec trois personnes sur mon dos ; je suis sûrement capable de franchir une rivière en portant un cheval si personne ne le monte et s'il ne se débat pas trop. »

« Je te crois. Mais on ne choisira cette solution que s'il n'y en a pas d'autre. C'est trop dangereux. »

La dragonne se hissa sur la rive et lâcha : « Le temps nous est compté, ne le gaspillons pas. »

Eragon la suivit tenant Feu-de-Neige par la bride. La berge tombait abruptement sur des flots noirs et tumultueux. Une écume blanche flottait au-dessus, fumant comme du sang en hiver. De là, on ne voyait pas l'autre rive. Murtagh lança une branche dans le torrent et la regarda filer au loin, malmenée par le courant.

– Ça fait quelle profondeur, à ton avis ? demanda le Dragonnier.

– Je ne saurais le dire, avoua son compagnon d'une voix inquiète. Et toi, avec ta magie, peux-tu évaluer sa largeur ?

– Non, je ne crois pas ; pas sans faire briller cet endroit comme un phare.

Saphira décolla dans un tourbillon et s'aventura au-dessus du Ramr. Un bref instant plus tard, elle contacta Eragon : « Je suis sur l'autre rive. Le fleuve est large de plus d'une demi-lieue. C'est le pire endroit pour traverser ! »

– Une demi-lieue ! s'exclama Eragon.

Il transmit à Murtagh la proposition que Saphira lui avait faite. Celui-ci parut sceptique :

– Ça m'ennuie pour les chevaux. Tornac n'est pas encore aussi habitué à ta dragonne que Feu-de-Neige. Il risque de paniquer, de se blesser, et de blesser Saphira. Suggère-lui plutôt de chercher un endroit peu profond où nous pourrions traverser à la nage. Si elle ne trouve rien ni d'un côté, ni de l'autre, alors, elle nous transportera.

À la demande du Dragonnier, Saphira s'envola en quête d'un gué. Pendant qu'elle inspectait les environs, ils s'installèrent près des chevaux et grignotèrent du pain sec. La dragonne ne tarda pas à revenir, dans un doux battement d'ailes. L'aube se levait. « L'eau est profonde, et le courant fort, en amont comme en aval. »

– Très bien, dit Murtagh. En ce cas, je passe le premier pour récupérer les chevaux.

Il enfourcha Saphira.

– Tu prendras soin de Tornac. Je l'ai depuis de nombreuses années. Je ne voudrais pas qu'il lui arrive quelque chose...

Saphira prit son envol. Quand elle revint, Eragon s'aperçut que l'elfe avait été détachée. Il conduisit Tornac vers la dragonne, ignorant les petits hennissements du cheval. Saphira se dressa sur ses membres antérieurs et s'apprêta à saisir le cheval entre ses serres. Eragon avisa ces énormes griffes et cria :

– Attends !

Il tourna le tapis de selle de Tornac, le fixa sous le ventre de l'animal, de manière à le protéger. Puis il fit signe à la dragonne.

Le cheval hennit de terreur et tenta de ruer lorsque Saphira le saisit ; mais elle le maintint fermement. Tornac roulait des yeux révulsés. Eragon tenta de le calmer mentalement, mais la panique de la bête l'empêchait d'accéder à son esprit.

La dragonne poussa sur ses postérieurs avec une telle force que ses serres arrachèrent des rochers à la berge. Ses ailes battirent furieusement alors qu'elle peinait à emporter son lourd chargement. Un moment, Eragon crut qu'elle allait retomber. Puis, dans un puissant effort, elle s'éleva. Tornac hennissait, ruait, se débattait. Ses cris perçants déchiraient les oreilles.

Eragon jura. Si quelqu'un se trouvait dans les parages...

« Dépêche-toi, Saphira ! » supplia-t-il.

Il écouta, guettant les pas des soldats ; il scruta la pénombre : des torches allaient-elles apparaître ? Soudain, il vit une rangée de cavaliers s'avancer vers le fleuve. Ils n'étaient plus qu'à une lieue et demie.

Quand Saphira fut de retour, Eragon conduisit Feu-de-Neige vers elle. « Cet imbécile de Tornac est hystérique ! lui raconta la dragonne. Murtagh a dû l'attacher pour l'empêcher de s'échapper ! »

Elle agrippa Feu-de-Neige et l'emporta d'un vol énergique, sans tenir compte des protestations tonitruantes de l'animal. Eragon la regarda s'éloigner et se sentit très seul. Les cavaliers n'étaient plus qu'à une lieue.

Enfin, la dragonne revint le chercher, et ils retrouvèrent bientôt la terre ferme sur l'autre rive. Dès que les chevaux se furent calmés, les jeunes gens reprirent leur course vers les montagnes du Beor. Les oiseaux saluaient le lever du jour, emplissant l'air de leurs cris.

Eragon somnolait, vaguement conscient que Murtagh était aussi engourdi que lui. Par moments, ni l'un ni l'autre ne guidait plus les chevaux. Seule la vigilance de Saphira les maintenait sur le bon chemin.

Plus loin, le sol devint meuble sous les sabots des bêtes. Ils durent s'arrêter. Le soleil était haut au-dessus de leurs têtes. Le Ramr n'était plus qu'une ligne floue derrière eux.

Ils avaient atteint le désert du Hadarac.

LE DÉSERT DU HADARAC

Une vaste étendue de dunes ondulait devant les voyageurs, telles des vagues sur l'océan. Des bourrasques soulevaient des tourbillons de sable couleur cuivre. Des arbres rabougris poussaient çà et là, sur des plaques de terre dure, qu'aucun paysan n'aurait songé à cultiver. Une chaîne de rochers rouges barrait l'horizon. Le paysage était austère, désolé, dépourvu de la moindre faune. Seul un oiseau planait, porté par le vent.

– Tu es sûr qu'on trouvera de quoi nourrir les chevaux ? s'enquit Eragon à mi-voix.

L'air chaud et sec lui brûlait la gorge.

– Tu vois ces rochers ? demanda Murtagh. À leur pied pousse une herbe rase et dure, mais les chevaux s'en contenteront.

– Je l'espère, murmura le Dragonnier, plissant les yeux sous la lumière vive. Mais, reposons-nous d'abord un peu. Ma tête fonctionne au ralenti, et j'ai du mal à bouger les jambes.

Ils détachèrent l'elfe, mangèrent et firent la sieste à l'ombre d'une dune. Quand Eragon se fut allongé sur le sable, Saphira se lova près de lui, étendant ses ailes pour les protéger tous trois du soleil. « C'est un endroit extraordinaire, déclara-t-elle. Je pourrais rester ici des années sans voir le temps passer. »

Eragon ferma les yeux. « Tu aurais la place de voler », acquiesça-t-il, à moitié endormi.

« Pas seulement. Il me semble que je suis faite pour ce désert. Il y a l'espace dont j'ai besoin, des rochers pour m'y percher, des proies bien cachées à chasser. Et la chaleur ! Le froid ne me gêne pas, mais la chaleur me gorge de vie et d'énergie. »

Elle tendit le cou vers le ciel et s'étira avec bonheur.

« Tu aimes le Hadarac tant que ça ? » marmonna le garçon.

« Oui. »

« Alors, quand tout sera terminé, nous pourrons peut-être y revenir... »

Il sombra dans le sommeil avant d'avoir terminé sa phrase. Saphira ronronna doucement pendant qu'Eragon et Murtagh reprenaient des forces. C'était le matin du quatrième jour depuis qu'ils avaient quitté Gil'ead. Ils avaient déjà parcouru trente-cinq lieues.

Ils ne dormirent que le temps nécessaire pour remettre leurs idées en place et permettre à leurs montures de souffler. Aucun soldat n'était en vue, mais ce n'était pas une raison pour s'attarder. Ils savaient que l'Empire continuerait de les traquer tant qu'ils ne seraient pas hors d'atteinte.

– Des messagers ont dû annoncer la nouvelle de mon évasion à Galbatorix, supposa Eragon. Lui-même aura alerté les Ra'zacs, qui doivent déjà être à nos trousses. Il leur faudra un moment avant de nous rattraper, même en volant ; mais, nous devons être prêts à les affronter à tout instant.

« Et, cette fois, ils verront que ce n'est pas si simple de m'enchaîner », dit Saphira.

Murtagh se gratta le menton :

– J'espère qu'ils auront du mal à nous suivre après Bullridge. Le Ramr était l'allié idéal pour égarer des poursuivants. Il y a de fortes chances pour qu'ils perdent la piste.

– J'espère aussi, fit Eragon.

Il se pencha vers l'elfe, dont l'état ne s'était pas amélioré. Elle ne réagissait à aucune stimulation.

– Cependant, je ne crois plus à la chance, reprit-il. À cet instant même, les Ra'zacs sont peut-être sur nos traces.

Au coucher du soleil, ils atteignirent les rochers qu'ils avaient aperçus de loin, le matin. Les énormes blocs de pierre les dominaient, leur offrant un peu d'ombre. On ne voyait plus une dune à une demi-lieue à la ronde.

La chaleur assommait Eragon. Il mit pied à terre et fit quelques pas sur le sol cuit et craquelé. Sa nuque et son visage étaient brûlés par le soleil ; il se sentait fiévreux.

Après avoir attaché les chevaux là où ils pourraient brouter l'herbe rase, Murtagh alluma un petit feu.

– Combien de lieues avons-nous parcourues à ton avis ? demanda Eragon en détachant l'elfe de Saphira.

– Aucune idée, répondit brièvement son compagnon.

Il avait la peau rouge, les yeux injectés de sang.

Il s'empara d'une gourde et grommela un juron :

– On n'a pas assez d'eau. Et il faut faire boire les chevaux.

La chaleur et la sécheresse avaient altéré tout autant l'humeur du Dragonnier, mais il parvint à se contrôler :

– Amène-les !

Saphira creusa un trou avec ses serres. Le garçon ferma les yeux et prononça les mots magiques. Le sol semblait très sec, pourtant, il y avait assez d'humidité pour que des plantes pussent survivre. Il réussit à attirer l'eau en surface plusieurs fois.

Murtagh remplit leurs gourdes ; puis il s'écarta pour laisser les chevaux s'abreuver. Les bêtes assoiffées ingurgitaient de telles quantités d'eau qu'Eragon fut obligé d'aller la chercher de plus en plus profond, pour satisfaire leurs besoins. Il sentit

ses forces s'épuiser. Lorsque les chevaux furent enfin désaltérés, il dit à Saphira : « Si tu veux boire, c'est maintenant ! »
Elle allongea le cou et prit seulement deux longues gorgées.

Avant de laisser l'eau refluer dans les profondeurs, Eragon en but autant qu'il put ; puis il regarda les dernières gouttes disparaître dans la poussière. Maintenir l'eau en surface s'était avéré plus difficile qu'il ne le pensait. « Au moins, c'est en mon pouvoir », pensa-t-il en se souvenant avec un brin d'amusement du temps où il avait bien du mal à soulever un malheureux galet.

Quand ils se levèrent, le lendemain, il gelait. Le sable avait une teinte rosée à la lumière du petit matin, et l'horizon brumeux se confondait avec le ciel. L'humeur de Murtagh ne s'était pas arrangée et celle d'Eragon se détériorait rapidement.

– Ça va être long de traverser le Hadarac ? demanda-t-il pendant le petit-déjeuner.

– On n'en traverse qu'une petite partie, puisqu'on va vers les Beors, bougonna son compagnon. Ça ne devrait pas prendre plus de deux ou trois jours.

– Tant que ça !

– Bon, peut-être moins ! Tout ce qui m'intéresse, c'est de sortir du désert le plus vite possible. Ce voyage est déjà assez éprouvant, sans devoir se prendre du sable dans les yeux à chaque pas.

Ils finirent leur repas en silence. Puis, Eragon se rendit auprès de l'elfe. On aurait pu la croire morte, si ce n'était sa respiration régulière.

– Où es-tu blessée ? murmura le garçon en repoussant une mèche de cheveux qui lui tombait sur le visage. Comment peux-tu dormir ainsi et rester en vie ?

La vision qu'il avait eue d'elle, debout et éveillée, dans sa cellule, était toujours présente dans sa mémoire. Troublé, il la prépara pour le voyage ; puis il sella Feu-de-Neige et ils repartirent.

Alors qu'ils quittaient leur campement, ils aperçurent au loin des taches sombres, estompées par la brume ; de simples collines, selon Murtagh. Eragon n'en était pas si sûr, mais il n'avait pas d'autre interprétation.

Toutes ses pensées étaient tournées vers l'elfe. S'il ne l'aidait pas, elle mourrait. Il devait absolument faire quelque chose, mais quoi ?

Saphira était tout aussi inquiète. Ils en discutèrent ensemble pendant des heures. Mais ni l'un ni l'autre n'était assez expert en art de la guérison pour résoudre le problème.

À la mi-journée, ils s'arrêtèrent pour se reposer. La brume s'était dissipée et les formes encore indistinctes le matin s'étaient précisées. Les vagues collines violettes étaient en fait des monts couverts de forêts. Leur silhouette se découpait nettement sur une nuée pâle à peine teintée de rose, comme si toutes les couleurs avaient été aspirées sur une large bande de ciel couronnant leur sommet jusqu'à l'horizon.

Ce phénomène, dont il ne s'expliquait pas la cause, intrigua Eragon. Il cligna des yeux, pensant qu'il s'agissait d'un mirage. La curieuse impression ne se dissipait pas. Autour des monts, la moitié du ciel était tapissée de blanc. Perturbé, il s'apprêtait à en parler à ses compagnons quand, soudain, il comprit.

Ce qu'ils avaient pris pour des monts était en réalité les contreforts de montagnes gigantesques. Hormis les forêts denses poussant à basse altitude, la chaîne était entièrement recouverte de neige et de glace. Voilà pourquoi Eragon avait cru que le ciel était blanc. Mettant sa main en visière, il tenta d'apercevoir les sommets, mais ils s'élevaient à des hauteurs telles qu'ils devenaient invisibles. Des vallées étroites, déchiquetées, profondément enfoncées, entrecoupaient le massif. On aurait dit une mâchoire monstrueuse, reliant l'Alagaësia aux cieux.

« Elles touchent à l'infini ! » pensa le Dragonnier, médusé. Les histoires parlaient bien de l'immensité des Beors ; mais il avait toujours pris ça pour une exagération de conteurs. À présent, il était forcé d'admettre leur authenticité.

Percevant l'ébahissement du garçon, Saphira suivit son regard : « J'ai l'impression de renaître ! soupira-t-elle. Par rapport à elles, je me sens si petite ! »

« Nous serons bientôt sortis du désert, se réjouit Eragon. Nous n'avons voyagé que deux jours, et nous voyons déjà ce qui nous attend au-delà ! »

Saphira s'éleva en spirale au-dessus des dunes : « Oui, mais étant donné la taille des sommets, elles pourraient bien se trouver encore à une bonne cinquantaine de lieues. Il est difficile de jauger les distances face à une telle immensité. Ces montagnes ne feraient-elles pas un refuge parfait pour les elfes ou les Vardens ? »

« Pour les elfes, les Vardens et d'autres ! Des nations entières pourraient vivre secrètement là-bas, loin de l'Empire. Tu t'imagines vivre avec ces béhémoths [1] au-dessus de ta tête ? »

Il guida Feu-de-Neige au côté de Murtagh et pointa le doigt en souriant :

– Quoi ? grommela le jeune homme.

– Regarde !

Murtagh haussa les épaules :

– Et alors ? Qu'est-ce que...

Les mots moururent sur ses lèvres et le cavalier resta bouche bée.

– Incroyable ! lâcha-t-il, en secouant la tête. C'est impossible ! Je savais que les montagnes du Beor étaient grandes, mais pas à ce point.

---

1. Un béhémoth est un animal monstrueux qui symbolise le mal.

– Espérons que les animaux qui y vivent ne sont pas à leur échelle ! plaisanta le Dragonnier.

Murtagh sourit :

– Ce sera bon de trouver un peu d'ombre et de prendre quelques semaines de repos. J'en ai plus qu'assez de cette marche forcée.

– Je suis fatigué aussi, admit Eragon. Mais, je ne m'arrêterai pas tant que l'elfe ne sera pas guérie... ou morte.

– Le voyage n'améliore sûrement pas son état, dit son compagnon, le ton grave. Elle serait mieux étendue dans un lit qu'attachée à Saphira toute la journée.

– Sans doute... Quand nous aurons atteint les montagnes, je l'emmènerai à Surda. Ce n'est pas si loin. Il doit y avoir un guérisseur, là-bas, qui saura l'aider. Nous-mêmes en sommes incapables.

– Nous en reparlerons plus tard, dit Murtagh sans détacher les yeux des sommets enneigés. Pour le moment, notre but est d'atteindre les Beors. Là-bas, au moins, les Ra'zacs auront du mal à nous dénicher, et nous serons enfin hors de portée de l'Empire.

La journée passa, et les montagnes ne semblaient pas se rapprocher, bien que le paysage eût changé radicalement. Le sable cuivré disparut, remplacé par une épaisse poussière blanchâtre. Des fourrés poussaient dans les sillons creusés par les eaux du dégel. Une brise se mit à souffler, apportant une fraîcheur bienvenue. Les chevaux, stimulés par ce changement de climat, pressèrent l'allure avec une nouvelle énergie.

Lorsque le soleil se coucha, les contreforts des montagnes n'étaient qu'à une lieue. Des hordes de gazelles bondissaient à travers des prés d'herbes ondulantes. Eragon surprit le regard gourmand de Saphira. Ils installèrent leur campement au bord d'un cours d'eau, soulagés de laisser derrière eux le redoutable désert du Hadarac.

LE SENTIER RÉVÉLÉ

Fatigués et hagards mais arborant des sourires triomphants, ils s'assirent autour du feu et se félicitèrent mutuellement. Saphira croassa de jubilation, ce qui effraya les chevaux. Eragon fixait les flammes. Il songeait avec fierté à la distance parcourue. Soixante lieues en cinq jours ! C'était un exploit, même pour un cavalier qui aurait changé de monture régulièrement !

« Je suis sorti de l'Empire. » C'était une étrange pensée... Il était né en Alagaësia ; il y avait vécu seize ans sous la férule de Galbatorix ; il y avait perdu ses plus proches amis et sa famille, tués par les sbires du roi ; il avait manqué lui-même d'y laisser la vie à plusieurs reprises. À présent, Eragon était libre. Lui et Saphira n'auraient plus à esquiver les soldats, à éviter les villes, à cacher qui ils étaient. Le constat était doux-amer, car pour gagner cette liberté, il avait dû renoncer à tout.

Il leva les yeux vers les étoiles qui scintillaient dans le ciel crépusculaire. Subitement, il éprouva l'envie de se bâtir une maison et de s'établir, là, dans la sécurité que semblait lui procurer l'isolement ; mais il avait vu trop de crimes commis au nom de Galbatorix – meurtres, esclavages –, pour tourner le dos à l'Empire. S'il devait venger la mort de Brom et l'assassinat de Garrow, ce n'était plus seulement un juste ressentiment qui l'animait. En tant que Dragonnier, il avait le devoir d'aider tous ceux qui n'avaient pas la force de lutter contre l'oppression du Parjure suprême.

Il abandonna ses réflexions en soupirant et tourna les yeux vers l'elfe, étendue près de Saphira. La lueur orangée du feu baignait son visage de couleurs chaudes. Des ombres légères dansaient sur ses joues. Tandis qu'il la contemplait, une idée, doucement, lui vint.

Il avait le don de percevoir les pensées des humains et des animaux – et de communiquer ainsi avec eux si besoin –, mais il l'avait peu utilisé, excepté avec Saphira. Il n'oubliait pas la recommandation de Brom de ne pas violer l'intimité des consciences, sauf en cas d'absolue nécessité. À part le jour où il avait tenté de sonder l'esprit de Murtagh, il s'était interdit de le faire.

À présent, il se demandait si un contact avec l'elfe était possible malgré son sommeil comateux. « Je lirai peut-être dans sa mémoire les raisons qui la poussent à rester dans cet état, se dit-il. Mais, si elle se réveille, me pardonnera-t-elle cette intrusion ?... Qu'elle me le pardonne ou non, je dois essayer. Cela dure depuis près d'une semaine ! » Sans révéler ses intentions à Murtagh ni à Saphira, il s'agenouilla devant la jeune femme, et plaça sa paume sur son front. Il ferma les yeux et tenta de s'insinuer délicatement dans les pensées de sa protégée. Il y parvint sans difficulté.

L'esprit de l'elfe n'était pas brouillé par la douleur, comme il s'y attendait : il était lumineux et clair comme le son d'une clochette de cristal. Soudain, une dague de glace pénétra la conscience d'Eragon. Une douleur explosa derrière ses yeux en un kaléidoscope de couleurs. Il voulut battre en retraite, mais se sentit retenu par une force implacable.

Eragon lutta du mieux qu'il put, mettant en œuvre toutes les défenses dont il se souvenait. La dague s'enfonça un peu plus... Il dressa désespérément ses propres barrières pour repousser l'attaque. La douleur fut moins atroce, mais elle le déconcentra. L'elfe saisit cette opportunité pour broyer ses défenses sans pitié.

Une chape étouffante s'abattit sur l'esprit du Dragonnier. La force surpuissante l'asphyxiait, lentement, aspirant peu à peu sa vie ; mais Eragon s'y cramponnait, refusant de capituler.

L'elfe raffermit encore sa prise, cherchant à éteindre sa vie comme on mouche une bougie. Il cria désespérément en ancien langage : « Eka aí fricai un Shur'tugal ! », « Je suis un Dragonnier et un ami ». L'étreinte mortelle cessa de se resserrer. Eragon sentit la surprise de l'elfe, puis sa suspicion. Mais il savait qu'elle le croirait : on ne mentait pas en ancien langage. Cependant, même si le Dragonnier prétendait être un ami, l'elfe n'était pas obligée de le considérer comme tel. « L'ancien langage lui-même a ses limites », songea Eragon, espérant que l'elfe serait assez curieuse pour prendre le risque de le libérer.

Elle le fut.

Elle relâcha sa pression et, après une dernière hésitation, elle abaissa les barrières de son esprit. Avec méfiance, l'elfe laissa leurs pensées se toucher à la manière de deux bêtes sauvages se flairant pour la première fois.

Un frisson glacé courut le long de l'échine d'Eragon. L'esprit de l'elfe était *différent*, vaste, puissant, chargé de souvenirs qui remontaient à des temps immémoriaux. Des pensées sombres y planaient, inaccessibles, propres à son peuple, qui hérissèrent le garçon en effleurant sa conscience. Cependant, à travers toutes ces sensations, une mélodie farouche et entêtante se dégageait, qui révélait l'identité profonde de la femme.

« Comment t'appelles-tu ? » lui demanda-t-elle en ancien langage. Sa voix était lasse et pleine de résignation.

« Eragon. Et toi ? » La conscience de l'elfe se rapprocha de la sienne, l'invitant à se laisser submerger par la musique rythmée de son sang. Il résista à la tentation avec peine, refusant d'écouter son cœur. Il comprit alors le pouvoir de séduction des elfes. Ces créatures magiques n'étaient pas soumises aux mêmes lois que les mortels ; c'étaient des êtres aussi différents des humains que les dragons l'étaient des animaux.

« ... Arya. Pourquoi m'as-tu contactée de cette façon ? Suis-je encore prisonnière de l'Empire ? »

« Non, tu es libre ! » répondit Eragon. Bien que sa connaissance de l'ancien langage ne fût pas parfaite, il parvint à lui expliquer : « J'ai été emprisonné comme toi dans la forteresse de Gil'ead ; j'ai réussi à m'échapper, et je t'ai délivrée, il y a six jours de cela. Depuis, nous avons traversé le désert du Hadarac, et nous campons à présent au pied des montagnes du Beor. Tu n'as pas bougé, et tu n'as pas dit un mot pendant tout ce temps. »

« Ah... J'étais donc à Gil'ead... » Elle fit une pause, puis reprit : « Je sais que mes blessures ont été guéries. Sur le moment, je n'ai pas compris pourquoi – sûrement pour me préparer à de nouvelles séances de torture. Maintenant, je comprends que c'était toi. » Elle ajouta doucement : « Malgré tes soins, je ne me suis pas levée, et tu es troublé. »

« Oui. »

« Durant ma captivité, on m'a donné un poison rare, le Skilna Bragh, en plus de la drogue qui entravait mes pouvoirs. Chaque matin, pour annihiler les effets du poison, on m'administrait l'antidote, de force si je le refusais. Sans cet antidote, je serais morte en quelques heures. Voilà pourquoi je reste plongée dans ce sommeil léthargique : s'il n'arrête pas l'action du Skilna Bragh, il la ralentit. J'envisageais de me réveiller pour mettre un terme à ma vie, échappant ainsi à Galbatorix, mais je me suis abstenue en espérant que tu serais un allié... » Sa voix faiblit.

« Combien de temps peux-tu tenir ? » demanda Eragon.

« Des semaines, mais j'ai peur de ne plus en avoir beaucoup devant moi. Ce sommeil ne préserve pas éternellement de la mort... Je sens que le poison se répand dans mes veines. À moins de recevoir l'antidote, je succomberai dans trois ou quatre jours. »

« Où peut-on trouver l'antidote ? »

« Il n'existe que dans deux endroits, en dehors de l'Empire : chez mon propre peuple et chez les Vardens. Cependant, les miens sont très loin d'ici, même en voyageant à dos de dragon. »

« Et les Vardens ? Nous t'aurions menée à eux directement, mais nous ignorons où ils sont. »

« Je te le dirai si tu me donnes ta parole de ne jamais révéler leur cachette à Galbatorix ou à quiconque le sert ; de plus, tu dois me jurer que, d'aucune manière, tu ne m'as trompée, et que tu ne comptes pas faire de mal aux elfes, aux nains, aux Vardens ou au peuple des dragons. »

Ce que demandait Arya aurait été assez simple s'ils n'avaient pas conversé en ancien langage. Eragon savait qu'elle exigeait un serment qui engageait plus que la vie elle-même, qui ne pourrait jamais être rompu. Il en avait pleinement conscience ; aussi jura-t-il avec solennité.

« Alors, nous sommes d'accord... »

Une succession d'images vertigineuses déferla alors dans l'esprit d'Eragon : il se vit chevaucher au milieu des Beors, vers l'est, longtemps. Il fit de son mieux pour graver la route dans sa mémoire, tandis que des visions de monts escarpés et de collines fusaient dans sa tête. Il se dirigeait maintenant vers le sud, suivant toujours la ligne des montagnes. Puis le décor changea radicalement : il entrait dans une vallée étroite et ventée. Elle débouchait sur une chute d'eau écumante, qui se jetait dans un lac profond.

Les images s'interrompirent.

« C'est loin, reconnut Arya, mais ne te laisse pas décourager par la distance. Quand tu arriveras au lac Kóstha-mérna, au bout du fleuve appelé Dent-d'Ours, prends une pierre, frappe la falaise près de la chute et crie : "Aí varden abr du Shur'tugals gata vanta !" Tu seras reçu. On te fera subir des épreuves, mais n'abandonne jamais, si périlleuses te semblent-elles. »

« Que doivent-ils te donner comme contrepoison ? » s'enquit-il.

« Demande-leur du... » La voix de l'elfe faiblit, puis reprit de la vigueur : « ... du nectar de Túnivor. À présent, laisse-moi. J'ai déjà brûlé trop d'énergie. Ne reprends pas contact avec moi, à moins qu'il n'y ait aucun espoir d'atteindre les Vardens. Si tel est le cas, je te transmettrai des informations indispensables à leur survie. Adieu, Eragon le Dragonnier. Ma vie est entre tes mains. »

Arya rompit le contact. La pression qui pesait sur l'esprit du garçon disparut.

Il inspira profondément et s'obligea à rouvrir les paupières. Murtagh et Saphira étaient à son côté, la mine inquiète.

– Ça va ? demanda Murtagh. Tu es à genoux depuis presque une heure.

– Vraiment ? s'étonna le Dragonnier en clignant des yeux.

« Oui, et tu grimaçais comme une gargouille souffrante ! » commenta la dragonne.

Eragon se redressa avec peine ; ses genoux craquèrent.

– J'ai parlé avec Arya !

Murtagh fronça les sourcils, perplexe, il avait l'air de se demander si son compagnon n'était pas devenu fou.

– L'elfe... c'est son nom !

« Et qu'est-ce qu'elle a ? » s'impatienta Saphira.

Eragon raconta brièvement leur discussion.

– À quelle distance se trouvent les Vardens ? demanda Murtagh.

– J'ai du mal à l'évaluer, avoua le garçon. D'après ce qu'elle m'a montré, je pense que c'est encore plus loin que d'ici à Gil'ead.

– Et on est censés faire tout ce chemin en trois ou quatre jours ? s'emporta Murtagh. On a mis cinq longs jours pour venir de Gil'ead ! Qu'est-ce que tu veux ? Tuer les chevaux ? Ils sont déjà épuisés.

– Si nous ne faisons rien, elle mourra ! Si les chevaux n'en peuvent plus, Saphira m'emmènera avec Arya ; au moins, nous arriverons à temps chez les Vardens. Tu pourras nous rattraper en quelques jours...

Murtagh croisa les bras et grogna :

– Bien sûr ! Murtagh la bête de somme ! Murtagh le garçon d'écurie ! Je ne suis bon qu'à ça, j'aurais dû m'en souvenir. Et je te rappelle que tous les soldats de l'Empire me recherchent, puisque tu n'as pas été capable de te défendre tout seul, et qu'il m'a fallu risquer ma peau pour sauver la tienne. D'accord, je suppose que je n'ai qu'à suivre tes instructions, et rester en arrière pour mener les chevaux, comme un bon serviteur.

Eragon fut complètement dérouté par ce ton venimeux.

– Qu'est-ce qui te prend ? Je sais ce que je te dois, et je te suis reconnaissant. Tu n'as pas de raison d'être en colère contre moi ! Je ne t'ai pas demandé de m'accompagner, ni de me sauver à Gil'ead. Tu as agi de ton propre gré ! Je ne t'ai jamais forcé à faire quoi que ce soit !

– Oh, pas ouvertement, non. Mais que pouvais-je décider d'autre sinon de vous aider, quand les Ra'zacs vous tenaient, Brom et toi ? Et, plus tard, à Gil'ead, comment aurais-je pu partir la conscience tranquille ? Le problème, avec toi, ajouta-t-il en enfonçant son doigt dans la poitrine d'Eragon, c'est que tu es à ce point incapable de te défendre qu'on se sent obligé de te venir en aide.

Les paroles de Murtagh froissèrent la fierté d'Eragon, d'autant que, il devait le reconnaître, elles avaient un fond de vérité.

– Ne me touche pas, gronda-t-il.

Son compagnon eut un rire âpre :

– Sinon tu me cognes ? Tu raterais même un mur de briques !

Il voulut bousculer Eragon mais celui-ci l'attrapa par le bras et le frappa à l'estomac.

– Je t'ai dit : ne me touche pas !

Plié en deux, Murtagh jura. Puis, avec un cri de rage, il se jeta sur le Dragonnier. Ils roulèrent à terre dans un amas confus de bras et de jambes. Eragon lança son pied dans la hanche de son adversaire et manqua son coup. Sa jambe balaya le feu. Des étincelles et des brindilles enflammées voletèrent çà et là.

Ils se tordaient sur le sol, prenant tour à tour l'avantage. Eragon parvint à glisser ses pieds sous la poitrine de Murtagh et le propulsa au-dessus de sa tête. Murtagh retomba sur le dos avec un bruit sourd, le souffle coupé.

Il se releva tant bien que mal et fit face à Eragon, respirant avec difficulté. Alors qu'ils se ruaient de nouveau l'un sur l'autre, la queue de Saphira s'abattit entre eux. La dragonne poussa un rugissement retentissant. Eragon l'ignora, essaya de sauter par-dessus l'obstacle, mais un pied griffu le cueillit au vol et le plaqua à terre.

« Assez ! »

Eragon tenta vainement de dégager la patte musclée de Saphira et vit que Murtagh était immobilisé aussi. La dragonne rugit de nouveau et fit claquer ses mâchoires. Elle balança sa tête au-dessus d'Eragon et le fixa droit dans les yeux. « Vous n'avez rien de mieux à faire ? On dirait deux chiens affamés se disputant un morceau de viande ! Qu'aurait dit Brom en vous voyant ? »

Eragon sentit la rougeur lui monter aux joues et détourna les yeux. Il savait ce que Brom aurait dit.

Saphira les maintenait sur le sol, les laissant mariner. Puis, d'un ton cinglant, elle dit au Dragonnier : « À présent, si tu ne veux pas passer la nuit sous mon pied, tu vas demander poliment à Murtagh ce qui le préoccupe. » Son cou sinua, et elle riva son œil impassible sur Murtagh. « Et préviens-le que je ne supporterai pas la moindre insulte entre vous. »

« Laisse-nous nous relever ! » gémit Eragon.

« Non. »

Le Dragonnier se tourna de mauvaise grâce vers Murtagh. Il sentait au coin de sa bouche le goût fade du sang. Son compagnon évita son regard en détournant la tête.

– Bon, elle va nous lâcher ? marmonna-t-il.

– Non, à moins que nous discutions... Elle veut que je te demande quel est ton vrai problème, dit Eragon, embarrassé.

Saphira poussa un grognement affirmatif, fixant toujours Murtagh. Il ne pouvait pas échapper à cet œil perçant. Il finit par hausser les épaules et grommela quelque chose. Les serres de la dragonne se crispèrent sur sa poitrine. Sa queue fouetta l'air. Le jeune homme la foudroya des yeux, puis déclara à contrecœur :

– Je te l'ai déjà dit : je ne veux pas aller chez les Vardens.

Eragon fronça les sourcils. Ce n'était que ça ?

– Tu ne veux pas... ou tu ne peux pas ?

Murtagh essaya de se libérer de la patte de Saphira, puis il renonça en pestant :

– Je ne veux pas ! Ils attendent de moi des choses que je ne peux pas leur donner.

– Tu les as volés ?

– J'aimerais que ce soit aussi simple.

Le Dragonnier roula des yeux, exaspéré :

– Bon, qu'est-ce qu'il y a alors ! Tu as tué quelqu'un d'important ou séduit l'une de leurs femmes ?

– Non, je suis né, lâcha Murtagh, énigmatique.

Il repoussa la patte de Saphira. Cette fois, elle les délivra tous les deux. Ils se relevèrent sous son regard vigilant, et époussetèrent leurs vêtements.

– Tu n'as pas répondu clairement à ma question, insista Eragon en tamponnant ses lèvres écorchées.

– Et alors ? fit Murtagh en se dirigeant d'un pas lourd à la lisière du campement.

Après quelques instants, il soupira :

– Peu importe pourquoi je suis dans cette situation, mais je peux t'assurer que je ne serais pas le bienvenu chez les Vardens, même si je leur apportais la tête du roi. Oh, il se pourrait qu'ils m'accueillent assez gentiment et m'admettent dans leurs assemblées ; quant à me faire confiance ! Jamais. Et si j'arrivais chez eux dans des circonstances moins fortuites, comme celles-ci, par exemple, ils me jetteraient aux fers.

– Tu ne voudrais pas être plus clair ? Moi aussi, j'ai fait des choses dont je ne suis pas très fier... même s'il n'y a pas de quoi me mettre les chaînes aux pieds.

Murtagh secoua lentement la tête, les yeux brillants :

– Ce n'est pas ça. Je n'ai rien fait non plus qui mérite un tel traitement ; une mauvaise action aurait été plus facile à expier. Non... mon seul crime, c'est d'exister.

Il se tut, aspira un peu d'air :

– Vois-tu, mon père...

Un sifflement suraigu de Saphira l'interrompit : « Eragon ! »

Les jeunes gens suivirent son regard. Murtagh blêmit.

– Des démons, partout !

À environ une lieue de là, le long de la chaîne de montagnes, des centaines de silhouettes robustes marchaient en rang, se dirigeant vers l'est. La file s'étirait presque à l'infini. Leurs talons soulevaient des nuages de poussière. Leurs armes luisaient dans la lumière descendante. Un porte-étendard les précédait dans un chariot noir, dressant vers le ciel une bannière cramoisie.

– Les sbires de l'Empire..., dit Eragon d'un ton las. Ils nous ont retrouvés, finalement.

Saphira posa sa tête sur l'épaule du Dragonnier pour les observer.

– Oui... mais ceux-là sont des Urgals, pas des humains, signala Murtagh.

– Qu'est-ce qui te fait dire ça ?

Son compagnon désigna l'étendard :

– Cette bannière porte le symbole personnel d'un chef Urgal, une brute impitoyable, sujet à de violentes crises de démence.

– Tu l'as déjà rencontré ?

– Une fois, brièvement, acquiesça Murtagh en plissant les yeux, et j'en ai gardé des cicatrices. Ces Urgals ne sont peut-être pas là pour nous, mais je suis certain qu'ils nous ont d'ores et déjà repérés, et qu'ils nous suivront. Leur chef n'est pas du genre à laisser un dragon lui échapper, surtout s'il en a entendu parler à Gil'ead.

Eragon courut jusqu'au feu et l'étouffa sous ses cendres.

– Il faut filer ! s'exclama-t-il. Tu ne veux pas aller chez les Vardens, mais je dois leur amener Arya avant qu'elle ne meure. Je te propose un compromis. Viens avec moi jusqu'au lac Kóstha-mérna. Là, tu iras de ton côté.

Murtagh hésita. Eragon se dépêcha d'ajouter :

– Si tu pars maintenant, les Urgals te verront et te pourchasseront. Et que feras-tu, seul, face à eux ?

– Très bien, dit Murtagh en lançant les bâts sur Tornac. Mais, quand nous approcherons des Vardens, je m'en irai.

Eragon brûlait de le questionner davantage ; mais avec les Urgals dans les parages, il y avait plus urgent. Il rassembla ses affaires et sella Feu-de-Neige. Saphira déploya ses ailes, décolla et vola en cercles concentriques. Elle veilla sur les jeunes gens tandis qu'ils levaient le camp.

« Quelle direction dois-je prendre ? » demanda-t-elle.

« L'est, le long des Beors. »

Saphira s'éleva en profitant d'une colonne d'air ascendante et plana dans le ciel, au-dessus des chevaux. « Je me demande pourquoi les Urgals sont ici, confia-t-elle à Eragon. On les a peut-être envoyés attaquer les Vardens ! »

« Dans ce cas, nous devrions essayer de les avertir ! » répondit le Dragonnier en guidant Feu-de-Neige de façon à éviter des obstacles à peine visibles dans le crépuscule.

Quand la nuit s'épaissit, les Urgals se fondirent dans les ténèbres, derrière eux.

AFFRONTEMENT

Au matin, la joue droite d'Eragon était irritée à force d'avoir frotté contre l'encolure de Feu-de-Neige, et il était encore tout courbatu de son combat avec Murtagh.

Ils avaient chevauché toute la nuit, somnolant sur leur selle à tour de rôle. Cela leur avait permis de distancer la troupe d'Urgals, mais ils n'étaient pas sûrs de conserver leur avance. Les chevaux étaient exténués. Cependant, ils maintenaient vaillamment l'allure. Ces efforts leur permettraient-ils d'échapper aux monstres ? Peut-être, si ceux-ci s'accordaient un temps de repos, et... si les montures de Murtagh et d'Eragon ne mouraient pas d'épuisement.

Les montagnes du Beor projetaient leurs grandes ombres sur le sol, absorbant la chaleur du soleil. Au nord, s'étendait le désert du Hadarac, une fine bande blanche, étincelant comme de la neige.

« Il faut que je mange, dit Saphira. Des jours ont passé depuis ma dernière chasse. La faim me laboure le ventre. Si j'arrive à attraper quelques-uns de ces daims qui bondissent là-bas, je n'en ferai qu'une bouchée ! »

Eragon sourit devant cette exagération.

« Va, si tu le dois. Mais laisse Arya ici. »

« Je n'en ai pas pour longtemps », promit la dragonne.

Le garçon mit pied à terre, détacha l'elfe et la plaça sur son cheval. Saphira décolla et disparut du côté des montagnes. Eragon courut près de Feu-de-Neige en soutenant Arya. Ni lui ni Murtagh ne parlaient. La bagarre de la veille avait perdu de son importance à cause des Urgals, mais les bleus étaient toujours là...

La chasse de Saphira fut fructueuse. Elle annonça vite son retour. Eragon en fut rassuré. L'absence de la dragonne le rendait nerveux.

Ils s'arrêtèrent au bord d'un étang pour abreuver les chevaux. Eragon arracha une touffe d'herbe et joua distraitement avec, les yeux posés sur l'elfe. Soudain, il sursauta et sortit de sa rêverie : il venait d'entendre le bruit métallique d'une épée qu'on tirait de son fourreau. Instinctivement, il s'empara de Zar'roc et regarda autour de lui, guettant un ennemi. Il ne vit que Murtagh, qui avait lui aussi tiré son épée. Son compagnon désigna une colline devant eux, où se tenait un homme de haute taille, vêtu d'un manteau brun et monté sur un cheval alezan, une massue à la main. Derrière lui, se trouvait une troupe immobile comptant une vingtaine de cavaliers.

– Seraient-ce des Vardens ? souffla Murtagh.

Le Dragonnier prépara discrètement son arc :

– Si j'en crois Arya, leur repaire est encore très loin d'ici. C'est peut-être une patrouille, ou un groupe d'éclaireurs...

– Ou des bandits, tout simplement, lâcha Murtagh en s'emparant aussi de son arc.

– On tente de les semer ? proposa Eragon, qui jeta une couverture sur Arya.

Les cavaliers avaient dû apercevoir la jeune femme, mais le Dragonnier espérait leur cacher qu'il s'agissait d'une elfe.

– Ça ne servirait à rien, estima son compagnon. Tornac et Feu-de-Neige ont beau être d'excellents chevaux de combat, ils sont fatigués, et ce ne sont pas des coursiers. Regarde leurs montures ! Elles sont taillées pour la vitesse. Ils nous rattraperaient en un rien de temps. D'ailleurs, ils ont peut-être quelque chose d'important à nous communiquer ? Tu ferais mieux de dire à Saphira de revenir !

Le Dragonnier s'en occupait déjà. Il exposa la situation à la dragonne, puis l'avertit : « Ne te montre que si c'est nécessaire. Nous ne sommes plus dans l'Empire, mais j'aime autant que personne ne découvre ton existence. »

« Ne te soucie pas de ça, répliqua-t-elle. Souviens-toi : la magie peut te protéger lorsque la chance et la célérité te font défaut... »

Il devina qu'elle décollait et fonçait vers eux en volant à ras de terre.

Sur la colline, les hommes n'avaient pas bougé.

Eragon agrippa Zar'roc, le pommeau bien calé dans sa main gantée. D'une voix basse, il déclara :

– S'ils nous menacent, je peux espérer les effrayer avec ma magie. Si ça ne suffit pas, il y a Saphira. Je me demande comment ils réagiraient face à un Dragonnier. On raconte tant d'histoires sur leurs pouvoirs... Cela devrait être suffisant pour éviter un combat.

– Ne compte pas là-dessus, l'avertit Murtagh. Et s'il y a un combat, il faudra juste en tuer suffisamment, pour les convaincre qu'on ne se laissera pas faire.

Son visage calme ne trahissait aucune émotion.

À cet instant, l'homme au cheval alezan leva sa massue. Les cavaliers s'élancèrent, agitant des javelots au-dessus de leur tête et poussant de grands cris. À leur côté, pendaient des fourreaux cabossés. Leurs armes étaient tachées de rouille. Quatre d'entre eux avaient bandé leur arc, pointant leurs flèches sur Eragon et Murtagh.

Leur chef leva de nouveau sa massue. Ses hommes répondirent par des hurlements sauvages, tandis qu'ils encerclaient les deux jeunes gens. Eragon tordit sa bouche. Il faillit lâcher un souffle magique, puis y renonça : « Nous ne savons pas encore ce qu'ils veulent », se souvint-il, contenant son appréhension.

Quand ils furent totalement cernés, le chef retint son cheval et les examina d'un œil critique.

– Eh bien, c'est toujours mieux que les rebuts que nous récupérons d'ordinaire..., dit-il en haussant les sourcils. Au moins, ceux-là sont en bonne santé. Et on n'a même pas eu besoin de leur tirer dessus. Grieg sera content.

Ses hommes ricanèrent.

En entendant ces mots, l'estomac d'Eragon se noua. Un doute envahissait son esprit. « Saphira... »

– À présent, tous les deux, reprit le chef, si vous acceptiez gentiment de jeter vos armes, ça vous éviterait de ressembler à une pelote d'épingles quand mes archers auront vidé leur carquois sur vous.

Ces derniers eurent un sourire entendu, et les autres hommes gloussèrent.

Murtagh décrivit un moulinet avec son épée et déclara :

– Qui es-tu et que nous veux-tu ? Nous sommes des hommes libres qui traversons ce territoire. Tu n'as nul droit de nous arrêter.

– Oh, j'ai tous les droits ! répondit l'homme avec mépris. Quant à mon nom... Ce n'est pas de cette façon que les esclaves s'adressent à leur maître, sauf s'ils tiennent à être roués de coups !

« Des marchands d'esclaves ! » Eragon se rappelait claire-ment la vente à laquelle il avait assisté à Dras-Leona. La rage se mit à bouillir en lui. Il fixa les hommes qui l'entouraient avec haine et dégoût.

Le chef grimaça :

– Jetez vos épées et rendez-vous !

Les agresseurs se raidirent, leurs yeux durs rivés sur Eragon et Murtagh qui ne baissaient pas les armes. La paume du garçon palpita. Il sentit un mouvement derrière lui, suivi d'un juron. Il se retourna d'un bond. L'un des esclavagistes avait soulevé la couverture qui dissimulait Arya. Il resta bouche bée, puis meugla :

– Torkenbrand, celle-ci, c'est une elfe !

Les hommes eurent un mouvement de surprise. Leur chef approcha son cheval de Feu-de-Neige. Il jaugea Arya et siffla.

– Eh bien, demanda quelqu'un, combien elle vaut ?

Torkenbrand se tut un moment, puis il se frotta les mains et dit :

– Au bas mot ? Une fortune ! L'Empire paiera une montagne d'or pour l'avoir !

Les esclavagistes braillèrent d'excitation en s'envoyant de grandes claques dans le dos. Un rugissement emplit la tête d'Eragon. C'était Saphira ! « Attaque maintenant, lui cria-t-il, mais laisse-les s'ils s'enfuient. »

La dragonne replia ses ailes et plongea en piqué. Le garçon fit un signe à Murtagh, qui comprit. Il balança son coude dans le visage d'un esclavagiste, le désarçonnant, et talonna Tornac. Le cheval secoua sa crinière, bondit en avant, pivota sur place et rua. Murtagh leva son épée tandis que Tornac enfonçait les sabots de ses antérieurs dans le dos de l'homme tombé à terre, qui hurla.

Avant que les autres ne se fussent remis de leur surprise, Eragon se précipita hors du cercle et, levant les mains, il proféra des mots en ancien langage. Un globe de feu indigo frappa le sol au beau milieu des assaillants, explosa comme une fontaine en fusion et se dissipa, telle la rosée au soleil. L'instant d'après, Saphira fendait le ciel et se posait près d'Eragon. Elle ouvrit la gueule, découvrant ses crocs, et mugit.

– Disparaissez ! cria Eragon par-dessus le vacarme. Je suis un Dragonnier !

Il brandit Zar'roc, la lame rouge étincelant dans la lumière, et la pointa vers ses ennemis.

– Filez si vous tenez à la vie !

Les bandits poussèrent des exclamations paniquées et se percutèrent les uns les autres dans leur hâte à s'échapper. Dans la confusion, Torkenbrand fut frappé à la tempe par un javelot. Il s'écroula, assommé. Abandonnant leur chef à son sort, les agresseurs décampèrent en désordre, jetant des regards apeurés vers Saphira.

Torkenbrand se releva sur les genoux. Du sang gouttait le long de sa joue en traînées cramoisies. Murtagh descendit de cheval et s'avança vers lui, l'épée à la main. Le chef des bandits leva un bras, comme pour se protéger. Murtagh le regarda froidement et brandit sa lame pour lui trancher le cou.

490

– Non ! glapit Eragon, mais il était trop tard.

Le tronc décapité de Torkenbrand s'effondra en soulevant un nuage de poussière. Sa tête rebondit avec un bruit sourd. Le Dragonnier se précipita vers Murtagh, la mâchoire crispée.

– Tu es malade ! hurla-t-il, fou de rage. Pourquoi tu l'as tué ?

Murtagh essuya son épée sur la veste de Torkenbrand, où l'acier laissa une marque sombre.

– Je ne vois pas ce qui te trouble à ce point.

– Ce qui me trouble ! explosa Eragon. C'est bien plus que ça ! Il ne t'est pas venu à l'esprit qu'on pouvait simplement le laisser partir, et continuer notre chemin ? Non ! Tu as préféré jouer au bourreau et lui couper la tête. Il était sans défense !

Murtagh semblait perplexe devant la colère d'Eragon.

– On n'allait pas le laisser traîner dans les parages ! Il est dangereux ! Les autres ont fui avec tous leurs chevaux. Sans monture, il n'aurait pas été bien loin. Je ne voulais pas que les Urgals lui mettent la main dessus et apprennent l'existence d'Arya. Alors, j'ai pensé que...

– Mais le tuer ! le coupa Eragon.

Saphira renifla la tête de Torkenbrand, avec curiosité. Elle ouvrit légèrement la gueule, comme pour y donner un coup de dent, puis se ravisa et vint se placer à côté d'Eragon.

– J'essaie seulement de rester en vie, argumenta Murtagh. Aucune vie ne m'est plus précieuse que la mienne.

– Ce n'est pas une raison pour basculer dans la violence gratuite ! gronda le Dragonnier en désignant la tête sans corps. Tu n'as donc pas de compassion ?

– Compassion ? Compassion ? Quelle compassion puis-je me permettre envers mes ennemis ? Aurais-je dû renoncer à me défendre pour les épargner ? En ce cas, je serais mort depuis des années ! Il faut avoir la volonté de se protéger soi-même – et de protéger ceux qu'on aime. Quel que soit le prix à payer.

Eragon remit Zar'roc dans son fourreau d'un mouvement brusque.

– Avec ce raisonnement, tu peux justifier n'importe quelle atrocité.

– Crois-tu que je le fasse par plaisir ? cria Murtagh. Ma vie est menacée depuis le jour de ma naissance. J'ai passé mes jours à me préserver de toutes formes de danger. J'ai toujours du mal à m'endormir le soir, car je ne suis jamais sûr de revoir l'aube ! Le seul endroit où j'ai dû me sentir à l'abri, ce fut le ventre de ma mère. Pourtant, même là, je n'étais pas en sécurité. Tu ne peux pas comprendre ; si tu vivais dans la peur comme moi, tu aurais retenu cette leçon : ne tente pas le diable.

Il eut un geste vers le cadavre de Torkenbrand :

– Il était un danger, je l'ai éliminé. Je n'éprouve aucun remords. Ce qui est fait est fait.

Le Dragonnier regarda Murtagh bien en face :

– Ce n'était quand même pas la chose à faire.

Il arrima Arya à Saphira puis monta Feu-de-Neige.

– Allons-y !

Murtagh prit les rênes de Tornac, et lui fit contourner le corps de Torkenbrand étendu dans la poussière rouge de sang.

Ils chevauchèrent à une allure qu'Eragon aurait jugé impossible une semaine plus tôt. Leurs montures avalaient la route, comme si elles avaient des ailes aux sabots. Ils prirent vers le sud, s'engageant dans un couloir formé par deux immenses bras des Beors, pareils à des tenailles monumentales sur le point de se refermer. On aurait dit que cette vallée avait été conçue pour des géants.

Quand ils s'arrêtèrent, ce soir-là, Eragon et Murtagh mangèrent en silence, sans même lever le nez. La dernière bouchée avalée, le Dragonnier dit d'une voix brusque :

– Je prends le premier quart.

Murtagh acquiesça et s'allongea, tournant le dos à son compagnon.

« Tu as envie de parler ? » proposa Saphira.

« Pas maintenant, murmura Eragon. Laisse-moi le temps de réfléchir. Je suis... déconcerté. »

Elle se retira de son esprit avec une dernière caresse et un doux murmure : « Je t'aime, petit homme... »

« Moi aussi », dit-il.

Elle se lova près de lui pour qu'il profite de sa chaleur ; il s'adossa contre elle, immobile, ruminant ses pensées dans l'obscurité.

LA VALLÉE CACHÉE

Le lendemain matin, Saphira décolla en emportant Arya et Eragon. Le garçon avait besoin de prendre un peu ses distances avec Murtagh. Dans les hauteurs, il frissonna et serra ses vêtements contre lui. On aurait dit qu'il allait neiger. Saphira se laissa porter sans effort par un courant ascendant, et elle demanda : « À quoi tu penses ? »

Le Dragonnier contemplait les montagnes qui les surplombaient toujours, si haut que volât Saphira. « C'était un meurtre, hier. Je n'ai pas d'autre mot pour ça. »

La dragonne vira sur la gauche. « C'était un acte hâtif et irréfléchi, mais Murtagh a voulu bien faire. Les hommes qui capturent des êtres humains pour les revendre méritent châtiment. Si nous n'avions pas pour mission première de sauver Arya, j'aurais moi-même traqué ces chiens, et je les aurais réduits en pièces ! »

« Oui, répondit Eragon, mal à l'aise. Mais Torkenbrand était sans défense. Il ne pouvait ni se protéger, ni s'enfuir. Un instant de plus, et il se serait probablement rendu. Murtagh ne lui a pas offert cette chance. Si au moins Torkenbrand avait pu se battre, ça n'aurait pas été aussi moche. »

« Eragon, même si Torkenbrand s'était battu, le résultat aurait été le même. Tu sais parfaitement que, l'épée à la main, Murtagh et toi n'avez presque pas d'égal. Torkenbrand aurait péri de toute façon, même si tu sembles croire qu'un duel inégal eût été plus honorable et plus juste ! »

« Je ne sais pas ce qui est juste, admit Eragon, malheureux. Aucune réponse ne me paraît sensée. »

« Parfois, il n'y a pas de réponse, dit Saphira avec douceur. Essaie de tirer les leçons de ce qui est arrivé. Puis pardonne à Murtagh. Et, si tu ne peux pas lui pardonner, efforce-toi d'oublier, car, si violent qu'il se soit montré, il ne te voulait pas de mal. Ta tête à toi tient toujours sur tes épaules, n'est-ce pas ? »

Le Dragonnier se renfrogna en s'agitant sur sa selle. Il se secoua, comme un cheval qui cherche à chasser une mouche, et observa la progression de Murtagh par-dessus l'encolure de Saphira. Une tache de couleur, en arrière, attira son attention.

Les Urgals campaient près du ruisseau qu'eux-mêmes avaient franchi la veille au soir. Les battements de cœur d'Eragon s'accélérèrent. Comment avaient-ils pu gagner encore du terrain, puisqu'ils étaient à pied ?

La dragonne vit les monstres, rabattit ses ailes et fendit l'air dans un plongeon vertigineux. « Je ne crois pas qu'ils nous aient remarqués », fit-elle.

« J'espère que non..., répondit Eragon, le souffle coupé par la violence de la descente. Leur chef doit les mener à marche forcée ! »

« Qui sait, ils vont peut-être tous mourir d'épuisement ! »

Quand ils atterrirent, Murtagh l'apostropha sèchement :

– Qu'est-ce qu'il y a encore ?

– Les Urgals nous rattrapent.

Eragon désigna la direction du campement ennemi.

– Quelle distance devons-nous encore parcourir ? demanda

Murtagh en regardant la position du soleil pour évaluer le temps qu'il leur restait avant la tombée du soir.

– Normalement ? On en a encore pour cinq jours de voyage. À la vitesse à laquelle nous avançons, peut-être trois. Mais, à moins d'arriver demain, les Urgals vont sans doute nous capturer, et Arya mourra certainement.

– Elle tiendra bien un jour de plus !

– On ne peut pas compter là-dessus. Le seul moyen de parvenir chez les Vardens à temps, c'est de ne jamais nous arrêter, pas même pour dormir. C'est notre unique chance.

Murtagh eut un rire amer :

– Comment espères-tu y réussir ? Cela fait des jours que nous ne dormons pas suffisamment. À moins que les Dragonniers ne soient faits d'un autre bois que nous, simples mortels, tu dois être aussi fatigué que je le suis. Nous avons parcouru une distance stupéfiante ; et au cas où tu ne l'aurais pas remarqué, les chevaux aussi sont sur le point de s'écrouler. Un jour de plus à ce rythme nous tuerait tous.

Eragon haussa les épaules :

– On verra bien. On n'a pas le choix.

Murtagh leva les yeux vers les sommets.

– Je pourrais vous quitter et vous laisser avancer avec Saphira. Cela obligerait les Urgals à diviser leurs forces en deux, et vous auriez deux fois plus de chances de rejoindre les Vardens.

Eragon croisa les bras :

– Ce serait du suicide ! Pour une raison qui m'échappe, ces Urgals sont plus rapides que nous, qui sommes à cheval. Ils te traqueraient comme un cerf. La seule façon de leur échapper, c'est encore de se réfugier auprès des Vardens.

Malgré ses paroles, il n'était plus si sûr de désirer encore la compagnie de Murtagh. Il l'aimait bien, mais il doutait à présent que celle-ci fût une bonne chose.

– Je m'en irai plus tard, déclara brièvement le jeune homme. Quand nous serons près des Vardens, je m'éclipserai par le fond d'une vallée et me rendrai au Surda. Je saurai m'y cacher sans attirer l'attention.

– Donc tu restes ?

– Qu'on dorme ou pas, je te mènerai aux Vardens, promit Murtagh.

Avec une détermination renouvelée, ils tentèrent de distancer les Urgals ; leurs poursuivants continuaient cependant de se rapprocher. À la tombée de la nuit, les Urgals étaient trois fois plus près d'eux que le matin. La fatigue sapait les forces des jeunes gens. Ils somnolaient à tour de rôle sur leur selle, celui qui restait éveillé guidant les montures.

Eragon se fondait uniquement sur les indications d'Arya pour s'orienter ; mais à cause de l'étrange forme d'esprit de l'elfe, il se trompait parfois de route et perdait un temps précieux. Ils bifurquaient peu à peu vers les contreforts du bras est des montagnes, cherchant la vallée qui les conduirait chez les Vardens. Une nuit s'écoula encore sans qu'elle leur apparût.

Quand le soleil revint, ils se réjouirent de constater que les Urgals étaient loin derrière.

– Plus qu'un jour ! s'exclama Eragon en bâillant bruyamment. Si les Vardens ne sont pas en vue vers la mi-journée, Saphira m'emmènera avec Arya. Tu seras libre d'aller où bon te semblera, mais tu devras prendre Feu-de-Neige avec toi. Je ne pourrai pas venir le récupérer.

– Ce ne sera peut-être pas la peine, rétorqua Murtagh en caressant le pommeau de son épée, nous arriverons peut-être à temps.

Eragon haussa les épaules :

– Peut-être.

Il alla vers Arya et posa une main sur son front. Il était trempé et brûlant. Ses yeux s'agitaient sous ses paupières closes, comme si elle faisait un cauchemar. Eragon lui passa un linge mouillé sur le visage, désolé de ne pouvoir faire mieux.

Plus tard dans la matinée, ils finissaient de contourner une montagne particulièrement large, lorsque Eragon vit au loin une vallée qui s'ouvrait dans son flanc. Elle était si étroite qu'on pouvait aisément la manquer. Le fleuve de la Dent-d'Ours dont avait parlé Arya en débouchait, sinuant tranquillement. Il sourit, soulagé. C'était là qu'ils se rendaient.

Eragon jeta un regard en arrière et constata avec effroi que la distance qui les séparait des Urgals s'était réduite à un peu moins d'une lieue. Il désigna la vallée à Murtagh :

– Si nous arrivons à nous glisser là-dedans sans être vus, on a une chance de leur échapper.

Son compagnon eut l'air sceptique :

– Ça vaut le coup d'essayer, mais ils nous ont toujours suivis avec une telle facilité...

En s'approchant, ils passèrent sous les arbres enchevêtrés de la forêt. C'étaient de hauts pins aux écorces crevassées, aux aiguilles presque noires, dont les racines tordues pointaient hors de terre comme des genoux décharnés. Des pommes de pin jonchaient le sol, aussi grosses que des têtes de chevaux. Des écureuils au pelage de jais chicotaient dans les ramures, des yeux brillaient dans les trous de l'écorce. Des touffes d'aconit[1] entremêlées pendaient des branches noueuses.

---

1. L'aconit est une plante vénéneuse dont les fleurs ressemblent un peu à des casques.

Eragon sentit ses cheveux se hérisser sur sa nuque : cette forêt le mettait mal à l'aise. Quelque chose d'hostile flottait dans l'air, comme si les arbres leur reprochaient cette intrusion. « Ils sont très anciens... » dit Saphira en effleurant un tronc de son museau.

« Oui, dit Eragon, mais pas très accueillants. »

Au fur et à mesure qu'ils avançaient, la forêt devenait plus dense. Le manque d'espace obligea Saphira à décoller avec Arya. Des broussailles épaisses ralentissaient leur marche. La Dent-d'Ours qui coulait, toute proche, remplissait l'air de ses gargouillements. Un sommet leur cachait le soleil, les plongeant dans un crépuscule prématuré.

En pénétrant dans la bouche de la vallée, le Dragonnier se rendit compte que, bien qu'elle parût n'être qu'un corridor encaissé entre les pics, elle était aussi large que bien des vallées de la Crête. Seule l'énormité des montagnes, avec ses arêtes et ses ombres, lui donnait cet aspect confiné. Des torrents cascadaient le long de ses flancs abrupts.

Le ciel était réduit à une fine bande venteuse, masquée en grande partie par des nuages gris. Du sol froid et humide montait un brouillard collant qui glaçait l'air, au point que le souffle des voyageurs se changeait en buée. Des framboisiers sauvages émergeaient d'un tapis de mousses et de fougères, à la recherche de la maigre lumière. Des champignons vénéneux aux teintes rouges et jaunes poussaient sur les morceaux de bois tombés qui pourrissaient.

Tout était oppressant, silencieux. L'air lourd étouffait les bruits.

Saphira atterrit dans une clairière avec un battement d'ailes étrangement feutré. Elle examina l'endroit d'un balancement de tête. « Je viens de voir passer un vol d'oiseaux noir et vert, avec des marques rouges sur les ailes. Je n'avais encore jamais vu d'oiseaux comme ça. »

« Dans ces montagnes, rien n'est comme ailleurs, répondit Eragon. Tu veux bien que je te monte un moment ? J'aimerais voir ce que fabriquent les Urgals. »

« D'accord ! »

Le Dragonnier se tourna vers Murtagh :

– Les Vardens sont cachés au fond de cette vallée. Si nous nous dépêchons, nous l'atteindrons avant la tombée de la nuit.

Le jeune homme grommela, les mains sur les hanches :

– Et moi ? Comment je sors de là ? Je ne vois pas de vallée transversale et les Urgals seront bientôt sur nous. Par où vais-je m'échapper ?

– Ne t'inquiète pas pour ça ! s'impatienta Eragon. La vallée est longue. Il y a sûrement une issue au bout.

Il détacha Arya et l'installa sur Feu-de-Neige :

– Veille sur l'elfe. Je vais monter Saphira. On se retrouve plus loin.

Il grimpa sur la dragonne et s'attacha à la selle.

499

– Sois prudent ! lança Murtagh, les sourcils froncés.

Puis il entraîna les chevaux et reprit sa course dans la forêt.

Tandis que Saphira s'élevait dans le ciel, Eragon lui demanda :

« Pourrais-tu voler jusqu'au sommet d'un de ces pics ? Nous pourrions ainsi localiser notre destination et repérer un passage pour Murtagh. Je n'ai pas envie de l'entendre ronchonner pendant toute la traversée. »

« Essayons, acquiesça Saphira, mais là-haut, il va faire beaucoup plus froid ! »

« Je suis habillé chaudement. »

« Alors, tiens-toi bien ! »

La dragonne gagna soudain de l'altitude. Son passager fut écrasé sur sa selle.

Les ailes de Saphira battaient avec force, les portant toujours plus haut. Bientôt, la vallée ne fut plus qu'une mince ligne verte, où la Dent-d'Ours étincelait comme un fil d'argent accrochant la lumière.

Ils s'élevèrent jusqu'à toucher les nuages. L'air était saturé de givre. Un linceul grisâtre les engloutit. Ils n'y voyaient plus qu'à une longueur de bras. Eragon espéra qu'aucun obstacle ne se dissimulait dans cette opacité. Il tendit une main et l'agita ; de la condensation trempa aussitôt sa manche.

Une vague forme grise lui frôla la tête. C'était une colombe qui battait frénétiquement des ailes. Elle portait une bague blanche à une patte. Saphira se jeta sur elle, la langue sortie. L'oiseau piailla lorsque des crocs acérés happèrent les plumes de sa queue. Il se jeta de côté et disparut dans le brouillard ; le froufroutement de ses ailes décrut, puis s'éteignit.

Quand ils émergèrent des nuages, Saphira était couverte de milliers de gouttelettes qui brillaient sur le bleu de ses écailles et reflétaient de minuscules arcs-en-ciel. Eragon s'ébroua pour ôter l'eau qui perlait sur ses vêtements. Il ne voyait plus le sol, rien que des îlots de nuages qui serpentaient entre les sommets.

Sur les hauteurs, les arbres cédaient la place à des glaciers imposants, qui prenaient des teintes bleues et blanches sous le soleil. La réverbération était telle qu'Eragon dut fermer les yeux. Il essaya de les rouvrir, mais la luminosité l'aveuglait tant qu'il leva le bras en visière pour se protéger. « Comment peux-tu supporter ça ? » demanda-t-il à Saphira.

« Mes yeux sont moins fragiles que les tiens », répondit-elle.

L'air était glacial. L'eau gela dans les cheveux du garçon, le coiffant d'un casque brillant. Sa chemise et son pantalon emprisonnèrent ses membres dans une coquille solide. Les écailles de Saphira devinrent glissantes ; des dentelles de givre se formaient sous ses ailes. Jamais elle n'avait volé aussi haut ; pourtant, le sommet des montagnes les dominait encore.

Peu à peu, ses battements d'ailes ralentirent. Sa respiration devint laborieuse. Eragon haleta. L'air se raréfiait. Luttant contre la panique, il se cramponna aux piquants qui hérissaient l'encolure de Saphira : « Il faut qu'on sorte de là... » Des points rouges dansaient devant ses yeux. « Je... n'arrive plus... à respirer... »

La dragonne ne semblait pas avoir saisi le message. Alors il le répéta plus fort. Il n'y eut pas de réponse. « Elle ne peut pas m'entendre ! » comprit-il. Il vacilla. Ses pensées s'embrouillaient. Il cogna de son poing le flanc de Saphira et hurla :

– Redescends !

Cet effort le laissa étourdi. Un voile obscur passa devant ses yeux, et il ne vit plus rien.

Eragon reprit conscience lorsqu'ils débouchèrent sous le ventre des nuages. Il avait mal à la tête. « Qu'est-il arrivé ? » demanda-t-il en se redressant sur sa selle et en regardant autour de lui, hagard.

« Tu t'es évanoui », répondit Saphira.

Il se recoiffa avec les doigts, et sentit des glaçons dans ses cheveux. « Oui, je sais. Mais pourquoi n'as-tu pas répondu ? »

« Mon cerveau ne fonctionnait plus. Tes mots n'avaient aucun sens. Quand tu as perdu connaissance, j'ai senti que quelque chose n'allait pas, et je suis redescendue. Je n'ai pas eu à plonger longtemps pour comprendre ce qui s'était passé. »

Eragon eut un rire nerveux. « Une chance que tu ne te sois pas évanouie, toi aussi ! » Saphira se contenta d'agiter la queue.

Le Dragonnier leva un regard nostalgique vers les pics inaccessibles, que les nuages masquaient à présent. « Dommage que nous n'ayons pas pu nous poser sur l'un de ces sommets. Au moins, nous savons maintenant que, pour repartir de la vallée, nous devrons emprunter le chemin que nous avons pris à l'aller. Mais pourquoi avons-nous manqué d'air ? Pourquoi, s'il y en a en bas, n'y en a-t-il plus en haut ? »

« Je ne sais pas. Mais je n'oserai plus voler aussi près du soleil. Nous retiendrons la leçon. Ce savoir nous sera utile si nous devons combattre un autre Dragonnier. »

« J'espère que cela n'arrivera jamais ! dit Eragon. Volons plus bas, à présent. J'ai eu ma dose d'émotions pour la journée. »

Ils dérivèrent doucement sur les courants, se laissant porter d'une montagne à l'autre, jusqu'à ce que le garçon aperçût la colonne d'Urgals. Elle avait atteint l'entrée de la vallée. « Qu'est-ce qui les fait avancer à cette vitesse ? Comment réussissent-ils à soutenir un tel rythme ? »

« Maintenant qu'ils sont plus proches, je peux voir qu'ils sont plus grands que tous ceux que nous avons croisés auparavant, estima Saphira. Ils dépasseraient des épaules un humain de haute taille. J'ignore d'où ils viennent, mais ce doit être une terre bien sauvage pour générer de telles brutes ! »

Eragon regarda en bas. Sa vision n'était pas aussi nette que celle de Saphira : « S'ils continuent à cette allure, ils vont rattraper Murtagh avant que nous n'ayons trouvé les Vardens. »

« Ne perds pas espoir ! La forêt ralentira peut-être leur progression. Est-il possible de les arrêter grâce à la magie ? »

« Les arrêter... non. Ils sont trop nombreux. » Le garçon se souvint alors de la couche de brume qui montait du sol, et il sourit : « Mais je dois être capable de les retarder un peu. »

Il ferma les yeux, choisit les mots justes, fixa la brume et commanda :

– Gath un reisa du rakr !

En bas, il y eut une sorte de remous. Vu du ciel, on aurait dit que le sol s'était mis à couler comme une grande rivière paresseuse. Une épaisse bande de brouillard s'accumula devant les Urgals, se durcit, s'éleva en un mur impressionnant, noir comme un ciel d'orage. Les Urgals hésitèrent ; puis reprirent leur progression avec la puissance d'un bélier. La barrière de brume les enveloppa, dissimulant leur avant-garde.

Cet exercice épuisa Eragon d'un coup. Son cœur se mit à palpiter comme celui d'un oiseau qui meurt. Il haleta, les yeux révulsés, lutta pour se libérer de l'emprise du sortilège qui pompait son énergie. Des filaments de magie claquèrent dans son esprit comme des serpents décapités, se rétractè-rent, quittant sa conscience comme à regret, en s'agrippant à ses forces vitales. Le mur de brume se dissipa et fondit lente-ment, telle une tour de boue s'effondrant sur le sol. Les Urgals n'avaient même pas été retardés.

Eragon s'affala sur Saphira, pantelant. Alors seulement il se souvint des paroles de Brom : « La magie est affectée par la distance, comme une lance ou une flèche. Plus la cible est loin, plus il faut d'énergie pour l'atteindre. » « Je ne l'oublie-rai plus », songea-t-il avec amertume.

« Tu n'aurais pas dû l'oublier du tout, le nargua Saphira. N'as-tu pas écouté les enseignements de ton maître ? Tu fini-ras par te tuer si tu continues comme ça ! »

« Je les ai écoutés. Mais je n'ai pas eu l'occasion d'y repenser depuis. Je n'ai jamais utilisé la magie à distance. Comment aurais-je pu savoir que ce serait si difficile ? »

« À la prochaine occasion, je le sais, tu essayeras de res-susciter les morts, grogna la dragonne. Rappelle-toi ce que Brom t'a dit à ce sujet. »

« Je m'en souviendrai », répondit Eragon, agacé.

Saphira plongea vers le défilé, à la recherche de Murtagh et des chevaux. Eragon l'aurait volontiers aidée, mais il avait tout juste la force de se maintenir en selle.

La dragonne atterrit brutalement dans une petite clairière. Eragon fut étonné de voir les chevaux arrêtés et Murtagh, à genoux, en train d'examiner le sol. Comme le Dragonnier ne bougeait pas, Murtagh courut vers lui :

– Qu'est-ce qui ne va pas ? s'enquit-il d'une voix où perçaient la tension et la fatigue.

– J'ai commis une erreur, avoua Eragon. Les Urgals sont entrés dans la vallée. J'ai essayé de les désorienter, mais j'ai oublié une règle de la magie, et je l'ai payé cher.

Murtagh fronça les sourcils et pointa un doigt derrière lui :

– J'ai repéré des empreintes de loup. Sauf que ces empreintes-là sont larges comme deux fois ma main et de la profondeur d'un pouce. Il y a par ici des bêtes dangereuses – même pour toi, Saphira.

Il se tourna vers elle :

– Je sais que tu ne peux pas nous suivre dans la forêt ; mais j'aimerais que tu voles en cercle au-dessus de nous et des chevaux. Cela tiendrait ces fauves à distance. Sinon, il restera de moi à peine de quoi remplir un dé à coudre.

– C'est de l'humour, Murtagh ? demanda Eragon en souriant brièvement. Ses muscles tremblaient, il lui était difficile de se concentrer.

– Oui, de l'humour noir, fit-il en se frottant les yeux. Je n'arrive pas à croire que les mêmes Urgals nous suivent depuis tout ce temps. Ce ne sont pas des oiseaux !

– Saphira dit qu'ils sont beaucoup plus grands que ceux que nous connaissons, lui apprit le Dragonnier.

Murtagh jura en serrant le pommeau de son épée :

– Ça explique tout ! Saphira, si tu as raison, ceux-là sont des Kulls, l'élite des Urgals. J'aurais dû deviner que le chef de clan serait à leur tête. Ils ne montent pas à cheval car aucune monture ne pourrait supporter leur poids et leur immense carcasse. Ils peuvent courir des jours sans dormir ; et rester frais et dispos pour combattre. Il faut bien cinq hommes pour tuer un Kull. Ils ne quittent leurs grottes que pour guerroyer ; et s'ils sont sortis en force, c'est qu'ils préparent un massacre.

– A-t-on une chance de les distancer ?

– Comment savoir ? Ils sont forts, déterminés et nombreux. Si jamais nous devons les affronter, j'espère que les Vardens ont des hommes postés dans les environs, qui nous viendront en aide. En dépit de nos talents et de la présence de Saphira, nous ne tiendrons pas devant des Kulls.

Eragon vacilla sur sa selle :

– Peux-tu me donner un morceau de pain ? Il faut que je mange.

Murtagh s'empressa de lui apporter un quignon. Il était sec et rassis, mais le Dragonnier le dévora avec reconnaissance. Son compagnon scrutait les parois de la vallée, le regard inquiet. Eragon comprit ce qu'il cherchait.

– Il y aura sûrement une sortie plus loin, affirma-t-il.

– Bien sûr ! approuva Murtagh avec un optimisme forcé. Allez, on repart !

– Comment va Arya ?

Le jeune homme haussa les épaules :

– La fièvre a empiré. Elle s'agite. Qu'est-ce que tu espères ? Ses forces s'épuisent. Tu devrais l'emmener chez les Vardens sur le dos de Saphira avant que le poison n'ait fait plus de ravages.

– Je ne t'abandonnerai pas, rétorqua Eragon, que chaque bouchée de pain semblait revigorer. Pas avec les Urgals sur nos talons.

– Comme tu voudras. Mais, je te préviens, elle ne survivra pas si tu restes avec moi.

– Ne dis pas ça ! protesta le garçon en se dressant sur sa selle. Aide-moi à la sauver : on peut encore y arriver ! Disons : une vie pour une vie, en expiation pour la mort de Torkenbrand...

Le visage de Murtagh s'assombrit instantanément :

— Je n'ai rien à expier ! Tu...

Une corne de chasse sonna dans les profondeurs de la forêt.

— Je t'en dirai plus tout à l'heure, fit-il en courant vers les chevaux.

Il sauta en selle, saisit les rênes des bêtes et s'éloigna au trot, lançant à Eragon un regard furieux.

Le Dragonnier ferma les yeux lorsque Saphira s'envola. Il aurait tant aimé s'allonger sur un bon lit et oublier tous ses soucis...

« Saphira, finit-il par dire, les mains sur ses oreilles pour les réchauffer, et si on emmenait Arya chez les Vardens, tout compte fait ? Dès qu'elle serait en sécurité, nous reviendrions vers Murtagh pour l'aider à sortir de là ! »

« Les Vardens ne te laisseraient pas repartir, répondit la dragonne. Ils te suspecteraient de vouloir révéler leur cachette aux Urgals. Nous n'arrivons pas dans les meilleures conditions pour leur inspirer confiance ! Ils voudront savoir pourquoi tu as amené une compagnie entière de Kulls à leur porte. »

« Nous n'aurons qu'à leur dire la vérité, et espérer qu'ils nous croient... »

« Et que ferons-nous si les Kulls attaquent Murtagh ? »

« Nous les combattrons, évidemment ! Je ne laisserai ni lui ni Arya être capturés ou tués ! » s'écria Eragon, indigné.

« C'est très noble de ta part ! approuva Saphira avec un brin de sarcasme. Oh, nous ferions tomber beaucoup d'Urgals – toi, avec ta magie et ton épée, tandis que je me servirais de mes propres armes, mes crocs et mes serres... mais, au bout du compte, tout cela ne servirait à rien. Ils sont trop nombreux. Nous ne pouvons pas les vaincre ; nous ne pouvons qu'être vaincus. »

« Quoi, alors ? Je n'abandonnerai ni Arya ni Murtagh entre leurs pattes... »

La dragonne fouetta bruyamment l'air de sa queue :

« Ce n'est pas ce que je te demande. Toutefois, si nous attaquons en premier, nous bénéficierons peut-être d'un avantage. »

« Tu es folle ? Ils nous... »

Eragon s'interrompit, envisageant cette perspective.

« Ils ne pourront rien faire ! » conclut-il, étonné.

« Exactement ! dit Saphira. Nous pouvons leur infliger de lourdes pertes en restant en sécurité à bonne hauteur... »

« Bombardons-les de pierres ! suggéra Eragon. Cela les éparpillera ! »

« Sauf si leur crâne n'est pas assez solide pour les protéger... »

Elle vira sur la droite et se posa sur les berges de la Dent-d'Ours. Elle attrapa un rocher dans ses serres puissantes pendant qu'Eragon ramassait des pierres grosses comme le poing. Chargée de ces munitions, Saphira reprit de l'altitude et plana silencieusement au-dessus de la troupe d'Urgals. « Maintenant ! » s'écria-t-elle en lâchant son rocher. Il y eut des craquements assourdis lorsque les projectiles dégringolèrent à travers les arbres, en faisant éclater les branches. L'instant d'après, l'écho de hurlements résonna dans la vallée.

Eragon esquissa un sourire en entendant les Urgals se bousculer pour se mettre à l'abri. « On recommence ! » proposa-t-il. Saphira acquiesça d'un grognement et redescendit près du fleuve.

C'était une rude tâche, mais cela ralentissait la progression des Urgals, même s'il leur était impossible de les arrêter complètement : dès que Saphira retournait faire provision de pierres, les Kulls regagnaient du terrain. Ce stratagème permit toutefois à Murtagh de conserver son avance.

La vallée s'obscurcissait au fur et à mesure que le temps passait. Le soleil disparut et la morsure de l'air glacé devint plus âpre. Le brouillard givrant drapa les arbres d'un manteau blanc. Les animaux nocturnes commencèrent à quitter leurs tanières pour guetter, tapis dans la pénombre, les intrus qui foulaient leur territoire.

Eragon continuait d'inspecter le paysage, cherchant la chute d'eau qui marquerait la fin de leur périple. Chaque instant qui passait rapprochait Arya de la mort, il en avait douloureusement conscience. « Plus vite, plus vite ! » marmonnait-il intérieurement, en surveillant Murtagh, tout en bas. Avant que Saphira ne retournât se réapprovisionner en rochers, il lui dit : « Faisons une pause. Le jour touche à sa fin ; la vie d'Arya aussi, j'en ai peur. J'aimerais voir comment elle va... »

« La vie d'Arya est entre les mains du destin. Tu as choisi de rester avec Murtagh. Il est trop tard pour revenir sur ta décision. Alors, arrête de te torturer. Tu me hérisses les écailles ! Le mieux que nous ayons à faire, c'est de continuer à bombarder les Kulls. »

Eragon savait qu'elle avait raison, même si ses mots n'atténuaient pas son anxiété. Il se mit de nouveau en quête de la chute d'eau, mais un pan de la montagne lui barrait la vue.

L'obscurité emplit la vallée, coulant comme de l'encre sur les arbres et sur les montagnes. Malgré la finesse de son flair et de son ouïe, Saphira ne parvenait plus à localiser les Urgals dans la forêt trop dense. La lune ne s'était pas encore levée, ce qui n'aidait pas les fugitifs à s'orienter.

La dragonne exécuta un long vol plané en virant sur sa gauche. Elle longea le flanc de la montagne. Eragon en devina la paroi toute proche ; puis il plissa les yeux : cette ligne blanche, au loin, ne seraient-ce pas les chutes ?

Il regarda le ciel, où traînaient les dernières lueurs du soleil couchant. Les silhouettes sombres des montagnes semblaient se refermer en boucle. « Le bout de la vallée n'est plus très loin ! cria-t-il à Saphira, en désignant les sommets qui bloquaient l'horizon. Crois-tu que les Vardens viendront à notre rencontre ? Ils vont peut-être envoyer des hommes pour nous aider ? »

« Je doute qu'ils nous assistent avant de savoir si nous venons en amis ou en ennemis, rétorqua la dragonne qui piqua brutalement vers le sol. Je retourne près de Murtagh. Nous devons rester avec lui, maintenant. Je n'arrive plus à repérer les Kulls ; ils pourraient bien lui tomber dessus par surprise… »

Eragon caressa le fourreau de Zar'roc, se demandant s'il avait recouvré assez d'énergie pour se battre.

La dragonne se posa sur les berges de la Dent-d'Ours et s'accroupit, en attendant. Les chutes grondaient dans le lointain. « Murtagh arrive », dit-elle. Eragon tendit l'oreille et perçut le martèlement des sabots. Le jeune homme sortit de la forêt en courant, poussant les chevaux devant lui. Il les vit tous deux mais ne ralentit pas.

Eragon sauta à terre et trébucha avant de prendre la même allure que Murtagh. Saphira les suivit en longeant la rive afin de ne pas être ralentie par les arbres. Avant que le Dragonnier eût le temps de lui donner les dernières nouvelles, Murtagh lança :

– Je vous ai vus lâcher des pierres. C'était osé ! Les Kulls se sont-ils arrêtés ? Ont-ils rebroussé chemin ?

– Ils sont toujours derrière nous, mais nous arrivons au bout de la vallée. Comment va Arya ?

– Elle n'est pas morte, répondit-il, le souffle court, la voix rauque.

Puis, sur un ton étonnamment calme – celui d'un homme dissimulant une vive émotion, il demanda :

– As-tu vu une vallée, une gorge par où je puisse m'esquiver ?

Embarrassé, Eragon essaya de se souvenir s'il avait aperçu une brèche dans la montagne. Les soucis de Murtagh lui étaient sortis de la tête depuis un moment.

– Il fait nuit, commença-t-il, évasif, en esquivant une branche basse au passage. Quelque chose a pu m'échapper, mais... non.

Murtagh jura et s'arrêta net, tirant sur les rênes pour immobiliser les chevaux.

– Es-tu en train de me dire qu'il me faut aller chez les Vardens ?

– Oui, mais cours ! Les Urgals sont derrière nous.

– Non ! rugit Murtagh, un doigt menaçant pointé sur le Dragonnier. Je t'avais prévenu que je n'irais pas chez les Vardens. Tu m'as attiré dans un traquenard ! Je suis pris entre le marteau et l'enclume. C'est à toi que l'elfe a montré le chemin. Pourquoi ne m'as-tu pas dit que c'était un cul-de-sac ?

– Parce que je l'ignorais ! Je savais où aller, rien d'autre. Ne me reproche pas ta décision de m'accompagner.

Murtagh siffla entre ses dents et se détourna avec colère. Tout ce qu'Eragon voyait de lui, c'était son dos immobile et voûté. Lui-même était tendu. Une veine battait dans son cou. Les mains sur les hanches, il sentait son impatience grandir.

« Pourquoi vous êtes-vous arrêtés ? » voulut savoir Saphira, alarmée.

« Ne me dérange pas ! »

– Qu'y a-t-il entre les Vardens et toi ? demanda-t-il à Murtagh. Est-ce donc si terrible que tu doives rester caché, même dans une situation comme celle-ci ? Préfères-tu vraiment affronter les Kulls plutôt que de me le révéler ? Quand donc me jugeras-tu digne de ta confiance ?

Il y eut un long silence.

« Les Urgals ! » le pressa Saphira.

« Je sais, mais nous devons d'abord régler ça. »

« Vite ! Vite ! »

– Murtagh, reprit-il gravement, si nous ne voulons pas mourir, nous devons rallier les Vardens. Et j'ai besoin de savoir comment ils vont réagir en te voyant. Ce sera assez dangereux comme ça, autant éviter les surprises inutiles...

Murtagh fit face au Dragonnier. Il respirait vite et fort, tel un loup acculé par les chasseurs. Après un temps de silence, il dit enfin, d'une voix torturée :

– Tu as le droit de savoir. Je... je suis le fils de Morzan, le premier et le dernier des Parjures.

PRIS AU PIÈGE

Eragon en resta sans voix. Son esprit hurlait d'incrédulité, rejetant les mots de Murtagh. « Les Parjures n'ont jamais eu d'enfant ! Et surtout pas Morzan. Morzan ! Celui qui a trahi les Dragonniers pour Galbatorix. Celui qui a été toute sa vie le serviteur préféré du roi. Cela peut-il être vrai ? »

Le choc éprouvé par Saphira l'atteignit alors. Elle surgit, écrasant arbustes et buissons, les crocs découverts, la queue dressée en signe de menace. « Sois prêt à tout, le prévint-elle. Il sait peut-être utiliser la magie ! »

– Tu es son héritier ? demanda Eragon en s'emparant furtivement de Zar'roc.

« Que peut-il attendre de moi ? pensait-il. Travaille-t-il pour le roi ? »

– On ne choisit pas son père ! lança Murtagh, un rictus tourmenté sur le visage.

Il tira sur ses vêtements, déchirant sa tunique et sa chemise pour mettre son torse à nu.

– Regarde ! ordonna-t-il.

Et il tourna le dos à Eragon.

Perplexe, celui-ci se pencha en avant, plissant les yeux pour mieux voir dans l'obscurité. Une cicatrice irrégulière couturait le corps musculeux, courant de l'épaule droite à la hanche gauche – témoignage de quelque terrible supplice.

– Tu vois ça ? fit le jeune homme d'un ton amer.

Il se mit à parler vite, soulagé d'avoir enfin révélé son secret.

– Je n'avais que trois ans quand il m'a fait ça. Un des nombreux soirs où il était saoul, il a lancé son épée vers moi dans un accès de rage. Mon dos a été déchiré par cette même épée que tu portes au côté. C'était le seul objet dont je comptais hériter. Et Brom l'a volée sur le cadavre de mon père... Dans mon malheur, j'ai eu de la chance. Il y avait non loin de là un guérisseur, qui m'a sauvé de la mort. Comprends bien ceci : je n'aime ni l'Empire ni le roi. Je ne leur dois aucune allégeance. Et je ne te veux aucun mal !

Il plaidait sa cause sur un ton presque suppliant. Gêné, Eragon ôta sa main du pommeau de Zar'roc.

514   – Donc, fit-il d'une voix altérée, ton père a été tué par...

– Par Brom, oui, dit Murtagh en rajustant sa tunique avec indifférence.

Une corne résonna derrière eux. Eragon s'exclama :

– Viens, on file !

Murtagh prit les rênes des chevaux, obligeant les bêtes fatiguées à prendre le trot. Arya tressautait mollement sur la selle de Feu-de-Neige. Saphira restait près du Dragonnier, suivant aisément son rythme grâce à ses longues jambes.

« Ce serait plus pratique pour toi d'avancer le long de la rive », lui dit-il en la voyant se frayer un chemin à travers le réseau dense des frondaisons.

« Je ne te laisserai pas seul avec lui », rétorqua-t-elle.

En effet Eragon était rassuré par sa présence. « Le fils de Morzan ! » se répétait-il à chaque pas.

– J'ai du mal à te croire. Qu'est-ce qui me prouve que tu ne mens pas ?

– Pourquoi mentirais-je ?

– Tu pourrais...

Murtagh l'interrompit :

– Je ne peux rien prouver maintenant. Garde tes doutes jusqu'à ce que nous arrivions chez les Vardens. Ils me reconnaîtront bien assez vite.

– Je dois savoir, insista Eragon. Es-tu au service de l'Empire ?

– Non. Si cela était, je n'aurais pas choisi de voyager avec toi. Et si mon intention était de me débarrasser de toi, je t'aurais laissé moisir en prison.

Murtagh trébucha sur une racine.

– Tu pourrais conduire les Urgals vers les Vardens.

– En ce cas, pourquoi serais-je encore avec toi ? Je sais où sont les Vardens, maintenant. Pourquoi irais-je me livrer à eux ? Et si je voulais les attaquer, je rejoindrais les Urgals.

– Tu es peut-être un assassin.

– Peut-être. Comment savoir ?

« Saphira ? » demanda Eragon.

La queue de la dragonne siffla au-dessus de sa tête : « S'il avait voulu te nuire, dit-elle, il l'aurait fait depuis longtemps. »

Une branche fouetta le cou d'Eragon, dessinant une ligne sanglante sur sa peau. La chute d'eau grondait plus fort. « Garde un œil sur Murtagh, quand nous serons chez les Vardens. Il pourrait réagir bêtement, et je ne veux pas qu'il soit tué par accident. »

« Je ferai de mon mieux », promit-elle tout en se faufilant entre deux arbres, leur arrachant des lambeaux d'écorce.

Une corne résonna de nouveau derrière eux. Eragon jeta un coup d'œil par-dessus son épaule, s'attendant à voir les Urgals jaillir de l'obscurité. Le grondement du torrent, devenu assourdissant, couvrait les autres bruits de la nuit.

Ils émergèrent de la forêt, et Murtagh arrêta les chevaux. Ils se trouvaient sur une plage de galets, juste à gauche de l'embouchure de la Dent-d'Ours. Le profond lac de Kóstha-mérna remplissait la vallée et leur barrait la route. L'eau reflétait la clarté scintillante des étoiles. Les parois de la montagne n'offraient sur chaque berge qu'un minuscule passage de quelques pieds de large. À l'extrémité du lac, un énorme rideau liquide tombait des hauteurs d'une falaise sombre dans une explosion d'écume bouillonnante.

– C'est là que nous allons ? demanda Murtagh entre ses dents.

– Oui.

Eragon prit la tête pour contourner le lac par la gauche.

Les galets humides et couverts de mousse étaient glissants. Il y avait si peu de place entre les parois et le lac que Saphira devait marcher à moitié dans l'eau.

Ils étaient à mi-chemin de la chute d'eau lorsque Murtagh lança un avertissement :

– Les Urgals !

Eragon fit volte-face, projetant des pierres sous ses talons.

Sur les berges du Kóstha-mérna, là où ils s'étaient tenus quelques instants plus tôt, des silhouettes impressionnantes sortaient de la forêt. Les Urgals se massèrent devant le lac. L'un d'eux désigna Saphira. Des cris gutturaux retentirent. La horde se divisa aussitôt pour s'élancer des deux côtés du lac. Murtagh et Eragon étaient pris au piège. Cependant, l'étroitesse de la rive obligeait les énormes Kulls à progresser en file.

– En avant ! aboya Murtagh.

Il tira son épée et talonna les chevaux. Saphira décolla et vira vers les Urgals.

« Non ! protesta mentalement Eragon. Reviens ! »

La dragonne ne tint aucun compte de ses appels. Ce fut un déchirement pour Eragon de la quitter des yeux. Il tira Zar'roc du fourreau.

Avec un rugissement féroce, Saphira fondit sur les Kulls, qui ne purent se disperser, coincés contre la paroi de la montagne. La dragonne referma ses serres sur l'un d'eux et l'emporta. Avec ses crocs, elle déchira le monstre hurlant puis le lâcha. Le corps démantelé et définitivement silencieux retomba dans le lac.

Cela n'empêcha pas les autres Urgals d'avancer. De la fumée s'échappant de ses naseaux, Saphira plongea de nouveau. Elle zigzagua pour éviter une nuée de flèches ; la plupart glissèrent sur ses écailles, mais d'autres lui transpercèrent les ailes. Elle rugit de douleur.

Par empathie, Eragon ressentit un élancement au bras. Il dut se retenir pour ne pas se porter à son secours. La peur courut dans ses veines lorsqu'il vit les Kulls se rapprocher. Il voulut accélérer, mais ses muscles lui faisaient mal ; la berge était trop glissante.

Soudain, dans une grande éclaboussure, Saphira s'immergea dans le Kóstha-mérna, créant un déferlement de vagues. Les Urgals regardèrent avec appréhension l'eau leur lécher les pieds. L'un d'eux poussa un grognement indéchiffrable et brandit sa lance.

La dragonne jaillit des profondeurs dans une gerbe d'eau. Sa mâchoire se referma sur l'arme. D'un mouvement de tête, elle l'arracha des mains du monstre et la brisa comme une brindille. Avant qu'elle ne se fût saisie de l'Urgal, les autres monstres avaient projeté leurs lances sur elle. Le museau de Saphira se mit à saigner.

La dragonne recula et siffla, furieuse, frappant l'eau de sa queue. Sa lance pointée sur elle, le Kull qui marchait en tête fit un brusque écart avant de s'effondrer lorsque Saphira lui mordit les jambes. De ce côté, les Urgals étaient bloqués ; cependant, le deuxième groupe filait toujours vers la chute.

« Je m'occupe de ceux-là, dit-elle à Eragon. Mais dépêche-toi : je ne pourrai pas les retarder longtemps. »

Déjà, sur la berge, des archers la visaient. Le Dragonnier s'efforça d'accélérer ; il buta contre une pierre et ne dut qu'à la poigne de Murtagh de ne pas tomber de tout son long. Se soutenant mutuellement, ils encouragèrent les chevaux à grands cris.

Ils approchaient de la chute. Un mur d'eau blanc d'écume dégringolait du haut de la falaise dans un grondement d'avalanche, martelant les rochers avec fureur. Un brouillard de gouttelettes mouilla le visage des jeunes gens. Là, la berge s'élargissait, leur offrant une certaine liberté de mouvement.

Saphira rugit : une lance venait de se planter dans sa cuisse. Elle disparut sous l'eau. Les Urgals en profitèrent pour se précipiter en avant à grandes enjambées. Ils n'étaient plus qu'à quelques centaines de pieds.

– Qu'est-ce qu'on fait, maintenant ? demanda froidement Murtagh.

– Je ne sais pas ! cria Eragon. Laisse-moi réfléchir !

Il cherchait dans sa mémoire les dernières instructions d'Arya. Examinant le sol, il ramassa une pierre de la taille d'une pomme et frappa la paroi, au bord des chutes, en clamant :

– Aí varden abr du Shur'tugals gata vanta !

Rien ne se passa.

Il essaya encore, plus fort. Et ne parvint qu'à se faire mal à la main. Désespéré, il se tourna vers Murtagh :

– Nous sommes pié...

Il s'interrompit. Saphira venait d'émerger, arrosant les jeunes gens d'eau glacée. Elle se posa sur la plage de galets et s'accroupit, prête à se battre.

Les chevaux reculèrent brusquement et ruèrent. Eragon toucha leur esprit pour les calmer.

« Derrière toi ! » l'avertit Saphira.

Le Dragonnier pivota. Le premier Urgal courait vers lui, sa lourde lance levée. Vu de près, un Kull ressemblait à une sorte de géant, avec des bras et des jambes aussi gros que des troncs d'arbres.

Murtagh abattit son bras, propulsant son épée à une vitesse incroyable. La longue lame s'enfonça en crissant dans la poitrine du Kull, qui s'écroula sur le sol avec un gargouillis étranglé. Avant que le suivant n'attaquât, Murtagh avait retiré son épée du cadavre.

Eragon leva la main. Sa paume scintilla :

– Jierda theirra kalfis !

La falaise répercuta l'écho de brusques craquements. Une vingtaine d'Urgals qui chargeaient roulèrent dans le Kósthamérna en hurlant et en tenant leurs jambes d'où pointaient des esquilles d'os brisés. Cela ne ralentit pas les autres. Pris de faiblesse, Eragon s'appuya sur Saphira.

Une volée de flèches, presque invisibles dans l'obscurité, fusa autour d'eux et se fracassa contre la paroi rocheuse. Eragon et Murtagh plongèrent, les mains sur la tête. Saphira rugit et leur fit un bouclier de ses flancs. Une seconde nuée de flèches crépita sur ses écailles.

– Et maintenant ? cria Murtagh. On ne peut pas rester là !

Aucune ouverture n'était visible dans la falaise. Saphira grogna. Une flèche venait de se planter au bord de son aile, déchirant la fine membrane. Eragon regardait fébrilement autour de lui, se demandant pourquoi la formule d'Arya n'avait pas fonctionné.

– Je suis perdu ! avoua-t-il. C'était pourtant là que nous devions aller !

– Si tu demandais à l'elfe ? suggéra Murtagh.

Lâchant son épée, il attrapa son arc dans le bât de Tornac, et, d'un mouvement rapide, s'abrita derrière Saphira pour tirer une flèche. Un Urgal tomba dans l'eau, la tête la première.

– Impossible, répondit le Dragonnier. Sa vie ne tient plus qu'à un fil. Elle n'aura pas l'énergie de parler.

– Alors, trouve quelque chose ! On ne résistera pas à une armée entière.

« Eragon... », le pressa Saphira.

« Quoi ? »

« Nous sommes du mauvais côté du lac. Moi aussi, j'ai lu dans la mémoire d'Arya en même temps que toi, et je viens de m'apercevoir que ce n'est pas le bon endroit. »

Elle baissa la tête pour éviter une nouvelle volée de flèches. Sa queue battit de douleur.

« Je n'en peux plus ! grogna-t-elle. Ils vont me mettre en pièces ! »

Eragon remit Zar'roc dans son fourreau d'un geste sec.

– Viens, Murtagh ! Les Vardens sont de l'autre côté du lac. Nous devons passer derrière la cascade !

Son compagnon leva les yeux vers le violent déluge qui leur barrait l'accès :

– Même si on réussit à passer, les chevaux ne nous suivront pas là-dessous !

– Je les convaincrai de le faire, dit fermement le Dragonnier. Et Saphira portera Arya.

Les cris des Urgals et les sonneries des cornes firent renâcler Feu-de-Neige. Sur son dos, l'elfe pendait tel un pantin, inconsciente du danger.

Murtagh haussa les épaules :

– Ça vaut mieux que d'être tué sur place.

Il détacha Arya ; Eragon la reçut dans ses bras.

« Je suis prête », dit Saphira en se redressant légèrement. Les Urgals hésitèrent, méfiants.

– On y va ! décida Eragon.

Avec l'aide de Murtagh, il posa Arya sur Saphira et glissa ses jambes dans les étriers. À peine avait-il terminé que Saphira déployait ses ailes et s'élevait au-dessus du lac. Les Urgals hurlèrent en la voyant leur échapper. Les flèches claquèrent sur son ventre. Sur la rive opposée, l'autre groupe de Kulls pressait le pas pour atteindre la chute avant que la dragonne n'atterrît.

Eragon pénétra de force dans l'esprit terrorisé des chevaux. Utilisant l'ancien langage, il leur enjoignit de traverser : sinon, les Urgals les tueraient et les mangeraient. S'ils ne saisirent pas tout, le sens général était clair.

Feu-de-Neige et Tornac secouèrent leur crinière et s'engagèrent entre le mur liquide et la paroi. Ils hennirent lorsque l'eau leur frappa le dos. Ils pataugeaient, malmenés par la force du courant. Murtagh rengaina son épée, courut après eux et disparut dans un tourbillon d'écume.

Eragon entendit les pas des Urgals dans son dos. Poussant un féroce cri de guerre, il plongea derrière Murtagh et ferma les yeux au moment où l'eau glacée s'abattit sur sa tête, l'entraînant dans le lac. La puissance de la cascade était telle qu'il crut avoir l'échine rompue. Le rugissement de l'eau emplit ses oreilles. Précipité jusqu'au fond du lac, il sentit des pierres sous ses pieds, donna un coup de talon pour remonter, refit surface. À peine eut-il inspiré un peu d'air que la cascade le renvoyait sous l'eau.

Il ne voyait qu'un bouillonnement blanchâtre. Il lutta de toutes ses forces pour retrouver l'air et soulager ses poumons brûlants. Mais, dès qu'il remontait, la cataracte le rejetait au fond. Pris de panique, il se débattit, agitant les bras et les jambes. Mais, alourdi par Zar'roc et ses vêtements mouillés, il coulait inexorablement, incapable de prononcer les mots magiques qui l'auraient sauvé.

Soudain, une main puissante l'attrapa par un pan de sa tunique et l'extirpa hors de l'eau. Son sauveteur l'emporta vers la berge en quelques brasses. Eragon espéra qu'il s'agissait de Murtagh, et non d'un Urgal. Il titubait sur la rive de galets. Il tremblait violemment, tout le corps parcouru de frissons.

Il perçut, sur sa droite, des bruits de combat. Il se tourna de ce côté, s'attendant à l'attaque d'un Urgal. Mais, sur la rive où il était un moment plus tôt, il vit les monstres tomber sous une pluie infernale de traits qui piquaient dru des mille et une crevasses de la paroi. De nombreux cadavres flottaient déjà sur le ventre, criblés de flèches. Les Kulls qui se trouvaient sur la rive où Eragon venait de s'échouer étaient en aussi mauvaise posture. Ni les uns ni les autres ne pouvaient battre en retraite, car des rangées de guerriers étaient apparus derrière eux. Un tir nourri de flèches empêchait les Urgals de refluer vers Eragon. Les archers invisibles semblaient décidés à bloquer les Kulls.

– Akh Guntéraz dorzâda ! grommela quelqu'un près d'Eragon. Qu'est-ce qu'ils s'imaginaient, ceux-là ? Tu aurais pu te noyer !

Le garçon le regardait, stupéfait. Ce n'était pas Murtagh qui l'avait tiré de là, mais un bonhomme minuscule, qui lui arrivait à peine à la taille.

Le personnage tordait soigneusement sa barbe pour l'essorer. Une cotte de mailles recouvrait ses larges pectoraux, laissant apparents ses bras musculeux. Une hache de guerre pendait à sa ceinture. Un casque de cuir bardé de fer, où était gravé un marteau entouré de douze étoiles, protégeait son crâne. Même avec son casque, l'homme ne dépassait pas quatre pieds de haut. Il regarda la bataille d'un air envieux et lâcha :

– Barzul ! Si seulement je pouvais me joindre à eux !

« Un nain ! » Eragon tira Zar'roc et chercha du regard Saphira et Murtagh. Il constata qu'une énorme porte de pierre à deux battants s'était ouverte dans la falaise, révélant un vaste tunnel d'une trentaine de pieds de large, s'enfonçant dans les profondeurs mystérieuses de la montagne. Des lampes où ne brûlait aucune flamme baignaient le corridor d'une pâle lueur saphir qui se reflétait dans le lac.

Murtagh et la dragonne se tenaient devant l'entrée du tunnel, entourés d'une foule étonnante de nains et d'humains. Un étrange personnage chauve et imberbe, vêtu d'une tunique pourpre et or et bien plus grand que les autres humains, pressait une dague contre la gorge de Murtagh.

Eragon rassemblait ses pouvoirs quand l'inconnu lança d'une voix pleine de menace :

– Arrête ! Si tu uses de ta magie, je tuerai ton délicieux ami. Il a eu la bonté de m'apprendre que tu étais un Dragonnier, mais si tu tentes la moindre folie, je le saurai. Tu ne peux rien me cacher.

Eragon voulut parler, mais l'homme renâcla et appuya plus fort sur la dague :

– Tais-toi ! Si tu dis un mot, si tu fais un geste sans y être autorisé, il mourra. Maintenant, tout le monde à l'abri !

L'œil rivé sur Eragon, il pénétra dans le tunnel, poussant Murtagh devant lui.

« Qu'est-ce que je fais, Saphira ? » demanda le garçon tandis que les hommes et les nains suivaient le chauve à la dague et emmenaient les chevaux.

« Tu les suis, en espérant rester en vie. »

Arya sur le dos, elle entra dans le tunnel, elle aussi, sous les regards méfiants de l'assistance. Eragon l'imita à contre-cœur, conscient que les guerriers observaient ses moindres gestes. Le nain qui l'avait sauvé marchait près de lui, une main sur le manche de sa hache.

À bout de forces, Eragon titubait. Les portes de pierre se refermèrent derrière eux dans un chuintement. Le Dragonnier se retourna et ne vit qu'un mur où l'on ne discernait plus la moindre trace d'ouverture. Ils étaient enfermés dans la montagne. Mais y étaient-ils en sécurité ?

SANS RÉPONSE

— Par ici, lança le chauve.

Il recula, tenant toujours la dague sous le menton de Murtagh ; puis il pivota et disparut derrière une porte voûtée. Des guerriers le suivirent, encadrant Eragon et Saphira. Les chevaux furent emmenés dans un autre tunnel.

Sonné par tous ces événements, Eragon emboîta le pas à Murtagh. Un regard vers Saphira lui apprit qu'Arya était toujours sur son dos. « Il lui faut l'antidote ! » pensait-il, éperdu, sachant que le Skilna Bragh poursuivait son action mortelle dans la chair de l'elfe.

Il se dépêcha d'enfiler l'étroit couloir derrière l'homme chauve. Les soldats gardaient leurs armes pointées sur lui.

Ils passèrent devant la sculpture d'un étrange animal doté d'épais piquants. Au-delà, le corridor tourna brutalement sur la gauche, puis sur la droite. Une porte s'ouvrit, et ils débouchèrent dans une salle nue, assez grande pour que Saphira pût s'y mouvoir à son aise. La porte se referma avec un bruit sourd. De l'autre côté, une clef grinça dans la serrure.

Eragon examina attentivement la pièce, Zar'roc serrée dans sa main. Les murs, le sol et le plafond étaient recouverts de marbre blanc qui reflétait une image fantomatique de chacun, comme un miroir de lait. Une lanterne semblable à celles du tunnel était suspendue à chaque angle.

– Nous avons une bl..., commença le Dragonnier.

D'un geste brusque, l'homme chauve le fit taire.

– Pas un mot tant que tu n'as pas été testé !

Il mena Murtagh vers l'un des soldats, qui pressa à son tour son épée contre le cou du prisonnier. Puis il frappa des mains :

– Donnez-moi vos armes !

Un nain ôta l'épée de Murtagh et la jeta sur le sol, où elle rebondit bruyamment.

Eragon détestait l'idée de se séparer de Zar'roc. Il détacha néanmoins son fourreau et le posa par terre avec sa lame. Près d'elle, il plaça son arc et son carquois ; et il repoussa le tas vers les guerriers.

– À présent, reprit l'homme chauve, écarte-toi de ton dragon, et avance lentement vers moi.

Troublé, Eragon obéit. Il avait à peine fait deux pas que le chauve cria :

– Arrête-toi ! Abaisse les défenses de ton esprit et prépare-toi à me laisser fouiller tes pensées et tes souvenirs. Si tu essayes de me cacher quelque chose que j'aimerais savoir, je le prendrai de force, et tu deviendras fou. Si tu ne te soumets pas, je tuerai ton compagnon.

– Pourquoi ?

– Pour m'assurer que tu n'es pas au service de Galbatorix. Et pour comprendre pourquoi des centaines d'Urgals sont à nos portes.

Ses yeux mi-clos dévisageaient le garçon avec une attention pleine de ruse :

– Nul n'entrera dans Farthen Dûr sans être testé.

– Nous n'avons pas le temps, protesta Eragon. Il nous faut un guérisseur !

– Silence ! tonna l'homme en tirant sur sa tunique avec ses doigts fins. Tant que tu n'as pas été soumis au test, tes mots n'ont pas de sens.

– Mais elle va mourir ! s'exclama le Dragonnier, furieux, en désignant Arya.

La situation était critique ; cependant, il ne céderait pas tant que l'elfe ne serait pas soignée.

– Cela peut attendre ! lança le chauve. Personne ne quittera la pièce sans que la vérité ait été faite sur cette affaire. Sauf si...

Le nain qui avait sauvé Eragon de la noyade dans le lac bondit en avant :

– Es-tu aveugle, Egraz Carn ? Ne vois-tu pas que c'est une elfe, sur le dragon ? Nous ne pouvons pas la garder ici si elle est en danger. Ajihad et le roi réclameront nos têtes si nous la laissons mourir.

L'homme chauve serra la mâchoire de colère. Puis il se calma et dit avec douceur :

– Bien sûr, Orik. Ce n'est pas ce que nous souhaitons.

Il claqua des doigts et montra Arya.

– Descendez-la du dragon ! ordonna-t-il.

Deux guerriers humains dégainèrent leur épée et s'approchèrent de Saphira d'un pas hésitant. La dragonne les regarda sans bouger.

– Vite, vite !

Les soldats détachèrent Arya de sa selle et l'allongèrent sur le marbre. L'un d'eux examina son visage et s'écria :

– C'est Arya, la porteuse d'œuf de dragon !

Les yeux d'Orik s'agrandirent de stupeur.

– Quoi ? lança l'homme chauve en vrillant son regard d'acier sur Eragon. Tu as beaucoup de choses à expliquer !

Eragon lui rendit son regard avec toute la détermination dont il était capable :

– Elle a été empoisonnée avec du Skilna Bragh quand elle était en prison. Seul le nectar de Túnivor peut la sauver.

L'expression de son interlocuteur devint indéchiffrable. Il resta un moment immobile. Seules ses lèvres se tordaient par moments :

– Très bien. Portez-la aux guérisseurs, et dites-leur de quoi elle a besoin. Protégez-la tant que la cérémonie sera en cours. D'autres ordres vous seront donnés alors.

Les soldats acquiescèrent d'un signe de tête et emmenèrent Arya. Eragon les suivit des yeux. Il aurait tant aimé accompagner l'elfe...

– Cela suffit ! reprit le chauve. Nous n'avons perdu que trop de temps. Prépare-toi à être sondé !

Eragon ne voulait pas laisser cet homme menaçant et agressif pénétrer dans son esprit, fouiller ses moindres pensées, ses sentiments les plus intimes. Mais résister n'aurait servi à rien.

L'atmosphère était tendue ; Murtagh le fixait avec intensité. Le Dragonnier courba la nuque et murmura :

– Je suis prêt.

– Parfait. Dans ce cas...

Il fut interrompu par Orik, qui intervint avec brusquerie :

– Ne lui fais aucun mal, Egraz Carn. Le roi t'en tiendrait rigueur.

Le chauve lui jeta un regard irrité, puis se tourna vers Eragon avec un petit sourire :

– Tant qu'il ne résiste pas...

Il baissa la tête et psalmodia quelques mots inaudibles.

Eragon haleta de douleur lorsqu'une sonde mentale déchira son esprit comme un coup de griffe. Roulant des yeux, il éleva instinctivement une barrière autour de sa conscience. L'attaque était d'une puissance incroyable.

« Ne fais pas ça ! » cria Saphira. Elle joignit ses pensées aux siennes, lui transmettant sa force. « Tu mets Murtagh en danger ! »

Eragon hésita, serra les dents, puis s'obligea à abaisser son bouclier, s'exposant à la curiosité vorace du chauve. Il sentit sa déception. La pression s'intensifia. C'était celle d'un esprit délabré, malsain, profondément mauvais.

« Il veut que je le combatte ! » s'exclama le Dragonnier quand une nouvelle vague de souffrance le submergea. Elle s'apaisa, puis monta de nouveau. Saphira fit de son mieux pour l'atténuer, incapable de la supprimer entièrement :

« Donne-lui ce qu'il veut. Protège le reste. Je t'aiderai. Il n'est pas de taille à lutter contre moi. Je lui dissimule notre échange de mots. »

« Alors, pourquoi ai-je encore si mal ? »

« La douleur vient de toi. »

Eragon grimaça. L'inquisition se faisait plus violente, tel un ongle grattant l'intérieur de son crâne. L'homme chauve se jeta avidement sur les souvenirs d'enfance du garçon pour les passer au crible.

« Ça ne le regarde pas ! gronda Eragon. Fais-le sortir de là ! »

« Je ne peux pas, répondit Saphira. Je te mettrais en danger. Je ne peux écarter de sa vue que ce qu'il n'a pas encore atteint. Réfléchis vite, et dis-moi ce que tu veux lui dissimuler ! »

Le Dragonnier essaya de se concentrer, malgré la douleur. Il parcourut sa mémoire depuis sa découverte de l'œuf de Saphira. Il cacha certaines de ses discussions avec Brom, en particulier tout ce que son vieux maître lui avait enseigné en ancien langage. De leurs voyages dans la vallée de Palancar, à Yazuac, Daret et Teirm, il ne dissimula presque rien. En revanche, il demanda à Saphira de voiler tout ce qui concernait les prophéties d'Angela et Solembum, leur cambriolage à Teirm, la mort de Brom, son propre emprisonnement à Gil'ead, et enfin la révélation de Murtagh quant à son identité.

Quand il mentionna cette dernière information, Saphira regimba. « Les Vardens ont le droit de savoir qui ils hébergent sous leur toit, surtout s'il s'agit du fils du Parjure ! »

« Fais-le, toi, dit-il, les dents serrées, luttant contre une autre vague de souffrance. Je ne serai pas celui qui le dénoncera, encore moins devant cet homme. »

« Ils le découvriront dès qu'ils testeront Murtagh », avertit Saphira d'une voix tranchante.

« Fais-le ! »

Une fois qu'il eut masqué les informations les plus importantes, Eragon n'eut plus qu'à attendre que le chauve terminât son inspection. C'était comme de rester assis, immobile, tandis qu'on vous arrache les ongles avec des tenailles rouillées. Tout son corps était rigide ; sa mâchoire crispée. Sa peau irradiait de fièvre, et la sueur coulait le long de son cou. Chaque seconde était un supplice.

L'homme chauve remonta le cours de sa vie avec la lenteur d'une plante grimpante s'élevant vers la lumière du soleil. Il s'intéressa beaucoup à des choses qui, selon Eragon, ne le regardaient pas, par exemple à sa mère, Selena. Il semblait s'attarder à dessein afin de prolonger le calvaire. Il passa un long moment à étudier les souvenirs que le garçon avait gardés des Ra'zacs, puis, plus tard, de l'Ombre. Ce n'est qu'après avoir analysé ses aventures dans les moindres détails qu'il se retira enfin de l'esprit d'Eragon.

La sonde mentale fut enlevée comme on enlève une écharde. Eragon frémit, vacilla... Des bras puissants le retinrent juste avant qu'il ne tombât, puis l'allongèrent sur le marbre froid. Il entendit Orik s'exclamer derrière lui :

– Tu as été trop loin ! Il n'est pas assez fort pour le supporter !

– Il vivra, répondit l'homme d'une voix sèche. C'est tout ce qui compte.

Un grognement furieux s'éleva dans l'assistance :

– Qu'as-tu trouvé ?

Un silence.

– Eh bien, est-il digne de confiance ou pas ?

Les mots furent prononcés à contrecœur :

– Il... n'est pas votre ennemi.

Des soupirs de soulagement se firent entendre dans la pièce. Eragon battit des paupières. Il se redressa tant bien que mal.

– Doucement, intervint Orik.

Le nain l'entoura d'un bras puissant pour l'aider à se remettre sur ses pieds. Eragon chancela. Il regardait l'homme chauve. Un grondement sourd monta de la gorge de Saphira.

L'inquisiteur les ignora. Il se tourna vers Murtagh, toujours gardé sous la menace de l'épée :

– C'est ton tour, à présent.

Murtagh se raidit et secoua la tête. La lame entailla légèrement son cou. Du sang coula sur sa peau.

– Non.

– Nous ne te protégerons pas ici si tu refuses.

– Vous avez déclaré Eragon digne de confiance. Donc vous ne pouvez pas menacer de le tuer pour m'influencer. Dès lors, rien de ce que vous direz ou ferez ne me forcera à vous ouvrir mon esprit.

L'homme ricana et leva ce qui aurait pu être un sourcil s'il en avait eu un :

– Et ta vie ? Je peux toujours te la prendre...

– Ça ne servira de rien, dit Murtagh froidement et avec une telle conviction qu'il était impossible de mettre sa parole en doute.

Le chauve explosa de colère :

– Tu n'as pas le choix !

Il s'avança d'un pas et plaça sa paume sur le front de Murtagh, refermant sa main pour lui maintenir la tête.

531

Murtagh se raidit, le visage dur comme le fer, les poings serrés, les muscles de son cou saillants. À l'évidence, il luttait contre l'attaque de toute sa force. Le chauve montra les dents, à la fois furieux et frustré par cette résistance. Ses doigts s'enfonçaient sans pitié dans les tempes de Murtagh.

Eragon grimaçait, conscient de la violence de cet affrontement.

« Tu ne peux pas l'aider ? » demanda-t-il à Saphira.

« Non, dit-elle doucement. Il refuse à quiconque l'accès à son esprit. »

Orik observa les combattants et fronça les sourcils, la mine sombre.

– Ilf carnz orodüm ! murmura-t-il.

Puis il s'avança et cria :

– Ça suffit !

Il attrapa le bras du chauve et l'écarta de Murtagh avec une puissance surprenante, étant donné sa taille.

L'homme recula en trébuchant et lança avec fureur :

– Comment oses-tu ? Tu mets en cause mon autorité, tu ouvres les portes sans ma permission, et maintenant tu m'interromps ! Tu n'as montré qu'insolence et traîtrise ! Crois-tu que ton roi te protégera, cette fois ?

Orik s'emporta :

– Tu les aurais laissés périr ! Si j'avais attendu davantage, les Urgals les auraient tués.

Il désigna Murtagh, qui respirait par à-coups.

– Rien ne nous donne le droit de le torturer pour obtenir des informations. Ajihad ne me sanctionnera pas. Pas après que tu as soumis le Dragonnier au test et l'as déclaré dénué de toute faute. De plus, ils nous ont ramené Arya.

– Lui permettras-tu d'entrer sans qu'il ait été examiné ? demanda l'homme chauve. Es-tu stupide au point de prendre un tel risque ?

Ses yeux flambaient de colère. Il semblait prêt à étriper le nain.

– Peut-il utiliser la magie ?

– Ce n'est...

– Peut-il utiliser la magie ? rugit Orik.

Sa voix profonde se répercuta dans la salle. Le visage du chauve se vida soudain de toute expression. Il mit les mains derrière le dos :

– Non.

– Alors, que crains-tu ? Il ne peut pas s'échapper. Il ne peut accomplir nulle diablerie, du moins si tes pouvoirs sont aussi grands que tu le prétends. Mais ne m'écoute pas : interroge Ajihad pour savoir ce qu'il souhaite.

Le chauve fixa Orik un moment. Ses traits étaient impénétrables. Puis il regarda au plafond et ferma les yeux. Une rigidité particulière s'empara de ses épaules, tandis que ses lèvres bougeaient sans bruit. Son front blême se plissa. Il serra les doigts, comme s'il étranglait un ennemi invisible. Pendant plusieurs minutes, il resta ainsi, plongé dans un dialogue silencieux.

Quand il rouvrit les yeux, il ignora Orik et lança aux guerriers :

– Dehors !

Tandis que les soldats sortaient en file, il s'adressa froidement à Eragon :

– Puisque je n'ai pas pu terminer mes vérifications, toi et ton... ami resterez ici pour la nuit. Il sera tué s'il tente de partir.

Sur ces mots, il pivota sur ses talons et quitta la pièce, son crâne pâle luisant sous la lumière des lanternes.

– Merci, murmura Eragon à Orik.

– Je vais m'assurer qu'on vous apporte à manger, grogna le nain.

Il lâcha un chapelet de mots dans sa barbe, puis s'éloigna en secouant la tête. Derrière lui, on referma la porte au verrou.

Eragon s'assit. Il se sentait étrangement éteint, après les péripéties de la journée et leur marche forcée. Ses paupières étaient lourdes.

Saphira se plaça près de lui. « Nous devons être prudents, dit-elle. Il semble que nous ayons autant d'ennemis ici que nous en avions dans l'Empire. »

Il acquiesça, trop fatigué pour parler.

Murtagh, les yeux vides et vitreux, s'appuya contre le mur et se laissa glisser sur le sol. Il porta sa manche contre la coupure sur sa gorge pour arrêter le sang.

– Ça va ? demanda Eragon.

Murtagh opina brièvement.

– Il a obtenu quelque chose de toi ?

– Non.

– Comment as-tu pu lui résister ? Il est si fort !

– J'ai... j'ai été à bonne école.

Il y avait une note d'amertume dans sa voix.

Le silence retomba sur eux. Le regard d'Eragon s'arrêta sur l'une des lanternes suspendues dans un coin. Ses pensées vagabondèrent, jusqu'à ce qu'il lâchât à brûle-pourpoint :

– Je ne leur ai pas révélé qui tu étais.

Murtagh parut soulagé. Il inclina la tête :

– Merci de ne pas m'avoir trahi.

– Ils ne t'ont pas reconnu ?

– Non.

– Et tu maintiens toujours que tu es le fils de Morzan ?

– Oui, soupira-t-il.

Eragon sentit alors un liquide chaud qui gouttait sur sa main. Il vit avec effroi du sang noir rouler sur sa peau. Il venait de l'aile de Saphira.

« Tu es blessée, je l'avais oublié ! s'exclama-t-il en se levant avec difficulté. Il est grand temps que je te soigne... »

« Attention ! On fait aisément des erreurs quand on est fatigué comme tu l'es. »

« Je sais. »

Saphira déploya l'une de ses ailes et la posa sur le sol. Murtagh observait Eragon, qui laissait courir ses mains sur la chaude membrane bleue en disant :

– Waíse heill !

Il répéta la formule à chaque fois qu'il rencontrait la déchirure d'une flèche. Par chance, toutes les blessures étaient relativement faciles à soigner, même celles que la dragonne avait sur le nez.

Sa tâche accomplie, Eragon s'appuya contre Saphira, le souffle court.

– J'espère qu'ils vont bientôt nous apporter à manger, dit Murtagh.

Eragon haussa les épaules. Il était trop épuisé pour avoir faim. Il croisa les bras. Le poids de Zar'roc à son côté lui manquait.

– Pourquoi es-tu là ? demanda-t-il.

– Quoi ?

– Si tu es réellement le fils de Morzan, comment se fait-il que Galbatorix te laisse aller et venir à travers l'Alagaësia ? Comment as-tu réussi à dénicher les Ra'zacs par toi-même ? Pourquoi n'ai-je jamais entendu raconter que le Parjure avait eu une descendance ? Et qu'est-ce que tu fabriques ici ?

À la fin, il criait presque.

Murtagh se passa les mains sur le visage :

– C'est une longue histoire.

– On n'est pas près de bouger d'ici, rétorqua Eragon.

– Il est trop tard pour discuter.

– Nous n'aurons probablement pas plus de temps pour cela demain.

Murtagh entoura ses jambes avec ses bras, appuya le menton sur ses genoux et se balança d'avant en arrière en fixant le sol.

– Ce n'est pas une...

Il s'interrompit :

– Je ne veux pas m'interrompre. Alors, mets-toi à l'aise. Mon histoire va durer un moment...

Eragon chercha une bonne position contre Saphira et fit signe à Murtagh. Saphira les regardait tous les deux avec intensité.

Le jeune homme commença d'une voix hésitante, qui gagna en force et en assurance au fur et à mesure qu'il parlait.

– Je crois être le seul enfant des Treize Serviteurs, ou des Parjures, comme on les appelle. Mais il se peut qu'il en existe d'autres : les Treize avaient le talent de se dissimuler où bon leur semblait. J'en doute cependant, pour des raisons que j'expliquerai plus tard.

Mes parents se sont rencontrés dans un petit village. Je n'ai jamais su lequel. Mon père était de passage, il voyageait pour le compte du roi. Morzan montra à ma mère un petit peu de tendresse, sans doute pour gagner sa confiance. Quand il partit, elle l'accompagna. Ils voyagèrent ensemble un certain temps ; et – la nature en décide parfois ainsi – elle tomba profondément amoureuse de lui. Lorsqu'il s'en aperçut, Morzan en fut enchanté, d'une part parce que cela lui offrait maintes occasions de la tourmenter ; et d'autre part parce qu'il découvrait l'avantage d'avoir une servante qui ne le trahirait pas.

Ensuite, lorsque Morzan dut retourner à la cour de Galbatorix, elle devint son plus fidèle instrument. Il l'utilisait pour transmettre ses messages. Il lui apprit les rudi-

ments de la magie, ce qui permettait à ma mère d'agir secrètement et, à l'occasion, d'obtenir des informations. Il fit de
son mieux pour la protéger des Treize, non pas parce qu'il
éprouvait le moindre sentiment à son égard, mais parce que
les autres auraient pu se servir d'elle contre lui. Cela dura
trois ans. Puis ma mère se retrouva enceinte.

Murtagh se tut un moment. Il tortilla une mèche de ses
cheveux avant de continuer d'une voix saccadée :

– Mon père était malin, il faut lui reconnaître ça. Il savait
que cette grossesse les mettait en danger, lui et ma mère, sans
parler du bébé – c'est-à-dire moi. Aussi, au petit matin, il la
conduisit hors du palais et l'emmena dans son château. Une
fois là-bas, il mit en place de puissants sortilèges interdisant à quiconque – hormis quelques serviteurs choisis – l'entrée de son domaine. Ainsi, la grossesse put être gardée
secrète de tous... sauf de Galbatorix.

– Pourquoi ?

– Galbatorix connaissait les détails intimes de la vie des
Treize. Leurs complots. Leurs combats. Et, le plus important,
leurs pensées. Il adorait les voir s'affronter, et il lui arrivait
fréquemment de favoriser l'un d'entre eux pour son propre
amusement. Mais, pour une raison que j'ignore, il ne révéla
jamais mon existence.

Je naquis à terme, et on me confia aux soins d'une nourrice,
pour que ma mère puisse retourner aux côtés de Morzan. Elle
n'avait d'ailleurs pas le choix. Morzan l'autorisait à me
rendre visite deux ou trois fois tous les mois ; le reste du
temps, nous étions séparés l'un de l'autre. Trois ans passèrent
ainsi, au cours desquels il m'a donné... la cicatrice que j'ai
sur le dos.

Murtagh rumina une minute, puis il reprit :

– J'aurais atteint ainsi l'âge d'homme si Morzan n'avait
pas été envoyé à la recherche de l'œuf de Saphira. Dès qu'il

se fut éloigné, ma mère, qu'il avait laissée derrière lui, disparut. Nul ne sait où, ni pourquoi. Le roi a tenté de la traquer, mais ses hommes ne trouvèrent jamais sa trace. Les enseignements de Morzan avaient porté leurs fruits.

À l'époque de ma naissance, seuls cinq des Treize étaient encore vivants ; lorsque Morzan partit, ce nombre s'était réduit à trois ; quand il a finalement combattu Brom à Gil'ead, il était le seul survivant. Les Parjures connurent des fins diverses : suicide, embuscade, usage abusif de la magie... Mais ce fut surtout l'œuvre des Vardens. J'ai ouï dire que ces pertes mettaient le roi dans des rages terribles.

Cependant, avant que la nouvelle de la mort de Morzan et de celle des autres nous fût parvenue, ma mère réapparut. De nombreux mois avaient passé depuis sa disparition. Sa santé était fragile, comme si elle relevait d'une maladie sévère ; et son état ne cessa d'empirer. Quinze jours plus tard, elle mourut.

– Que s'est-il passé, après ? demanda vivement Eragon.

Murtagh haussa les épaules :

– J'ai grandi. Le roi m'a recueilli au palais et a veillé à mon éducation. À part ça, il me laissait en paix.

– Alors, pourquoi es-tu parti ?

Un rire douloureux monta de la gorge de Murtagh :

– *Échappé* serait le mot juste. À mon dernier anniversaire au palais – j'avais dix-huit ans –, le roi m'a convié dans ses quartiers pour un dîner privé. Son invitation m'a surpris : j'avais toujours gardé mes distances avec les courtisans, et j'avais rarement rencontré Galbatorix. Il nous était arrivé de parler, auparavant ; mais toujours à portée d'oreilles de seigneurs à l'affût.

J'ai accepté son offre, bien sûr, conscient qu'il serait malavisé de ma part de refuser. Le dîner a été somptueux ; néanmoins, tout au long du repas, ses yeux noirs ne me lâchaient pas. Son regard était déconcertant, comme s'il cherchait à lire quelque chose de caché sur mon visage. Ne sachant comment réagir, j'ai fait de mon mieux pour entretenir une conversation polie. Mais il se taisait obstinément. J'ai fini par cesser mes efforts.

À la fin du repas, il a pris la parole. Tu n'as jamais entendu sa voix ; il m'est donc difficile de te faire comprendre à quoi elle ressemble. Ses mots m'hypnotisaient, comme un serpent qui aurait murmuré des mensonges dorés à mes oreilles. C'était l'homme le plus convaincant et le plus effrayant que j'aie jamais entendu. Il m'a dépeint sa vision de l'Empire tel qu'il l'avait imaginé. Il y aurait des villes magnifiques construites sur tout le territoire, où se presseraient les meilleurs guerriers, artisans, musiciens et philosophes. Les Urgals auraient enfin été éradiqués. Et l'Empire s'étendrait dans toutes les directions jusqu'à atteindre les quatre coins de l'Alagaësia. La paix et la prospérité fleuriraient ; mais, plus merveilleux encore, la caste des Dragonniers serait rétablie pour gouverner en douceur les fiefs de Galbatorix.

Sous le charme, je l'ai écouté pendant des heures. Quand il s'est tu, j'ai demandé avec empressement comment les Dragonniers seraient réinstallés, puisque chacun savait qu'il n'existait plus d'œufs de dragons. Galbatorix s'est alors figé et m'a regardé d'un air pensif. Il est resté silencieux un long moment ; puis il m'a tendu la main et m'a prié : « Accepteras-tu, ô fils de mon ami, de me servir pendant que je travaille à l'avènement de ce paradis ? »

Je connaissais l'histoire de son accession au pouvoir et celle de mon père. Cependant, le rêve qu'il avait évoqué devant moi était trop attirant, trop séduisant pour que je l'ignore. Je brûlais d'ardeur pour cette mission ; je lui ai fait allégeance avec ferveur. Visiblement ravi, il m'a donné sa bénédiction et m'a renvoyé en me disant : « Je ferai appel à toi quand le temps sera venu. »

Des mois ont passé. Quand son ordre m'est parvenu, toute mon excitation s'est réveillée. De nouveau, nous nous sommes rencontrés en privé ; mais, cette fois, il n'a été ni plaisant ni charmant. Les Vardens venaient de détruire trois de ses brigades au Sud, et sa fureur était sans bornes. Il m'a intimé, d'une voix terrible, de prendre la tête d'un détachement de troupes et de détruire Cantos, où des rebelles se cachaient à l'occasion. Quand je lui ai demandé ce que nous devions faire des habitants, et comment nous saurions s'ils étaient coupables, il a hurlé : « Ce sont tous des traîtres ! Brûlez-les sur le bûcher et couvrez leurs cendres de fumier ! » Il a continué de pester, maudissant ses ennemis et décrivant comment il purgerait cette terre de tous ceux qui contreviendraient à sa volonté.

540   Son ton était tout autre qu'à notre précédente rencontre. J'ai compris qu'il n'avait ni pitié, ni désir de gagner la confiance de son peuple ; il ne régnait que grâce à la force brute, guidé par ses seules passions. C'est à ce moment que j'ai décidé de fuir loin de lui et d'Urû'baen pour toujours.

Dès que j'ai été libéré de sa présence, Tornac, mon fidèle serviteur – mon maître d'armes – et moi-même nous sommes préparés à filer. Nous sommes partis cette nuit même ; mais, d'une façon ou d'une autre, Galbatorix avait prévu ma fuite, car des soldats m'attendaient aux portes. Ah ! Mon épée couverte de sang flamboyant dans le pâle halo de la lanterne ! J'ai été vainqueur, mais, dans l'affrontement, Tornac a été tué.

Seul et plein de remords, j'ai filé jusqu'à la maison d'un vieil ami, qui m'a hébergé. Pendant que je me tenais caché, j'écoutais attentivement toutes les rumeurs, essayant de prévoir ce que ferait Galbatorix et de planifier mon avenir.

J'ai appris alors que les Ra'zacs avaient été envoyés pour capturer ou tuer quelqu'un. Me rappelant le projet du roi à propos des Dragonniers, j'ai décidé de suivre les Ra'zacs au cas où ils découvriraient un dragon. Et c'est ainsi que je t'ai trouvé. Je n'ai pas d'autres secrets.

« Nous ne savons pas pour autant s'il dit la vérité », observa Saphira.

« Je sais, reconnut Eragon. Mais pourquoi nous mentirait-il ? »

« Il est peut-être fou... »

« J'en doute. »

Eragon passa un doigt sur les dures écailles de Saphira, regardant la lumière s'y refléter.

– Alors, reprit-il, pourquoi refuses-tu de te joindre aux Vardens ? Ils se méfieront de toi quelque temps, mais une fois que tu auras prouvé ta loyauté, ils te traiteront avec respect. En un sens, ne sont-ils pas tes alliés ? Ils se battent pour mettre un terme au règne de Galbatorix. N'est-ce pas ce que, toi aussi, tu souhaites ?

– Il faut vraiment tout t'expliquer ? s'étonna Murtagh. Je ne veux pas que Galbatorix apprenne où je suis. Or ce serait inévitable si les gens commençaient à dire que j'ai rallié ses ennemis. Ce que je n'ai jamais fait.

Il se tut et ajouta avec dégoût :

– Ces... *rebelles* ne veulent pas seulement renverser le roi, ils veulent détruire l'Empire. Et je refuse une telle chose. Ce ne serait plus que pillages et anarchie. Le roi est pourri, mais le système en lui-même est sain. Quant à gagner le respect des Vardens... Ha ! Dès qu'ils sauront la vérité, ils me traiteront en criminel, ou pire. Sans compter que les soupçons retomberont aussi sur toi, car nous avons voyagé ensemble.

« Il a raison », dit Saphira.

Eragon l'ignora.

– On n'en est pas là..., affirma-t-il en essayant de paraître optimiste.

Murtagh eut une moue de dérision et détourna le regard :

– Je suis sûr qu'ils ne seront...

Sa phrase fut interrompue par le bruit de la porte qui s'ouvrait. Deux bols furent poussés dans la pièce. Un quignon de pain et un morceau de viande crue suivirent ; puis le battant se referma.

– Enfin ! grommela Murtagh en allant chercher la nourriture.

Il lança la viande à Saphira, qui la happa dans l'air et l'avala tout rond ; puis il rompit le pain en deux, en donna la moitié à Eragon, prit son bol et s'isola dans un coin.

Ils mangèrent en silence.

– Je vais dormir, annonça Murtagh ensuite.

Il posa son bol et n'ajouta plus un mot.

– Bonne nuit, dit Eragon.

Il s'allongea près de Saphira, les bras sous la nuque. Elle enroula son long cou autour de lui, comme un chat ramène sa queue sur ses pattes, et elle posa sa tête près de celle du garçon. L'une de ses ailes était étendue au-dessus de lui, telle une tente bleue l'enveloppant d'obscurité.

« Bonne nuit, petit homme. »

Un léger sourire étira les lèvres d'Eragon, mais il dormait déjà.

LA GLOIRE DE TRONJHEIM

Eragon se réveilla en sursaut lorsqu'un grognement résonna à ses oreilles. Saphira était encore endormie. Ses yeux roulaient sous ses paupières. Sa lèvre supérieure tremblait, comme si elle s'apprêtait à hurler. Il sourit... puis sursauta quand la dragonne grogna de nouveau.

« Elle doit rêver ! » se dit-il. Il la regarda une minute, puis s'extirpa précautionneusement de sous son aile. Il se leva et s'étira. La pièce était fraîche, mais ce n'était pas désagréable. Murtagh était allongé sur le dos, les yeux clos, dans le recoin le plus éloigné.

Quand Eragon contourna Saphira, Murtagh s'étira à son tour.

– Bonjour, fit-il tranquillement.

– Depuis combien de temps es-tu réveillé ? chuchota Eragon.

– Depuis un moment. Je suis surpris que Saphira ne t'ait pas secoué plus tôt !

– J'étais si fatigué que j'aurais pu dormir en plein milieu d'une tempête, plaisanta Eragon.

Il s'assit près de Murtagh et appuya sa tête contre le mur.

– Tu sais quelle heure il est ? s'enquit-il.

– Non. C'est impossible à deviner, ici.

– Personne n'est venu nous voir ?

– Pas encore.

Ils restèrent ainsi, assis, immobiles et muets. Eragon se sentait étrangement lié à Murtagh. « J'ai porté l'épée de son père, qui aurait dû être son... son héritage. Nous sommes très proches sur de nombreux plans. Et pourtant, notre point de vue et notre éducation diffèrent du tout au tout. » Il pensa à la cicatrice de Murtagh et frissonna. « Quel homme peut faire ça à un enfant ? »

Saphira leva la tête et battit des paupières pour s'éclaircir les idées. Elle huma l'air, bâilla généreusement, sa grosse langue pendante. « Il s'est passé quelque chose ? » Eragon secoua la tête. « J'espère qu'ils vont nous donner plus à manger que cet en-cas d'hier soir. J'ai assez faim pour dévorer un troupeau de vaches ! »

« Ils te nourriront », affirma-t-il.

« Ça vaudrait mieux. »

Elle s'installa près de la porte pour attendre, la queue en balancier. Eragon ferma les yeux, finissant sa nuit. Il somnola quelque temps, puis se leva et se mit à arpenter la salle. Par désœuvrement, il examina une lanterne. Elle était constituée d'un seul morceau de verre en forme de goutte, mesurant deux fois la taille d'un citron, et abritait une douce lumière bleue qui ne vacillait ni ne tremblait. Quatre fins morceaux de métal enveloppaient délicatement le verre, partant du haut pour former un petit capuchon, puis descendant jusqu'à la base, où ils se divisaient en trois pieds gracieux. L'objet était beau.

L'inspection d'Eragon fut interrompue par un bruit de voix à l'extérieur de la pièce. La porte s'ouvrit, et une douzaine de guerriers entrèrent. L'homme de tête tressaillit en voyant Saphira.

Les soldats étaient suivis d'Orik et de l'homme chauve, qui déclara :

– Vous êtes convoqués par Ajihad, le chef des Vardens. Vous mangerez pendant le trajet.

Eragon et Murtagh se levèrent en le fixant d'un air méfiant.

– Où sont nos chevaux ? demanda Eragon. Puis-je récupérer mon épée et mon arc ?

Le chauve le toisa avec dédain :

– Vos armes vous seront rendues quand Ajihad le jugera opportun, pas avant. Quant à vos chevaux, ils vous attendent dans le tunnel. À présent, en route !

Au moment où il tournait les talons, Eragon s'enquit vivement :

– Comment va Arya ?

Le chauve hésita :

– Je ne sais pas. Les guérisseurs sont encore auprès d'elle.

Il sortit de la pièce, accompagné d'Orik.

L'un des gardes fit un geste :

– Passe le premier !

Eragon franchit le seuil, suivi de Saphira et de Murtagh. Ils reprirent le corridor qu'ils avaient emprunté la veille au soir, repassant devant la statue de l'étrange animal.

À l'entrée de l'énorme tunnel par lequel ils avaient pénétré dans la montagne, le chauve les attendait avec Orik, qui tenait les rênes de Tornac et de Feu-de-Neige.

– Vous chevaucherez l'un derrière l'autre au centre du tunnel, leur ordonna le chauve. Si vous tentez de dévier, vous en serez empêchés.

Eragon s'apprêta à monter Saphira, mais le chauve cria :

– Non ! Tu montes ton cheval jusqu'à nouvel ordre !

Eragon haussa les épaules et s'empara des rênes de Feu-de-Neige. Il sauta en selle, guida sa monture devant Saphira et lui dit : « Reste tout près, au cas où j'aurais besoin d'aide. »

« Bien sûr... », répondit-elle.

Murtagh monta Tornac, derrière Saphira. Le chauve fit un geste en direction des soldats, qui les encadrèrent tout en laissant le plus de place possible autour de Saphira. Orik et le chauve se placèrent en tête de la procession.

Le chauve frappa deux fois des mains et commença d'avancer. Eragon talonna légèrement Feu-de-Neige. Le groupe s'enfonça vers le cœur de la montagne. Les sabots des chevaux martelaient le sol de pierre ; l'écho de leurs pas résonnait dans l'espace vide. Çà et là, ils découvraient des portes et des ouvertures ménagées dans les murs polis, mais toutes étaient fermées.

Eragon s'émerveillait de la taille impressionnante du tunnel et de l'art avec lequel il avait été creusé. Les murs, le sol et le plafond se rencontraient à angle droit avec une précision absolue ; et, autant que le garçon pût s'en rendre compte, la trajectoire était parfaitement rectiligne.

Tandis qu'ils cheminaient, la hâte qu'avait Eragon de rencontrer Ajihad croissait. Le chef des Vardens était une personnalité mystérieuse aux yeux des habitants de l'Empire. Il avait accédé au pouvoir une vingtaine d'années plus tôt, au cours desquelles il avait engagé une guerre féroce contre le roi Galbatorix. Personne ne savait d'où il venait, ni même à quoi il ressemblait. On racontait qu'il était un stratège hors pair et un combattant brutal. Connaissant cette réputation, Eragon se demandait quel accueil leur serait réservé ; cependant, il se souvenait que Brom avait eu assez confiance dans les Vardens pour les servir, et cela atténuait ses inquiétudes.

En revoyant Orik, Eragon s'était posé de nouvelles questions. À l'évidence, le tunnel était l'œuvre des nains. Nul autre peuple n'avait ce talent de tailleur de galeries. Cela signifiait-il que les nains faisaient partie des Vardens ? ou se contentaient-ils de les abriter ? Qui était ce roi qu'Orik avait mentionné ? Était-ce Ajihad ? Eragon comprenait à présent que les Vardens avaient réussi à échapper aux poursuites de Galbatorix en s'abritant sous terre ; mais qu'en était-il des elfes ? Où se cachaient-ils ?

Pendant près d'une heure, le chauve les conduisit le long du tunnel, sans changer d'allure ni se retourner. « Nous avons probablement franchi plus d'une lieue, estima Eragon. Peut-être nous font-ils traverser toute la montagne ! »

Enfin, une faible lueur blanche poignit devant eux. Eragon plissa les yeux pour tâcher d'en discerner la source ; mais elle était encore trop loin. La clarté devenait plus vive au fur et à mesure qu'ils s'en approchaient.

Bientôt, il put distinguer, alignées le long des murs, des rangées d'épais piliers de marbre sertis de rubis et d'amé-thystes. D'innombrables lanternes suspendues entre les piliers déversaient une lumière liquide. Des entrelacs de fils d'or brillaient à la base des piliers comme de la dentelle en fusion. Au plafond étaient sculptées des têtes de corbeaux, figurés bec ouvert, comme en plein cri. Au fond du vestibule se dressait une colossale porte noire ; sur chaque battant, des lignes argentées scintillaient, représentant une couronne à sept pointes.

Le chauve s'arrêta et leva une main. Il s'adressa à Eragon :

– Maintenant, tu vas chevaucher ton dragon. Ne tente pas de t'envoler. Nous t'observons tous. Alors, n'oublie pas qui tu es ni ce que tu es.

Eragon descendit de Feu-de-Neige et monta Saphira.

« Je pense qu'ils veulent impressionner », dit-elle tandis qu'il s'installait sur sa selle.

« On verra, répondit-il en resserrant les étriers. J'aimerais avoir Zar'roc ! »

« Il vaut peut-être mieux que tu ne portes pas l'épée de Morzan, pour une première rencontre avec les Vardens. »

« C'est vrai. »

– Je suis prêt, annonça Eragon en carrant les épaules.

– Bien, dit le chauve.

Orik et lui se reculèrent de part et d'autre de Saphira, se mettant suffisamment en arrière pour qu'elle ouvrît clairement la marche.

– Va jusqu'aux portes ; puis, quand elles seront ouvertes, continue ta route. Avance lentement.

« Prête ? » demanda Eragon.

« Oui. »

Saphira s'approcha de la porte d'un pas mesuré. Ses écailles étincelaient, projetant des éclats de couleur sur les piliers. Eragon, nerveux, inspira profondément pour se calmer.

Sans avertissement, les battants pivotèrent sur des gonds invisibles. Tandis que le passage s'élargissait devant eux, les rayons du soleil entrèrent à flots. Momentanément aveuglé, Eragon battit des paupières. Quand ses yeux furent habitués à la clarté, il resta bouche bée.

Ils étaient dans un gigantesque cratère volcanique. Ses parois montaient en rétrécissant jusqu'à une petite ouverture, située si haut que le garçon ne pouvait estimer la distance qui l'en séparait – peut-être une douzaine de lieues. Un rai de lumière passait par l'orifice, illuminant le centre du cratère et laissant le reste de la caverne dans une semi-obscurité.

La paroi opposée du cratère, enveloppée d'un halo bleuté, paraissait éloignée de quelque dix lieues. Des stalactites géantes, épaisses de plusieurs centaines de pieds et longues de plusieurs milliers, étaient suspendues à une hauteur vertigineuse au-dessus d'eux, pareilles à des dagues scintillantes. Fort de son expérience acquise dans la vallée, Eragon savait que personne – pas même Saphira – ne pouvait atteindre de telles altitudes. Plus bas, sur les parois du cratère, de sombres épaisseurs de mousse et de lichen recouvraient la roche.

Eragon baissa les yeux et découvrit un large sentier pavé, partant du seuil qu'il venait de franchir. Le chemin courait droit vers le centre du cratère. Il se terminait au pied d'une montagne d'une blancheur éblouissante, brillant comme un diamant brut, et envoyant de tous côtés des éclats de lumière colorée. Son sommet n'arrivait pas à un dixième de la hauteur du cratère qui la surplombait et l'entourait, mais cette petitesse apparente était trompeuse : elle s'élevait à plus d'une lieue.

Aussi long qu'il fût, le tunnel ne les avait conduits qu'à travers un côté du cratère. Comme Eragon observait tout cela, Orik dit d'une voix grave :

– Regarde bien, humain, car nul Dragonnier n'a posé ses yeux sur ces parois depuis plus de cent ans. Le cratère dans lequel nous nous trouvons, c'est le Farthen Dûr. Korgan, le père de notre race, l'a découvert voilà des millénaires, tandis qu'il creusait à la recherche de l'or. Au centre se dresse le plus sublime des chefs-d'œuvre : Tronjheim, la ville-montagne, entièrement construite dans le marbre le plus pur.

Les portes grandes ouvertes s'immobilisèrent en grinçant.

« Une ville ! »

C'est alors qu'Eragon vit la foule. Il avait été si absorbé par sa contemplation du paysage qu'il n'avait pas remarqué la marée de gens rassemblés à la sortie du tunnel. Ils étaient alignés le long du sentier, nains et humains mêlés comme des arbustes dans un fourré. Ils étaient des centaines... non, des milliers ! Chaque visage, chaque regard était fixé sur Eragon. Et tous étaient silencieux.

Eragon se cramponna à l'un des piquants sur le cou de Saphira. Il vit des enfants en blouses sales, des hommes robustes aux poignets couturés de cicatrices, des femmes vêtues de robes tissées, et des nains aux visages ravinés, qui trituraient leur barbe. Tous arboraient la même expression tendue – celle d'un animal blessé, lorsqu'un prédateur s'approche et que la fuite est impossible.

Une goutte de sueur roula le long du visage d'Eragon. Il n'osa pas l'essuyer.

« Que dois-je faire ? » demanda-t-il avec angoisse.

« Sourire, saluer de la main, n'importe quoi ! » répondit Saphira.

Eragon tenta de sourire et ne sut que grimacer. Rassemblant son courage, il leva une main et l'agita. Aucune réaction. Il rougit, honteux, baissa le bras et courba l'échine.

Un seul « bonjour » rompit le silence. Quelqu'un applaudit bruyamment. La foule hésita une brève seconde ; puis un rugissement sauvage monta, et une vague d'ovations déferla sur Eragon.

– Très bien ! dit le chauve, derrière lui. Maintenant, avance.

Soulagé, le garçon se redressa et lança à Saphira d'un ton enjoué : « On y va ? » La dragonne arqua le cou et s'avança. Au moment où ils passaient devant la première rangée de spectateurs, Saphira regarda à droite et à gauche avant d'exhaler un nuage de fumée. La foule se tut, recula et applaudit de plus belle.

« Comédienne ! » la gourmanda Eragon.

Saphira agita la queue et l'ignora. Il observait avec curiosité les badauds qui se bousculaient au bord du chemin. Les nains étaient plus nombreux ; la plupart le regardaient avec animosité. Certains lui tournèrent même le dos et s'éloignèrent, le visage dur.

Les humains étaient des gens rudes et forts. Pas un homme qui ne portât une dague ou un couteau à la taille, quand ils n'étaient pas carrément armés pour la guerre. Les femmes avaient une démarche fière, mais elles semblaient dissimuler une profonde lassitude. Les rares enfants et les bébés dardaient sur Eragon leurs yeux écarquillés. Il était certain que ces gens avaient vécu des moments difficiles ; et qu'ils étaient prêts à tout pour se défendre.

Les Vardens avaient trouvé le refuge idéal. Les parois de Farthen Dûr étaient trop élevées pour qu'un dragon les survolât. Aucune armée ne parviendrait à forcer l'entrée, même si elle parvenait à distinguer les portes cachées.

La foule suivit de près la procession, laissant cependant un large espace autour de Saphira. Peu à peu, le brouhaha s'apaisa, mais Eragon restait au cœur de l'attention. Il jeta un coup d'œil en arrière et vit Murtagh chevaucher, raide, le visage blême.

Ils approchèrent de la ville-montagne. Le marbre de Tronjheim était parfaitement poli et ses contours aussi fluides que s'ils avaient été moulés sur place. Les murs étaient pourvus d'innombrables petites ouvertures rondes, bordées d'élégantes frises sculptées. Une lanterne de couleur était suspendue devant chaque fenêtre, projetant un éclat de lumière sur la pierre environnante. Nulle tourelle, nulle cheminée n'était visible. Deux griffons dorés, de trente pieds de haut, gardaient une porte massive en bois, encastrée dans les contreforts de Tronjheim.

Au-dessus, d'épaisses poutrelles soutenaient une très haute voûte.

Quand ils arrivèrent au pied de la ville, Saphira s'arrêta pour attendre les instructions du chauve. Comme rien ne venait, elle continua de marcher vers la porte. Les murs étaient ponctués par des piliers élancés en jaspe rouge sang. Entre les piliers se dressaient d'imposantes statues représentant des créatures fantastiques, capturées à jamais par le burin du sculpteur.

La lourde porte s'ouvrit dans un grondement. Des chaînes cachées relevèrent les poutrelles gigantesques, dévoilant un passage qui, sur quatre niveaux, conduisait au cœur de Tronjheim. Les trois premiers étages étaient percés de rangées d'arches révélant des tunnels gris qui s'incurvaient dans le lointain. Ces trouées étaient pleines de gens qui se pressaient pour regarder Eragon et Saphira. Au niveau du sol, cependant, les arches étaient fermées par de solides battants. Entre les étages étaient tendues de riches tapisseries, brodées de silhouettes de héros ou de tumultueuses scènes de bataille.

Des acclamations résonnèrent quand Saphira pénétra dans la ville et y parada. Eragon leva une main, déclenchant une nouvelle vague de bravos dans la foule, même si la plupart des nains refusaient de se mêler à cet accueil tonitruant.

Le très long hall d'entrée finissait par une arche flanquée de deux colonnes d'onyx noir. Des zircons [1] jaunes mesurant trois fois la taille d'un homme habillaient les colonnes noires, projetant des reflets dorés jusqu'au bout du hall. Saphira franchit le seuil, puis se figea et arqua le cou en émettant un fredonnement profond.

Ils étaient dans une salle circulaire, d'environ mille pieds de large, et s'élevant jusqu'au sommet de Tronjheim, ses parois se rétrécissant à mesure qu'elles montaient. Des arcs perçaient les murs. Il y en avait une rangée à chaque niveau de la ville-montagne. Le sol était taillé dans de la cornaline [2] polie ; dessus était représenté un marteau entouré de douze pentacles d'argent, comme sur le casque d'Orik.

Quatre halls, dont celui qu'ils venaient de traverser, convergeaient vers cette salle, divisant Tronjheim en quatre quartiers. Trois d'entre eux étaient identiques ; seul celui qui

---

1. Le zircon jaune, appelé aussi « jargon », est une variété de pierre dont les plus beaux spécimens imitent le diamant.
2. La cornaline est une pierre siliceuse qui ressemble au jaspe ou à l'onyx. Translucide, teintée de rouge orangé, elle est appréciée des bijoutiers.

s'ouvrait à l'opposé se distinguait des autres. À droite et à gauche, de hautes arches donnaient sur des escaliers qui descendaient en vis-à-vis avant de s'enfoncer sous terre.

Le plafond était surmonté d'une étoile en saphir jaune d'une taille monstrueuse. La pierre était aussi large qu'épaisse. On l'avait taillée en forme de rose épanouie. L'artisan avait exécuté cette œuvre avec un tel talent que la fleur paraissait presque réelle. Une large guirlande de lanternes bordait le saphir, qui projetait des striures de lumière dorée tout autour. Les rayons étincelants du joyau étoilé lui donnaient l'apparence d'un œil de géant fixé sur les visiteurs.

Eragon était fasciné. Rien ne l'avait préparé à cela. Il semblait impossible que Tronjheim eût été construite par de simples mortels. La ville-montagne rendait ridicules les merveilles de l'Empire. Eragon doutait que même Urû'baen pût se mesurer à la richesse et à la grandeur qui se manifestaient ici. Tronjheim était un témoignage sidérant de la puissance des nains et de leur persévérance.

Le chauve se plaça devant Saphira et dit à Eragon :

– À partir d'ici, tu dois mettre pied à terre.

Des protestations s'élevèrent dans la foule quand il eut parlé. Un nain conduisit Tornac et Feu-de-Neige à l'écart. Eragon descendit de sa selle, mais resta près de la dragonne tandis qu'à la suite du chauve ils foulaient le sol de cornaline pour gagner le passage qui s'ouvrait à droite.

Ils le longèrent sur plusieurs centaines de pieds, puis ils prirent un corridor plus petit. Leurs gardiens ne les lâchaient pas d'une semelle, malgré l'espace réduit. Après avoir tourné quatre fois à angle droit, ils parvinrent devant une porte massive en cèdre, que le temps avait teintée de noir. Le chauve l'ouvrit et les fit entrer, laissant les gardes à l'extérieur.

AJIHAD

Eragon entra dans un bureau élégant. Construit sur deux niveaux, il était tapissé de rangées d'étagères en bois de cèdre. Un escalier en fer forgé montait à un petit balcon, où étaient disposées deux chaises et une table de lecture. Des lanternes blanches étaient accrochées aux murs et au plafond, de sorte qu'on pouvait lire un livre n'importe où dans la pièce. Le sol de pierre était recouvert d'un tapis ovale au motif compliqué. À l'extrémité de la pièce, un homme était debout à côté d'un grand bureau en noyer.

Sa peau avait la couleur de l'ébène cirée. Son crâne était rasé, mais une barbe noire, taillée avec soin, recouvrait ses joues et sa lèvre supérieure. Ses traits prononcés durcissaient son visage, cependant que des yeux intelligents et graves luisaient sous ses sourcils. La largeur de ses puissantes épaules était soulignée par une veste rouge brodée d'or, qu'il portait par-dessus une chemise pourpre. Tout en lui exprimait dignité et autorité.

Il dit d'une voix forte et posée :

– Bienvenue à Tronjheim, Eragon et Saphira. Je suis Ajihad. Prenez un siège, je vous prie.

Eragon s'assit dans un fauteuil près de Murtagh, tandis que Saphira s'installait derrière eux d'un air protecteur.

Ajihad leva la main et claqua des doigts. Un homme apparut au pied de l'escalier. Il était l'exacte réplique du chauve. Eragon les regarda l'un après l'autre avec surprise. Murtagh se raidit.

– Votre trouble est compréhensible : ce sont des jumeaux, dit Ajihad en esquissant un sourire. Je vous dirais volontiers leur nom, mais ils n'en ont pas.

Saphira siffla de dégoût. Ajihad l'observa un moment, puis prit place dans un fauteuil à haut dossier. Les jumeaux se retirèrent derrière l'escalier et restèrent là, impassibles, l'un près de l'autre. Ajihad joignit les mains et fixa Eragon et Murtagh. Il les examina longtemps sans ciller.

Eragon s'agita, mal à l'aise. Le regard s'éternisait ; puis Ajihad baissa les mains et fit un signe aux jumeaux. L'un des deux s'approcha. Ajihad lui murmura quelques mots à l'oreille. Le chauve pâlit soudain et secoua la tête avec vigueur. Ajihad fronça les sourcils, puis acquiesça comme s'il venait d'obtenir une confirmation.

Il s'adressa à Murtagh :

– En refusant d'être testé, tu m'as mis dans une situation difficile. Tu as été autorisé à entrer dans Farthen Dûr parce que les jumeaux m'ont affirmé qu'ils étaient à même de te contrôler, et en reconnaissance de ce que tu as fait pour Eragon et Arya. Je comprends que tu souhaites garder certaines choses cachées dans ton esprit, mais, tant qu'il en sera ainsi, nous ne pourrons t'accorder notre confiance.

– De toute façon, vous ne me feriez pas confiance, lança Murtagh sur un ton de défi.

Le visage d'Ajihad s'assombrit, et un éclair menaçant passa dans ses yeux :

– Voilà bien vingt-trois ans qu'elle n'avait pas résonné à mon oreille... Pourtant je reconnais cette voix !

Il se leva, la mine inquiétante, la poitrine gonflée. Les jumeaux, alarmés, se penchèrent l'un vers l'autre pour échanger des chuchotements surexcités.

– C'était celle d'un autre homme, un être plus bestial qu'humain. Lève-toi !

Murtagh obéit avec circonspection. Ses yeux allaient des jumeaux à Ajihad.

– Remonte ta chemise ! ordonna Ajihad.

Murtagh s'exécuta en haussant les épaules.

– Et, à présent, tourne-toi !

Le jeune homme pivota sur le côté. La lumière tomba sur sa cicatrice.

– Murtagh…, lâcha Ajihad.

Un grognement de surprise échappa à Orik. Sans prévenir, Ajihad s'adressa aux jumeaux en tonnant :

– Étiez-vous au courant ?

Les deux chauves courbèrent l'échine :

– Nous avons découvert son nom dans l'esprit d'Eragon, mais nous n'avions pas pensé que ce *garçon* était le fils du si puissant Morzan. Il ne nous est pas…

– Et vous ne me l'avez pas dit !

Ajihad leva la main pour couper court à leurs explications :

– Nous en reparlerons plus tard.

Il revint à Murtagh :

– D'abord, je dois dissiper cette confusion. Refuses-tu toujours d'être testé ?

– Oui, dit le jeune homme d'une voix tranchante en remettant sa chemise. Je ne laisserai personne pénétrer mon esprit.

Ajihad s'appuya sur son bureau :

– Si tu t'obstines, tu en subiras les conséquences. Tant que les jumeaux ne seront pas en mesure de me certifier que tu n'es pas une menace, nous ne t'accorderons aucun crédit, malgré – ou même à cause de – l'aide que tu as apportée à

Eragon. Sans cette vérification, les habitants de Tronjheim, les nains comme les humains, te réduiront en miettes s'ils apprennent ta présence. Je serai forcé de te garder à l'isolement en permanence, autant pour ta sécurité que pour la nôtre. Et ta situation s'aggravera si Hrothgar, le roi des nains, demande qu'on te livre à lui. Ne te condamne pas à une telle extrémité, alors que tu peux aisément l'éviter...

Murtagh secoua la tête, buté :

– Non ! Même si j'acceptais de me soumettre, je continuerais d'être considéré comme un lépreux et un hors-la-loi. Tout ce que je souhaite, c'est partir. Si vous me laissez quitter Tronjheim tranquillement, je jure de ne jamais révéler votre retraite à l'Empire.

– Et si tu es capturé et livré à Galbatorix ? rétorqua Ajihad. Il saura t'arracher tous les secrets que tu dissimules dans ton esprit, quelle que soit ta force. Et, même si tu lui résistes, comment être certain que tu ne t'allieras pas avec lui dans l'avenir ? Je ne peux pas courir ce risque.

– Allez-vous me garder prisonnier à perpétuité ? s'insurgea Murtagh.

– Non. Seulement jusqu'à ce que tu acceptes d'être examiné. Si tu es jugé digne de confiance, les jumeaux effaceront de ton esprit tout ce que tu connais sur l'emplacement de Farthen Dûr avant que tu ne repartes. Ainsi, tes souvenirs ne tomberont pas entre les mains de Galbatorix. Alors, que décides-tu, Murtagh ? Choisis vite, sinon nous choisirons pour toi.

« Cède ! supplia Eragon en silence, inquiet pour la sécurité de son compagnon. C'est un combat inutile ! »

Finalement, Murtagh parla d'une voix lente et distincte :

– Mon esprit est le seul sanctuaire que nul n'ait jamais violé en moi. Des hommes ont essayé de s'y introduire par le passé ; mais j'ai appris à le défendre avec la dernière vigueur, car mes pensées intimes sont l'unique endroit où je sois en sûreté. Vous m'avez demandé la seule chose que je ne puisse vous donner, et encore moins à ces deux-là.

Il désigna les jumeaux et conclut :

– Faites de moi ce que bon vous semblera. Sachez néanmoins ceci : la mort me prendra avant que je ne m'ouvre à eux.

Une lueur d'admiration passa dans les yeux d'Ajihad :

– Je ne suis pas surpris par ton choix, même si j'aurais aimé qu'il fût autre. Gardes !

La porte de cèdre s'ouvrit d'un coup, et les guerriers jaillirent dans la pièce, armes au poing. Ajihad montra Murtagh du doigt et ordonna :

– Emmenez-le dans une cellule sans fenêtre et fermez la porte solidement. Postez six hommes devant l'entrée, et n'autorisez personne à lui rendre visite avant que je passe le voir. Et ne lui adressez pas la parole, vous non plus.

Les soldats entourèrent le prévenu et le regardèrent avec méfiance. Au moment où ils allaient quitter la pièce, Eragon attira l'attention de Murtagh et forma trois mots avec la bouche : « Je suis désolé. » Murtagh haussa les épaules, puis regarda droit devant lui, résolu. Il disparut dans le couloir avec les hommes. Le bruit de leurs pas décrut peu à peu.

Ajihad s'écria abruptement :

– Que tout le monde sorte d'ici, sauf Eragon et Saphira. Exécution !

Les jumeaux s'inclinèrent. Seul Orik osa protester :

– Sire, le roi doit savoir pour Murtagh. Et il y a aussi l'affaire de mon insubordination...

Ajihad grimaça et agita la main :

– Je parlerai à Hrothgar moi-même. Quant à ton attitude... Attends dehors que je t'appelle. Et ne laisse pas les jumeaux s'éloigner. Je n'en ai pas encore fini avec eux.

– Très bien, dit Orik.

Le nain inclina la tête et ferma la porte avec un bruit sourd.

Après un long silence, Ajihad s'assit en poussant un soupir fatigué. Il se passa une main sur le visage et leva les yeux au plafond. Eragon, impatient, attendit qu'il parlât. Comme Ajihad ne se décidait pas, il demanda :

– Arya va-t-elle bien ?

Ajihad abaissa le regard vers lui et dit avec gravité :

– Non. Mais les guérisseurs m'affirment qu'elle survivra. Ils se sont occupés d'elle toute la nuit. Le poison avait fait des ravages terribles. Sans toi, elle serait morte. Pour cela, tu as les remerciements les plus profonds des Vardens.

Les épaules d'Eragon se détendirent de soulagement. Pour la première fois, il se disait que leur course effrénée depuis Gil'ead avait valu la peine.

– Et maintenant ? s'enquit-il.

– Il faut que tu me dises comment tu as trouvé Saphira, et tout ce qui t'est arrivé depuis lors, déclara Ajihad en formant une flèche avec ses doigts. J'en connais des bribes grâce au message que Brom nous a fait parvenir ; les jumeaux m'en ont relaté d'autres. Mais je veux entendre tout cela de ta bouche, surtout les détails de la mort de Brom.

Eragon n'avait guère envie de narrer ses aventures à un étranger. Mais Ajihad était patient. « Allez ! » l'encouragea Saphira doucement. Eragon s'agita, puis se lança dans son histoire. Au début, il se sentit embarrassé ; puis il se détendit peu à peu. Saphira l'aidait à clarifier ses souvenirs en lâchant de temps à autre des commentaires. Pendant tout ce temps, Ajihad écouta attentivement.

Eragon parla pendant des heures, s'arrêtant souvent pour trouver ses mots. Il raconta à Ajihad l'épisode de Teirm – même s'il garda la voyance d'Angela pour lui. Il raconta comment Brom et lui avaient retrouvé les Ra'zacs. Il raconta même comment il avait vu Arya en rêve. Quand il en vint à Gil'ead et à sa confrontation avec l'Ombre, l'expression du visage d'Ajihad se durcit, et il s'appuya contre son dossier, le regard voilé.

Lorsqu'il eut achevé son récit, Eragon s'enfonça dans le silence, ruminant tous ces événements. Ajihad se leva, fit quelques pas, les mains dans le dos et, l'air absent, fixa l'une des étagères. Après un moment, il revint au bureau.

– La mort de Brom est une perte terrible, dit-il. C'était un ami très cher, et un allié de poids pour les Vardens. Il nous a sauvés maintes fois de l'anéantissement, grâce à sa bravoure et à son intelligence. Et aujourd'hui, par-delà la mort, il nous a offert l'unique arme qui puisse nous garantir le succès : toi.

– Mais qu'attendez-vous de moi ? souffla Eragon.

– Je te l'expliquerai en détail. Pour l'instant, nous avons des affaires plus urgentes à traiter. La nouvelle de l'alliance que l'Empire a nouée avec les Urgals est extrêmement préoccupante. Si Galbatorix lève une armée d'Urgals pour nous détruire, notre peuple aura du mal à survivre, même si la plupart d'entre nous sommes en sûreté à Farthen Dûr. Qu'un Dragonnier, fût-il aussi diabolique que Galbatorix, envisage de signer un pacte avec de tels monstres est une preuve indubitable de folie. Je frissonne en essayant d'imaginer ce qu'il leur a promis en échange de leurs services. Et puis, il y a cet Ombre... Peux-tu me le décrire ?

Eragon acquiesça :

– Il est grand, maigre et blême, avec des yeux et des cheveux rouges. Il était entièrement vêtu de noir.

– Et son épée, l'as-tu vue ? s'enquit Ajihad, pressant. Y avait-il une longue rayure sur la lame ?

– Oui, dit Eragon, étonné. Comment le savez-vous ?

– Parce que c'est moi qui l'ai faite en tentant de lui percer le cœur, répondit Ajihad avec un pâle sourire. Il s'appelle

Durza. C'est l'un des êtres les plus vicieux et les plus sournois qui aient jamais foulé cette terre. Il est le dévoué serviteur de Galbatorix, et un ennemi redoutable pour nous. Tu me dis que vous l'avez tué. Comment cela est arrivé ?

Eragon se le rappelait avec précision :

– Murtagh a tiré deux fois. La première flèche s'est fichée dans son épaule ; la deuxième entre les yeux.

– Voilà ce que je craignais ! lâcha Ajihad en fronçant les sourcils. Vous ne l'avez pas tué. Pour détruire un Ombre, il faut lui percer le cœur. Toute autre technique ne sert qu'à le faire disparaître momentanément, avant qu'il ne réapparaisse ailleurs sous une forme spirituelle. C'est un procédé pénible, mais Durza y survivra, et il reviendra plus fort que jamais.

Un lourd silence plana sur les deux hommes, tel un orage menaçant d'éclater. Puis Ajihad reprit :

– Tu es une énigme, Eragon. Un mystère dont nul ne connaît la réponse. Chacun sait ce que veulent les Vardens, ou les Urgals, ou même Galbatorix. Mais personne ne sait ce que tu désires, *toi*. Et cela te rend dangereux. Surtout pour Galbatorix. Il a peur de toi parce qu'il ne peut pas anticiper tes actions.

– Et les Vardens ? demanda Eragon calmement. Ont-ils peur de moi ?

– Non, répondit Ajihad en pesant ses mots. Nous espérons beaucoup de toi. Si cet espoir se révèle infondé, alors, oui, nous aurons peur.

Eragon baissa les yeux.

– Tu dois comprendre que ta position est très particulière, insista Ajihad. Des factions sont ici aux prises entre elles. Chacune veut servir ses intérêts propres, et rien que les siens. Depuis que tu es entré dans Farthen Dûr, leur influence et leur pouvoir ont commencé de dépendre de toi.

– Y compris les vôtres ? fit Eragon.

Ajihad rit, bien que son regard restât dur :

– Y compris les miens. Il y a certaines choses que tu dois savoir. La première, c'est comment l'œuf de Saphira est apparu sur la Crête. Brom t'a-t-il raconté ce qu'il est advenu de l'œuf après qu'il l'avait apporté ici ?

– Non, dit Eragon en jetant un coup d'œil à Saphira.

Elle battit des paupières et lui tira la langue.

Ajihad donna un petit coup sur son bureau avant de commencer son récit :

– Dès que Brom a rapporté l'œuf aux Vardens, tout le monde s'est passionné pour son destin. Nous avions cru que les dragons avaient été exterminés, et que leur race était éteinte. Les nains avaient une seule et unique préoccupation en tête : il fallait que le futur Dragonnier soit leur allié – même si certains d'entre eux étaient opposés à la simple idée qu'il y ait un nouveau Dragonnier. Les elfes et les Vardens avaient des opinions plus personnelles sur le sujet. La raison en était assez simple. Au cours de l'histoire, les Dragonniers ont toujours été soit des elfes soit des humains. La majorité d'entre eux étaient des elfes. Jamais il n'a existé de nains Dragonniers.

Suite aux trahisons de Galbatorix, les elfes étaient réticents à laisser les Vardens se charger de l'œuf. Ils craignaient que le bébé dragon ne naisse pour un humain aussi déséquilibré que le roi. C'était une situation délicate. Chacun voulait que le Dragonnier soit issu de ses rangs. Les nains ont envenimé le problème en se disputant avec les elfes ou avec nous à la moindre occasion. La tension a monté ; et il n'a pas fallu longtemps pour que les menaces fusent – quitte à ce que celui qui les avait lancées les regrette l'instant d'après. C'est alors que Brom a proposé un compromis qui permettait à toutes les parties de sortir de l'impasse la tête haute.

Il proposa que l'œuf soit gardé tour à tour par les Vardens et les elfes. Il changerait de mains chaque année. Chez les uns comme chez les autres, les enfants paraderaient devant, et, ainsi, ceux qui veillaient sur l'œuf, cette année-là, auraient la possibilité de vérifier si le futur Dragonnier n'était pas parmi eux. Dans le cas contraire, ils restitueraient l'œuf à l'autre groupe, à la fin de la période. En revanche, si le dragon naissait, l'entraînement du nouveau Dragonnier commencerait immédiatement. La première année, il – ou elle – suivrait, ici, l'enseignement de Brom. Puis le Dragonnier serait pris en charge par les elfes, qui termineraient son éducation.

Les elfes n'étaient pas très enthousiastes. Ils ont néanmoins fini par accepter le compromis, en stipulant que, si Brom venait à décéder avant l'éclosion du dragon, ils seraient libres d'éduquer le nouveau Dragonnier seuls, sans interférence d'aucune sorte. Nous n'avons pas rejeté leurs termes. Nous savions que le dragon choisirait de préférence un elfe ; mais nous avions désespérément besoin d'un semblant d'égalité.

Ajihad se tut. Son regard s'assombrit. La lumière soulignait ses hautes pommettes.

– Nous espérions que ce nouveau Dragonnier rapprocherait nos deux races. Nous avons attendu plus d'une décade ; l'œuf n'a pas éclos. Le sujet nous est un peu sorti de l'esprit ; nous ne l'évoquions plus que rarement – surtout pour regretter l'inactivité de l'œuf.

Et voilà que l'an dernier, nous avons subi une perte terrible. Arya et l'œuf ont disparu, alors qu'ils avaient quitté Tronjheim pour rejoindre la cité elfique d'Osilon. Les elfes ont été les premiers à se rendre compte qu'elle manquait à l'appel. Ils ont retrouvé son coursier et ses gardes du corps, morts, dans la forêt de Du Weldenvarden, et ont découvert un groupe d'Urgals massacrés. Mais, aucune trace d'Arya ou de l'œuf. Quand la nouvelle m'est parvenue, j'ai craint que les Urgals aient mis la main sur les deux disparus et que, en conséquence, ils ne tardent pas à apprendre la localisation de Farthen Dûr et de la capitale des elfes, Ellesméra, où vit leur reine, Islazandi. À présent, je comprends que les monstres étaient au service de Galbatorix, ce qui est bien pire.

Nous ne saurons pas exactement ce qui s'est passé durant l'attaque tant qu'Arya n'aura pas repris connaissance. Cependant, grâce à ce que tu m'as raconté, j'ai pu reconstituer un certain nombre de détails.

La veste d'Ajihad bruissa quand il s'accouda sur le bureau :

– L'attaque a dû être brève et foudroyante. Sans quoi, Arya se serait échappée. Surprise, privée d'endroit où se cacher, elle n'a pu faire qu'une chose : se servir de la magie pour projeter l'œuf ailleurs.

– Elle est bien magicienne ? voulut savoir Eragon.

Arya avait parlé de la drogue qu'on lui avait administrée pour museler son pouvoir ; il voulait qu'Ajihad lui confirmât qu'il s'agissait de pouvoir *magique*. Et il se demandait si elle ne pourrait pas lui enseigner d'autres mots en ancien langage.

– C'était l'une des raisons pour lesquelles on l'avait choisie pour transporter l'œuf, répondit Ajihad. Cependant, Arya ne pouvait nous le renvoyer : elle était trop loin. De plus, le royaume des elfes est protégé par des barrières secrètes qui empêchent quiconque de franchir leurs frontières par magie. Elle a dû penser à Brom et elle a envoyé l'œuf vers Carvahall dans un geste désespéré. Cela ne m'étonne pas qu'elle ait manqué sa cible. Les jumeaux m'ont expliqué que la télékinésie n'est pas un art de précision.

– Pourquoi se trouvait-elle à proximité de la vallée de Palancar ? s'enquit Eragon. Où vivent les elfes, en réalité ? Où est... Ellesméra ?

Ajihad posa sur Eragon un regard affectueux tandis qu'il pesait sa question.

– Je ne te dis pas cela à la légère, répondit-il, car les elfes gardent jalousement leur secret. Mais tu as le droit de savoir, et je vais te répondre en signe de confiance. Leurs villes sont bâties au Nord, au plus profond de l'immense forêt qu'est Du Weldenvarden. Depuis l'ère des Dragonniers, nul, humain ou nain, n'a été assez lié aux elfes pour être invité dans leurs retraites sylvestres. Moi-même j'ignore où trouver Ellesméra. Quant à la cité d'Osilon... Vu l'endroit où Arya a disparu, j'imagine qu'elle est située aux abords de la lisière ouest de Du Weldenvarden, en direction de Carvahall. Tu dois avoir beaucoup d'autres questions, mais laisse-moi d'abord terminer.

L'homme rassembla ses souvenirs, puis raconta rapidement :

– Quand Arya a disparu, les elfes ont rejeté l'alliance avec les Vardens. La reine Islazandi, surtout, était furieuse, et a rompu tout contact avec nous. Par conséquent, bien que j'aie reçu le message de Brom, les elfes ignorent encore tout de toi et de Saphira. Privés de leur renfort pour soutenir nos troupes, nous avons beaucoup souffert, ces derniers mois, lors d'escarmouches avec l'Empire.

Ton arrivée et le retour d'Arya devraient, je l'espère, mettre fin à l'hostilité de la reine. Le fait que tu aies secouru Arya va grandement nous aider à plaider notre cause auprès d'elle. Cependant, ton entraînement va poser problème et aux Vardens, et aux elfes. À l'évidence, Brom a eu l'occasion de t'éduquer, mais nous devons savoir jusqu'où il est allé. Voilà pourquoi nous te ferons subir des épreuves, afin de déterminer l'étendue de tes capacités. De plus, les elfes exigeront que tu finisses ta formation auprès d'eux. Toutefois, je doute que nous ayons le temps.

– Pourquoi ?

– Pour plusieurs raisons, répondit Ajihad, les yeux fixés sur Saphira. La première est liée à ce que tu nous as appris sur les Urgals. Tu vois, Eragon, les Vardens sont dans une position extrêmement délicate. D'un côté, nous devons accéder aux exigences des elfes si nous voulons les compter parmi nos alliés. De l'autre, nous ne pouvons pas risquer de vexer les nains si nous désirons continuer à vivre à Tronjheim.

– Les nains ne font pas partie des Vardens ? demanda Eragon.

Ajihad hésita :

– Dans un sens, si. Ils nous hébergent ici, et ils nous prêtent assistance dans notre lutte contre l'Empire. Mais ils ne doivent loyauté qu'à leur roi. Je n'ai aucun pouvoir sur eux, sauf celui que me délègue Hrothgar, qui lui-même a des soucis avec les différents clans des nains. Ces treize clans lui sont théoriquement soumis ; mais chaque chef de clan possède un grand pouvoir. Ce sont eux qui choisissent le nouveau roi des nains lorsque le précédent meurt. Hrothgar a de la sympathie pour notre cause. Cependant, de nombreux chefs ne la partagent pas. Il ne peut se permettre de les froisser sans raison valable. Il perdrait l'appui de son peuple. Voilà pourquoi son soutien s'est beaucoup réduit ces derniers temps.

– Ces chefs de clan, dit Eragon, sont-ils aussi contre moi ?

– Et même pire, j'en ai peur ! renchérit Ajihad d'un ton las. L'inimitié entre les nains et les dragons ne date pas d'hier. Avant que les elfes ne viennent rétablir la paix, les dragons avaient pour habitude de dévorer régulièrement les troupeaux des nains et de leur voler leur or. Et les nains sont aussi prompts à la colère que lents à pardonner les fautes du passé. Ils n'ont bien sûr jamais accepté complètement les Dragonniers. Ils ne les ont jamais autorisés à imposer leur ordre dans leur royaume. L'accession de Galbatorix au pouvoir n'a fait que renforcer les convictions de beaucoup d'entre eux, selon lesquelles il vaut mieux ne plus avoir affaire aux Dragonniers ou à leurs dragons.

Ajihad avait adressé ces derniers mots à Saphira.

– Comment se fait-il que Galbatorix ignore où se trouvent Farthen Dûr et Ellesméra ? dit lentement Eragon. Il en a forcément entendu parler lors de sa formation par les Dragonniers !

– Entendu parler, oui ; mais nul ne lui a montré où ils sont. Une chose est de savoir que Farthen Dûr est situé quelque part dans les montagnes ; une autre est de l'atteindre. Galbatorix n'avait pas été conduit dans une de ces cités avant la mort de son dragon. Après, évidemment, aucun Dragonnier ne lui a fait confiance. Il a essayé d'arracher l'information à plusieurs d'entre eux durant sa révolte ; mais ils ont préféré mourir plutôt que la lui révéler. Quant aux nains, il n'a jamais réussi à en capturer un vivant, même si ce n'est sans doute qu'une question de temps.

– Alors, pourquoi ne prend-il pas la tête d'une armée qui arpenterait la forêt Du Weldenvarden jusqu'à ce qu'il trouve Ellesméra ? s'étonna Eragon.

– Parce que les elfes ont encore assez de pouvoir pour lui résister, répondit Ajihad. Il n'ose pas mesurer sa force à la leur. Du moins, pas encore. Mais sa maudite sorcellerie le rend plus puissant d'année en année. Avec un autre Dragonnier à ses côtés, rien ne l'arrêterait plus. Il essaye toujours de faire éclore l'un de ses deux œufs ; jusqu'à présent, il n'a pas réussi.

Eragon était sidéré :

– Comment son pouvoir peut-il augmenter ? C'est impossible ! Sa condition physique limite forcément ses capacités !

– C'est un mystère, reconnut Ajihad en haussant ses larges épaules. Pour les elfes comme pour nous. Nous en sommes réduits à espérer qu'un jour ou l'autre, il sera détruit par un de ses propres sorts.

La mine sombre, il sortit de sa veste un morceau de parchemin fatigué.

– Sais-tu ce que c'est ? demanda-t-il en le posant sur le bureau.

Eragon se pencha pour l'examiner. Des mots appartenant à une langue inconnue étaient écrits sur la page à l'encre noire. Le texte avait été rendu en partie illisible par des traces de sang. Un bord du manuscrit était carbonisé.

– Non, je ne vois pas, dit-il en secouant la tête.

– On l'a trouvé sur le chef des Urgals qu'on a massacrés la nuit dernière. Cela nous a coûté douze hommes. Ils se sont sacrifiés pour que tu aies la vie sauve. Cette écriture est une invention du roi. Il s'en sert pour communiquer avec ses serviteurs. Cela m'a pris du temps, mais j'ai réussi à la déchiffrer – du moins, là où le message était encore lisible.

Ajihad lut :

« ... est donné au gardien d'Ithrö Zhâda de laisser passer le porteur de la présente et ses hommes. On les logera avec leurs semblables et auprès de... uniquement si les deux factions s'abstiennent de se battre. Commandement sera confié à Tarok, Gashz, Durza, et Ushnark le Puissant. »

– Ushnark, c'est Galbatorix, commenta Ajihad. Cela signifie « Père » dans la langue urgale, et cette marque d'affection lui plaît.

Il poursuivit sa lecture :

« Trouvez-leur une affectation adéquate, et... On mettra à part les fantassins et les... On ne distribuera pas d'armes jusqu'à ce que... pour la marche. »

– À partir de là, le texte est illisible, à l'exception de quelques mots très vagues...

– Où est Ithrö Zhâda ? s'enquit Eragon. Je n'en ai jamais entendu parler.

– Moi non plus, reconnut Ajihad. C'est pourquoi je soupçonne Galbatorix d'avoir attribué à dessein un nom de code à un endroit que nous connaissons. Après avoir déchiffré ce message, je me suis demandé pourquoi des centaines d'Urgals étaient en route pour les montagnes du Beor où tu les avais vus la première fois. Le parchemin évoque « leurs semblables ». J'en déduis que d'autres Urgals les attendent à leur destination. Il n'y a qu'une raison pour laquelle le roi peut réunir une telle force : forger une armée bâtarde, mi-humaine, mi-monstrueuse, afin de nous détruire.

Pour le moment, nous ne pouvons qu'attendre et nous tenir sur nos gardes. Sans information supplémentaire, nous ne trouverons pas ce qu'est cet Ithrö Zhâda. Cependant, Farthen Dûr n'a pas encore été découvert. Il nous reste donc un espoir. Les seuls Urgals à l'avoir vu ont péri la nuit dernière.

— Comment avez-vous su que nous arrivions ? L'un des jumeaux nous attendait, et vous aviez préparé une embuscade pour cueillir les Kulls.

Il sentit que Saphira écoutait avec attention. Même si elle gardait ses pensées pour elle, il se doutait qu'elle aurait des choses à lui dire plus tard.

— Nous avons des sentinelles à l'entrée de la vallée que vous avez traversée, des deux côtés de la Dent-d'Ours, expliqua Ajihad. Elles ont envoyé une colombe pour nous avertir.

Eragon se demanda si ce n'était pas cet oiseau-là que Saphira avait failli gober.

— Quand l'œuf et Arya ont disparu, en avez-vous informé Brom ? Il disait n'avoir eu aucune nouvelle des Vardens.

— Nous avons tenté de l'alerter, dit Ajihad. Mais je crains que nos hommes n'aient été interceptés et tués par l'Empire. Sinon, pourquoi les Ra'zacs seraient-ils allés à Carvahall ? Après cela, Brom voyageait avec toi. Il nous était dès lors impossible de lui envoyer un mot. J'ai été soulagé quand il m'a contacté en me mandant un messager de Teirm. Ça ne m'a pas surpris qu'il se rende chez Jeod. Ils étaient de vieux

amis. Et Jeod pouvait aisément nous faire passer un message :
il nous approvisionne *via* le Surda.

Tout cela a soulevé de sérieuses questions. Comment
l'Empire a-t-il su où tendre un piège à Arya, et, plus tard, à
nos coursiers pour Carvahall ? Comment Galbatorix a-t-il
appris quels marchands travaillaient pour les Vardens ? Le
commerce de Jeod a pratiquement été anéanti depuis ton
départ. Ceux des marchands qui nous aident également.
Quand un de leurs navires quitte le port, c'est pour ne plus
revenir. Les nains ne peuvent pas tout nous fournir. Aussi les
Vardens ont-ils un besoin désespéré de vivres. J'ai peur que
nous n'ayons un traître – ou plusieurs – dans nos rangs, en
dépit de nos efforts pour sonder l'esprit des gens, et jauger
leur loyauté.

Eragon s'abîma dans ses pensées, réfléchissant à ce qu'il
venait d'apprendre. Ajihad attendit calmement qu'il prît la
parole. Le silence ne le dérangeait pas. Pour la première
fois depuis qu'il avait trouvé l'œuf de Saphira, Eragon avait
l'impression de comprendre ce qui se passait autour de lui.
Il savait enfin d'où venait Saphira ; et il avait une idée de ce
que l'avenir lui réservait.

– Que voulez-vous de moi ? demanda-t-il.

– Qu'entends-tu par là ?

– Ceci : qu'attendez-vous de moi, ici, à Tronjheim ? Les
elfes et vous avez des projets pour moi. Mais supposons qu'ils
ne me plaisent pas ?

Son ton se fit plus dur :

– Je combattrai quand il le faudra ; je me révélerai quand
l'occasion se présentera ; je me lamenterai quand l'heure
sera à la tristesse ; et je mourrai quand mon temps sera venu.
Mais jamais je ne laisserai personne se servir de moi contre
ma volonté.

Il se tut un instant pour laisser ses mots faire leur effet.

– Les Dragonniers du temps jadis étaient des arbitres de justice à la fois à côté et au-dessus des seigneurs de leur époque. Je ne réclame pas cette position. Je doute que les gens qui ont toujours été libres accepteraient une telle domination – surtout de la part d'un jeune tel que moi. Mais j'ai un pouvoir. Et je l'exercerai comme je l'entends. Je veux savoir ce que vous comptez faire de moi. Alors seulement, j'accepterai ou je refuserai.

Ajihad lui lança un regard ironique :

– Si tu n'étais pas un Dragonnier, et si tu parlais à un autre chef que moi, tu serais tué pour ton insolence. Crois-tu donc n'avoir qu'à demander pour que je te dévoile mes plans ?

Eragon rougit mais ne baissa pas les yeux.

– Cependant, tu as raison, poursuivit Ajihad. Ta position te donne le privilège de dire de telles choses. Pour autant, tu ne pourras pas éviter la dimension politique de ta situation. Tu *seras* influencé, d'une façon ou d'une autre. Je ne souhaite pas plus que toi te voir devenir un pion entre les mains d'un groupe. Tu dois lutter pour ta liberté, car c'est en elle que réside ton véritable pouvoir : celui de faire des choix échappant à l'autorité de tel chef ou de tel roi. Moi-même, je n'aurai sur toi qu'une autorité limitée, mais je pense qu'elle te sera bénéfique. La difficulté sera de savoir si les puissants accepteront de te faire participer à leurs délibérations.

Par ailleurs, quoi que tu en penses, le peuple de Tronjheim compte sur toi. Ils vont venir te soumettre leurs problèmes, même les plus insignifiants, et ils te demanderont de les résoudre.

Ajihad se pencha vers Eragon et déclara avec une extrême gravité :

– L'avenir de certains reposera entre tes mains. D'un mot, tu pourras les plonger dans la félicité ou dans l'affliction. Des jeunes filles voudront ton opinion sur le genre d'homme qu'elles doivent épouser – et beaucoup auront des vues sur toi. Des vieillards te consulteront pour savoir lequel de leurs enfants favoriser sur leur testament. Tu devras être bon et avisé avec tous, car ils ont mis leur confiance en toi. Ne te montre ni désinvolte ni irréfléchi, car tes mots pèseront bien plus lourd que tu n'auras pu l'estimer.

Ajihad se recula, les yeux mi-clos :

– Le fardeau du pouvoir, c'est qu'il te rend responsable du bien-être des gens dont tu as la charge. Je l'ai compris depuis le jour où j'ai été choisi pour gouverner les Vardens ; à présent, c'est ton tour. Prends garde. Je ne tolérerai pas qu'on commette d'injustice sous mon commandement. Ne t'inquiète pas de ta jeunesse et de ton inexpérience ; elles passeront bien assez vite.

L'idée que les gens puissent souhaiter son conseil embarrassait Eragon.

– Mais vous ne m'avez toujours pas dit ce que je dois faire ici ! s'écria-t-il.

– Pour le moment, rien. Tu as parcouru cent trente lieues en huit jours. C'est une performance dont tu peux être fier. Je suis sûr que tu apprécieras un peu de repos. Quand tu te seras remis, nous évaluerons tes compétences dans le maniement des armes et de la magie. Après quoi… eh bien, je te présenterai les différentes options qui s'offrent à toi, et tu décideras de ta ligne de conduite.

– Et Murtagh ? s'exclama Eragon, agressif.

Le visage d'Ajihad s'assombrit. Il glissa une main sous son bureau et en retira Zar'roc. Le fourreau poli de l'épée luisait dans la lumière. Ajihad passa une main dessus, s'attardant sur le symbole qui y était gravé :

– Il restera ici tant qu'il n'aura pas laissé les jumeaux sonder son esprit.

– Vous n'avez pas le droit de le garder prisonnier ! Il n'a commis aucun crime !

– Nous ne pouvons pas lui rendre sa liberté tant que nous ne sommes pas sûrs qu'il ne s'en servira pas contre nous, dit Ajihad avec une pointe de tristesse. Innocent ou pas, jusqu'à preuve du contraire, il est potentiellement aussi dangereux que son père l'était.

Eragon comprit qu'Ajihad ne se laisserait pas convaincre. Et son inquiétude était compréhensible.

– Comment avez-vous reconnu sa voix ?

– J'ai rencontré son père une fois, dit Ajihad brièvement.

Il tapota le pommeau de Zar'roc.

– J'aurais aimé que Brom me prévienne qu'il avait pris l'épée de Morzan. Je te suggère de ne pas te promener avec elle dans Farthen Dûr. Beaucoup, ici, se rappellent l'époque de Morzan avec haine. Surtout les nains.

– Je m'en souviendrai, promit Eragon.

Ajihad lui remit Zar'roc.

– À propos, fit-il, j'ai avec moi l'anneau de Brom – celui qu'il m'a envoyé pour confirmer que le message provenait bien de lui. J'avais l'intention de le rendre à mon vieil ami quand il repasserait à Tronjheim. Puisqu'il est mort, je suppose que le bijou te revient ; et je pense qu'il aurait voulu que tu en hérites.

Il ouvrit un tiroir de son bureau et y prit l'anneau.

Eragon l'accepta solennellement. Le symbole gravé sur le saphir était identique au tatouage qu'il avait vu sur l'épaule d'Arya. Il passa l'anneau à son index, admirant la façon dont il captait la lumière.

– Je... je suis honoré, dit-il.

Ajihad acquiesça gravement, puis recula son siège et se leva. Il fit face à Saphira et lui parla d'une voix vibrante :

– Ne crois pas que je t'aie oubliée, ô puissante dragonne !

Mes paroles s'adressaient autant à Eragon qu'à toi. Il est important que tu saches tout cela, car il t'appartient de le protéger en ces temps dangereux. Ne sous-estime pas ton pouvoir et sois toujours à ses côtés, car, sans toi, il est sûr de faillir.

Saphira baissa la tête pour fixer sur Ajihad la fente noire de ses pupilles. Ils s'examinèrent en silence. Aucun des deux ne cillait. Ajihad détourna les yeux le premier et dit doucement :

– C'est un grand privilège de te rencontrer.

« Il me plaît », fit Saphira avec respect. Puis, s'adressant à Eragon : « Dis-lui que je suis impressionnée et par Tronjheim et par lui. L'Empire a raison de le craindre. Qu'il sache néanmoins que, s'il avait décidé de te tuer, j'aurais détruit Tronjheim et je l'aurais déchiré entre mes crocs. »

Eragon hésita, surpris par la note venimeuse dans sa voix. Puis il transmit le message. Ajihad la regarda gravement :

– Je n'en attendais pas moins de quelqu'un d'aussi noble. Cependant, je doute que les jumeaux t'eussent laissée faire.

« Bah ! » grogna Saphira avec mépris.

Eragon comprit ce qu'elle signifiait :

– Alors, ils doivent être beaucoup plus forts qu'ils ne le paraissent, s'ils se croient capables d'affronter la colère d'une dragonne ! À deux, ils pourraient me vaincre ; mais Saphira, jamais ! Vous devriez savoir qu'en matière de magie, la dragonne d'un Dragonnier a des capacités infiniment supérieures à celles d'un simple magicien. Brom a toujours été plus faible que moi pour cette raison. Je crains que, en l'absence de Dragonniers, les jumeaux aient surestimé leurs pouvoirs.

Ajihad parut troublé :

– Brom était considéré comme l'un des plus puissants jeteurs de sorts. Seuls les elfes le surpassaient. Si tu dis vrai, nous serons amenés à reconsidérer bien des choses.

Il s'inclina devant Saphira :

– En tout cas, je suis content qu'il n'ait pas été nécessaire de vous molester, ni l'un ni l'autre.

Saphira hocha la tête en réponse.

Ajihad, reprenant son attitude seigneuriale, appela :

– Orik !

Le nain apparut aussitôt et vint se poster devant le bureau, les bras croisés. Ajihad lui lança un regard courroucé :

– Tu m'as causé beaucoup d'ennuis, Orik ! J'ai dû subir toute la matinée les jérémiades de l'un des jumeaux se plaignant de ton insubordination. Ils n'auront de cesse de me harceler tant que je ne t'aurai pas puni. Malheureusement, ils ont raison. La chose est trop sérieuse pour être ignorée. Une réparation s'impose.

Orik se tourna brièvement vers Eragon, mais son visage ne trahissait aucune émotion. Il parla d'une voix rude :

– Les Kulls avaient envahi les rives de Kóstha-mérna. Ils tiraient des flèches sur le dragon, sur Eragon et sur Murtagh. Et les jumeaux ne faisaient rien pour arrêter ça. Tels des... sheilven, ils refusaient d'ouvrir les portes, même lorsqu'on a pu entendre Eragon crier le mot de passe de l'autre côté de la chute. Et ils ont refusé d'intervenir quand Eragon ne parvenait pas à sortir de l'eau. Peut-être ai-je mal agi, mais je ne pouvais pas laisser périr un Dragonnier.

– J'étais trop épuisé pour me sortir de l'eau tout seul, intervint le garçon. Je me serais noyé si Orik ne m'avait pas tiré de là.

Ajihad lui jeta un coup d'œil et demanda sévèrement au nain :

– Et après, pourquoi t'es-tu de nouveau opposé à eux ?

Orik leva le menton d'un air de défi :

– Ils n'avaient pas à forcer le passage pour pénétrer dans l'esprit de Murtagh. Mais je ne les en aurais pas empêchés si j'avais su qui il était.

– Non, tu as bien fait d'agir ainsi, même s'il aurait été plus simple que tu n'en fasses rien. Nous n'avons pas à sonder l'esprit des gens contre leur gré.

Ajihad passa ses doigts dans sa barbe touffue :

– Tes actions étaient honorables. Mais tu as bravé les ordres de ton commandant. La peine encourue, c'est la mort.

Le dos d'Orik se contracta.

– Vous ne pouvez pas le tuer pour ça ! s'écria Eragon. Il n'a fait que m'aider !

– Tu n'as pas à interférer dans cette affaire, signala sèchement Ajihad. Orik a enfreint la loi. Il doit en subir les conséquences.

Eragon voulut protester de nouveau. Ajihad l'arrêta d'un geste de la main.

– Mais tu as raison. La peine doit être allégée en raison des circonstances. Dorénavant, Orik, tu es exclu du service actif. Interdiction t'est faite de participer à toute activité militaire qui relève de mon autorité. M'as-tu bien compris ?

Le visage d'Orik s'assombrit, puis, avec un air perplexe, il acquiesça sèchement :

– Oui !

– De plus, puisque tu es dégagé de tes tâches ordinaires, continua Ajihad, une étincelle amusée dans le regard, je te nomme guide d'Eragon et de Saphira pour la durée de leur séjour. Veille à ce qu'ils disposent du confort et des agréments qu'il nous revient de leur offrir. Saphira restera au-dessus d'Isidar Mithrim. Eragon aura le logement de son choix. Lorsqu'il aura récupéré de son voyage, emmène-le aux terrains d'entraînement. On l'y attend.

Orik s'inclina profondément :

– Je comprends.

– Très bien. Vous pouvez disposer. Envoie-moi les jumeaux en partant.

Eragon s'inclina à son tour ; mais, au moment de partir, il demanda :

– Où puis-je trouver Arya ? J'aimerais la voir.

– Personne n'est autorisé à lui rendre visite. Tu devras patienter jusqu'à ce qu'elle vienne à toi.

Ajihad baissa les yeux sur son bureau : l'entretien était terminé.

Bénis cette enfant, Argetlam !

Dans le hall, Eragon s'étira, ankylosé d'être resté si long-temps assis. Les jumeaux entrèrent dans le bureau d'Ajihad et fermèrent la porte. Eragon se tourna vers Orik pour s'excuser.

– Ne te bile pas, grogna le nain en tirant sur sa barbe. Ajihad m'a accordé ce que je voulais.

Saphira elle-même s'étonna de cette déclaration.

– Que veux-tu dire ? demanda Eragon. Tu n'as pas le droit de t'entraîner, tu es interdit de combat, tu en es réduit à me surveiller... C'est ce que tu souhaitais ?

Le nain le regarda calmement :

– Ajihad est un bon chef. Il sait appliquer la loi de manière équitable. Il m'a puni, mais je demeure un sujet de Hrothgar. Sous la loi de mon roi, je suis toujours libre.

Eragon comprit qu'il serait malavisé d'oublier la double loyauté d'Orik et la nature partagée du pouvoir à Tronjheim.

– En somme, Ajihad t'a placé en position de force ?

Orik eut un gros rire :

– En effet. Et de telle manière que les jumeaux ne peuvent s'en plaindre. Cela les agacera, pour sûr ! Ajihad est un malin, ça oui ! Viens, mon garçon ! Je parie que tu as faim. Et il faut qu'on s'occupe de ton dragon.

Saphira siffla.

— *Elle* s'appelle Saphira, dit Eragon.

Orik s'inclina légèrement devant elle :

— Mille pardons ! Je ferai en sorte de me le rappeler.

Il prit une lampe sur un mur et les conduisit le long du corridor.

— Il y a beaucoup de gens qui se servent de la magie dans Farthen Dûr ? demanda Eragon, hâtant le pas pour ne pas se laisser distancer par le nain.

Il tenait Zar'roc avec précaution, le symbole gravé sur le fourreau dissimulé sous son bras.

— Pas mal, dit Orik en haussant les épaules sous sa cotte de mailles. Mais nos magiciens sont tout juste capables de soigner des ecchymoses. Ils sont rassemblés autour d'Arya, à cause de l'énergie que requiert son traitement.

— Sauf les jumeaux.

— Oeí, grommela Orik. De toute façon, elle ne voudrait pas de leur aide. Ils ignorent l'art de la guérison. Complots et machinations pour prendre et garder le pouvoir, voilà leurs seuls talents. Deynor, le prédécesseur d'Ajihad, les a autorisés à rejoindre les Vardens parce qu'il avait besoin de leur soutien. Impossible de s'opposer à l'Empire sans avoir ses propres jeteurs de sorts sur le champ de bataille. C'est une paire de canailles, mais ils peuvent servir.

Ils pénétrèrent dans l'un des quatre tunnels qui traversaient Tronjheim. Des groupes de nains et d'humains y flânaient. Leurs voix résonnaient sur le sol poli. Les conversations s'interrompirent brusquement quand Saphira apparut. Tous les yeux se fixèrent sur elle. Orik ignora les badauds et tourna à gauche. Il se dirigeait vers l'une des lointaines portes de Tronjheim.

— Où va-t-on ? voulut savoir Eragon.

— On va sortir de ces vestibules. Saphira pourra ainsi s'envoler vers Isidar Mithrim, l'Étoile de saphir. La maison des dragons n'a pas de toit. Le sommet de Tronjheim est à ciel ouvert, comme celui de Farthen Dûr. De la sorte, elle – je veux dire : toi, Saphira, tu pourras voler directement jusqu'au refuge. C'est là que les Dragonniers faisaient halte quand ils visitaient Tronjheim.

– N'est-ce pas froid et humide, là-haut, s'il n'y a pas de toit ? s'inquiéta Eragon.

– Nay ! fit Orik en secouant la tête. Farthen Dûr nous protège des éléments. Ni pluie ni neige n'entrent ici. De plus, les murs du refuge sont percés de grottes de marbre, qui offrent tout l'abri nécessaire. La seule chose à craindre, ce sont les stalactites. On raconte que, si elles tombent, elles peuvent couper un cheval en deux.

« J'y serai bien, affirma Saphira. Une grotte de marbre est plus sûre que n'importe quel endroit où nous avons fait étape. »

« Peut-être... Crois-tu que Murtagh tiendra le coup ? »

« Ajihad me paraît être un homme d'honneur. À moins que Murtagh ne tente de s'échapper, je doute qu'il soit maltraité. »

Eragon croisa les bras. Il n'avait pas envie de poursuivre la conversation. Cette suite d'événements l'avait étourdi. Leur course folle depuis Gil'ead était enfin achevée, mais son corps réclamait qu'il se remît à courir et à chevaucher.

– Où sont nos chevaux ?

– À l'écurie, près de l'entrée. Nous pouvons aller les voir avant de quitter Tronjheim...

Ils sortirent de la cité par la porte qu'ils avaient franchie à l'aller. Les rangées de lanternes allumaient des reflets de couleur sur les griffons d'or disposés de chaque côté. Le soleil avait continué sa course pendant qu'Eragon parlait avec Ajihad. Ses rayons n'entraient plus dans Farthen Dûr par l'ouverture du cratère. L'immense cavité du cœur du volcan était d'un noir velouté. La seule lumière venait de Tronjheim, qui étincelait dans l'obscurité. L'éclat de la ville-montagne était assez vif pour éclairer le sol à des centaines de pieds à la ronde.

Orik désigna le sommet blanc de Tronjheim et dit à Saphira :

– De la viande fraîche et une source pure t'attendent là-haut ! Tu pourras t'installer dans la grotte qui te siéra. Quand tu auras fait ton choix, on te préparera une couche, et personne ne te dérangera.

– Je croyais qu'on restait tous ensemble, protesta Eragon. Je ne veux pas être séparé de Saphira.

Orik se tourna vers lui :

– Dragonnier Eragon, je ferais n'importe quoi pour te complaire, mais il vaudrait mieux que Saphira patiente dans la maison des dragons pendant que tu te restaures. Les tunnels qui mènent aux salles de banquet ne sont pas assez

larges pour qu'elle nous accompagne.

– Pourquoi ne peux-tu pas simplement m'apporter à manger là-haut ?

– Parce que c'est un long chemin pour y monter, et que la cuisine se fait en bas, répondit Orik d'un ton égal. Si tu le souhaites, on peut t'envoyer un serviteur avec un repas. Cela prendra du temps, mais, ainsi, tu mangeras avec Saphira.

« Il est prêt à le faire », pensa Eragon, étonné qu'on veuille bien tout lui accorder. Néanmoins, quelque chose dans l'attitude d'Orik lui fit supposer qu'il s'agissait d'un test.

« Je suis épuisée, dit Saphira. Et cette maison des dragons me paraît parfaite. Va, mange, puis viens me rejoindre. Ce sera bon de dormir tous les deux sans craindre ni bêtes sauvages ni soldats. Nous n'avons que trop souffert des dangers du voyage. »

Eragon la regarda d'un air pensif, puis il annonça à Orik :

– Je mangerai en bas.

Le nain sourit. Il semblait satisfait. Eragon ôta la selle de Saphira, de sorte qu'elle pût s'étendre sans être gênée. « Peux-tu prendre Zar'roc avec toi ? »

« Oui, répondit-elle en prenant l'épée et la selle entre ses crocs. Mais garde ton arc. Soyons confiants, pas naïfs. »

« Je sais », dit-il, nerveux.

D'un bond impétueux, Saphira décolla et monta dans l'air paisible. Le battement régulier de ses ailes troublait seul le silence dans l'obscurité. Lorsqu'elle eut disparu derrière la paroi de Tronjheim, Orik poussa un long soupir :

– Ah, mon garçon, tu as bien de la chance ! J'éprouve un brusque pincement au cœur : comme j'aimerais connaître ces ciels immenses, ces à-pics vertigineux où résonne le cri de chasse des oiseaux de proie ! Cependant, je suis mieux les deux pieds sur terre – et encore mieux *sous* terre...

Il claqua des mains bruyamment :

– Mais je néglige mes devoirs d'hôte ! Je sais que tu n'as pas mangé depuis le misérable souper dont les jumeaux t'ont fait grâce. Allons demander aux cuisines un peu de pain et de viande !

Eragon suivit le nain dans un dédale de couloirs jusqu'à une salle tout en longueur, remplie de rangées de tables en pierre, taillées pour des nains. Des flammes dansaient dans les fours de pierre placés derrière un grand comptoir.

Orik s'adressa dans une langue étrange à un nain au visage rude. Celui-ci lui tendit promptement des plateaux de pierre sur lesquels s'empilaient des champignons et du poisson fumants. Orik entraîna ensuite Eragon par une volée d'escaliers, et le fit entrer dans une petite alcôve creusée dans le mur extérieur de Tronjheim. Là, ils s'assirent en tailleur à même le sol. Sans un mot, Eragon attaqua sa nourriture.

Quand leurs plateaux furent vidés, Orik soupira de contentement et tira de sa poche une pipe au tuyau démesuré, qu'il alluma.

– Fameux, ce repas ! lança-t-il. Mais une bonne rasade de vin aurait été bienvenue pour faire descendre tout ça...

Eragon jeta un œil vers le bas :

– Vous cultivez la terre, à Farthen Dûr ?

– Non, ici, il y a juste assez de lumière pour faire pousser de la mousse, des champignons et des moisissures. Tronjheim ne peut survivre qu'en s'approvisionnant dans les vallées des environs. Voilà pourquoi nombre d'entre nous ont choisi de s'établir ailleurs, dans les montagnes du Beor.

– Alors, il y a d'autres cités de nains ?

– Pas autant que nous le souhaiterions. Et Tronjheim est la plus belle d'entre elles.

Orik s'appuya sur son coude et tira une grosse bouffée de sa pipe.

– Tu n'as visité que les niveaux inférieurs, expliqua-t-il, tu n'as donc pas pu te rendre compte. Tronjheim est presque déserte. Plus tu descends, plus elle est vide. Des étages entiers n'ont pas été habités depuis des siècles. La plupart des nains préfèrent vivre sous Tronjheim et Farthen Dûr, dans les cavernes et les galeries qui criblent la roche. Au cours des années, nous avons creusé largement sous les montagnes. On peut aller d'un bout à l'autre des Beors sans remonter à la surface.

– C'est dommage de disposer de tout cet espace et de ne pas l'utiliser, commenta Eragon.

Orik acquiesça :

– Certains étaient partisans d'abandonner cet endroit, qui épuise nos ressources. Mais Tronjheim possède un atout inestimable.

– À savoir ?

– En cas de nécessité, la ville peut abriter notre peuple tout entier. Trois fois seulement au cours de notre histoire, nous avons dû recourir à cette extrémité. Et cela nous a sauvés de l'anéantissement. Voilà pourquoi nous avons toujours une armée en alerte, prête à intervenir.

– Je n'ai jamais rien vu d'aussi magnifique, admit Eragon.

Orik sourit derrière sa bouffarde :

– Je suis content que tu le penses. Il a fallu des générations de nains pour construire Tronjheim. Pourtant, notre vie est plus longue que celle des hommes ! À cause de ce maudit Empire, peu d'étrangers ont eu la chance d'admirer cette splendeur.

– Combien de Vardens y vivent ?

– Tu parles de nains ou d'humains ?

– D'humains. Je veux savoir combien ont fui l'Empire.

Orik exhala un long nuage de fumée, qui plana paresseusement au-dessus de sa tête.

– Il y a environ quatre mille individus de ton espèce dans cette cité. Mais ça ne répond pas tout à fait à ta question. Seuls ceux qui sont prêts à se battre viennent ici. Les autres sont sous la protection du roi Orrin, au Surda.

« Si peu ? » songea Eragon, déçu. L'armée royale à elle seule atteignait environ seize mille hommes. Sans compter les Urgals...

– Pourquoi Orrin ne combat-il pas l'Empire ? demanda-t-il.

– S'il montrait le moindre signe d'hostilité, Galbatorix le réduirait à néant. Galbatorix sursoit à cette destruction parce que, à ses yeux, le Surda ne représente qu'une menace mineure. Ce qui est faux. C'est grâce au soutien d'Orrin que les Vardens disposent d'armes et de vivres. Sans lui, il n'y aurait aucune résistance face à l'Empire.

Que le nombre d'humains à Tronjheim ne te décourage pas. Il y a beaucoup de nains. Beaucoup plus que tu n'en as vu. Et tous se battront quand le temps sera venu. Orrin nous a aussi promis des troupes lorsque nous devrons affronter Galbatorix. Les elfes ont également juré de se joindre à nous.

Eragon toucha machinalement l'esprit de Saphira. Il la sentit fort occupée à dévorer un cuissot sanguinolent avec appétit. Il remarqua une fois de plus le marteau et les étoiles gravés sur le casque d'Orik.

– Que signifie ce symbole ? s'enquit-il. Je l'ai vu sur le sol de Tronjheim…

Orik enleva son casque et passa un gros doigt sur la gravure :

– C'est le blason de mon clan. Nous sommes les Ingietum. Nous travaillons le métal. Nous sommes des forgerons. Ce symbole orne le sol de Tronjheim parce qu'il était l'écusson de Korgan, notre fondateur. Un clan gouverne ; douze l'entourent. Le roi Hrothgar est Dûrgrimst Ingietum, comme l'était Korgan. Il a apporté gloire et honneur à ma maison.

En rapportant les plateaux au cuisinier, ils croisèrent un nain dans le hall. Celui-ci s'arrêta devant Eragon, s'inclina et dit avec respect :

– Argetlam !

Il s'éloigna avant qu'Eragon, rougissant mais étrangement ravi, eût improvisé une réponse. Personne ne s'était encore jamais incliné devant lui.

– Qu'a-t-il dit ? demanda-t-il en se penchant vers Orik.

Le nain haussa les épaules, embarrassé :

– C'est un mot elfique pour parler des Dragonniers. Il signifie « main d'argent ».

Eragon regarda sa main gantée et pensa à la gedweÿ ignasia qui marquait sa paume d'une tache blanche.

– Veux-tu retourner auprès de Saphira ? proposa le nain.

– Y a-t-il un endroit où je puisse prendre un bain, d'abord ? J'ai grand besoin de me débarrasser de la poussière de la route. Ma chemise est maculée de sang, déchirée et puante. J'aimerais en changer, mais je n'ai pas d'argent pour en acheter une autre. Que puis-je faire pour gagner la somme nécessaire ?

– Chercherais-tu à insulter l'hospitalité de Hrothgar, Eragon ? Tant que tu résideras à Tronjheim, tu n'auras pas à acheter quoi que ce soit. Tu nous revaudras cela d'autres manières. Ajihad et Hrothgar y veilleront. Viens. Je vais te montrer où te laver, puis je t'apporterai une chemise.

Le nain conduisit Eragon en bas d'un grand escalier qui menait dans les tréfonds de Tronjheim. Là, les couloirs devenaient des boyaux, où Eragon devait se tenir courbé, car ils ne mesuraient que cinq pieds[1] de haut. Toutes les lanternes étaient rouges.

– C'est pour que la lumière ne t'éblouisse pas si tu sors d'une cavité obscure, expliqua Orik.

Ils entrèrent dans une salle nue, dotée d'une petite porte sur le côté opposé. Orik la désigna :

– Les bains sont derrière. Tu trouveras aussi des brosses et du savon. Laisse tes vêtements ici. J'irai t'en chercher des propres pendant que tu te laveras.

Eragon le remercia et entreprit de se déshabiller. Il y avait quelque chose d'oppressant à se retrouver seul sous terre. Surtout avec un plafond de pierre aussi bas. Il se dénuda rapidement et, frigorifié, se dépêcha de gagner la porte.

Dans la pièce où il entra, il faisait noir comme dans un four. Il tâtonna du pied jusqu'à toucher une vasque d'eau chaude, dans laquelle il se glissa.

L'eau était légèrement salée, mais agréable et apaisante. Il resta un moment sur le bord, de peur de ne plus avoir pied. Puis, en s'aventurant plus loin, il découvrit que l'eau ne lui

---

1. Soit, environ, un mètre cinquante.

arrivait jamais qu'à la taille. Il s'avança jusqu'à un mur glissant près duquel il dénicha du savon et des brosses, et il se nettoya. Après quoi, les yeux fermés, il se laissa flotter, savourant la bonne chaleur.

Quand il émergea, dégoulinant, dans la pièce éclairée, il trouva une serviette, une belle chemise de lin et une paire de braies. Les vêtements lui allaient à peu près. Satisfait, il regagna le corridor.

Orik l'y attendait, la pipe à la main. Ils gravirent les escaliers, puis ils quittèrent la ville-montagne. Eragon leva la tête vers le sommet de Tronjheim et appela mentalement Saphira. Tandis qu'elle descendait de la maison des dragons, il demanda au nain :

– Comment communiquez-vous avec les gens qui vivent au sommet de Tronjheim ?

Orik eut un petit rire :

– Nous avons résolu ce problème depuis longtemps. Tu ne l'as pas remarqué, mais derrière les arches ouvertes qui longent chaque niveau, il y a un escalier unique et continu, qui monte en colimaçon autour du cœur de Tronjheim. L'escalier mène jusqu'au refuge, au-dessus d'Isidar Mithrim. Nous l'appelons Vol Turin, ce qui signifie « l'Escalier Sans Fin ». En temps normal, et encore plus en cas d'urgence, ce n'est pas pratique de le monter ou de le descendre à pied. Aussi, nous nous servons de signaux lumineux pour transmettre des messages. Il existe une autre voie, rarement utilisée. Lors de la construction de Vol Turin, un conduit poli a été creusé à côté. La trouée fonctionne comme un toboggan géant qui descend du sommet de la montagne.

Les lèvres d'Eragon s'étirèrent en un large sourire :

– C'est dangereux ?

– N'y pense même pas ! Le conduit a été taillé pour les nains, pas pour un humain. Si tu l'essayais, tu serais projeté dans les escaliers, contre les arches, peut-être même dans le vide.

Saphira atterrit à un jet de lance, les écailles scintillant. Tandis qu'elle saluait Eragon, des humains et des nains sortirent de Tronjheim et l'entourèrent avec des murmures intéressés. Eragon, inquiet, regardait la foule grossir.

– Tu ferais mieux d'y aller, dit Orik en le poussant en avant. Retrouve-moi à cette porte demain matin. Je t'y attendrai.

– Comment saurai-je que c'est le matin ? grommela le garçon.

– J'enverrai quelqu'un te réveiller. Maintenant, va !

Sans plus protester, Eragon se fraya un chemin à travers la foule des badauds qui se bousculaient autour de Saphira, et il grimpa sur son dos.

Avant que celle-ci eût pu décoller, une vieille femme s'avança et agrippa le pied d'Eragon. Il tenta de se libérer, mais la main de la vieille s'était refermée sur sa cheville comme une serre. Il ne parvenait pas à s'en défaire. Elle dardait sur lui des yeux gris au regard brûlant. Ses joues hâves étaient sillonnées de rides profondes. Elle tenait un petit ballot dans le creux de son bras gauche.

Effrayé, Eragon demanda :

– Que me veux-tu ?

La femme allongea le bras, et un linge tomba du ballot, révélant le visage d'un bébé. D'une voix rauque et désespérée, elle dit :

– Cette enfant n'a pas de parents. Elle n'a que moi pour prendre soin d'elle, et je suis si faible... Bénis-la de tout ton pouvoir, Argetlam. Bénis-la et porte-lui chance.

Eragon lança à Orik un coup d'œil implorant. Mais le nain resta impassible. La petite foule se taisait, attendant de connaître la réponse du Dragonnier. Les yeux de la femme restaient vrillés sur lui :

– Bénis-la, Argetlam ! suppliait-elle. Bénis-la !

Eragon n'avait jamais béni personne. Ce n'était pas une chose qu'on faisait à la légère, en Alagaësia. Une bénédiction pouvait aisément se transformer en malédiction si elle était prononcée sans conviction ou dans une mauvaise intention.

Eragon hésitait : « Oserai-je prendre cette responsabilité ? »

– Bénis-la, Argetlam ! Bénis-la !

Tout à coup, il se décida. Il chercha une phrase ou une formule adéquate. Rien ne lui venait à l'esprit jusqu'à ce que l'inspiration lui soufflât de parler en ancien langage. Ce serait une véritable bénédiction, prononcée avec des mots puissants par quelqu'un de puissant.

Il se pencha et ôta le gant de sa main droite. Posant sa paume sur le front du bébé, il psalmodia :

– Atra gülai un ilian tauthr ono un atra ono waíse skölir frá rauthr !

Ces mots le laissèrent étourdi comme s'il avait prononcé une formule magique. Lentement, il remit son gant et dit à la femme :

– C'est tout ce que je peux faire pour elle. Si de simples mots ont le pouvoir de repousser les destins tragiques, ce sont ceux-là.

– Merci à toi, Argetlam, murmura-t-elle en s'inclinant légèrement.

Elle voulut recouvrir le nouveau-né, mais Saphira renâcla et tendit le cou jusqu'à ce que sa tête touchât le bébé. La femme se figea, le souffle court. Saphira frôla l'enfant de ses naseaux, puis, lentement, se redressa.

Une rumeur monta de la foule, car sur le front de l'enfant, là où Saphira l'avait touchée, sa peau était marquée d'une étoile argentée qui scintillait, semblable à la gedweÿ ignasia d'Eragon. La femme fixait Saphira avec des yeux fiévreux, un remerciement muet dans le regard.

Aussitôt après, Saphira s'envola, éventant de ses puissants coups d'ailes les spectateurs pétrifiés.

Dès qu'ils se furent éloignés du sol, Eragon inspira profondément et se serra contre l'encolure de la dragonne.

« Qu'as-tu fait ? » chuchota-t-il.

« Je lui ai donné de l'espoir, répondit Saphira, et tu lui as donné un avenir. »

Eragon se sentit soudain très seul, malgré la présence de Saphira. Ici, tout lui était étranger. Pour la première fois, il mesura la distance qui le séparait de chez lui, là où tout avait été détruit, mais où son cœur était resté.

« Que suis-je devenu, Saphira ? murmura-t-il. Je suis à peine entré dans ma vie d'homme, et, déjà, j'ai devisé avec le chef des Vardens, je suis poursuivi par Galbatorix et j'ai voyagé de conserve avec le fils de Morzan. Et maintenant, on me demande ma bénédiction ! Quelle sagesse puis-je offrir aux gens qu'ils n'aient pas déjà apprise ? Quels exploits puis-je accomplir qu'une armée n'accomplirait pas mieux que moi ? C'est folie ! Je devrais être de retour à Carvahall avec Roran... »

Saphira prit son temps avant de répondre ; mais les mots qu'elle prononça étaient pleins de douceur : « Un nouveau-né, voilà ce que tu es. Un nouveau-né qui doit affronter le monde. Peut-être suis-je plus jeune que toi en nombre d'années, cependant mes pensées viennent de très loin. Ne t'inquiète pas de ce qui t'arrive. Trouve la paix là où tu es, tel que tu es. Le plus souvent, les gens savent ce qu'ils ont à faire ; à toi de leur montrer le chemin – là réside la sagesse. Quant aux exploits... Aucune armée n'aurait su bénir un enfant. »

« Mais ce n'était rien ! protesta-t-il. Une bagatelle ! »

« Non pas ! Ce que tu viens de vivre, c'est le début d'une autre saga, d'une autre légende. Crois-tu que cette enfant se contentera de tenir une taverne ou de cultiver son jardin, à présent qu'un dragon a marqué son front et qu'un Dragonnier l'a bénie ? Tu sous-estimes notre force... et celle du destin. »

Eragon baissa la tête : « Ça me dépasse. J'ai l'impression de vivre dans un mirage, dans un rêve où tout est possible. Des événements stupéfiants arrivent, je le sais ; mais je croyais qu'ils n'arrivaient qu'aux autres, dans d'autres lieux, à d'autres époques... Et voilà que j'ai trouvé ton œuf, que j'ai suivi l'enseignement d'un Dragonnier, et que j'ai affronté un Ombre. Le petit fermier que je suis – ou que j'étais – pouvait-il s'attendre à ça ? Quelque chose me transforme. »

« C'est ton destin qui te façonne, dit Saphira. À chaque âge, on a besoin de symboles. Peut-être le tien t'est-il tombé dessus sans crier gare. Aucun paysan ne devient Dragonnier par hasard. Ton nom annonçait une histoire qui se continue – ou qui se termine – à travers toi. »

« Oh, non ! soupira Eragon. Tu parles par énigmes... Si tout est écrit à l'avance, les choix que nous faisons ont-ils un sens ? Ou devons-nous seulement apprendre à accepter notre destin ? »

« Eragon, dit Saphira d'un ton ferme, quand j'étais dans mon œuf, je t'ai choisi. La chance qui t'a été offerte, beaucoup auraient risqué leur vie pour l'obtenir. En es-tu à ce point malheureux ? Libère ton esprit de telles pensées. Elles n'ont pas de réponses, et ne te rendront pas plus heureux. »

« C'est vrai, reconnut Eragon sombrement. Mais ça ne les empêche pas de rebondir sans cesse à l'intérieur de mon crâne. »

« Les événements se sont... disons, précipités, depuis la mort de Brom. Et cela n'a pas été facile pour moi non plus. »

Eragon fut surpris : Saphira était rarement perturbée !

À présent, ils survolaient Tronjheim. Eragon regarda en bas, à travers l'ouverture du sommet. Sous la maison des dragons, il vit Isidar Mithrim, la grande Étoile de saphir. Il savait que, dessous, il n'y avait rien, sinon le sol de l'immense hall central de Tronjheim. Saphira descendit vers le refuge en silence. Elle se glissa au-dessus d'Isidar Mithrim et se posa dans un crissement de serres.

« Tu ne vas pas le rayer ? » demanda Eragon.

« Je ne pense pas, répondit la dragonne. Ce n'est pas un diamant ordinaire. »

Eragon descendit de son dos et tourna lentement sur lui-même pour s'accoutumer à cet environnement inhabituel. Ils étaient dans une pièce circulaire, sans toit, d'environ soixante pieds de long sur dix-huit de haut. Le long du mur s'ouvraient des grottes obscures, de tailles variées : les unes n'étaient que de modestes niches, d'autres d'amples cavernes. Un immense pont en arcade menait hors du refuge.

Eragon examina le joyau sous ses pieds et, instinctivement, s'étendit dessus. Il pressa sa joue contre le froid saphir, et essaya de voir au travers. Des lignes tordues et des taches de couleur mouvantes brillaient à l'intérieur de la pierre, mais son épaisseur empêchait de distinguer nettement quoi que ce fût dans la pièce située cinq cents pieds en dessous.

« Dois-je dormir loin de toi ? »

Saphira secoua son énorme tête : « Non, il y a un lit qui t'est réservé dans ma grotte. Viens voir ! » Elle fit demi-tour et, sans ouvrir ses ailes, sauta vingt pieds plus haut, atterrissant dans une cavité de taille moyenne. Eragon se hissa à sa suite.

La grotte était d'un brun sombre, et plus profonde que ce qu'il avait imaginé. Les murs étaient si grossièrement taillés qu'elle semblait naturelle. Près du mur du fond, était posé un matelas assez grand pour que Saphira s'y lovât. À côté, un lit était dressé. La caverne était éclairée par une seule lanterne rouge, équipée d'un volet qui permettait d'atténuer son éclat.

« J'aime cet endroit, dit Eragon. On s'y sent à l'abri. »

« Oui », répondit Saphira, qui se pelotonnait sur sa couche en le regardant. Eragon se laissa tomber sur son lit avec un soupir, submergé par la fatigue.

« Saphira, tu n'as pas dit grand-chose depuis que nous sommes arrivés. Que penses-tu de Tronjheim et d'Ajihad ? »

« Il faut voir. Il semble, Eragon, que nous soyons engagés dans un nouveau type de combat. Les épées et les serres ne nous seront d'aucun secours. Les mots que nous prononcerons et les alliances que nous nouerons peut-être pas davantage. Les jumeaux nous haïssent. Nous devrons être sur nos gardes et nous défier des pièges qu'ils pourraient nous tendre. Rares sont les nains qui nous font confiance. Quant aux elfes, ils ne voulaient pas d'un Dragonnier humain. Nous aurons donc à affronter l'hostilité de certains d'entre eux. La meilleure chose à faire est de repérer ceux qui détiennent le pouvoir et de nous lier avec eux. Rapidement. »

« Penses-tu que nous puissions rester indépendants des différents chefs ? »

Saphira replia ses ailes pour trouver une position plus confortable. « Ajihad défend notre liberté. Mais il nous sera peut-être impossible de survivre sans faire allégeance à tel ou tel groupe. Nous ne tarderons pas à le savoir... »

RACINE DE MANDRAGORE
ET LANGUE DE TRITON

Les couvertures étaient en boule sous Eragon quand il se réveilla, mais il avait chaud. Il entendait le souffle régulier de Saphira qui dormait sur sa couche.

Pour la première fois depuis son arrivée à Farthen Dûr, Eragon se sentait en sécurité, et l'espoir lui revenait. Il était au sec, il avait mangé, il avait eu son content de sommeil. La tension accumulée depuis la mort de Brom, et même avant, lors de la traversée de la vallée de Palancar, se dénouait enfin.

« Je n'ai plus à avoir peur, désormais, songea-t-il. Mais qu'en est-il de Murtagh ? »

Eragon ne pouvait accepter l'hospitalité des Vardens la conscience tranquille : à cause de lui, Murtagh était en prison. D'une manière ou d'une autre, il devait résoudre cette situation.

Ses yeux errèrent sur le plafond grossier de la grotte et il se mit à penser à Arya. Se reprochant cette rêvasserie, il tourna la tête et regarda autour de lui. Un gros chat était assis à l'entrée de la caverne et se léchait une patte. Le garçon vit passer un éclair dans la fente de ses yeux rouges.

« Solembum ? » fit-il, incrédule.

« Apparemment... » Le chat-garou se secoua et bâilla langoureusement, montrant ses longs crocs. Puis il s'étira et sauta hors de la grotte. Il atterrit avec souplesse sur Isidar Mithrim, vingt pieds plus bas. « Tu viens ? »

Eragon jeta un coup d'œil à Saphira. Elle s'était réveillée et l'observait sans bouger. « Va, je n'ai pas besoin de toi », murmura-t-elle.

Solembum attendait le garçon sous l'arche qui conduisait à la cité. À peine le Dragonnier eut-il posé le pied sur le gemme que l'animal fila à toutes pattes. Eragon courut derrière lui en se passant la main sur le visage pour en chasser les dernières traces de sommeil. Il traversa l'arche et se retrouva en haut de Vol Turin, l'Escalier Sans Fin. Solembum avait disparu ; mais il n'aurait pu prendre une autre direction ; le garçon descendit donc à l'étage inférieur.

Là, une galerie ouverte faisait le tour de l'immense hall central de Tronjheim. Entre les fines colonnes qui soutenaient les arches, Eragon voyait Isidar Mithrim étinceler de tout son éclat au-dessus de lui, et, tout en bas, très loin, la base de la ville-montagne. Le diamètre du hall augmentait à mesure qu'on descendait. L'escalier tournait de galerie en galerie jusqu'à se perdre dans la distance. Le toboggan s'ouvrait sur le côté. En haut de Vol Turin étaient empilés des tapis de cuir pour ceux qui voulaient l'emprunter. À la droite d'Eragon, un couloir poussiéreux conduisait aux chambres et aux appartements de l'étage. Solembum s'y faufilait sans bruit en balançant la queue.

« Attends-moi ! » fit Eragon.

Il s'élança derrière l'animal, mais ne perçut qu'un éclair roux disparaissant au bout du couloir abandonné. Après un tournant, Eragon le vit s'arrêter devant une porte et miauler. La porte sembla s'ouvrir d'elle-même. Solembum entra, et la porte se referma. Eragon s'approcha, perplexe. Il leva la main pour frapper ; avant qu'il eût achevé son geste, la porte se rouvrit, libérant un flot de lumière chaude. Le garçon eut un instant d'hésitation, puis entra à son tour.

Il se trouvait dans une suite de deux pièces aux teintes ocres, richement ornées de bois sculpté et de plantes grimpantes. L'air était chaud, pur et humide. Des lanternes brillaient, accrochées aux murs et au plafond. Des objets étaient empilés dans tous les coins. Dans la chambre du fond, un grand lit à baldaquin disparaissait presque sous une cascade de fleurs.

Au centre de la pièce principale, sur un large fauteuil de cuir, était assise la voyante, la sorcière, Angela. Elle eut un sourire éclatant.

– Que faites-vous ici ? s'exclama Eragon.

Angela croisa les mains sur ses genoux :

– Eh bien, si tu t'asseyais par terre, je te raconterais... Je t'aurais volontiers offert un siège, mais j'occupe le seul.

Les questions se bousculaient dans l'esprit d'Eragon tandis qu'il s'installait entre deux cornues où bouillonnaient des potions verdâtres.

– Alors ! s'écria Angela en se penchant en avant. Tu *es* un Dragonnier. Je m'en doutais, mais je n'en ai eu la certitude qu'hier. Je suis sûre que Solembum le savait, mais il ne m'en a rien dit. J'aurais dû le comprendre au moment même où tu m'as parlé de Brom. Quant à Saphira... J'aime ce nom. Il convient à un dragon.

– Brom est mort, déclara sèchement Eragon. Les Ra'zacs l'ont tué.

Angela parut décontenancée. Enroulant autour de son doigt une boucle de cheveux, elle dit avec douceur :

– Je suis désolée. Vraiment.

Eragon sourit avec amertume :

– Mais pas surprise, n'est-ce pas ? Vous aviez prédit sa mort, après tout...

– Je ne savais pas *qui* allait mourir, rectifia-t-elle.

Eragon fronça les sourcils :

– À Teirm, vous vous êtes moquée de son destin en disant que c'était une sorte de plaisanterie entre vous. Pourquoi ?

Le visage d'Angela se tendit :

– Après coup, cela paraît d'assez mauvais goût. Mais j'ignorais ce qui l'attendait. Comment m'expliquer... En un sens, Brom était maudit. C'était son wyrd, d'échouer dans toutes ses missions, sauf une. Ce n'était pas sa faute, pourtant. Il a été choisi pour être Dragonnier, mais son dragon a été tué. Il a aimé d'amour une femme, mais elle n'aspirait qu'à son amitié. Il a été désigné, je suppose, pour veiller sur toi et te former, mais, en fin de compte, il n'a pas achevé sa mission. La seule tâche qu'il ait menée à bien, ç'a été de tuer Morzan. Et il n'aurait pas pu accomplir plus belle action.

– Brom ne m'a jamais parlé d'une femme, rétorqua Eragon.

Angela haussa les épaules avec insouciance :

– Je l'ai su par quelqu'un qui ne pouvait mentir. Mais assez sur ce sujet ! La vie continue, et il ne faut pas troubler le repos des morts avec nos soucis.

Elle ramassa une brassée de roseaux sur le sol et commença de les tresser avec adresse pour clore la discussion. Eragon hésita, puis abandonna.

– D'accord. Mais pourquoi êtes-vous à Tronjheim, et pas à Teirm ?

– Ah ! Enfin une question intéressante ! Après avoir entendu de nouveau le nom de Brom, durant ta visite, j'ai senti que le passé de l'Alagaësia refaisait surface. Les gens murmuraient que l'Empire traquait un Dragonnier. Je savais que l'œuf de dragon qu'avaient subtilisé les Vardens avait dû éclore. J'ai donc fermé ma boutique et je suis partie pour en apprendre davantage.

– Vous étiez au courant pour l'œuf ?

– Bien entendu ! Je ne suis pas une imbécile. J'ai vécu plus longtemps que tu ne le crois. Très peu de choses arrivent sans que je sois au courant.

Elle se tut et se concentra sur son tressage avant de reprendre :

– Bref, je savais que je devais rejoindre les Vardens le plus vite possible. Voilà bientôt un mois que je suis ici, bien que je n'aime guère cet endroit : il y fait trop humide à mon goût. Et, à Farthen Dûr, les gens sont *si* sérieux et *si* dignes. Ils sont probablement tous promis à une mort tragique, quoi qu'il en soit.

Elle poussa un long soupir. Une expression moqueuse passa sur son visage :

– Et les nains ne sont qu'une bande d'imbéciles superstitieux, ravis de passer leur vie à casser des pierres. Le seul bon côté de cet endroit, ce sont les champignons et les moisissures qui fleurissent à l'intérieur de Farthen Dûr.

– Pourquoi rester, alors ? demanda Eragon en souriant.

– Parce que j'aime être là où se passent les événements importants, répondit Angela en hochant la tête. De plus, si j'étais restée à Teirm, Solembum serait parti sans moi ; et j'apprécie sa compagnie. Mais, dis-moi, quelles mésaventures as-tu affrontées depuis notre dernière rencontre ?

Eragon occupa l'heure suivante à résumer ses pérégrinations des deux mois et demi qui venaient de s'écouler. Angela l'écouta en silence, mais réagit vivement lorsqu'il prononça le nom de Murtagh :

– Murtagh !

Eragon acquiesça :

– Il m'a dit qui il était. Mais laissez-moi finir mon histoire avant de juger.

Il continua son récit. Lorsqu'il eut terminé, Angela se recula sur son fauteuil, pensive. Elle avait oublié son tressage. Solembum jaillit tout à coup de sa cachette, et prit place sur ses genoux. Il s'y lova, toisant Eragon d'un œil hautain.

Angela le caressa.

– C'est fascinant. Galbatorix s'unit aux Urgals, et Murtagh finit par se montrer... Je te conseillerais de te méfier de ce Murtagh, mais tu parais avoir conscience du danger.

– Murtagh a été pour moi un ami fidèle et un allié indéfectible, répondit Eragon d'une voix ferme.

– Il n'empêche, sois prudent.

Elle se tut un instant, puis ajouta avec dégoût :

– Et il y a cette histoire d'Ombre, Durza. Je pense qu'il est la plus grande menace planant sur les Vardens, à l'heure actuelle, si l'on excepte Galbatorix. Je *déteste* les Ombres. Ils pratiquent la plus sacrilège des magies, après la nécromancie. J'aimerais leur enfoncer un pieu dans le cœur et les jeter en pâture aux porcs !

Eragon était stupéfait de sa soudaine véhémence :

– Je ne comprends pas. Brom m'a raconté que les Ombres étaient des sorciers qui se servaient des esprits pour accomplir leur volonté. En quoi cela les rend-il si diaboliques ?

Angela secoua la tête :

– En rien, tu as raison. Les sorciers ordinaires sont, eh bien, juste ordinaires. Ni meilleurs ni pires que nous autres. Ils utilisent leur puissance magique pour contrôler les esprits et les pouvoirs de ces esprits. Les Ombres, quant à eux, profitent de ce contrôle pour augmenter leur propre pouvoir, n'hésitant pas pour ce faire à se laisser contrôler par les esprits. Malheureusement, seuls les esprits les plus diaboliques cherchent à posséder les humains. Une fois dans la place, ils ne la quittent jamais. De telles possessions peuvent arriver par accident, si un sorcier invoque un esprit plus fort que lui. Le problème, c'est que, une fois qu'un Ombre est créé, il est extrêmement difficile de le tuer. Comme tu le sais certainement, seules deux personnes – Laetri l'Elfe et Irnstad le Dragonnier – ont survécu à ce défi.

– J'en ai entendu parler, dit Eragon.

Il désigna la pièce :

– Pourquoi vivez-vous si haut à Tronjheim ? N'est-ce pas un inconvénient, d'être isolée ? Et comment avez-vous transporté toutes ces affaires ici ?

Angela rejeta la tête en arrière et éclata de rire :

– Tu veux la vérité ? Je me cache. La première fois que je suis venue à Tronjheim, j'ai joui de quelques jours de paix, jusqu'à ce que l'un des gardiens qui m'avait autorisée à pénétrer dans Farthen Dûr ait la langue trop pendue et annonce partout qui j'étais. Alors, tous les magiciens du coin – même s'ils ne méritent qu'à peine ce nom – m'ont poursuivie et suppliée pour que je rejoigne leur groupe. Surtout ces drajl jumeaux qui se mêlent de tout. J'ai fini par les menacer de les transformer en crapauds – pardon, en grenouilles –, mais, comme cela ne les décourageait pas, j'ai filé d'ici au milieu de la nuit. Ce fut moins difficile que tu ne peux l'imaginer, surtout pour quelqu'un possédant mes talents.

– Avez-vous dû accepter que les jumeaux pénètrent dans votre esprit pour avoir l'autorisation de franchir les portes de Farthen Dûr ? demanda Eragon. J'ai été obligé de les laisser examiner mes souvenirs.

Un éclat froid passa dans les yeux d'Angela :

– Les jumeaux n'oseraient pas me tester, de peur de ce que je leur ferais subir. Oh, ils aimeraient ça ! Mais ils savent que l'effort nécessaire les laisserait brisés et à moitié fous. Je venais là bien avant que les Vardens n'examinent l'esprit des gens. Et ils ne vont pas commencer avec moi maintenant !

Elle jeta un œil dans l'autre salle et conclut :

– Bien ! C'était une conversation très éclairante, mais je regrette de devoir t'abandonner, à présent. Mon breuvage de racine de mandragore et de langue de triton arrive à ébullition, il faut que je le surveille attentivement. Reviens quand tu en auras le loisir. Et s'il te plaît, ne dis à personne que je suis ici. Cela m'irriterait énormément. Et il est très, très déconseillé de m'irriter.

– Je garderai votre secret, promit Eragon en se relevant.

Solembum sauta à terre lorsque Angela se leva à son tour.

– Parfait ! s'exclama-t-elle.

Eragon lui dit au revoir et quitta la pièce. Solembum le guida jusqu'à la maison des dragons, puis disparut en agitant la queue.

LE HALL DU ROI
DE LA MONTAGNE

Un nain attendait Eragon devant le refuge. Il s'inclina et murmura :

– Argetlam !

Puis, avec un accent à couper au couteau, il dit :

– Bien. Réveillé. Knurla Orik attendre toi.

De nouveau, il s'inclina, puis il s'éloigna. Saphira bondit hors de la grotte et se posa près d'Eragon. Elle tenait Zar'roc entre ses serres.

« Pour quoi faire ? » demanda le garçon en fronçant les sourcils.

La dragonne pencha la tête : « Ceins-la. Tu es un Dragonnier. Tu dois porter une épée de Dragonnier. Zar'roc a peut-être une histoire sanglante, mais cela n'a pas à influer sur tes actions. Forge une nouvelle histoire avec elle, et arbore-la avec fierté. »

« Es-tu sûre de toi ? Souviens-toi du conseil d'Ajihad. »

Saphira ricana. Un nuage de fumée jaillit de ses narines. « Porte-la, Eragon. Si tu souhaites faire partie des forces qui comptent ici, ne laisse la désapprobation de personne te dicter ton comportement. »

« Comme tu voudras », dit-il sans enthousiasme en bouclant son ceinturon. Il grimpa sur son dos, et Saphira s'envola de Tronjheim. Il y avait assez de lumière dans Farthen Dûr, à présent que la masse brumeuse des murs – d'une épaisseur de deux lieues – du cratère était visible. Tandis qu'ils descendaient en spirale vers la base de la montagne, Eragon raconta à Saphira sa rencontre avec Angela.

Dès qu'ils eurent atterri près de l'une des portes de Tronjheim, Orik courut vers eux.

– Mon roi, Hrothgar, désire vous rencontrer tous deux, déclara-t-il. Dépêche-toi de mettre pied à terre. Nous devons nous presser.

Eragon trottina derrière le nain dans Tronjheim. Saphira les suivit sans difficulté. Ignorant les regards que lui adressaient les gens dans les couloirs bondés, Eragon demanda :

– Où avons-nous rendez-vous avec Hrothgar ?

– Dans la salle du trône, sous la ville, répondit Orik sans ralentir. Ce sera une audience privée, en signe d'otho – autrement dit, de « foi ». Tu n'as pas à t'adresser à lui d'une manière particulière, mais exprime-toi avec respect. Hrothgar est prompt à la colère, quoique sage. Il est habile à lire dans l'esprit des humains ; aussi ne parle-t-il qu'avec à-propos.

Quand ils furent entrés dans le hall central de Tronjheim, Orik conduisit Eragon et Saphira vers l'un des deux escaliers qui flanquaient la salle opposée. Ils descendirent celui de droite, qui s'enroulait gracieusement avec l'autre, formant une large cascade de marches faiblement éclairées. Celle-ci finissait, cent pieds plus bas, devant deux portes de granite ornées d'une couronne à sept pointes.

Sept nains montaient la garde de chaque côté des battants. Ils brandissaient des pioches polies et portaient des ceinturons incrustés de diamants. Lorsque Eragon, Orik et Saphira s'approchèrent, les nains frappèrent le sol avec les manches de leurs pioches. Un bruit profond se répercuta, montant le long des escaliers. Les portes s'ouvrirent vers l'intérieur. Un hall sombre s'étendait devant eux, de la longueur d'un jet de flèche. Les murs étaient bordés par des stalagmites et des stalactites, toutes plus épaisses qu'un homme. De rares lanternes diffusaient une lumière tamisée. Le sol brun était lisse et plat. Au bout on distinguait un trône noir sur lequel une silhouette immobile attendait.

Orik s'inclina :

– Le roi t'attend.

Eragon posa une main sur le flanc de Saphira, et tous deux s'avancèrent. Les portes se fermèrent derrière eux, les laissant seuls dans la salle obscure. Seuls avec le roi.

Le bruit de leurs pas retentit dans le hall tandis qu'ils marchaient. Entre les stalagmites et les stalactites, se dressaient de grandes statues. Chacune représentait un roi nain couronné et assis sur son trône. Leurs yeux sans vie regardaient droit devant eux. Les traits de leurs visages étaient figés dans des expressions féroces. Un nom était ciselé en caractères mystérieux sous leurs pieds.

Eragon et Saphira progressaient avec solennité au milieu des deux rangées de monarques morts depuis bien longtemps. Ils passèrent devant plus de quarante statues, puis devant quelques alcôves sombres, prêtes à accueillir les figures des futurs souverains. Ils s'arrêtèrent devant Hrothgar.

Le roi des nains lui-même était assis comme une statue sur son trône surélevé, taillé dans un seul bloc de marbre noir. Celui-ci était uni, sans ornement, découpé avec une précision parfaite ; il émanait de lui une force qui rappelait les temps anciens où les nains gouvernaient l'Alagaësia sans subir l'opposition des elfes ou des humains. Hrothgar portait sur la tête en guise de couronne un casque incrusté de rubis et de diamants. Son visage était sévère, buriné par le temps et marqué par de longues années d'expérience. Sous ses sourcils broussailleux brillaient deux yeux profondément enfoncés au regard perçant. Sur son poitrail puissant luisait une cotte de mailles. Sa barbe blanche était retenue par sa ceinture ; sur ses genoux reposait un marteau de guerre impressionnant, dont la tête était décorée du symbole du clan d'Orik.

Eragon s'inclina gauchement, puis s'agenouilla. Saphira resta droite. Le roi eut un sursaut, comme s'il s'éveillait d'un long sommeil.

– Relève-toi, Dragonnier ! grommela-t-il. Tu n'as pas à me rendre hommage.

Eragon se redressa et croisa le regard impénétrable de Hrothgar. Le roi l'examina avec un œil dur, puis dit d'une voix gutturale :

– Âz knurl deimi lanok ! « Prends garde, la pierre n'est pas immuable » : c'est un de nos vieux dictons... C'est un fait, aujourd'hui, les pierres changent. Et elles changent très vite.

Il tapota son marteau.

– Je n'ai pas pu te rencontrer avant, comme l'a fait Ajihad, expliqua-t-il, car je devais négocier avec mes ennemis des autres clans. Ils exigeaient que je te refuse l'asile et que je te chasse de Farthen Dûr. Il m'a fallu beaucoup d'efforts et de persuasion pour les convaincre de changer d'avis.

– Merci, dit Eragon. Je n'avais pas envisagé que mon arrivée poserait tant de problèmes.

Le roi accepta ses remerciements, puis désigna d'une main noueuse les rangées de statues :

– Regarde, Dragonnier Eragon ! Mes prédécesseurs siègent sur leurs trônes funéraires. Quarante et un, voilà leur nombre ; et je serai le quarante-deuxième. Quand je quitterai ce monde pour passer aux mains des dieux, ma hírna sera ajoutée aux leurs. La première statue représente mon ancêtre Korgan. C'est lui qui a forgé Volund, la massue. Pendant huit millénaires – depuis l'aube de notre race, donc –, les nains ont régné sur Farthen Dûr. Nous sommes les os de cette terre, plus anciens que les beaux elfes et les dragons sauvages.

Saphira s'agita légèrement.

Hrothgar se pencha en avant. Sa voix était grave et profonde :

– Je suis vieux, humain, même pour quelqu'un de ma race. Je suis assez vieux pour avoir vu les Dragonniers au temps de leur gloire éphémère. Je suis même assez vieux pour avoir conversé avec leur chef, Vrael, qui m'a rendu hommage dans ces murs. Rares sont ceux qui peuvent encore en dire autant, de nos jours. Je me souviens des Dragonniers, et de la manière dont ils se sont mêlés de nos affaires. Je me souviens aussi de la paix qu'ils ont assurée, et qui permettait d'aller sans danger de Tronjheim à Narda.

Et maintenant, tu te tiens devant moi. Une tradition perdue renaît. Dis-moi, et parle franchement, pourquoi es-tu venu à Farthen Dûr ? Je sais ce qui t'a fait fuir l'Empire. Mais quelle est ton intention, à présent ?

– Dans l'immédiat, répondit Eragon, Saphira et moi voulons simplement récupérer des forces à Tronjheim. Nous ne sommes pas ici pour apporter le trouble, mais pour trouver un asile face aux dangers que nous affrontons depuis des mois. Ajihad nous enverra peut-être auprès des elfes ; en attendant, nous n'avons nulle envie de partir.

– Est-ce donc le seul désir de sécurité qui t'a conduit ici ? Cherches-tu seulement à vivre en ces lieux en oubliant tes problèmes avec l'Empire ?

Eragon secoua la tête, sa fierté piquée au vif.

– Si Ajihad vous a raconté mon passé, lança-t-il, vous savez sans doute que j'ai assez de griefs contre l'Empire pour le combattre jusqu'à ce qu'il ne soit plus qu'un tas de cendres. Plus que cela, cependant... Je veux porter assistance à ceux qui n'ont guère de chances d'échapper à Galbatorix – dont mon cousin. J'ai la force de les aider, donc je dois le faire.

Hrothgar sembla satisfait par sa réponse. Il se tourna vers Saphira et demanda :

– Et toi, dragon, que dis-tu sur ce sujet ? Pour quelle raison es-tu venu ?

Saphira retroussa sa lèvre et grogna : « Dis-lui que j'ai soif du sang de nos ennemis ; que j'attends avec impatience le jour où nous chevaucherons pour combattre Galbatorix ; que je n'ai aucune pitié pour les traîtres et les briseurs d'œufs tels que ce faux roi. Il m'a retenue pendant plus d'un siècle ; et, encore aujourd'hui, il retient deux de mes semblables, que je libérerais si je le pouvais. Et dis à Hrothgar que je te pense prêt pour cette tâche. »

Eragon grimaça à ces paroles, mais les rapporta fidèlement. La bouche de Hrothgar s'étira dans une expression de sinistre amusement :

– Je vois que les dragons n'ont pas changé au cours des siècles.

Il frappa son trône de son index replié :

– Sais-tu pourquoi ce siège a été taillé si plat et si droit ? Afin que nul ne puisse s'y tenir assis confortablement. Je ne le peux pas, et je l'abandonnerai sans regret lorsque mon heure viendra. Et toi, Eragon, qu'est-ce qui te rappellera tes obligations ? Si l'Empire tombe, prendras-tu la place de Galbatorix pour te proclamer roi ?

– Je ne cherche ni couronne, ni règne, répondit Eragon, troublé. La responsabilité de Dragonnier me suffit. Non, je ne m'emparerai pas du trône d'Urû'baen, à moins que personne ne le veuille ou ne soit à même de remplir cet office.

Gravement, Hrothgar l'avertit :

– Tu serais sans doute un roi moins dur que Galbatorix. Mais nulle race ne devrait avoir un chef trop jeune ou étranger au trône. Le temps des Dragonniers est passé, Eragon. Ils ne régneront plus jamais, même si les autres œufs que détient Galbatorix viennent à éclore.

Une ombre passa sur son visage tandis qu'il fixait le côté d'Eragon.

– Je vois que tu portes l'épée d'un ennemi, dit-il. On m'avait prévenu. On m'a aussi raconté que tu voyages avec le fils d'un Parjure. Je n'aime pas voir cette épée...

Il tendit la main :

– ... mais j'aimerais l'examiner.

Eragon tira Zar'roc du fourreau et la présenta au roi, pommeau en avant. Hrothgar la saisit et posa un œil d'expert sur la lame rouge. L'acier refléta la lumière vive de la lanterne. Le roi nain testa la pointe contre sa paume, puis il dit :

– Une arme forgée de main de maître. Les elfes choisissent rarement de fabriquer des épées. Ils préfèrent les arcs et les lances. Mais, quand ils le font, le résultat reste inégalable. C'est une lame maudite. Je ne me réjouis pas de la voir dans mon royaume. Cependant, porte-la si telle est ta volonté. Peut-être son destin changera-t-il...

Il rendit Zar'roc à Eragon, qui la remit au fourreau.

– Mon neveu t'a-t-il été utile depuis ton arrivée ? lança-t-il.

– Qui cela ?

Hrothgar leva un sourcil broussailleux :

– Orik, le plus jeune fils de ma sœur. Il a servi sous Ajihad pour manifester mon soutien aux Vardens. Il semble néanmoins qu'il ait été replacé sous mon commandement. J'ai été honoré d'apprendre que tu avais intercédé en sa faveur.

Eragon comprit que c'était un autre signe d'otho – de « foi » – de la part de Hrothgar.

– Je ne pourrais rêver d'un meilleur guide, affirma-t-il.

– Tant mieux ! s'exclama le roi, visiblement ravi. Malheureusement, je ne peux pas parler avec toi davantage. Mes conseillers m'attendent : il me faut m'occuper de certaines affaires... Toutefois, je te dirai ceci : si tu souhaites que les nains de mon royaume te soutiennent, tu dois d'abord faire tes preuves. Nous avons une longue histoire et ne prenons jamais de décision hâtive. Les mots ne décident de rien : seuls les actes comptent.

– Je garderai ceci à l'esprit, répondit Eragon en s'inclinant de nouveau.

Hrothgar acquiesça royalement :

– Alors, tu peux disposer.

Eragon fit demi-tour et sortit de la salle du trône avec Saphira. Orik les attendait de l'autre côté des portes de pierre, l'air anxieux. Il les précéda sur l'escalier menant au grand hall de Tronjheim.

– Tout s'est bien passé ? T'a-t-on reçu favorablement ?

– Je le pense, dit Eragon. Mais ton roi est prudent.

– C'est pourquoi il a survécu aussi longtemps...

« Je n'aimerais pas que Hrothgar soit fâché contre nous », remarqua Saphira.

Eragon lui jeta un regard. « Non, moi non plus. Je me demande ce qu'il a pensé de toi. Il ne semble guère apprécier les dragons, bien qu'il ne l'ait pas dit clairement. »

Ces mots firent sourire Saphira : « En cela, il a agi sagement. Après tout, il ne m'arrive qu'au genou ! »

Au centre de Tronjheim, sous Isidar Mithrim l'étincelante, Orik dit :

– Ta bénédiction d'hier a eu un énorme retentissement chez les Vardens. L'enfant que Saphira a touchée a été saluée comme un futur héros. Sa nourrice et elle ont été relogées dans les plus beaux quartiers. Tout le monde parle de ton « miracle » ; et chaque mère humaine a bien l'intention de t'approcher et d'obtenir la même chose pour sa progéniture.

Inquiet, Eragon regarda furtivement autour de lui :

– Qu'est-ce qu'on peut faire ?

– À part revenir en arrière ? ironisa Orik. Reste hors de vue autant que possible. Nul ne se risquera à la maison des dragons ; tu ne seras pas dérangé là-haut.

Mais Eragon ne voulait pas y retourner tout de suite. Il était encore tôt, et il souhaitait explorer Tronjheim avec Saphira. À présent qu'ils avaient quitté l'Empire, il n'y avait pas de raison qu'ils fussent séparés. Néanmoins, il préférait ne pas attirer l'attention ; or, c'était impossible si elle restait à son côté.

« Qu'as-tu envie de faire, Saphira ? »

Elle le toucha avec ses naseaux. Ses écailles frôlèrent le bras du garçon. « Je vais retourner au refuge, annonça-t-elle. Toutefois je tiens à rencontrer quelqu'un d'abord. Promène-toi tant qu'il te plaira... »

« D'accord, mais qui est ce quelqu'un dont tu parles ? »

Saphira se contenta de lui adresser un clin d'œil avant de s'enfoncer dans l'un des quatre principaux tunnels.

Eragon expliqua à Orik où elle se rendait, puis il dit :

– J'aimerais bien prendre un petit-déjeuner, et, ensuite, visiter un peu plus Tronjheim. C'est un endroit tellement incroyable ! Je n'irai pas aux terrains d'entraînement. Pas avant demain. Je n'ai pas encore totalement récupéré.

Orik opina, sa barbe battant contre sa poitrine :

– Dans ce cas, que dirais-tu de visiter la bibliothèque de Tronjheim ? Elle est très ancienne, et contient maints rouleaux de grande valeur. Tu trouveras peut-être intéressant de lire une histoire de l'Alagaësia qui n'ait pas été souillée par la main de Galbatorix...

Avec un pincement au cœur, Eragon se rappela comment Brom lui avait appris à lire. Il se demanda s'il saurait encore. Il n'avait eu aucun écrit sous les yeux depuis bien longtemps.

– Oui, allons-y !

– Très bien.

Eragon et Orik allèrent se restaurer, puis le nain guida le garçon à travers une enfilade de couloirs jusqu'à leur destination. Lorsqu'ils atteignirent l'arche sculptée de la bibliothèque, Eragon passa le seuil avec respect.

La pièce lui évoquait une forêt. Des rangées de colonnades gracieuses s'élevaient jusqu'à se perdre vers le faîte sombre et divisé en cinq étages. Entre les piliers, des étagères de marbre noir étaient disposées dos à dos. Des casiers de rouleaux couvraient les murs, reliés par d'étroites passerelles qu'on rejoignait au moyen de trois escaliers en colimaçon. À intervalles réguliers, le long des murs, des bancs de pierre étaient installés face à face. Devant, il y avait des tables basses dont les pieds semblaient prendre racine à même le sol.

Des livres et des parchemins innombrables étaient conservés dans la pièce.

– Voici le véritable héritage de notre race, déclara Orik. Ici sont conservés les écrits de nos plus grands rois et de nos plus grands savants, depuis l'Antiquité jusqu'à nos jours. Ici sont aussi préservés les chansons et les récits composés par nos artisans. Cette bibliothèque est peut-être notre bien le plus précieux. Mais il n'y a pas que nos ouvrages : tu y trouveras aussi des œuvres d'humains. Ceux de ta race ne vivent pas longtemps, mais ils écrivent beaucoup ! Nous n'avons presque rien des elfes. Eux gardent jalousement leurs secrets !

– Combien de temps puis-je rester ? demanda Eragon en s'approchant des rayonnages.

– Autant que tu voudras, répondit Orik. Si tu as des questions, n'hésite pas à venir me les poser.

Eragon erra parmi les volumes avec délices, s'emparant avidement de ceux dont les titres ou les couvertures lui paraissaient intéressants. Il constata, étonné, que les nains se servaient des mêmes caractères que les humains. Quoiqu'un peu découragé par la difficulté qu'il éprouvait à lire après des mois sans avoir eu l'occasion de s'exercer, il voleta de livre en livre. Lentement, il s'enfonça dans les profondeurs de la vaste bibliothèque. Il finit par s'immerger dans une traduction des poèmes de Dóndar, le dixième roi nain.

Tandis qu'il déchiffrait les lignes élégantes, il entendit des pas approcher de l'autre côté des étagères. Le bruit le fit sursauter, mais il s'en voulut de sa bêtise. Pourquoi aurait-il été seul dans cette pièce ? Cependant, il replaça posément le livre et s'éloigna, tous ses sens en alerte. On lui avait tendu trop d'embuscades pour qu'il pût ignorer de telles sensations. Il perçut de nouveau les pas. Cette fois, néanmoins, il distingua deux bruits différents. Inquiet, il se faufila dans une allée en essayant de se rappeler où Orik était allé s'asseoir. Il tourna derrière une étagère et se retrouva nez à nez avec les jumeaux.

Ils se tenaient épaule contre épaule, impassibles. Leurs petits yeux de serpent étaient vrillés sur Eragon. Leurs mains, cachées dans les replis de leurs tuniques pourpres, étaient agitées de tics nerveux. Ils s'inclinèrent tous deux, d'un mouvement à la fois insolent et ironique.

– Nous te cherchions, dit l'un d'eux.

Sa voix rappelait désagréablement celle des Ra'zacs.

Eragon retint un frisson.

– Pourquoi ? demanda-t-il.

Il chercha mentalement à contacter Saphira, qui joignit aussitôt ses pensées aux siennes.

– Depuis que tu as rencontré Ajihad, nous voulions te présenter nos excuses.

Il y avait du sarcasme dans leurs paroles, mais il était assez contenu pour qu'Eragon ne pût s'en offusquer.

– Nous sommes venus te rendre hommage.

Eragon rougit de colère en les voyant s'incliner de nouveau.

« Attention ! » l'avertit Saphira.

Il se domina, ne pouvant se permettre de céder ainsi à l'agacement. Une idée lui vint. Il eut un petit sourire :

– Non pas, c'est à moi de vous rendre hommage. Sans votre autorisation, je n'aurais jamais pu entrer dans Farthen Dûr.

Et il s'inclina lui aussi, de la manière la plus insultante possible.

Une étincelle d'irritation s'alluma dans les yeux des jumeaux. Mais ils dirent en souriant :

– Nous sommes honorés que quelqu'un d'aussi... important... que toi nous tienne en si haute estime. Nous te sommes redevables de tes mots aimables.

Cette fois, Eragon ne put contenir son agacement.

– Je saurai m'en souvenir en temps voulu, siffla-t-il.

Saphira s'immisça aussitôt dans ses pensées : « Tu en fais trop ! Ne dis rien que tu regretterais. Ils se souviendront de chaque mot qu'ils pourront retourner contre toi. »

« C'est déjà assez difficile, alors épargne-moi tes commentaires ! » rétorqua le garçon.

Elle se retira de son esprit avec un grommellement exaspéré.

Les jumeaux s'approchèrent. Le bas de leurs tuniques bruissait doucement sur le sol ; leurs voix se firent plus onctueuses :

– Nous te cherchions également pour une autre raison, Dragonnier. Les rares magiciens de Tronjheim ont formé un groupe. Nous nous appelons Du Vrangr Gata, c'est-à-dire...

– Le Sentier vagabond, je sais, les interrompit Eragon, se rappelant ce qu'Angela lui avait appris à ce sujet.

– Ta connaissance de l'ancien langage nous impressionne, déclara l'un des jumeaux d'un ton mielleux. Donc, Du Vrangr Gata a entendu parler de tes fameux exploits ; et nous sommes venus t'inviter à devenir membre de notre confrérie. Nous serions honorés de compter parmi nous quelqu'un de ta stature. En échange, il me semble que nous pourrions t'être utiles à notre tour...

– De quelle façon ?

– À nous deux, répondit l'autre jumeau, nous avons accumulé une grande expérience dans les affaires magiques. Nous pourrions te guider ; te montrer les sorts que nous avons découverts ; t'enseigner des formules de pouvoir. Rien ne nous serait plus agréable que de t'aider, à notre humble mesure, à cheminer vers la gloire. Nous ne te demanderions rien en retour – même si nous serions flattés de bénéficier de quelques bribes de ton immense savoir.

Le visage d'Eragon se durcit lorsqu'il comprit ce qu'on lui proposait.

– Me prenez-vous pour un demeuré ? lança-t-il d'une voix rude. Je ne deviendrai pas votre apprenti pour vous dévoiler les mots que Brom m'a transmis ! Cela a dû vous mettre en rage de ne pas réussir à les extirper de mon esprit !

Les jumeaux abandonnèrent brusquement leurs sourires de façade. L'un d'eux lança :

– Ne nous défie pas, mon garçon ! C'est nous qui testerons tes capacités magiques. Et cela pourrait être fort désagréable. Souviens-toi, il suffit d'un sort mal conçu pour tuer quelqu'un. Tu es peut-être un Dragonnier, mais, à nous deux, nous sommes plus forts que toi.

Eragon garda un visage inexpressif, malgré la boule qui nouait son estomac.

– Je réfléchirai à votre offre, mais il se peut que...

– Alors, nous attendons ta réponse pour demain. Tâche de faire en sorte que ce soit la bonne.

Ils eurent un sourire glacé, avant de s'enfoncer plus avant dans la bibliothèque.

Eragon leur jeta un regard noir : « Je ne rejoindrai pas Du Vrangr Gata, quelles qu'en soient les conséquences. »

« Tu devrais en parler à Angela, suggéra Saphira. Elle a eu affaire aux jumeaux par le passé. Peut-être pourrait-elle assister au test. Cela les empêcherait de te faire du mal. »

« Bonne idée ! »

Eragon erra au milieu des étagères jusqu'à trouver Orik. Assis sur un banc, le nain était occupé à polir sa hache.

– J'aimerais retourner à la maison des dragons, dit le garçon.

Orik glissa le manche de son arme dans un nœud de cuir qu'il portait à la ceinture, puis il escorta Eragon jusqu'à la porte où attendait Saphira. Un attroupement s'était formé autour d'elle. Eragon l'ignora, grimpa sur le dos de Saphira, et ils s'envolèrent.

« Ce problème doit être résolu au plus vite, fit la dragonne en atterrissant sur Isidar Mithrim. Tu ne peux pas laisser les jumeaux t'intimider ! »

« Je sais. Mais autant éviter de les rendre furieux. Ils feraient des ennemis dangereux. »

Il mit prestement pied à terre, une main sur Zar'roc.

« Toi aussi tu en serais un. Les veux-tu comme alliés ? »

Eragon secoua la tête. « Pas vraiment. Je leur dirai demain que je n'intégrerai pas Du Vrangr Gata. »

Il quitta la grotte de Saphira pour aller marcher un peu. Il voulait voir Angela, mais ne se rappelait plus le chemin de sa cachette, et Solembum n'était pas là pour l'y emmener. Il déambula dans des couloirs déserts, espérant la rencontrer par hasard.

Quand il en eut assez de scruter des pièces vides et des murs gris sans fin, il revint sur ses pas et se dirigea vers le refuge. En approchant, il entendit une voix claire parler dans la pièce. Il s'arrêta et tendit l'oreille, mais la voix se tut.

« Saphira... Qui est avec toi ? »

« Une femelle... Elle a l'air autoritaire. Je vais la distraire pendant que tu rentres. »

Eragon sortit Zar'roc du fourreau. « Orik a dit que les intrus se tiendraient à l'écart du refuge, songea-t-il. Qui peut-elle donc bien être ? » Il essaya de se détendre, puis entra dans le refuge, l'épée à la main.

Une jeune fille se tenait au centre de la pièce et observait Saphira avec curiosité. La dragonne avait sorti la tête de la grotte. La fille devait avoir environ dix-sept ans. L'Étoile de saphir l'habillait d'un halo doré, parant sa peau d'une teinte sombre, identique à celle d'Ajihad. Sa robe de velours, d'une coupe élégante, était couleur lie-de-vin. Une dague à la poignée ornée de diamants, polie par l'usage, pendait à sa taille dans un fourreau de cuir.

Eragon rangea son épée et croisa les bras. Il attendait que la fille s'aperçût de sa présence. Elle continuait à regarder Saphira. Puis elle s'inclina devant elle et demanda doucement :

– Pourriez-vous, je vous prie, m'indiquer où est le Dragonnier Eragon ?

L'amusement fit pétiller les yeux de la dragonne. Avec un petit sourire, Eragon déclara :

– Je suis là.

La fille pirouetta et lui fit face, la main sur la dague. Son visage était frappant : des yeux en amande, des lèvres pleines et des pommettes rondes. Elle fit une nouvelle révérence.

– Je m'appelle Nasuada, dit-elle.

Eragon la salua d'un mouvement de la tête :

– Apparemment, tu sais qui je suis. Mais que me veux-tu ?

Nasuada eut un sourire charmant :

– Mon père, Ajihad, m'envoie ici te porter un message. Te plairait-il de l'entendre ?

Eragon n'avait pas imaginé le chef des Vardens en mari et père de famille. Il se demanda qui était la mère de Nasuada. Sûrement une femme hors du commun, pour avoir attiré l'attention d'Ajihad...

– Oui, je t'en prie.

Nasuada rejeta ses cheveux en arrière et récita :

– Mon père est heureux que tu te conduises bien, mais il te met en garde contre des actions telles que la bénédiction d'hier, qui créent plus de problèmes qu'elles n'en résolvent. De plus, il te presse de procéder au test le plus rapidement possible. Il a besoin de connaître tes capacités avant d'entrer en contact avec les elfes.

– Tu as fait cette ascension juste pour me dire ça ? s'étonna Eragon en repensant à la hauteur de Vol Turin.

– Non ! J'ai utilisé le système de monte-charge à poulie qui transporte nourriture et matériaux dans les étages supérieurs. Nous aurions pu envoyer le message par signaux lumineux, mais j'ai décidé de te le transmettre de vive voix afin de te rencontrer.

– Veux-tu t'asseoir un moment ? proposa Eragon en désignant l'abri de Saphira.

Nasuada éclata d'un rire léger :

– Non, on m'attend ailleurs. Tu dois aussi savoir que mon père t'autorise à rendre visite à Murtagh, si tu le souhaites.

Son visage jusqu'alors si lisse s'assombrit soudain :

– J'ai rencontré Murtagh tout à l'heure. Il a grande hâte de te parler. Il semble très seul. Tu devrais aller le voir.

Elle expliqua à Eragon comment se rendre à sa cellule. Le garçon la remercia pour ces nouvelles et lui demanda :

– Et Arya ? Va-t-elle mieux ? Puis-je la voir ? Orik n'a pas été capable de me dire grand-chose...

La jeune fille eut un sourire malicieux :

– Arya se remet vite, comme tous les elfes. Personne n'est autorisé à la voir, sauf mon père, Hrothgar et les guérisseurs.

Ils ont passé beaucoup de temps avec elle pour apprendre tout ce qui lui était arrivé durant son emprisonnement.

Ses yeux revinrent sur Saphira :

– Je dois y aller, maintenant. Y a-t-il quelque chose que je puisse transmettre de ta part à Ajihad ?

– Non. Sinon que j'aimerais rendre visite à Arya. Dis-lui aussi que je le remercie pour l'hospitalité dont il a fait preuve à notre égard.

– Je lui rapporterai tes mots tels quels. Adieu, Dragonnier Eragon. J'espère que nous nous reverrons bientôt.

Après une troisième révérence, elle sortit du refuge, la tête haute.

« Si elle est vraiment montée de Tronjheim jusqu'ici pour me rencontrer, poulies ou pas, ce n'était sans doute pas pour une banale conversation », fit remarquer Eragon.

« Oui-da », dit Saphira en rentrant sa tête dans la grotte.

Eragon grimpa pour la rejoindre. Il fut surpris de trouver Solembum roulé en boule à la base de son cou. Le chat-garou ronronnait profondément. Sa queue au bout noir se balançait d'avant en arrière. Tous deux regardaient Eragon avec un rien d'insolence, comme pour dire : « Et alors ? »

Eragon secoua la tête et se mit à rire à gorge déployée. « Saphira, c'est donc Solembum que tu voulais rencontrer ? »

Tous deux plissèrent les yeux et répondirent : « Oui ! »

« Je me posais juste la question », dit-il, encore hilare. C'était logique qu'ils s'apprécient l'un l'autre. Leurs personnalités étaient semblables. Ils étaient tous les deux des créatures magiques... Il soupira et ôta Zar'roc de sa ceinture, relâchant un peu la pression accumulée dans la journée.

« Solembum, sais-tu où est Angela ? demanda-t-il. Je ne l'ai pas trouvée, et j'ai besoin de son conseil. »

Solembum se fit les griffes sur le dos écailleux de Saphira. « Elle est quelque part dans Tronjheim. »

« Reviendra-t-elle ? »

« Bientôt. »

« Bientôt *quand* ? insista Eragon avec une pointe d'impatience. Je dois lui parler aujourd'hui ! »

« Pas si tôt. »

Le chat-garou refusa d'en dire davantage, en dépit des questions pressantes d'Eragon. Le garçon renonça donc et se blottit contre Saphira. Le ronronnement de Solembum ressemblait à un raclement léger au-dessus de sa tête. « Demain, je rendrai visite à Murtagh », pensa-t-il en tâtant l'anneau de Brom.

Le test d'Arya

Le matin de son troisième jour à Tronjheim, Eragon roula hors de son lit, frais et dispo. Il ceignit Zar'roc, passa son arc et un carquois à moitié plein sur son dos. Après un vol tranquille dans Farthen Dûr avec Saphira, il rencontra Orik à l'une des quatre portes principales de la cité. Eragon lui demanda ce qu'il savait de Nasuada.

– Ce n'est pas une fille ordinaire, répondit le nain en jetant un regard désapprobateur sur Zar'roc. Elle est totalement dévouée à son père. Elle occupe tout son temps à l'assister. Je pense qu'elle fait plus pour Ajihad qu'il ne le sait. Elle a su parfois manœuvrer ses ennemis sans qu'il soit au courant !

– Qui est sa mère ?

– Cela, je l'ignore. Ajihad était seul quand il a amené Nasuada à Farthen Dûr. Elle n'était alors qu'un nouveau-né. Il n'a jamais révélé d'où ils venaient.

« Donc, elle aussi a grandi sans connaître sa mère... », songea Eragon, avant de refouler cette pensée.

– J'ai besoin de bouger. Ça me fera du bien de me servir de mes muscles. Où dois-je me soumettre au test d'Ajihad ?

Orik fit un geste vague :

– Le terrain d'entraînement n'est pas loin. Il se trouve derrière Tronjheim. C'est un large espace où les nains et les humains s'exercent de conserve.

« Je viens aussi », annonça Saphira.

Eragon en informa Orik, qui se caressa la barbe :

– Ce n'est peut-être pas une bonne idée. Il y a beaucoup de gens, là-bas. Vous serez sûrs d'attirer l'attention.

Saphira grogna bruyamment. « Je viens », répéta-t-elle. Et l'affaire fut entendue.

Le fracas désordonné des combats leur parvint bien avant qu'ils n'eussent atteint le terrain. Ils percevaient les lourds claquements du métal frappant du métal, le sifflement des flèches filant vers leur cible, le craquement et le raclement des pieux en bois, et les cris des hommes qui mimaient les hurlements des champs de bataille. Le brouhaha semblait anarchique ; cependant, chaque groupe avait son rythme et sa logique.

La plus grosse partie du terrain d'entraînement était occupée par un ensemble de fantassins luttant avec des boucliers et des pieux presque aussi grands qu'eux-mêmes. Ils paraissaient être des soldats en formation. À côté d'eux, des centaines de guerriers s'entraînaient individuellement au maniement de massues, d'épées, de lances, de pieux, de fléaux et de boucliers de toutes formes et de toutes tailles. Eragon vit même quelqu'un qui brandissait une fourche ! Presque tous les combattants portaient une armure, une cotte de mailles et un casque. Il y avait autant de nains que d'humains, mais la plupart restaient entre eux et ne se mélangeaient pas. Derrière les guerriers à l'entraînement, une vaste rangée d'archers tirait sans répit sur des mannequins de chiffon.

Avant qu'Eragon n'eût eu le temps de s'interroger sur ce qu'il était censé faire, un homme barbu, dont la tête et les solides épaules étaient recouvertes par une coiffe de mailles, s'avança vers eux. Le reste de son corps était protégé par une grossière combinaison en cuir de bœuf, encore parsemée de poils. Son énorme épée, presque aussi grande qu'Eragon, était accrochée dans son dos. Il jeta un coup d'œil rapide à Saphira et à Eragon, comme pour évaluer le danger qu'ils représentaient, puis il grogna :

– Knurla Orik ! Tu t'es absenté trop longtemps. Il n'y a plus personne pour s'entraîner avec moi.

Orik sourit :

– Oeí ! C'est parce que tu couvres tout le monde de bleus, avec ton épée monstrueuse !

– Tout le monde, sauf toi, rectifia le colosse.

– C'est parce que je suis plus vif que les géants de ton espèce.

L'homme revint à Eragon.

– Je suis Fredric, déclara-t-il. On m'a demandé de juger ce que tu savais faire. Quelle est ta force ?

– Correcte, répondit le garçon. Je dois être en forme pour combattre avec la magie.

Fredric secoua la tête. Sa coiffe tintinnabula comme un sac de monnaie.

– La magie n'a pas sa place, ici. À moins que tu n'aies servi dans une armée, je doute que tu aies jamais combattu plus de quelques minutes. Ce qui nous intéresse, c'est de savoir comment tu tiendras le coup dans une bataille qui durera des heures, peut-être même des semaines s'il s'agit d'un siège. Sais-tu manier d'autres armes que ton épée et ton arc ?

Eragon réfléchit :

– Seulement mes poings.

– Bonne réponse ! s'exclama Fredric en riant. Eh bien, nous allons commencer avec l'arc. Nous verrons ce que tu vaux. Puis, quand nous aurons un peu de place sur ce champ d'entraînement, nous essayerons de...

Il s'arrêta brusquement et regarda par-dessus l'épaule d'Eragon, les sourcils froncés, la mine revêche.

Les jumeaux se dirigeaient vers eux. La pâleur de leurs têtes chauves tranchait avec leurs robes pourpres. Orik murmura quelque chose dans son langage et tira sa hache de guerre de sa ceinture.

– Je vous ai dit à tous les deux de rester à l'écart de l'aire d'entraînement ! s'exclama Fredric en s'avançant d'un air menaçant.

Les jumeaux semblaient bien fragiles devant le géant. Ils le toisèrent pourtant avec arrogance. L'un d'eux répliqua :

– Nous avons reçu ordre d'Ajihad d'éprouver les qualités de magicien d'Eragon *avant* que tu ne l'épuises à frapper sur des bouts de métal.

Fredric fulminait :

– Pourquoi personne d'autre ne le testerait ?

– Parce que personne n'est assez puissant, laissèrent tomber les jumeaux en chœur.

Saphira lâcha un grondement profond et les fixa. Un nuage de fumée sortait de ses naseaux, mais ils l'ignorèrent.

– Suis-nous ! ordonnèrent-ils à Eragon.

Et ils marchèrent jusqu'à un coin vide du champ d'entraînement.

Le garçon haussa les épaules et leur emboîta le pas, accompagné de Saphira. Derrière lui, il entendit Fredric dire à Orik :

– Nous devons les empêcher d'aller trop loin.

– Je sais, souffla Orik à voix basse, mais je ne peux pas interférer de nouveau. Hrothgar m'a clairement signifié qu'il ne pourrait pas me couvrir une deuxième fois.

Eragon s'efforça de maîtriser son appréhension. Les jumeaux connaissaient peut-être plus de techniques et de mots que lui. Néanmoins, il se rappelait ce que Brom lui avait dit : les Dragonniers sont des magiciens plus puissants que les hommes ordinaires. Mais cela serait-il suffisant pour résister au pouvoir combiné des jumeaux ?

« Ne t'inquiète pas autant, intervint Saphira. Je t'aiderai. Nous sommes deux, nous aussi. »

Il lui toucha doucement la jambe, un peu soulagé par ses encouragements. Les jumeaux regardèrent le garçon et demandèrent :

– Au fait, quelle est ta réponse, Eragon ?

Sans tenir compte de leurs expressions ébahies, le Dragonnier répondit simplement :

– C'est non.

Les bouches des jumeaux se crispèrent. Ils se retournèrent de manière à voir Eragon de côté et, se courbant, ils dessinèrent un large pentagramme sur le sol. Ils se placèrent au milieu de la figure et dirent d'une voix sèche :

– Nous commençons tout de suite. Tu tenteras de faire les exercices que nous t'assignerons. Rien de plus.

L'un des jumeaux fouilla dans sa tunique et en sortit un caillou poli de la taille du poing. Il le posa par terre et ordonna :

– Soulève-le à hauteur d'œil !

« Facile ! » commenta Eragon à l'intention de Saphira.

– Stenr reisa ! lança-t-il.

Le caillou oscilla, puis s'éleva lentement. Avant d'être monté d'un pied, il fut arrêté par une résistance inattendue. Un sourire tordit les lèvres des jumeaux. Eragon les fixa, furieux. Ils essayaient de le faire échouer ! S'il s'épuisait maintenant, il lui serait impossible ensuite d'accomplir des tâches plus difficiles. Il les sentait confiants : ils ne doutaient pas que leurs deux forces réunies auraient aisément raison de lui.

« Mais moi non plus, je ne suis pas seul ! pensa le garçon. En avant, Saphira ! » L'esprit de la dragonne se joignit au sien, et le caillou bondit pour s'arrêter en vibrant à la hauteur voulue. Les yeux des jumeaux se plissèrent avec cruauté.

– Trrrrrès... bien, susurrèrent-ils.

Fredric observait, tendu, cette démonstration de magie.

– À présent, fais-lui décrire un cercle.

De nouveau, Eragon dut lutter contre leurs tentatives de l'en empêcher ; et, de nouveau, à leur fureur manifeste, il l'emporta. Les exercices augmentèrent rapidement en intensité et en difficulté. Bientôt, Eragon se retrouva obligé de chercher avec attention quels mots employer. Et, à chaque fois, les jumeaux le contraient rageusement, même si leurs efforts ne se lisaient jamais sur leurs visages.

Sans l'aide de Saphira, Eragon n'aurait pas tenu le choc. Au cours d'une pause entre deux énoncés, il lui demanda : « Pourquoi continuent-ils cet examen ? Ils ont parfaitement conscience de nos capacités depuis qu'ils les ont lues dans mon esprit ! »

Elle hocha la tête d'un air pensif.

« Tu sais quoi ? lança-t-il, la mine sombre, comprenant soudain. Ils se servent de cette opportunité pour découvrir les anciens mots que je connais... pour les apprendre eux-mêmes ! »

« Dans ce cas, parle bas, de manière à ce qu'ils ne puissent t'entendre ; et choisis autant que possible les mots les plus simples. »

À partir de ce moment, Eragon n'utilisa plus qu'une poignée de mots basiques. Mais les rendre aussi efficaces qu'une longue phrase ou qu'une formule compliquée mettait son imagination à rude épreuve. Il était encouragé par la frustration qui se peignait sur le visage des jumeaux, tandis qu'il réussissait ses défis les uns après les autres. Malgré leur acharnement, ils ne parvenaient pas à lui faire prononcer le moindre nouveau mot en ancien langage.

Plus d'une heure passa ainsi, mais les jumeaux ne semblaient pas avoir l'intention de s'arrêter. Eragon avait chaud et soif. Cependant, il se refusa à demander un répit. Il continuerait aussi longtemps qu'ils l'exigeraient. Il subit maints tests. Il dut manipuler de l'eau, faire brûler un feu, glacer des objets, contrôler le vol d'une flèche et guérir des égratignures. Il se demanda combien de temps s'écoulerait avant que les jumeaux ne fussent à court d'idées.

Finalement, ces derniers levèrent leurs mains et déclarèrent :

– Il n'y a plus qu'une petite chose à faire. C'est assez simple. Du moins, n'importe quel magicien *compétent* la trouverait facile.

L'un des deux ôta une bague en argent qu'il portait au doigt et la tendit à Eragon d'un air suffisant :

– Invoque l'essence de l'argent !

Le garçon regarda l'anneau, perdu. L'essence de l'argent ? Qu'est-ce que c'était ? Et comment était-il censé l'invoquer ? Saphira non plus n'en avait pas la moindre idée. Et ce n'étaient pas les jumeaux qui allaient l'aider. Il n'avait jamais appris le nom de l'argent en ancien langage. Il savait cependant qu'il était contenu dans « argetlam ». En désespoir de cause, il combina le seul mot susceptible de fonctionner, « ethgrí » (qui signifiait invoquer), avec « arget ».

Il se redressa, rassembla tout le pouvoir qui lui restait, ouvrit les lèvres pour entamer l'invocation... quand une voix claire, vibrante, l'en empêcha : .

– Arrête !

Le mot coula sur Eragon comme une eau fraîche. La voix lui était étrangement familière, semblable à une mélodie à moitié oubliée. Sa nuque le picota. Lentement, il se retourna.

Une silhouette solitaire se dressait derrière eux. C'était Arya !

Un bandeau de cuir lui ceignait le front, retenant sa volumineuse chevelure noire qui tombait dans son dos en cascade lustrée. Elle avait sa fine épée au côté et son arc à l'épaule. Une combinaison de cuir moulait sa silhouette parfaite, un vêtement bien pauvre pour une femme aussi belle ! Elle était plus grande que la moyenne des hommes et se tenait avec grâce et décontraction. Son visage lisse et pur ne portait aucune trace des tortures horribles qu'elle avait endurées.

Ses yeux d'émeraude étincelants étaient fixés sur les jumeaux, qui avaient blêmi d'effroi. Elle approcha à pas silencieux et dit d'une voix douce et menaçante :

– Honte ! Honte à vous d'exiger de lui ce que seul un maître peut faire ! Honte à vous d'utiliser de telles méthodes ! Honte à vous d'avoir menti au roi en prétendant que vous ignoriez les capacités d'Eragon ! Il est compétent. Maintenant, filez !

Arya eut une mimique inquiétante, ses sourcils se rejoignirent, dessinant un éclair au-dessus de ses yeux. Elle désigna l'anneau qu'Eragon tenait dans la main et cria avec force :

– Arget !

L'argent frémit, puis une image fantomatique d'anneau se matérialisa près du premier. Les deux étaient identiques, si ce n'est que l'apparition semblait plus pure et brillait comme un métal chauffé à blanc. À sa vue, les jumeaux tournèrent les talons et détalèrent, leurs tuniques battant sauvagement. Le cercle immatériel disparut, laissant seulement l'anneau d'argent dans la main d'Eragon.

Orik et Fredric, debout, fixaient Arya d'un regard circonspect. Saphira s'accroupit, prête à entrer en action.

L'elfe les surveillait tous. Ses yeux en amande se posèrent sur Eragon. Puis elle se détourna et gagna le centre du champ d'entraînement. Les guerriers cessèrent leurs combats et la considérèrent avec étonnement. En quelques instants, tout devint silencieux ; sa seule présence suscitait une crainte mêlée de respect.

Eragon était totalement fasciné. Saphira lui parla, mais il était hors d'atteinte. Un large cercle se formait autour d'Arya qui ne voyait qu'Eragon. Elle s'exclama :

– Je réclame le droit de choisir mon arme. Tire ton épée !

« Elle veut se battre en duel avec moi ! » comprit le Dragonnier.

« Mais pas te faire de mal, à mon avis », répondit lentement Saphira. Elle le poussa avec ses naseaux. « Va, dit-elle, et acquitte-toi de ta tâche de ton mieux. Je te regarde. »

Eragon s'avança à contrecœur. Il ne voulait pas faire ça. Pas maintenant, alors que la magie l'avait épuisé, et devant autant de spectateurs. De plus, Arya n'était pas en état de combattre. Elle n'avait reçu le nectar de Túnivor que deux jours plus tôt ! « Je vais retenir mes coups pour ne pas la blesser », décida le garçon.

Ils se firent face, entourés par le cercle de guerriers. Arya leva son épée de la main gauche. Sa lame était plus fine que celle d'Eragon, mais exactement aussi longue et aussi acérée. Il sortit Zar'roc du fourreau et tint la lame rouge pointe baissée. Pendant un long moment, ils restèrent immobiles. L'humain et l'elfe s'observaient. Dans l'esprit d'Eragon, un souvenir éclair passa : c'est ainsi qu'avaient débuté nombre de ses combats avec Brom.

Il avança prudemment. Dans un mouvement presque invisible, Arya bondit sur lui, visant ses côtes. Par pur réflexe, Eragon para l'attaque. Les épées se rencontrèrent dans une pluie d'étincelles. Zar'roc fut écartée comme on chasse un moucheron. L'elfe ne poussa pas son avantage ; mais elle attaqua à droite, ses cheveux fouettant l'air, et frappa de l'autre côté. Eragon eut peine à bloquer le coup. Il recula précipitamment, stupéfait par la fougue et la vélocité de son adversaire.

Il se rappela un peu tard l'avertissement de Brom : même l'elfe le plus faible peut aisément défaire le plus brillant des humains. Il avait à peu près autant de chances de vaincre Arya qu'il en avait eu de tuer Durza. Elle attaqua de nouveau, visant sa tête. Il se baissa pour éviter la lame tranchante comme un rasoir. Mais alors... Pourquoi jouait-elle avec lui ? Pendant quelques longues secondes, il fut trop occupé à anticiper ses mouvements pour réfléchir. Puis il devina : « Elle veut savoir ce que je vaux... »

Ayant compris cela, il enchaîna les attaques les plus complexes qu'il connaissait. Il vola d'une fente à l'autre, multipliant les bottes, les combinant et les modifiant de toutes les manières possibles. Mais, tout inventif qu'il fût, l'épée d'Arya arrêtait toujours la sienne. Elle parait chacune de ses actions avec une grâce et une aisance incomparables.

Engagés dans une chorégraphie féroce, leurs corps étaient rapprochés puis séparés par des lames étincelantes. Parfois, ils se touchaient presque, il s'en fallait d'un cheveu ; l'instant suivant les envoyait virevolter loin l'un de l'autre, avant de les réunir de nouveau. Leurs silhouettes souples ondulaient ensemble comme des fumerolles poussées par le vent.

Eragon ne sut jamais combien de temps ils luttèrent. Ils étaient hors du temps, en une simple succession d'actions et de réactions. Zar'roc se mit à peser lourd dans sa main. Le bras lui brûlait douloureusement à chaque coup. Enfin, il se fendit largement. Arya bondit de côté avec légèreté et plaça la pointe de son épée sur la gorge de son adversaire à une vitesse surnaturelle.

Eragon se figea quand le métal glacé toucha sa peau. Ses muscles tremblaient d'épuisement. Il entendit vaguement

Saphira mugir et les guerriers applaudir à tout rompre autour d'eux. Arya abaissa son épée et la remit dans son fourreau.

– Tu es reçu, dit-elle avec douceur au milieu du vacarme.

Étourdi, il se redressa lentement. Fredric était à son côté, à présent, le bourrant de coups enthousiastes.

– Ça, c'est de l'escrime ! J'ai appris quelques nouveaux enchaînements en vous regardant. Et l'elfe... stupéfiante !

« Mais j'ai perdu ! » pensa Eragon en son for intérieur. Orik loua sa performance avec un large sourire. Toutefois, Eragon n'avait d'yeux que pour Arya, seule et silencieuse. D'un infime mouvement de doigt, à peine perceptible, elle désigna un tertre à quelque distance du champ d'entraînement. Puis elle fit demi-tour et s'éloigna. La foule s'ouvrait devant elle, et tous, les hommes comme les nains, se taisaient sur son passage.

Eragon s'adressa à Orik :

– Je dois y aller. Je regagnerai bientôt la maison des dragons.

D'un geste vif, Eragon rengaina Zar'roc, et il sauta sur Saphira. Elle décolla au-dessus du terrain, où une mer de visages se tourna vers elle.

Tandis qu'ils se dirigeaient vers le tertre, Eragon vit Arya courir au-dessous d'eux en souples foulées régulières. Saphira commenta :

« Elle te plaît, hein ? »

« Oui », reconnut-il en rougissant.

« Son visage a plus de caractère que la plupart des visages humains, souffla la dragonne. Dommage qu'il soit si allongé qu'il en devient chevalin. Et, pour le reste, elle est plutôt plate... »

Eragon regarda Saphira avec stupéfaction : « Mais tu es jalouse ! »

« Sûrement pas, affirma-t-elle, offensée. Je ne suis *jamais* jalouse. »

« Tu l'es, en ce moment, dit-il en riant, avoue ! »

La dragonne fit claquer bruyamment ses mâchoires :

« Non, je ne le suis pas ! »

Eragon sourit et secoua la tête, mais il ne contesta pas ses paroles. Elle atterrit lourdement sur le monticule en le ballottant sans ménagement. Il sauta à terre sans faire de remarque.

Arya arrivait juste derrière eux. Eragon n'avait jamais vu personne courir aussi vite. Quand elle atteignit le sommet de la petite colline, sa respiration était paisible et régulière. Soudain incapable de prononcer un mot, il baissa les yeux. Elle passa devant lui et dit à Saphira :

– Skulblaka, eka celöbra ono un mulabra ono un onr Shur'tugal né haina. Atra nous waíse fricai.

Eragon ne comprit pas beaucoup de mots de ce discours, mais, à l'évidence, Saphira reçut et apprécia le message. Elle agita ses ailes et fixa Arya avec curiosité. Puis elle opina et émit un ronronnement. Arya sourit.

– Je suis heureux de constater que tu as récupéré, dit Eragon. Nous ne savions pas si tu survivrais.

– C'est pourquoi je suis venue aujourd'hui, rétorqua Arya en lui faisant face.

Sa voix profonde avait un accent exotique. Elle parlait clairement, avec une sorte de vibrato qui ressemblait à un chant :

– J'ai une dette envers toi. Tu m'as sauvé la vie, je te le revaudrai. C'est quelque chose qui ne s'oublie pas.

– Ce... ce n'était rien, bafouilla Eragon.

Il savait bien qu'elle ne le croyait pas. Gêné, il changea de sujet :

– Comment se fait-il que tu te sois trouvée à Gil'ead ?

La tristesse assombrit le visage d'Arya. Son regard se troubla.

– Marchons, proposa-t-elle.

Ils descendirent le tertre et prirent la direction de Farthen Dûr. Eragon respecta le silence de l'elfe tandis qu'ils cheminaient. Saphira avançait tranquillement à côté d'eux. Finalement, Arya releva la tête et dit avec la grâce de ses semblables :

– Ajihad m'a raconté que tu étais présent là où l'œuf de Saphira est apparu.

– Oui.

Pour la première fois, Eragon songea à l'énergie requise pour propulser l'œuf sur les dizaines de lieues qui séparaient Du Weldenvarden de la Crête. Si lui-même tentait un tel exploit, il courrait au désastre, sinon à la mort.

L'elfe prononça alors des mots graves :

– Sache ceci : au moment où tu as posé les yeux dessus, j'ai été capturée par Durza.

Sa voix était empreinte de douleur et d'amertume.

– C'est Durza qui a conduit les Urgals à me tendre une embuscade et à massacrer mes compagnons, Faolin et Glenwing. D'une manière que j'ignore, il a su où il fallait nous attendre. Rien ne le laissait prévoir. J'ai été droguée et transportée à Gil'ead. Là, Durza a été chargé par Galbatorix d'apprendre où j'avais envoyé l'œuf et tout ce que je savais d'Ellesméra.

Elle regardait devant elle, le regard dur, la mâchoire crispée :

– Pendant des mois, il a essayé. Sans succès. Ses méthodes étaient... redoutables. La torture n'ayant pas produit l'effet escompté, il a ordonné aux soldats de se servir de moi comme ils l'entendaient. Par chance, j'avais encore assez d'énergie pour perturber leurs esprits et les rendre incapables d'agir. Pour finir, Galbatorix a ordonné que je sois transportée à Urû'baen. La panique m'a saisie quand j'ai appris la nouvelle, car j'étais affaiblie, physiquement et mentalement. Je n'avais plus la force de lui résister. Si tu n'avais pas été là, je me serais retrouvée, une semaine plus tard, devant Galbatorix.

Eragon sentit un frisson le parcourir. C'était sidérant qu'Arya eût survécu. Le souvenir des blessures de l'elfe était encore vif dans l'esprit du garçon. Il demanda doucement :

– Pourquoi m'as-tu raconté tout cela ?

– Pour que tu saches de quoi tu m'as sauvée. Ne crois pas que j'ignore ce que je te dois.

Touché, il baissa la tête :

– Que vas-tu faire, à présent ? Retourner à Ellesméra ?

– Non. Pas encore. Il y a encore beaucoup à faire, ici. Je ne peux pas abandonner les Vardens. Ajihad a besoin de mon aide. Je t'ai vu combattre et pratiquer la magie aujourd'hui. Brom t'a bien éduqué. Tu es prêt à entamer ton véritable entraînement.

– Tu veux dire... aller à Ellesméra ?

– Oui.

Eragon se sentit irrité. Saphira et lui avaient peut-être leur mot à dire, dans cette histoire ?

– Quand ?

– Cela reste à décider. Pas avant plusieurs semaines.

« Au moins, on me laisse un peu de temps... », songea le garçon. Saphira lui signala quelque chose qu'il transmit à Arya :

– Qu'attendaient de moi les jumeaux ?

L'elfe eut une moue de dégoût :

– Quelque chose que même eux ne peuvent accomplir. Il est possible de dire le nom d'un objet en ancien langage et, partant, d'invoquer sa nature profonde. Cela exige des années de travail et une discipline de fer ; la récompense, c'est de contrôler complètement l'objet. Voilà pourquoi le véritable nom de chacun est un secret bien gardé. Car si quelqu'un de mal intentionné venait à l'entendre, il dominerait parfaitement l'être qu'il nomme.

– C'est étrange, dit Eragon après un moment de silence, mais avant d'être capturé à Gil'ead, je rêvais de toi. Comme si j'avais invoqué ton image – ce que j'ai pu faire plus tard –, sauf que c'était toujours durant mon sommeil.

Arya fit une grimace pensive.

– Parfois, j'avais l'impression d'une présence qui me regardait, déclara-t-elle, mais j'étais souvent confuse et fiévreuse. Je n'ai jamais entendu parler de quiconque, ni dans la vie, ni dans les légendes, qui aurait réussi à invoquer une image dans son sommeil.

– Je ne le comprends pas moi-même, reconnut Eragon en regardant ses mains.

Il fit tourner l'anneau de Brom sur son doigt.

– Que signifie le tatouage sur ton épaule ? s'enquit-il. Je... je ne cherchais pas à le voir, mais j'ai dû soigner tes blessures et... et j'y ai été obligé. Il est exactement identique au symbole sur cet anneau.

– Tu as un anneau avec un yawë dessus ? s'exclama-t-elle vivement.

– Oui. C'est celui de Brom. Tu vois ?

Il lui montra l'anneau. Arya examina le saphir, puis elle dit :

– C'est un don que l'on fait aux plus précieux amis des elfes. Un don si considérable que cela ne s'est pas produit depuis des siècles. Du moins, il me semblait. Je ne savais pas que la reine Islazandi tenait Brom en aussi haute estime...

– Je ne devrais pas le porter, alors, conclut Eragon, craignant d'avoir été présomptueux.

– Non, garde-le. Il te protégera si tu rencontres par hasard des gens de mon peuple, et il t'aidera à gagner la faveur de la reine. Ne parle à personne de mon tatouage. Il devrait rester secret.

– Il le restera, promit le garçon.

Eragon prenait beaucoup de plaisir à parler avec Arya. Il aurait aimé que leur conversation durât. Quand ils se séparèrent, il se promena dans Farthen Dûr en devisant avec Saphira. Malgré son insistance, la dragonne refusa de lui révéler ce qu'Arya lui avait dit. Eragon finit par repenser à Murtagh et aux conseils de Nasuada.

« Je vais me chercher à manger, puis j'irai lui rendre visite, décida-t-il. Tu m'attendras pour que je rentre au refuge avec toi ? »

« Je t'attendrai, dit Saphira. Va... »

Eragon lui adressa un sourire reconnaissant. Il fila dans Tronjheim, mangea dans le recoin obscur d'une cuisine, et suivit les instructions de Nasuada pour atteindre une petite porte grise gardée par un humain et un nain. Quand il demanda à entrer, le nain frappa trois coups, puis ouvrit.

– Appelle quand tu voudras sortir, lui dit l'homme avec un sourire amical.

La cellule était chaude et bien éclairée, avec, dans un coin, une bassine pour se laver et, dans un autre, une table d'écriture, équipée de plumes et d'un encrier. Le plafond était orné de sculptures aux motifs entrelacés. Le sol était recouvert d'un tapis pelucheux. Murtagh, étendu sur un grand lit, lisait un parchemin. Il leva les yeux, surpris, et s'exclama avec chaleur :

– Eragon ! J'espérais que tu viendrais !

– Comment as-tu... Enfin, je pensais que...

– Tu pensais qu'on m'avait jeté dans un trou à rats pour que j'y rumine mes fautes ? lança Murtagh en se redressant avec un large sourire. Je m'attendais à ça, moi aussi. Mais

Ajihad m'accorde ce confort tant que je ne fais pas de scandale. On m'apporte des repas copieux, et tous les livres de la bibliothèque que je veux. Si je n'y prête pas attention, je vais devenir un savant gros et gras.

Eragon rit et s'assit près de Murtagh, un sourire interrogatif sur le visage :

– Tu ne m'en veux pas ? Tu es prisonnier, après tout...

– J'étais furieux, au début, reconnut Murtagh en haussant les épaules. Mais plus j'y réfléchis, plus j'en viens à la conclusion que c'est encore ici que je suis le mieux. Même si Ajihad me rendait ma liberté, je resterais dans cette pièce la plupart du temps.

– Pourquoi ?

– Tu le sais bien. Personne, connaissant ma véritable identité, ne serait à l'aise avec moi. Beaucoup ne se contenteraient pas de regards en biais ou d'insultes... Mais assez parlé de ça. J'ai hâte de savoir les nouvelles. Allez, raconte !

Eragon résuma les événements des deux derniers jours, y compris sa rencontre avec les jumeaux dans la bibliothèque.

Quand il eut terminé, Murtagh se recula, la mine pensive :

– Je soupçonne Arya d'être plus importante que ni toi ni moi ne l'avions imaginé. Mets bout à bout ce que tu as appris : c'est une épéiste hors pair, une magicienne exceptionnelle et – encore plus significatif – celle à qui l'on avait choisi de confier l'œuf de Saphira. Elle n'est pas quelqu'un d'ordinaire – même parmi les elfes.

Eragon approuva.

Murtagh fixa le plafond :

– Tu sais, je trouve ce séjour en prison étrangement apaisant. Pour une fois dans ma vie, je n'ai pas à avoir peur. Je sais que je devrais. Pourtant, quelque chose dans cet endroit me rassure. Et une bonne nuit de sommeil, ça aide aussi...

– Je vois ce que tu veux dire ! s'exclama Eragon.

Il s'installa plus confortablement sur le lit.

– Nasuada m'a dit qu'elle t'avait rendu visite. T'a-t-elle révélé quelque chose d'intéressant ?

Le regard de Murtagh se perdit au loin, et il secoua la tête :

– Non. Elle voulait juste me rencontrer. Elle a tout d'une princesse, tu ne trouves pas ? Et ce port de tête ! Quand elle a passé le seuil, j'ai cru que c'était une des grandes dames de la cour de Galbatorix. Mais, j'en ai vu de ces femmes de comtes et de ducs ! Comparées à Nasuada, elles seraient plus à leur place dans une porcherie que dans un palais.

Eragon écouta cet éloge avec une appréhension grandissante. « Ça ne veut peut-être rien dire, voulut-il se persuader. Je me fais des idées. » Cependant, son pressentiment ne le lâchait pas. Il essaya de s'en défaire et demanda :

– Combien de temps vas-tu rester en prison, Murtagh ? Tu ne peux pas te cacher éternellement !

Le jeune homme haussa les épaules ; néanmoins les mots qu'il prononça ensuite étaient lourds de sens :

– Pour le moment, je suis content de rester où je suis et de me reposer. Je n'ai pas de raison de chercher refuge ailleurs, ni de me soumettre à l'examen des jumeaux. Je finirai sans doute par me lasser... Mais, en attendant, oui, je suis content.

Les ombres s'allongent...

Saphira réveilla Eragon d'un bon coup de museau.

– Aïe ! s'exclama-t-il en se redressant.

La grotte était obscure ; seul un faible halo émanait de la lanterne. À l'extérieur du refuge, Isidar Mithrim scintillait d'un millier de couleurs différentes, illuminée par sa guirlande de lumignons.

Un nain se tenait à l'entrée de l'abri, se tordant les mains nerveusement :

– Tu dois venir, Argetlam ! Gros problème ! Ajihad te fait appeler ! Pas de temps à perdre !

– Que se passe-t-il ?

Le nain se contenta de secouer la tête, ce qui fit tressauter sa barbe.

– Allez, presse-toi ! Carkna bragha ! Vite !

Eragon ceignit Zar'roc, attrapa son arc et ses flèches, puis entreprit de seller Saphira. « Adieu, la bonne nuit de sommeil ! » grommela la dragonne, qui s'accroupit pour que le garçon pût monter sur son dos. Eragon bâilla bruyamment tandis que Saphira sortait de la caverne.

Orik les attendait aux portes de Tronjheim, le visage soucieux :

– Venez, les autres sont déjà là...

Il les conduisit à travers la cité jusqu'au bureau d'Ajihad. En chemin, Eragon le harcela de questions, mais Orik refusa de répondre :

– Moi-même, je n'en sais pas plus. Attends d'entendre Ajihad.

Deux gardiens de stature imposante ouvrirent la grande porte. Ajihad était debout derrière son bureau. Il étudiait une carte, la mine sombre. Arya et un homme aux bras secs et noueux étaient avec lui.

L'elfe leva les yeux, et Ajihad dit :

– Bien, te voilà, Eragon. Je te présente Jörmundur, mon commandant en second.

Tous deux se saluèrent, puis se tournèrent vers Ajihad.

– Je vous ai réunis tous les cinq, car nous courons un grave danger, annonça le chef des Vardens. Il y a environ une demi-heure, un nain a jailli d'un tunnel abandonné menant à Tronjheim. Il était en sang et tenait des propos incohérents, mais il a tout de même su expliquer qu'une armée d'Urgals le poursuivait. Elle est peut-être à un jour de marche d'ici.

Un silence consterné emplit la pièce. Puis Jörmundur jura violemment. Orik et lui se mirent à poser des questions en même temps. Arya restait muette. Ajihad leva les mains :

– Paix ! Ce n'est pas tout ! Les Urgals ne progressent pas sur les terres, mais *dessous*. Ils sont dans les tunnels. Nous allons être attaqués par en bas.

Eragon éleva la voix pour couvrir le brouhaha qui suivit :

– Pourquoi les nains n'ont-ils pas été avertis plus tôt ? Et comment les Urgals ont-ils découvert ces tunnels ?

– Nous avons la chance de ne pas être avertis trop tard ! tonna Orik.

Eragon resta coi.

– Des centaines de tunnels sillonnent les montagnes du Beor, continua Orik. Ils sont inutilisés depuis le jour où ils ont été creusés. Les seuls nains qui s'y risquent sont des excentriques qui vivent en solitaires. Nous aurions très bien pu ne pas être avertis du tout.

Ajihad désigna la carte, et Eragon s'approcha. Elle montrait la moitié sud de l'Alagaësia, mais, contrairement à celle que possédait Eragon, elle détaillait les montagnes du Beor avec précision.

Ajihad posa le doigt sur une section des Beors qui touchait la frontière est du Surda.

– Voici l'endroit d'où le nain affirme venir, dit-il.

– Orthíad ! s'exclama Orik.

Comme Jörmundur l'interrogeait, il expliqua :

– C'est une ancienne cité naine, que nous avons désertée quand Tronjheim a été achevée. À son époque, c'était la plus grande de nos villes. Mais nul n'y vit plus depuis des siècles.

– Et elle est assez vieille pour que certains tunnels se soient effondrés, compléta Ajihad. C'est ainsi, je suppose, que l'un d'eux a été découvert depuis la surface. Je crois qu'Orthíad est à présent appelée Ithrö Zhâda. C'est là que la colonne urgale qui avait pris en chasse Eragon se rendait. Je suis sûr que c'est aussi là que les Urgals migrent chaque année. Depuis Ithrö Zhâda, ils peuvent voyager où ils veulent sur les Beors. Ils sont en mesure de détruire et les Vardens, et les nains.

Jörmundur se pencha sur la carte et l'étudia avec soin.

– Sait-on combien il y a d'Urgals là-bas ? demanda-t-il. Les troupes de Galbatorix se sont-elles jointes à eux ? Impossible de préparer un plan de défense si nous ignorons de quelle armée ils disposent !

– Nous n'avons pas d'information particulière là-dessus, répondit Ajihad d'un ton préoccupé. Et notre survie dépend de la deuxième question. Si Galbatorix a ajouté ses propres forces à celles des Urgals, nous n'avons pas l'ombre d'une chance. Mais s'il ne l'a pas fait – soit pour garder secrète son alliance avec les Urgals, soit pour une autre raison –, nous pouvons gagner. Ni Orrin ni les elfes ne peuvent nous prêter assistance. Il est trop tard. J'ai cependant envoyé des messagers chez eux, pour leur faire connaître notre situation. Au moins ne seront-ils pas pris par traîtrise si nous tombons.

Il passa une main sur ses sourcils charbonneux.

– J'ai déjà parlé avec Hrothgar, annonça-t-il, et nous avons décidé d'un plan d'action. Notre seul espoir est de contenir les Urgals dans trois des plus larges tunnels et de les attirer directement jusqu'à Farthen Dûr, de façon qu'ils ne s'égaillent pas dans Tronjheim comme des nuées de sauterelles. Eragon et Arya, il faut que vous aidiez les nains à effondrer les autres tunnels. C'est un trop gros travail pour que l'on emploie des moyens ordinaires. Deux groupes de nains sont déjà au travail : l'un à l'extérieur de Tronjheim, l'autre sous terre. Eragon, je t'ai affecté au groupe extérieur ; Arya, au groupe souterrain. Orik vous conduira.

– Pourquoi ne pas effondrer tous les tunnels, au lieu de laisser les plus grands d'entre eux intacts ? s'étonna Eragon.

– Parce que, dit Orik, une fois que les Urgals auraient nettoyé les gravats, ils pourraient décider d'aller là où nous ne voulons pas qu'ils aillent. De plus, si nous leur barrons ainsi la route, ils risquent d'attaquer les autres cités naines, que nous ne pourrons pas secourir à temps.

– Il y a aussi une autre raison, intervint Ajihad. Hrothgar m'a averti que le site de Tronjheim est doté d'un réseau de tunnels si dense que, si nous en détruisons trop, des pans entiers de la ville menaceraient de s'écrouler sous notre propre poids. Nous ne devons pas prendre ce risque.

Jörmundur écouta attentivement, puis demanda :

– Donc, nous ne nous battrons pas à l'intérieur de Tronjheim ? Vous avez dit que les Urgals seraient dirigés hors de la ville, dans Farthen Dûr.

– C'est exact, affirma vivement Ajihad. Nous ne pouvons pas défendre tout le périmètre de Tronjheim, c'est au-dessus de nos moyens. Nous allons donc sceller les passages et les portes qui conduisent à la cité. Cela forcera les Urgals à sortir en terrain plat, autour de Tronjheim. Là, nos armées auront la place de manœuvrer. Puisque les Urgals ont accès aux tunnels, nous devons éviter une bataille à grande échelle. Tant qu'ils seront là, nous serons en danger constant de les voir se répandre sur le sol de Tronjheim. Si cela arrivait, nous serions piégés, de l'intérieur et de l'extérieur. Il nous faut empêcher les Urgals de s'emparer de Tronjheim, sinon, je doute que nous ayons les ressources nécessaires pour les repousser.

– Et nos familles ? lança Jörmundur. Je ne veux pas voir ma femme et mon fils massacrés par les Urgals.

Les rides se creusèrent sur le visage d'Ajihad.

– On est en train d'évacuer les femmes et les enfants dans les vallées environnantes. Si nous sommes vaincus, des guides les emmèneront au Surda. Je ne peux faire mieux, étant donné les circonstances.

Jörmundur s'efforça de dissimuler son soulagement :

– Sire, Nasuada est-elle avec eux ?

– Contre son gré, mais oui.

Tous les regards étaient fixés sur Ajihad. Il carra les épaules et déclara :

– Les Urgals sont à nos portes. Leur arrivée n'est qu'une question d'heures. Ils sont nombreux, nous le savons. Mais nous devons tenir Farthen Dûr. Notre échec signerait le crépuscule des nains, la mort des Vardens et, à terme, la chute du Surda et des elfes. Nous n'avons pas le droit de perdre cette bataille. À présent, allez et remplissez vos missions ! Jörmundur, tiens les hommes prêts au combat.

Ils quittèrent le bureau et se séparèrent. Jörmundur gagna les casernes. Orik et Arya se dirigèrent vers les escaliers qui descendaient au sous-sol. Eragon et Saphira se rendirent à l'une des quatre entrées principales de Tronjheim. En dépit de l'heure matinale, la ville-montagne ressemblait à une fourmilière. Des gens couraient dans tous les sens, criant des messages et transportant des sacs.

Eragon avait déjà combattu. Il avait même tué. Mais la perspective de la bataille qui les attendait le glaçait d'effroi. Il n'avait jamais eu l'occasion d'anticiper un combat. À présent, l'idée l'épouvantait. Il avait confiance dans sa capacité à affronter quelques adversaires. Il savait qu'il n'aurait aucun mal à se défaire de trois ou quatre Urgals, avec Zar'roc et sa magie. Mais, dans un conflit ouvert, tout pouvait arriver.

Saphira et lui sortirent de Tronjheim et cherchèrent les nains qu'ils étaient censés aider. Sans la lueur de la lune ni du soleil, l'intérieur de Farthen Dûr était noir comme du carbone. Çà et là, l'obscurité était ponctuée de lanternes luisantes suspendues dans le cratère. « Peut-être sont-ils de l'autre côté », suggéra Saphira. Eragon acquiesça et grimpa sur son dos.

Ils firent le tour de la cité jusqu'à apercevoir un petit groupe de lanternes. Saphira s'en approcha. Puis, dans un bruissement d'ailes, atterrit près du groupe de nains occupés à creuser avec leurs pioches. Eragon expliqua rapidement sa mission. Un nain au nez pointu lui dit :

– Il y a un tunnel à cinquante pieds, juste en dessous de nous. Si tu peux nous aider de quelque façon que ce soit, n'hésite pas !

– Éloignez-vous du tunnel, et je verrai ce que je peux faire.

Le nain eut l'air sceptique, mais il ordonna aux autres piocheurs de s'écarter du site. Eragon inspira lentement et se prépara à utiliser la magie. Il envisagea d'enfoncer le tunnel sur toute sa longueur. Cependant, il devait conserver ses forces pour plus tard. Il jugea donc préférable de se concentrer sur les parties les plus faibles de son plafond.

– Thrysta deloi ! murmura-t-il.

Il sentit les tentacules de son pouvoir courir dans le sol. Presque aussitôt, ils rencontrèrent la roche. Il l'ignora et chercha un endroit creux et vide du tunnel. Là, il commença d'inspecter les parois, à la recherche de failles. Dès qu'il en trouvait une, il appuyait dessus, l'agrandissait et l'élargissait. C'était un travail épuisant, mais sans doute moindre que celui qui aurait consisté à fendre la pierre à la main. On ne remarquait aucun effet visible. Les nains s'impatientaient...

Eragon persévéra. Peu après, il fut récompensé par un craquement qui retentit sur toute la surface. Il y eut un crissement strident, puis le sol glissa et s'affaissa sur lui-même, coulant comme de l'eau s'échapperait d'un tuyau, faisant apparaître un trou d'environ huit pieds de large.

645

Les nains sautèrent de joie et comblèrent le tunnel avec les décombres. Puis le nain au nez pointu conduisit Eragon au tunnel suivant. Il eut plus de difficulté à effondrer celui-ci ; mais il parvint à renouveler son exploit. Dans les heures qui suivirent, il détruisit une demi-douzaine de tunnels à travers Farthen Dûr, avec l'aide de Saphira.

La lumière poignit, éclairant un petit coin de ciel au-dessus d'eux tandis qu'il travaillait. Ce n'était pas suffisant pour y voir ; mais cela ranima la confiance d'Eragon. Il se retourna pour contempler les ruines du dernier tunnel, puis il observa les environs avec intérêt.

Un flot de femmes, d'enfants et de vieillards s'écoulait de Tronjheim. Tous encombrés de lourds chargements, de vêtements et d'objets divers. Un petit groupe de soldats, surtout des jeunes garçons et des hommes âgés, les accompagnaient.

La plus grosse activité était néanmoins concentrée à la base de Tronjheim. Les Vardens et les nains y rassemblaient leur armée. Celle-ci était scindée en trois bataillons. Chaque section arborait l'étendard des Vardens : un dragon blanc tenant une épée pointée vers le bas, sur un champ pourpre.

Les hommes, harnachés de fer, étaient silencieux. Leurs cheveux flottaient, libres, sous leurs casques. De nombreux guerriers portaient une épée et un bouclier ; toutefois, il y avait aussi des lanciers, et même des soldats brandissant des épieux. À l'arrière des rangs, des archers testaient leurs arcs.

Les nains étaient bardés de lourd matériel de guerre. Leurs hauberts de fer poli leur descendaient aux genoux. Ils tenaient à la main gauche d'épais boucliers ronds, marqués des armes de leur clan. À la taille, ils avaient ceint de courtes épées. Ils serraient de la main droite des massues ou des haches de guerre. Leurs jambes étaient recouvertes de mailles extrêmement denses. Tous avaient des casques d'acier et des bottes cloutées.

Une petite silhouette se détacha du bataillon le plus éloigné et se pressa vers Eragon et Saphira. C'était Orik, harnaché comme les autres nains.

– Ajihad veut que tu rejoignes l'armée, déclara-t-il. Tous les tunnels ont été comblés. Un repas vous attend, toi et ton dragon.

Eragon et Saphira accompagnèrent Orik sous une tente, où ils trouvèrent du pain et de l'eau pour Eragon et de la viande séchée pour Saphira. Ils mangèrent sans se plaindre de la frugalité du repas. C'était toujours mieux que rien !

Quand ils eurent fini, Orik leur ordonna de l'attendre, et il se fondit dans les rangs des bataillons. Il revint, suivi par des nains chargés de pièces d'armure. Orik en prit une et la tendit à Eragon.

– Qu'est-ce donc ? demanda Eragon en caressant le métal poli.

Des motifs dorés avaient été gravés sur l'armure. Elle était large d'un pouce à certains endroits... et très lourde. Aucun homme n'aurait pu combattre avec un tel poids sur le dos. Et il y avait bien trop de pièces à assembler pour ne couvrir qu'une personne.

– Un cadeau de Hrothgar, répondit Orik, visiblement fort content de lui. Cette armure a reposé si longtemps parmi nos trésors qu'on l'avait presque oubliée. Elle a été forgée à un autre âge, avant la chute des Dragonniers.

– Mais à quoi ça *sert* ? s'écria Eragon.

– Eh bien, c'est une armure de dragon, évidemment ! Crois-tu que les dragons combattaient sans protection ? Les équipements complets étaient rares, car il fallait des années pour les fabriquer... et aussi parce que les dragons ne cessent jamais de grandir. Cependant, Saphira n'est pas encore trop imposante. Cela devrait donc lui aller à peu près.

« Une armure de dragon ! » Saphira approcha son nez de l'un des morceaux. « Qu'en penses-tu ? », demanda le garçon. « Il faut l'essayer ! » lança-t-elle, une lueur féroce dans les yeux.

Eragon et Orik bataillèrent un moment pour monter l'armure, puis reculèrent afin d'admirer le résultat. Toute l'encolure de Saphira – hormis les piquants qui dépassaient – était couverte des écailles triangulaires de son armure. Son ventre et son poitrail étaient protégés par de grosses plaques de métal ; de plus légères entouraient sa queue. Ses jambes et son dos étaient entièrement caparaçonnés. Ses ailes, en revanche, étaient nues. Une simple plaque de métal sur le haut de sa tête laissait sa mâchoire inférieure libre de mordre et de claquer.

Saphira arqua le cou pour voir ; l'armure fléchit souplement sur elle. « Cela me ralentira, mais les flèches auront du mal à passer. Comment me trouves-tu ? »

« Très intimidante », répondit honnêtement Eragon.

Cela fit plaisir à la dragonne.

Orik ramassa les plaques restantes, qu'il avait posées par terre.

– Je t'ai aussi apporté ton armure, même si j'ai eu plus de mal à en trouver une à ta taille. Nous n'avons pas l'habitude d'en forger pour les hommes ou pour les elfes. Je ne sais pas pour qui celle-ci a été réalisée, mais elle n'a jamais servi jusqu'à ce jour, et elle pourra t'être utile.

Eragon passa une tunique de cuir et de métal tressés qui retombait sur ses genoux comme une jupe. Elle pesait lourd sur ses épaules et cliquetait quand il bougeait. Il ceignit Zar'roc par-dessus, ce qui aida à maintenir la cotte en place. Sur sa tête, il mit un casque de cuir, puis une coiffe de mailles, et enfin un casque d'or et d'argent. Il avait également de solides protections aux coudes, ainsi que des jambières. Des gants de mailles protégeaient ses mains. Pour terminer, Orik lui tendit un grand bouclier dont le blason représentait un chêne.

Conscient que les cadeaux qu'on venait de leur faire à tous deux valaient une fortune, Eragon s'inclina et dit :

– Merci pour ces dons si précieux... Les présents de Hrothgar me vont droit au cœur.

– Ne nous remercie pas tout de suite, répondit Orik avec un petit rire. Attends que cette armure t'ait sauvé la vie.

Autour d'eux, les guerriers s'étaient mis en mouvement. Les trois bataillons prirent position à différents endroits de Farthen Dûr. Ne sachant que faire, Eragon regarda Orik, qui haussa les épaules et déclara :

– Je suppose que nous pouvons les suivre...

Ils se placèrent en queue de bataillon et l'accompagnèrent vers la paroi du cratère. Eragon se renseigna au sujet des Urgals. Orik savait seulement que des éclaireurs avaient été placés dans les souterrains. À cette heure, ils n'avaient encore rien vu ni entendu.

Leur bataillon s'arrêta devant l'un des tunnels effondrés. Les nains avaient accumulé les gravats de sorte qu'il était impossible d'en sortir facilement. « Voilà l'un des endroits où ils vont tenter de forcer les Urgals à émerger », estima Saphira.

Des centaines de lanternes avaient été fixées sur des piques enfoncées dans le sol. Elles projetaient de la lumière sur une vaste surface – on aurait dit un coucher de soleil... Des feux brûlaient aux abords du toit du tunnel. Dessus, d'énormes chaudrons de poix chauffaient, prêts à être renversés sur les assaillants. Eragon détourna le regard, révulsé malgré lui. Il trouvait horrible de tuer quelqu'un de cette manière. Même un Urgal.

Des rangées de troncs épointés avaient été plantées dans le sol pour former une barrière épineuse entre le bataillon et le tunnel. Eragon vit un groupe d'hommes qui creusaient des tranchées derrière cet obstacle. Il en profita pour leur donner un coup de main. Saphira s'y mit aussi, labourant le sol avec ses serres géantes. Tandis qu'ils travaillaient, Orik s'éloigna pour superviser la construction d'une barricade destinée à protéger les archers.

Eragon but avec plaisir au goulot d'une outre de vin qui passait d'homme en homme. Après que les tranchées furent terminées et bardées de pieux acérés, Saphira et le garçon se reposèrent un peu.

Quand Orik revint, il les trouva assis côte à côte. Le nain s'essuya le front :

– Tous les hommes et les nains sont prêts. Tronjheim a été scellée. Hrothgar a pris en charge le bataillon de gauche. Ajihad est à la tête de celui d'en face.

– Et qui commande celui-ci ?

– Jörmundur.

Orik s'affala avec un grognement et posa sa hache de guerre sur le sol.

Saphira poussa Eragon des naseaux. « Regarde ! » La main du garçon se serra sur le pommeau de Zar'roc quand il aperçut Murtagh, casqué, qui portait un bouclier de nain et son épée mesurant une main et demie, et qui s'approchait sur Tornac.

Orik jura et bondit sur ses pieds, mais Murtagh le rassura aussitôt :

– Tout va bien ! Ajihad m'a relâché.

– Pourquoi aurait-il fait ça ? s'étonna Orik.

Murtagh eut un sourire chaleureux :

– Il a dit que c'était l'occasion de prouver mes bonnes intentions. Apparemment, il pense que je ne serais pas très dangereux, même si je me retournais contre les Vardens.

Eragon lui fit un signe de tête pour lui souhaiter la bienvenue, et il relâcha la prise sur son épée. Murtagh était un combattant excellent et sans pitié. Exactement celui qu'Eragon souhaiterait avoir à ses côtés pendant la bataille.

– Comment savoir si tu ne mens pas ? demanda Orik.

– Parce que je confirme ses dires, lança une voix ferme.

Ajihad s'avança au milieu d'eux, armé pour le combat d'un plastron et d'une épée au pommeau en ivoire. Il posa une main puissante sur l'épaule d'Eragon et l'entraîna à l'écart, de manière à ce que les autres ne pussent les entendre. Il jeta un œil sur l'armure du garçon :

– Bien, je vois qu'Orik t'a équipé...

– Oui. A-t-on vu quelque chose venir des tunnels ?

– Non, rien.

Ajihad s'appuya sur son épée.

– L'un des jumeaux est resté dans Tronjheim, annonça-t-il. Il va observer la bataille depuis la maison des dragons et transmettre l'information à son frère pour moi. Je sais que tu maîtrises la télépathie. Je te demande donc de dire aux jumeaux tout – absolument tout – ce qui te semblera inhabituel pendant l'affrontement. Je te donnerai des ordres par leur intermédiaire. Est-ce compris ?

L'idée d'être lié aux jumeaux remplissait Eragon de dégoût. Mais il savait que c'était nécessaire.

– Oui, dit-il.

Ajihad fit une pause avant de reprendre :

– Tu n'es ni un fantassin, ni un chevalier, ni aucun autre type de guerrier que j'ai l'habitude de commander. Les événements me contrediront peut-être, mais je pense que Saphira et toi serez plus en sécurité si vous restez au sol. Dans les airs, vous serez une cible de choix pour les archers des Urgals. Monteras-tu sur le dos de Saphira ?

Eragon n'avait jamais combattu à cheval, pas plus que sur Saphira.

– Je ne sais pas quoi faire, avoua-t-il. Si je me mets sur Saphira, je serai trop haut pour combattre, sauf face aux Kulls.

– Il y aura beaucoup de Kulls, j'en ai peur. Le seul conseil que je peux te donner, c'est d'éviter de prendre des risques inutiles. Les Vardens ne peuvent pas se permettre de te perdre.

Sur ces mots, il tourna les talons.

Eragon revint vers Orik et Murtagh et s'adossa contre Saphira, son bouclier entre les jambes. Tous les quatre attendirent en silence, comme les centaines de soldats massés autour d'eux. La lumière tombant de l'ouverture de Farthen Dûr déclinait au fur et à mesure que le soleil descendait derrière le cratère.

Eragon inspecta le campement des yeux et se figea, le cœur battant. À trente pieds de là, Arya était assise, son arc sur les genoux. Il avait espéré – tout en se doutant que c'était improbable – qu'Arya accompagnerait les autres femmes hors de Farthen Dûr. Inquiet, il courut vers elle :

– Tu vas participer à la bataille ?

– Je fais ce que je dois, répondit calmement Arya.

– Mais c'est trop dangereux !

Son visage s'assombrit :

– Ne me dorlote pas, humain. Tous les elfes s'entraînent au combat, hommes et femmes. Je ne suis pas une pauvre créature impuissante qui s'enfuit face au danger. Ma mission était de protéger l'œuf de Saphira. J'ai échoué. Ma breoal est déshonorée ; elle le serait plus encore si je ne gardais pas un œil sur Saphira et toi, lors de la bataille. Tu oublies que je suis plus forte que la plupart des guerriers, toi y compris. Si l'Ombre vient, qui peut le vaincre, sinon moi ? Et qui d'autre en a le droit ?

Eragon la regarda, impuissant. Il savait qu'elle avait raison, mais ne l'acceptait pas.

– Au moins, fais attention à toi...

Désespéré, il ajouta en ancien langage :

– ... wiol pömnuria ilian.

« Pour mon bonheur. »

Arya détourna le regard, mal à l'aise, cachant son visage derrière ses cheveux. Elle passa une main sur son front parfait et murmura :

– C'est mon wyrd d'être là. Je dois payer ma dette.

Eragon retourna brusquement vers Saphira. Murtagh le fixa avec curiosité :

– Qu'a-t-elle dit ?

– Rien.

Perdus dans leurs pensées, les défenseurs replongèrent dans un silence pesant. Et les heures passèrent. Le cratère de Farthen Dûr s'assombrit. Seules les lanternes sanguines continuaient de briller, ainsi que les feux sous les chaudrons. Eragon scrutait sa cotte de mailles, en jetant régulièrement un regard furtif à Arya. Orik affûtait machinalement la lame de sa hache, vérifiant du doigt l'état du tranchant. Le raclement du métal sur la pierre était agaçant. Murtagh avait les yeux dans le vague.

De temps en temps, des messagers traversaient le campement. Aussitôt, les soldats sautaient sur leurs pieds. Mais, à chaque fois, c'était une fausse alerte. Des hommes et des nains s'entraînaient. On entendait parfois s'élever des voix furieuses.

Le pire, dans Farthen Dûr, c'était le manque de vent. L'air était lourd. Immobile. Même quand un courant chaud passait, suffocant, chargé de fumée, il n'offrait aucun répit.

Tandis que la nuit tombait, les bruits se turent. Le campement devint silencieux comme la mort. L'attente raidissait les muscles. Eragon regardait droit devant lui, dans l'obscurité. Ses paupières se fermaient toutes seules. Il se secoua pour se réveiller, tâchant de rester concentré malgré son hébétude.

Finalement, Orik dit :

– Il est tard. Nous devrions dormir. Si quelque chose arrive, on nous préviendra.

Murtagh grommela. Eragon, lui, était trop fatigué pour protester. Il se blottit contre Saphira, se servant de son bouclier comme d'un oreiller. Au moment où ses yeux se fermaient, il vit qu'Arya, toujours éveillée, les regardait.

Il fit des rêves confus. Perturbants. Pleins de monstres cornus et de menaces invisibles. Il entendait en boucle une voix grave qui lui demandait : « Es-tu prêt ? Es-tu prêt ? »

Mais il n'avait jamais de réponse.

Tourmenté par ses cauchemars, il dormit mal, d'un sommeil léger et agité, jusqu'à ce qu'on lui touchât le bras. Il se réveilla en sursaut.

– La bataille a commencé, annonça Arya, le visage triste.

LA BATAILLE
SOUS FARTHEN DÛR

Dans le campement, les troupes se tenaient prêtes, l'arme au clair. Orik fit un moulinet avec sa hache, pour être sûr d'avoir assez de place. Arya encocha une flèche et se tint prête à tirer.

– Un guetteur vient de sortir du tunnel, annonça Murtagh à Eragon. Les Urgals approchent.

Ils regardèrent ensemble la bouche noire du passage souterrain, qui apparaissait entre les rangées d'hommes et de pieux acérés. Une minute passa. Puis une autre. Une autre encore. Sans quitter l'ouverture des yeux, Eragon grimpa sur Saphira, le poids rassurant de Zar'roc à la main. À son côté, Murtagh enfourcha Tornac. Un homme cria :

– Je les entends !

Les guerriers se raidirent et resserrèrent leur prise sur leurs armes. Plus personne ne bougeait. Plus personne ne respirait. Quelque part, un cheval hennit.

Les cris rauques des Urgals déchirèrent l'air tandis que des silhouettes jaillissaient du tunnel. Un ordre fut lancé. Les chaudrons de poix bouillante furent renversés, et le liquide brûlant s'écoula dans la gueule vorace du tunnel. Les monstres hurlèrent de douleur, battant l'air de leurs bras.

Une torche fut lancée dans la poix bouillonnante, et une colonne de flammes graisseuses s'engouffra dans le boyau en ronflant, plongeant les Urgals en enfer. Écœuré, Eragon se tourna vers les deux autres bataillons et vit qu'ils s'activaient autour de mêmes feux. Il rengaina Zar'roc et banda son arc.

De nouveaux Urgals surgirent, piétinant la poix, escaladant les corps brûlés de leurs congénères. Ils se pressaient les uns derrière les autres, formant un mur solide devant les hommes et les nains. Derrière la palissade qu'Orik avait aidé à construire, la première ligne d'archers encocha ses flèches et tira. Eragon et Arya joignirent leurs traits à la pluie mortelle. Leurs tirs clairsemèrent les rangs, qui semblèrent sur le point de rompre. Cependant les Urgals se protégèrent avec leurs boucliers et repartirent à l'attaque. Les archers tirèrent encore, mais les monstres ne cessaient d'affluer à un rythme impressionnant.

Eragon était sidéré par leur nombre. Ils étaient censés les tuer tous ? C'était une tâche démentielle. Le seul élément encourageant était qu'aucun soldat de Galbatorix ne semblait mêlé aux Urgals. Du moins, pas encore.

L'armée adverse formait une masse compacte de corps, qui paraissait s'étendre à l'infini. Des étendards déchirés, menaçants, se mirent à flotter au milieu des monstres. Des échos sinistres résonnèrent dans Farthen Dûr lorsque les Urgals soufflèrent dans leurs cornes de guerre. Toute la troupe des envahisseurs chargea avec des cris sauvages.

Leurs avant-gardes s'empalèrent sur les rangées de pieux, les recouvrant de sang gluant et de corps sans vie. Une volée de flèches noires siffla au-dessus de la barrière vers les défenseurs accroupis. Eragon plongea sous son bouclier tandis que Saphira baissait la tête. Des flèches cognèrent contre son armure sans lui faire de mal.

Momentanément stoppée par les pieux, la horde urgale se bouscula dans une totale confusion. Les Vardens resserrèrent les rangs et attendirent l'attaque suivante. Les cris de guerre résonnèrent de nouveau, et les Urgals bondirent en avant. L'assaut fut violent. Sa puissance permit aux monstres de franchir l'obstacle. Derrière, les soldats munis d'épieux les accueillirent à coups de piques, frappant frénétiquement pour tenter de les repousser. Ils résistèrent quelque temps ; mais la vague toute-puissante des Urgals ne put être endiguée, et ils furent bientôt submergés.

La première ligne de défense céda. Et les corps à corps commencèrent. Un rugissement assourdissant monta des hommes et des nains lorsqu'ils se lancèrent à l'assaut. Saphira gronda et plongea dans le tourbillon indistinct de gestes et de clameurs.

Jouant de la mâchoire et des serres, la dragonne déchira un Urgal en deux. Ses crocs étaient une arme aussi redoutable que n'importe quelle épée. Sa queue formait une massue géante. Sur son dos, Eragon para un coup de marteau que tentait de lui porter un chef urgal, protégeant ses ailes vulnérables. L'épée cramoisie de Zar'roc semblait rutiler de joie tandis que le sang coulait le long de sa lame.

Du coin de l'œil, Eragon aperçut Orik qui tranchait maints cous d'Urgals à la hache. À côté du nain, Murtagh monté sur Tornac, le visage tordu par un rictus, cognait avec fureur. Puis Saphira pivota, et Eragon vit Arya sauter au-dessus du corps inanimé de son adversaire.

Un Urgal renversa un nain blessé et frappa la patte antérieure droite de Saphira. Son épée dérapa sur l'armure, dans une pluie d'étincelles. Eragon enfonça sa rapière dans le crâne de son ennemi... mais Zar'roc se prit dans les cornes de l'Urgal et lui échappa des mains. Eragon jura et sauta à terre. Il écrasa la tête du monstre d'un coup de bouclier, retira son épée d'entre ses cornes et évita un autre monstre qui arrivait sur lui.

« Saphira ! J'ai besoin de toi ! » cria-t-il. Mais le flux et reflux de la bataille les avait séparés. Soudain, un Kull se jeta sur lui, son arme brandie. Incapable de lever assez vite son bouclier, Eragon lança :

– Jierda !

Le cou du monstre se brisa et sa tête tomba sur le côté. Quatre autres Urgals succombèrent à la morsure assoiffée de sang de Zar'roc. Puis Murtagh chevaucha vers Eragon, repoussant les assaillants.

– Monte vite ! hurla-t-il en aidant Eragon à se hisser en croupe.

Ils filèrent vers Saphira, aux prises avec une masse d'ennemis. Douze Urgals l'encerclaient, et l'aiguillonnaient avec leurs lances. Ils avaient déjà percé ses deux ailes. Le sang de la dragonne gouttait sur le sol. Chaque fois qu'elle tentait de charger, les monstres visaient ses yeux et l'obligeaient à battre en retraite. Elle essaya de balayer leurs lances avec ses serres, mais, d'un bond, les Urgals réussirent à lui échapper.

À la vue du sang de Saphira, Eragon ne se contrôla plus. Il sauta à terre avec un cri sauvage et frappa l'un des Urgals en plein cœur. Dans son désir fou d'aider Saphira, il était prêt à tout. Son offensive fournit la diversion dont elle avait besoin pour se libérer. D'un coup de patte, elle envoya un Urgal dans les airs. Eragon saisit un piquant de son cou et se remit en selle. Tandis que Murtagh chargeait un autre amas d'Urgals, Saphira décolla et s'éleva au-dessus des champs de bataille, cherchant un moment de répit loin de cette folie. Eragon haletait. Ses muscles se contractaient, prêts pour une nouvelle attaque. Les moindres fibres de son être vibraient d'énergie, et il se sentait plus vivant que jamais.

Saphira vola en cercles concentriques le temps qu'ils reprennent leurs forces ; puis ils descendirent vers les Urgals, frôlant le sol pour ne pas être détectés. La dragonne assaillit les monstres par-derrière, là où leurs archers étaient rassemblés. Avant que les Urgals ne comprissent ce qui leur arrivait, Eragon avait tranché la tête de deux d'entre eux, et Saphira en avait mis trois autres en pièces. Elle redécolla dès que des cris d'avertissement résonnèrent, s'éleva promptement, survolant la bataille.

Ils répétèrent cette stratégie sur différents flancs de l'armée adverse. La force et la vitesse de Saphira, combinées avec la faible luminosité, empêchaient quasiment les Urgals de savoir où elle allait frapper l'instant d'après. Eragon utilisait son arc même lorsque Saphira était en l'air, mais il fut bientôt à court de flèches. Tout ce qui restait dans son carquois, c'était un objet magique. Or, il ne s'en servirait qu'à la dernière extrémité.

Les vols de Saphira au-dessus des combattants donnaient à Eragon une idée globale de la manière dont la bataille évoluait. Trois combats séparés faisaient rage dans Farthen Dûr, un devant chaque tunnel ouvert. Les Urgals étaient désavantagés par la dispersion de leurs forces et l'impossibilité de faire sortir en même temps tous leurs soldats des tunnels. Cependant, les Vardens et les nains ne pouvaient pas empêcher les monstres de progresser. Lentement mais sûrement, ils étaient repoussés vers Tronjheim. Le nombre des défenseurs paraissait dérisoire face à la masse des Urgals.

Les Urgals s'étaient regroupés autour de plusieurs étendards. Chacun représentait un clan. Néanmoins, il était difficile de déterminer qui commandait le tout. Les clans ne se prêtaient pas attention les uns aux autres, comme s'ils avaient reçu leurs ordres d'ailleurs. Eragon aurait aimé comprendre qui les dirigeait. Ainsi, Saphira et lui auraient eu une chance de le tuer !

Le Dragonnier se souvint alors des ordres d'Ajihad. Aussi entreprit-il de transmettre ses informations aux jumeaux. Le manque apparent de chefs des Urgals les intéressa, et ils l'interrogèrent en détail. L'échange fut courtois, quoique bref. En retour, les jumeaux lui signalèrent qu'il avait ordre de porter assistance à Hrothgar. « Il est en difficulté », ajoutèrent-ils.

« Bien reçu », répondit Eragon.

Saphira vira vers les nains assiégés, passant juste au-dessus de Hrothgar. Harnaché dans son armure dorée, le roi des nains était entouré d'une petite garde rapprochée et brandissait Volund, la massue de ses ancêtres. Sa barbe blanche refléta la lumière des lanternes quand il leva la tête vers Saphira. Une lueur d'émerveillement éclaira son regard.

La dragonne atterrit à côté des nains et fit face aux assaillants. Même les plus courageux des Kulls hésitèrent devant sa férocité, ce qui permit aux nains de tenter une contre-attaque. Eragon essayait de protéger Saphira. Son flanc gauche était couvert par les nains, mais une marée d'ennemis s'étendait devant elle et sur sa droite. Le garçon ne montra aucune pitié et profita de tous ses avantages, recourant à la magie lorsque Zar'roc ne suffisait pas. Une lance frappa son bouclier avec violence, l'ébréchant et meurtrissant son épaule. Ignorant sa douleur, il ouvrit le crâne d'un Urgal en deux, produisant une mixture de cervelle, de métal et d'os.

Il était en admiration devant Hrothgar. Le roi était peut-être vieux, pour un homme comme pour un nain ; il n'en était pas pour autant diminué sur le champ de bataille. Nul Urgal, Kull ou pas, ne pouvait s'approcher du roi des nains et de sa garde rapprochée, et en repartir vivant. Chaque fois que Volund frappait, le gong de la mort sonnait pour son ennemi. Lorsqu'une lance tua l'un de ses guerriers, Hrothgar la prit de ses mains et, avec une force stupéfiante, lui fit traverser entièrement le corps de son propriétaire qui se trouvait pourtant à une centaine de pas ! Un tel héroïsme enhardissait Eragon, l'incitant à prendre de plus gros risques pour se montrer digne d'un tel roi.

Le garçon plongea vers un Kull gigantesque, presque hors de portée, et manqua d'être désarçonné. Avant qu'Eragon se fût redressé, le Kull esquiva l'attaque de Saphira et leva son épée. Son coup atteignit le casque du Dragonnier, le projetant en arrière. Sa vue se brouilla. Un bruit de tonnerre résonna à ses oreilles.

Sonné, Eragon essaya de se remettre d'aplomb, mais le Kull s'apprêtait à frapper de nouveau. Au moment où le bras du monstre s'abattait, une pointe de métal apparut, transperçant sa poitrine. Le Kull hurla et s'effondra. Derrière lui se tenait Angela.

La sorcière portait une longue cape rouge sur une bizarre armure à collerette, ornée d'émail vert et noir. Elle maniait une arme étrange à deux poignées, composée d'un long manche en bois avec une lame d'épée de chaque côté. Angela lança à Eragon un clin d'œil malicieux, puis s'éloigna en faisant tournoyer son épée-bâton comme un derviche, suivie par Solembum sous sa forme de gamin à la chevelure broussailleuse. Il était armé d'une petite dague noire. Ses dents pointues étaient découvertes en une grimace sauvage.

Encore étourdi par le coup qu'il avait pris, Eragon réussit à se remettre droit sur sa selle. Saphira s'éleva dans les airs et resta en vol le temps qu'il récupérât. Il observa les plaines de Farthen Dûr et découvrit, consterné, que sur les trois fronts les assiégés étaient en mauvaise posture. Ni Ajihad, ni Jörmundur, ni Hrothgar ne pouvaient arrêter les Urgals. Les ennemis étaient trop nombreux, voilà tout.

Eragon se demanda combien d'Urgals il pouvait éliminer d'un coup avec sa magie. Il connaissait ses limites. S'il voulait en tuer assez pour faire la différence, ce serait probablement un suicide. C'était peut-être ça, le prix de la victoire.

La bataille continua. Une heure après l'autre. Sans fin. Les Vardens et les nains étaient épuisés, alors que les Urgals recevaient sans cesse des renforts.

Pour Eragon, c'était un cauchemar. Saphira et lui combattaient du mieux qu'ils pouvaient ; pourtant il y avait toujours un Urgal pour prendre la place de celui qu'ils venaient de tuer. Tout son corps était douloureux. Surtout sa tête. À chaque fois qu'il se servait de sa magie, il perdait encore un peu plus d'énergie. Saphira était en meilleure forme, même si ses ailes étaient criblées de petites blessures.

Tandis que le garçon parait un coup, les jumeaux le contactèrent de toute urgence. « Il y a des bruits inquiétants sous Tronjheim. On dirait que les Urgals essayent de passer sous la ville ! Nous avons besoin de toi et d'Arya pour effondrer les tunnels qu'ils creusent. »

Eragon se défit de son adversaire d'un coup d'épée. « Nous arrivons. »

Il chercha Arya du regard. Il l'aperçut qui luttait contre plusieurs Urgals. Saphira eut tôt fait de se frayer un chemin jusqu'à l'elfe, laissant un tas de corps déchiquetés sur son passage. Eragon tendit une main et dit :

– Monte !

Arya sauta sur le dos de Saphira sans hésiter. Elle glissa son bras droit autour de la taille d'Eragon, tenant son épée teintée de sang de l'autre. Saphira s'accroupissait pour prendre son envol quand un Urgal se précipita vers elle en hurlant, une hache à la main. Il frappa la dragonne en plein poitrail.

Saphira rugit de douleur, mais décolla. Et tenta de se stabiliser tout en virant brutalement sur le côté droit. L'extrémité de son aile frôla le sol. Sous eux, le monstre recula le bras pour lancer sa hache. Mais Arya leva la paume, cria... et projeta une boule d'énergie, couleur émeraude, qui tua net l'Urgal. Avec un sursaut colossal, Saphira se redressa, érafla la tête des guerriers. Elle s'éleva au-dessus du champ de bataille à grands coups d'ailes, le souffle rauque.

« Ça va ? » demanda Eragon, anxieux. Il ne parvenait pas à voir où elle avait été touchée.

« Je survivrai, fit-elle avec détermination. Mais, sur le devant, mon armure a été enfoncée. Ça me fait mal au poitrail, et j'ai du mal à bouger. »

« Tu peux nous emmener à la maison des dragons ? »

« ... On verra. »

Eragon expliqua l'état de Saphira à Arya.

– Je resterai avec Saphira quand nous atterrirons, proposa-t-elle. Une fois que je lui aurai ôté son armure, je te rejoindrai.

– Merci.

Le vol fut laborieux pour Saphira. Elle planait dès qu'elle pouvait. Quand ils atteignirent le refuge, elle se posa lourdement sur Isidar Mithrim, d'où l'un des jumeaux était censé suivre la bataille. Mais il n'y était pas. Eragon sauta à terre. Il grimaça en voyant les dégâts qu'avait causés l'Urgal. Quatre des plaques métalliques qui protégeaient le poitrail de Saphira avaient été enfoncées, l'empêchant de se courber et de respirer.

– Courage ! lui dit-il en posant la main sur son côté.

Et il courut sous l'arche.

Il s'arrêta et jura. Il était en haut de Vol Turin, l'Escalier Sans Fin. Tout à son inquiétude pour Saphira, il n'avait pas réfléchi à la manière dont il rejoindrait le rez-de-chaussée de Tronjheim, là où les Urgals menaçaient d'apparaître. Il n'avait pas le temps de dégringoler les escaliers. Il regarda le passage étroit, à droite des marches, s'empara de l'un des tapis de cuir et se jeta dans la gueule du toboggan.

Le toboggan de pierre était aussi lisse et glissant que du bois laqué. Le tapis de cuir sous ses fesses, il accéléra presque instantanément, atteignant une vitesse effarante. Les murs devinrent flous, et chaque virage envoyait le garçon haut sur les parois du toboggan. Il se tenait couché, pour aller encore plus vite. L'air fusait autour de son casque, le faisant vibrer comme une girouette prise dans la tempête. Le conduit était trop étroit pour lui, et il était en grand danger d'être éjecté en permanence, mais, tant qu'il gardait ses bras et ses jambes parfaitement alignés, il ne risquait rien.

Malgré la vitesse, il n'en fallut pas moins dix minutes à Eragon pour atteindre le bas de l'escalier. Le toboggan se relevait à la fin en une manière de tremplin qui projeta le garçon au beau milieu du carrelage en cornaline.

Lorsqu'il réussit à s'arrêter, il était trop étourdi pour marcher. Sa première tentative pour se remettre sur pied le rendit nauséeux. Alors, pris de vertiges, il se roula en boule, la tête dans les mains, et il attendit que cela cessât. Quand il se sentit mieux, il se releva et regarda autour de lui, méfiant.

L'immense hall était désert, le silence inquiétant. Une lumière dorée tombait d'Isidar Mithrim. Il réfléchit. Où devait-il aller ? Il chercha à contacter mentalement les jumeaux. En vain. Il s'arrêta. Un lourd martèlement secouait Tronjheim.

Et tout explosa.

Un gros morceau du sol vola à trente pieds de hauteur. Une pluie de pierres jaillit et retomba. Eragon recula, sonné, la main sur Zar'roc. Des silhouettes cornues sortirent du trou. Des Urgals !

Eragon hésita. S'enfuir ? Rester et tenter de refermer le tunnel ? Même s'il parvenait à le sceller avant que les Urgals l'eussent attaqué, que se passerait-il si une autre brèche avait déjà été pratiquée dans Tronjheim ? Il ne pouvait pas se trouver partout à la fois pour empêcher la ville-montagne d'être envahie.

« Par contre, pensa-t-il, je peux courir à l'une des portes de Tronjheim et l'ouvrir. Ainsi, les Vardens n'auront pas à faire le siège de leur propre ville... »

Il n'avait pas encore décidé quand un homme de haute taille, vêtu de pied en cap d'une armure noire, émergea du tunnel et le regarda droit dans les yeux.

C'était Durza.

L'Ombre portait son épée pâle, marquée de l'égratignure dont avait parlé Ajihad. Sur son bras droit, il tenait un bouclier noir, rond, marqué d'un insigne cramoisi. Son casque noir était richement décoré, comme celui d'un général, et un long manteau en peau de serpent ondoyait autour de lui. Un éclair de folie brûlait dans son regard pourpre, la folie de celui qui jouit du pouvoir, et qui s'apprête à s'en servir.

Eragon sut qu'il ne serait ni assez rapide, ni assez fort pour échapper au démon qui se dressait devant lui. Il avertit Saphira, bien qu'il se doutât qu'elle ne pourrait pas le tirer d'affaire. Il s'accroupit et se remémora rapidement les instructions de Brom relatives au combat contre un autre magicien. Ce n'était guère encourageant. Et Ajihad avait dit que les Ombres ne pouvaient être détruits que si on leur enfonçait un pieu dans le cœur...

Durza le fixa avec mépris. Puis il lança :

– Kaz jtierl trazhid ! Otrag bagh.

Les Urgals posèrent leurs yeux suspicieux sur le garçon et formèrent un large cercle. Lentement, Durza s'approcha d'Eragon, une expression de triomphe sur le visage.

– Ainsi, jeune Dragonnier, nous nous retrouvons ! Tu as eu grand tort de m'échapper à Gil'ead. Cela ne fait qu'aggraver ta situation, en fin de compte.

– Tu ne m'auras jamais vivant, cracha Eragon.

– C'est tout ? s'étonna l'Ombre.

Il leva un sourcil. La lumière de l'Étoile de saphir donnait à sa peau une teinte effrayante.

– Je ne vois pas ton « ami » Murtagh dans les parages. Tu ne peux pas m'arrêter, à présent. Personne ne le peut !

La peur gagna Eragon. « Que sait-il de Murtagh ? » Mobilisant toute la capacité d'ironie qui lui restait, il lança :

– Quel effet cela fait-il, une flèche entre les deux yeux ?

Le visage de Durza se crispa brièvement :

– Je te le ferai payer dans le sang. Maintenant, dis-moi où se cache ton dragon.

– Jamais !

L'attitude de l'Ombre se fit menaçante :

– Alors, tu me le diras de force !

Son épée siffla. Au moment où Eragon arrêtait la lame avec son bouclier, il sentit une force mentale qui s'introduisait profondément dans ses pensées. Il lutta pour protéger sa conscience, réussit à repousser Durza et contre-attaqua.

Eragon tenta désespérément de faire sauter les défenses d'acier que Durza avait érigées dans son esprit. Sans résultat. Il se fendit avec Zar'roc, essayant de surprendre son ennemi. L'Ombre para le coup aisément, puis frappa à son tour à une vitesse stupéfiante.

La pointe de son épée atteignit Eragon aux côtes. Elle perça sa cotte de mailles et lui coupa le souffle. Cependant, l'armure fit dévier la lame, qui manqua son flanc d'un cheveu. Cette distraction était tout ce dont Durza avait besoin pour pénétrer dans l'esprit d'Eragon et entreprendre de le contrôler.

– Non ! cria Eragon.

Et il se jeta sur l'Ombre.

Le visage convulsé par l'effort, il agrippa le bras de Durza qui portait l'arme. L'Ombre essaya de trancher la main d'Eragon, mais elle était protégée par le gant de mailles, qui fit riper la lame. Le garçon le frappa à la jambe. Durza grogna et projeta son bouclier sur Eragon, qui s'écroula. Le garçon sentit le goût du sang dans sa bouche. Ignorant ses blessures, il roula sur le côté et abattit son propre bouclier sur Durza. Celui-ci était rapide, mais il fut tout de même heurté à la hanche. L'Ombre vacilla, et Eragon se fendit de nouveau. Une estafilade sanguinolente apparut sur le bras de l'Ombre.

Le garçon jeta son esprit à l'assaut de celui de Durza tant que les défenses de la créature étaient affaiblies. Un flot d'images l'emporta, se déversant dans sa propre conscience...

Durza jeune garçon. Vit en nomade avec ses parents dans les plaines vides. Abandonnés par leur tribu. Père accusé d'être un « briseur de serments ». À l'époque, Durza s'appelle Carsaib. Sa mère murmure son nom en le coiffant...

L'Ombre chancela, le visage tordu de douleur. Eragon essayait en vain de maîtriser le torrent des souvenirs.

Sur une colline. Devant la tombe de ses parents. Pleurant. Regrettant que les hommes ne l'aient pas tué, lui aussi. Puis faisant demi-tour. Avançant d'une démarche hésitante dans le désert.

Durza fit face à Eragon. Une haine terrible brûlait dans ses yeux pourpres. Eragon était sur un genou. Il avait presque réussi à se relever. Il s'efforçait de fermer son esprit.

Comment le vieillard a rencontré Carsaib : l'enfant couché, agonisant sur une dune de sable. Le temps qu'il a fallu à Carsaib pour se remettre. Et sa peur en découvrant que son sauveur était un sorcier. Comment il l'avait supplié de lui apprendre à contrôler les esprits. Et comment Haeg avait fini par céder. Il l'appelait « le Rat du désert »...

Eragon s'était relevé. Durza chargea. L'épée levée. Ne pensant plus à son bouclier. Trop à sa furie.

Les jours passés à s'entraîner sous un soleil torride. Toujours alerte pour capturer les lézards que Haeg et lui mangeaient. Comment son pouvoir augmentait peu à peu. Les semaines passées à s'occuper du maître malade à cause d'un sort raté. Sa joie quand Haeg avait recouvré la santé…

Eragon n'avait pas le temps de réagir… pas le temps… pas le temps…

L'attaque des bandits, une nuit. La mort de Haeg. La rage de Carsaib. Les esprits conjurés pour se venger. Mais les esprits étaient plus forts que prévu. Trop forts pour lui. Ils s'étaient retournés contre lui. Avaient possédé son corps et son esprit. Il avait. Il était… « JE SUIS DURZA ! »

L'épée frappa lourdement Eragon. Elle entailla les mailles et la peau. Le Dragonnier hurla de douleur, retomba à genoux. La souffrance courba son corps en deux, oblitéra toute pensée. Il se recroquevilla, à peine conscient. Du sang chaud coulait le long de son flanc. Durza dit quelque chose qu'il ne parvint pas à entendre.

Terrifié, Eragon leva les yeux au ciel. Les larmes ruisselaient sur ses joues. Il avait échoué. Les Vardens et les nains seraient anéantis. Il était vaincu. Saphira risquerait sa vie pour lui, comme elle l'avait déjà fait. Et Arya serait capturée de nouveau. Ou tuée. Pourquoi tout cela s'achevait-il ainsi ? Pourquoi tant d'injustice ? Tout ça pour rien.

Alors qu'il regardait Isidar Mithrim, si haut au-dessus de son corps torturé, il perçut un éclair aveuglant. Une seconde

plus tard, un coup de tonnerre éclatait. Puis la vue lui revint...
et il n'en crut pas ses yeux.

L'Étoile de saphir avait éclaté. Il se mit à grêler d'énormes
morceaux, semblables à des dagues. Fondant tête la première, au centre du hall, apparut Saphira. Sa mâchoire était
grande ouverte ; de ses naseaux s'échappait une longue langue
de feu d'un jaune vif teinté de bleu. Sur son dos se tenait
Arya, les cheveux voltigeant sauvagement, le bras tendu, la
paume scintillant, enveloppée d'un nuage vert de magie.

Eragon eut l'impression que le temps ralentissait. Il vit
Durza tourner la tête vers le plafond. Le choc, puis la colère
déformèrent les traits de l'Ombre. Il eut un rictus de défi,
leva la main et visa Saphira. Un mot se forma sur ses lèvres.

Une réserve de force ignorée envahit soudain Eragon,
venue de la partie la plus profonde de son être. Ses doigts
s'enroulèrent d'eux-mêmes autour du pommeau de son épée.
Il plongea à travers la barrière de son esprit et mobilisa sa
magie. Toute sa souffrance et toute sa rage se ramassèrent en
un seul mot :

– Brisingr !

Zar'roc brilla d'une lumière sanglante. Des flammes sans
chaleur coururent le long de la lame.

Le Dragonnier se rua en avant...

... et planta son épée dans le cœur de Durza.

L'Ombre fixa avec effroi l'acier qui dépassait de sa poitrine. Sa bouche s'ouvrit. Mais, au lieu du mot qu'il s'apprêtait à prononcer, il en sortit un hurlement irréel. Son épée
glissa de ses doigts. Il agrippa Zar'roc comme pour l'extirper,
mais l'arme était profondément fichée en lui.

Alors, sa peau devint translucide. Dessous, il n'y avait ni
chair ni os, rien qu'un entrelacement de motifs ténébreux.
Il cria encore plus fort tandis que cette obscurité palpitait,
écorchant son enveloppe. Il poussa un dernier râle, puis, se

déchira des pieds à la tête. Toute cette noirceur s'envola à travers les murs de Tronjheim, hors de Farthen Dûr. L'Ombre n'était plus.

Vidé de ses forces, Eragon bascula en arrière, les bras étendus. Au-dessus de lui, Saphira et Arya tombaient vers le sol. On aurait dit qu'elles allaient le percuter, comme les fragments mortels d'Isidar Mithrim qui venaient s'y briser. La vue du garçon se brouilla. Saphira, Arya, la myriade de diamants : tout parut s'arrêter et rester suspendu dans les airs.

LE SAGE EN DEUIL

Des fragments sortis de la mémoire de l'Ombre continuaient de poursuivre Eragon par éclairs. Un tourbillon d'émotions et d'événements sinistres l'emportait, l'empêchant de réfléchir. Submergé par ce malstrom, il ne savait plus ni qui, ni où il était. Il était trop faible pour se libérer de cette présence étrangère qui voilait son esprit. Des images violentes et cruelles du passé de l'Ombre explosaient devant ses yeux. Son esprit se mit à crier d'angoisse devant ces épisodes sanglants.

Une pile de corps devant lui. Les innocents massacrés sur les ordres des Ombres. D'autres corps. Des villages entiers. Privés de vie par la main ou par la parole du sorcier. Impossible d'échapper au carnage qui se déroulait devant lui. Il vacillait, telle la flamme d'une bougie, incapable de défaire le lien qui le retenait à tout ce mal. Il suppliait : qu'on le sorte de ce cauchemar ! Mais personne n'était là pour le guider. Si seulement il parvenait à se rappeler qui il était censé être, lui : un garçon ou un homme, un méchant ou un héros, un Ombre ou un Dragonnier... Tout était mélangé dans cette frénésie absurde. Il était perdu, complètement, désespérément emporté par cette vague déferlante.

Soudain, un peu de ses propres souvenirs perça derrière les nuages laissés par l'esprit malveillant de l'Ombre. Tous les événements depuis qu'il avait trouvé l'œuf de Saphira lui revinrent dans la lumière froide de la révélation. Ses réussites et ses échecs étaient répartis à égalité. Il avait perdu beaucoup de ce qui lui était cher ; cependant, le destin l'avait pourvu de cadeaux rares et précieux. Pour la première fois, il était simplement fier d'être celui qu'il était.

Comme pour répondre à son bref accès d'assurance, la noirceur de l'Ombre l'enveloppa de nouveau. Son identité disparut dans le vide tandis que l'incertitude et la peur consumaient ses perceptions. Qui était-il, pour se croire capable de défier les pouvoirs de l'Alagaësia... et survivre ?

Il combattit les sinistres pensées de l'Ombre, faiblement d'abord ; puis avec plus de force. Il murmura des mots de l'ancien langage et constata qu'ils lui donnaient assez d'énergie pour rejeter la brume qui brouillait son esprit. Bien que ses défenses fussent dangereusement altérées, il commença lentement à rassembler sa conscience en morceaux dans une petite coquille brillante autour de son âme. À la lisière de son esprit, il percevait une souffrance si grande qu'elle menaçait sa propre vie. Mais quelque chose – ou quelqu'un – semblait la contenir.

Il était encore trop faible pour éclaircir complètement son esprit. Mais il était suffisamment lucide pour examiner ce qu'il avait vécu depuis qu'il avait quitté Carvahall. Où irait-il, désormais ? et qui lui montrerait le chemin ? Sans Brom, il n'y avait personne pour le guider et l'éduquer...

« Viens à moi. »

Il sentit qu'un autre esprit était entré en relation avec le sien. Un esprit si vaste et si puissant qu'il eut l'impression qu'une montagne le surplombait. Il comprit que c'était cet esprit-là qui bloquait la douleur. Comme celui d'Arya, il dégageait une musique, une symphonie d'accords profonds, d'ambre doré, d'où émanait une immense mélancolie.

Finalement, il osa demander : « Qui... qui es-tu ? »

« Quelqu'un qui t'aidera. »

Dans un battement de pensée silencieux, l'influence de l'Ombre fut rejetée de côté, comme une toile d'araignée indésirable. Libéré de cette oppression, Eragon laissa son esprit s'étendre jusqu'à toucher une barrière qu'il ne pouvait pas franchir.

« Je t'ai protégé du mieux que j'ai pu, mais tu es si loin que je ne peux que préserver ta raison de la douleur. »

« Qui es-tu pour agir de la sorte ? »

Un grommellement presque inaudible lui répondit : « Je suis Osthato Chetowä, le Sage en deuil. Et Togira Ikonoka, l'Infirme Inchangé. Viens et suis-moi, Eragon, car j'ai des réponses à toutes tes questions. Tu ne seras pas en sécurité tant que tu ne m'auras pas trouvé. »

« Mais comment puis-je vous trouver si j'ignore où vous êtes ? » demanda-t-il, désespéré.

« Fais confiance à Arya. Suis-la à Ellesméra. J'y serai. J'ai attendu bien des saisons. Aussi, ne tarde pas, car le temps est compté... Tu es plus grand que tu ne crois, Eragon. Pense à ce que tu as fait et réjouis-toi, car tu as traversé les territoires du Mal. Tu t'es acquitté d'une tâche que nul autre que toi ne pouvait réussir. Beaucoup te sont redevables. »

L'étranger avait raison. Ce qu'Eragon avait accompli méritait d'être honoré et reconnu. Peu importaient les épreuves qui l'attendaient à l'avenir. Il n'était plus un simple pion sur l'échiquier du pouvoir. Il avait dépassé ce stade. Il était autre chose. Quelque chose de plus. Il était devenu ce qu'Ajihad souhaitait : une autorité indépendante des rois et des chefs de clan.

Il sentit une approbation lorsqu'il parvint à cette conclusion. « Tu apprends », dit le Sage en deuil, en venant plus près. Une vision passa de lui à Eragon. Une explosion de couleurs fleurit en son esprit, puis se transforma en une silhouette vêtue de blanc, debout sur un récif baigné de soleil. « Il est temps pour toi de te reposer, Eragon, dit la silhouette avec douceur, le visage obscurci par un nuage d'argent. Quand tu te réveilleras, ne parle de moi à personne. Et n'oublie pas : tu dois aller chez les elfes. Maintenant, dors... »

L'inconnu leva une main en un geste de bénédiction, et la paix envahit Eragon.

Sa dernière pensée fut que Brom aurait été fier de lui.

– Réveille-toi ! ordonna une voix. Allez, debout, Eragon ! Tu n'as que trop dormi.

Le garçon s'étira. Il n'avait pas envie d'écouter. Pas envie non plus de quitter la chaleur qui l'enveloppait. La voix résonna de nouveau :

– Debout, Argetlam ! On te demande !

À regret, le Dragonnier se força à ouvrir les yeux. Il se retrouva dans un grand lit, enveloppé de couvertures moelleuses. Angela était assise sur une chaise, à son chevet, et fixait son visage avec intensité.

– Comment te sens-tu ? demanda-t-elle.

Désorienté, perdu, il laissa ses yeux errer dans la petite pièce.

– Je... je ne sais pas, dit-il.

Il avait la bouche sèche et irritée.

– Alors, ne bouge pas. Tu dois garder des forces, déclara Angela en passant une main dans sa chevelure bouclée. Eragon vit qu'elle portait encore son armure à collerette. Pourquoi donc ? Une quinte de toux l'étourdit. La tête lui tournait. Et il avait mal partout. Ses poumons étaient douloureux. Angela prit sur le sol une corne dorée et la porta à ses lèvres.

– Tiens, bois !

Un breuvage glacé coula dans sa gorge et le rafraîchit. Une onde de chaleur monta de son estomac et lui rosit les joues. Il toussa de nouveau, ce qui aggrava son mal de tête. « Comment suis-je arrivé ici ? se demandait-il. La bataille faisait rage... Nous étions en train de perdre... Puis Durza et... »

– SAPHIRA ! s'écria-t-il en s'asseyant d'un coup.

Il retomba aussitôt. Il ferma les yeux. Il se sentait nauséeux.

– Saphira... Elle va bien ? Les Urgals gagnaient... Elle tombait... Et Arya ?

– Elles sont vivantes, lui apprit Angela, et elles attendent ton réveil. Veux-tu les voir ?

Il acquiesça faiblement.

Angela se leva et ouvrit la porte. Arya et Murtagh se glissèrent dans la pièce. Saphira passa sa tête par l'ouverture : son corps était trop grand pour franchir le seuil. Son poitrail vibra quand elle ronronna profondément, les yeux étincelants.

Eragon sourit et toucha ses pensées, soulagé et plein de gratitude.

« C'est bon de voir que tu vas bien, petit homme », dit-elle tendrement.

« Toi aussi, mais comment... »

« Les autres veulent t'expliquer. Je leur laisse l'honneur. »

« Tu as craché du feu ! Je t'ai vue ! »

« Oui ! » fit-elle avec fierté.

Il sourit faiblement, encore confus, puis regarda Arya et Murtagh. Les deux portaient des bandages : Arya au bras, Murtagh autour de la tête.

Murtagh affichait un air ravi :

– Il était temps que tu te réveilles ! On est assis dans le vestibule depuis des heures !

– Que... que s'est-il passé ? demanda Eragon.

Arya paraissait triste, mais Murtagh claironna :

– On a gagné ! C'était incroyable ! Quand les esprits de l'Ombre – pour les appeler ainsi – se sont envolés hors de Farthen Dûr, les Urgals ont cessé le combat et les ont regardés s'enfuir, comme s'ils étaient libérés d'un sortilège. Leurs clans se sont soudain tournés les uns contre les autres et se sont attaqués entre eux ! Leur armée s'est entièrement désintégrée en quelques minutes ! Après ça, nous les avons mis en déroute.

– Ils sont tous morts ? s'enquit Eragon.

Murtagh secoua la tête :

– Non. Beaucoup d'entre eux se sont échappés par les tunnels. Les Vardens et les nains sont occupés à les pourchasser, à l'heure qu'il est, mais cette traque risque de prendre un moment. Je leur donnais un coup de main... jusqu'à ce qu'un Urgal m'assène un coup de massue sur la tête. Et c'est ainsi qu'on m'a envoyé ici...

– Ils ne vont pas t'enfermer de nouveau ?

Son visage redevint grave :

– Personne ne s'en soucie pour le moment. De nombreux Vardens et beaucoup de nains sont morts. Les survivants essaient de se remettre de la bataille. Mais tu as au moins une raison d'être heureux. Tu es un héros ! Tout le monde parle de la manière dont tu as tué Durza. Sans toi, nous étions perdus.

Eragon était troublé par ces mots, mais il décida d'y réfléchir plus tard.

– Où sont les jumeaux ? Ils n'étaient pas à l'endroit où ils étaient censés se trouver. Je n'ai pas réussi à les contacter. J'avais besoin de leur aide !

Murtagh haussa les épaules :

– On m'a dit qu'ils étaient en train de combattre courageusement un groupe d'Urgals qui s'était introduit dans Tronjheim. Ils étaient probablement trop occupés pour te parler.

Sans qu'il sût pourquoi, cela ne parut pas très convaincant à Eragon. Il se tourna vers Arya, dont les grands yeux brillants ne l'avaient pas quitté pendant tout ce temps.

– Comment se fait-il que vous ne vous soyez pas écrasées ? Saphira et toi étiez parties pour...

Sa voix s'étrangla.

– Quand tu as averti Saphira de la présence de Durza, dit-elle lentement, j'étais encore en train de lui ôter son armure endommagée. Le temps que j'y parvienne, il était trop tard pour que j'emprunte Vol Turin. Tu aurais été capturé avant que j'arrive en bas. De plus, en me voyant, Durza t'aurait tué sans me laisser une chance de te délivrer.

Il y eut une nuance de regret dans sa voix.

– J'ai donc fait la seule chose susceptible de détourner son attention, continua-t-elle. J'ai brisé l'Étoile de saphir.

« Et je l'ai amenée en bas », compléta Saphira.

Eragon s'efforça de comprendre, bien que la tête lui tournât de nouveau, l'obligeant à fermer les yeux.

– Mais pourquoi aucun éclat ne m'a touché ? demanda-t-il.

– Parce que je ne les y ai pas autorisés. Quand nous avons presque touché terre, je les ai maintenus en l'air. Puis je leur ai ordonné de tomber lentement. Sans cela, ils se seraient brisés en mille morceaux, et ils t'auraient tué.

Elle avait dit cela simplement. Ses mots trahissaient la puissance qui l'habitait.

– Et ils ont failli te tuer, toi, lui rétorqua aigrement Angela. Il m'a fallu mobiliser tout mon talent pour vous garder en vie, tous les deux...

Une sensation de malaise s'empara d'Eragon, égale en intensité à son mal de crâne. « Mon dos... » pensa-t-il. Mais il n'avait pas de bandages à cet endroit.

– Depuis combien de temps suis-je ici ? demanda-t-il avec inquiétude.

– Seulement un jour et demi, répondit Angela. Tu as eu de la chance que je sois dans les parages. Sans cela, tu aurais mis des semaines à guérir. En supposant que tu aies survécu...

Alarmé, Eragon repoussa les couvertures et se tortilla pour toucher son dos. Angela lui attrapa le poignet avec sa main fine, et elle dit :

– Eragon, tu dois comprendre que mon pouvoir n'est pas pareil au tien ou à celui d'Arya. Il dépend des herbes et des potions. Il y a des limites à ce que je peux faire. Surtout avec une aussi grande...

Le garçon se dégagea. Toucha son dos avec ses doigts. Sa peau y était douce et chaude. Des muscles durs se contractèrent au bout de ses doigts quand il les bougea. Il glissa sa main à la base de son cou et, inopinément, sentit une bosse dure, large d'un demi-pouce [1]. Il suivit l'estafilade le long de son dos, avec une horreur grandissante. Le coup de Durza avait laissé sur lui une longue cicatrice noduleuse, qui allait de son épaule droite à sa hanche gauche.

Arya murmura avec un regard de compassion :

– Tu as payé un prix terrible pour tes belles actions, Du Súndavar Freohr, Eragon le Tueur d'Ombres.

Murtagh eut un rire rauque :

– Oui, maintenant, tu es comme moi.

Consterné, Eragon ferma les yeux. Il était marqué à jamais. Puis il se souvint de quelque chose. Quand il était

678

---

1. Soit plus d'un centimètre (un pouce équivaut à environ deux centimètres et demi).

inconscient, la silhouette en blanc l'avait aidé. Un estropié qui était tout. Togira Ikonoka. Il avait dit : « Pense à ce que tu as fait et réjouis-toi, car tu as traversé les territoires du Mal. Tu t'es acquitté d'une tâche que nul autre que toi ne pouvait réussir. Beaucoup te sont redevables. »

« Viens à moi, Eragon, car j'ai des réponses à toutes tes questions. »

Une vague de paix et de contentement réconforta Eragon.

« Je viendrai. »

FIN DU LIVRE PREMIER

L'HISTOIRE CONTINUE DANS

L'AÎNÉ

LIVRE DEUXIÈME DE LA TRILOGIE DE *L'HÉRITAGE*

Répertoire
de l'ancien langage

Aí varden abr du Shur'tugals gata vanta : La gardienne des
Dragonniers a besoin d'entrer.

Aiedail : L'étoile du matin.

Arget : Argent.

Argetlam : Main d'argent.

**Atra gülai un ilian tauthr ono un atra ono waíse skölir frá
rauthr :** Que la chance et la joie t'accompagnent et te
protègent de la mauvaise fortune.

Böetq istalri ! : Que le feu soit !

Breoal : Famille, maison.

Brisingr : Feu.

Deloi moi ! : Terre, change !

Delois : Plante aux feuilles vertes et aux fleurs pourpres.

Domia abr Wyrda : *La Domination du destin* (livre).

Dras : Ville, cité.

Draumr kópa : Regard rêveur.

Du grind huildr ! : Que les portes restent ouvertes !

« Du Silbena Datia » : *Les Soupirs du brouillard* (mélopée).

Du Súndavar Freohr : Mort des Ombres.

Du Vrangr Gata : Le Sentier vagabond.

Du Weldenvarden : La Forêt gardienne.

Edoc'sil : Celle-qu'on-ne-peut-conquérir.

Eitha !: Pars, va-t'en !

Eka aí fricai un Shur'tugal !: Je suis un Dragonnier et un ami !

Ethgrí : Invoquer.

Fethrblaka, eka weohnata néiat haina ono. Blaka eom iet lam : Oiseau, je ne te ferai pas de mal. Viens sur ma main.

Garjzla : Lumière.

Gath un reisa du rakr !: Que les nuages se forment et s'unissent !

Gedweÿ ignasia : Paume scintillante.

Gëuloth du knífr !: Protège cette lame !

Helgrind : Les portes de la Mort.

Iet : Mon (familier).

Jierda : Casse *ou* brise.

Jierda theirra kalfis !: Que leurs jambes se brisent !

Manin ! Wyrda ! Hugin !: Mémoire ! Destin ! Pensée !

Moi stenr !: Pierre, change-toi !

Nagz reisa !: Couverture, soulève-toi !

Osthato Chetowä : Le Sage en deuil.

Pömnuria : Mon (soutenu).

Ristvak'baen : Le lieu du chagrin.

Note : « baen », qu'on retrouve dans Urû'baen, la capitale de l'Empire, se prononce toujours *beïne*. C'est un mot qui traduit une grande tristesse ou un profond regret.

Seithr : Sorcière.

Shur'tugal : Dragonnier.

Skulblaka, eka celöbra ono un mulabra ono un onr Shur'tugal né haina. Atra nous waíse fricai : Dragon, je t'honore et je ne te veux pas de mal, pas plus qu'à ton Dragonnier. Soyons amis.

Slytha : Sommeil.

Stenr reisa !: Pierre, lève-toi !

Thrysta : Pousse *ou* tasse.

Trhysta deloi ! : Terre, tasse-toi !

Thverr stenr un atra eka hórna ! : Traverse la pierre et laisse-moi entendre !

Togira Ikonoka : L'Infirme Inchangé.

Tuatha du orothrim : L'art de tempérer les ardeurs du sot (degré dans l'entraînement des Dragonniers).

Vardens : Les Gardiens.

Vöndr : Un bâton fin et droit.

Waíse heill ! : Sois guéri(e) !

Wiol pömnuria ilian : Pour mon bonheur.

Wyrd : Destin.

Yawë : Un lien de confiance.

Répertoire
du langage des nains

Akh Guntéraz dorzâda !: Par Guntéra !

Âz knurl deimi lanok : Prends garde, la pierre n'est pas immuable.

Barzul : Une malédiction *ou* un destin malheureux.

Carkna bragha !: Attention, grand danger !

Dûrgrimst : Clan (littéralement : notre foyer, notre maison).

Egraz Carn : Le Chauve.

Farthen Dûr : Notre Père.

Hírna : Ressemblance *ou* statue.

Ilf carnz orodüm : C'est l'obligation/le destin d'untel.

Ingietum : Métallurgistes *ou* forgerons.

Isirda Mithrim : L'étoile de saphir.

Knurl : Pierre *ou* roche.

Knurla : Nain (littéralement, « qui est fait de pierre »).

Oeí : Oui *ou* affirmatif.

Otho : Foi.

Sheilven : Couards.

Tronjheim : Casque de géant.

Vol Turin : L'Escalier Sans Fin.

Répertoire
du langage des Urgals

Drajl ! : Fils d'asticot ! (Terme qu'on trouve dans la bouche d'Angela, fine connaisseuse des insultes urgales...)

Ithrö Zhâda (Orthíad) : Destruction des rebelles.

Kaz jtierl trazhid ! Otrag bagh ! : N'attaquez pas ! Encerclez-le !

Ushnark : Père.

Remerciements

J'ai créé *Eragon*. Mais son succès est le résultat des efforts enthousiastes d'amis, de proches, de fans, de bibliothécaires, de profs, d'étudiants, de chefs d'établissement, de distributeurs, de libraires... et de bien d'autres. J'aimerais citer tous ceux qui m'ont aidé ; la liste en serait très, très longue ! Vous savez qui vous êtes. Je vous remercie.

Eragon est paru pour la première fois au début de 2002, dans la maison d'édition de mes parents, Paolini International LLC. Ils avaient déjà publié trois livres. C'était tout naturel qu'ils fassent de même pour *Eragon*. Nous savions qu'*Eragon* pourrait plaire à un large public de lecteurs. Notre défi consistait à le faire connaître.

En 2002 et au début de 2003, j'ai voyagé à travers tous les États-Unis. J'ai participé à plus de cent trente signatures et présentations dans des écoles, des librairies et des bibliothèques. Ma mère et moi nous occupions de tout. Pour commencer, je n'avais qu'une ou deux rencontres par mois. Mais, petit à petit, nous nous sommes mieux organisés, et notre tournée « artisanale » a pris des proportions telles que j'étais pratiquement tous les jours sur la route.

J'ai rencontré des milliers de gens merveilleux. Beaucoup d'entre eux sont devenus des admirateurs fidèles, et des amis. L'une de ces fans s'appelle Michelle Frey. C'est elle qui édite désormais mes livres au département jeunesse de Knopf Books ; et c'est elle qui m'a proposé d'acheter les droits d'*Eragon*. Inutile de dire que j'étais enchanté que Knopf s'intéresse à mon livre.

Par conséquent, il y a désormais deux groupes de personnes que je dois remercier. Le premier est constitué de ceux qui se sont occupés de la version « Paolini International LLC » ; le second, des responsables de l'édition Knopf. Voici donc les âmes courageuses qui ont permis à *Eragon* d'exister.

Le groupe d'origine :

• ma mère, pour son crayon rouge pertinent et son aide précieuse pour placer les virgules, les deux-points, les points-virgules et autres monstres du même genre ;

• mon père, pour son super travail d'éditeur et pour tout le temps qu'il a passé à faire entrer mes vagues pensées errantes dans les lignes d'un objet rectangulaire avec une couverture (qu'on appelle un « livre ») et qui a entendu tant de fois la même présentation ;

• ma grand-mère Shirley, pour m'avoir aidé à créer un début et une fin satisfaisants ;

• ma sœur, pour ses conseils avisés, sa bonne humeur quand je l'ai croquée comme herboriste dans *Eragon* et les longues heures passées à Photoshopper l'œil de Saphira sur la couverture ;

• Kathy Tyers, pour m'avoir donné les moyens de réécrire brutalement – et efficacement – les trois premiers chapitres, qui en avaient bien besoin ;

• John Taliaferro, pour ses conseils et sa merveilleuse critique ;

• un fan nommé Tornado, *alias* Eugene Walker, qui a pointé un grand nombre de problèmes d'édition ;

• et Donna Overall, pour avoir aimé cette histoire, l'avoir éditée, lui avoir fait bénéficier de ses conseils éditoriaux, et pour avoir gardé un œil attentif sur tout ce qui concernait les ellipses, les accélérations brutales, les veuves, les orphelines, les phrases bancales et à l'emporte-pièce. Véritable Dragonnière, elle est toujours prête à voler au secours des écrivains embourbés dans le Marécage des Virgules.

Merci à ma famille de m'avoir supporté de tout son cœur et d'avoir lu cette saga plus souvent que n'importe quelle personne sensée ne devrait le faire...

Les petits nouveaux :

• Michelle Frey, qui ne s'est pas contentée d'aimer cette histoire au point de donner sa chance à un roman épique de fantasy écrit par un ado, mais qui a aussi réussi à démêler l'écheveau d'*Eragon* pour le clarifier grâce à sa science éditoriale très sûre ;

• mon agent, Simon Lipskar, qui m'a aidé à trouver le meilleur foyer pour abriter *Eragon* ;

• Chip Gibson et Beverly Horowitz, pour leur offre merveilleuse ;

• Lawrence Levy, pour sa bonne humeur et son assistance juridique ;

• Judith Haut, sorcière ès pub de premier rang ;

• Daisy Kline, pour sa campagne marketing si inspirée ;

• Isabelle Warren-Lynch, pour avoir dessiné la superbe jaquette et l'intérieur de l'édition Knopf, ainsi que la carte ;

• John Jude Palencar, qui a peint l'illustration de couverture : j'avais appelé la vallée « Palancar » en son honneur, bien avant qu'il ne travaillât sur *Eragon* ;

• Artie Bennett, le doyen des éditeurs et le seul homme vivant à avoir compris la différence entre « conjurer quelque chose » et l'« invoquer » ;

• et toute l'équipe de Knopf, qui a rendu cette aventure possible.

Enfin, je voudrais terminer en remerciant mes personnages, qui ont courageusement bravé les dangers que je les ai forcés à affronter... et sans qui je n'aurais pas eu d'histoire à raconter.

Que vos épées restent acérées !

CHRISTOPHER PAOLINI

TABLE DES MATIÈRES

Cet ouvrage a été mis en pages
par DV Arts Graphiques à La Rochelle

Dépôt légal : mars 2010
Imprimé en Espagne par Novoprint (Barcelone)